国家古籍整理出版专项经费资助项目

2021—2035年国家古籍工作规划重点出版项目

《陶渊明集》版本汇考

蔡丹君——著

凤凰出版社

图书在版编目（CIP）数据

《陶渊明集》版本汇考 / 蔡丹君著. -- 南京 ： 凤凰出版社，2024. 12. -- ISBN 978-7-5506-4488-5

Ⅰ. Ⅰ206.2

中国国家版本馆CIP数据核字第2024PQ4379号

书　　　名	《陶渊明集》版本汇考
著　　　者	蔡丹君
责 任 编 辑	李相东
特 约 编 辑	蒋李楠
装 帧 设 计	陈贵子
责 任 监 制	程明娇
出 版 发 行	凤凰出版社(原江苏古籍出版社)
	发行部电话025-83223462
出 版 社 地 址	江苏省南京市中央路165号,邮编:210009
照　　　排	南京凯建文化发展有限公司
印　　　刷	江苏凤凰新华印务集团有限公司
	中国江苏南京经济技术开发区尧新大道399号,邮编:210038
开　　　本	652毫米×960毫米　1/16
印　　　张	36.5
字　　　数	579千字
版　　　次	2024年12月第1版
印　　　次	2024年12月第1次印刷
标 准 书 号	ISBN 978-7-5506-4488-5
定　　　价	168.00元

(本书凡印装错误可向承印厂调换,电话:025-68037411)

陶淵明集卷第一

詩九首 四言

停雲一首 并序

停雲思親友也罇湛新醪園列初榮願言
不（一作從）歎息（一作彌襟）

靄靄停雲濛濛時雨八表同昏平路伊阻

靜寄東軒春醪獨撫良朋悠邈搔首延佇

停雲靄靄時雨濛濛八表同昏平陸成江

有酒有酒閒飲東牕願言懷人（一作舟車）

靡從東園之樹枝條（一作載）榮競用新好

宋刻遞修本《陶淵明集》

国家图书馆藏

陶淵明雜文

感士不遇賦

昔董仲舒作士不遇賦司馬子長又為[作一]悲之余嘗以三餘之日講習之暇讀其文慨然惆悵夫履信思順生人之善行抱朴守靜君子之篤素[一作]自真風告逝大偽斯興閭閻懈廉退之節[文師一作廉退]市朝驅易進之心懷正志道之士或潛玉於當年絜己清操之人或没世以徒勤[懷想一作正志又]故夷皓有安歸之嘆三閭發已矣之哀悲夫寓形百年而瞬息已盡立行之難而一城莫賞此古人所以染翰慷慨屢伸而不能已者也夫導達意氣其惟文乎撫卷躊躇遂感而賦之咨大塊之受氣何斯人之獨靈稟神智以藏照[往一作]秉三五而垂名或擊壤以自歡或大濟於蒼生靡潛躍之非分常傲然以稱情世流浪而遂徂物群分以相形密網裁而魚駭宏羅制而鳥驚彼達人之善覺乃逃祿而歸耕山嶷嶷而懷影[一作川汪]

南宋绍熙三年曾集刻《陶渊明集》
国家图书馆藏

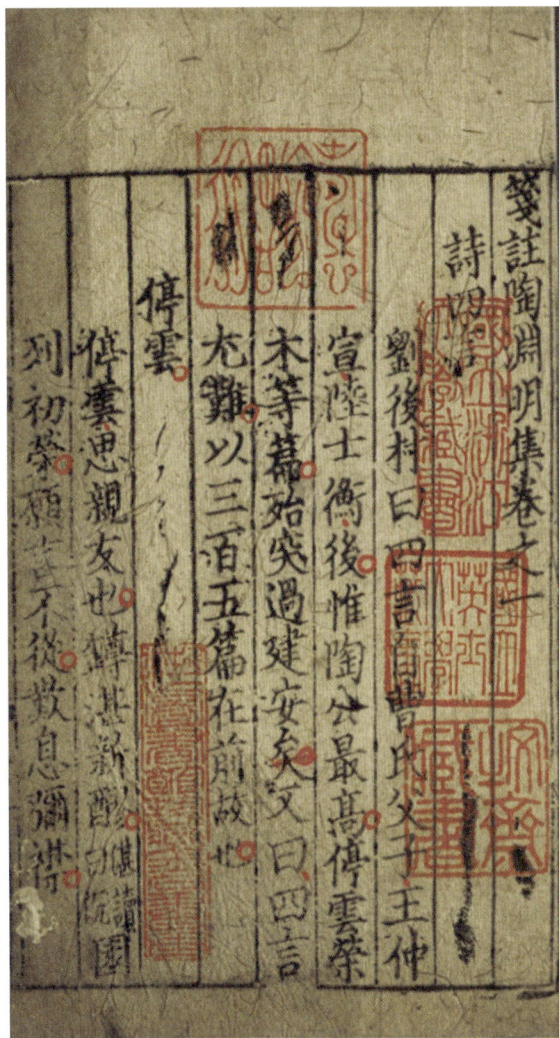

箋註陶淵明集卷之一

詩四言

劉後村曰四言自曹氏父子王仲
宣陸士衡後惟陶公最高停雲榮
木等篇殆突過建安矣文曰四言
尤難以三百五篇在前故也

停雲

停雲思親友也罇湛新醪園列初
榮願言不從歎息彌襟

元李公焕《笺注陶渊明集》

浙江图书馆藏

陶淵明集卷之一

詩四言九首

停雲

停雲思親友也罇湛新醪園列初榮顧言不從歎息彌襟

靄靄停雲濛濛時雨八表同昏平路伊阻靜寄東軒春醪獨撫良朋悠邈搔首延佇　停雲靄靄時雨濛濛八表同昏平陸成江有酒有酒間飲東窗願言懷人舟車靡從　東園之樹枝條再榮競用新好以招余情人亦有言日月于征安得促席說彼平生　翩

明嘉靖元年朝鲜刻李梦阳本《陶渊明集》

日本公文书馆内阁文库藏

陶靖節集卷之一

詩四言

劉後村曰四言自曹氏父子王仲宣陸
士衡後惟陶公最高停雲榮木等篇始
突過建安矣又曰四言尤難以三百五
篇在前故也

停雲并序

停雲思親友也罇湛新醪園列初
（湛讀沉）

榮願言不從歎息彌襟

明万历七年蔡汝贤刊《陶靖节集》
美国哈佛燕京图书馆藏

陶靖節集卷之一

詩四言

停雲并序

停雲思親友也罇酒新湛園列初榮願

言不從歎息彌襟

靄靄停雲濛濛時雨八表同昏平路伊阻靜寄

東軒春醪獨撫良朋悠邈搔首延佇

停雲靄靄時雨濛濛八表同昏平陸成江有酒

有酒閒飲東窻願言懷人舟車靡從

陶集　卷一　一

明万历四十七年杨时伟刊《合刻忠武靖节二编》
国家图书馆藏

陶靖節詩集卷之一

檇李蔣 薰丹崖評閱

海昌塔周文煒青輪訂

詩四言

剟後村曰四言自曹氏父子王仲宣陸士衡後惟陶公最高停雲榮木等篇始突過建安矣又云四言尤難以三百五篇在前故也

停雲

停雲思親友也罇湛新醪園列初榮願言不從歎息彌襟湛日沈

清乾隆二年最乐堂新镌蒋薰评本《陶靖节集》
美国哈佛燕京图书馆藏

陶靖節集卷之一

詩四言

劉後村曰。四言自曹氏父子王仲宣陸
士衡後惟陶公最高停雲榮木等篇殆
突過建安矣又曰。四言尤難以三百五
篇在前故也

停雲并序

停雲思親友也罇酒新湛讀
榮顏言不從歎息彌襟

宽文四年菊池耕斋本《陶渊明集》

日本京都大学人文科学研究所图书馆藏

走上综合研究之路

——《〈陶渊明集〉版本汇考》序

刘跃进

蔡丹君博士后出站报告《〈陶渊明集〉版本汇考》出版在即，请我作序。作为合作导师，我见证了她十多年来的巨大进步，为她感到高兴，愿意和读者一起分享她的收获和快乐。

一

三十多年前，我撰写《中古文学文献学》时，注意到文学所图书馆收藏的《陶渊明集》非常丰富，有多种版本，是郭绍虞先生《陶集考辨》未曾论及的①。此后，我一直想找机会就陶集版本问题做点系统研究。在我看来，陶渊明是一个独特现象。南朝萧齐时期，有人称他为"古今隐逸诗人之宗"（见钟嵘《诗品》卷中"陶渊明"条），可历史上那些真隐士并不一定欣赏陶渊明。相反，倒是那些壮怀激烈的仁人志士都成了陶渊明的异代知己。苏东坡在失意烦闷之时，将陶渊明《饮酒》诗用原韵全部和作一遍。辛弃疾在经历人世沧桑的变故后，发出"老来曾识渊明"的感慨。历代读者喜欢陶渊明的作品，欣赏、注释、翻刻、手抄《陶渊明集》，陶集虽没有"千家注杜""五百家注韩"那样丰富，但也算是屈指可数的一家。

2013年，蔡丹君进入文学所博士后流动站学习。我建议她做经典文

---

① 参见刘跃进:《中古文学文献学》中编第一章，江苏古籍出版社1997年版，第164、171页。

献研究,撰写《〈陶渊明集〉版本叙录》就是计划中的一项基础性工作,也是我很想做的工作。

蔡丹君接受了我的建议,从文学所图书馆的丰富藏书读起,逐一扩展到中国国家图书馆、中国人民大学图书馆、北京大学图书馆、清华大学图书馆、苏州大学图书馆、浙江图书馆、杭州图书馆、上海图书馆、日本京都大学文学研究科文学部图书馆、日本京都大学人文科学研究所图书馆、日本东京大学图书馆等二十余家图书馆,日夕披览,孜孜不倦。因故无法亲至的情况下,她广泛利用线上资源,或请师友帮助拍照、影印。历经十载,蔡丹君最终完成了这部《〈陶渊明集〉版本汇考》,她对陶集版本细大不捐,悉数收录,总计一百三十五种,包括宋前诸本六种、北宋本九种、南宋本十种、元本六种、明本三十八种(附三种)、清本五十二种(附二种)、民国本五种、日本抄刻本四种,还广泛讨论了现实中已亡佚但海内外有著录的陶集刻本、抄本和史志笔记中所提及的陶集。

我最初希望蔡丹君依照传统文献学的惯例撰写叙录。为此,她认真研读日本学者桥川时雄的《陶集版本源流考》、中国学者郭绍虞的《陶集考辨》等经典著作,对传统的方法了然于心,践行于事,结果发现明清以后的陶集版本的表面信息差别有限。与其仅拘泥于版本描述,还不如以版本为基础拓展开来,系统地总结陶集文献问题。于是,她抄掇众书,广泛搜集半个世纪以来有关陶集文献研究的论文和论著,形成系统目录,撰写内容提要,从三个方面推进陶集版本研究的深化:一是梳理陶集版本的流传线索;二是校订陶集版本信息的差异问题;三是考察陶集刊刻的历史背景。在此基础上,她又撮其精要,将陶集文献研究的重要线索归纳成二百多个专题,既总结过去的成果,更提示新的研究线索,突出了工具性和参考性两方面的价值。工具性使本书具有客观查询的功能,据此可以了解不同陶集版本的基本样态;参考性则使本书包含着作者自己的研究心得和学术判断。

2015 年 7 月,在蔡丹君博士后出站报告评语中,我这样写道:

　　《陶渊明集》流传既久,版本情况十分复杂,底本校本淆乱,系统整理和研究,是一项牵涉既广、内容庞杂的系统工程。本选题首次实现《陶渊明集》整体意义上的大规模深入细致的文献整理，既条分缕析，深入文本，又辨章学术，考镜源流；既原原本本，罗列旧注，又集辑各本，疏密有致。总体上通过文学文献学的基本方法，对《陶渊明集》中的文献问题做了集成性的研究。

概括而言，这篇出站报告，注重可靠性与集成性，体现了较高学术价值和作者扎实的文献功底。《陶渊明集》是文学史上十分重要的一部别集，基于相关文献系统整理与学脉梳理而编纂的《〈陶渊明集〉版本叙录》（及书目三种），可以从文献与文学研究辩证统一的高度，建构系统完整的文献学术谱系，力求在一个新的学术起点上推进汉魏六朝文学史的研究走向深入，是为本课题研究的文学史意义；对于《陶渊明集》的研究者来说，即可借本课题之成果，直取了解诸种版本之捷径，节省时力，融会贯通，是为本课题研究之实用意义；《陶渊明集》影响中国社会甚深，是传统中国士大夫文化影响下的代表之作。通过本课题之研究，有利于重读经典，对经典展开新的还原与诠释，开拓其对于当代社会的现实意义。

这是十年前的评语。此后十年间，她一直在不断地搜集资料，拓展视野，逐渐突破了过去版本叙录的成规，转变成一种学术史研究，呈现出一种崭新的面貌。于是，《〈陶渊明集〉版本叙录》也因此改名为《〈陶渊明集〉版本汇考》。

二

汇考，就是汇集众说，断以己意。《〈陶渊明集〉版本汇考》对于现存版本的著录分为四项：一是命名；二是出处；三是版本信息；四是按语。每一种版本命名是第一项工作，看似简单，实非易事。如宋本中的"曾纮本""汲藏本"等，参考以往著录，照猫画虎最为简捷，但作者经过目验，称之为"宋刻递修本"或更切实际。这种尝试值得肯定。

版本信息是叙录的核心内容。如何撰写，取决于作者著述的目的。洪亮吉《北江诗话》将藏书人分为考订家、校雠家、收藏家、赏鉴家和掠贩家等五类,藏书家的藏书叙录比较重视版式的客观描述,举凡异文、避讳、编次、钤印、批注等信息,无不详录,便于确定版本年代和刻印前后。《〈陶渊明集〉版本汇考》充分吸收前人的经验,在详尽著录客观信息的同时,更重视不同版本的文献价值,对于重要的序跋、批注(眉批、夹批)等文献,也都原原本本地过录下来。由于时代久远,版面磨损漫漶,前人的批点,有些字迹很潦草,辨识不易,需要向书法家求教才能确定下来。一篇序跋的录入,有时需要很长时间。凡是从事过版本研究的学人,对此无不感同身受。

按语部分,至少包括三方面内容:一是收集相关信息,如刊刻者生平、刊刻背景;二是总结该版本的价值;三是归纳前人对这一版本的研究情况。从以往研究成果看,人们较多关注陶集文本及其注释情况,对于注释者和刊刻者的生平事迹,多所忽略。其实,探索注释或刊刻动机,是陶集版本研究中极为重要的课题。譬如论及宋代汤汉《陶渊明诗注》,《〈陶渊明集〉版本汇考》归纳了六个方面的重要问题,涉及汤汉注释陶诗的动机及相关背景,汤汉对伪作的处理、汤汉注本的异文特色、版本源流、递藏关系以及对于汤汉注的评价等问题,旁征博引,线索清晰,极有助于考证。李公焕《笺注陶渊明集》是学术史上的名著。李公焕是南宋人还是元代人,过去颇有争议。《〈陶渊明集〉版本汇考》以李公焕的身份、李公焕注本所属年代等问题为线索展开讨论,论述了李公焕本的注释体例和学术价值,同时也指出李公焕本的妄改等问题,博观约取,客观平实。

考证历代《陶渊明集》的刊刻者、注释者、序跋者、题注者、抄写者的生平事略,可以解决过去陶集版本研究中被忽略或被误解的一些问题。郭绍虞《陶集考辨》成稿于二十世纪三十年代,堪称一代名著。但限于各方面条件,这部著作仍存在一些可以订补的问题。蔡丹君充分利用现代文献查询的便利,对版本源流、刊刻背景、刊刻时间等具体问题提出了一些与郭绍虞不尽相同的推论。譬如南宋江州本,郭绍虞认为出自思悦本。经过考察,丹君认为,江州本为林栗在乾道中任职江州时所刊。林栗本当出自宋递修本系统,非出自思悦本。又如朝鲜刻李梦阳本的刊刻时间,桥川时雄《陶集版本源流考》未提及。郭绍虞《陶集考辨》仅录其目,认为"此本不见诸家著录,惟李氏序文,各本有辑入附录者。李氏卒于嘉靖八年己丑,则此本或为成化本矣"。从李梦阳生平看,李梦阳生于成化八年,成化年间尚幼,故此本不可能是成化本。限于当时的条件,有很多书,郭绍虞先生并未目验,仅录其目,难免有误。更多的时候,是未知其书,自然无从著录。在新的学术条件下,文献研究可以后来居上。《〈陶渊明集〉版本汇考》全面占有古今资料,清晰梳理文献源流,取得了超越以往的成就。

三

《〈陶渊明集〉版本汇考》的基础研究是版本学,而作者的目标更在于学术史。丹君在《前言》中提到了若干研究论文,并拟结集出版《〈陶渊明集〉版本研究》。这些论文涉及独山莫氏复刻缩宋本《陶渊明集》的底本问题,莲社故事与《陶渊明集》编纂之间的关系问题,《陶渊明集》在日本的翻刻、写抄与注译问题,北齐阳休之本《陶渊明集》所收《集圣贤群辅录》问题,《陶渊明集》注释中的训诂问题,等等。在大量的文献研究过程中,作者逐渐形成了一些关于集部研究的理论思考。

首先,中国学术有着数千年的发展历史,最终归结为经史子集的四部分类。现代的所谓文学,主要集中在传统的集部,但又不仅限于此,譬如经部的《诗经》、史部的《史记》、子部的《庄子》等,当然也是最重要的文学作品。那么问题来了,我们用什么样的标准来研究中国文学?过去一百多年,中国古代文学研究往往按照既定的理论框架和标准体例来规范传统文学、评价文学作品,试图用西方的文体分类对中国文学发展进程做整体性判断。现在来看,这样的研究理念已经远远不能顺应时代的要求。我在从事国家社科基金重大项目"汉魏六朝集部文献集成"研究时,盛邀蔡丹君主持陶渊明文献研究,就是希望她能以《陶渊明集》版本文献研究为线索,进入中国文学史流变的历史现场,深入探讨中国文学的本质特征。这应当是我们从事版本研究的出发点和落脚点。

其次,研究中国文学,哪怕是研究版本文献学,也必须有自己的理论支撑。文学理论与文学创作本来就是一对孪生兄弟。诚如丹君在《前言》中所说,集部文献概念产生以后,这种理论的思考又会反作用于集部形态的更新、衍生,深刻地影响集部文献的再生形态。一个显而易见的事实是,任何一部集部文献的编纂都基于特定的文学理念;这样的集部文献一旦成为经典,便能获得更多的再版、注评和传播的机会,又会激发更为丰富的理论探讨。《陶渊明集》是这样,《昭明文选》也是这样。中国文学史研究,就是在这种文献搜集与理论探讨的交织中逐渐发展起来的。具有中国特色的学科体系、学术体系、话语体系的建设,必须根植于基础研究的丰厚土壤,根植于中国历史的发展实际。这是一个不争的事实。

再次,研究中国文学,必须突破固有的学科藩篱,进行综合性思考。蔡丹君的博士论文《从乡里到都城:历史与空间变迁视野中的北朝文学(附:北朝文学史事编年)》透过纷繁复杂的文学现象,考察了北朝时期城乡之间的流动与文学创作的关系,就很有启发性。二十世纪九十年代初,我和曹道衡先生著《南北朝文学编年史》时注意到《陶渊明集》编者之一的阳休之的一段史料。北魏永熙三年(534)七月,高欢率众逼近洛阳。北魏孝武帝(出帝)元修被迫西奔长安依宇文泰。高欢攻入京城后大杀北魏众臣,立清河王世子元善见为帝,是为东魏孝静帝,改永熙三年为天平元年。十月,为避西魏锋芒,高欢迁都于邺。从此,魏分东、西。那一年,阳休之二十六岁,在无法选择的情况下,随贺拔胜南奔梁朝首都建康(今南京),从此在江南生活了近两年的时间。天平二年(535),二十七岁的阳休之返回邺下。又过了五年,即东魏兴和二年(540)冬十月,萧衍遣使于东魏。十二月,阳休之兼通直散骑常侍,副清河崔长谦使梁。两次游历江南,阳休之有足够的时间和机会接触到南方文人的作品。

我们知道,萧统卒于梁中大通三年(531)四月。三年以后,阳休之投奔南方。他一定有机会读到萧统所编《文选》和《陶渊明集》。甚至可以说,《昭明文选》《陶渊明集》很有可能就是由阳休之带回北方,并广为推介。《太平广记》卷二四七引隋侯白《启颜录》"石动简"条,记载当时文人征引《文选》中的郭璞诗歌,就是一证。北齐高祖高欢武定五年(547)去世,说明在这之前,东魏君臣已经看到《文选》。萧统公元531年去世,至公元547年仅十六年,而《文选》已经传至东魏,可见流传速度之快,亦可见《文选》在当世已受人瞩目。阳休之编《陶渊明集》也与此相近。他在序言中说:

余览陶潜之文,辞采虽未优,而往往有奇绝异语,放逸之致,栖托仍高。其集先有两本行于世,一本八卷无序,一本六卷并序目,编比颠乱,兼复阙少。萧统所撰八卷,合序目传诔,而少《五孝传》及《四八目》,然编次有体,次第可寻。余颇赏潜文,以为三本不同,恐终致忘失。今录统所阙,并序目等,合为一帙十卷,以遗好事君子。

由此可以看出,阳休之看到三种《陶渊明集》,一是八卷本,无序;二是六卷本,有序目;三是萧统编辑的八卷本,包括序目传诔,而少《五孝传》及《四八目》。从《魏书》《北史》记载看,阳休之的性格非常直率,"外如疏放,内实谨厚。少年颇以峻急为累,晚节以通美见称"。他对陶渊明的为人、性格及其创作,都表示了高度的认可。他以萧统本为基础,"录统所阙,并序目等",汇编为十卷本《陶渊明集》。《隋书·经籍志》著录"宋征士《陶潜集》九卷,梁五卷,录一卷",可能就是阳休之本。北宋宋庠又校以唐代以来流传的各种版本,仍以阳休之本为底本,重新刊定为十卷本。

周兴嗣的《千字文》也是很早就流传到北方,并有人拿来作诗。《启颜录》记载:"一人患眼侧睛及翳,一人患齆鼻,俱以《千字文》作诗相咏。齆鼻人先咏侧眼人云:眼能日月盈,为有陈根委。患眼人续下句:不别似兰斯,都由雁门紫。"《千字文》有"日月盈昃""陈根委翳",隐含"侧"与"翳"意,眼疾不能明视,讽刺眼疾者;《千字文》又有"似兰斯馨""雁门紫塞",隐含"馨"与"塞"意,鼻塞不知馨香,讽刺鼻疾者[1]。吐鲁番市阿斯塔纳墓出土有公元 568 年的《急就章》古注本(原件在新疆维吾尔自治区博物馆),还有若干《千字文》残片。这一年,北齐为天统四年,北周为天和三年,高昌为延昌八年。周兴嗣卒于梁武帝普通二年(521),不过四十年,这篇作品已为北方人所熟知。

所有这些,当然不能说都是阳休之的功绩。事实上,南北方文化的交流,途径很多。譬如南北佛教僧侣的往来,譬如西魏恭帝元廓元年(554)九月攻陷江陵,掠走残存的典籍,又扶持萧统之子萧詧作为傀儡皇帝,建立后梁,偏安江边三十三年。后梁上层人物多是梁室子弟及其大臣的后

---

① 参见启功:《说〈千字文〉》,载《文物》1988 年第 7 期。

人,齐梁文化还在那里苟延残喘,他们所代表的江南文化,还有大量的典籍,对于西魏、北周乃至隋代都会有影响,自是不言而喻。由此看来,我们的版本研究还应当结合更为丰富的历史文献作通盘考察才会取得更大的成就。

蔡丹君是八零后新秀。她在湖南师范大学攻读本科时,在张松辉教授的指导下,结合乡邦文献撰写了《杜甫晚年赴湘求道考辨》。考入北京大学后,她又在杜晓勤教授和傅刚教授的指导下完成硕士和博士论文《沈、宋诗学与道德问题研究》《从乡里到都城:历史与空间变迁视野中的北朝文学(附:北朝文学史事编年)》。这篇博士论文还获得了北京大学优秀博士学位论文奖,修订完善后由生活·读书·新知三联书店 2019 年出版。从这些论著看,她的思维非常活跃,常能捕获重要的问题。根据她的学术特点,我有意让她选择文献学题目,希望她能沉潜下来,做点坐冷板凳的工作。没有想到,她一坐就是十年。

这十年,她从文学欣赏到文献收集,从宏观论述到微观考辨,一次次超越自己,走上了综合研究之路。不仅如此,她还与时俱进,在编纂余冠英先生学术论著选过程中①,深刻地体会做好学术普及工作的意义,在做好本职工作的同时,又投入更大精力推广文学美育的传播工作,由此获得中宣部的表彰。我认为,这样的工作是有意义的,接地气,有灵魂,是温暖的事业。

蔡丹君一路走来也并非一帆风顺,甚至可以说遇到了很多坎坷。但她从不气馁,勇往直前,同学们戏称她为"拼命三郎"。当然,未来的路还很长,一定还会遇到很多困难。人生在勤,勤则不匮。我相信,只要不懈努力,用心用力,丹君就一定能越走越好。

---

① 此书已由生活·读书·新知三联书店 2022 年 8 月出版,书名为《诗的传统与兴味》。

前　言

一　初衷

　　《陶渊明集》是一部六朝旧集。一般认为，它最早的、能确定的编纂者是南朝梁昭明太子萧统。此后，《陶渊明集》被不断传抄、翻刻，这使得它成为一个复数名词。也就是说，《陶渊明集》并不仅是萧统所编的这部陶集，而是涵盖了不断被传抄、刊刻的诸种《陶渊明集》。这部别集自诞生起，已走过1500多年的历史。在漫长的历史过程中，一代又一代人，以陶集的编纂者、刊刻者、抄写者、点评者等不同身份，进入到这部别集的建构或者传递过程中。在每一个历史当下，《陶渊明集》总能不断焕发新的生机，为中国思想文化的传承，为中国人的心灵世界，提供思想动力与精神滋养。

　　作为一部六朝旧集，《陶渊明集》为何能够穿越历史风烟，在中国历史上产生深刻的影响？这本是一个文学史命题，而这个命题的基座，实则是集部文献研究。想要了解这些陶集版本，首先就需要为历史上的诸种《陶渊明集》作一版本梳理与考订，撰写版本叙录。

　　版本叙录原是文献学研究领域的一种工具应用型文体，它主要用于介绍版本实物的版式、基本内容与传递过程等信息。一般情况下，一篇叙录，对应一种版本实物。版本叙录在内容上所涵盖的信息，首先是来自叙录者"亲见其书"之所见，从题签、用纸、用印、行款、编次、递藏等诸多方面，描述这一版本直观呈现的信息。基于此，版本研究者曾有一种自谦，说从事的是"书皮子"研究。

　　然而，"书皮子"上的知识与信息，从来都不寻常。书籍，正是在这些信息中，留存了它们穿越历史风烟迷雾的珍贵踪迹。这些信息是否能够

1

跃入研究者的视线，获得珍视，它们所含有的价值是否能被发现，这些情况，往往受制于太多偶然性。正因为如此，版本叙录虽看似是一种应用文体，但它的内容并非千篇一律。面对同一版本的信息时，研究主体基于自身知识结构或者研究兴趣，会对这些信息进行选择或者编织。版本叙录最终会超越作为应用文体的性质，作为一种研究内容本身而存在。以《陶渊明集》为例，作为古代文学研究者需要去了解的，不仅仅是文献表面的信息，更应该包括这些信息的出现、变动或者传递的背后，到底是一种怎样的文学史动力。因此，就需要在整理《陶渊明集》版本信息的基础上，再对相关的文献问题进行考订与汇总。

集部文献的存在，直接关乎我们对中国文学史整体面目的理解。中国文学史的生成，自有其内在体系与逻辑。这个体系与逻辑的支撑者之一，就是集部文献。重新审视集部文献的意义，在今日尤为重要。自《隋书·经籍志》四部分类以来，经、史、子、集之中，集部文献自成一类，分为总集与别集、选集等诸种类别。在四部分类法影响下，文学作品主要被归于集部，诸多文学批评也是围绕集部文献发生的。文学理论基于集部文献产生后，又会反过来促进集部版本实态的更新、衍生。真正的中国文学史，就是在这种文献与理论的交织式发展进程中形成的。

在每个历中时期，集部文献都有其不同的文献特征、使用范围等，这些文献特征背后，反映的正是那个时代的读者们的思想。除了在整部别集中作品编次的轻重区分，在作品内部，哪怕是一篇作品中的一字之改，一句之辨，都反映了不同时代对某个问题的集中关注。那种拿起不知文献来源的文本就开始讨论和鉴赏的方法，似乎并不符合中国文学的发展与流传主要基于集部文献版本实态的这一实情。

研究中国文学到底为何，需要进入集部文献中进行探求，真正基于总集、别集或者选集等集部文献来获得对作家、作品的真正了解，并以此建构符合我国文献发展特色的中国文学史的基本脉络。从中国文学实际发生的源流脉络来看，文学理论的发生、发展和演进，与集部文献有着非常密切的关系，而它们又是构成文学史最为重要的共同要素。"'文学史实'

也不是真正的历史事件,而是现代视野的建构。"①文学史首先当然是一种文学批评,它需要完成对作品价值的判断;但它也是一种历史分析,需要对进入到文学史研究视野中的研究对象进行历史性的探讨,搞清来龙去脉,确定其历史地位。而这一切的分析,都需要建立在重视集部文献这一实际物质载体之上,它本身就是最为接近历史原貌的文学史呈现。

集部文献的存世数量虽然浩如烟海,但它并非一个无穷数。从中归纳整理出具有代表性意义的经典集部文献,将之视为中国文学史的基本构成,是可以尝试努力的工作。从这样的思考出发,集部文献的版本叙录并非一次单纯的文献信息和数据的罗列,而是怀抱着将中国古代文学研究与古典文献研究方法相结合的研究愿望。通过一种细密、精心的版本观察,来发现潜藏于其间的文学发展脉络,这是笔者所理解的集部文献学最终要实现的根本研究目的。而《陶渊明集》正是我们从集部文献通向文学史研究的过程中的一个典型案例。

基于以上考虑,笔者在为陶集梳理版本时,有一份隐藏在文字之下的初衷,即试图从集部文献的角度来理解中国文学史发展的形态与本质。不但能够对文献信息进行"元元本本"之著录,也能总结历史上对《陶渊明集》的讨论,形成新的问题意识,从而引发更为深入的探讨。所以,为世间或存或佚的诸种版本之《陶渊明集》编写一部版本叙录,不应是一项机械的文字誊录、整理工作,或是描述沉睡在图书馆的《陶渊明集》版本的物质呈现形态而已,而应是以《陶渊明集》为中心,绘制一幅经由书籍千年传递、焕发文学史之辉光的文化图景。如果这份叙录工作,能带有深切的文学史研究关怀,那么就能借此来稍稍窥见集部文献的发展是如何构成中国文学史发展链条的基本单元的,这势必也能影响我们的文学史观念,为发现"文学史的多种可能性"提供一个新的途径。

① 王峰:《"文学"的重构与文学史的重释——兼论20世纪早期"中国文学史"书写的意义》,《华东师范大学学报(哲学社会科学版)》2008年第2期,第1页。

二　范围

本书中的《陶渊明集》诸版本之考订工作，将著录之陶集的起止时间，确定为从六朝时代到新中国成立之前这段历史时期。

（一）六朝暨唐

宋前诸本《陶渊明集》，原本不应该出现在《陶渊明集》的版本汇考中。因为，一个众所周知的文献学基本常识是，所谓的"版本"是属于刻本时代的概念。然而，为了推源溯流，还是要将抄本时代的陶集讲清楚，故书中置有此章。

宋代之前，陶集是以抄本形式存世。这些抄本，均未留存于世，如今只能通过文献记载、存录的内容，来考察其流传之样态与轨迹。在抄本繁荣之时代，陶集却保留了相对稳定的编次和面目，诸手抄本流传的线索相对而言是清晰的。

从史书记载推测，陶集最晚在南朝宋、齐之际已经结集，至少沈约撰著《宋书》时，已有陶集传世①。只是，关于此时陶集的最早编纂者是何人，是陶渊明本人或是陶渊明之故交门生等问题，皆无从知晓其答案。至梁萧统着手整理陶集时，世间正有多种陶集流传，其中有六卷本、八卷本。这些陶集，被认为包含了"录"一卷。这里的"录"一卷，殆指陶集之目录。这份目录，被视为陶集文献的重要组成部分，单独列为一卷。萧统将陶集之目次、内容进行了整理，并撰写陶集之序、陶潜之传，同时将颜延之之《陶征士诔》置于陶集中。颜延之的这篇诔文，同时也被选入《文选》之中，是人们了解陶渊明生平的主要资料②。而在萧统所撰之序、传中，存在与陶渊明饮酒相关的传说，这说明，陶渊明之声名，在南朝并没有沉寂，还是

---

①　"所著文章，皆题其年月，义熙以前，则书晋氏年号，自永初以来唯云甲子而已。"沈约撰：《宋书》卷九三《陶潜传》，中华书局 1974 年版，第 2289 页。

②　刘跃进编著，徐华校订：《文选旧注辑存》第 18 册，凤凰出版社 2017 年版，第 11367—11402 页。

有一定的讨论度的。萧统的整理,毫无疑问提高了陶集的文学史地位。而且,他将陶集定为"有益风教"之书,这也为陶集流传千年奠定了根本的思想指向。萧统所论充满言语反抗之意,所反抗的是流俗中对陶渊明好酒的诸般传言,而将之譬喻为颜子,肯定陶渊明所具备之儒家思想光辉。而流俗对陶渊明好酒之论议,至唐代仍未衰歇。在此过程中,或有小说、笔记曾记载此类内容,而之后这些记载在某个特定历史时期有所转淡甚至消失。但无论如何,这种声音贯穿于六朝至唐代,因此也影响了陶集形态的稳定性。萧统所定之陶集,在其当下,并非一锤定音之本,其他诸种陶集仍然与之并行了较长时间。以至于到了唐代,陶集的存世状态也并非只有八卷本这一种。而令萧统本的编次得以固定的,是北齐阳休之本陶集。阳休之得江左之本,再加入了被认为出自陶渊明之手的《五孝传》《四八目》等,将之扩充为十卷本陶集。《五孝传》《四八目》的真伪问题,从此成为陶集的重要公案之一。从六朝至唐代,陶集的另一桩公案,是此时人们所讨论的陶集所反映的晋宋易代思想问题。《文选》五臣注《辛丑岁七月赴假还江陵夜行涂口》提到了陶渊明"入宋但书甲子"的相关问题①。这段注释,与沈约《宋书》、初唐编纂的《晋书》中对陶渊明在晋宋易代之际的思想立场的记述,颇有关联。这一内容在宋代之后,被列入陶集正文内容之中。而在宋代之前,它就已经埋下了伏笔。虽然经过了前人的反复梳理,但宋前抄本陶集尚存诸多疑问,有必要尽量将之厘清。这些问题主要包括:一、陶集是否有自定本?二、梁六卷本陶集情况到底如何?三、萧统获得的两种八卷本,大致会是怎样的情况?四、萧统编纂的《陶渊明集》中有哪些值得注意的问题?五、阳休之将萧统八卷本《陶渊明集》增补为十卷,其中《集圣贤群辅录》与《五孝传》的真伪问题如何?六、唐代陶集流传具有哪些特征?关于以上诸问题,需要到宋前历史中尽力寻找答案。

　　唐代《陶渊明集》的流传情况相对较为模糊。陶集在新旧《唐书》中的卷数著录,颇有一些出入,五卷、二十卷这样的后世不曾出现的卷数,在唐代却出现了。因为相关文献资料缺乏,故唐代《陶渊明集》的流传情况不

──────────

① 刘跃进编著,徐华校订《文选旧注辑存》第 8 册,第 4996 页。

甚清晰。从目录著录情况来看,其因袭六朝时代的诸种陶集版本并没有定于一家,是最有可能的情况。这也反映了《陶渊明集》在唐代的地位并不如宋代以后那么高,故而未能出现权威核定之主流版本。要深入了解唐代《陶渊明集》的流传情况,必须深入到陶集内容在这一时期的运用中,而较难从文献版本层面获得答案。《陶渊明集》在唐代的被讨论、被引用情况,与之前的六朝、之后的宋代相比,都是要沉寂很多的。从唐代人们对陶集的征引情况来看,能肯定的是,《文选》中所录陶集的部分内容,成为陶集诗文接受的主要载体。也就是说,在陶渊明文学史地位尚未跃升至经典层面时,总集中的陶渊明诗文之影响,高于作为别集的陶集之影响。出土的唐代墓志中,颇有对陶集诗文之征引。目前能集中看到的陶集内容,与《文选》选篇有很大重合。陶集诗文在唐代的类书中所呈现的内容,也与《文选》选篇的关系比较密切。中古时期文人的阅读并非后人想象中那样条件优越。哪怕是阅读文学经典,人们也总有一些条件受限的方面,而选取类书、选本来阅读的情况是具有相当普遍性的。

从六朝到唐代,《陶渊明集》已经获得整理,并在社会上产生广泛影响。但是,这种影响主要是有关"风教"意义上的影响。在陶集编刊过程中,《文选》五臣注一直标志性地被保留在了《始作镇军参军经曲阿作》这首诗下①,被作为"但书甲子"之说的源头来对待,同样是因《文选》选陶诗之影响太大所致。不完整的陶集,为那时的人们塑造了一个不完整的陶渊明形象。从唐代中期开始,有关"入宋但书甲子"的讨论逐渐出现。颜真卿《咏陶渊明》将陶渊明塑造为"晋臣",诗语风格壮烈。通观诗意,与其说是在歌咏陶渊明,不如说是颜真卿忠义之心的自况②。谢榛《四溟诗话》还谈到晚唐韩偓:"不仕梁,所著诗文,亦书甲子。"③颜真卿、韩偓这样有气节的文人在唐代并不算多,强调陶集之易代性的时代氛围此时尚未到来。后世学者对颜诗评价很高,或评价颜真卿是陶渊明易代之论的发

---

① 萧统编:《六臣注文选》,中华书局1987年版,第494页。
② 颜真卿:《咏陶渊明》,《全唐诗》卷一五二,中华书局1979年版,第1583页。
③ 谢榛:《四溟诗话》,人民文学出版社1961年版,第8页。

端者①，或强调宋人继续发挥"入宋但书甲子"之说是受到颜诗的启发②。

总之，从六朝到唐代，可以看到《陶渊明集》的形态在逐渐形成并稳定下来，而流传后世的"甲子说"也在此时有所萌芽。从总体上来看，陶渊明此时还没有获得此后那么崇高的文学史地位，主要是被作为一名归于田园的隐逸诗人来看待。

（二）宋元

北宋以后，《陶渊明集》进入刻本时代。随着陶渊明超逸的人格为宋人推崇并弘扬，《陶渊明集》也受到更多重视。于是，宋代成了陶集刊刻的第一个高潮时期。

北宋时代陶集有了诸种刊印本。北宋所刊之陶集，承唐代而来。唐五代时期，整理与干预陶集者甚为罕见，没有见到对陶集重新整理的明确记载，陶集至北宋，应当基本保留了六朝时代陶集的面目。北宋各本陶集，至今遗佚殆尽。相关信息散落在历史记载中，但只有一些著名的北宋刊本被记录其名，北宋本陶集的刊抄和编次等情况只能依据此后传世的南宋刊本进行相关的版本信息推测。这一阶段，有些本子极有可能并非刊本，而是抄本。但这只是一种推断，因此在难以确定的情况下，仍将前人提及的本子加以著录和保留。此时，关于《陶渊明集》的理解和讨论，开始聚焦在陶渊明的超逸人格与旷达诗风上。人们对陶渊明作品有了较之唐人更为深入的理解。在这种阅读与使用陶集的基础上，人们对陶集之版本、伪作、异文等相关问题有了较为深入的讨论，基本确定了陶集中真正出自陶渊明之手的作品。

其中，宋庠本陶集虽然已经遗佚，但基本上可以视其为诸种宋本陶集之祖。它保留了陶集自阳休之本以来的基本编次，也保留了丰富的异文。从抄本时代进入刻本时代，宋庠对陶集原貌的维护，是陶集迄今仍然能被称作六朝旧集的关键原因之一。宋庠本保留了陶集中的大量异文，"宋本

---

① 朱光潜：《诗论》，北京出版社2005年版，第325页。

② 傅璇琮：《读〈陶渊明研究资料汇编〉》，《唐宋文史论丛及其他》，大象出版社2004年版，第189页。

作某"是它在校勘方面留下的重要标记,影响深远。北宋时代另外一种重要刻本,是北宋治平三年(1066)思悦编《靖节先生集》十卷。思悦本的编订大约经历了两个阶段,刚开始以宋代流传的萧统七卷本陶集(合序、传、诔等则为八卷)为底本,并"采拾众本"加以校勘订补,后来获得了宋庠本陶集,再一次作了局部的补订工作,最后完成于北宋治平三年。今存诸本《陶渊明集》,在卷三之首,多收录思悦《甲子辨》一则。这两种北宋本是宋代刻本的发源之作。北宋宣和年间王仲良于信阳刊刻了一种苏体大字本,即"宣和王氏本"。此本为曾纮所见,被撰入曾纮《说》。曾纮《说》同时还讨论了陶集"刑天舞干戚"一处的异文问题。这则考订文字,在北宋递修本陶集中也有附录(而递修本是后世不少本子的祖本,故成为传世陶集中一则常见的附录)。北宋时代遗佚了大量陶集,其中有不少难以确定是抄本形式还是刻本形式,如晁文元家本、南唐本、东林寺本、陈述古本、张相国本等。这些版本或者抄本的出现,说明《陶渊明集》在北宋时代就已经获得深切的关注和广泛的传播。

南宋陶集承续了北宋陶集的基本编次和内容等,但是在功能和内容方面,又发生了很多新变化。有两种南宋陶集版本对于此后陶集的传递与历史,产生了源头性的影响。一是"曾集本":南宋绍熙三年(1192)曾集知南康军,在任期间刊刻陶集。这部陶集所附的曾集跋语,讲述了此部陶集的诞生背景。它与白鹿洞书院之建设以及朱熹在南康军的政治思想遗产颇为相关。曾集作为朱熹的私淑弟子,在为白鹿洞书院刊刻《四书集注》的同时,刊刻了《陶渊明集》。从此,陶集与中国古代书院教育有了密不可分的关系。而且,在理学氛围的熏陶之下,《陶渊明集》的思想底蕴进一步转浓。南宋曾集刊《陶渊明集》流存至今,历代重刊、仿刊者甚多。过去关于曾集本的文献外观多有研究,但关于它的诞生过程则鲜有分析。刊者曾集知南康军,继承了之前朱熹在南康期间施政、兴学的政治遗产,赋予此部陶集深刻的政治、教育理想寄托;曾集与朱熹之间有着密切交往和深度思想交流,这让曾集本始终含有一种幽微的理学底色,它实际上成为反映朱熹言说和评论陶渊明及其诗文的版本载体。二是"汤汉本"。自从"入宋但书甲子"之说在思悦本陶集中获得关注和论证之后,南宋陶集的刊刻者,延续此意,将陶集进一步明确为一部体现了陶渊明在晋宋易代之际的政治立场的诗文集。《陶渊明集》从此开启了它的注本文献发展轨道，在南宋度宗时代诞生了非常重要的一部陶诗注本——"汤汉注本"，即由南宋汤汉作注的《陶靖节先生诗》四卷。针对宋人对陶集诗文的评论，元代李公焕加以纂集收录，并加上其个人意见，汇入到了他集注、集评的《笺注陶渊明集》中。

以上两种南宋刊陶集的诞生，都有其特定的历史环境。这种情况提醒我们，研究宋本陶集，当从"宋"入手，知晓其历史背景，探究其思想内蕴与文学意义。若要深度关注宋本六朝旧集，就要打破过去以文献外观介绍为主的集部文献研究程式，而要通过贯通之眼看到宋代赋予六朝旧集的新生过程、新的知识背景和思想内涵。

元代李公焕笺注的《笺注陶渊明集》，是历史上第一部陶集集注本。它所展现的，是宋元以来理学家、诗家甚至小说家对陶渊明诗文的总体看法。集中有"总论"，以诸家论陶之说，作为笺注之思想基调；又有诸家论陶集诗文的具体言语，作为作品内文的注释。而且，这部陶集集注本，还有文化史视野，吸收了宋元时代关于陶渊明之庐山传说、陶渊明主题之绘画等各方面的信息，具有浓郁的集成意义，为后世陶集集注类文献的衍生埋下了种子。

宋元时代的诸种陶集版本，是在两宋诗学、文化发展环境与理学思想环境的多重滋养之下诞生的。宋元时代，越来越多的声音进入到陶集，对陶集的思想、文化与诗学意义，作出新的阐释，并由此催生出新的文献样态。而这些文献样态，为此后陶集版本的发展奠定了基础。因此，宋元时代，可以被视为《陶渊明集》文献的发展期。

（三）明代

明代是《陶渊明集》文献的成熟期。"成熟"，意味着《陶渊明集》版本的传递线索更为分明，数量、种类大为增加，而更重要的是，陶集在思想文化应用方面也开始扮演多重角色，开始对社会思潮产生更为实际的影响。

明代《陶渊明集》刊刻的版本种类，相比于宋元时代增加了很多。在明代，商品经济的发展，促进了陶集俗本的诞生。其中，"合刻本"的形式，在明代蔚然成风，陶渊明与韦应物、陶渊明与阮籍、陶渊明与屈原、陶渊明与诸葛亮、陶渊明与谢灵运等别集合刊的现象司空见惯。这种合刊风气，是中国文学史发生"并称"现象的文献基础。

明代前期的陶集刊刻，或诞生于教学环境，如陕西郡学等；或诞生于某些特定的文化圈子，如吴门画派所在的文化圈。《陶渊明集》的多元文化特性不断在深化，而它作为一种理学教材的意义，或许是前人未曾关注的。当时，有多种陶集，为各类行政层面的学校所刊印。自白鹿洞书院将陶集与《四书集注》同时刊刻以来，它仿佛是类似于一种"选修"课程，往往出现在士子学习的科目之中。这也是明代陶集开始向海外传布并被利用的重要原因。如朝鲜人对南宋末年参与校订《陶渊明集》的士人刘须溪的校勘成果十分青睐，将之引进并且重刊。陶集在士人精神中的不断渗透，是它被特定文化圈重视起来的原因。明代私家刻书开始繁荣，越到后期，陶集的刊刻越显出纷呈之势。

明代陶集注释日渐纷繁，其中影响最大的是"何孟春注本""黄文焕析义本""张自烈注本"等。易代之际，陶集文献往往成为遗民政治的代言者，这导致明代崇祯时期成为整个陶集文献刊刻历史中的一个高潮时期，产生了多种陶集。其中以易代立场来解读陶诗的，尤为显著。

陶集发展至明代，它的文化教育属性、文人精神属性和政治代言属性都得到了进一步增强，而且它也开启了走入海外文化的旅程。在日本刊刻之陶集，仅日本学者大矢根文次郎二十世纪六十年代在其《陶渊明研究》一书中所集录者，就有 23 种。明代的陶集刊刻如此丰富，但过去我们对这种丰富性的认识是相对缺乏的，而今亟待对明代陶集的发展作出整体图景之绘制。这份陶集版本汇考的工作，将把现存明代陶集的研究与整理，视为非常重要的内容。无论是从种类，还是从内容等各个方面来看，明代都可以被视为陶集文献的成熟时期。

(四) 清至民国

与清代学术文化发展的总体气氛保持一致的是，《陶渊明集》的整理、注释与评价，此时也进入了一种知识总结阶段。诸多关于陶集伪作、异文等问题，在清代陶集的出版过程中，达成了一定的共识。因此，清代可以被视为陶集文献的集成时期。

在这条"集成性"发展的道路上,从清代前期到中期,关于《陶渊明集》的集注、汇注,彼此之间又有着一定的差别。

康熙三十三年(1694)对于《陶渊明集》而言是一个奇特的年份,在这一年,有多种陶集出版,它们开启了陶集在清代出版的先声。无论是詹夔锡注本、胡凤丹本还是卓尔堪等人纂集的曹陶谢合刊本等,都在尝试继承明代陶集版刻的成就,进一步将陶集的出版推向高潮。吴瞻泰的《陶诗汇注》,汇集了李公焕、汤汉、何孟春、黄文焕、方熊等人的注陶内容,以及李善、刘履等注《文选》之陶诗的内容,同时还增入了与他同时代的论陶者如汪洪度、王棠、程元愈、程崟等人之说,其中还偶尔穿插其自注之语。道光年间诞生的陶澍集注《靖节先生集》,是清代陶集文献集成之代表作,此本陶集将历代对陶集之注释解说以及陶公年谱进行了全面的资料汇集,而且,针对那些在历史上具有争议的问题,陶澍在当时的条件下,作了相对公允的判断。

另外,本书也关注到了海外陶集的刊刻与传播。限于篇幅,仅就相对比较集中的日本、朝鲜半岛等地区的陶集翻刻等版本发展情况作相关的整理。本书将这两类版本,融入了与我国历史时期相应的时代,以便对照版本传递的海外轨迹。

总之,本书着眼的陶集诸版本,所产生之时间范围,暂限定为从东晋(即传说中的"陶集自定本"出现之时)到民国时期(即 1949 年之前)所出现之版本。笔者虽尽力搜集所有陶集,但无法保证全无遗漏。由于有些版本的价值并不是很高,因此也可能在罗列之后,叙录内容有所省略。

三　基础

陶集版本研究有着前人的丰富经验和坚实基础。从清代中后期到民国时期,出现了几种陶集版本研究的奠基之作。陶澍集注《靖节先生集》中卷首有《诸本序录》,是陶集版本论述的基础之作,虽然所列并不详尽,但主要版本多已指出①。梁启超所著《陶渊明》一书,其后有《陶集

---

①　陶澍:《靖节先生集》卷首,清光绪癸未江苏书局本,第 1 页 a 面—第 19 页 b 面。

考证》①。胡怀琛所著《陶渊明生活》后附载了《陶集纪略》②。1924年,日本学者桥川时雄所著《陶集版本源流考》,则是陶集版本研究中最为详尽之作。桥川氏自称经眼陶集版本大概50种,其在文中对它们的主要特点和源流承续,剖析得十分明白。文后附考3篇,集中论及陶集版本研究中聚讼最多之成书年代、文本讹误等问题③。1936年,郭绍虞著《陶集考辨》。这篇专文,是对已有陶集之版本研究成果的增补辨证,颇有丰富扩大桥川所论范围、更正梁启超诸说之效用,其中论及了桥川时雄所未提及或者没有详尽叙述的一些相关版本。他认为陶集版本之病,在阙、乱、伪、误、晦,并对每一时期的版本加以简叙,以补前人所叙之遗漏;此外还对陶集版本进行了分期④。1937年,姚实著《陶渊明集版本考》梳理了见于著录、今已不存的4种早期版本和现存的13种陶集版本,并认为其中以丁福保的刊本最好⑤。1967年,日本学者大矢根文次郎在其《陶渊明研究》的第三卷中,罗列出了陶集版本的目录,名之为《陶渊明集叙说》⑥。1979年,逯钦立校注的《陶渊明集》问世⑦。此书对当代陶集文献研究影响很大,在考证、校勘、注释和评论等多个方面均取得了巨大的成就。逯钦立以元初李公焕《笺注陶渊明集》十卷本为底本对陶集进行整理。参校本为曾集刻本、苏写本、焦竑刻本、莫友芝刻本、黄艺锡刻《东坡先生和陶渊明诗》本,一一进行比勘,录出异义。还将《五孝传》《四八日》《八儒》《二墨》等伪作,悉数删去;仍依鲁铨刻苏写大字本次序编诗文七卷,卷首列入萧统序及目,保存旧集原貌。书后附有逯钦立《关于陶渊明》《陶渊明事迹诗文系年》两篇文章。其中,《陶渊明事迹诗文系年》后所附跋文,是逯先生指明其陶渊明五十一岁说之误。

---

① 梁启超:《陶渊明》,商务印书馆1923年版,第66—79页。

② 胡怀琛:《陶渊明生活》,世界书局1930年版,第59—62页。

③ 桥川时雄:《陶集版本源流考》,文字同盟社1931年版。

④ 郭绍虞:《陶集考辨》,《燕京学报》1936年第20期,第25—84页。后收入《照隅室古典文学论集》(上编),上海古籍出版社1983年版,第258—326页。

⑤ 姚实:《陶渊明集版本考》,《学风》1937年第七卷第三期,第1—6页。

⑥ 大矢根文次郎:《陶渊明研究》,早稻田大学出版部1967年版。

⑦ 逯钦立校注:《陶渊明集》,中华书局1979年版。

陶渊明年谱研究,伴随着陶集版本研究,逐步走向繁荣。在民国之前,陶集年谱已自成体系,其中著名的有:南宋李焘撰《陶潜新传》,佚;南宋王质《栗里谱》;南宋吴仁杰《陶靖节先生年谱》;南宋张缜《吴谱辨证》,佚;李公焕《笺注陶渊明集》,存四则;清陶澍《靖节先生年谱考异》,首列王、吴两谱;清顾易撰《柳村谱陶》;清丁晏《晋陶靖节年谱》;清杨希闵《陶靖节年谱》。民国时期,伴随着近代思潮的涌入,人们开始以新的角度进入陶渊明诗文中的思想世界。人们饶有兴趣地讨论陶渊明之行年、陶渊明诗文之作年等问题。正如中古文学研究范畴是在近代得以建立,关于陶集的现代性解读,也与民国时期陶集文献的样态有很深的关联。梁启超《陶渊明年谱》①、陆侃如《陶公生年考——跋古层冰〈陶靖节年谱〉》②、游国恩《陶潜年纪辨疑》③、朱自清《陶渊明年谱中之问题》④、逯钦立《陶渊明行年简考》⑤、圣旦《陶渊明考》⑥等相关论文,将对陶渊明行年之考证引向了一个讨论高潮。此外,当时还有一些对陶渊明世系、生平事迹及亲友进行考证的文章。这些考证或因循旧说,或提出新解,进一步深化了陶渊明研究。而这些内容,也会渗透到《陶渊明集》的相关研究之中。

二十世纪九十年代,关于《陶渊明集》版本、文献研究出现了一些新的动态。

第一,关于《陶渊明集》版本实物、个案考察的研究渐多。如陈杏珍

---

① 梁启超:《陶渊明》,第31—65页。

② 陆侃如:《陶公生年考——跋古层冰〈陶靖节年谱〉》,原载《国学论丛》1927年第一卷第一号,后收入《陆侃如古典文学论文集》,上海古籍出版社1987年版,第695—700页。

③ 游国恩:《陶潜年纪辨疑》,《国学月报汇刊》1928年第1期,后收入《游国恩学术论文集》,中华书局1989年版,第400—405页。

④ 朱自清:《陶渊明年谱中之问题》,《清华学报》1934年第九卷第三期,后收入《朱自清古典文学论文集》(下册),上海古籍出版社1981年版,第451—492页。

⑤ 逯钦立:《陶渊明行年简考》,《读书通讯》1942年第50期,第3—6页;第51期,第7—9页,后收入《汉魏六朝文学论集》,陕西人民出版社1984年版,第179—196页。

⑥ 圣旦:《陶渊明考》,《文艺月刊》1934年第6卷第4期,第108—114页。

《宋刻陶渊明集两种》①、周期政《〈四库全书总目·陶渊明集提要〉辨证》②、松冈荣志《〈陶渊明集〉版本小识——宋本三种》③等。1997年袁行霈《陶渊明研究》一书中的《宋元以来陶集校注本之考察》④,建立在对各类可接触到的版本的具体考察之上。其细致的梳理对于我们考察陶集版本自宋以后的文本变化,有十分重要的意义。2003年,袁行霈《陶渊明集笺注》问世,为当时陶渊明文献研究的集大成之作⑤。该著以毛氏汲古阁藏宋刻《陶渊明集》十卷本为底本,以5种宋元刻本为校本,并以总集、类书、史书为参校,注出异文740余处。另外,此书还附有和陶诗9种、陶渊明年谱简编、作品系年以及诗文句索引,为研究者提供了极大便利。2003年,邓小军撰写《陶集宋本源流考》,对陶集宋本的情况作了分析比对,得出了一些颇有建设意义的研究结论⑥。2011年,邓琼《读陶丛稿》讨论了《陶渊明集》的流传、刊行及陶评沿革⑦。虽然所论极为简略,但是相对准确地描述了各个历史阶段《陶渊明集》发展的某些基本特征。

第二,《陶渊明集》的海外流传也受到了越来越多的关注。例如,2007年,田晓菲《尘几录——陶渊明与手抄本文化研究》一书,对《陶渊明集》抄本中的异文进行了研究。其中附有《古代重要陶集版本叙录》《现代陶集版本选录》,对藏于哈佛燕京图书馆的一些陶集版本作了简要的介绍⑧。卞东波对《陶渊明集》在日本、朝鲜半岛的流传情况进行了介绍⑨,等等。

① 陈杏珍:《宋刻陶渊明集两种》,《文献》1987年第4期,第205—215页。

② 周期政:《〈四库全书总目·陶渊明集提要〉辨证》,《九江师专学报(哲学社会科学版)》1993年第1期,第33—37页。

③ 松冈荣志:《〈陶渊明集〉版本小识——宋本三种》,《苏州大学学报(哲学社会科学版)》1994年第1期,第60—63页。

④ 袁行霈:《陶渊明研究》,北京大学出版社1997年版,第199—210页。

⑤ 袁行霈:《陶渊明集笺注》,中华书局2003年版。

⑥ 邓小军:《陶集宋本源流考》,王水照等主编:《新宋学》第二辑,上海辞书出版社2003年版,第205—228页。

⑦ 邓琼:《读陶丛稿》,天津古籍出版社2011年版,第257—279页。

⑧ 田晓菲:《尘几录——陶渊明与手抄本文化研究》,中华书局2007年版,第209 217页。

⑨ 卞东波:《域外汉籍与宋代文学研究》,中华书局2017年版。

第三，出现了一些具有汇集、集成性质的成果。历代陶集校笺、诗解和评议等，非常丰富。有汤汉等笺注、李公焕辑《笺注陶渊明集》十卷总论一卷、黄文焕析义《陶元亮诗》四卷、吴瞻泰辑《陶诗汇注》四卷、陶澍集注《靖节先生集》十卷首一卷。近代之后，有近藤元粹评订《陶渊明集》①、铃木虎雄《陶渊明诗解》②、斯波六郎《陶渊明诗译注》③、王瑶编注《陶渊明集》④等。在这些集注的基础上，现代陶集研究方面，出现了杨勇《陶渊明集校笺》⑤、王叔岷《陶渊明诗笺证稿》⑥、逯钦立校注《陶渊明集》⑦、袁行霈《陶渊明集笺注》⑧、龚斌《陶渊明集校笺》⑨等。另外，年谱校定方面，也出现了汇总性的成果，如刘跃进、范子烨所编《六朝作家年谱辑要》中汇入了袁行霈《陶渊明年谱汇考》、王孟白《陶渊明年谱简证》、杨勇《陶渊明年谱汇订》，具有一定的集成性质⑩。北京大学北京师范大学中文系等编《陶渊明资料汇编》汇集了一些陶渊明研究的相关材料⑪。2014 年，钟书林主编了《陶渊明研究学术档案》⑫。

第四，关于《陶渊明集》的衍生文献研究，在不断拓宽。近年来，一些文本之外的资料也进入了研究者的视野。如张廷银《从家谱文献看民间对陶渊明的接受与批评》⑬和袁行霈《陶渊明影像——文学史与绘画史之

---

① 陶渊明著，近藤元粹评订：《陶渊明集》，青木嵩山堂 1894 年刊本。

② 铃木虎雄：《陶渊明诗解》，弘文堂书房 1948 年版。

③ 斯波六郎：《陶渊明诗译注》，京都东门书房 1951 年版。

④ 陶渊明著，王瑶编注：《陶渊明集》，作家出版社 1956 年版。

⑤ 杨勇：《陶渊明集校笺》，大众书局 1969 年版。

⑥ 王叔岷：《陶渊明诗笺证稿》，艺文印书馆 1975 年版。

⑦ 陶渊明著，逯钦立校注：《陶渊明集》，中华书局 1979 年版。

⑧ 袁行霈撰：《陶渊明集笺注》，中华书局 2003 年版。

⑨ 陶潜著，龚斌校笺：《陶渊明集校笺》，上海古籍出版社 1996 年版。

⑩ 刘跃进、范子烨编：《六朝作家年谱辑要》（上册），黑龙江教育出版社 1999 年版，第 1—252 页。

⑪ 北京大学北京师范大学中文系、北京大学中文系文学史教研室编：《陶渊明资料汇编》，中华书局 1961 年版。

⑫ 钟书林主编：陶渊明研究学术档案》，武汉大学出版社 2014 年版。

⑬ 张廷银：《从家谱文献看民间对陶渊明的接受与批评》，《南京师大学报（社会科学版）》2007 年第 6 期，第 111—116 页。

交叉研究》①，二文对于涉及陶渊明的其他文献作了调查，而没有仅仅局限在陶集文本身，拓宽和深化了陶渊明研究的视域。另外，关于"和陶"文献的研究成果，也在逐渐增加。卞东波《〈精刊补注东坡和陶诗话〉与苏轼和陶诗的宋代注本》②是此类研究的代表性作品，体现了陶集衍生文献的相关研究所到达的深度。

第五，近些年，关于《陶渊明集》诸版本个案的研究在增加，尤其是对明清阶段的陶集研究，产生了大量优秀的成果。如王澧华《〈陶渊明集〉初编本的逆向推测》③、贺伟《宋前陶集考论》④、贺伟《元前陶集考论》⑤、吴国富《略论李公焕〈笺注陶渊明集〉的刊刻时间》⑥、刘萍萍《黄文焕〈陶诗析义〉研究》⑦、邓富华《明代何孟春〈陶靖节集注〉考论》⑧、付振华《陶澍集注〈靖节先生集〉研究》⑨、陈田田《吴瞻泰〈陶诗汇注〉研究》⑩、李赛楠《邱嘉穗〈东山草堂陶诗笺〉研究》⑪等等。对于这部分成果，笔者也将之引入文中。

---

① 袁行霈：《陶渊明影像——文学史与绘画史之交叉研究》，中华书局 2009 年版。

② 卞东波：《〈精刊补注东坡和陶诗话〉与苏轼和陶诗的宋代注本》，《复旦学报（社会科学版）》2015 年第 3 期，第 31—39 页。

③ 王澧华：《〈陶渊明集〉初编本的逆向推测》，《九江学院学报（社会科学版）》2019 年第 3 期，第 7—11 页。

④ 贺伟：《宋前陶集考论》，《九江学院学报（社会科学版）》2018 年第 2 期，第 9—14 页。

⑤ 贺伟：《元前陶集考论》，山东大学硕士学位论文，2017 年。

⑥ 吴国富：《略论李公焕〈笺注陶渊明集〉的刊刻时间》，《周口师范学院学报》2022 年第 6 期，第 76—80 页。

⑦ 刘萍萍：《黄文焕〈陶诗析义〉研究》，首都师范大学博士学位论文，2007 年。

⑧ 邓富华：《明代何孟春〈陶靖节集注〉考论》，《中国典籍与文化》2020 年第 3 期，第 57—65 页。

⑨ 付振华：《陶澍集注〈靖节先生集〉研究》，广西大学硕士学位论文，2012 年。

⑩ 陈田田：《吴瞻泰〈陶诗汇注〉研究》，安徽大学硕士学位论文，2016 年。

⑪ 李赛楠：《邱嘉穗〈东山草堂陶诗笺〉研究》，福建师范大学硕士学位论文，2021 年。

四　所获

在学界师长、同仁的支持和帮助下,本书的写作得以在相对宽松的时限中进行。综合目前的工作来看,主要有以下微末收获。

第一,收录《陶渊明集》版本种类较全。存世陶集与文献中记载的已佚陶集数量众多。过去,人们对单个陶集版本,或者对某个历史阶段中的陶集有所研究。在前人的基础上,这一次笔者对自己能够搜集到的陶集版本信息作了梳理。目前,本书录有海内外陶集刻本、抄本以及史志笔记之中所提及但现实中已亡佚的陶集版本共135种。其中宋前诸本6种,北宋本9种,南宋本10种,元本6种,明本41种,清本54种,民国本5种,日本抄刻本4种,相对于前人研究来说是较全的。未来或许还会有新的陶集版本被发现,这些数字因而是会发生变化的。全书对于这些版本的流传线索,进行了详细的梳理。应该说,《陶渊明集》有其自身的版本体系,编次虽然总体稳定,但是细节往往不同。异文繁多,需要仔细清理择选;伪作若干,前人皆有丰富讨论,需要进行梳理。总览陶集发展的源流,可以解决以上陶集版本研究的繁难问题。另外要指出的是,本书著录的版本中有一些是首次披露,如藏于中国社会科学院文学研究所图书馆的明代李卓吾批《陶渊明集》以及清代程穆衡编《陶诗程传》等。

第二,收录《陶渊明集》中的序跋、批注。诸《陶渊明集》版本中的序跋与批注,是版本之精华部分。这些内容,是刊刻者、读者在陶集中留下的重要信息。批注的形式,往往是很丰富的,有眉批、夹批等。如果只采用泛泛的概述,无疑会遗漏,考虑到方便将来研究的开展,遂对这些内容进行了尽可能完整的过录和汇总。

第三,重视《陶渊明集》各类注本之"注例"。《陶渊明集》注本繁多,各有其"注例"。这是陶集文献在其发展过程中产生的一条文献线索,也是未来对《陶渊明集》展开深入的、跨越时代之研究的一个方向。从汤汉注、李公焕注再到明清各家注释等,注家所怀心意有所不同,侧重也有所不同。另外,还有一些陶集中的代表性篇目,往往会获得注家的格外关注,以致形成一种"层累"效应,比如关于《述酒》一诗的注释,就成为拓宽陶集注释方法的经典之作。各代的注家,囿于各自的历史文化背景和个人经历,对陶集的注释都会有不同的偏重。比如黄文焕从易代角度,彰显陶集之"愤";而清道光年间的陶澍,则浸染清代的知识风气,在陶集诗文训诂方面多有创获;康熙年间的邱嘉穗是一个有反异端思想的士人,因此其在注中极力撇清陶渊明与佛教之关系。目前,关于陶集诗注的部分,有一些地方是留有研究空间的。比如,清代"汇注"类的陶集大多是以李公焕本《笺注陶渊明集》为底本的,但清代人对于李公焕本中的注释,并非都是原样承袭,大多是有所删削的。这种删削或许是有一定原因的,很值得探寻。目前限于精力,本书只能对这种现象加以指出,留待将来的有识之士进一步探明。再比如,关于"蒋薰评点本",前人未有深入考察,评价平平,但是笔者经过细读发现,这一评本具备诸多新时期之特征,有可研究之空间,因此也予以详细著录,以便同道后续的进一步考察。

第四,综合了《陶渊明集》现有之研究成果。关于《陶渊明集》之研究成果极为宏富,笔者对相关研究的重要论证以及结论,进行条分缕析,附于各版本之下,以方便读者了解前人的讨论。这部分的内容,具有一定的文献集成价值。

第五,提出了《陶渊明集》文献研究的若干问题。在给出相关信息的基础上,在按语部分,笔者加入了一些初步论断。其中有一些论断,或者可以作为将来深入研究陶集的选题。

第六,积累了《陶渊明集》研究的少量论文成果。笔者研究《陶渊明集》十年,在国内奔走于多个图书馆,且曾两度赴日,先后抵达京都大学人文研究所、东京大学文学部进行短期访学以寻访海外《陶渊明集》收藏及其相关研究之情况。有些许所得之后,便撰成文章。自 2017 年开始发表论文,目前已经积累了近 10 篇,但是为避免重见迭出之感,其中绝大部分内容是没有引入到本书中的。相关论文信息如下:

(1)《独山莫氏复刻缩宋本〈陶渊明集〉底本探疑》,《中国社会科学院研究生院学报》2017 年第 6 期。

(2)《六朝杂史、杂传与咏史诗学的发展——从阳休之〈陶渊明集〉所收〈集圣贤群辅录〉说起》,《北京大学学报(哲学社会科学版)》2019 年第 2 期。

（3）《莲社故事文、图与〈陶渊明集〉之编纂》，《文艺研究》2019 年第
3 期。

（4）《〈陶渊明集〉在日本的翻刻、选抄与注译》，《复旦学报（社会科学
版）》2019 年第 3 期（该文获得 2019 年度日本研究优秀论文奖，由中华日
本学会联合全国日本经济学会、中国日本史学会、中国中日关系史学会、
中国日本文学研究会、中华日本哲学会共同评选颁发，该文同时被《日本
学刊》增刊转载）。

（5）《南宋曾集刊本〈陶渊明集〉的理学底色》，《中外论坛》2021 年第
4 期。

（6）《书法史视域下的〈陶渊明集〉苏写本版本考察》，《中国典籍与文
化》2021 年第 4 期。

（7）《〈陶渊明集〉文献与易代诗学传统之关系》，《清华大学学报（哲
学社会科学版）》2022 年第 5 期。

（8）《〈陶渊明集〉的编纂思想及其对唐代世俗社会的影响》，《文学评
论》2023 年第 6 期。

在撰写以上论文时，笔者非常希望能以文学史关怀来对待具体的集
部文献之版本，能够挖掘超出文献呈现的信息，而进入到文献建构的深层
内涵中去。限于学力，这一目标目前或许只能在极为浅近的意义上实现，
但总归是笔者执笔之初就想努力去尝试的。其实也是这种初衷，使这部
《〈陶渊明集〉版本汇考》不同于以往叙录的内容和体例，笔者力求元元本
本，不将叙录本身作为研究成果来呈现，而是作为一种文献集成来呈现。

《陶渊明集》版本种类之丰富、源流之复杂，在历代别集中是罕见的，
是具有代表性的一种别集。在集部文献研究中，陶集研究地位的重要性
是不言而喻的。这种地位决定了从事《〈陶渊明集〉版本汇考》这项工作，
要树立一些新的研究观念或者立意，能够让集部文献研究与多个研究领
域产生链接。将过去被划分到不同学科领域的知识重新熔铸、贯通，应该
会获得一些新的问题、新的视角。作为一名中国古代文学研究者，笔者希
望基于自己的学科认知，在为历史上所存在过的《陶渊明集》版本撰写叙
录时，能实现特色鲜明的、属于中国古代文学学科的研究目的。《〈陶渊明
集〉版本汇考》是一部文学史视野中的文献版本叙录，它的突出特征，应是

能够借用版本考索中的点滴文献信息,去探寻对文学史的一种别样理解。集部文献与文学史,是一种血肉不可两分的关系。倘或我们不了解《陶渊明集》在历史上的形态,那么我们也就难以知晓,它到底承载了多少历史上的思想,穿越了多少风云变幻的时代,最终以今日之面目呈现在我们面前。

虽然笔者这些年来在陶集版本研究方面花去了很多时间,但这本书的成书,因为我的拖延之故,在出版之际仍显仓促。仅就陶集序跋、批注而言,有诸多批注是手写体,有些序跋则因为年代久远而字迹漫漶,虽然在整理过程中反复核校,但是难免仍有不少疏误。因我之故,书中应该还存在很多没有来得及细致思考的地方,此事有遗憾,应是毫无悬念的请师友、读者不吝批评指正,笔者后续将作进一步修订。

凡　例

　　《陶渊明集》流传既久，版本情况十分复杂，底本、校本淆乱，全面整理和研究，是一项牵涉既广、内容庞杂的系统工程，有很多问题，并不是当下就能下断语来解决的。因此，在百般思虑之下，笔者认为对《陶渊明集》诸版本汇考的体例，或许可以与以往的概说型版本叙录有所不同。比如，客观呈现与主观推论二者兼顾而互不干涉，即尽量给出版本信息，保证资料的原始性，而将笔者的讨论、问题延伸等内容，归入到"按语"，最终使《〈陶渊明集〉版本汇考》能够作为一种"工具"性质的文献整理成果，供同道参考使用。概括而言，既注重可靠性、规范性与集成性，又体现一定的学术研究价值。为做好文献整理工作，本书主要是依照以下规则来完成的：

　　一、本书所收《陶渊明集》，分为存、佚两类。存者又分为抄本和刊本两种形态，佚者主要是指见于史志记载而原书不存者。诸种陶集，有单行本存世者，也有与其他别集合刻而存者；有全本刊行者，也有选本刊行者；有手抄流传者，也有刊刻印行者。无论形态如何，凡成书者，皆录之。按照历史时间先后排列，标明存佚，其卷数可知者，则标明卷数。

　　二、陶集版本的命名向来是比较复杂的。本书在汇考过程中，既参考过去的命名习惯，同时又有部分改定。如常被称为"曾纮本""汲藏本"等名称的这种宋本，以"宋刻递修本"命名是更准确、更无歧义的。明代弘治九年（1496）刘玘刊本常被称为李沁水（即李瀚）刻本。李瀚是此种《陶韦合集》刊刻一事的发起者和最终成书的序跋者，而并非实际主持刊刻者，"李沁水（即李瀚）刻本"的命名是不准确的。诸如此类问题，研究者或许有必要在经过具体研究后得到确定的称法，避免版本名称的淆乱与错误。

　　三、本书正文内容主要按照"出处""文献样态"或"版本信息""按语"

等内容依次排列。其中,"版本信息"中元元本本地录入了相关版本的版式、编次、钤印、序跋、批注等内容,以供研究《陶渊明集》的同道参考使用。诸注本的"注例"部分,是为总结注本之注法而设,罗列了相关的典型注释。如果注本中注释不算多,就原文录入。

四、本书的"按语"部分,包括了多层内容。首先,搜集版本相关的信息,如刊刻者生平、刊刻背景等,力求点明每一种陶集的诞生因由。其次,总结该版本的价值,将该版本涉及的多层面的研究问题进行总结。再次,归纳总结前人对这一版本的研究情况。

五、每种陶集所涉之以上各项,限于版本条件或者研究价值考量等因素,只能做到能录尽录,尚有不少遗漏之处。如果涉及已佚之陶集,只能广泛搜集材料,将以上诸项内容尽量呈现,限于条件而未见史志记载之处,暂时空缺不录。

总之,本书希望实现对《陶渊明集》的版本信息整理,既条分缕析,深入文本,又辨章学术,考镜源流;既元元本本,罗列资料,又集辑各本,疏详有致。

目　录

第一编　宋前诸本

1. 陶集自定本，存疑

〔出处〕

清代陶澍首倡"陶集自定本"之说，他所编刊的《靖节先生集》卷三，有一段文字讨论这一问题："昭明之前，先生集已行世，《五柳传》云'尝著文章自娱，颇示己志'，则其集必有自定之本可知。约去先生仅十余年，必亲见先生自定之本可知。窃意自定之本，其目以编年为序，而所谓或书年号，或仅书甲子者，乃皆见于目录中，故约作《宋书》，特为发其微趣。"①

〔按语〕

一、前人关于《陶渊明集》自定本之说的态度与立场

所谓"陶集自定本"，意思是指陶渊明在其生前，就曾亲自整理诗文并结有一集。此说倡于陶澍，自近代至当代，学者对此颇有讨论，认为陶集并无自定本者为多数，认为陶集有自定本者为少数。

日本学者桥川时雄《陶集版本源流考》对陶澍此说加以反对。他说："《五柳先生传》所述，仅谓陶子以自己兴趣之故，爱属文章，并不足以为陶公有自定集本之佐证。《饮酒二十首》序亦云'纸墨既遂多，辞无诠次，聊命故人书'，是亦仅就《饮酒二十首》而言，未得以为陶子自有全部诗文编成之集也。沈约《宋书》陶传中所载之诗文，恐是因约亲见当时行世之陶集而记述之者，文义之间，略可以窥其意也。《晋书》陶传云：'所有文集，并行于世。'《晋书》记述，亦系本于当时所存之晋宋史志传述之，则陶集流

---

① 陶澍集注：《靖节先生集》卷三，清道光二十年刻本，第八页 a 面—b 面。

1

行之远,亦可以知也。又据昭明太子萧统本《陶集序》,乃知昭明修改以前,行世者有几本,均编次错乱,颇俟修改。以编次未紊以前之陶集,即视为陶子自定本耶? 或陶集原有自定本,或昭明以前之各本,均为编次错乱者,亦不可断定也。质言之,距陶公卒世未百年之时,陶集既行于世,而有几种本,各有异同,是则为详确之事实,毫不容疑者也。陶公性行,旷达自然,《饮酒二十首》,犹假故友,以为编次,岂其自行编制全部乎? 以昭明之显贵,而旁求陶集,已竟不获编次伦贯之一本为憾(参看昭明《陶渊明集序》)。如其时有自定本,又何须昭明改订耶? 据今日所有文献而言,未获证明陶集有自定本之直接的确证,则所有猜测之论,更为臆说,近乎歧索冥解矣。"①

郭绍虞《陶集考辨》认为:"陶澍之所据,亦仅《五柳传》中'尝著文章自娱,颇示己志'一语,似不能谓为有力之佐证。故桥川氏之《陶集版本源流考》即不主此说。然陶公生前虽无自定之本,而传写之本则在当时或已有之。其传写之动机,可出于时人之嗜好,亦未尝不可出于陶公之本意。此即《饮酒诗序》所谓'聊命故人书之'者也。《宋书·隐逸传》称'潜有脚疾,使一门生二儿舁篮舆',此所谓故人,或即其门生。意者当时陶公之门生故旧,据其所作之先后,而传写成帙,故虽不必有意编定,而次第可寻,亦俨成自定本矣。"②

袁行霈《宋元以来陶集校注本之考察》总结前人论说,曰:"虽然我们尚难肯定陶集必有自定之本,但陶渊明的作品在当时即已流传并产生影响则是可以肯定的。宋鲍照有《学陶彭泽体》。稍后,江淹又有《拟陶征君田居》。鲍照和江淹所见显然不止一篇,很可能已是多篇作品合成的集子了。"③

邓小军对"陶集自定本"之说则加以支持,他在《陶集宋本源流》一文中如此推断:"按陶渊明《感士不遇赋》云:'咨大块之受气,何斯人之独灵? 禀神智以藏照,秉三五而垂名。'又云:'留诚信于身后,动众人之悲泣。'

---

① 桥川时雄:《陶集版本源流考》,第二页 a 面—b 面。
② 郭绍虞:《陶集考辨》,《照隅室古典文学论集(上编)》,第 264 页。
③ 袁行霈:《陶渊明研究》,第 200 页。

《癸卯岁十二月中作与从弟敬远》:'历览千载书,时时见遗烈。高操非所攀,谬得固穷节。'《饮酒》第二首:'不赖固穷节,百世当谁传。'《拟古九首》第二首:'生有高世名,既没传无穷。不学驱驰子,直在百年中。'可知渊明关切'垂名''身后',传于'百世',传于'无穷'。在渊明,'垂名''身后',传于'无穷',要在于'志''节'之实践,亦在于'颇示己志'之文章。故自定集本,当有其事。"①

王澧华在其《〈陶渊明集〉初编本的逆向推测》一文"摘要"中说:"刘宋诗坛王僧达、鲍照以《学陶彭泽体》相唱和,沈约《宋书》对陶诗陶文的引录与系年的整体判断,似初编本不晚于宋齐。从史料来看,《陶集》初编本出自子弟亲朋的可能性不大;而从篇序、篇题与自注考察,则颇有陶渊明'自编''自订'的印记。"②

二、关于《陶渊明集》自定本的可能性

自汉末以来,诗文编集之风逐渐发展,至六朝走向兴盛,以至于如梁元帝萧绎《金楼子·立言》所言:"至家家有制,人人有集。"③而且,不独人人有集,往往一人多集。生前为自己编集者,不乏其例。如曹植生前手自编《前录》,收赋作七十八篇,而在他死后,景初(237—239)中明帝下诏为他编集,共收赋颂诗铭杂论凡百余篇。一个人是否在生前为自己编集,并非单纯是看其社会地位,也与士人之性格有关④。

陶渊明在东晋时代,政治境遇寥落,在士大夫群体中的社会地位当属中下等。如果他要对自己的作品进行编集,则他本人必然在内心对此事有一定的驱动力方可完成,而且他很可能需要亲手完成全部或大部分工作。那么,陶渊明是否具有这种编集的内在思想动能呢?自汉末以来,人们颇以文章等同于不朽。追求结集传世,皆因相信文章不朽。但陶渊明对自己的形骸与生死,皆以玄学思想来超脱之,因此并不拘泥于对精神

①　邓小军:《诗史释证》,中华书局2004年版,第74—75页。
②　王澧华:《〈陶渊明集〉初编本的逆向推测》,《九江学院学报(社会科学版)》2019年第3期,第7页。
③　萧绎撰,许逸民校笺:《金楼子校笺》卷四《立言篇第九上》,中华书局2011年版,第852页。
④　傅刚:《汉魏六朝著书编集体例考论》,《文学前沿》1999年第1期,第172页。

"不朽"的追求。正如颜延之《陶征士诔》称他是"视死如归,怀凶若吉"[①]。另外,陶渊明对自我的认知,也是一味以朴实淡然为主,"畏荣好古,薄身厚志"[②],未尝怀孤傲之心,视自己的诗文为迥出于时代之作。

回顾前人诸种说法,陶澍首倡自定本说,是基于萧统之前已经有多种《陶渊明集》存世的事实进行的猜测。陶澍认为,陶渊明所撰的《五柳先生传》说过,曾写文章自娱,来表现自己的志趣,那么他的诗文集应该是有自定本的。而沈约距离陶渊明仅十多年的时间,他一定亲眼见过陶渊明的自定本,且这个自定本有一个"目",是以编年为序,其中涉及年号、甲子等问题,因此才有《宋书》中对《陶渊明集》中"入宋但书甲子"之说的讨论。而桥川时雄的意思是,《五柳先生传》所言不足为据,《饮酒二十首》序已经足以证明,只有这二十首被书写下来,并非全部诗文编成集。而沈约所见,是当时世上流传的陶集。如果陶渊明有自定本,那么萧统就无须为之改定次第了。因此,桥川认定陶澍之说为臆说。而在郭绍虞看来,陶渊明有门生故旧,在他生时,这些门生故旧可能已经帮助他将作品传写开来。这种本子并非有意编定,但是也有其编次逻辑,于是就被当作了自定本。郭绍虞此说有一定道理,也提供了一种关于自定本的猜想。袁行霈则是去掉了猜想的成分,将之作阙疑处理,而能够认定的是陶之诗文在当时已经产生影响,既然有一定影响,就会有相应的编集。但具体如何编集、是谁编的,这都是阙疑之处。邓小军从陶渊明诗文中寻找陶渊明自定本存之之证据,但似乎都难以成立,皆以主观推断为主,并非确凿之事实,因此对于这一论证,只能存疑。而且,陶渊明对于声名是否留存于后世的思考,似乎与邓小军之理解颇为不同。王澧华论及自定本时,讨论了陶集初编可能产生的时间。他认为,陶渊明的亲朋子弟可能无法为他做如此细致的作品编定工作,这项工作只能由陶渊明自己来完成。这将关于自定本的推测深入了一步,否定了亲朋故旧为之编集的可能性。

目前,从陶渊明诗文本身,无法找到确凿的曾经有过自定本的证据。

---

① 刘跃进编著,徐华校订:《文选旧注辑存》第18册,第11393页。

② 刘跃进编著,徐华校订:《文选旧注辑存》第18册,第11383页。

陶渊明《五柳先生传》中曾说自己是"爱属文章"①,但这是申明一己之写作兴趣,并不是说有志于将自己的作品编集。《饮酒二十首》序中说的"命故人书之"②,也只是在指成为《饮酒》之系列的二十首诗,并不能说是全部作品都已经获得了编集。不过,根据《饮酒二十首》之序,陶渊明生前积累了一定数量的诗文手稿,则应该是符合实际的。只是这些手稿是否当时已经成集,则难以知晓。

颜延之撰写的《陶征士诔》中,也没有提到陶集存在自定本。颜延之作为陶渊明的故交,对陶渊明生前著作诗文之事是有所了解的。但他似乎也并不以陶渊明之诗文为贵,并没有在诔文中极力称赞陶之诗文本身的价值。

《陶渊明集》或许在宋齐之时已有雏形。沈约《宋书·陶潜传》中所载之诗文,应该就是来自当时流传的几种陶集本子中的诗文。这些诗文是否是陶渊明自己编的,也是很难说定的。仅因陶渊明生前曾称"常著文章自娱,颇示己志"而断定必有自定之集,证据不充分。

另外,陶渊明之诗文中出现少量自注,当属六朝流行的一种自注体。在写作之初就有少量的注序,当非编纂为集时所加之注释。这类作品在六朝不乏其例,如《洛阳伽蓝记》即有杨衒之的自注。

综合以上分析,陶集有自定本一事,只能存疑。

2. 梁六卷本,集五卷录一卷,佚

〔出处〕

《隋书·经籍志》载:"宋征士《陶潜集》九卷。"注云:"梁五卷,录一卷。"③
《旧唐书·经籍志》载:"《陶渊明集》五卷。"④

---

① "常著文章自娱,颇示己志。"袁行霈:《陶渊明集笺注》卷第六《五柳先生传》,第502页。
② 袁行霈:《陶渊明集笺注》卷第三《饮酒二十首》,第235页。
③ 魏徵、令狐德棻:《隋书》卷三五《经籍四》,中华书局1973年版,第1072页。
④ 刘昫等:《旧唐书》卷四七《经籍下》,中华书局1975年版,第2067页。

《新唐书·艺文志》载:"《陶潜集》二十卷,又《集》五卷。"①

所谓梁六卷本陶集,当是萧统编定《陶渊明集》八卷本之前存在的陶集形式之一。

〔按语〕

一、关于梁六卷本的存在

桥川时雄《陶集版本源流考》认为,《隋书·经籍志》记录的所谓"录一卷",根据汉魏时期文集的编撰体例来看,当是陶集的序目。同时,他也猜测认为,《隋志》注中所言及的陶集,与北齐阳休之本序提到的六卷本,很可能是同一个版本。他说:"汉魏六朝文集有录为通例。汉隋史志,并记有某书几卷、录几卷等字。《隋志》注'录一卷',其为陶集目录,亦无疑也。又北齐阳休之本序云:'一本六卷,并序目,编次颠乱,兼复阙少。'按此本六卷中一卷为序目,与《隋志》注所录之集五卷、录一卷相符,恐是同一本欤?"②为什么会出现这样的重复性强调呢?桥川时雄认为,这是因为"《隋志》此注,视为本于《七录》,……梁时所存之五卷、录一卷,隋时既佚,故在《隋志》注特记之耳"。意思是,此种陶集梁时阮孝绪《七录》著录,而在隋时已佚,所以要在"注"中格外强调一遍,意即梁时当有此本。对于此种陶集,桥川时雄曾颇费猜测,亦无结果:"前辈既有其说,此本即陶公所目定者耶?抑为昭明所观儿本中之一耶?六卷编次何如,亦不可得而知也。"③

郭绍虞《陶集考辨》认为,桥川时雄关于《唐志》蹈袭《隋志》之目录的推测不谬。"大抵昭明本、阳休之本既行之后,此'编比颠乱兼复阙少'之书,固宜归于淘汰。惟此本有序有目,极关重要。目之关系,梁氏亦已言之。至序之重要,似犹未为人所注意。窃以为阳休之《序录》,明言八卷本无序,此六卷本有序有目。使此本之序,即出萧统所撰,则不得在昭明本以前;使此本之序,非出萧统所撰,则是昭明本以前,别有传写厘定之人。故此序如得流传,可借以推知传写者为何如人,而陶集究有自定之本与

---

① 欧阳修、宋祁:《新唐书》卷六〇《艺文四》,中华书局 1975 年版,第 1590 页。

②③ 桥川时雄:《陶集版本源流考》,第三页 a 面。

否,亦不难解决矣。"①

袁行霈认为:"据仅有的一点线索可知,陶渊明集在梁代以前有八卷本和六卷本两种,均已佚失。这两种本子在北齐阳休之所编十卷本的《序录》中曾经提到……另外,《隋书·经籍志》集部《陶潜集》下注曰:'梁五卷,录一卷。'"②

王澧华接续桥川时雄之猜想,认为这种六卷本陶集,当是陶集最早之初编本,且有可能是出自陶渊明本人之手。他说:"据六卷本'有序目'但编次较乱、篇目较少,八卷本卷次略多却缺失序目,似六卷本当早于八卷本,亦更近于初编本。"③

二、《隋志》与新、旧《唐志》对梁六卷本著录的区别之处及其意义

此种陶集,当别为一种,应该并非陶渊明自定本,也并非萧统所编八卷本陶集的一种节略本。根据《隋志》"梁五卷,录一卷"的著录体例,把"录"和"正集"分开著录,这说明"录"并不在正集的卷数中;《旧唐书·经籍志》和《新唐书·艺文志》著录《陶渊明集》五卷本,即指梁前六卷本陶集(正集五卷、录一卷)。两《唐志》在著录作家文集时往往省去"录一卷",所以就变成了"五卷"。

《隋志》此处关于陶集的著录,是来源于齐梁时代之旧录。进入《隋志》的五卷本陶集,可能是与梁昭明太子所编八卷本有所不同的一种通行陶集,曾在齐梁之际见于世,而应在隋代之前就已经亡佚了。而新、旧《唐志》应该都是沿用了《隋志》的记载,录者应该都并没有见过实际存在的五卷本陶集。

《隋志》关于六卷本陶集的著录,对于陶集研究而言,是很有意义的。大多数研究者认为《陶渊明集》的最早编辑者是梁昭明太子萧统,如刘永济、逯钦立、龚斌等均持此说。而若《隋志》所录之六卷本陶集曾在昭明太子整理之前已经行于世,则陶集应该有更早的编纂者,只是在历史风烟之中失落姓名,难以确知是何人。萧统也曾自言,在其编纂陶集八卷本之

---

① 郭绍虞:《陶集考辨》,第263—264页。
② 袁行霈:《陶渊明研究》,第200页。
③ 王澧华:《〈陶渊明集〉初编本的逆向推测》,第7页。

先,已见过数种陶集,且在他看来,这些陶集次序错乱,那么也就是说,凡是他所见过的陶集,次序都与现在通行的八卷本陶集编次有所不同。萧统针对陶集所进行的最为重要的工作,就是重新整理其中诗文的次序。而昭明太子编成陶集后,之前的多种陶集并未完全退出历史舞台,仍然有五卷本这样的形式行世。于此也可知,萧统所编之陶集在此后陶集流传过程中,被认为是编纂最早且编次次序标准的时间,当不会早于隋代。至唐初,萧统所编八卷陶集并没有被奉为是地位最高、最为重要之陶集,或许与易代之际的思想有关。

3. 梁八卷本(其一),集七卷录一卷,佚

〔出处〕

梁八卷本(其一),见北齐阳休之十卷本《陶渊明集》序:"余览陶潜之文,辞采虽未优,而往往有奇绝异语,放逸之致,栖托仍高。其集先有两本行于世,一本八卷,无序;一本六卷,并序目,编比颠乱,兼复阙少。萧统所撰八卷,合序目传诔,而少《五孝传》及《四八目》,然编录有体,次第可寻。余颇赏潜文,以为三本不同,恐终致忘失。今录统所阙并序目等,合为一帙十卷,以遗好事君子焉。"

〔按语〕

一、关于梁八卷本(其一)的诞生时间与编次结构的前人讨论

梁启超《陶集考证》中提到了梁八卷本(其一),并推测了它的主体结构:"此(八卷)本殆于五卷外加入《五孝传》一卷,《四八目》上下二卷,共为八卷。"[1]

桥川时雄《陶集版本源流考》:"按玩其文,此本亦必当梁以前之物,集七卷,录一卷,凡八卷者也。"[2]

郭绍虞《陶集考辨》认为:"似《四八目》不应分卷,以分卷以后,益以录

---

[1]　梁启超:《陶渊明》,第 107 页。

[2]　桥川时雄:《陶集版本源流考》,第三页 a 面。

一卷,其卷数当为九卷也。考阳休之本凡十卷,于《四八目》亦不分卷,由后推前,知此本亦不应分卷,自以桥川氏之说为允。"①而且,他认为《五孝传》《四八目》是伪作,"考阳休之十卷本有此二种,而昭明八卷本无之,则知阳氏所据以编入者,即为此八卷本,而此八卷本者实为传写本中之窜入伪作者也"②。北齐阳休之获得萧统所编八卷本《陶渊明集》后,增益其书,扩为十卷。序中有言,在进行此改编以前,阳休之所见陶集八卷本有二种,其一即此八卷本,我们这里姑且称之为"梁八卷本(其一)",别有萧统八卷本,我们暂且称之为"梁八卷本(其二)"。

梁启超认为,这种八卷本是在《隋志》著录的五卷正文的基础上,将《五孝传》与《集圣贤群辅录》纳入了进来,而且《五孝传》单列为一卷,《集圣贤群辅录》分为上下两卷。此说猜测成分很大。从目前进入陶集的《五孝传》来看,它从未曾被单独列为一卷。《五孝传》的全称是《五孝传赞》,这篇赞语的篇幅不长,与陶集《扇上画赞》等文体相同,没有别列为一卷之理。因此,梁启超此说很难成立。桥川时雄认可阳休之所论,判定此种陶集出现的时间是在梁以前。

阳休之所云两种八卷本陶集,一种出自萧统太子,而另一种不是。这两种陶集当有一定区别。阳休之说,这种八卷本陶集"无序"。此序,当是指昭明太子所撰之《陶渊明集序》。因其不是昭明太子所纂,故而无序。而桥川时雄又说:"按玩其文,此本亦必当梁以前之物。"③应该是基于此种陶集在编次顺序上与萧统所编之陶集有所区别而言的,可能是因为这种陶集在编次上有明显的错乱感,不如萧统所编整饬,故而推测其编纂时间不晚于梁代。从这里也可以看到,八卷之数,并非萧统之原创。八卷本的陶集,已经接近后世陶集的基本结构形态,可以说在梁之前,陶集的诗文体量已经相对稳定。这就意味着,萧统应该并没有做太多内容上的辑佚工作,他所持有的诸种底本,在陶渊明作品的如数保存上,应该都实现了相对的完整性。

这些陶集诗文的初步编纂工作,应该都是在颜延之撰写《陶征士诔》

---

①② 郭绍虞:《陶集考辨》,第 265 页。

③ 桥川时雄:《陶集版本源流考》,第三页 a 面。

之后完成的。而且需要注意的是,在《隋志》著录五卷本陶集时,仍称其为《宋征士集》。陶集在六朝时代,从五卷本发展为八卷本,不断扩增,这也说明陶渊明的影响力在逐渐增强,因此出现了对他作品的不断搜集和重新编纂。

二、关于钟嵘所见早期陶集样态的推测

早期陶集的模样已经难以确知,但也可以根据当时其他一些文本进行合理的猜测。在齐梁时代,注意到陶渊明之存在的,颇有其人。钟嵘《诗品》将陶诗列为中品,已经体现出他对陶诗有一定程度的了解。钟嵘的这段评语非常重要:"其源出于应璩,又协左思风力。文体省净,殆无长语。笃意真古,辞兴婉惬。每观其文,想其人德。世叹其质直。至如'欢言酌春酒''日暮天无云',风华清靡,岂直为田家语邪!古今隐逸诗人之宗也。"①

钟嵘将陶诗列为中品,曾被后世诟病,认为是不当之举,应该将陶诗列为上品。但举目宋齐梁三世,能够如此高度概括陶诗真谛的,无出钟嵘之右者。沈约《宋书》为陶渊明立传,仅取其隐士身份,刘勰《文心雕龙》未提及陶渊明,萧子显《南齐书·文学传论》列举了当时颜、谢、休、鲍诸家,亦无一字提到陶渊明,连深喜陶渊明的阳休之说到陶潜之文时也叹其辞采未优。在很长一段时间内,陶渊明的影响都远远无法与颜、谢等人相比。而钟嵘何以能够了解到陶渊明之作品,并且作出三方面非常重要的思想内容的概括和关于陶渊明诗文语言艺术风格的概括?

而且,钟嵘之论中,最为人们费解的是"源出于应璩"之语。如,宋叶梦得《石林诗话》曰:"此老何尝有意欲以诗自名,而追取一人而模放之,此乃当时文士与世进取竞进而争长者所为,何期此老之浅,盖嵘之陋也!"②清方东树《昭昧詹言》:"如阮公、陶公,曷尝有意于为诗;内性既充,率其胸臆而发为德音耳。钟嵘乃谓陶公出于应璩,又处之以弟七品,何其陋

---

① 王叔岷:《钟嵘诗品笺证稿·诗品卷中》,中华书局 2007 年版,第 260 页。
② 叶梦得:《石林诗话》卷下,宋《百川学海》本,第五页 b 面。

哉!"①清王士禛《渔洋诗话》:"至以陶潜出于应璩,郭璞出于潘岳,鲍照出于二张,尤陋矣,又不足深辩也。"②凡此种种反驳意见,不可胜数。

还需要看到的是,钟嵘之论与此后萧统对陶集的认知,有相当一部分是相似的。具体可以见对比表:

钟嵘《诗品》	萧统《陶渊明集序》	对比
其源出于应璩,又协左思风力。		萧统未论及陶渊明的诗歌传承及艺术特色。
文体省净,殆无长语。笃意真古,辞兴婉惬。	其文章不群,词彩精拔,跌宕昭彰,独超众类,抑扬爽朗,莫之与京。	二人都注意到了陶渊明的尚古特质与流俗不合。
每观其文,想其人德。世叹其质直。	加以贞志不休,安道苦节,不以躬耕为耻,不以无财为病,自非大贤笃志,与道污隆,孰能如此乎!	陶渊明的德行,在六朝就获得人们充分体认。
至如"欢言酌春酒""日暮天无云",风华清靡,岂直为田家语邪!	横素波而傍流,干青云而直上。语时事则指而可想,论怀抱则旷而且真。	钟嵘点评了陶渊明的田园诗,而萧统则是论陶渊明诗之境界,主要谈及的是他在语时事、论怀抱这两个方面的诗歌特征。
古今隐逸诗人之宗也。	玉之在山,以见珍而招破;兰之生谷,虽无人而自芳。故庄周垂钓于濠,伯成躬耕于野。或货海东之药草,或纺江南之落毛。	钟嵘感叹陶渊明开隐逸诗人之"宗",而萧统上溯历史,将古代隐者作为理解陶渊明的源头。

可以说,萧统同样是将风教之诗视为陶集中最值得珍视的部分。一般情况下,这些诗如果首先受到关注,一定是因为其在编集时就已经被放在了很重要的位置。萧统编集的意义是让陶集的诗文编排顺序更有逻辑,但曾经人们所认为的由他确定的陶集的基本编次,很可能在梁八卷本(其一)中已经具备了。

---

① 方东树:《昭昧詹言》卷四,清光绪刻《方植之全集》本,第一页 b 面—第二页 a 面。

② 王士禛:《渔洋诗话》卷下,清文渊阁《四库全书》本,第四页 a 面。

4. 梁八卷本(其二),集七卷录一卷,佚

〔出处〕

梁八卷本(其二),即指梁昭明太子编定之本。集七卷,录一卷,已佚。

萧统《陶渊明集序》中云:"余爱嗜其文,不能释手,尚想其德,恨不同时,故更加搜求,粗为区目。……并粗点定其传,编之于录。"①

〔按语〕

一、关于萧统是否是《陶渊明集》最早编纂者的问题

梁昭明太子萧统景仰陶公为人,又酷嗜其诗文,因此编纂了一部《陶渊明集》。袁行霈《宋元以来陶集校注本之考察》:"梁昭明太子萧统是第一位认真搜集和整理陶渊明作品的人。他所编的《陶渊明集》共八卷,阳休之《序录》称赞说:'编录有体,次第可寻。'可惜这个本子也佚失了,现在只保存了一篇《陶渊明集序》和一篇《陶渊明传》。"②

显然在萧统之前,已经存在一部内容相对稳定的陶集。那么,萧统是否应该被视为是陶集的最早编定者呢? 从具有编纂主观意志的角度看,的确可以如此认为。陶渊明在宋元嘉四年(427)去世,萧统去世于梁中大通三年(531),此种陶集编纂之时,二人相距已有百余年之久。如前所云,昭明太子编纂陶集时,梁代已有八卷本陶集流行于世,但是编次十分错乱,萧统认为这"颇伤大雅",于是参考诸本,整齐编次,自撰序传,又加目录,撰定一本,同为八卷,后世称之为"昭明太子本",即阳休之所谓"别本"。迄今为止,能够知晓的对陶集进行如此全面整理的最早编纂者就是昭明太子,在没有更多新材料和证据之前,昭明太子萧统作为最早的陶集编定者的身份,从学理意义上来讲,是成立的。

那么,萧统所用之底本是阳休之言及的"八卷本(其一)",还是更早之前的"六卷本"?

萧统所编八卷本,在内容上并没有增入新的篇目,只是进行了"粗为

---

① 萧统:《昭明太子集》卷四,《四部丛刊》景明本,第43页b面—第44页a面。
② 袁行霈:《陶渊明研究》,第200页。

区目"的工作。因此,他的底本当是内容上更为完善的一种陶集,故而是八卷本的可能性要更大一些。而且,从阳休之的语气来看,这两种八卷本具有非常多的相似之处,但细玩之下又能看出彼此之间的区别。六卷本除去录一卷,正文内容仅有五卷,其入集篇目和编次,应该都与八卷本是迥然有别的,当不会是萧统本之底本。前人论及萧统所编陶集之底本乃六卷本,于情理和逻辑上似乎有所不通。

最后要指出的是,考察萧统编纂陶集的动机与过程,是否仅需从萧统人生后期的政治遭遇进行推测?

在考察萧统编纂陶集的动机方面,除了要看到萧统人生后期的政治波折,更应该看到昭明太子从前代与陶渊明相关的文本中获得的影响。昭明太子对陶渊明人格风神之向往,当与颜延之所撰写《陶征士诔》有极大关系。这篇诔文中有诸多对陶渊明生活细节的呈现。可以说,萧统的"序""传"与"颜诔"之间,构成了清晰的思想继承关系。颜诔极力称颂陶渊明之超脱处世与君子固穷之态。这些对陶渊明人格风神的理解,在萧统"序""传"中能找到相对应之处,这几篇文字对陶渊明儒者身份的确认,影响了后世对他思想境界与社会影响的理解。

二、关于萧统所使用的底本具体为何的问题

贺伟《宋前陶集考论》认为,萧统所使用的底本,是六卷本陶集。他否定了梁启超、郭绍虞所论,认为桥川时雄说"昭明本并序、目而言为八卷,略序、目而言为七卷"是正确的看法,其所谓的"序、目",即是"录"。基于此,他认为,萧统所使用的底本是六卷并序目本陶集。原因有二:一是他点定《陶渊明传》后把它编之于"录",这应当受到了六卷并序目本陶集体例的影响,八卷无序本并没有"录";二是根据《隋志》"梁五卷,录一卷"的著录,似乎在梁代流传较广的陶集为"正集五卷,录一卷"本(即六卷并序目本),八卷无序本似乎流传较少,所以才不见著录。由于六卷并序目本存在着编次混乱的缺点,且有阙收漏收的情况,于是萧统对陶集佚文勉力搜求,并且在这些工作之外,还对诗文作了文体分类。萧统序中所言之"粗为区目"四字,很可能即指区分文体。最后,他认为,根据萧统《陶渊明集序》"并粗点定其传,编之于录"和阳休之《序录》"萧统所撰八卷,合序目传诔,而少《五孝传》及《四八目》,然编录有体,次第可寻",可知萧统八卷

本是由正集七卷和录一卷(即"合序目传诔")构成,其中"录"包括《陶渊明集序》、陶集目录、《陶渊明传》和颜延之《靖节征士诔》四种。因此,萧统本陶集的编次应为:正集七卷(卷一到卷七)+录一卷(置于集外,单独作为一卷)①。

三、关于萧统没有收录《五孝传》和《四八目》之原由

《四库全书总目》卷一四八《陶渊明集》提要详细论证了萧统本中没有《五孝传》《四八目》的原因是它们皆为赝作:

> 晋陶潜撰。案北齐阳休之序录潜集行世凡三本。一本八卷,无序。一本六卷,有序目,而编比颠乱,兼复阙少。一本为萧统所撰(案古人编录之书亦谓之撰,故《文选》旧本皆题梁昭明太子撰,而徐陵《玉台新咏序》亦称撰录艳歌凡为十卷。休之称潜集为统撰,盖沿当日之称,今亦仍其旧文),亦八卷,而少《五孝传》及《四八目》。《四八目》即《圣贤群辅录》也。休之参合三本,定为十卷,已非昭明之旧。又宋庠《私记》称《隋·经籍志》潜集九卷,又云梁有五卷,录一卷。《唐志》作五卷。庠时所行,一为萧统八卷本,以文列诗前。一为阳休之十卷本。其他又数十本,终不知何者为是。晚乃得江左旧本,次第最若伦贯。今世所行,即庠称江左本也。然昭明太子去潜世近,已不见《五孝传》《四八目》,不以入集,阳休之何由续得?且《五孝传》及《四八目》所引《尚书》自相矛盾,决不出于一手,当必依托之文,休之误信而增之。以后诸本,虽卷帙多少,次第先后,各有不同,其窜入伪作,则同一辙,实自休之所编始。庠《私记》但疑《八儒》《三墨》二条之误,亦考之不审矣。今《四八目》已经睿鉴指示,灼知其赝,别著录于子部类书而详辨之。其《五孝传》文义庸浅,决非潜作。既与《四八目》一时同出,其赝亦不待言。今并删除。惟编潜诗文仍从昭明太子为八卷。虽梁时旧第今不可考,而黜伪存真,庶几犹为近古焉。②

当代学者研究认为,萧统见到了这两种作品,因为某种原因,在编定陶集时没有加以收录,此种观点以邓小军、顾农、龚斌等为代表。邓小军

---

① 贺伟:《宋前陶集考论》,《九江学院学报(社会科学版)》2018年第2期,第10 11页。

② 永瑢等撰:《四库全书总目》下册,中华书局1965年版,第1273—1274页。

《陶集宋本源流考》认为："《五孝传》及《四八目》当为萧统所寓目，而萧统不录，殆疑非渊明作品。"[1]顾农认为："以萧统的水平和工作条件而言，他会看到这两份文本应当是没有问题的，而终于不编入陶渊明的集子者，无非有两种可能：一是因为不可信；一是认为这两份文本不属于诗文创作，而是陶渊明编撰的基础读物。后一种的可能性更为可取。换言之，这两部分不入陶集的原因，应当在体例不合而不在其内容之伪。"[2]龚斌认为萧统不录此两种作品，与他"对陶渊明作品的审美评价有关"，"《五孝传》及《集圣贤群辅录》，纯是抄录古书，既非'事出于沉思'，亦非'义归乎翰藻'。读之乏味，与'文章不群，辞采精拔'相去太远。盖萧统以为此二篇不美，与渊明其他文章不伦不类，故删而去之"[3]。以上三位学者的观点虽略有出入，但他们都认为萧统确曾见过《五孝传》《四八目》这两种作品。

四、关于萧统编《陶渊明集》对后世的影响

萧统所编《陶渊明集》对后世影响深刻，这些相关影响也被记载了下来。阳休之本序："萧统所撰八卷，合序目传诔，而少《五孝传》及《四八目》，然编录有体，次第可寻。"可见，经过萧统整理的本子，在南北朝时期是获得了认可和接受的，也是阳休之本的基础。其中，合序传诔等在集前为一卷。正集次之，亡其录，略序目而言，则是七卷，总共八卷。昭明太子本陶集，对阳休之本影响很大，是阳休之本陶集的底本。

北宋宋庠本陶集附有《私记》，透露了萧统本陶集在宋代的流传情况："有八卷者，即梁昭明太子所撰，合序传诔等在集前为一卷，正集次之，亡其录。"可知宋庠见到的萧统本陶集为八卷，其编次为：《陶渊明传》《陶渊明集序》《陶征士诔》（置于正集之前，单独作为一卷），正集七卷，这基本上接近萧统本陶集的原始面貌。宋庠所谓"亡其录"，该录应该并非目录，而是当时的"录"体，或许接近今之序。

南宋晁公武《郡斋读书志》卷一七"《陶潜集》十卷"条："今集有数本：

---

① 邓小军：《诗史释证》，第76页。

② 顾农：《〈五孝传〉是陶渊明编的家庭教材吗？》，《中华读书报》第15版《文化周刊》，2016年9月21日。

③ 龚斌：《陶集〈五孝传〉〈四八目〉真伪考辨》，《苏州教育学院学报》2017年第1期，第49页。

七卷者,梁萧统编,以序、传、颜延之诔载卷首。"①据此可知宋代尚有某种七卷的萧统本陶集,其编次为:《陶渊明传》《陶渊明集序》《陶征士诔》(置于卷首,不占卷数),加上正集七卷。

梁启超《陶集考证》云:"今本分卷及各卷中之编次,大率皆阳休之因昭明太子本而有所增益也。"②认为昭明本实乃可以准确推知到的"陶集之祖"。

桥川时雄《陶集版本源流考》分析了晁公武之说:"又此本七卷之编成,前四卷诗,后三卷文,分类编次,不载《四八目》及《五孝传》,其大略似可考者。"③

郭绍虞接续前人之论,根据北宋所传之昭明本及梁启超《陶集考证》所论内容,强调:"大抵北宋所传之昭明本,已非其旧。"他认为,昭明太子本陶集,应该是陶集最初的真实形态。《四八目》《五孝传》,此时尚未混入陶集,殆可见陶集之本貌。"宋庠《私记》云:'有八卷者,即梁昭明太子所撰,合序、传、诔等在集前为一卷,正集次之,亡其录。'晁公武《郡斋读书志》云:'七卷者,梁萧统编,以序、传、颜延之诔载卷首。'是则所谓八卷七卷之分,只为序、传、诔是否成卷之关系,要之皆所谓亡其录者也。昭明《序》云:'并粗点定其传,编之于录。'此所谓录,果为陶集原本之录,抑昭明本改编之录,固非吾侪今日所能臆测,然据昔人所言推之,或为原录亦未可知。岂以原录为编年体,故可与传合编耶?"④他认为:"大抵今本陶集篇次,率承昭明本来。其最初传写之本,只是依其所作先后,次第录写,不分诗文,故觉其颠乱,而次第亦不易窥寻。至昭明本始以文体分篇,故阳氏称为'编录有体',而诗文既分,则于陶诗纪事之作,可以窥其一生经历者,亦转觉其'次第可寻',而不知其转失陶集本来面目也。"⑤

---

① 晁公武撰,孙猛校证:《郡斋读书志校证》下册,上海古籍出版社1990年版,第818页。
② 梁启超:《陶渊明》,第118—119页。
③ 桥川时雄:《陶集版本源流考》,第四页a面。
④ 郭绍虞:《陶集考辨》,第265—266页。
⑤ 郭绍虞:《陶集考辨》,第266页。

五、萧统所编陶集与《文选》所收陶渊明诗文作品的关系

丁永忠认为二者在编纂时虽然存在不同的文学取向,但是《文选》与《陶集》并不冲突,因为:"在昭明文学主张中,原本都存在着两种不同的文学价值追求:一为娱乐,审美;一为'鉴诫','风教'。前者以精神上的愉悦、享受为目的;后者以规范、指导人们的思想、道德情操为指归。《文选》和《陶集》就是以上两种文学价值追求的分别体现。"①审美与道德功用,是《文选》、陶集所体现的萧统文学价值观念的两个方面,二者之间的关系并非分割和对立的。贾文斌深入分析了这些编纂取向②。也有学者具体地推测了《文选》与《陶渊明集》中作品的编纂差异。如贺伟认为,《文选》所收陶作,出自梁时流行的六卷本陶集,萧统编陶集也以之为底本,并做了校订文本、调整编次、增补佚文等工作,如将原本属于《杂诗》题下的"结庐在人境""秋菊有佳色"划入《饮酒》。这使得《文选》中的陶作,与萧统本陶集既呈现出某种趋同性,又在诗题、文本等方面存在不少差异③。

六、关于萧统所撰的《陶渊明集序》与《陶渊明传》的研究

萧统所撰的《陶渊明集序》与《陶渊明传》这两个部分,是八卷本陶集最为特殊与珍贵之处。关于萧统为何要编《陶渊明集》,又为何为其撰写序、传,序、传之中又体现了萧统何种文学思想等方面,前人多有研究。一种观点认为,萧统编陶集,与他和梁武帝之间的关系破裂有关。胡耀震认为,"萧统编《陶渊明集》时正惭慨埋蜡鹅事的闯祸失足,失爱于父亲梁武帝,忧虑自己太子的地位被夺去,在极度矛盾苦闷中努力寻求解脱"④。贺伟认为,"蜡鹅事件"后,萧统一直处于"惭慨"的心绪之中,加上梁武帝的猜忌,其内心苦闷不安,《陶渊明集序》中充满遁世隐居、避祸全身的忧

---

① 丁永忠:《论萧统〈陶渊明集〉与〈文选〉的不同文学价值取向》,《九江师专学报(哲学社会科学版)》1991年第3期,第45页。

② 贾文斌:《宗雅集篇——谈〈文选〉陶渊明作品的艺术风貌及萧统的选录标准》,《理论学刊》2006年第11期,第116—118页。

③ 贺伟:《〈文选〉所收陶作的文献来源及相关问题》,《中国文学研究》2020年第4期,第54—61页。

④ 胡耀震:《萧统编〈陶渊明集〉的时间及其诗文"无丝毫胎息渊明处"》,《江汉论坛》2004年第11期,第109页。

患意识亦缘于此①。

七、关于萧统编纂陶集时所收的颜延之《陶征士诔》之研究

颜延之《陶征士诔》这篇诔文,被置放于陶集之中,同时,它也被选入了《文选》中。而这两种集部文献的编纂者都是萧统,由此可以看出萧统对这篇文章的重视程度。事实上,颜诔是涉及陶渊明生平、地位的第一篇重要文献。

在当代学术论著中,李剑锋的《元前陶渊明接受史》一书中有《颜延之与靖节征士》一节,较早对《陶征士诔并序》作出详细分析并给予高度评价,分析了颜氏诔文中展现的陶渊明之精神风貌及道德人格等,笔力深透②。

邓小军《陶渊明政治品节的见证——颜延之〈陶征士诔并序〉笺证》一文,对颜延之诔文中隐含的表彰陶渊明忠于晋室而反对刘宋篡弑的政治品节的微言大义予以揭示,引证广博③。

莫砺锋《颜延之〈陶征士诔并序〉在陶渊明接受史上的地位》一文认为,这篇诔文是有关陶渊明的最早文献,也是陶渊明生前相识者叙述陶氏生平的唯一存世文献。它不但生动地描述了陶渊明的生平,而且准确地揭示了陶渊明的人格特征,从而深刻地剖析了陶渊明在中华民族文化史上的巨大意义。若非这篇诔文对陶渊明进行揄扬,则陶渊明其人完全有可能湮没于当世,因此,此诔堪称陶渊明接受史上具有开创意义的重要文献④。

日本学者松冈荣志所撰《关于颜延之的〈陶征士诔〉》分析了《陶征士诔》在进入到《陶渊明集》之前的形态和其中蕴含的深厚的哀悼之情。颜延之为陶渊明所撰的诔,同《阳给事诔》一起被收在《文选》卷五十七中。诔之注云:"何法盛《晋中兴书》曰:延之为始安郡,道经寻阳,常饮渊明舍,

---

① 贺伟:《〈文选〉所收陶作的文献来源及相关问题》,第 59 页。

② 李剑锋:《元前陶渊明接受史》,齐鲁书社 2002 年版,第 40—58 页。

③ 邓小军:《陶渊明政治品节的见证——颜延之〈陶征士诔并序〉笺证》,《北京大学学报(哲学社会科学版)》2005 年第 5 期,第 87—99 页。

④ 莫砺锋:《颜延之〈陶征士诔并序〉在陶渊明接受史上的地位》,《学术月刊》2012 年第 1 期,第 109—117 页。

自晨达昏。及渊明卒,延之为诔,极其思致。"通过对上述相关材料的分析,松冈荣志指出:"《阳给事诔》是颜延之受少帝之命,为追悼永初三年守卫滑台城而被北魏杀死的阳瓒所作的。《陶征士诔》则是自陶渊明死后,颜延之就一直想动笔的,然耽搁了许久的作品。"①

八、关于《陶渊明集》与《文选》之关系的研究

这方面的研究目前不算丰富。范子烨《萧统〈陶渊明集〉之还原》结合《文选》分体来讨论《陶渊明集》成书问题,通过分析萧统《陶渊明集序》"余素爱文,不能释手,尚想其德,恨不同时。故加搜校,粗为区目。……并粗点定其传,编之于录"等自叙编纂陶集之语,指出:"所谓'粗为区目',实际是从文体的角度重新编纂陶集,所以'编录有体,次第可寻'。"因此,萧统很有可能是根据文体分类来重新规划了陶集中的篇目。文中以表格形式来推断《陶渊明集》中之诗文在《文选》中当属何体。范子烨认为:"萧统《文选》的这种文体分类所依据的标准,乃是当时高度成熟的文体观念和文体概念,萧统时代的作家和学者普遍具有比较强的文体意识,所以他依据文体标准重新编纂陶集,也是完全合情合理的。在此种意义上,我们可以将八卷本陶集视为萧统主编《文选》的副产品。"②这些见解是非常有启发性的。这一研究意味着,对于萧统编纂陶集的行为,学者的探索进入了一个更为深细的层面。

5. 北齐阳休之十卷本,集九卷序目一卷,佚

〔出处〕

阳休之陶集序一篇,附见陶集各本。据莫友芝翻宋本所录,其文曰:"余览陶潜之文,辞采虽未优,而往往有奇绝异语,放逸之致,栖托仍高。其集先有两本行世,一本八卷,无序;一本六卷,并序目,编比颠乱,兼复阙少。萧统所撰八卷,合序目诔传,而少《五孝传》及《四八目》,然编录有

---

① 松冈荣志撰,梁克隆译:《关于颜延之的〈陶征士诔〉》,《中华女子学院山东分院学报》2006 年第 4 期,第 79—84 页。

② 范子烨:《萧统〈陶渊明集〉之还原》,《名作欣赏》2021 年第 25 期,第 106 页。

体,次第可寻。余颇赏潜文,以为三本不同,恐终致亡失。今录统所阙并序目等,合为一帙十卷,以遗好事君子焉。"

〔按语〕

一、关于阳休之

北齐阳休之编《陶潜集》十卷,集九卷,内含《五孝传》一卷,《四八目》一卷,集外序目一卷。

根据《北齐书·阳休之传》载,阳休之,字子烈,右北平无终人,阳固之子。初仕魏,累官给事黄门侍郎。入齐,迁吏部尚书、左仆射。周武平齐,随驾赴长安,历纳言、太子少保、上开府,除和州刺史。隋开皇二年,罢任,终于洛阳①。

阳休之与当时文人颇多交游。例如,现存自北齐入隋诗人卢思道《仰赠特进阳休之》(七章并序)诗一首,见收于《文馆词林》卷一五八,序云:"夫士之在俗,所以腾声迈实,郁为时宗者,厥涂有三焉。才也,位也,年也。才则弘道立言,师范雅俗。位则乘轩服冕,燮代天工。年则贰膳杖朝,致养胶序。缅寻古始,永鉴前哲。齿历身名,鲜能俱泰。特进阳公兼而有之矣。大齐武平之五载,抗表悬车,难进之风,首振颓俗,余不胜嘉仰,敬赠是诗(诗略)。"②

二、关于阳休之本的编次与流传问题

北宋宋庠对此本评价甚高,所撰《私记》认为"次第最若伦贯"。相关

---

① 李百药:《北齐书》卷四二,中华书局1972年版,第560—564页。范子烨《杨衒之姓氏家世小考》:"北平阳氏乃文章世家,学风极盛,据《魏书·阳尼传》,阳尼及其子孙五六人俱博通群籍,以文有名于世。又《魏书·阳固传》载:'(阳)固,字敬安……年二十六,始折节好学,遂博览篇籍,有文才……固有三子。长休之,武定末,黄门郎。休之弟诠之,字子衡,少著才名。'而《北史·阳固传》谓阳固有'五子'并举休之、㧑之、俊之三人。如加上《魏书》中的诠之,已有4人,故作'五人'是,作'三子'非。倘再加衒之,则正是5人之数。……陈寅恪先生说'盖六朝天师道信徒之以"之"字为名者颇多,"之"字在其名中,乃代表其宗教信仰之意,如佛教徒之以"昙"或"法"为名者相类'(《金明馆丛稿初编·崔浩与寇谦之》)。阳固五子皆以'之'字为名,这说明他们是天师道教徒。衒之信仰道教,对其撰写《洛阳伽蓝记》有很大影响。"见范子烨《杨衒之姓氏家世小考》,《中国历史地理论丛》1994年第4期,第206、233页。

② 许敬宗等编:《文馆词林》卷一五八,民国《适园丛书》本,第11页a面。

详细内容,据莫友芝翻宋本所录,誊之于下:"有十卷者,即杨(阳)仆射所撰,按吴氏《西斋录》有宋彭泽令《陶潜集》十卷,疑即此也。其序并昭明旧序诔传等合为一卷,或题曰第一,或题曰第十,或不署于集端,别分《四八目》,自《甄表状》杜乔以下为第十卷,然亦无录。"

桥川时雄《陶集版本源流考》通过对照正史中对陶集的著录情况来寻找阳休之本的踪迹:"《隋书·经籍志》云宋征士陶潜集九卷,按此本以为阳休之十卷本,省佚录一卷者,近妥,恐非别有九卷本也。"[1]桥川氏认为还存在"《新唐书》十卷本",亦是阳休之本:"《新唐书·艺文志》云,'陶潜二十卷',按'二'字当衍,或'一'字之误,此本当指阳休之本,藤原佐世《日本国现代书目》载有《陶潜集》十卷本,亦当是阳氏本矣。"[2]

袁行霈认为:"北齐有阳休之本陶集,这说明陶渊明的作品在南北朝对峙的情况下竟然传到了北朝,并且受到北朝人的注意,陶渊明在南北文风交流中起到了一定作用。"[3]

三、阳休之本的编纂时间问题

宋库认为根据《北齐书》来推测,阳休之是在武平六年除正尚书右仆射后编成陶集。其后周武帝平齐,阳休之又拜吏部尚书,大象末年,进位上开府,除和州刺史。入隋朝后,开皇二年,罢任,终于洛阳。

桥川时雄又根据宋库《私记》中称阳休之为阳仆射,认为:"《北齐书》传称武平六年,除正尚书右仆射,阳休之编成陶集,似在其时。"[4]

松冈荣志《阳休之和祖鸿勋——与陶渊明之间的距离》,讨论了《陶渊明集》在北朝的流传情况[5]。

四、关于阳休之本引入的《四八目》和《五孝传》等相关问题

阳休之本中最受关注的问题,是它对《四八目》和《五孝传》的引入。这两种作品,是否为陶渊明所作,是历代被频繁讨论的一段公案。

---

[1][2]　桥川时雄:《陶集版本源流考》,第五页 a 面。

[3]　袁行霈:《陶渊明研究》,第 201 页。

[4]　桥川时雄:《陶集版本源流考》,第四页 b 面。

[5]　松冈荣志:《阳休之和祖鸿勋——与陶渊明之间的距离》,《中国文化》四八号,大冢汉文学会 1990 年版,第 40—51 页。

（一）持伪书意见者

南宋晁公武《郡斋读书志》卷十七云："《陶潜集》十卷。……十卷者，北齐杨休之编，以《五孝传》《圣贤群辅录》、序、传、诔分三卷，益之诗，篇次差异。按《隋·经籍志》潜集九卷，又云梁有五卷，录一卷；《唐·艺文志》潜集五卷，今本皆不与二志同。独吴氏《西斋书目》有潜集十卷，疑即休之本也。休之本出宋庠家，云江左名家旧书，其次第最有伦贯，独《四八目》后《八儒》《三墨》二条，似后人妄加。"①

又《四库全书总目》举《陶集》与《集圣贤群辅录》相互矛盾之处及《五孝传》引经籍句读的不同，证明《五孝传》及《四八目》是伪作："案北齐阳休之序录潜集行世凡三本。一本八卷，无序。一本六卷，有序目，而编比颠乱，兼复阙少。一本为萧统所撰（案古人编录之书亦谓之撰，故《文选》旧本皆题梁昭明太子撰，而徐陵《玉台新咏序》亦称撰录艳歌凡为十卷。休之称潜集为统撰，盖沿当日之称，今亦仍其旧文），亦八卷，而少《五孝传》及《四八目》。《四八目》即《圣贤群辅录》也。休之参合三本，定为十卷，已非昭明之旧。又宋庠《私记》称《隋·经籍志》潜集九卷，又云梁有五卷，录一卷。《唐志》作五卷。庠时所行，一为萧统八卷本，以文列诗前。一为阳休之十卷本。其他又数十本，终不知何者为是。晚乃得江左旧本，次第最若伦贯。今世所行，即庠称江左本也。然昭明太子去潜世近，已不见《五孝传》《四八目》，不以入集，阳休之何由续得？且《五孝传》及《四八目》所引《尚书》自相矛盾，决不出于一手，当必依托之文，休之误信而增之。以后诸本，虽卷帙多少，次第先后，各有不同，其窜入伪作，则同一辙，实自休之所编始。庠《私记》但疑《八儒》《三墨》二条之误，亦考之不审矣。今《四八目》已经睿鉴指示，灼知其赝，别著录于子部类书而详辨之。其《五孝传》文义庸浅，决非潜作。既与《四八目》一时同出，其赝亦不待言。今并删除。惟编潜诗文仍从昭明太子为八卷。虽梁时旧第今不可考，而黜伪存真，庶几犹为近古焉。"②又《圣贤群辅录》提要云："且集中《与子俨等

① 晁公武：《郡斋读书志》卷十七，清嘉庆二十四年汪氏艺芸书舍重刻宋衢州本，第八页 b 面—第九页 a 面。

② 永瑢等撰：《四库全书总目》下册卷一四八，第 1273—1274 页。

疏》称子夏为孔子四友,而此录四友乃为颜回、子贡、子路、子张。又《五孝传》引'孝乎惟孝友于兄弟'之文,句读尚从包咸注,知未见《古文尚书》。而此录'四岳'一条,乃引孔安国传,其出两手,尤自显然。"①

自四库馆臣有此定论后,诸家认为《四八目》《五孝传》为伪作的声音,逐渐成为主流意见。如陶澍在《靖节先生集》之例言中,明言二作为伪书②。

至近代,郭绍虞《陶集考辨》断言为伪,说:"魏、晋诸家集中,惟陶集传本最为近真。然就诸本源流言之,亦不能无病。最初病在阙,搜罗未备,时多遗珠,此昭明《序》所谓'故更加搜求'者也。其次病在乱,编录无体,次第难寻,此又昭明所谓'粗为区目'者也。又其次病在伪,不加审别,羼以伪作,如阳休之本之附《四八目》,南唐本之有《问来使》诗,虽多补辑,转以乱真者也。又其次病在误,以展转传写翻刻之故,鲁鱼亥豕,触目皆是,讹本既传,真本转湮。最后则病在晦,时代稍远,语义莫详,或训释难明,或多涉穿凿,歧义既滋,真义难寻,奇文欣赏,斯为赘疣矣。"③

逯钦立《陶渊明集·例言》亦认为是伪作:"集中称'商山四皓',率举绮里季和夏黄公为代表(《饮酒》诗云:'咄咄俗中愚,且当从黄绮。'《桃花源诗》云:'黄绮之商山,伊人亦云逝。'),而此录四皓,乃断绮里季与夏黄公为名,并于夏黄公下注云'姓崔,名廓,字少通,齐人。隐居修道,号夏黄公。见《崔氏谱》'。四友、四皓均与《陶集》大相径庭,所以宋人定《八儒》《三墨》二条为'后人妄加'(宋庠语)是对的。"④

(二) 持陶渊明作品意见者

陈澧《东塾读书记》:"陶渊明有《五孝传》,或疑后人依托,澧谓不必疑也。盖陶公于家庭乡里,以《孝经》为教,称引故实以证之。故其《庶人孝传赞》云:'嗟尔众庶,鉴兹前式。'"⑤

---

① 永瑢等撰:《四库全书总目》下册卷一三七,第1160页。
② 陶澍集注:《靖节先生集》例言,第二页a面—b面。
③ 郭绍虞:《陶集考辨》,第261页。
④ 陶渊明著,逯钦立校注:《陶渊明集·例言》,中华书局1979年版,第7页。
⑤ 陈澧著,钟旭元、魏达纯校点:《东塾读书记》卷一,上海古籍出版社2012年版,第4页。

方宗诚《陶诗真铨》亦云:"《五孝传赞》大抵略述古人之孝,以示诸子者耳,非著述也。观《与子俨等疏》后段勉其兄弟友爱,引古人以示之准,可悟此传为命子之作,非特著以示世者也。若以为述以示后世,则不该不备,嫌于陋矣。"①又云:"《集圣贤群辅录》,此卷前人有文辨之,以为非渊明作。予谓此或渊明偶以书籍所载,故老所传,集录之以示诸子,识故实,广见闻,非著述也。《八儒》《三墨》,大抵亦记故事以示诸子,后人辑之以附集后耳。谓为著述则浅之乎视渊明矣!谓非渊明书,亦似不然。"②

近人潘重规《圣贤群辅录新笺》曾专就陶集中的这一部分进行讨论。他认为,在唐以前存世的六家文集中,旧本最多,且最可信者,实以陶集为冠。"而世以悠悠之口,未加深察,竟弃斥其书十之二三,置于伪书之列,斯诚陶集遭遇之巨厄也。"为此,这篇名为"新笺"的文章,从四个方面来解释,包括:阳休之增录伪书之疑;四友差错之疑;《五孝传》不见《古文尚书》之疑;《圣贤群辅录》名实乖忤之疑。潘重规认为:"《四八目》不过陶公读书杂录,无事文藻,昭明略而不采殊不足异。即如昭明撰渊明传,所载与子书云:'汝旦夕之费,自给为难。今遣此力,助汝薪水之劳,此亦人子也,可善遇之!'集中即未登录,用知昭明编次陶集,未尝无所刊落,安得谓'八卷以外,不应更有佚篇'也!"如此依次分析推论之后,他的结论是:"推校内外,断知清人举为伪书之证者,皆不足据。而研核文事,与陶集相比勘,益见其出于渊明手笔可信。"③

王澧华认为,萧统改编本,侧重文本的"搜校"与类次的"区目";阳休之改编本,在萧统"新本"的基础上,结合流传南北的六卷本与八卷本之长,再出善本,成为唐宋传世本的祖本④。

五、关于阳休之对陶集流传的功绩得失评价问题

六朝旧集中的陶集,在后世得以流传,萧统与阳休之皆功不可没。而

---

① 方宗诚:《柏堂读书笔记·陶诗真诠》,光绪四年刊本,第九页 b 面。
② 方宗诚:《柏堂读书笔记·陶诗真诠》,第十页 b 面。
③ 潘重规:《圣贤群辅录新笺》,《新亚书院学术年刊》1965 年第 7 期,第 305—335 页。
④ 王澧华:《〈陶渊明集〉初编本的逆向推测》,第 7 页。

且,需要意识到,萧统虽然是最早在陶集编纂史上留下名字的人,但后世的陶集,实际上真正的依托底本,是阳休之本陶集。当然,至北宋,阳休之本出现了很多颠倒错乱,已经不是最初面貌。当时所传十卷本,应该为阳休之本之别本。别本的出现,大概源于阳休之本目录的亡失。后世陶集割裂《四八目》为二卷者,也大都源于阳休之本之别本。后世的八卷本,如《四库全书》本陶集,所据的仍然是以阳休之十卷本为底本的版本,只是弃《四八目》不录,但仍然保留了《五孝传赞》。

六、关于阳休之编选陶集时的文献判断问题

此前引阳休之序里提到,《陶渊明集》在他编集之前已经非常复杂,关于这一点后人也有论及。此时,一为梁八卷本,一为梁六卷本,还有则是萧统编的八卷本。从阳休之序中我们可以看出,他所编的《陶渊明集》十卷本,是以萧统所编的八卷本为基础的。理由有:

(一)萧统所编的八卷本是最好的。阳休之说它"编录有体,次第可寻",六卷本和八卷本"编比颠乱,兼复阙少"。昭明本是最早的定本,昭明序云:"余爱嗜其文,不能释手。尚想其德,恨不同时,故更加搜求,粗为区目。……并粗点定其传,编之于录。"昭明本是在以前流传的陶集抄本的基础上,更加搜求,重新编排而成。郭绍虞《陶集考辨》认为:"其最初传写之本,只是依其所作先后,次第录写,不分诗文,故觉其颠乱,而次第亦不易窥寻。至昭明本始以文体分篇,故阳氏称为'编录有体'。"[1]

昭明本这种以文体分篇的做法克服了以前"编比颠乱"的毛病,再则萧统在原来的基础上更加搜求,所以又克服了梁本"兼复阙少"的毛病,成为阳休之编陶集的当然依据。

(二)阳休之很欣赏萧统按文分篇的做法,故于序中盛赞昭明本,这也即阳休之以昭明本为基础的主观原因。阳休之序说:"余颇赏潜文,以为三本不同,恐终至亡失。今录统所阙并序目等,合为一帙十卷,以遗好事君子。"萧统所编的《陶渊明集》是三本中最好的,但少了《五孝传》及《四八目》,这虽是后人妄加,但阳休之误以为是萧统所阙,故阳休之"恐终致亡失"的主要是指《五孝传》和《四八目》两卷。至此,我们可以得出这样的

---

①　郭绍虞:《陶集考辨》,第266页。

结论:阳休之十卷本是在昭明本八卷的基础上增益《五孝传》和《四八目》两卷而成,而阳休之的序则合原序传诔仍为一卷。这一点从后人的记载也可以得到证明,晁公武《郡斋读书志》说:"十卷者,北齐阳休之编,以《五孝传》《圣贤群辅录》、序、传、诔分三卷,益之诗,篇次差异。"①

阳休之编纂陶集的确切时间,史书没有明确记载。所谓的"阳仆射"只不过是后人的敬称而已,这样的例子在古书中很常见,并不能据此断定其编成陶集的时间。

阳休之序中提及《五孝传》及《四八目》为萧统本所缺,但他也没有说明萧统本之前的两种陶集,是否包含了这两个部分。萧统是否看过《五孝传》及《四八目》,无法确定;萧统如果看过《五孝传》及《四八目》而不录,殆因这两个部分与集部诗文无涉。虽然萧统在文体辨析方面是有较高追求的,他在《文选序》中,明确了自己所录之作品,是"事出于沉思,义归乎翰藻"②之作。但是,因为文体原因而弃录《五孝传》《四八目》似乎是不太合理的。因为《五孝传》的全称是《五孝传赞》,它与《扇上画赞》等是一类文体;而《四八目》这样罗列历史人物的作品,在八卷本陶集中亦有其例。故而,萧统未曾见过《五孝传》《四八目》的可能性更大。这两篇作品大概是单篇别行的。它们与陶集中相关的作品,是存在一些相似性的。这一点我在论文中已经讨论过,兹不赘述③。

6.《新唐书·艺文志》二十卷本,阙疑

〔出处〕

《新唐书·艺文志》著录:"《陶潜集》二十卷。"④

---

① 晁公武:《郡斋读书志》卷第四上,第七页 b 面。
② 萧统:《昭明太子集》,第四十一页 b 面。
③ 蔡丹君:《六朝杂史、杂传与咏史诗学的发展——从阳休之〈陶渊明集〉所收〈集圣贤群辅录〉说起》,《北京大学学报(哲学社会科学版)》2019 年第 2 期,第 89—98 页。
④ 欧阳修、宋祁:《新唐书》卷六〇《艺文四》,第 1590 页。

〔按语〕

关于二十卷本陶集是否真实存在的问题

宋代郑樵《通志》卷七一《校雠略第一》有《阙书备于后世论一篇》:"古之书籍,有不足于前朝,而足于后世者。观《唐志》所得旧书,尽梁书卷帙而多于隋。盖梁书至隋所失已多,而卷帙不全者又多。唐人按王俭《七志》、阮孝绪《七录》搜访图书,所以卷帙多于隋,而复有多于梁者。如《陶潜集》,梁有五卷,隋有九卷,唐乃有二十卷,诸书如此者甚多。孰谓前代亡书不可备于后代乎。"[1]

梁启超认为:"诸家从未道及,'二'字殆衍文耶?"[2]桥川时雄认为,"'二'字当衍,或'一'字之误,此本当指阳休之本"[3],虽属猜测,但颇为有理。且不说宋代公私目录没有二十卷本陶集的记载,仅仅是《新唐书·艺文志》的史料来源都是有问题的,而且它所著录的书名、卷数时有错误,这一点已经有学者指出了。

二十卷本陶集,是宋前抄本时代的各类书志目录中,卷数最多者。二十卷本陶集,是否真的存在呢? 对此,前人大都表示怀疑,认为是《新唐书·艺文志》中出现的错误。但也有如郑樵等认为此二十卷,内容比之前的陶集要多出很多。田晓菲认为不排除出现这样的情况。她在《古代重要陶集版本叙录》一文中认为"二十卷的数目让人费解,即使比起收录了《五孝传》《四八目》的阳休之本也还是多出一倍,这种现象恐怕和分卷有关,但也不排除多收入诗文的可能"[4]。然而,根据我们目前对唐代文献的调查和了解,包括传世文献与墓志出土文献所涉,陶集相关诗文没有超出现有陶集者。甚至于考察唐代社会所流传的陶集相关诗文引用等情况,超出《文选》所录陶集之"八诗一文"范围的也不多。今考《隋书》卷三

①　郑樵撰,王树民点校:《通志二十略》,中华书局1995年版,第1811页。
②　梁启超:《陶渊明》,第71页。
③　桥川时雄:《陶集版本源流考》,第五页a面。
④　田晓菲:《尘几录——陶渊明与手抄本文化研究》,中华书局2007年版,第210页。

五《经籍志四》著录"宋征士《陶潜集》九卷(梁五卷,录一卷)"①,《旧唐书》卷四七《经籍志下》著录"《陶渊明集》五卷"②,《新唐书》卷六〇《艺文志四》著录"《陶潜集》二十卷。又《集》五卷"③,《崇文总目》卷一一"别集类"著录"《陶潜集》十卷"④,可见,在唐代,陶集传本有九卷本、五卷本,皆不将录一卷算入其内。至北宋前期,十卷本行于世,是最为常见的陶集卷数。

---

① 魏徵、令狐德棻:《隋书》卷三五《经籍四》,第 1072 页。
② 刘昫等撰:《旧唐书》卷四七《经籍下》,第 2067 页。
③ 欧阳修、宋祁:《新唐书》卷六〇《艺文四》,第 1590 页。
④ 王尧臣:《崇文总目》卷一一,清文渊阁《四库全书》本,第 11 页 b 面。

第二编　北宋本

1. 晁文元家本,卷数不详,佚

〔出处〕

晁文元家本,载北宋蔡絛《西清诗话》、南宋洪迈《容斋随笔》。

南宋洪迈《容斋随笔》五笔卷一云:"陶渊明《问来使》诗云:'尔从山中来,早晚发天目。我屋南山下,今生几丛菊。蔷薇叶已抽,秋兰气当馥。归去来山中,山中酒应熟。'诸集中皆不载,惟晁文元家本有之。盖天目疑非陶居处,然李太白云:'陶令归去来,田家酒应熟。'乃用此尔。"①意思是,天目与陶渊明故里无关(天目,即天目山,在今浙江省杭州市临安区以北,与陶渊明故里浔阳柴桑较远),但李白诗"田家酒应熟"句又似化用此诗,因此怀疑此诗可能为真。

南宋胡仔《苕溪渔隐丛话》前集卷四《五柳先生下》所引蔡絛《西清诗话》:"渊明意趣真古,清淡之宗。诗家视渊明,犹孔门视伯夷也。其集屡经诸儒手校,然有《问来使》篇,世盖未见,独南唐与晁文元家二本有之。诗云……李太白《浔阳感秋》诗:'陶令归去来,田家酒应熟。'其取诸此云。"②李公焕本陶集又云:"《西清诗话》曰,此篇独南唐与晁文元家二本有之。"③

---

① 洪迈著,孔凡礼点校:《容斋随笔》,中华书局 2005 年版,第 837 页。
② 胡仔:《苕溪渔隐丛话》前集卷四,清乾隆刻本,第八页 b 面。
③ 李公焕:《笺注陶渊明集》卷二,《四部丛刊》景宋巾箱本,第七页 a 面。

〔文献样态〕

不详。

〔按语〕

一、关于晁文元

晁文元,即晁迥,生平事迹见《宋史》卷三百五《晁迥传》。现节略其文,列其主要内容如下:

晁迥,字明远,世为澶州清丰人,自其父佺,始徙家彭门。……真宗即位……迁兵部侍郎,请分司西京,特拜工部尚书、集贤院学士、判西京留司御史台。……仁宗即位,迁礼部尚书。居台六年,累章请老,以太子少保致仕,给全俸,岁时赐赉如学士。天圣中,迥年八十一,召宴太清楼,免舞蹈。……所以宠赉者甚厚,进太子少傅。……具冠服而卒,年八十四。罢朝一日,赠太子太保,谥文元。

迥善吐纳养生之术,通释老书,以经传傅致,为一家之说。性乐易宽简,服道履正,虽贵势无所屈,历官临事,未尝挟情害物。真宗数称其好学长者。杨亿尝谓迥所作书命无过褒,得代言之体。喜质正经史疑义,摞括宁类。有以术命语迥,迥曰:"自然之分,天命也。乐天不忧,如命也。推理安常,委命也。何必逆计未然乎?"所著《翰林集》三十卷,《道院集》十五卷,《法藏碎金录》十卷,《耆智余书》《随因纪述》《昭德新编》各三卷。①

晁迥为晁公武六世祖。晁公武《昭德先生郡斋读书志序》云:"公武家自文元公(晁迥)来,以翰墨为业者七世,故家多书,至于是正之功,世无与让焉。然自中原无事时,已有火厄,及兵戈之后,尺素不存也。"②

经研究者梳理,晁氏一门藏书,从晁迥开始,历经六世。第五世晁补之,为苏门四学士之一,有大量和陶之作。至六世孙晁公武,重又崛起,家藏之盛,不减当年。

宋人魏了翁《重校鹤山先生大全文集》卷四一《眉山孙氏书楼记》:"晁

① 脱脱等:《宋史》卷三百五,中华书局 1985 年版,第 10085—10087 页。
② 晁公武:《郡斋读书志》,第一 a 页—第一 b 页。

文元累世之蓄,校雠是正,视诸家为精。自中原无事时,已有火厄。至政和甲午之灾,尺素不存。刘壮舆家于庐山之阳,所储亦博,今其子孙无闻焉。南阳开氏之书凡五十箧,则尽归诸晁氏。"①据此可知,晁文元家世富藏书,且校雠精善,藏有时人难睹之陶集版本是有可能的。但其藏书先经历火灾,已有所毁损,后又遭遇金兵之乱,几乎散失殆尽。其所藏之有《问来使》一篇之陶集,亦当毁于此时。

二、关于晁文元家本中的《问来使》的相关讨论

晁文元家本被反复讨论的原因,是《西清诗话》中提到其中有一首《问来使》诗。

南宋严羽《沧浪诗话》:"《西清诗话》载晁文元家所藏陶诗,有《问来使》一篇,云……予谓此篇诚佳,然其体制气象,与渊明不类;得非太白逸诗,后人谩取以入陶集尔。"②

南宋汤汉注《陶靖节先生诗》卷四:"此盖晚唐人因太白《感秋》诗而伪为之。"③

明郎瑛《七修类稿》卷二五《辩证类·陶诗真伪》:"《问来使》一篇,东涧以为晚唐人因太白《感秋》诗而伪为之。殊不知乃宋苏子美所作,好事者混入陶集中,巨眼者自能辩之。"④

明张自烈评《陶渊明集》卷二:"末二句有渊明意致,似非晚唐人能作。"⑤

清查慎行《初白庵诗评》卷上:"此首东坡缺和,或以为非陶作。然太白诗云:'陶令归去来,田家酒应熟。'正用此篇结句,无可疑也。"⑥

清马墣《陶诗本义》卷二:"俗本《归园田居》六首下有《问来使》一首,

---

① 魏了翁:《重校鹤山先生大全文集》卷四一,《四部丛刊》景宋本,第 15 页 a 面。

② 严羽著,郭绍虞校释:《沧浪诗话校释》,人民文学出版社 1983 年版,第 221—222 页。

③ 汤汉注:《陶靖节先生诗》卷四,宋咸淳福州刻本,第二十六页 a 面。

④ 郎瑛:《七修类稿》,上海书店出版社 2009 年版,第 269 页。

⑤ 陶潜著,张自烈评:《陶渊明集》卷二,明崇祯六年刻本,第五页 b 面。

⑥ 查慎行著,张载华辑:《初白庵诗评》卷上,清乾隆四十二年刻本,第一页 b 面。

汤文清以为晚唐人所作,郎仁宝以为苏子美诗,详诗话中。余细绎其诗,虽质而秀,朴而雅,然气味绝不类渊明。陈述古本无有,今同'种苗'一首删之。"①

清温汝能《陶诗汇评》卷二:"陶诗自有朴实真际,不可企及。至其字句体貌,后人尽可剽窃。此篇虽有陶公情致,与《田园》末篇自别,然细按之,不过得其貌耳,似非陶作。张(自烈)、查(慎行)二说,未可据为定论也。"②

清郑文焯批、日本桥川时雄校补《陶集郑批录》:"(郑文焯)又曰:此亦非太白作。蔡絛据所见南唐及晁本有之,则汤文清注疑为晚唐人诗,非亡谓也。至郎氏直目为苏子美所作,岂别有所见邪?世士以陶公寄情菊酒,又是诗有'归去来'一语,率尔附入陶集,诚不知天目既非其故居,而渊明欲归则归,亦无用其问来使耳。"③

桥川时雄《陶集版本源流考》详考之云:"《问来使》一首,亦久在陶集中,而非陶作也,前人论之凿凿,汤汉陶集载之于卷四末,且云此盖晚唐人,因太白《感秋》诗,而伪为之。又蔡絛《西清诗话》云:'渊明意趣,真古清淡之宗。诗家视渊明,犹孔门视伯夷也。其集屡经诸儒手校,然有《问来使》一篇,世盖未见,独南唐与晁文元二家有之。○李太白《感秋》诗:"陶令归去来,田家酒应熟。"其取诸此云。'又严羽《沧浪诗注》云:'《西清诗话》载:晁文元家所藏陶诗,有《问来使》一篇云,予谓此篇诚佳,然其体质气象,与渊明不类。得太白逸诗,后人漫取以入陶集耳。'又郑文焯《陶集手批》云:'句固雅朴,然气韵终沦平钝,无靖节奇情逸志。永嘉以来,清虚在俗,如此篇咸优为之。○此亦非太白作,蔡絛所见南唐及晁本有之,则汤文清注疑为晚唐人诗,非亡谓也。至郎氏直目为苏子美所作,岂别有所见也?世士以陶公寄情菊酒,又是诗中有归去来一语,率尔附陶集,诚不知天目既非其故居,而渊明欲归则归,亦无用其问来使。'按王维《杂诗》

---

① 北京大学中文系文学史教研室教师、五六级四班同学编:《古典文学研究资料汇编·陶渊明卷下编》,中华书局1961年版,第383页。

② 温汝能:《陶诗汇评》卷二,清嘉庆丙寅顺德邓氏刊本,第十一页a面。

③ 北京大学中文系文学史教研室教师、五六级四班同学编:《陶渊明资料汇编》,第383—384页。

'君自故乡来'一首,与此首合论,犹为绝妙,作者年世,亦似无少差。"①根据桥川氏的分析,《问来使》一诗,根据记载,只南唐本、晁文元家本有,且这一篇的风格气象与渊明他诗不相符合,所以很可能是伪作,有些人认为是晚唐诗,有人认为是苏子美所作。

日本学者井上一之《〈陶渊明集〉所收〈问来使〉诗真伪考》,从语汇、语法、韵律等视角出发,对《问来使》一诗进行了认真细致的考证与解说。这首诗作为一首望乡诗,其中有很多陶渊明诗的熟语,诸如"南窗""菊""归去来"和"酒熟"等。但是其中如"蔷薇"一词,是从六朝后期也即齐梁时代才在诗中作为歌咏对象的,而且此时主要是特定文学团体才有的歌咏兴趣。只有到了唐代以后,它才成为日常歌咏的对象。井上先生认为,以蔷薇为诗语,最早不能追溯到谢朓之前。另外,这首诗中的时间副词"早晚",最晚出现于晋代,且具有口语色彩,是对未来时间表示疑问的。其后从北魏到唐代使用逐渐频繁,是用来表示过去时间的。从诗语来看,汉代及魏晋南北朝诗中"早晚"的用例是没有的(不合事实),而"何时"(陶渊明三例)和"何当"则使用较为广泛。到了唐代,"何时""何当"也有使用,但"早晚"在诗中是使用最为频繁的。有鉴于此,可以判定《问来使》这首诗并不是陶渊明所作,而可能是唐人模仿陶诗,即所谓"效陶诗"的一首,到了南唐时被误收入《陶渊明集》中②。

总之,晁文元家本陶集中署名陶渊明的《问来使》这首诗被认为是伪作,这是诸家讨论这部陶集的根本原因。宋人大多断定这篇《问来使》是伪作,但究竟是李白的作品,还是其他诗人的作品,这一点尚有争论。

陶集在唐、五代时期发生其他作家之作品窜入的情况,是完全有可能的。因为从宋代开始,和陶诗十分流行,对陶诗的模拟之作也很多。这首诗用到了陶渊明诗歌的多种意象,如南山、菊花、山中、酒等。这些意象的叠加和集中化处理,很像是诗歌模拟的做法。桥川时雄引用了郑文焯《陶集手批》中的论证,认为是晚唐人拟李白《感秋》诗而作,其分析较为可信。

---

① 桥川时雄:《陶集版本源流考》,第四十页 b 面—第四十一页 a 面。

② 井上一之文,李寅生译:《〈陶渊明集〉所收〈问来使〉诗真伪考》,《九江师专学报(哲学社会科学版)》1998 年第 2 期,第 24—30 页。

2. 南唐本,卷数不详,佚

〔出处〕

南宋胡仔《苕溪渔隐丛话》前集卷四《五柳先生下》所引蔡絛《西清诗话》:"渊明意趣真古,清淡之宗。诗家视渊明,犹孔门视伯夷也。其集屡经诸儒手校,然有《问来使》篇,世盖未见,独南唐与晁文元家二本有之。诗云……李太白《浔阳感秋》诗:'陶令归去来,田家酒应熟。'其取诸此云。"①

除了在蔡絛《西清诗话》中被提及,还有覆宋本缩刊袖珍本《陶渊明集》(二卷)、苏写大字本《陶渊明文集》(二卷)、曾集刊《陶渊明集》(诗一卷、杂文一卷)中《问来使》题下都注有"南唐本有此一首",与《西清诗话》(见"晁文元家本"条)的记载是一致的。

〔按语〕

一、关于南唐本

根据前人记载,南唐本与晁文元家本都有《问来使》诗,但人们并没有将之合二为一来进行讨论,由此可见,人们都能判断,这是分属两种版本,而并非同一版本。

从名称来判断,南唐之名,应该是取自产生之时代或地区——殆产生于南唐时代或者南唐之故地。而南唐本在宋代之影响,也并不是非常明显。北宋人在使用陶集时,未曾以南唐本为首选。其余信息难以确知。

二、关于南唐本的相关讨论

桥川时雄《陶集版本源流考》曾有简单总结:"三曰南唐本。曾集本陶集《问来使》注云:'南唐本有此一首。'蔡絛《西清诗话》云:'陶集屡经诸儒手校,然有《问来使》一篇,世盖未见,独南唐与晁文元家二本有之。'(李公焕本陶集又云:'《西清诗话》曰,此篇独南唐与晁文元家二本有之。')此本未见于他书,识以俟考。"②

---

① 胡仔:《苕溪渔隐丛话》前集卷四,第八页 b 面。
② 桥川时雄:《陶集版本源流考》,第十七页 b 面—第十八页 a 面。

郭绍虞《陶集考辨》言及《问来使》，云："案此诗体制气象与陶不类，《沧浪诗话》疑之，汤汉注辨之，是也。郎瑛谓苏子美所作，疑无据，不特《苏子美集》无此诗，如为苏作亦不应入南唐本中。汤注谓为'晚唐人因太白《感秋诗》而伪为之'，近是。又关于南唐本之记载虽不多见，然即就上述可考知者言之，亦足知此本之不足据矣。东坡《和陶》无《问来使》一篇，知其所据亦非南唐本也。"①

曹道衡、沈玉成《陶渊明〈问来使〉考辨》，认为此诗为伪作，但从它同时在南唐本中出现来看，断然不会是苏东坡之作。根据诗的风格，最后推定《问来使》或是唐五代人效仿卢思道、江总、王维、李白之诗②。

3. 宋庠本十卷，集九卷传一卷，佚

〔出处〕

陶集各本，大多附有《宋丞相私记》。所谓的《宋丞相私记》，即指宋庠题记。据苏写本附录《本朝宋丞相私记》，其文曰："右集，按《隋·经籍志》'宋征士《陶潜集》九卷'，又云'梁有五卷，录一卷'。《唐志》'《陶泉明集》五卷'。今官私所行本，凡数种，与二志不同。有八卷者，即昭明太子所撰，合序传诔等在集前为一卷，正集次之，亡其录。有十卷者，即杨（阳）仆射所撰（按休之字子烈，事北齐，为尚书左仆射，以好学文藻知名，与魏收同时）。按吴氏《西斋录》，有宋彭泽令《陶潜集》十卷，疑即此也。其序并昭明旧序诔传等合为一卷，或题曰第一，或题曰第十，或不署于集端。别分《四八目》自《甄表状》杜乔以下为第十卷，然亦无录。余前后所得本，仅数十家，卒不知何者为是。晚获此本，云出于江左旧书，其次第最若伦贯。又《五孝传》已下至《四八目》，子注详密，广于他集。惟篇后《八儒》《三墨》二条，此似后人妄加，非陶公本意。且《四八目》之末，陶自为说曰：'书籍所载及故老所传，善恶闻于世者，盖尽于此。'即知其后无余事矣（按《四

---

①　郭绍虞：《陶集考辨》，第 267 页。

②　曹道衡、沈玉成：《陶渊明〈问来使〉诗考辨》，见《中古文学史料丛考》，中州古籍出版社 2018 年版，第 247—249 页。

八目》例，每一事已，陶即具疏所闻，或经传所出，以结前意。此二条既无后说，益知赘附之妄）。故今不著，辄别存之，以俟博闻者。广平宋庠私记。"①

〔按语〕

一、关于宋庠

《宋史》卷二八四《宋庠传》："宋庠字公序，安州安陆人。"②又云："庠自应举时，与（弟）祁具以文学名擅天下，俭约不好声色，读书至老不倦。善正讹谬，尝校定《国语》，撰《补音》三卷。又辑《纪年通谱》，区别正闰，为十二卷。《掖垣丛志》三卷，《尊号录》一卷，《别集》四十卷。"③

从以上可知，宋庠为人为学，皆有过人之处。其精于校勘之学，及区别正闰之学说，与他后来校注陶集异文、开《述酒》注释之先河，应颇为相关。根据宋庠自叙，他夙有编陶之意，过目陶集，多达数十本。这数十本，很可能是传抄本，一本为一家，可以说是数十家。然而并没有很好的本子，直到获得了江左名家所藏之阳休之本，于是加以考订。宋庠认为，集后的《八儒》《三墨》二篇，是后人妄加的，因此别列为一卷。概而言之，宋庠刊定十卷本系出江左旧书，即阳休之本；宋庠本是十卷本，有目录，但是萧序、颜诔、萧传、阳序等不列入目录。今存陶集宋代刻本，如苏写本《总目》前有萧序，卷十附录颜诔、萧传、阳序以及宋庠私记等，不列入目录，与上述宋庠本的特点基本相合。

二、关于宋庠本的流传

宋庠本在陶集流传历史中，具有很高的地位，一般认为，它影响了后世陶集的基本面目。隋唐时期流传的陶集，《隋志》著录九卷本，此即阳休之本失却序目之后的卷次之数。萧统本和阳休之本佚去目录大致在隋唐之际。至两宋，流传的陶集主要为十卷本，如《崇文总目》《郡斋读书志》和

① 《陶渊明集》，京江鲁氏影刻康熙三十三年汲古阁写刻苏东坡手书本，线装书局 2000 年影印。
② 脱脱等：《宋史》卷二八四，第 9590 页。
③ 脱脱等：《宋史》卷二八四，第 9593 页。

《直斋书录解题》著录者。而影响最大的本子当属北宋宋庠本。今传陶集的卷帙和篇目基本承自宋庠本。

根据曾集本题记及晁公武《郡斋读书志》的记载可知,宋庠本与萧统七卷本等诸本曾并行于世。郭绍虞认为宋庠本对阳休之本有了相应的完善,但在版本上并没有超越阳休之本的地方①。而此二者比之于萧统本的更完善之处,不仅在于篇目多出《五孝传赞》《四八目》,正文多出如《述酒》诗序这样的重要文字,而且在于萧统本本身或流传过程中产生的文字讹误,都被这两种本子修订了,尤其是宋庠本修订的更多,因此在文字上比萧统本更为精良。桥川时雄认为在宋刻陶集中,宋庠本的地位极高,它与思悦、曾集乃至汤汉注本之间关系紧密②。宋庠本今虽已佚,但宋代陶集的刊定,皆以此本为嚆矢。也就是说,宋庠本基本奠定了此后陶集的基本格局。

三、关于宋庠本的编次问题

桥川时雄在《陶集版本源流考》中有论:"又按此本编次,《五孝传》辑于传文,《四八目》分为二卷,正集九卷,序目传诔一卷,凡十卷者也。此本虽一袭阳休之本,亦有不同之处。阳休之本正集九卷,则加昭明本正集七卷,以《五孝传》《四八目》之二卷者;宋庠本正集九卷,则《五孝传》辑之杂文传中,中断《四八目》为二卷,以为九卷者,与吴氏《西斋录》所载相同。又曰《八儒》《三墨》二条,阳休之原本所无,后人妄加,宋庠删之,亦当然也。后出陶集,以《五孝传》辑于传中,又分《四八目》为二卷者,皆因袭宋庠本之体裁者也。"③

郭绍虞《陶集考辨》对宋庠本评价很高,认为它是陶集编定的关键一环:"陶集在宋以前,传钞以行,故诸本互有异同。大抵一定于昭明,再定于阳休之,三定于宋庠,而始有刊本。当时所传十卷本,盖均阳氏别本也。别本之滋,殆由于录之亡。录之亡殆在于隋时。"④他认为,桥川时雄所描

---

① 郭绍虞:《陶集考辨》,第 268—270 页。

② 桥川时雄:《陶集版本源流考》,第六页 b 面。

③ 桥川时雄:《陶集版本源流考》,第六页 a 面—b 面。

④ 郭绍虞:《陶集考辨》,第 266—267 页。

述的宋庠本之卷数编次,"此当就今传世诸本推测得之。详宋氏《私记》文辞,仅为考订江左旧本之跋,非惟不能明其编次,且亦不能定为刊本。惟思悦《书后》有'宋丞相刊定之本'之语,或宋氏复加考订,别为刊定,亦未可知"①。他推测宋庠本之样貌,认为不外乎二种:"一,大体如阳休之本之旧,集七卷,《五孝传》一卷,而析《四八目》为二卷,此即《私记》所谓'别分《四八目》自《甄表状》杜乔以下为第十卷,然亦无录'者也。是为十卷本甲。二,亡录以后,与昭明别本同,合序、传、诔等为一卷,此即《私记》所谓'并昭明旧序、诔、传等合为一卷,或题曰第一,或题曰第十'者也。合以集七卷,《五孝传》一卷,《四八目》一卷,亦符十卷之数。是为十卷本乙。晁公武《郡斋读书志》所谓于萧统编七卷,'以《五孝传》、《圣贤群辅录》、序、传、诔分三卷益之'者,盖即此本。至于是否有第三种——十卷本丙,如桥川氏所云者,亦不可知,第惜无佐证耳。以昭明本在北宋分七卷八卷之例推之,则阳休之本,有此三种体式自属可能。宋庠本之体裁,当不能外此三者,至欲确定宋本编次,则宋氏《私记》既未明言,迄今未见传本,固难凭臆测矣。"②

四、关于宋庠本的"宋本作某"问题

宋庠本已佚,它留在陶集中的痕迹,除了这篇重要的《私记》,还有就是反复出现于文中的夹注"宋本作某"。检校宋刻递修本、曾集本与苏写本,其中"宋本作某"之处甚多,如曾集本有:

谐气冬辉。辉,宋本作暄。(《赠长沙公族祖》)

菊为制颓龄。为,宋本作解。(《九日闲居》)

情通万里外。通,宋本作怀。(《答庞参军》)

深得固穷节。深,宋本作谬。(《癸卯岁十二月中作与从弟敬远》)

岁月相催逼。催逼,宋本作从过。(《饮酒》)

素砾晶修渚。砾晶,宋本作襟辉。(《述酒》)

这些"宋本作某",如果全部一一还原,当得到一部接近原貌的宋庠本陶集。宋本陶集的刊刻者,并没有完全采用宋庠本陶集,而是将之作为一

---

① 郭绍虞:《陶集考辨》,第 268 页。
② 郭绍虞:《陶集考辨》,第 268—269 页。

种异文参考。这种行为本身，反映了宋人视宋庠本为参考本的观念，且陶集诗文中的异文已经得到充分汇总。

　　桥川时雄接续前人，强调如今通行的本子中，有很多子注称"宋本作某"，这里的"宋本"，不是指翻宋本，而是指"宋庠本"。关于这些子注，桥川时雄总结说："又按现存陶集各本，往往在子注之间，见'宋本作某'等字样。此宋本是否为宋庠本之称谓，昔人未有确定议论。余则略因下列理由，断定其为宋庠本也。第一，'宋本'二字子注，见曾集、汤汉、焦竑、莫友芝各本陶集中，其他陶集存此子注者有之，皆承上记各本而然耳。顾上记各本中，二本有宋刻原本，一本为明翻宋，一本为清翻宋，考读陶集之时，稍可依据之本，除此数本外几无有也。或为宋刻，或为真正翻宋刻本，而均有'宋本'云云子注，所谓'宋本'以为宋刻本，甚无所谓也。第二，'宋本'云云子注，曾集、焦竑两本尤多。汤、莫诸本，则无几处而多者，皆属校字。所载不同，偶有所同，注亦同也。例如曾、汤两本《游斜川》诗，并有'宋本作共'注，曾、汤、莫各本《述酒》诗，均有'宋本'云云注（李公焕本作'一本'云云），曾、莫两本《述酒》诗，并有'宋本作襟辉'，曾、莫两本《责子》诗，并有'宋本作念'，乃知所谓'宋本'者当别是一本，而曾、汤、焦、莫各本，不必据同一原本，则所谓'宋本'以为宋庠本，近妥。第三，曾、汤、焦、莫各本中，焦本校正，尤为慎重，《命子》注云'宋本作冥，一作真，非'，《游斜川》注云'宋本作十，一作日，非'，又云'宋本作肠，一作舱，非'。《和郭主簿》云'从宋本'，《移居》云'宋本作几，一作纪，非'，《孟府君传》云'宋本作空，一作马，非'。此类注文，可以知校字之慎而且严，焦竑本是为翻宋刊，以宋本为底本者。如'宋本'为宋刻之谓，何称引止于此少数，又何以'宋本'二字标出之耶？第四，宋庠本依于阳休之本，思悦本依于宋庠本，以为底本，兼参核诸本，以为校订者也。而三氏校陶，金云无善本无所据，则宋庠本之承于阳本，思悦本之承于宋本，固不俟论。曾、汤、李、焦、莫各本陶集，在直接间接，承于阳、宋及思悦各本，则以'宋本'名义，留存宋庠本之一斑，亦当然之事。据上记四项理由，曾、汤各本所注之'宋本'，盖即为宋庠之本也。"[1]再有如焦本《停云》诗"竞朋亲好"，下有双行小字校注：

---

① 　桥川时雄：《陶集版本源流考》，第六页 b 面—第七页 a 面。

"宋本一作'竞用亲好',非。"又《时运》诗"人亦有言,称心易足",双行小字校注:"宋本一作'称心而言,人亦易足'。"苏写本、曾纮本(汲古阁藏本)、曾集本、汤汉注《述酒》诗序"仪狄造,杜康润色之",双行小字校注:"宋本云:此篇与题非本意,诸本如此,误。"

郭绍虞指出:"桥川氏又谓现存陶集各本之注所云宋本作某者,即指宋庠本言,其说良是。我国如毛扆、陶澍、莫绳孙、瞿镛诸人亦已先言之。大抵宋时陶集,诸本纷歧,颇尚校订,故宋本异文,诸本亦备注之。因诸本之注宋本作某,而知今所传南宋刊本皆自思悦本出,不尽同于宋本。思悦《书后》谓:'尝采拾众本以事雠校。'又云:'近永嘉周仲章太守枉驾东岭,示以本朝宋丞相刊定之本,于疑阙处甚有所补。'则是思悦本与宋庠本显有不同,而宋本之所补于思悦本者,仅在一二疑阙处而已。兹就今世所传南宋刊本言之。如绍兴十年苏体大字本,如旌德李氏缩刻宋本,如曾集本,如汤汉本,如焦氏翻刻本,其校语中所称宋本诸例,均为不同宋本之证。一,明言宋本作某者,显为不同宋本之证。如《赠长沙公》诗'谐气冬辉',绍兴、曾本'辉'下并注云:'宋本作暄。'《游斜川诗序》'率尔赋诗',曾本、汤本'尔'下并注云:'宋本作共。'《责子》诗'但觅梨与栗',曾本、缩刻本'觅'下注云:'宋本作念。'是绍兴本、曾本、汤本、缩刻本并不据宋本也。二,明言从宋本者,亦为不出宋本之证,如《五月旦作和戴主簿》诗,焦本作'明雨萃时物',注云:'从宋本,一作南窗罕悴物,非。'是焦本虽多同宋本,而不出宋本也。三,各本言一作某又作某,而此所云某字正同于宋本者,是亦异于宋本之证。如《归鸟》诗'驯林徘徊',曾本、汤本、缩刻本'驯'字注云:'一作相。'而绍兴本云:'宋本作相。'……类此诸例不胜枚举,故知宋本不过为阳氏功臣,于版本上犹不生任何影响也。"①

邓小军认为,从宋庠本可以获知的是:"第一,陶集萧统所编七卷本(合序传诔等则为八卷),阳休之所编十卷本,北宋犹存。第二,陶集江左旧本十卷,'其次第最有伦贯',除《四八目》篇后加《八儒》《三墨》二条外,基本上是阳休之本。宋庠所谓'《八儒》《三墨》二条,似后人妄加',当指此二条为他本所无。第三,宋庠刊定十卷本系出自江左旧本,亦即阳休之

---

① 郭绍虞:《陶集考辨》,第269—270页。

本。"另外，邓小军还推测出了宋庠本的五个特点："一是十卷本，二是有目录，三是萧序、颜诔、萧传、阳序等不列入目录（'阳休之序，并昭明旧序、诔、传等合为一卷'，'不署于集端'）。今存陶集宋代刻本，如苏写本《总目》前萧序、卷十末附录颜诔、萧传、阳序以及宋庠记等，不列入目录，与上述宋庠本的特点基本相合。四是有校语，多存异文，如焦本双行小字校注'宋本一作'所显示。'宋本'，即指宋庠本。苏写本、曾纮本（汲古阁藏本）、曾集本、汤汉注本之大量校语，更基本上出自宋庠本。五是开《述酒》注释之先河，如苏写本、曾纮本、曾集本、汤汉注本《述酒》诗序小字校注'宋本云：此篇与题非本意，诸本如此误'所显示。'篇'者，篇目，即诗题。'题'者，题记，指诗序。宋庠指出《述酒》诗题与序之古典字面非其本意，正暗示其别有今典实指之寄托。此实开后来韩驹（子苍）、汤汉解释《述酒》微旨之先河。"①

4. 思悦本十卷，佚

〔出处〕

北宋英宗治平三年（1066），释思悦编《靖节先生集》十卷。正集十卷，内含《四八目》二卷，《五孝传》辑入传文。

清莫友芝翻刊本《陶渊明集》载有思悦《陶集书后》一篇，其文曰："梁钟记室嵘评先生之诗，为古今隐逸诗人之宗。今观其风致孤迈，蹈厉淳源，又非晋宋间作者所能造也。昭明太子旧所纂录，且传写浸讹，复多脱落，后人虽加综缉，曾未见其完正。愚尝采拾众本，以事雠校，诗赋传记赞述杂文，凡一百五十有一首，洎《四八目》上下二篇，重条理编次为一十卷。近永嘉周仲章太守枉驾东岭，示以本朝宋丞相刊定之本，于疑明（阙）处甚有所补，其杨（阳）仆射《序录》、宋丞相《私记》，存于正集外，以见前后记录之不同也。时皇宋治平三年五月望日思悦书。"

① 邓小军：《陶集宋本源流》，见《诗史释证》，第78—79页。

〔**按语**〕

一、思悦本的编集过程

思悦本的编定大约经历了两个阶段,刚开始以宋代流传的萧统七卷本陶集为底本,并"采拾众本"加以校勘订补,后来获得了宋庠本陶集,再一次作了局部的补定工作,最后完成于北宋治平三年。此本共计十卷,其中《四八目》分成两卷,阳休之《序录》、宋庠《私记》编存于正集之外,所收诗赋传记赞述杂文共计一百五十一首。各卷卷首有文体分类的标识,在编次上比较接近于宋刻递修本陶集。

今人认为思悦编陶集所用的底本为宋代流传之萧统本。原因有二:一、思悦一开始就提及萧统本陶集在流传过程中出现了脱落,虽然后人多有补缉,但都不"完正",此即"昭明太子旧所纂录,且传写浸讹,复多脱落,后人虽加综缉,曾未见其完正"。二、思悦在获得宋庠本陶集之后,除了对原来编的陶集疑阙之处加以增补,还做了一件事,即把宋庠本陶集中的阳休之《序录》、宋庠《私记》附存于正集之外。思悦这一做法明显给我们一个暗示,即他原来编的陶集里面似乎并没有阳休之《序录》、宋庠《私记》,因为如果他原本编的陶集里已经有这两种作品,那么再别存之,就会出现重复。他原来编的陶集里没有宋庠《私记》,这很容易理解,因为他在刚开始编陶集时并没有见到宋庠刊本,但没有阳休之《序录》就很难理解了,因为阳休之《序录》在宋代十卷本陶集系统中随处可见。比较合理的解释是,思悦编次陶集时所用的底本乃是宋代流传的萧统本陶集,而不是阳休之本陶集。

二、关于思悦本的源流地位问题

南宋陈振孙《直斋书录解题》卷一六著录《陶靖节年谱》一卷、《年谱辨证》一卷、《杂记》一卷,称:"卷末有阳休之、宋庠序录、私记,又有治平三年思悦题,称'永嘉示以本朝宋丞相刊定之本'。思悦者,不知何许人也。"清卢文弨校注引赵畸江云:"思悦,宋虎丘寺僧。"①

---

① 陈振孙撰,徐小蛮、顾美华点校:《直斋书录解题》,上海古籍出版社 2015 年版,第464页。

南宋曾季貍《艇斋诗话》："陶渊明诗自宋义熙以后皆题甲子,此说始于《五臣注文选》云尔,后世遂因仍其说。治平中,有虎丘僧思悦者,编《渊明集》,独辨其不然。其说曰:'渊明之诗题甲子者,始庚子迄丙辰,凡十七年间九首,皆晋安帝时所作。及恭帝元熙二年庚申岁,宋始受禅,自庚子至庚申,盖二十年,岂有宋未受禅前二十年,耻事二姓而题甲子之理哉!'思悦之言信而有证矣。"①可知思悦是虎丘僧人,编定陶集在北宋英宗治平年间(1064—1067)。

罗振玉《面城精舍杂文甲编》之《宋僧思悦编陶渊明集跋》:"《陶靖节集》罕善本。钦定《四库全书提要》及孙氏星衍《廉石居藏书记》均载北齐阳子烈所编十卷本。玉苦购不能得。壬午冬,获桐城徐氏重刻宋巾箱本,亦分为十卷。卷首莫征君友芝署云'阳子烈编'。盖即《四库》及孙氏本也。集后首列阳子烈序,次宋丞相私记,次曾纮说,次思悦书后。详审思悦跋云:'愚尝采拾众本,以事雠校,重条理编次为一十卷。'是此本为思悦编,非子烈旧本。《廉石居藏书记》等书因卷数与子烈本合遂误认耳。据曾季貍《诗话》云:思悦虎丘寺僧。治平中编陶诗。今此本思悦跋正署治平三年五月,亦一证也。"②

日刊松崎本《题陶渊明集后》(《缩临治平本陶渊明集》,巾箱十卷本,天保十一年庚子,羽泽石经山房刻梓,所谓松崎本也。卷首有林衡题词,卷末有松崎氏识语,附刊《三谢诗》一卷。此本写刻莫氏翻宋本者)提到了思悦本:"陶公渊明集,实为风骚雅匹,故后世传刻尤多,要之北宋治平中思悦所校,为最古善本。前于思悦诸本异同,皆备于思悦本,后于思悦诸刻异同,厘为思悦本,纰缪脱漏一一可辨,故予校陶集,一依思悦本,顾其原本今不可复得。"③郭绍虞《陶集考辨》认为:"今所传南宋刊本皆自思悦

① 曾季貍:《艇斋诗话》,见丁福保辑:《历代诗话续编》,中华书局2006年版,第292页。

② 罗振玉著,罗继祖主编、王同策副主编:《罗振玉学术论著集》第九集,上海古籍出版社2020年版,第33页。

③ 《题陶渊明集后》,松崎慊堂天保十一年所刻《陶渊明集》,京都大学文学部图书馆藏。

本出，不尽同于宋（庠）本。"①此言似误。今存陶集宋代诸刻本，大多数出自宋庠本。思悦本已无存者。

桥川时雄《陶集版本源流考》称："休之之本，出宋丞相庠家，虎丘寺僧思悦云：'永嘉周仲章太守家藏宋丞相刊定本，于疑阙处甚有所补。'憾此本今不传也。思悦采拾众本，重定为十卷，刻于治平三年。世所传宋椠，即此本耳。明何燕泉孟春、张洁生尔躬二本，皆祖之。按吴以何、张二本以为据于思悦本，其说泛，犹难遽信，今人罗振玉《面城精舍杂文甲编》载有《宋僧思悦编陶渊明集跋》一文，中云：'北齐阳子烈所编十卷本，玉苦购不能得，壬午冬获桐城徐氏重刊宋巾箱本，亦分为十卷。卷首莫征君友芝署云"阳子烈编"，集后首列阳子烈《序》，次宋丞相《私记》，次曾纮《说》，次思悦《书后》。详审思悦《跋》云："余尝采拾众本，以事雠校，重条理编次，为一十卷。"是此本为思悦编，非子烈旧本，因卷数与子烈本合，遂误认耳。据季貍《诗话》云，思悦虎丘寺僧，治平中编陶诗。今此本思悦跋正署治平三年五月，亦一证也。'按今观徐氏所刊本，其卷数实与阳休之本合，故谓为因此本窥见阳子烈本概观，则当；若谓为子烈本，则未妥矣。阳本为正集九卷，序一卷，合为十卷，与思悦本正集为十卷，似有少异，此本卷首，有昭明太子《序》、颜延之《陶诔》、昭明太子《陶传》、阳氏《序录》、宋庠《私记》、曾纮《说》、思悦《书后》，杂入第十卷末，殊属不齐。然阳氏《序录》云：'今录统所阙并序目，合为一帙十卷。'况亦引《文选》五臣注黄庭坚语，间有宋本作某之字样乎？洵如罗氏言，断非阳氏所编。然亦不能即谓为思悦本，考思悦《书后》云：'愚尝采拾众本，以事雠校，诗赋传记赞述杂文，凡一百五十有一首。'徐氏刊本，各卷首记有篇数，凡一百五十四首，与思悦《书后》所云，正多三首，且末卷杂入各文，体裁未当。曾纮《说》系宣和年中作，而在治平三年所作思悦《书后》之前，与《书后》云仆射《序录》、宋丞相《私记》存于正集外，以见前后记录之不同，不相符矣。岂以卷末所载思悦《书后》年月与《艇斋诗话》相合之故，视为思悦本之证哉？思悦本久已佚亡，现世绝无见此旧本者，罗说误矣。"②

---

① 郭绍虞：《陶集考辨》，第 269 页。
② 桥川时雄：《陶集版本源流考》，第七页 b 面—第八页 b 面。

三、关于思悦本的底本以及"周仲章"的问题

桥川时雄《陶集版本源流考》论述此本曰："治平三年虎丘寺僧思悦，编刊《靖节先生集》，以永嘉周仲章所藏之阳休之本为底本，凡十卷。……此本特色有三：为正集十卷之最初本，是其特色之一；雠校各本，某字作某字样之子注，较之他本颇多，是为特色之二；凡百五十一首，文体分类，编为八卷，是为特色之三。"①宋庠本当在思悦本之前，思悦本并非正集十卷之初本。思悦虽然"采拾众本，以事雠校"，但并不能说明其"某字作某字样之子注，较之他本颇多"。

郭绍虞《陶集考辨》中除讲述思悦本的基本面貌，更考证了周仲章其人："思悦《书后》称'永嘉周仲章太守'云云，考厉鹗《宋诗纪事》卷二十四谓：'周延隽，字仲章，邹平人，治平间以职方郎中知台州，累迁太常少卿。'虽不言知温州事，然检《温州府志》卷十七职官门，有宋周延隽知温州军州事之记载，知所谓永嘉周仲章太守者，盖即其人。又案延隽为起子，《宋史》二百八十八卷附《起传》，称其'颇雅厚'，而《起传》中亦称'家藏书至万余卷'，固宜其于陶集亦多善本矣。"②

邓小军《陶集宋本源流》认为："第一，陶集思悦所编本乃'采拾众本雠校重编'，并非选择善本作为底本。第二，思悦本'以宋丞相刊定之本，于疑缺处，甚有所补'，可见其本原非足本。……今存陶集宋代刻本多在卷三之首收录思悦甲子辨。自北宋治平三年思悦甲子辨出现之后，北宋后期，韩驹指出《述酒》诗'盖用山阳公事，疑是义熙以后有所感而作也。……渊明忠义如此，今人或谓渊明所题甲子，不必皆义熙后，此亦岂足论渊明哉'，即是针对思悦之说的批评。南宋前期，吴仁杰《陶靖节先生年谱》指出'集中诗文于晋年号或书或否，固不一概，卒无一字称宋永初以来年号者，此史氏所以著之也'，始澄清此事。但是，由南宋前期胡仔《苕溪渔隐丛话后集》卷三《陶靖节》所引《复斋漫录》《艺苑雌黄》诸条，可见当时人犹多以思悦之说为是。至南宋后期，汤汉注本出，深入发明《述酒》诗微旨，始从陶集摒弃思悦甲子辨。要之，陶集宋代刻本例多收录思悦甲子

① 桥川时雄：《陶集版本源流考》，第七页 a 面—b 面。
② 郭绍虞：《陶集考辨》，第 271 页。

辨,盖当时人多以思悦之说为有发明也。"①

四、思悦本的编次与篇目

据"愚尝采拾众本,以事雠校,诗赋传记赞述杂文,凡一百五十有一首"数语推知,"诗赋传记赞述杂文"是指文体分类,一百五十一首的数量似乎不包括《集圣贤群辅录》上、下在内。

思悦本陶集的具体篇目应为:

卷第一"诗九首(四言)":《停云》《时运》《荣木》《赠长沙公族祖》《酬丁柴桑》《答庞参军》《劝农》《命子》《归鸟》。

卷第二"诗三十首":《形影神》《神释》《九日闲居》《归园田居六首》《问来使》《游斜川》《示周掾祖谢》《乞食》《诸人共游周家墓柏下》《怨诗楚调示庞主簿邓治中》《答庞参军》《五月旦作和戴主簿》《连雨独饮》《移居二首》《和刘柴桑》《酬刘柴桑》《和郭主簿二首》《于王抚军座送客》《与殷晋安别》《赠羊长史》《岁暮和张常侍》《和胡西曹示顾贼曹》《悲从弟仲德》。

卷第三"诗三十九首":《始作镇军参军经曲阿》《庚子岁五月中从都还阻风于规林二首》《辛丑岁七月赴假还江陵夜行涂中》《癸卯岁始春怀古田舍二首》《癸卯岁十二月中作与从弟敬远》《乙巳岁三月为建威参军使都经钱溪》《还旧居》《戊申岁六月中遇火》《己酉岁九月九日》《庚戌岁九月中于西田获早稻》《丙辰岁八月中于下潠田舍获》《饮酒二十首》《止酒》《述酒》《责子》《有会而作》《蜡日》《四时》。

卷第四"诗四十八首":《拟古九首》《杂诗十二首》《咏贫士七首》《咏二疏》《咏三良》《咏荆轲》《读山海经十三首》《拟挽歌辞三首》《联句》。

卷第五"赋辞三首":《感士不遇赋》《闲情赋》《归去来兮辞》。

卷第六"记传赞述十三首":《桃花源记并诗》《晋故征西大将军长史孟府君传》《五柳先生传》《扇上画赞》《读史述九章》。

卷第七"传赞五首":《天子孝传赞》《诸侯孝传赞》《卿大夫孝传赞》《士孝传赞》《庶人孝传赞》。

卷第八"疏祭文四首":《与子俨等疏》《祭程氏妹文》《祭从弟敬远文》《自祭文》。

---

① 邓小军:《陶集宋本源流》,见《诗史释证》,第81—82页。

卷第九为《集圣贤群辅录上》,卷第十为《集圣贤群辅录下》。

根据上面所列,《归园田居六首》其六"种苗在东皋"、《问来使》、《四时》、《杂诗十二首》其十二"袅袅松标崖"、《联句》、《扇上画赞》、《读史述九章》、《桃花源诗》等被认为确非或疑非陶渊明的作品,至迟在思悦本陶集中就已经存在了。

五、关于思悦辩驳"晋标年号,宋唯甲子"之说

今存诸本《陶渊明集》,在卷三之首,多收录思悦《甲子辨》一则:

《文选》五臣注陶渊明《辛丑岁七月赴假还江陵夜行涂中》诗题云:"渊明诗,晋所作者皆题年号,入宋所作但题甲子而已。意者耻事二姓,故以异之。"思悦考渊明之诗,有以题甲子者,始庚子,距丙辰凡十七年间,只九首耳,皆晋安帝时所作也。中有《乙巳岁三月为建威参军使都经钱溪作》,此年秋乃为彭泽令,在官八十余日即解印绶赋《归去来兮辞》。后一十六年庚申晋禅宋,恭帝元熙二年也。萧德施《渊明传》曰:"自宋高祖王业渐隆,不复肯仕。"于渊明之出处,得其实矣。宁容晋未禅宋前二十年,辄耻事二姓,所作诗但题以甲子,而自取异哉?矧诗中又无有标晋年号者。其所题甲子盖偶记一时之事耳,后人类而次之,亦非渊明之意也。世之好事者多尚旧说,今因详校故书,于第三卷首,以明五臣之失,且祛来者之惑焉。①

南宋吴仁杰《陶靖节先生年谱》晋恭帝元熙二年条:"要之,集中诗文于晋年号或书或否,固不一概,卒无一字称宋永初以来年号,此史氏所以著之也。"②

清钱大昕《潜研堂文集》卷三〇《跋义门读书记》:"《宋书·陶潜传》云:'所著文章,皆题其年月。义熙以前,则书晋氏年号,自永初以来,唯云甲子而已。'休文生于元嘉中,所见闻必不误。义门乃援陶诗书甲子者八事,讥其纪事之失实。夫本传固云'所著文章',不云所著诗也,诗亦文章之一,而其体则殊。文章当题年月,诗不必题年月,夫人而知之矣。《隋

---

① 袁行霈:《陶渊明集笺注》,第 179 页。按,《四部丛刊》景宋巾箱本《笺注陶渊明集》文字与此多有不同,可参看。

② 吴仁杰:《陶靖节先生年谱》,清光绪刻《灵峰草堂丛书》本,第十页 a 面。

志》载渊明集凡九卷，今文之存者不过数首。就此数首考之，《桃花源诗序》称'太元中'，《祭程氏妹文》称'义熙三年'，此书晋氏年号之证也。《自祭文》则但称'丁卯'，此永初以后书甲子之证也。与休文所云，如合符节。"①

赖义辉在《陶渊明生平事迹及其岁数新考》一文中说："《与子俨等疏》云：'济北氾稚春，晋时操行人也。'按此文为入宋之作，故云'晋时'。不然，使为晋制，则不应有'晋时'，而应为'国朝''我朝'或'我晋'矣。先生《命子》诗，晋作也，有句云'在我中晋'，即其例。《桃花源》首标'晋太元中'，此例与前者同而与后者异，其为晋亡后之作可知。"②

邓小军经过分析和统计，主要有如下观点：

（一）《宋书·陶潜传》中关于甲子之说，"是古典文史习见的互文笔法，将此互文笔法之语，展开为完全表述之语，即为：'义熙以前，则书晋氏年号，亦书甲子；自永初以来，不书宋氏年号，唯云甲子而已。'而思悦《甲子辨》之说，以'渊明诗题甲子皆晋时所作'，驳斥《宋传》互文笔法之语，实际是以一部分之真否定另一部分之真，即以渊明在晋诗文亦书甲子之寻常现象，否定在宋诗文只书甲子之非常现象；尤其是回避了渊明诗文书晋氏年号，是否书宋氏年号这样的关键问题"。

（二）罗列陶渊明在晋在宋所作诗所书国号、年号、天子、甲子等材料，发现"陶渊明在宋诗文，绝无书宋朝国号、绝无称宋天子、绝无书宋年号，记年只书甲子，如'岁唯丁卯'（宋文帝元嘉四年丁卯作），连甲子也少书，仅有一次"。而"陶渊明在晋书晋年号、书甲子，并无一定。在晋，诗多书甲子，文多书年号。当是因为文体的原因，诗较随意，文较庄重"。

（三）根据《述酒》及《命子》诗，"可知陶渊明认为东晋政治有道，历史功绩不可磨灭"，"陶渊明同情东晋灭亡，痛愤刘裕篡弑"③。

---

① 钱大昕著，陈文和主编：《嘉定钱大昕全集（增订本）》第九册，凤凰出版社2016年版，第493—494页。

② 赖义辉：《陶渊明生平事迹及其岁数新考》，见《岭南学报》第六卷第一期，1937年，第94页。

③ 邓小军：《陶渊明书甲子辨——陶渊明诗文书国号、书年号、书天子、书甲子之考察》，《中国文化》2009年第1期，第61—66页。

　　笔者认为,思悦辩驳"晋标年号,宋唯甲子"一则文字,反对《文选》五臣注所述"渊明诗,晋所作者,皆题年号。入宋所作,但题甲子而已。意者耻事二姓,故以异之",提出此"非渊明之意"。思悦的这段辩驳,被收入诸多陶集宋刻本,大概当时人多以为思悦的这番说法有所发明,起码改变了之前长期居于主流论调的五臣注之说。故而自北宋治平三年思悦甲子辨出现以后,"入宋但称甲子之说"已然成立并且在当时产生了一定影响。北宋后期,韩驹指出《述酒》诗盖用山阳公事,"疑是义熙以后有所感而作。……渊明忠义如此,今人或谓渊明所题甲子,不必皆义熙后,此亦岂足论渊明哉"①,即是针对思悦之说的批评。另外也需要看到,思悦是针对《文选》五臣注进行批驳,这在一定程度上也反映《文选》所选陶渊明诗文及六臣注,可以被视为一种在总集中出现的选集。

　　"入宋但书甲子"之说并非源自《文选》五臣注,其可考之发端,是来自《宋书·陶潜传》:"所著文章,皆题其年月,义熙以前,则书晋氏年号,自永初以来唯云甲子而已。"②沈约撰写《宋书》时,应该能看到相对完整的陶集,甚至能够读到《隋志》所提及的"梁五卷,录一卷"中的"录一卷"。他如此表述,必然是有一些依据的。只是其依据具体是什么,还需要仔细分析。诸多学者曾分析过陶渊明在易代之际的政治态度,总体上偏向于认为,陶渊明同情东晋的覆亡,而对刘宋并无好感。这些论证分析也皆有各自的依据。

5. 宋刻递修本十卷,存

〔出处〕

　　宋刻递修本《陶渊明集》十卷,二册,今国家图书馆藏。又曾被称为"曾纮本""汲藏本"等。

---

① 陶澍集注:《靖节先生年谱考异》卷下,《靖节先生集》,第十九页 b 面。
② 沈约:《宋书》卷九三,中华书局 1974 年版,第 2289 页。

〔版本信息〕

版　式

上下单边,左右双边,版心白口,双鱼尾,上鱼尾下记卷次,下鱼尾下记页码,其下记刻工姓名。正文每半叶十行,每行十六字,小字双行,字数相同。卷首有汪骏昌跋,无目录。

各卷卷端署"陶渊明集卷第×",第二行低一字署类目,第三行低三字署篇目,正文连属,卷末大都隔一行署尾题。

每册皆以宋锦装面,外封面签题"陶渊明集上(下)",题下钤"大史之裔"朱文印。《汲古阁珍藏秘本书目》云:"签题系元人笔,不敢易去。"①此签至今保存完好。

编　次

该本编次井然,各卷卷端、卷尾题"陶渊明集卷第×",只有卷四卷尾、卷六卷端为"文集"。十卷尾无。卷一至卷四为诗,卷五为词、赋,卷六为记、传、赞、述,卷七为传赞,卷八为疏、祭文,卷九为《集圣贤群辅录上》(即《四八目》),卷十为《集圣贤群辅录下》以及《八儒》《三墨》二条、颜延年《诔》、萧绮《传》、阳休之《序录》、宋庠《私记》、曾纮《说》。卷二实际收诗为三十一首,比卷端所标"三十首"多一首。各部分情况如下:

卷首无目录。卷一为"诗九首",卷二为"诗十三首",卷三为"诗三十九首",卷四为"诗四十八首",卷五为"赋辞三首",卷六为"记传赞述十三首",卷七为"传赞五首"(《五孝传》),卷八为"疏祭文四首",卷九至卷十为《集圣贤群辅录》(《四八目》),卷三之首录思悦《甲子辨》,卷十附颜延年《静节征士诔(并序)》、萧统《传》(以上与正文连属)、阳休之《序录》(以下次页另起)、宋庠《私记》、曾纮《说》,不录思悦《书后》。

卷一至卷八的具体篇目如下:

卷一"诗九首(四言)":《停云一首(并序)》《时运一首(并序)》《荣木一首(并序)》《赠长沙公族祖一首(并序)》《酬丁柴桑一首》《答庞参军一首

---

① 毛扆:《汲古阁珍藏秘本书目》,《土礼居丛书》景明钞本,第二十一页 b 面。

（并序）《劝农一首》《命子一首》《归鸟一首》。

卷二"诗三十首"，包括：《形影神（并序）》《九日闲居一首（并序）》《归园田居六首》《问来使（南唐本有此一首）》《游斜川一首（并序）》《示周掾祖谢一首》《乞食一首》《诸人共游周家墓柏下一首》《怨诗楚调示庞主簿邓治中一首》《答庞参军一首（并序）》《五月旦作和戴主簿一首》《连雨独饮一首》《移居二首》《和刘柴桑一首》《酬刘柴桑一首》《和郭主簿二首》《于王抚君座送客》《与殷晋安别一首（并序）》《赠羊长史一首》《岁暮和张常侍一首》《和胡西曹示顾贼曹一首》《悲从弟仲德一首》〔按，《形影神（并序）》包括《形赠影一首》《影答形一首》《神释一首》，共三首。以下各本不再赘列此三首〕。

卷三"诗三十九首"：《始作镇军参军经曲阿一首》《庚子岁五月中从都还阻风于规林二首》《辛丑岁七月赴假还江陵夜行涂中一首》《癸卯岁始春怀古田舍二首》《癸卯岁十二月中作与从弟敬远一首》《乙巳岁三月为建威参军使都经钱溪一首》《还旧居一首》《戊申岁六月中遇火一首》《己酉岁九月九日一首》《庚戌岁九月中于西田获早稻一首》《丙辰岁八月中于下潠田舍获一首》《饮酒二十首（并序）》《止酒一首》《述酒一首》《责子一首》《有会而作一首（并序）》《蜡日一首》《四时一首》。

卷四"诗四十八首（内一首联句）"：《拟古九首》《杂诗十二首》《咏贫士七首》《咏二疏一首》《咏三良一首》《咏荆轲一首》《读山海经十三首》《拟挽歌辞三首》《联句》。

卷五"赋辞三首"：《感士不遇赋（并序）》《闲情赋（并序）》《归去来兮辞（并序）》。

卷六"记传赞述十三首"：《桃花源记（并诗）》《晋故征西大将军长史孟府君传》《五柳先生传》《扇上画赞》《读史述九章》（《夷齐》《箕子》《管鲍》《程杵》《七十二弟子》《屈贾》《韩非》《鲁二儒》《张长公》）。

卷七"传赞五首"：《天子孝传赞》《诸侯孝传赞》《卿大夫孝传赞》《士孝传赞》《庶人孝传赞》。

卷八"疏祭文四首"：《与子俨等疏》《祭程氏妹文》《祭从弟敬远文》《自祭文》。

卷九、卷十为《集圣贤群辅录》之上卷和下卷。

异　文

书"宋本作某"者,有九处;书"一作某""又作某"等,则有七百五十三处,数量仅次于曾集本。

钤　印

内封面签题"陶靖节集(宋刻)",下端钤"俊明明裹""不寐道人"二印。

书中钤盖的印章有:"桃源戴氏""啸庵""商微子后自亳之吴再迁于鄞""文彭""文彭之印""文寿承氏""燕巢""毛晋之印""子晋书印""汲古主人""宋本""甲""黄丕烈""士礼居""百宋一廛""士钟""阆源父""雅庭""骏昌""书画船""小有壶天""先都御史公遗藏金石书画印""东郡杨绍和字彦合藏书之印""协卿珍赏""聊城杨承训鉴藏书画印""东郡杨氏宋存书室珍藏""杨东樵读过""周暹""海源残阁""臣绍和印""杨氏彦合""宋存书室""杨承训印"等。

序　跋

今所见宋刻递修本,有两篇序跋,分别是曾纮《说》与汪骏昌题跋。

(一)曾纮《说》

余尝评陶公诗,语造平澹而寓意深远,外若枯槁而中实敷腴,真诗人之冠冕也。平生酷爱此作,每以世无善本为恨。顷因阅《读山海经》诗,其间一篇云:"形天无千岁,猛志固常在。"且疑上下文义不甚相贯,遂取《山海经》参校。《经》中有云:"刑天,兽名也,口中好衔干戚而舞。"乃知此句是"刑天舞干戚",故与下句"猛志固常在"意旨相应。五字皆讹,盖字画相近,无足怪者。间以语友人岑穰彦休、晁咏之之道,二公抚掌惊叹,亟取所藏本是正之。因思宋宣献言"校书如拂几上尘,旋拂旋生",岂欺我哉? 亲友范元羲寄示义阳太守公所开陶集,想见好古博雅之意,辄书以遗之。宣和六年七月中元临汉曾纮书刊。

(二)汪骏昌题跋

此宋板《渊明集》系汲古阁故物,其《藏书目》谓:"与时本夐然不同。如《桃花源记》中'欣然规往',时本误作'亲往',《五柳先生赞》注云,一本有'之妻'二字,按《列女传》是'其妻之言'也,他如此类,不可枚举;即《四八目》注比时本多八十余字,而通本'一作'云云,比时本多千余字,真奇书也。"又云:"签题系元人笔,不敢易去。"盖所贵乎宋板者,为其可以正时俗之谬误,而好古者得开卷之益也。因摘《汲古书目》中语,录诸简端,后之藏是集者,庶几知其所以可宝欤! 道光二十八年花朝前十日汪骏昌跋。

〔按语〕

一、关于宋刻递修本《陶渊明集》的底本来源问题

郭绍虞《陶集考辨·南宋本上》有"汲古阁藏十卷本"条,曰:"卷八《祭程氏妹》文'我闻为善','善'字下注云'一作惟',此即卢氏所谓'不在当字之下'者;卷一《时运》诗'穆穆良朝',朝作朋,此即卢氏所谓'妄改'者。考三种影刻本全如此,然则或由宋刊原本之误,不尽关于毛氏校雠之未精矣。至于此本源流,上虞罗振玉氏以为非阳子烈旧本,桥川子雍氏复辨此非思悦本,其说均当。盖其异于阳本者,无录一卷,又《四八目》分为二卷,《五孝传》辑于传中;其异于思悦本者,阳休之《序录》,宋丞相《私记》不存于正集外,并增曾纮《说》一篇,又《述酒》诗题引黄庭坚语,《四时》诗注引刘斯立语,均为思悦本所不应有者。然卷三录思悦《辨甲子》一文,则其自思悦本出,盖无可疑。考吴师道《吴礼部诗话》称'乾道五年林栗守州时所刊,第三卷首有思悦《辨甲子》一文',此本正与之同。又周必大《二老堂诗话》称'江州《陶靖节集》末载曾纮《说》',所言亦与此本符。然则此本盖从江州本出,可无疑也。杨绍和《楹书隅录》定为北宋本,缘未深考耳。"①汲古阁藏十卷本郭绍虞"未见",看到的是影刻本,所以难免有一些错误,今核对原书后可以纠正。

袁行霈认为,从宋刻递修本的卷数(十卷)来看,"底本应当是阳休之本或思悦本。但思悦的《书靖节先生集后》见于绍兴大字本陶集,而不见于此本,可以排除其底本为思悦本的可能性。这样看来,其底本最大的可能是阳休之本。又,此本卷三正文前有一段按语,其中提到思悦辩驳五臣关于渊明诗入宋所作但题甲子之说,并表示赞成。由此看来,汲古阁藏本的整理者曾见到思悦本,并有所采用。从正文校记中称'宋本作某'(指宋庠本)看来,其底本不会是宋庠本;宋庠本只是一种参校本。从称呼宋庠

---

① 郭绍虞:《陶集考辨》,第280页。

为'本朝丞相'看来,汲古阁藏的这个本子是宋人编辑的"①。

范子烨认为:"所谓宋刻递修本,实际是北宋僧人释思悦的汇校本,对于'化去''徒设'二句的异文,思悦根据其所见陶集各本已经做了标注。思悦是宋代苏州虎丘寺的一位僧人,曾经在宋英宗治平年间(1064—1067)大力校勘陶集。"②

另外,需要强调的是,宋刻递修本《陶渊明集》应并非宋徽宗宣和年间义阳太守王仲良开雕的陶集。胡仔《苕溪渔隐丛话》后集中记载:"余家藏靖节文集,乃宣和壬寅王仲良厚之知信阳日所刻。"③义阳即信阳。胡仔还摘录了王厚之的后序。从后序中得知,王厚之刻本已改正二百多字,如将"八友"改正为"八及",而有曾纮《说》的宋本却仍作"八友",与王厚之刻本不相同。从讳字上看,本书中遇到宋讳,除玄、敬、警、惊、殷、恒、贞等字缺笔外,宋钦宗名讳"桓""完"二字也缺笔,有一处遇宋高宗名讳"遘"字也缺笔,且避讳缺笔不是在补版叶,而是在原刻叶上。这再次说明,此种陶集应并非北宋原刻。由于该陶集中"慎"字不缺笔,则此书的版刻年代应在宋孝宗之前。

二、关于宋刻递修本中的异文问题

宋刻递修本又被称为"曾纮本",关于其中的异文校语,邓小军指出:"绝大多数异文是从宋庠本,不从他本;仅有极少数异义是从他本,不从宋庠本。这表明,曾纮本系出自宋庠本,是以宋庠本为底本,而以他本为参校本。……曾纮本除无目录、录思悦甲子辨及极少数异文从他本外,基本上是宋庠本原样。……尤其是不录思悦《书后》,比苏写本(录思悦《书后》)更接近宋庠本原本。"④

① 袁行霈:《关于汲古阁藏陶渊明集十卷本——2005年4月在东京日中友好会馆的演讲》,《学问的气象》,新世界出版社2009年版,第224页。
② 范子烨:《深入人心的歪理邪说——关于陶渊明〈读《山海经》〉其十的"曾纮说"》,《名作欣赏》2022年第1期,第123页。
③ 胡仔:《苕溪渔隐丛话》后集卷二,清乾隆刻本,第4页b面。
④ 邓小军:《陶集宋本源流》,第95—96页。

三、关于曾纮是否是宋刻递修本刊者的讨论

黄丕烈《百宋一廛书录》云:"盖此北宋曾氏刊本也。"①黄丕烈断定此种陶集为北宋本,与其后所附宋人曾纮所撰之"曾纮《说》"有关。"宣和六年七月中元临汉曾纮书刊"这个时间落款,应该是黄丕烈将之定为宋本的主要原因。黄丕烈称:"余又见有影写宋本,但有杨之《序录》、宋之《私记》,而曾《说》不传,可知此刊之秘矣。"②这番推论,后人颇多怀疑。自傅增湘《藏园订补邵亭知见传本书目》开始,此本被疑为南宋本:"前人号为北宋本,然其字体雕工颇与余藏《乐府诗集》相近,或是南宋初杭本。"③

陈杏珍女士研究发现,宋递修本上印有的刻工的名字如方成、洪茂、王伸、施章等,不仅出现在《陶渊明集》中,也出现在当时其他一些版刻图书之中,而且那些图书版式,也与此本陶集非常相似。明州,也称四明,今为浙江宁波市,古代交通便利,经济繁荣,是南宋重要的版刻地区。因此,根据这些刻工名字可以推断,宋刻递修本的刊刻时间应在南宋初年,即高宗绍兴间。此时政局稳定,避讳又趋于严格。这些刻工的"活动区域应是在浙江东部,以杭州、绍兴为主。'重刀'部分的刻工,也都在南宋一代刻过书,其中的陈俊等人,绍兴年间即已刻书,可见,陶集是在绍兴年间版刻,并且在南宋初期就开始补版。补版的地点,也应在浙江"④。丁延峰根据书中刻工洪茂、方成之姓名亦见于绍兴二十九年(1159)《文选》六臣注修版中,再据《陶渊明集》避讳至高宗止,认为此本应是绍兴初刻,绍兴后期补刻。此种陶集,若以《曾纮说》确定版刻年代,则有一些明显的疑点。因为依据此文落款之"曾纮书刊"四字,不足以得出曾纮刻印陶集的结论。

袁行霈认为:"曾集本《陶渊明集》在《读山海经》下所引曾纮《说》没有这个'刊'字,细细揣摩,'刊'字当系衍文。曾纮并没有刊刻陶集,他只是就义阳太守所开(刊刻)陶集写了一封书信给范元羲而已。义阳太守原先

---

①② 黄丕烈著,屠友祥校注:《荛圃藏书题识》附录一,上海远东出版社1999年版,第985页。

③ 莫友芝撰,傅增湘订补,傅熹年整理:《藏园订补邵亭知见传本书目》卷十二上,中华书局2009年版,第942页。

④ 陈杏珍:《宋刻陶渊明集两种》,《文献》1987年第4期,第209—210页。

所开陶集,在曾纮写信之前已经刊成,是北宋本无疑。至于北图所藏的这种附有曾纮《说》的本子,既然书末有宣和六年曾纮所写的《说》,那么其刊刻年代的上限应不早于此年。但曾纮《说》的字体与陶渊明诗文的字体显然不同,因而也有可能陶渊明诗文是早刻的,而曾纮《说》是后刻补入的。宣和六年距北宋灭亡只有两年半,补刻的时间可能在北宋末,也可能已经到了南宋。无论如何,汲古阁的这个藏本就其正文而言可能还是北宋本。"①

《中华再造善本总目提要·陶渊明集十卷》(宋刻递修本/汲古阁旧藏十卷本)对此亦有疑惑:"殊不知此文末署'临汉曾纮书刊',而曾纮从未刻过陶集,'刊'字不可解。今检南宋绍熙三年(1192)曾集所刻不分卷本《陶集》,曾纮《说》附见于《读山海经》诗后,形同题识,末句作'临汉曾纮书',无'刊'字,可见此本'刊'字实属衍文。曾纮晚于宋庠数世,宋自无由得见曾文,加以宋庠跋文无有冠称'本朝宋丞相'之理,故可证明此本并非宋庠原刻。又,此本对曾纮《说》的处理方式非但与曾集本不同,更误衍一'刊'字,此亦可证其并非宋庠原刻之递修本,而是一种与曾集所据底本有别的他种刻本。"②进一步说,《曾纮说》的落款,不像是一般刻书时所印的新序标目,很像是后人翻刻时所辑录的前人旧序标目。而且,在曾纮《说》一文之前,还收录了四篇文章,依次为刘宋颜延年撰《静节征士诔》(按.静,应作"靖")、梁萧统撰《传》、《北齐杨仆射休之序录》、《本朝宋丞相私记》。《曾纮说》排列在上述四文之后,更像旧序。再有,曾纮《说》第一叶自标题起至"间以语友人岑"止半篇文字,原刻已佚,今所存者为抄配叶,在没有其他佐证的情况下,不能依据抄配叶来确定版本年代。

四、关于宋刻递修本的版本源流问题

此本在清代出现了一些翻刻本,据桥川时雄考察,主要有三种:

一曰咸丰翻刻本。《陶渊明集》凡十卷,咸丰十一年辛酉旌德李氏文韩刻,莫友芝书签下记云:"阳子烈所编十卷本,咸丰辛酉嘉平皖城行宫收

---

① 袁行霈:《陶渊明研究》,第201—202页。
② 中华再造善本工程编纂出版委员会编著:《中华再造善本总目提要》,国家图书馆出版社2013年版,第495页。

旌德缩刻宋本初印者，此板后印，多漫不可读，绳宜宝之，邵亭眯叟呵冻记。"又卷末有莫氏跋，云："毛斧季《秘本书目》注宋板《渊明集》云：《桃花源记》中'闻之欣然规往'，今时本误作'亲'，谬甚。《五柳先生赞》注云'一本有之妻二字'，检《烈女传》，是'其妻之言'也。他如此类甚多。即《四八目》比时本多八十余字，而通本'一作'云云，比时本多千余字。按所举二条，并与此本合，通本校语，亦多于时本。然则此所据，即毛氏宋本也。咸丰辛酉冬莫友芝识。"

二曰光绪重翻本。光绪二年，桐城徐氏椒岑以咸丰刊本重仿之，卷末有莫友芝跋，绳孙附记云："谨按书中宋讳缺笔，至宁宗嫌名之廓，李氏所据，乃庆元以后椠本。其注称宋本作某者数处，盖指宋丞相定本也。桐城徐君椒岑，以见行陶集之善本，亟酿金翻雕，公同好，且属摹先征君手题书扉数语，刊之卷首，以当署检云。光绪二年六月庚子绳孙附识。"

三曰李廷钰重刻本。《陶渊明全集》凡十卷，温陵李廷钰道光二十一年重镌，各页口下，有"秋柯草堂藏书"六字。卷首有目录、昭明《传》《序》及颜《诔》，十卷末附刊阳休之《序录》、宋庠《私记》，至于编次及"一作某"之子注，附刻论评，全与莫氏翻宋本同，一字不差也。惟此本系程乡李鸿仪所书之写刻本，卷末李氏跋云，近惟吴氏刊行前明琅琊焦氏遗本、毛氏重摹苏本，号为完善。又云，往闻有宋相莒国元献公刊定旧本，求之数十年，始获，爱玩珍袭，如守璠璧，每良朋闲宴，出对欣赏，金曰此宋以前旧本也。编次十卷，与阳序合，卷首四言，各家每篇析作数首，此本前各连为一章，固是六朝旧体，其为元献晚获旧本无疑。元献于此集，综录校雠，参疑补阙，厥功匪细，后来诸家资为证注。尾载治平三年重刻思悦《书后》，深可疑讶，查《宋史》元献卒于治平初年，相去至迩，何以乃云宋朝宋丞相，一似异代人语云云。按李氏原本，并非宋刻为据，但原文注字，全与莫氏翻本同，则所依据者同，谓之宋庠本，误也。①

五、关于宋刻递修本的递藏问题

此种陶集历经历代递藏，其中最为关键的收藏环节，是毛氏汲古阁、黄氏士礼居和杨氏海源阁对其的收藏。毛氏父子曾为此种陶集撰写题

---

① 桥川时雄：《陶集版本源流考》，第十页 a 面—b 面。

记,收至《汲古阁珍藏秘本书目》一书中,判定它为宋本之中的上品①。

乾隆五十六年(1791),此书被黄丕烈收藏。嘉庆八年(1803),黄丕烈《百宋一廛书录》著录《陶渊明集》曰:"《汲古阁珍藏秘本书目》云宋板《陶渊明集》二本,与世本敻然不同……余所得即此本也。每册皆以宋锦装面,卷端有'宋本''甲''毛晋之印'三图记,其为汲古阁物无疑。书分十卷,卷末附北齐杨仆射休之《序录》、宋丞相《私记》、曾纮《说》三通,曾云:'亲友范元羲寄示义阳太守公所开陶集,想见好古博雅之意,辄书以遗之。宣和六年七月中元临汉曾纮书刊。'盖此北宋曾氏刊本也。余又见有影写宋本,但有杨之《序录》、宋之《私记》,而曾《说》不传,可知此刊之秘矣。"②

嘉庆九年(1804),顾广圻将其撰入《百宋一廛赋》:"尔其陶诚敻世,签题元笔。'规往'之外,几尘屡拂。"黄丕烈注曰:"《陶渊明集》十卷,每半叶十行,每行十六字,《汲古阁秘本目》云'与世本敻然不同……签题系元人笔,不敢易去'云云,即此本也。最后附曾纮《说》一首云:'亲友范元羲寄示义阳太守公所开陶集',末署'宣和六年',是北宋椠矣。宋宣献言,校书如拂几上尘,旋拂旋生,即此说中语也。"③

道光年间,此书又经汪士钟、汪骏昌之手。汪骏昌作跋,落款时间为道光二十八年(1848)。

1850年海源阁杨以增收得此书。杨绍和《宋存书室宋元秘本书目》云:"北宋本《陶渊明集》十卷。"④《楹书隅录》有识语曰:"此北宋椠《陶渊明集》,乃毛子晋故物,《汲古阁秘本书目》云:'与世本敻然不同,《桃花源记》如"闻之欣然规往",今时本误作"亲",谬甚。《五柳先生赞》注云"一本有'之妻'二字"。按《列女传》是"其妻之言"也。他如此类甚多,不可枚

———————

　　① "宋板《陶渊明集二本》。与世本敻然不同,如《桃花源记》中'闻之欣然规往',今时本误作'亲',谬甚。《五柳先生赞》注云'一本有"之妻"二字',按《列女传》是'其妻之言'也,他如此类甚多,不可枚举。即《四八目》注,比时本多八十余字,而通本'一作'云云,比时本多千余字,真奇书也。　签题系元人笔,不敢易去。　十六两。"毛扆:《汲古阁珍藏秘本书目》,《士礼居丛书》景明钞本,第二十一页 b 面。

　　② 黄丕烈著,屠友祥校注:《荛圃藏书题识》附录一,第 984—985 页。

　　③ 顾广圻著,王欣夫辑:《顾千里集》卷一,中华书局 2007 年版,第 13 页。

　　④ 杨绍和:《宋存书室宋元秘本书目》,清杨氏海源阁钞本,第二十四页 a 面。

举。即《四八目》注,比时本多八十余字,而通本"一作"云云,比时本多千余字,洵称奇籍。'又云:'签题系元人笔,不敢易去。'后与南宋椠汤东涧注《陶靖节诗》,并为吴门黄荛圃所得,颜其室曰'陶陶',而以施氏、顾氏注东坡先生诗之《和陶》二卷媵之。倩愓甫王先生为之记,盖皆世间绝无之秘笈也。汤注本,先公于道光己酉获之袁江,又明年,此本及《东坡和陶》复来归予斋,距荛圃之藏,已花甲一周,不知几经转徙,乃聚而之散,散而之聚,若有数存乎其间者,果天生神物,终当合耶?昔子晋藏东坡书《渊明集》,斧季诧为隋珠赵璧,似此岂多让哉!我子孙其永宝用之。同治癸亥孟冬杨绍和彦合甫识。"①

1931 年,此书归周叔弢所有。1955 年,周先生将此书捐赠给了北京图书馆(今国家图书馆)。

六、关于"曾纮《说》"的讨论和评价问题

曾纮《说》在宋代影响很大,曾集本陶集《读山海经十三首》文末也录有此说,汤汉注本、焦竑本虽不录曾纮之说,却把正文都改作"刑天舞干戚",可见也是采纳了曾纮的意见。

当然,宋人也有坚决反对曾纮之说者,以周必大为代表。此说见于《朱子语类》:"或问:'形夭无千岁',改作'形天舞干戚',如何?曰:《山海经》分明如此说,惟周丞相不信改本。向芗林家藏邵康节亲写陶诗一册,乃作'形夭无千岁'。周丞相遂跋尾,以康节手书为据,以为后人妄改也。"②可见朱熹也是赞成曾纮之说的。所谓"改本"说明了在南宋时已有不少陶集采取了曾纮之说,把正文改作"刑天舞干戚"。朱熹所说不相信"改本"的周丞相,应指周必大。

周必大认为"形夭无千岁"改作"刑天舞干戚"是错误的,他的论据有二:一是邵康节(即邵雍)手写的陶诗作"形夭无千岁";二是《读山海经十三首》每篇专写一事,如果作"刑天舞干戚",则违反了体例。第二点见于

① 杨绍和:《楹书隅录》卷四《集部上》,清光绪二十年聊城海源阁刻本,第三页 b面—第四页 a 面。

② 黎靖德编,王星贤点校:《朱子语类》卷一四〇《论文下》,中华书局 1986 年版,第 3325 页。

周必大《二老堂诗话》"陶渊明《山海经诗》"一文："江州《陶靖节集》末载，宣和六年，临溪曾纮谓靖节《读山海经》诗，其一篇云'形夭无千岁，猛志固常在'，疑上下文义不贯，遂按《山海经》有云：'刑天，兽名，口衔干戚而舞。'以此句为'刑天舞干戚'，因笔画相近，五字皆讹。岑穰、晁咏之抚掌称善。余谓纮说固善，然靖节此题十三篇，大概篇指一事。如前篇终始记夸父，则此篇恐专说精卫衔木填海，无千岁之寿，而猛志常在，化去不悔。若并指刑天，似不相续。又况末句云'徒设在昔心，良晨讵可待'，何预干戚之猛耶？后见周紫芝《竹坡诗话》第一卷，复袭纮意以为己说，皆误矣。"①

宋代以后，关于曾纮《说》的争论依然在持续，但大多依违于曾纮、周必大等人的意见之间，四库馆臣曾对此作过严肃的批评。《四库全书总目》卷一七四《陶诗汇注》提要称："国朝吴瞻泰撰。……《读山海经》诗之'形夭无千岁'句，则持疑于曾季狸、周必大二家之说，不能遽断。案精卫本属衔冤，故借以寓忠臣志士之报复，若刑天争帝不成，本属乱贼，化形而舞，仍为妖魄。正可为卓、莽之流，逆常干纪之比。《山海经》之文，班班可考，潜何取而反尚其猛志耶？"②

在言及此本源流时，郭绍虞《陶集考辨·北宋本》"宣和王氏刊本"条提出："谓宣和有曾氏刊本者，当误。文末所谓'临汉曾纮书刊'，刊字盖出后人妄加，未可谓为刊本之证。曾集本录此则，在《读山海经》诗后，'书'下无刊字，益知所谓'书以遗之'者，盖书原本上耳，非别有刊本也。"③也就是说，世上本无曾纮刊本，曾纮不曾刊刻印行陶集，"曾纮《说》"只是附在了曾集本之后。

邓小军认为郭绍虞此说有误。他的观点是："第一，宣和有曾纮刊本。……第二，此本曾纮《说》'刊'字赫然存在，并无确证，如何能说'刊字盖出后人妄加'？第三，曾纮《说》实具有'刊后记'及《读山海经》'校勘记'之性质。曾集本在《读山海经》诗后录曾纮《说》，显然是以之作为该诗'校勘记'来附录；删去曾纮《说》'刊'字，显然是因为此本是曾集所刊，欲避免

---

① 周必大：《二老堂诗话》，明《津逮秘书》本，第一页a面—b面。
② 永瑢等撰：《四库全书总目》下册，第1531页。
③ 郭绍虞：《陶集考辨》，第274—275页。

误会是曾纮所刊。换言之，曾集本在此处附录曾纮《说》，是取其'校勘记'之内容，不取其'刊后记'之内容，故删去其'刊'字。第四，曾纮《说》'书以遗之'者，书者，书写、书信也。'书以遗之'者，是指书'形夭无千岁'之校语给范元羲。如何能据此说'非别有刊本也'？"①邓氏这番说法，猜测成分居多，无法落实。核曾集本，曾纮《说》是以退四格、双行小注的形式附在《读山海经》后，确无"刊"字，邓说有误。

邓小军《陶集宋本源流》认为："据陶集汲古阁藏本'形夭无千岁'小字旁注'刑天舞干戚'，此旁注格式与通常双行小字校注位于正文之下不同，为一特例。……可知此一异文校勘为曾纮之发现，此一小字旁注为曾纮所特增。……复据此本卷十附录曾纮《说》末署'宣和六年七月中元临汉曾纮书刊'，可证汲古阁藏本之原刻本，实为北宋宣和六年曾纮所刊。汲古阁藏本应称为曾纮本。"②刘明则认为："大概刻者为了冒充北宋曾纮刻本，遂在'曾纮书'后别有用心的加上'刊'字。此字出现在原刻版叶，且与上文不存在字气不贯的问题，知绍兴间初刻此本时即已刻入，目的是冒充北宋本。"③

七、关于"曾纮《说》"首次进入陶集的时间，以及内容评价问题

不管曾纮之《说》是否正确，其在陶集发展史上，在南宋陶集版本史上，确有重要影响，这是不争的事实。

那么，"曾纮《说》"是从何时开始进入到此种陶集之中的呢？根据胡仔《苕溪渔隐丛话》所载，陶集附"曾纮《说》"极可能始于宣和王仲良刻本。而南宋乾道间林栗江州刻本和曾集刻本均袭用此文，此证据见吴师道《吴礼部诗话》："予家《渊明集》十卷，卷后有阳休之《序录》、宋丞相《私记》及曾纮说《读山海经》误句三条，乾道中，林栗守江州时所刊。"④故而江州本中同样有"曾纮《说》"。曾集本以附注的形式刻在《读山海经十三首》之后，没有单独题列"曾纮《说》"，说明它被认为是可有可无的，与原本并无

---

① 邓小军：《陶集宋本源流》，《诗史释证》，第 93 页。

② 邓小军：《陶集宋本源流》，《诗史释证》，第 91 页。

③ 刘明：《宋本陶渊明集考论》，《九江学院学报（社会科学版）》2016 年第 4 期，第 4 页。

④ 丁福保辑：《历代诗话续编·吴礼部诗话》，中华书局 2006 年版，第 587 页。

必然联系。

范子烨认为："曾纮《说》存在着严重的问题,这不仅是一种荒谬的学术判断,我们甚至可以称之为歪理邪说。"他的主要理由有:"首先,'余尝评陶公诗'云云表达的观点,并非曾氏之首创。……曾纮的对陶渊明的评论是对苏东坡观点的剽窃,由此可见其人之无耻。……此外,曾氏引《山海经》赘述其大意说'刑天,兽名也',清张定鋆《三余杂志》卷八'刑天'条:'今《山海经》原文:刑天与帝至此争神,帝断其首,葬之常羊之山,乃以乳为目,以脐为口,操干戚以舞。原注云:"是为无首之氏。"据此则人类非兽类矣。曾以为兽名,不知何所据也。(清道光刻本)'换言之,曾氏毫无根据地把人说成了兽,其学识之低下可见一斑。"①

6. 东林寺本,卷数不详,佚

〔出处〕

庐山东林寺曾有过陶集,俗称"东林本",见马永卿《懒真子》卷一《五柳诗诂》:"世所传五柳集数本不同。谨案渊明乙丑生,至乙巳岁赋《归去来》,是时四十一矣。今《游斜川》诗或云辛丑岁,则方三十七岁,或云辛酉岁,则已五十七。而诗云'卅岁候五十',皆非也。若云'开岁候五日',则正序所谓正月五日,言开岁候忽五日耳。近得庐山东林旧本,作'五日',宜以为正。"②

〔按语〕

关于东林寺本的来源

《宋书·雷次宗传》云:"少入庐山,事沙门释慧远。"③

根据叶梦得所记,苏轼遭贬谪之后,转徙各地,身边应该是携带了《陶

---

① 范子烨:《深入人心的歪理邪说——关于陶渊明〈读《山海经》〉其十的"曾纮说"》,第 125 页。

② 马永卿撰,崔文印校释:《懒真子录校释》,中华书局 2017 年版,第 19 页。

③ 沈约:《宋书》卷九三,第 2292 页。

渊明集》的,集中内容当是他所作《和陶诗》的和作对象。苏轼《与程全父十七首》其十曰:"仆焚笔砚已五年,尚寄味此学。随行有《陶渊明集》。陶写伊郁,正赖此尔。"[1]

桥川时雄《陶集版本源流考》谈及此本,说是见马永卿《懒真子》,并引《宋书·雷次宗传》"少入庐山,事沙门释慧远"语分析说:"按慧远来庐山,陶侃子范请江州刺史桓伊所建之道场,即东林寺也,事见史志,亦近陶公故址,故此寺藏有陶集旧本耶?"[2]所以,桥川没有讨论和确认这种陶集是否是东林寺之藏本。

郭绍虞《陶集考辨》引马永卿《懒真子》卷一所记,并考《东坡题跋》卷二《书渊明羲农去我久诗》一条,谓"余闻江州东林寺有《陶渊明诗集》,方欲遣人求之,而李江州忽送一部遗余,字大纸厚,甚可喜也"云云,认为:"东林寺本别有刊本,东坡亦曾见之。顾东坡见之,而其《和陶游斜川》诗有云:'谪居澹无事,何异老且休;虽过靖节年,未失斜川游。'仍从各本作'五十',不作'五日',固不以东林寺本'五日'为是也。其子过《斜川集》卷一,《小斜川诗引》亦谓'今岁适在辛丑,而余年亦五十,盖渊明与予同生于壬子岁'云云,是苏氏父子所据,均不从东林寺本也。叶梦得《石林诗话》卷上谓:'余尝从赵德麟假《陶渊明集》本,盖子瞻所阅者,时有改定字。'知东坡于陶集亦曾细加校勘,不必定以东林寺本五日为是矣。"[3]

笔者认为,苏轼应是见过蜀刻本陶集的,故而知晓善本陶集的某些异文。对于东林寺本,他曾批判其有"妄以意改"的情况,而不同于保留陶集六朝旧本面貌的蜀刻陶集,他手中大约未有善本。他本人对于俗本也缺少辨别,因此也误和了陶集中混入的伪作。这一点,在洪迈《容斋随笔》三笔卷三《东坡和陶诗》中有谈道:"陶渊明集《归园田居》六诗,其末'种苗在东皋'一篇,乃江文通杂体三十篇之一,明言学陶征君《田居》……今《陶集》误编入,东坡据而和之。又《东方有一士》诗十六句,复重载于《拟古》

---

①　苏轼:《与程全父十七首之十》,见李之亮笺注:《苏轼文集编年笺注》卷五五,巴蜀书社 2011 年版,第 214 页。

②　桥川时雄:《陶集版本源流考》,第十八页 a 面。

③　郭绍虞:《陶集考辨》,第 271—272 页。

九篇中,坡后遂亦两和之,皆随意即成,不复细考耳。"①这里就反映了苏轼所读到的陶集,在编排上混入了江淹的诗,而苏轼本人没有发现它存在问题。

从苏轼所和陶诗来看,如果他当时主要依凭的是李江州送来的字大纸厚、与东林寺本一致的陶集的话,那么这部陶集所存在的一些异文问题,恰好反映在了苏轼的和陶诗中。今检校苏轼和陶诗,对比宋递修本《陶渊明集》,可发现以下多处异文:

《书渊明东方有一士诗后》,书《拟古九首》中"东方有一士"一首,其中"辛勤无此比"句,苏轼所书"辛勤"作"辛苦"。

《题渊明诗》曰:"陶靖节云:'平畴返远风,良苗亦怀新。'这两句是出自《癸卯岁始春怀古田舍二首》其二,传本陶集皆作"平畴交远风"。

《题渊明诗》(又一篇),书《饮酒二十首》其七,持校陶集,颇存异文。"泛此忘忧物"句,苏轼所书"忘"作"无";"归鸟趋林鸣"句,苏轼所书"归"作"飞";"啸傲东轩下"句,苏轼所书"轩"作"窗"。

《陶渊明诗》(元丰七年十月二日写),书《杂诗十首》其四,"子孙还相保"句,苏轼所书"还"作"远"。

《录陶渊明诗》,书《饮酒二十首》其九,"违己讵非迷"句,苏轼所书"讵"作"谁"。

《书渊明诗》,引《饮酒二十首》之序:"偶有佳酒,无夕不顾,顾影独尽,悠然复醉。"宋递修本"佳"作"名","悠然"作"忽焉"。

《书渊明诗》(又一篇),引《饮酒二十首》其二十,"但恨多谬误"句,苏轼所书"恨"作"恐"。

总之,"东林寺本"其实也是关于慧远与陶渊明关系的一种想象。

7. 陈述古本,卷数不详,佚

〔出处〕

陈述古本,亦是南宋以前刊本,见录于李公焕本陶集之江淹拟作《归

---

① 洪迈:《容斋随笔》,第455—456页。

园田诗》注中,今已佚。

〔按语〕

一、关于陈述古

陈述古,当是陈襄(1017—1080)。襄字述古,侯官(今福建福州)人,宋庆历年间进士,宋神宗时任侍御史,曾在杭州任职,与苏轼有交往。苏轼集中有《答陈述古二首》,其一曰:"漫说山东第二州,枣林桑泊负春游。城西亦有红千叶,人老簪花却自羞。"①其二曰:"小桃破萼未胜春,罗绮丛中第一人。闻道使君归去后,舞衫歌扇总成尘。"②另陈述古离开杭州赴任南都,苏轼写了七首送别词,其中有代妓送别之作,可见二人关系亲昵。陈襄事迹见《宋史》本传:"陈襄字述古,福州侯官人。少孤,能自立,出游乡校,与陈烈、周希孟、郑穆为友。时学者沉溺于雕琢之文,所谓知天尽性之说,皆指为迂阔而莫之讲。四人者始相与倡道于海滨,闻者皆笑以惊,守之不为变,卒从而化,谓之'四先生'。……襄莅官所至,必务兴学校。"③陈襄传中并未直言他有主持刻书之事,但是从"襄莅官所至,必务兴学校"推知,这类兴文教的工作,有时伴随着刻书工作。因此,陈襄还是具备刻书的动机和条件的。目前,关于陈述古本是陈述古主持刊刻的一种陶集,还是他的一种藏本,诸家所论不一,无法确定。

二、关于陈述古本的文献特征和价值

李公焕本陶集注中,引用了韩子苍对《归园田居》其六的看法,将相关问题较为详尽地托出,曰:"《田园》六首,末篇乃序行役,与前五首不类。今俗本乃取江淹'种苗在东皋'为末篇,东坡亦因其误而和之。陈述古本止有五首,予以为皆非也。当如张相国本,题为《杂咏》六首,江淹杂拟诗亦颇似之,但'开径望三益',此一句不类。"④明郎瑛《七修类稿》"陶诗真伪条"下,亦视之为拟作⑤。韩子苍认为这一首与《归园田居》的前五首并不

---

① ② 苏轼撰,王文诰辑注,孔凡礼点校:《苏轼诗集》卷一三,中华书局1982年版,第641页。

③ 脱脱等:《宋史》卷三二一,第10419—10421页。

④ 李公焕:《笺注陶渊明集》卷二,第六页a面—b面。

⑤ 郎瑛:《七修类稿》,第269页。

相类。陈述古本很可能对此有感,故而删除了曾经位列第六首的"种苗在东皋"。

马璞《陶诗本义》卷二:"俗本《归园田》六首下有《问来使》一首,汤文清以为晚唐人所作,郎仁宝以为苏子美诗,详诗话中。余细绎其诗,虽质而秀,朴而雅,然气味绝不类渊明。陈述古本无有,今同'种苗'一首删之。"①

郑文焯《陶集手批》校云:"此文通拟作,当据《文选》正是,不当以此附会子仓六首之末。观文通拟《上人怨别》,今后仿效渊明田园,昔贤效体之作,盖有当时闻其风而慕之者,况先伏邪! 是篇惟得澹远之致,骨气不高,志趣使然。"桥川时雄按语云:"此首已见《文选》,题为江淹《杂体诗·陶征君田居》,其非陶作,前人论之凿凿,所待考者,未详何时何人混入耳。《文选》李注于此一首,七引陶句,亦可以知此首为杂缀陶句之拟作也,后代效陶之作,纷出叠来,此为其先唱者欤?"②

郭绍虞《陶集考辨》,考证了陈述古的生平,以及陈述古本陶集可能存在的形态:"考宋时有二陈述古,其一名述古,《宋史》附见其父《陈尧咨传》,称其'以太子宾客致仕,博古笃学,能文,为馆阁校勘,早卒'。其一名襄,字述古,庆历二年进士,历官知制诰直学士院,知陈州,徙杭州,以枢密直学士知通进银台司兼侍读,判尚书都省,卒赠给事中,有《古灵集》,《宋史》三百二十一卷有传。韩氏所云陈述古本,不知为谁,窃以为当指古灵者近是。又案《苕溪渔隐丛话》前集卷三亦引韩氏语云:'陈述古《题述酒诗后》云:"意不可解,恐其读异书所为也。"'陈本可考者仅此。据此节所云,则所谓陈述古本,只为古灵所藏,亦未必为刊本矣。"③这些讨论,都是将言及陈述古本陶集的材料加以综合,但最终并未获得可靠的推论。

总之,笔者认为,陈述古本是删除《归园田居》其六这首伪作的一种陶集。陶集各本有《归园田居》第六首"种苗在东皋",这一首为萧统《文选》

---

① 北京大学中文系文学史教研室教师、五六级四班同学编:《古典文学研究资料汇编·陶渊明卷下编》,第 383 页。

② 北京大学中文系文学史教研室教师、五六级四班同学编:《古典文学研究资料汇编·陶渊明卷下编》,第 276—277 页。

③ 郭绍虞:《陶集考辨》,第 272 页。

所收,而列在"江文通"名下,题为《杂体诗·陶征君田居》。这一首并非陶渊明的作品,在宋代也被指出了。如黄庭坚题跋其上,云:"此江文通拟渊明诗,文通自有序述;又梁昭明太子列于《文选》,可断不疑也。"①即是以《文选》之说为是。《遁斋闲览》中记载:"《文选》有江文通《拟古诗》三十首,如拟休上人《闺情》云:'日暮碧云合,佳人殊未来。'今人遂用为休上人诗古事。又拟陶渊明《田园》诗云:'种禾在东皋,苗生满阡陌。'今此诗亦收在陶渊明集中,皆误也。"②这段公案,汤汉注本中亦有提及。这一首与其他赝作,俱被辑于汤汉注本卷四之末。汤汉于此诗下注云:"此江淹拟作,见《文选》,其音节文貌绝似。至'但愿桑麻成,蚕月得纺绩',则与陶公语判然矣。"③而且,前人还发现《归园田居》其六这首拟作,实为拼凑陶诗之多种意象而已。但皆不能考得的是,它究竟是在何时混入了陶集之中。故而,目前能够了解到的陈述古本的价值,大约在于它判断出了江淹拟作混入到《归园田居》组诗并且将之删除了。

8. 张相国本,卷数不详,佚

〔出处〕

张相国本,亦见录于李公焕本陶集之江淹拟作《归园田居》其六注中,韩子苍提及"当如张相国本,题为'杂咏六首'"④。

〔按语〕

一、关于张相国本

张相国是何人,难以确知。不知何时起,南朝江淹《杂体诗三十首》中的《陶征君潜田居》被混入陶集。这篇诗当不会是在萧统时代就已经进入

---

① 黄庭坚:《跋江文通拟陶渊明诗后》,见曾枣庄主编:《宋代序跋全编》卷一一四,齐鲁书社 2015 年版,第 3207 页。

② 陈正敏:《遁斋闲览》,见程毅中主编:《宋人诗话外编》,中华书局 2017 年版,第 394 页。

③ 汤汉:《陶靖节诗注》卷四,宋淳祐元年汤汉刻本,第二十四页 b 面。

④ 李公焕:《笺注陶渊明集》卷二,第六页 b 面。

陶集,因为《文选》中收录了江淹这首诗。以萧统编纂《文选》的经验,当知其并非陶渊明所作。在相当长一段时间内,这篇作品的真伪并没有被讨论。至北宋,苏轼所见之陶集,仍有《归园田居》其六。

因此,目前仅知此本在《归园田居》其六的伪作问题上,是通过另起诗名以规避之。此本已佚。陶澍《靖节先生集集注》云:"子苍以《田园》六首,末首乃叙行役,不知所指何篇。张相国本,今亦未见,识以俟考。"①

郭绍虞《陶集考辨》对张相国本有所考证,云:"吴仁杰《谱》谓:'韩子苍云陈述古本止五首,俗取江淹"种苗在东皋"为末篇,乃序行役与前五首不类,东坡亦因其误和之。按江淹拟先生《田居》诗见《文选》。'其称引子苍语,割裂颠倒,不甚明晰。不如从李公焕注《苕溪渔隐丛话》所引为允。韩意盖谓《田园》六首,末篇乃叙行役,与前五首不类,故不如从张相国本题为《杂咏》,今俗本乃取江淹'种苗在东皋'为末篇,则大误耳。今张相国本不可得见,则《行役》诗之是否存佚,亦不可知矣。又案北宋张氏为相者,在太宗朝,有张齐贤,仁宗朝有张知白、张士逊,徽宗朝,有张商英。商英与韩同时,皆蜀人,所谓张相国者或指商英。至所谓张相国本,若据陈述古本之例推之,或亦未必为刊本矣。"②

龚斌《陶渊明集校笺》称:"陶本原校:'李注有六首二字。今从汤、焦、毛、黄、吴诸本,作五首。其江淹拟作一首,别附四卷之末。'曾本、苏写本、李本、咸丰本题下有'六首'二字。又李注引韩子苍曰:'《田园》六首,末篇乃序行役,与前五首不类,今俗本乃取江淹"种苗在东皋"为末篇,东坡亦因其误和之。陈述古本止有五首。予以为皆非也。当如张相国本题为《杂咏》六首。江淹《杂拟》诗颇似之,但"开径望三益"此一句不类。'按,六首原有江淹《杂拟诗》'种苗在东皋'一篇,诸本均删去,应作五首。韩子苍所称张相国本题为《杂咏》六首,不类更甚。"③

二、自宋代以来关于《归园田居》其六的讨论

苏轼于绍圣元年(1094)被贬宁远军节度副使,惠州安置。次年即绍

---

① 陶澍集注:《靖节先生集》卷四,第二十五页 b 面。
② 郭绍虞:《陶集考辨》,第 273 页。
③ 陶潜著,龚斌校笺:《陶渊明集校笺》,上海古籍出版社 1996 年版,第 74 页。

圣二年六十岁时作《和陶归园田居》六首,其序曰:"三月四日,游白水山佛迹岩,沐浴于汤泉,晞发于悬瀑之下,浩歌而归,肩舆却行。以与客言,不觉至水北荔支浦上。晚日葱昽,竹阴萧然,时荔子累累如茨实矣。有父老年八十五,指以告余曰:'及是可食,公能携酒来游乎?'意欣然许之。归卧既觉,闻儿子过诵渊明《归园田居》诗六首,乃悉次其韵。"①

其六曰:"昔我在广陵,怅望柴桑陌。长吟《饮酒》诗,颇获一笑适。当时已放浪,朝坐夕不夕。矧今长闲人,一劫展过隙。江山互隐见,出没为我役。斜川追渊明,东皋友王绩。诗成竟何为,六博本无益。"②

自南宋时代开始,人们对《归园田居》其六有了充分的讨论。此诗被视为伪作,当是在南宋而非北宋。

如汤汉注曰:"此江淹拟作,见《文选》,其音节文貌绝似。至'但愿桑麻成,蚕月得纺绩',则与陶公语判然矣。"③

陈正敏曰:"《文选》有文通《拟古诗》三十首,如拟休上人《闺情》诗云:'日暮碧云合,佳人殊未来。'今人遂用为休上人诗故事。又拟陶渊明《归田园诗》云'种禾在东皋,苗生满阡陌',今此诗亦收在陶渊明集中,皆误也。"④

韩子苍云:"渊明《田园》六首,末篇乃序行役,与前五首不类。今俗本乃取江文通'种苗在东皋'为末篇,东坡亦因其误和之。陈述古本止有五首,予以为皆非也,当如张相国本题为《杂诗》六首。江淹《杂拟诗》亦颇似之,但《拟渊明》诗云'开径望三益',此一句为不类。故人张子西向余如此说,余亦以为不然。淹之比渊明情致,徒效其语耳。乃取《归去来》句以充入之,固应不类也。"⑤

---

①　王文诰辑注,孔凡礼点校:《苏轼诗集》,第 2103—2104 页。
②　王文诰辑注,孔凡礼点校:《苏轼诗集》,第 2106—2107 页。
③　汤汉:《陶靖节诗注》卷四,第十四页 a 面。
④　胡仔:《苕溪渔隐丛话》前集卷四,第七页 b 面。
⑤　蔡正孙撰,常振国、降云点校:《诗林广记》前集卷之一,中华书局 1982 年版,第 12 页。

9. 宣和王氏刊本，卷数不详，佚

〔出处〕

宣和王氏刊本，在南宋胡仔《苕溪渔隐丛话》后集卷三中有提及："余家藏靖节文集，乃宣和壬寅王仲良厚之知信阳日所刻，字大，尤便老眼，字画乃学东坡书，亦臻其妙，殊为可爱，不知此板兵火之余，今尚存否？厚之有后序云，陶集世行数本，互有舛谬，今详加审定，其本无二意，不必俱存，如'亂'一作'乱'，'禮'一作'礼'，'游'一作'遊'，'余'一作'予'者，复有字画近似，传写相袭，失于考究，如以'库钧'为'庚钧'，'丙曼容'为'丙曼客'，'八及'为'八友'者，凡所改正，二百六十有六。"①

〔按语〕

一、前人关于宣和本的判断

何焯《义门读书记》中提到过的"宣和本"，应该也是指"宣和王氏刊本"。陶澍本陶集中，称曾见"何焯校正本"，为"宋宣和枣木板原本校对者"②。桥川时雄《陶集版本源流考》论曰："按此本余未睹之，然据何焯（引按，当是胡仔）云'字大，尤便老眼，字画乃学东坡书，亦致其妙'云云，与后述苏写本之关系如何，必当审考也。"③

宣和王氏刊本，采用苏写大字为书体，曾被认为是苏写本的前身。但桥川时雄认为："宣和本或似有二本：一见曾纮语，一见胡仔《苕溪渔隐丛话》。"④陶集各本卷末，附有曾纮《说》一篇。其篇末云："亲友范元羲寄示义阳太守公所开陶集，想见好古博雅之意，辄书以遗之。宣和六年七月中元临汉曾纮书刊。"⑤

罗振玉《面城精舍杂文乙编·宋本陶靖节集跋》谓："曩得毛氏汲古阁复宋宣和王仲良本《陶靖节集》，见每卷尾皆隔一行书题目，其式与今书籍

---

① 胡仔：《苕溪渔隐丛话》后集卷三，第四页 b 面。
② 陶澍集注：《靖节先生集诸本序录》，《靖节先生集》，第十四页 a 面。
③ 桥川时雄：《陶集版本源流考》，第十八页 b 面。
④ 桥川时雄：《陶集版本源流考》，第十八页 a 面。
⑤ 《曾纮说》，见袁行霈：《陶渊明集笺注》，第616页。

不合,颇以为怪。"①

郭绍虞认为,罗振玉所说的"盖即绍兴十年苏体大字本,并非宣和王仲良本。然王氏《后序》称传写之讹,如'以库钧为庚钧,丙曼容为丙曼客,八及为八友'诸例,今绍兴本皆不误,而旌德李氏翻宋本则皆误,是亦可谓绍兴本源出宣和王氏本之证,或绍兴本即覆刊宣和本,未可知也"。所谓"王氏"王仲良生平无考,胡仔《苕溪渔隐丛话》后集卷三颇多称引《复斋漫录》论陶之语,不知道是否是指王氏。"吴瞻泰《陶诗汇注》称引《复斋漫录》,定为王厚之撰,不知何据。"②

邓小军认为:"曾纮当是见到宣和四年王仲良所刻苏写本后,不满苏写本对于宋庠本全书校语舍去较多,遂于宣和六年刻印宋庠本,并基本上保存了宋庠本全书校语。"③邓小军此说恐具有较强的猜测性。

二、关于宣和本的基本信息

从胡仔之论可以看出,王氏即王仲良。宣和壬寅,即宋徽宗宣和四年(1122)。王仲良是何人,向来失考。从胡仔所记来看,此人曾在信阳一带任职。信阳即义阳,是在太平兴国元年(976)所改④。曾纮本陶集所附《曾纮说》中提到"义阳太守公",应该就是指王仲良。

曾纮阅读过宣和王氏本,但是应该并非刊刻了一种新的陶集。曾纮《说》中完全没有提及宋庠,也没有对义阳太守公王仲良所刻陶集表示不满,反倒是说"想见好古博雅之意",但并没有明确提到这种陶集与书法的关系。

然而,在陶集研究领域,被命名为"北宋写刻苏东坡手书"的《陶渊明集》(以下简称为"苏写本")影响很大,一直被视为宋本,是诸家校订陶集的主要参考之一。它的底本,过去常被认为是北宋"王氏宣和本"⑤,

---

①　罗振玉著,罗继祖主编,王同策副主编:《罗振玉学术论著集》第九集,第71页。

②　郭绍虞:《陶集考辨》,第273—274页。

③　邓小军:《陶集宋本源流》,见《诗史释证》,第92页。

④　脱脱等:《宋史》卷八五,第2117页。

⑤　郭绍虞:《陶集考辨》,第273页。

因此"王氏宣和本"有时候直接被呼作"苏写本"①。李公焕本陶集所附佚名氏跋所指的"绍兴本",被认为是宣和本的复刻本②；苏写本是手书上板,书法与苏东坡体关系密切,甚至有人认为是苏东坡真迹；苏写本也有"宋本作某"等宋库本校语和相类似的避讳、异文等,与其他宋本颇有相似处。基于这些情况,过去关于苏写本最为笃定的判断是："现存传为苏轼笔迹的苏写本,亦即清代何义门所说的北宋宣和本,是名实相符的陶集旧本。"③

事实上,传说中"字画乃写东坡书"的宣和王氏本陶集早已佚失。现存苏写本,皆是从清康熙三十三年(1694)汲古阁重刻苏写本而来的,产生年代略晚。叶德辉《郎园读书志》则云,"此书自宋刻后,有毛氏汲古阁重刊宋本"④,仍认为它是宋本。明代后期图书市场出现了多种苏写陶集,它们的书风颇有不同。钱谦益曾断定自己手中的苏写本是真迹,书风绝似东坡名作《司马温公神道碑》⑤。他所说的这部苏写本,来自毛扆的外祖父,最后毁于绛云楼大火。若干年后,毛扆所重刻的苏写本,是从顾伊人处获得,并且由他的老师钱梅仙所摹,书风与钱谦益所见的苏写本书风并不相似。毛扆所见钱遵王所示的陶集,"笔法宛似苏体,意从苏本翻雕者"⑥。这些苏写本陶集,皆是明人所制,难以证明与北宋王氏宣和本之间的关系。今观其正文与二百多处校语,与具有汇校本性质的曾纮本相异之处共有四十一处,它们反映了苏写本的版本价值。笔者在《书法史视域下的〈陶渊明集〉苏写本版本考察》一文中对此有详细论述⑦。

---

① 邓小军:《陶集宋本源流》,见《诗史释证》,第90—94页。

② 郭绍虞:《陶集考辨》,第275页。

③ 王孟白:《关于陶集校勘问题——逯钦立〈陶渊明集〉校注质疑之一》,见国务院古籍整理出版规划小组编:《古籍点校疑误汇录》,中华书局1990年版,第66页。

④ 叶德辉:《郎园读书志》卷七,见湖南图书馆编:《湖南近现代藏书家题跋选》第1册,岳麓书社2011年版,第361页。

⑤ 钱谦益著,钱曾笺注,钱仲联标校:《牧斋初学集》卷八五《跋坡书陶渊明集》,上海古籍出版社1985年版,第1781页。

⑥ 苏东坡手书《陶渊明文集》毛氏跋,清嘉庆十二年鲁铨刻本。

⑦ 蔡丹君:《书法史视域下的〈陶渊明集〉苏写本版本考察》,《中国典籍与文化》2021年第4期,第55—64页。

第三编　南宋本

1. 曾集刻《陶渊明集》,存

〔出处〕

南宋绍熙三年曾集主持刊刻《陶渊明集》,不分卷,二册,国家图书馆藏,常被简称为"曾集本"。

〔版本信息〕

版　式

上下单边,左右双边,版心白口,双鱼尾,上鱼尾下记"陶诗",下鱼尾下记叶次,其下记刻工姓名。正文每半叶十行,每行十六字。小字双行,字数相同。第一册首叶第一行署"陶渊明诗",第二册首叶第一行署"陶渊明杂文",第二行低三字署篇目,正文连署。无尾题。

编　次

曾集本不分卷,无序目,分为两册,一册卷端标"陶渊明诗",一册卷端标"陶渊明杂文",是为诗文合编。《归园田居》第六首、《问来使》、《四时》等存疑之作均存。

第一册篇目依次为:《停云一首》《时运一首》《荣木一首》《赠长沙公族祖一首》《酬丁柴桑一首》《答庞参军一首》《劝农一首》《命子一首》《归鸟一首》《形赠影一首》《影答形一首》《神释一首》《九日闲居一首》《归园田居六首》《问来使》《游斜川一首》《示周掾祖谢一首》《乞食一首》《诸人共游周家墓柏下一首》《怨诗楚调示庞主簿邓治中一首》《答庞参军一首》《五月旦作和戴主簿一首》《连雨独饮一首》《移居二首》《和刘柴桑一首》《酬刘柴桑一

首》《和郭主簿二首》《于王抚军座送客》《与殷晋安别一首》《赠羊长史一首》《岁暮和张常侍一首》《和胡西曹示顾贼曹一首》《悲从弟仲德一首》《庚子岁五月中从都还阻风于规林二首》《始作镇军参军经曲阿一首》《辛丑岁七月赴假还江陵夜行涂中一首》《癸卯岁始春怀古田舍二首》《癸卯岁十二月中作与从弟敬远一首》《乙巳岁三月为建威参军使都经钱溪一首》《还旧居一首》《戊申岁六月中遇火一首》《己酉岁九月九日一首》《庚戌岁九月中于西田获早稻一首》《丙辰岁八月中于下潠田舍获一首》《饮酒二十首》《止酒一首》《述酒一首》《责子一首》《有会而作一首》《蜡日一首》《四时一首》《拟古九首》《杂诗十二首》《咏贫士七首》《咏二疏一首》《咏三良一首》《咏荆轲一首》《读山海经十三首》《拟挽歌辞三首》《联句》。

第二册篇目依次为:《感士不遇赋》《闲情赋》《归去来兮辞》《桃花源记并诗》《晋故征西大将军长史孟府君传》《五柳先生传》《与子俨等疏》《祭程氏妹文》《祭从弟敬远文》《自祭文》。卷末另起一叶,附录有颜延年《静节征士诔》、昭明太子《传》。书末有曾集题识。

异 文

保存的异文数目最多。全书小字校注异文,书"宋本作某"者有九条,而书"一本作某"及"又作某"者则有七百九十四条,因此共有异文八百零三条。

钤 印

此本钤有"郇斋""项子京家珍藏""墨林山人""汪""文琛""绥珊经眼""铁琴铜剑楼""汪士钟印""平阳汪氏藏书印""祁阳陈澄中藏书记""项墨林鉴赏章""檇李项氏士家宝玩"等藏书印。

序 跋

曾集《跋》

渊明集行于世,尚矣。校雠卷第,其详见于宋宣徽《私记》,北齐杨休之《论载》。南康,盖渊明旧游处也。栗里、上京,东西不能二十里,世变推移,不复可识。独醉石隐然荒烟草树乱流中,榛莽蓊翳,人迹不到。乡来晦翁在郡时,始克芟夷支径,植亭山巅。幽人胜士因得相与摩莎石上,吊古怀远,有脩然感慨之意。求其集,顾无有,岂非此邦之轶事欤?集窃不自揆，模写诗文，刊为一编，去其卷第，与夫《五孝传》以下《四八目》杂著。所为犯是不题，非敢有所去取，直欲嚅哜真淳，吟咏情性，以自适其适，尚庶几乎！所谓遣驰竞之情，祛鄙吝之心者，虽以是获罪世之君子，亦不辞也。绍熙壬子立冬日，赣川曾集题。

〔按语〕

一、关于曾集本的刊刻背景

曾集，字致虚，生卒年不详，赣州章贡人。《宋史》无传。曾集出身南宋赣州著名的曾氏家族。《(同治)赣州府志》卷五十《人物志》载，曾楙，字叔夏，是曾准次子，曾几之次兄。生二子，曾造、曾迪。"迪子集，终广西宪"①。同书卷五十四《人物志》载："曾准，字子中，赣县人。……卒祀乡贤。子弼、楙、开、几，皆为名臣。"②赣州曾建造"世臣坊"，为旌扬曾准至曾集、曾槩、曾槃等父子祖孙十数位士人。《(同治)赣州府志》卷五十又载："曾集，字致虚，赣县人。楙孙，绍熙间知南康军。"③

《(同治)南康府志》卷十三《名宦》记载了曾集在南康军的政绩，说他是"勤理庶务，笃信仁贤。修刘涣墓，割公田以奉其祀。故朱子称其尊贤尚德之心，为政之所先"④。这里着重突出了朱子对曾集的评价。不过，朱子表彰的事迹，恐怕未必是"修刘涣墓"这类事，而是曾集以知南康军的身份，极力支持了朱子最为重视的白鹿洞书院的建设，这应是曾集刊刻《陶渊明集》的起因。杨万里《荐举王自中曾集徐元德政绩同安抚司奏状》中标举过曾集："朝散郎知南康军曾集，胄出名家，躬服寒素，少从名儒张栻讲学，以为士君子之学，不过一个'实'字。再立朝列，皆监六部门，不事干谒，不肯附丽，往往皆以为简。今守南康，大抵以抚字为先，以辨集为次，其政一遵朱熹之旧，如请于朝乞均减星子一县预买，如辍郡廉以教育白鹿书院生徒，皆朱熹欲为而未及尽行者。南康地褊民贫，每岁流徙乐郊

---

① 魏瀛等修：《(同治)赣州府志》卷五十，清同治十二年刻本，第五页 a 面。
② 魏瀛等修：《(同治)赣州府志》卷五十四，清同治十二年刻本，第一页 b 面。
③ 魏瀛等修：《(同治)赣州府志》卷五十，清同治十二年刻本，第七页 a 面。
④ 盛元等纂修：《(同治)南康府志》卷十三，清同治十一年刻本，第四页 b 面—第五页 a 面。

者不绝,今皆安集,无有愁叹。"①这番评价认为,曾集的功绩主要就在于沿袭了朱熹的政纲,并且完成了朱熹的未尽事业,维持白鹿洞书院的正常运转。

曾集刊刻陶集一事,与朱熹有着密切的关系。这一点在过去的陶集文献研究中常被忽略。曾集"知南康军"的时间,与淳熙六年(1179)至八年(1181)期间朱熹知南康军前后相差十一年。曾集刊刻陶集,是在为白鹿洞书院刊刻朱熹重新修订的《四书集注》等教材时一起刊刻的,时为绍熙三年,是年朱熹六十三岁②。清代叶德辉《书林清话》引瞿氏目,强调了曾集本是"南康郡斋"所刻③。无论从曾集本刊刻的经费来源还是从它的跋语(一般称之为"曾集说")中对朱熹南康施政往事的回忆等内容来看,这部陶集都反映了曾集对朱熹思想的主动继承;《晦庵集》中有两封朱熹写给曾集的回信④,朱熹也在其他文章和给他人的书信中提到过"曾侯名集字致虚""曾侯致虚"⑤,二人的私淑关系对曾集刊刻陶集不无影响。在陶渊明研究史上,朱熹一向被视为对陶渊明形象产生转折性意义的评论者⑥,而曾集本则可视为落实朱熹评价陶渊明之思想之始的陶集。关于曾集与朱熹的关系,以及曾集本的刊刻过程,笔者在《南宋曾集刊本〈陶渊明集〉的理学底色》一文中已有详细论述⑦。总之,曾集在刊刻陶渊明、朱子之书的过程中,皆流露出浓厚的江西地域文化情怀。

二、关于曾集本的版本源流问题

今笔者所见曾集本陶集,在《读山海经十三首》下附刊有曾纮识语(见

① 杨万里:《诚斋集》卷七十,《四部丛刊》初编本,商务印书馆1922年版,第595页。

② 束景南:《朱熹年谱长编》,华东师范大学出版社2001年版,第1064页。

③ 叶德辉:《书林清话》卷三,复旦大学出版社2008年版,第63页。

④ 朱熹:《答曾致虚》《答曾致虚(乙卯二月一日)》,《晦庵集》卷四十六,《四部丛刊》景明嘉靖本,第七页b面—第八页a面。

⑤ 朱熹:《壮节亭记》《冰玉堂记》,《晦庵集》卷八十,第16页a面;《跋吕伯恭书说》,《晦庵集》卷八十三,第八页a面。

⑥ 蒋寅:《镜与灯》,河北人民教育出版社2014年版,第184页。

⑦ 蔡丹君:《南宋曾集刊木〈陶渊明集〉的理学底色》,《中外论坛》2021年第4期。

前述宋刻递修本《陶渊明集》中有关曾纮《说》的撰述）。曾纮的识语，写于宣和六年（1124）七月中元，附刊此识语的版本不应早于是年。而重新编定陶集的宋庠是北宋初年真宗、仁宗时人，绝无可能见到曾纮识语。由此可以推论，曾集所采用的底本，并非宋庠原刻，很可能是北宋晚期的重修本。另外，曾集本在版本方面，还有两个问题值得一提：

一是曾集本中涉及晁文元家藏本和南唐本。曾集本陶集《问来使》注云："南唐本有此一首。"蔡絛《西清诗话》云："其集屡经诸儒手校，然有《问来使》篇，世盖未见，独南唐与晁文元家二本有之。"李公焕本陶集云："《西清诗话》曰此篇独南唐与晁文元家二本有之。"①此本未见于他书记载，识以俟考。曾集本对南唐本的记录，并非其亲眼见过南唐本，而当是转引自《西清诗话》。

二是曾集本与宋递修本极为相似，今校勘二本，几无差异。现将二本差异略述如下：宋递修本各卷前标明体裁及篇数，如卷一标"诗九首"，卷二标"诗三十首"等；又宋递修本各诗若有序，则题下多以小字注"并序"二字，曾集本则无；曾集本诗集部分《庚子岁五月中从都还阻风于规林二首》《始作镇军参军经曲阿一首》二诗编次与宋递修本相较恰好颠倒，汲本收录为卷三前两首；又思悦辨"晋所作者皆题年号入宋所作但题甲子"一段文字，汲古阁旧藏本置于卷三卷首，曾集本则附于《庚子岁五月中从都还阻风于规林二首》之后；又此本《读山海经十三首》后附双行小字曾纮《说》，而宋递修本则以前人序跋的形式收录在最后一卷；曾集本文集部分无《扇上画赞》《读史述九章》《天子孝传赞》《诸侯孝传赞》《卿大夫孝传赞》《士孝传赞》《庶人孝传赞》，亦未收《四八目》。

但宋递修本并非无误。如宋递修本在曾纮《说》后衍一"刊"字，导致后世就曾纮是否曾刊刻过陶集聚讼不休，而曾集本在此处无误，删去了这个"刊"字。再如，宋递修本《杂诗十二首》"止尔不能得"，"止"曾集本作"正"，二本下皆有小注"一作政"，可知曾集本不误。又宋递修本漫漶污损之处，可据曾集本识别。如宋递修本卷三《庚子岁五月中从都还阻风于规林二首》"我今始知之"，"今始"二字宋递修本污损，可据曾集本识别。

---

① 李公焕：《笺注陶渊明集》卷二，《四部丛刊》景宋巾箱本，第七页 a 面。

今存宋递修本有配补,原版与曾集本在编次、正文、小注方面几乎没有差异,但配补的部分则差异较大。就外观而言,补版字迹清晰,排版工整,版心无"陶集"、卷次,或有页码。

就文字内容而言,一是宋递修本卷一第四页的问题尤多。校勘所见如下:《答庞参军一首》"尚或未珍","未"字曾集本下有小字注"一作非"。"去胡以亲","去"曾集本作"云";宋递修本"去"字下有小字注"一作云",曾集本无;曾集本"以"字下有小字注"一作已",宋递修本无。"实覯怀人","实"曾集本作"寔"。"栋宇唯邻","唯"曾集本作"惟",且下有小字注"一作为"。"伊余怀人","余"曾集本作"予"。"如何不思","不"字曾集本下有小字注"一作弗"。"嘉游未致","致"字曾集本下有小字注"一作数,一作款"。"誓将离分","离分"曾集本作"分离"。"送尔于路","于"字下有小字注"一作於",曾集本无。"邈邈西云","邈邈"曾集本作"藐藐",且下有小字注"一作邈"。"岂忘宴安","忘"字下有小字注"一作妄",曾集本无;"宴"字下曾集本有小字注"一作燕"。"容与江中",下有小字注"一作容与冲冲,一作容裔江中";曾集本作"容裔江中","裔"字下有小字注"一作与,一作融泄","中"字下有小字注"一作冲冲"。"敬兹良辰","辰"字下有小字注"一作晨",曾集本无。《劝农一首》"厥初生民","民"字下有小字注"一作人";"民"曾集本作"人",且下有小字注"一作民,一作正人"。"智巧既萌","既"曾集本下有小字注"一作未"。"资待靡因","靡"字下有小字注"一作无",曾集本无。"谁其赡之","其"字下有小字注"一作能",曾集本无。

二是宋递修本卷十第十四页昭明太子《传》的问题。"渊明悉遣送酒家","遣"曾集本无,"送"字下有小字注"一作遣送"。"值其酿熟","酿"曾集本作"酒",下有小字注"一作酿"。"漉毕","漉"曾集本下有"酒"。"惠远","惠"曾集本作"慧"。"是故渊明","故"曾集本作"以",下有小字注"一作故"。"其妻翟氏","其"曾集本作"渊明",下有小字注"渊明妻一作其妻"。"时年六十三",曾集本下有小字注"一无六十三字"。此页宋递修本配补的文字多与曾集本小字注中校语异文相合,其来源可能比曾集本、宋递修本原版更早,为此二本据以校勘的本子。

由上可知,曾集本与宋递修本相同之处颇多,二本确属同一源流。宋递修本的避讳情况，据学者考订，避讳至高宗，当刊于南宋初年，而曾集本刊刻于光宗绍熙三年，如《荣木一首》中"匪善奚敦"，《辛丑岁七月赴假还江陵夜行涂中一首》中"诗书敦宿好"，"敦"字曾集本皆缺末笔而宋递修本不缺。又二本皆避孝宗讳，可推断宋递修本刊刻时间早于曾集本，当在孝宗年间，且更多地保留了底本的面貌。

丁福保《陶渊明诗笺注·自叙》极称曾集本与独山莫氏仿宋袖珍本，谓有六项优点，并疑此二本同出一源，相同之处颇多①。其尤为重要者，王若虚《滹南遗老集》卷三十四《文辨》，称《晋书》《宋书》载渊明《归去来辞》"寓形宇内复几时"句，当以"时"字为韵；并谓"近见陶集，本作'能复几时'，此为可从，盖八字自是两句耳"②。案今世所传宋、元以前各本陶集，惟此曾集本与莫氏仿宋袖珍本作"能复几时"，故知丁氏谓"同出一源"，信也。若以莫氏仿宋袖珍本为自江州本出，则曾集本当亦如是，但异其编次耳。叶德辉《书林清话》卷三《宋司库州军郡府县书院刻书》条，举曾集本而不举江州本，亦一时失考也。

郭绍虞《陶集考辨》中考证此本源流，认为曾集本与莫氏仿宋袖珍本（即独山莫本）同出一源，此源即江州本。另外还考证了曾集本中引录较多之刘斯立究竟为谁人："又此本与旌德李氏咸丰翻宋本于卷三《四时》诗注，均引刘斯立语，考《宋诗纪事补遗》卷七十五'刘斯立，江西安福人，咸淳三年解试进士'，颇以此二本引刘语为疑。及阅吴曾《能改斋漫录》卷十四《刘斯立谢诸公启》条，称'刘斯立跂，莘老丞相长子，贤而能文，建中靖国间丞相追复，斯立以启谢诸公'云云，始知斯立乃刘跂之字，与咸淳间之刘斯立为别一人，不必以引刘语为异也。"③

该本现存两种清代影刻本：

一为光绪影刻本，题签"影宋陶渊明诗集"，实则木刻宣纸线装本。卷末附有曾集题识，及昭文瞿氏书目跋尾，瞿跋与《铁琴铜剑楼藏书目录》所

---

①　陶渊明著，丁福保笺注，郭潇、施心源整理：《陶渊明诗笺注》，华东师范大学出版社2017年版，第1—2页。

②　王若虚著，胡传志、李定乾校注：《滹南遗老集校注》卷之三十四《文辨（一）》，辽海出版社2005年版，第380页。

③　郭绍虞：《陶集考辨》，第277页。

记略同,跋文稍有削略;二为《续古逸丛书》本,上海涵芬楼据宋绍熙本影印为铁琴铜剑楼所藏本。

三、关于曾集本版式的评价问题

关于曾集本的版式,诸多藏书家对其有记录。如莫友芝《邵亭知见传本书目》云:"汲古阁有宋巾箱本,每半页十行,行十六字,末有治平三年思悦跋。近旌德有仿刻,佳。"①黄丕烈有汲古阁所藏北宋刊本,十行,行十六字②。桥川时雄《陶集版本源流考》断定,"莫、黄所记,即为曾集本",因为从其形制上来看,"据其影印影刻本,每半页十行,行十六字,与莫、黄所记洽"③。

四、关于曾集本的编次特征问题

曾集本在编次上的特点,一是打破陶集原分为诗文两卷的形制,最为重要的特征是对四言诗作不分章处理。九首四言诗,题皆为一首,并不分章,桥川时雄认为这或许是"宋本之原式"④。陶公四言诗,今存九首(《停云一首》《时运一首》《荣木一首》《赠长沙公族祖一首》《酬丁柴桑一首》《答庞参军一首》《劝农一首》《命子一首》《归鸟一首》)。陶集各本,均载之于首卷。四言诗分章的作法,创于明版。如明代常见的李公焕元翻本,题下缺"一首"二字,每首虽不分章,但在章间夹以圆圈。这正是分章方式的嬗变过渡之迹。九首四言诗中,有五首是有小序的。这些小序行文简略,颇得小品文之体。另外,《酬丁柴桑》一首,前章六句,恐是未完之作,脱落二句,句意亦不通,又不类于此首后章为八句及他首四言诗亦八句为一章之通例也。

邓小军梳理编次发现:"《陶渊明诗》篇第基本同于苏写本、曾纮本(即汲古阁藏宋刻递修本)卷一至四,仅有一处差异:汲古阁本、苏写本卷三第一题为《始作镇军参军经曲阿一首》,第二题为《庚子岁五月中从都还阻风于规林二首》,此本此二题次序倒之。三本诗之篇目、篇数实际全同。"⑤

---

① 莫友芝撰,傅增湘订补,傅熹年整理:《藏园订补邵亭知见传本书目》卷十二上《汉至盛唐》,第942页。

② 黄丕烈撰,余鸣鸿、占旭东点校:《黄丕烈藏书题跋集》下册,第951页。

③④ 桥川时雄:《陶集版本源流考》,第一页a面。

⑤ 邓小军:《陶集宋本源流考》,第216页。

　　笔者认为,据曾集跋所云,可知不分卷乃曾集有意为之,其所据底本是分卷的。而刊落《五孝传》《四八目》等文,亦是因其非关"吟咏性情"之作,故亦可知曾集本底本仍存此诸篇。

　　五、关于曾集本的递藏问题

　　此本曾藏于瞿氏铁琴铜剑楼,后移于北京图书馆,现藏于国家图书馆。

　　瞿镛等大藏书家皆曾曾珍藏,视为重宝。桥川时雄在《陶集版本源流考》中说,"现藏于瞿氏铁琴铜剑楼"①。郭绍虞《陶集考辨》也说:"此本藏常熟瞿氏铁琴铜剑楼。"②事实上,此本于1928年由商务印书馆影印,收入《续古逸丛书》。桥川时雄本人看到的,可能就是这个影印本,因为他说:"按此本现存宋刊之一,校陶者必当参看,然原本不易睹,顾有影刻影印三种。"并详细引录了《续古逸丛书》本的提要③。《北京图书馆善本书目》对它进行了著录,其文曰:"《陶渊明诗》一卷、《杂文》一卷,晋陶潜撰,宋绍熙三年曾集刻本,二册。"④无捐赠者名。内容上有增改的《北京图书馆古籍善本书目》,比之上文,多了"十行十六字,小字双行同,白口,左右双边"的介绍⑤。另外,《铁琴铜剑楼藏书目录》中,对曾集本也有相关介绍,能够推知其大概⑥。需要注意的是,《续古逸丛书》影印本将本该附录于最后的曾集题识,挪到了卷首,这应该是有意改动的。

2. 汤汉注《陶靖节先生诗》四卷附录一卷,存

〔**出处**〕

　　宋咸淳福州刻汤汉注《陶靖节先生诗》四卷,二册,国家图书馆藏。

---

　　①　桥川时雄:《陶集版本源流考》,第十一页 a 面。

　　②　郭绍虞:《陶集考辨》,第 277 页。

　　③　桥川时雄:《陶集版本源流考》,第十一页 b 面—第十二页 b 面。

　　④　北京图书馆:《北京图书馆善本书目》卷六《集部上》,中华书局 1959 年版,第 4 页 b 面。

　　⑤　北京图书馆:《北京图书馆古籍善本书目 集部》,书目文献出版社 1989 年版,第 1997 页。

　　⑥　瞿镛:《铁琴铜剑楼藏书目录》卷十九《集部一》,清光绪常熟瞿氏家塾刻本,第五页 b 面—第七页 b 面。

〔版本信息〕

版 式

此本每半叶七行,行十五字,小字双行同,白口,左右双边。版框高十九点五厘米,宽十三点八厘米。版心上端刻字数,两鱼尾之间刻卷次和叶码,下端有刻工名。鱼尾之间标志卷第的用词不统一,分别刻"诗一"或"卷一","卷二""二卷"或者"诗二","卷三""三卷"或"诗三","卷四"或"诗四",封面签题"汤注陶诗 上册 甲戌春 孙延题""汤注陶诗 下册"。

编 次

汤汉注本各卷编次与宋刻递修本编次大致一致,惟卷四《拟挽歌辞三首》后收录《桃花源记(并诗)》《归去来兮辞(并序)》(宋递修本的这两篇分别收录于卷六、卷五),并且将伪作及可疑的诗移至卷末。

汤汉注本的编次为:

卷一"诗九首(四言)":《停云一首(并序)》《时运一首(并序)》《荣木一首(并序)》《赠长沙公族祖一首(并序)》《酬丁柴桑一首》《答庞参军一首(并序)》《劝农一首》《命子一首》《归鸟一首》。

卷二"诗三十首":《形影神(并序)》《九日闲居一首(并序)》《归园田居六首》《游斜川一首(并序)》《示周掾祖谢一首》《乞食一首》《诸人共游周家墓柏下一首》《怨诗楚调示庞主簿邓治中一首》《答庞参军一首(并序)》《五月旦作和戴主簿一首》《连雨独饮一首》《移居二首》《和刘柴桑一首》《酬刘柴桑一首》《和郭主簿二首》《于王抚军座送客》《与殷晋安别一首(并序)》《赠羊长史一首》《岁暮和张常侍一首》《和胡西曹示顾贼曹一首》《悲从弟仲德一首》。

卷三"诗三十九首":《始作镇军参军经曲阿一首》《庚子岁五月中从都还阻风于规林二首》《辛丑岁七月赴假还江陵夜行涂中一首》《癸卯岁始春怀古田舍二首》《癸卯岁十二月中作与从弟敬远一首》《乙巳岁三月为建威参军使都经钱溪一首》《还旧居一首》《戊申岁六月中遇火一首》《己酉岁九月九日一首》《庚戌岁九月中于西田获早稻一首》《丙辰岁八月中于下潠田舍获一首》《饮酒二十首(并序)》《止酒一首》《述酒一首》《责子一首》《有会

而作一首(并序)《蜡日一首》《四时一首》。

卷四"诗四十八首"：《拟古九首》《杂诗十二首》《咏贫士七首》《咏二疏一首》《咏三良一首》《咏荆轲一首》《读山海经十三首》《拟挽歌辞三首》《桃花源记(并诗)》《归去来兮辞(并序)》。

卷末疑作：

《杂诗》(东坡和陶无此篇。)

袅袅松摽崖(一作雀)，婉娈柔童子。年始三五间，乔柯何可倚(一作柯条何淬淬)。养色含津气，粲然有心理(乔柯何可倚，又作华柯真可寄)。

《联句》

鸣雁乘风飞，去去当何极？念彼穷居士，如何不叹息！(渊明)虽欲腾九万，扶摇竟何(一作无)力？远招王子乔，云驾庶可饬。(愔之)顾侣正徘徊，离离翔天侧。霜露岂不切？务从忘爱翼。(循之)高柯擢条干，远眺同天色。思绝庆未看，徒使生迷惑。

《归园田居》(此江淹拟作，见《文选》，其音节文貌绝似，至"但愿桑麻成，蚕月得纺绩"，则与陶公语判然矣。)

种苗在东皋，苗生满阡陌。虽有荷锄倦，浊酒聊自适。日暮巾柴车，路暗光已夕。归人望烟火，稚子候檐隙。问君亦何为，百年会有役。但愿桑麻成，蚕月得纺绩。素心正如此，开径(一作卷)望三益。

《问来使》(此盖晚唐人因太白感秋诗而伪为之。)

尔从山中来，早晚发天目。我屋南窗下，今生几丛菊？蔷薇叶已抽，秋兰气当馥。归去来山中，山中酒应熟。

补注：

《停云》(第一卷)

敛翮闲止(嵇叔夜《琴赋》："非渊静者，不能与之间止。")

《命子》

亦已焉哉(郑康成为书戒子，末云："若忽忘不识，亦已焉哉！")

《九日闲居》(第二卷)

日月依辰至，举俗爱其名(魏文帝书云："九为阳数而日月并应，俗嘉其名，以为宜于长久。")

《赠羊长史》

紫芝谁复采，深谷久应芜（《紫芝歌》："莫莫高世，深谷逶迤。晔晔紫芝，可以疗饥。唐虞世远，吾将安归？驷马高盖，其忧甚大。富贵之畏人兮，不如贫贱之肆志。"）

《述酒》（第三卷）

南岳无余云（晋元帝即位诏曰："遂登坛南岳，受终文祖。"）

日中翔河汾（河汾亦晋地。）

《归去来兮辞》（第四卷）

临清流而赋诗（叔夜《琴赋》："临清流赋新诗。"）

异　文

对勘汤汉注本与宋刻递修本二本，汤汉注本正文的异文恰与宋刻递修本小注校语相合，如卷一《荣木一首（并序）》"余岂云坠"，"云"宋刻递修本作"之"，且下有小注"一作云"。《答庞参军一首（并序）》"云胡以亲"，"云"宋刻递修本作"去"，且下有小注"一作云"。

卷二《形赠影一首》"独复不如兹"，"如"宋刻递修本作"知"，且下有小注"一作如"。卷四《拟古九首》"闻有田子泰"，"泰"宋刻递修本作"春"，且下有小注"一作泰"。汤汉注本小注除笺释外，亦有校语，基本不出宋刻递修本校语的范围。二本校语有不同之处，且往往与对方的正文相吻合。如卷一《时运一首（并序）》"洋洋平津"，"津"下有小注"一作泽"，宋刻递修本作"泽"，且下有小注"一作津"。卷二《游斜川一首（并序）》"开岁倏五日"，"日"下有小注"一作十"，宋刻递修本作"十"，且下有小注"一作日"。卷三《饮酒二十首（并序）》"此中有真意"，"中"下有小注"一作还"，宋刻递修本作"中"，且下有小注"一作还"。要之，通过校勘，基本可以确定汤汉注本的底本与宋刻递修本同源，但汤汉注本在校刻的时候也改正了宋刻递修本的一些错误。如卷四《杂诗十二首》"弱质与运颓"，"与"宋刻递修本作"兴"，且下有小注"一作与"。"正尔不能得"，"正"宋刻递修本作"止"，且下有小注"一作政"，当以"正"为是。

与宋刻递修本相比，汤汉注本刊落的校语基本上可以反映校刻者的校勘意见。如《读山海经》"形夭无千岁"，五字皆形讹，当作"刑天舞干戚"。此说创于曾纮(详见宋刻递修本、曾集本刊载曾纮《说》),此本即作"形天舞干戚"。

钤　印

书外锦套上签题"陶靖节诗集汤伯纪注真本",签上钤"菱夫"一印。锦套外有木匣,匣上题刻"集部宋刻汤注陶诗甲编士礼居藏"。卷末墨笔书写"陶陶室藏靖节集弟二本"一行,下钤"陶陶室"一印。每册首末俱用金粟山藏经笺宋人写经作护叶,护叶上钤盖"金粟山藏经纸"印记等。

书中钤印很多,从印色看,时代较早的印记有"秀石""铎""景仁"等。明末至今有案可查的重要印记有"董宜阳""项禹揆印""子毗父""子毗所藏""项子毗真赏章""海野居士""吴山秀水中人""著书斋""周春""松霭""周春苊兮""松霭藏书""海宁周氏家藏""松磬山房""内乐村农""自谓是羲皇上人""黄丕烈""士礼居""县桥""陶陶室""阆源真赏""汪士钟印""阆源父""汪振勋印""宋存书室""东郡宋存书室珍藏""东郡杨绍和字彦合藏书之印""杨绍和读过""东郡杨氏海源阁珍藏""协卿珍赏""杨保彝藏本""陶南布衣""周暹"等。

序　跋

汤汉序

陶公诗精深高妙,测之愈远,不可漫观也。不事异代之节,与子房五世相韩之义同。既不为狙击震动之举,又时无汉祖者可托以行其志。故每寄情于首阳、易水之间,又以荆轲继二疏、三良而发咏,所谓"抚己有深怀,履运增慨然",读之亦可以深悲其志也已。平生危行孙言,至《述酒》之作,始直吐忠愤,然犹乱以廋词。千载之下,读者不省为何语。是此翁所深致意者,迄不得白于后世,尤可以使人增欷而累叹也。余偶窥见其指,因加笺释,以表暴其心事,及他篇有可发明者,亦并著之。文字不多,乃令缮写模传,与好古通微之士共商略焉。又按诗中言本志少,说固穷多,夫惟忍于饥寒之苦,而后能存节义之闲,西山之所以有饿夫也。世士贪荣禄,事豪侈,而高谈名义,自方于古之人,余未之信也。淳祐初元九月九日,鄱阳汤汉敬书。

周春题记

汤文清公事实，详见《宋史·儒林传》。《靖节诗注》四卷，惟马氏《通考·经籍门》著于录。是书乃世间所希有，宋刻之最精者也，流传日久，纸墨敝渝。偶从友人处得之，不胜狂喜。手自补缀，亟命工重加装钉，分为两册，完好如新。余家旧藏有东涧选本，妙绝古今，此更出其上矣。乾隆辛丑长至后三日，内乐村农周春记。

> 卷尾有"董宜阳"印。宜阳，字子元，自号紫冈山樵，华亭人，上海诸生。工诗文，善书法，与何良俊、徐献忠、张之象才名相亚，有四贤之目。松霭又书。①

按，以下诸条又见周春《耄余诗话》卷八

《述酒》诗为晋恭帝而作，其说略本韩子苍。而"芊胜""诸梁"，黄山谷亦尝解之，非创于东涧也，特此注加详耳。零陵王以九月终，与诗所云"秋草虽未黄，融风久已分"者正合。靖节时当禅代，虽同五世相韩之义，但不敢直言，而借廋辞以抒忠愤，向非诸公表微阐幽，乌能白其未白之志哉？

朱子谓《荆轲》一篇，平淡中露出豪放本相。须知其豪放从忠义来，与《述酒》同一心事。

陶集《祭程氏妹文》书义熙三年，《祭从弟敬远文》惟云癸亥，《自祭文》惟云丁卯，此与《宋书》本传之说相合，但指所著文章而言。若诗则不然，大约晋时书甲子，如庚子至丙辰是也；入宋不书甲子，如《九日闲居》之类是也。自来辨此者，都未明晰。

郑康成《诫子益恩书》末云："若忽忘不识，亦已焉哉。"此《命子诗》末二句所本也。陶诗虽平淡，而无一字无出处如此。

陶公，《晋书》《宋书》《南史》并有传，一人而三史列传，千古止此一人。人岂以爵位重耶？《晋书》作"泉明"，《南史》作"深明"，并避唐讳。

东坡爱陶诗质而绮，癯而腴，晚年居海外，遍和其韵。子由为之引称，其遂与渊明比也。至谑庵律陶，不足观矣。

此本大字端楷，作欧阳率更体，颇便老眼。且校雠亦鲜"形天""庚钓"

---

① 又见于杨绍和撰，傅增湘批注，朱振华整理：《藏园批注楹书隅录》卷四《宋本陶靖节先生诗四卷二册一函》，中华书局 2017 年版，第 159 页。

之讹。装后覆阅数过,诚可宝爱。松霭。①

顾自修题跋

辛丑四月晦日,武林鲍以文自苏州回棹,同新仓吴葵里过松霭先生著书斋。是夜以文痁疾作,不能饮,灯下谭及于以下阙十余字。《陶渊明诗》,一本序末标汤汉,不知汤汉何许人也。先生便拍案称好书,且告以《宋史》有传,《文献通考》著录。以文爽然若失,随叩《陶集》携行篋否,则答云已送海盐张芑堂矣。重午日,先生即从芑堂借观。芑堂见书虽破碎,而装面用金粟笺,心疑其为秘册,索还甚急,赖张佩兼调停互易。初以书画、铜瓷、端砚,俱不可。芑堂适需古墨,先生因出叶元卿“梦笔生花”大圆墨易之。墨重一斤,值白金如数,至癸卯五月,阅两年而议始定,此书乃为先生所有,盖其得之之难如此。以文多方购觅,丙午始得一抄本。芑堂怂恿葵里重行开雕,共忏悔觌面失宋刻公案,则此书之流通,未始非先生之功德也。余交先生久,知得书始末最详,兹备述之,以见先生嗜书之笃,赏鉴之精。而吴、鲍、张三君子之好事,亦流俗中所罕觏云。丁未冬日,辉山顾自修记。②

黄丕烈题跋

汤伯纪注《陶诗》宋刻真本在海宁周松霭家,相传与宋刻《礼》书并储一室,颜之曰“礼陶斋”。其书之得,近于巧取豪夺,故秘不示人,并云欲以殉葬。余素闻其说于吴兴贾人,久悬悬于心中矣。去岁夏秋之交,喧传书贾某得此书,欲求售于吴门,久而未至。后嘉禾友人札致余,有此书,许四十金未果,已为硖石人家得去。闻此言甚怏怏,然已无可如何矣,遂恝置之。今夏有吴子修候余,余往答之,出所藏书示余,汤注《陶诗》在焉。开卷展视,其为宋本无疑。询所由来,乃知硖石人即伊相识,可商交易者。遂倩人假归,议久始谐,百金之直,银居大半,文玩副之。此余佞宋之心固结而不可解者,后人视之毋乃讪笑乎!嘉庆己巳中秋月,复翁记。

---

① 周春:《耄余诗话》卷八,清钞本,第六页 b 面—第七页 b 面。另文末云:“嘉庆戊辰囊空,需用此书售于苕估,去我之日,殊难为怀。”

② 杨绍和撰,傅增湘批注,朱振华整理:《藏园批注楹书隅录》卷四《宋本陶靖节先生诗四卷二册一函》,第160—161 页。

余得此书后,适原得此书之贾人吴东白来舍,知余得此书,因别以一旧刻小板之《陶集》赠余,易余家刻书而去。言中谈及周公先去《礼》书,改颜其室曰"宝陶斋",今又售去,改颜其室曰"梦陶斋"。余闻此言,益叹周公之好书,惓惓于心而不能去矣。并闻诸他估,吴贾往购此书,怀数十番而去。周初不知,但与论直。周索三十二番,云身边立有,决不悔言。吴即如数与之,竟不能反,去书之日,泣下数行。余虽未面询诸吴,然闻屡易颜室之名,亦可想见其情矣。①

附:吴骞拜经楼重刻本跋

南宋鄱阳汤文清公注《陶靖节诗》四卷,马贵与《文献通考》极称之。所谓《述酒》诗,乃哀零陵而作,其微旨虽滥觞于韩子苍,至文清反覆研讨而益畅其说,真可谓彭泽异代之知己矣。此书世鲜传本,岁辛丑,吾友鲍君以文游吴趋得之,归舟枉道过予小桐溪山馆,出以见示,楮墨精好,诚宋椠佳本也。昔毛斧季先生晚年尝以藏书售潘稼堂太史,有宋刻《陶集》,斧季自题目下曰:"此集与世本夐然不同,如《桃花源记》'闻之欣然规往',时本率讹'规'作'亲'。"今观是集,始知斧季之言为不谬。又《拟古》诗"闻有田子泰",流俗本多讹作"田子春",惟此作"子泰",与《魏志》符。其他佳处,犹不胜更仆数。注中间有引宋本者,鲍君据吴氏《西斋书目》及僧思悦《陶诗序》,以为汤氏盖指宋元献刊定之本,因劝予重雕以公同好。文清人品,雅为真西山、赵南泉诸公所推,犹明于《易》"城复于隍,其命乱也"。王深宁《困学纪闻》尝取之。余详《宋史》本传。乾隆五十年岁次旃蒙大荒落小重阳日,海昌吴骞识。②

附:阮元《四库未收书目提要·陶靖节诗注四卷提要》

宋汤汉撰,汉字伯纪,鄱阳人,淳祐间充史馆校书。官至端明殿学士,谥文清。人品为真德秀所重,事迹具《宋史》本传。渊明诗文高妙,学者未易窥测,汉乃反覆研究,如《述酒》之作,读者几不省为何语,汉云窥见其

① 黄丕烈撰,余鸣鸿、占旭东点校:《荛圃藏书题识》,《黄丕烈藏书题跋集》上册,第377—380页。

② 吴骞著,虞坤林点校:《愚谷文存》卷之五《重刊宋汤文清公注陶诗跋》,浙江古籍出版社2016年版,第77页。

指,详加笺释,以及他篇有宜发明者,亦并著之。清言微旨,抉出无遗,马端临《文献通考》以为渊明易代之知己。其所称说,多与世本不同,如《拟古》诗"闻有田子泰"句,《魏志》作"泰",今本多伪为"田子春",惟此与《魏志》无异。其他佳处,尤不胜指。此从宋椠影写,诚秘笈也。[1]

汤汉注例

汤汉注《九日闲居一首(并序)》"空视时运倾"曰:"'空视时运倾'亦指易代之事。"

汤汉注《赠羊长史一首(并序)》"多谢绮与角(当作'甪'),精爽今何如"曰:"天下分裂,而中州圣贤之迹不可得而见。今九土既一,则五帝之所连、三王之所争,宜当首访,而独多谢于商山之人,何哉? 盖南北虽合而世代将易,但当与绮、角(当作'甪')游耳。远矣,深哉!"

汤汉注《饮酒二十首(并序)》"且当从黄绮"曰:"《汉·叙传》'三季之后',注云'三代之末'。此篇言季世出处不齐,士皆以乘时自奋为贤,吾知从黄绮而已,世俗之是非誉毁非所计也。"

汤汉注《饮酒二十首(并序)》"幽兰生前庭"一首曰:"兰薰非清风,不能别,贤者出处之致,亦待知者知耳。渊明在彭泽日,有'怅然慷慨,深愧平生'之语,所谓'失故路'也。惟其任道而不牵于俗,故卒能回车复路云耳。鸟尽弓藏,盖借昔人去国之语,以喻己归田之志。"

汤汉注《饮酒二十首(并序)》"区区诸老翁,为事诚殷勤"曰:"'诸老翁'似谓汉初伏生诸人,退之所谓'群儒区区修补'者,刘歆《移太常书》亦可见。"注"不见所问津"曰:"盖渊明自况于沮溺,而叹世无孔子徒也。"

汤汉注《杂诗十二首》"荣华难久居"一首曰:"此篇亦感兴亡之意。"

汤汉注《拟古九首》"种桑长江边"一首曰:"业成志树,而时代迁革,不复可骋。然生斯时矣,奚所归悔耶?"

附:汤汉注《述酒》

述酒一首旧注"仪狄造,杜康润色之"。宋本云此篇与题非本意,诸本如此,误黄庭坚曰《述酒》一篇盖阙,此篇似是读异书所作,其中多不可解。按晋元熙二年六月,刘裕废恭帝为零陵王。明年,以毒酒一甖授张伟,使鸩王,伟自饮而卒,继又令兵人逾

---

[1]　永瑢等编:《四库全书总目·四库未收书目提要》,第 1867 页。

垣进药，王不肯饮，遂掩杀之。此诗所为作，故以《述酒》名篇也。诗辞尽隐语，故观者弗省，独韩子苍以"山阳下国"一语，疑是义熙后有感而赋。予反覆详考，而后知为零陵哀诗也。因疏其可晓者，以发此老未白之忠愤。昔苏子《读述史九章》，曰"去之五百岁，吾犹见其人也"。岂虚言哉？"仪狄""杜康"，乃自注，故为疑词耳。

重离照南陆，鸣鸟声相闻。秋草虽未黄，融风久已分。素砾皛修渚，南岳无余云。司马氏出重黎之后，此言晋室南渡，国虽未末而势之分崩久矣。至于今，则典午之气数遂尽也。素砾，未详；修渚，疑指江陵。豫章抗高门，重华固灵坟。流泪抱中叹，倾耳听司晨。义熙元年，裕以匡复功封豫章郡公。重华，谓恭帝禅宋也，裕既建国，晋帝以天下让而犹不免于弑，此所以流泪抱叹，夜耿耿而达曙也。又按义熙十二年丙辰，裕始改封宋公，其后以宋公受禅，故诗言其旧封而无所嫌也。神州献嘉粟，西灵为我驯。义熙十四年，巩县人献嘉禾，裕以献帝，帝以归于裕。"西灵"当作"四灵"，裕受禅文有"四灵效征"之语。二句言裕假符瑞以奸大位也。诸梁董师旅，羊胜丧其身。沈诸梁，叶公也，杀白公胜。此言裕诛剪宗室之有才望者。"羊"当作"芉"，而梁孝王亦有羊胜之事，或故以二事相乱，使人不觉也。山阳归下国，成名犹不勤。魏降汉献为山阳公而卒弑之，谥法不勤，成名曰灵，古之人主不善终者，有灵若厉之号，此政指零陵先废而后弑也。曰"犹不勤"，哀怨之词也。卜生善斯牧，安乐不为君。魏文侯斯事卜子夏，此借之以言魏文帝也。安乐公，刘禅也，丕既篡汉，则安乐不得为君矣。平王去旧京，峡中纳遗薰。双陵甫云育，三趾显奇文。裕废帝而托之秣陵，所谓"去旧京"也。"峡中"未详。"双陵"当是言安、恭二帝。陵"三趾"似谓鼎移于人。四句难尽通。王子爱清吹，日中翔河汾。朱公练九齿，闲居离世纷。王子晋好吹笙，此托言晋也。"朱公"者，陶也。意古别有朱公修炼之事，此诗托言陶耳。晋运既去，故陶闲居以避世，明言其志也。峨峨西岭内，偃息常所亲。天容自永固，彭殇非等伦。"西岭"当指恭帝所藏，帝年三十六而弑，此但言其藏之固，而寿夭置不必论，无可奈何之辞也。夫渊明之归田，本以避易代之事，而未尝正言之，至此则主弑国亡，其痛疾深矣。虽不敢言而亦不可不言，故若是乎辞之庾也。呜呼，悲夫！

〔按语〕

一、关于汤汉的注陶动机及相关背景问题

汤汉（1202—1272），字伯纪，号东涧，饶州安仁人。据《宋史》本传，真德秀在潭，致汉为宾客，江东提刑赵汝腾荐汉于朝，任信州教授兼象山书

院长等职务。淳祐十二年（1252）差充史馆校勘，改国史实录院校勘。景定五年（1264）正月庚子，太子谕德汤汉知福州。度宗即位（1265，即咸淳元年），召奏事，任京官，又曾知宁国府。久之，以龙图阁待制知福州、福建安抚使①。

汤汉自序其笺释陶诗起因，是有感于陶诗"精深高妙"，又间或"乱以廋词"，深恐"千载之下，读者不省为何语"，故想通过笺释"以表暴其心事"。汤序作于"淳祐初元（1242）九月九日"，可知笺注陶诗是其早年的事，而付诸剞劂则在其晚年出守福州时期。今《陶靖节先生诗注》写刻精美，不仅版式风貌颇具福建刻本特色，而且其刻工如蔡庆、邓生、吴清等，也和咸淳间建宁所刻《周易本义》《张子语录》为同一批刻工，此皆咸淳初年刻于福建之明证。故此书版本应为"南宋咸淳福州刻本"。

据《宋史·度宗纪》载，咸淳四年（1268）夏四月，"汤汉三辞免刑部侍郎、福建安抚使"；十一月，"福建安抚使汤汉再辞免，乞祠禄，诏别授职"；五年冬十月，"以汤汉为显文阁直学士、提举玉隆万寿宫兼象山书院山长"②。据此，汤汉自景定五年至咸淳五年，前后五六年一直在福州。咸淳八年春正月，年七十一卒，谥"文清"③。

可见，在度宗即位，即咸淳元年的前后，汤汉最有条件延请建宁有名的工匠来刻其陶诗注，这与《周易本义》《张子语录》的版刻时间、地点也恰好一致，上距淳祐元年（1241）已经有二十余年的时间。因此，汤注陶诗的版刻年代和地点，应与《周易正义》和《张子语录》大致相近，也是咸淳前后建宁府所刻。

袁行霈《宋元以来陶集校注本之考察》："旧说，因卷前有淳祐初元（1241）汤汉自序而定为淳祐元年刻本，陈杏珍女士详加考证后认为是咸淳元年（1265）前后的刻本，刊刻时间推迟了二十四年左右。汤汉注本只收诗不收文，汤汉在注释的同时，很可能也做了一些校勘。"④

---

①　脱脱等撰：《宋史》卷四百三十八《汤汉传》，中华书局 1985 年版，第 12975—12979 页。

②　脱脱等撰：《宋史》卷四十六《度宗纪》，第 900—903 页。

③　脱脱等撰：《宋史》卷四十六《度宗纪》，第 909 页。

④　袁行霈：《陶渊明研究》，第 203 页。

二、关于汤汉对伪作的处理

汤汉本各卷编次与汲古阁旧藏本编次大致一致,惟卷四《拟挽歌辞三首》后收录《桃花源记(并诗)》《归去来兮辞(并序)》,宋递修本则分别收录于卷六、卷五。又此本将伪作及可疑的诗移至卷末。

北宋递修本陶集对伪作的处理已十分慎重,凡已经意识到是伪作的诗文,都于篇末加小注作说明。如《归园田居》"种苗在东皋"一首,《陶渊明集》在诗末加小注,"或云此篇江淹杂拟,非渊明所作"。汤注陶诗将此首和《杂诗》"袅袅松摽崖"、《联句》"鸣雁乘风飞"、《问来使》"尔从山中来"等可疑的诗移至卷末,也加小注作说明。最后是"补注"的内容,具体做法是先出诗题,又在出自各卷的第一首题下用单行小字标明卷次,复出所注诗句,诗句下用双行小字补注。

关于《杂诗》十二首之"袅袅松摽崖"这一首,东坡未和。李公焕谓汤本此首位于别处,编于《归去来兮辞》之后。前人对这首诗的编次有所怀疑。有学者认为,《杂诗》"袅袅松摽崖"可能是《蜡日》诗的第二首或第一首,讹脱在《杂诗》之下。《蜡日》"风雪送余运"云云是咏梅,而"袅袅松摽崖"云云是咏松。这两首诗的意境语气都很相似,疑是同时写下来的作品①。

三、关于汤汉注本的异文特色问题

桥川时雄曾指出汤汉注本的异文特色:"汤本中,某字作杲字之子注固多,然比之曾集本莫氏翻刊本,则甚少。又其笺注,惟于《述酒》一首甚详,他处则间有之耳。然《述酒》以外之笺注,果为汤氏手自为之否,颇属问题。与李公焕陶集本重复者不鲜,非李本蹈袭汤注,则汤注亦多取于汤以前之笺释,所谓旧注者也。以余意言之,《述酒》以外之汤注,多取于旧注,而非汤氏专注也。汤注专在《述酒》一首上,此意自在其序中,有所表明。吴骞序文,亦曾叙及者也。"②

四、关于汤汉注本的版本源流问题

此本重刻有四,以下四本在本书的"清本"部分有叙录。一为乾隆鲍

---

① 吴鹭山著,卢礼阳、方韶毅编校:《吴鹭山集》,线装书局 2013 年版,第139 页。

② 桥川时雄:《陶集版本源流考》,第十七页 a 面—b 面。

氏刻本。二为《拜经楼丛书》本，嘉庆元年丙辰吴骞以乾隆本仿刻，辑入《拜经楼丛书》中，附刊吴师道《诗话》及黄溍《黄文献公笔记》中之数节。三为光绪仿刻《拜经楼丛书》本。四为丁氏重雕本，光绪十一年乙酉，丁氏艮善重刻乾隆本于陈州，书扉记云"光绪乙酉九月海丰吴峋题于陈州郡斋"。又靖节像上有赞云，光绪乙酉一月，刻汤注陶诗于陈州，冠于卷首。丁艮善赞并识。又附有阮元《四库未收书目提要》一节。

五、关于汤汉注本的递藏问题

汤汉注本之发现颇为曲折。其中相关细节，可见周春《耄余诗话》、黄丕烈《荛圃藏书题识》、杨绍和《楹书隅录》及吴骞《拜经楼丛书本跋》等。

该书最早能追溯到的收藏者，是明代嘉靖年间的董宜阳。书首、书尾皆有董宜阳印。董宜阳（1510—1572），明嘉靖间上海人，字子元，有《中园杂记》《金兰集》《松郡杂记》。刻印过王宠《雅宜山人集》、徐献忠《长谷集》十五卷等①。其父董恬（1454—1527），字世良，号中冈，官至大理寺少卿。

郭绍虞在《陶集考辨》"汤汉注本"条认为，这些相关事实记载，颇有抵牾难通之处。"一、吴《跋》称'岁辛丑，鲍以文得此书，过余小桐溪山馆，出以见示'云云，若以《荛圃藏书题识》及《楹书隅录》所载顾自修《跋》所记考之，则鲍氏虽得此书，尚不知其名贵，故以赠海盐张燕昌，吴氏固未及见此。迨其后，此书为周春所得，秘不示人；吴与松霭有旧，即或能一见，然不能据以重雕，可断言也。故吴氏此刻与宋椠佳本，可谓无直接关系。二、吴《跋》称'鲍君劝予重雕以公同好'，亦与顾《记》所言稍有出入。顾《记》言'以文多方购觅，丙午始得一钞本，苕堂怂恿葵里重行开雕，共忏规面失宋刻公案'。是吴氏据以重雕者，乃以文续获之钞本，非以前所获之原本也。三、吴《跋》题记年月称'乾隆五十年岁次旃蒙大荒落小重阳日'，旃蒙大荒落即乙巳岁，而顾《记》言'丙午始得一钞本'，丙午为乾隆五十一年（1785），乃在其后，是亦事之不可解者。窃以为吴中书估，得此宋椠，或更录一副本，以鲍氏多方购求，此二本遂先后为鲍氏所得。其原本既为周春巧取豪夺以去，则于续获钞本之后，势必怂恿重雕，以使周氏所藏失其价值，而吴氏又势不能自言其重雕所据，是钞本而非宋椠原本，则

_____

① 瞿冕良编著：《中国古籍版刻辞典》，齐鲁书社 1999 年版，第 573 页。

变更事实以迁就其说,亦事势所必至矣。迨吴本既行,则周春所藏,便失其海内孤本之价值,于是复请顾自修作《记》以发其覆,而顾《记》或亦稍变事实,称丙午始得一钞本,此则吴《跋》顾《记》抵牾之由来,然亦可见文人结习之痴迷矣。"①

根据《中华再造善本总目提要》梳理,可知此本递藏关系如下:先是为鲍廷博所得,后送海盐张燕昌,二人不知汤汉为何许人,未曾重视。清乾隆四十六年(1781),周春从张处借观,认为"是书乃世间所稀有,宋刻之最精者也"。虽鲍、张催索甚急,周赖之不还。经人从中调停,两年后书归周所有。周因见"流传日久,纸墨敝渝",遂"手自补缀,亟命工重加装钉,分为两册,完好如新",与宋刻《礼》书并储一室,取名"礼陶斋"。后被书贾设计骗取,先失其《礼》,改室名为"宝陶斋",又失其《陶》,再改室名为"梦陶斋"。嘉庆十四年(1809),此本由黄丕烈重金购得,此前黄已获毛氏汲古阁旧藏宋刻递修本《陶渊明集》,故名其居曰"陶陶室"。此本还钤有"汪士钟印""阆源真赏""东郡杨氏存书室珍藏""杨绍和读过""周暹"等印记,说明此本自士礼居散出后,经艺芸书舍、海源阁收藏,最后归天津周叔弢。《弢翁藏书年谱》引周氏《陶靖节先生诗集》题识云:"宋本汤注《陶诗》,海源阁旧藏,数年前散出,为北平藻玉堂书估所得。庚午岁(1903)三月,余以重值收之。顷其此本(指清吴骞拜经楼重刻宋本)对勘一过,亦无多异同。吴氏所据乃抄本,其始末详见宋本顾自修跋语中,兹不复赘云。"周氏后将此本捐赠给国家图书馆②。

六、关于汤汉注的评价问题

汤汉注颇为时人所称。陆友仁《砚北杂志》谓:"汤伯纪以陶渊明《述酒》篇为零陵哀诗。"③刘克庄《后村诗话续集》谓:"《咏贫士》云:'阮公见钱人,即日弃其官。'又云:'昔在黄子廉。'二事未详出处,……伯纪阙疑,

① 郭绍虞:《陶集考辨》,第284—285页。

② 中华再造善本工程编纂出版委员会编著:《中华再造善本总目提要·唐宋编》,国家图书馆出版社2013年版,第498—499页。

③ 陆友仁:《砚北杂志》卷下,上海进步书局本,第15页b面。

以质于余，余亦不能解。"①从此处可知汤汉用力之勤。汤汉注颇受韩子苍之影响，能窥见陶公忠义之节。汤汉首创以史证诗，发明陶诗微旨。但汤汉之注，也难免有穿凿附会之处，如《停云一首（并序）》："东园之树，枝条载荣。竞用新好，以招余情。"即景生情，只从序中"园列初荣"一语生发，而汤汉注"谓相招以事新朝"。明代何孟春注陶，采纳汤注，注此句云"东园再荣之树，指历事新朝之人也"，亦将纯写景之语作为影射之语解读。

桥川时雄谓汤汉最大之功，在注《述酒》一篇②。周春《耄余诗话》亦有论及，其言见前文。郭绍虞说："凡所笺释虽有间及出处之例，要以表暴其心事为主，故与寻常笺注有异。……惟汤汉既以表暴心事为主，时有不免失之过凿者……亦嫌过于曲折。"③汤汉注结合史事，所言说者，无不切及陶渊明之政治立场与易代思想状态，故而这一注体产生了深远影响。但是，其中穿凿附会之处也甚多。

朱自清《陶诗的深度——评古直〈陶靖节诗笺定本〉》如此评论汤汉注："注陶诗的，南宋汤汉是第一人。他因为《述酒》诗'直吐忠愤'，而'乱以廋诗，千载之下，读者不省为何语'，故加笺释。'及他篇有可发明者，亦并著之。'所以《述酒》之外，注的极为简略。"④

储皖峰有《陶渊明〈述酒〉诗补注》，该文在评析旧注的基础上，补注陶渊明《述酒》一诗，述旨趣，述义例，对《述酒》进行了深入细致的研究。《述酒》当作于元嘉四年（427）三月以后，"以酒为名，而实则悼晋祚之式微，愤刘裕之盗篡也"，此乃陶渊明"忠愤人格之表见"⑤。

逯钦立《〈述酒〉诗题注释疑》详细分析了汤汉注《述酒》的相关问题。其中探讨了宋庠本提出的对《述酒》的疑惑，以及汤注所引黄庭坚之语

① 刘克庄著，辛更儒笺校：《刘克庄集笺校》卷一七七，中华书局2011年版，第6859—6860页。

② 桥川时雄：《陶集版本源流考》，第五十页a面—b面。

③ 郭绍虞：《陶集考辨》，第282—283页。

④ 朱自清：《朱自清序跋书评集》，生活·读书·新知三联书店1983年版，第224页。

⑤ 储皖峰：《陶渊明〈述酒诗〉补注》，《辅仁学志》1939年第八卷第一期，第127—152页。

"《述酒》一篇盖阙。此篇有其义而无其辞,似是读异书所作,其中多不可解"。并有按语曰:"宋庠谓题与诗篇,非渊明本意。实以题诗间之难于融通,而有是语。山谷此上云云,则又依据宋说推究其致误之故耳。要之,宋、黄俱致疑此题不属此诗,而世传陶集之有脱误也。寻先唐各集之传世者,陶集最为完好。自经昭明太子、阳休之编录以后,两本并传,经唐至宋,俱无残阙。则谓《述酒》一题,已佚其辞,实有未当。宋庠既知诸旧本皆如此,又何得遽谓之误乎?以此解诗,宜乎其终不可解也。"①对于汤汉注的贡献,逯钦立非常肯定,认为:"汤注此篇,大体明确。而其以刘裕遣张祎鸩恭帝事,说明《述酒》名篇之意,尤卓绝不刊之论。顾尚不知此仪狄、杜康之注文,正与题目表里相成以示其诗之为兼斥桓玄、刘裕而哀东晋之两次篡祸也。夫东晋之亡,亡于两次之篡夺。盖桓玄启之,刘裕成之,典午一朝遂告寿终。而此两次篡夺,又莫不有关于酒。如桓玄鸩杀道子,刘裕鸩弑安、恭二帝,俱以酒取人天下。此略观《晋书·安恭纪赞》《会稽王道子传》《宋书·王韶之传》及《晋书·张祎传》,即可洞知。"②

邓小军《陶渊明〈述酒〉诗补证——兼论陶渊明在晋宋之际的政治态度及其隐居前后两期的不同意义》,"对陶渊明《述酒》诗中的疑难诗句作出释证,并参证相关作品,论述陶渊明在晋宋之际的政治态度及其隐居前后两期的不同意义"。文中结论有两点,一是认为"《述酒》一诗,表彰东晋历史功绩,批判刘裕代晋册文以贬低东晋历史;揭露刘裕杀害恭帝真相,及其制造恭帝善终的骗局;表明自己是晋之遗民,绝不奉刘裕政权正朔;并判断刘宋政权将寿命短暂"。二是"陶渊明在《述酒》《夷齐》等诗中反复表明,自己在晋朝与入宋后的隐居,具有不同的意义。……在晋、在宋的隐居……只是不愿意'心为形役'……入宋后的隐居,则是不奉刘宋正朔"。③

---

① 逯钦立:《〈述酒〉诗题注释疑》,《国立中央研究院历史语言研究所集刊》第十八本,1948 年,第 361 页。

② 逯钦立:《〈述酒〉诗题注释疑》,《国立中央研究院历史语言研究所集刊》第十八本,第 363—364 页。

③ 邓小军:《陶渊明〈述酒〉诗补证——兼论陶渊明在晋宋之际的政治态度及其隐居前后两期的不同意义》,《北京化工大学学报(社会科学版)》2002 年第 1 期,第 27—32 页。

台湾学者黄世锦总结说:"汤汉撰《陶靖节先生诗集》,四卷。运用传统训诂注释方法,继承前人陶学成果,并益以己之陶学心得,对陶诗中的异文、诗题、音读、比兴、词义、句义、人名等加以笺注和笺证,成传世《陶集》首家注本。此外,汤氏并对陶诗中部分诗篇,予以品骘和评论。其评论之旨归,可归纳为'对陶渊明躬耕隐居、固穷守节,予以高度推崇''陶渊明耻仕二姓,有为晋室复仇之志'二者。汤《注》中的笺注考据,以及对部分诗篇的评论骘语,对后世《陶集》影响极为深远。传世重要《陶集》,多数受其直接或间接之影响,沾溉和润泽,在汤氏陶学成果的绍述和继承下,补苴罅漏,笺注校正,后出转精,创获开新。传世重要《陶集》受汤《注》直接影响者,有南宋李公焕《笺注陶渊明集》、明何孟春《陶靖节集》、清吴瞻泰《陶诗汇注》、清温汝能《陶诗汇评》、清陶澍《靖节先生集》和《陶靖节集注》;传世《陶集》受汤《注》间接影响者,有元刘履《选诗补注·陶诗》卷、明凌濛初《陶靖节集》、清邱嘉穗《东山草堂陶诗笺》。"[1]

3. 残宋本《陶靖节先生集》附吴仁杰《陶靖节先生年谱》,卷数不详,存

〔出处〕

南宋刻递修本《陶靖节先生集》存四卷(卷一至四)。附吴仁杰《陶靖节先生年谱》,二册,国家图书馆藏。又宋刻吴仁杰《陶靖节先生年谱》,残,一册,上海图书馆藏。为与前述"宋刻递修本"区别,以下称为"残宋本"。

〔版本信息〕

版 式

此本为残卷。《中华再造善本总目提要》:"《陶靖节先生集》十卷,晋

---

[1] 黄世锦:《试论汤汉〈陶靖节先生诗集〉的内涵及其影响》,载《成大中文学报》2016 年第 55 期,第 95 页。

陶潜撰。《年谱》一卷，宋吴仁杰撰。南宋刻递修本。框高二十点七厘米，宽十五厘米。每半叶九行，行十五字，白口，左右双边。存四卷（卷一至四），年谱一卷。"①

编　次

此本现残损严重，具体篇第不得而知，目前所存卷次为：卷一"诗九首'四言'"，篇目为《停云一首（并序）》《时运一首（并序）》《荣木一首（并序）》《赠长沙公族祖一首（并序）》《酬丁柴桑一首》《答庞参军一首（并序）》《劝农一首》《命子一首》《归鸟一首》。卷二篇目为《形赠影一首》《影答形一首》《神释一首》《九日闲居一首（并序）》《归园田居六首》（从第四首开始缺文）、《移居二首》《和刘柴桑一首》。卷三篇目为《饮酒二十首》（前三首均缺）、《止酒一首》《述酒一首》《蜡日一首》《四时一首》。卷四"诗四十首（内一首《联句》）"，篇目为《拟古九首》《杂诗十二首》《咏贫士七首》《咏二疏》《咏三良》《咏荆轲》《读山海经十三首》（第七首以下全缺）。卷末附有吴仁杰《陶靖节先生年谱》一种，然亦非足本，"义熙二年"残存后半内容，此年之后的部分较全。上海图书馆藏《年谱》前有昭明太子《陶靖节先生集序》，谱文则存"兴宁三年"至"义熙二年"的部分。

〔按语〕

国家图书馆元抄残本《直斋书录解题》中，有对此本之相关记载："《陶靖节集》十卷《年谱》一卷《年谱辨证》一卷《杂记》一卷。吴郡吴仁杰斗南为《年谱》，蜀人张縯季长辨证之，又杂记前贤论靖节语。此蜀本也。"②陆游《跋陶靖节文集》云："张縯季长学士自遂宁寄此集来，道中失调护，前后皆有坏处，遂去之，而存其偶全者。末有《年谱辨正》，别辑为编云。开禧元年正月四日，务观书。"③可知此本当即蜀本或其衍生版本。蜀本盖为

---

①　中华再造善本工程编纂出版委员会编著：《中华再造善本总目提要·唐宋编》，第491页。

②　陈振孙：《直斋书录解题》，浙江古籍出版社2021年版，第1356页。

③　陆游著，朱迎平笺校：《渭南文集笺校》卷三十，上海古籍出版社2022年版，第1535页。

蜀人张𬤝编定,刻于遂宁者。《直斋书录解题》著录为十卷,则蜀本陶集编次可能与宋刻递修本接近。此残宋本多被著录为"十卷(存四卷)"者,盖本此。

一、关于残宋本《陶靖节先生集》的底本问题

残宋本《陶靖节先生集》与吴仁杰《陶靖节先生年谱》所用的陶集底本并不相同,《陶靖节先生集》所用的陶集底本与曾集本、汲古阁藏宋刻递修本为同一系统,而吴仁杰《年谱》所用的"集本"为另一系统。

首先,吴仁杰《年谱》所用陶集避"殷""桓"讳,不避"敬"讳,而残宋本《陶靖节先生集》则严格避"敬"讳。此外,二者的避讳方法也不一样,《陶靖节先生集》在避讳时一般采用缺笔的方法,如"敬"字、"殷"字均缺最后一笔;而吴仁杰《年谱》在避讳时则采用改字的方法,如"殷"字改作"商"字,"殷晋安"改作"商晋安"。

其次,《年谱》里征引的陶渊明诗文,跟残宋本《陶靖节先生集》等宋本有较多不一致的地方。举例来说,义熙八年壬子载:"有《杂诗十一首》,有句云'奈何五十年,忽已亲此事'。"按,汲古阁藏宋刻递修本、曾集本、汤汉注本、残宋本均有《杂诗十二首》,而不是十一首;恭帝元熙二年庚申载:"近世有校集本者,云《文选》五臣注《辛丑岁七月赴假还江陵》诗谓陶渊明诗晋所〔作者只题〕年号,入宋所作但题甲子。……故以异之。"按,汲古阁藏宋刻递修本、曾集本、残宋本均引有思悦辨陶诗"甲子纪年"之说,属于《年谱》中所说的"校集本",即对陶集进行校订的本子,不是本来的陶集面貌。宋高祖永初二年辛酉载:"有《游斜川诗并序》,别本作'辛丑'者,非是。"按,汲古阁藏宋刻递修本、曾集本、汤汉注本均作"辛丑",属于《年谱》所说的"别本"。文帝元嘉二年乙丑载:"《赠长沙公诗》其序云余于长沙公为族祖,同出大司马,昭穆既远,已为路人。……集本序文良是,诗题当云'赠长沙公族孙',而云'族祖',字之误也。一本因〔诗题〕之误,辄以意改序文云'长沙公于余为族祖'。"按,汲古阁藏宋刻递修本、残宋本、曾集本、汤汉注本序文均作"长沙公于余为族祖,同出大司马,昭穆既远,以为路人",恰好是吴仁杰所说的"一本""以意改序文者",不是他所谓的"集本"。

今存的残宋本陶集,其诗文部分避讳严格,且避"敬"字,与宋刻递修本陶集基本一致;而卷末所附的吴仁杰《年谱》,避讳不甚严,其所用底本

应为蜀本,陈振孙在著录吴仁杰《年谱》时也说为蜀本①。

根据以上的论述,我们似乎可以这样推断:残蜀本《陶靖节先生集》所附《年谱》乃是根据蜀本吴仁杰《年谱》进行摹刻或重刻的,因此基本上保留了原有特点,比如避讳不严;而诗文部分,则是单独刊刻,所用底本与宋刻递修本陶集为同一系统,而与吴仁杰《年谱》所用的"集本"不同。

二、残宋本吴仁杰《陶靖节先生年谱》的版本信息

吴仁杰《陶靖节先生年谱》现有宋刻本共二十七页,为孤本残卷,存五千余字,且分作两部分收藏,上海图书馆藏前十一页,国家图书馆藏藏后十六页。残蜀本吴仁杰《陶靖节先生年谱》,与原蜀本陶集合并于一起,形成了一个集谱合刻本。

上图藏者无《陶靖节先生集》,卷首有萧统撰《陶靖节先生集序》,《中国古籍善本书目》史部著录,题"宋刻陶靖节先生集本"②。国图藏者虽有《陶靖节先生集》,然亦不全,卷端题"陶靖节先生集第几"依稀可辨,卷末附吴《谱》。《中国古籍善本书目》和《北京图书馆古籍善本书目》均题"陶靖节先生集十卷(晋陶潜撰) 年谱一卷(宋吴仁杰撰 宋刻递修本) 存四卷(一至四)"③。国图藏本已由中华再造善本工程影印出版。

上图、国图分藏的两个部分的版式、字体、版框尺寸等皆一致,实为一本无疑。其版框长二十点七厘米,宽十五厘米,每半页九行,行十五字,小字双行字数同,白口,左右双边。谱年均顶格,所附内容则低一格。字迹漫漶。无序跋及任何刻梓记录,不知刊刻之具体时地。

(一)关于吴《谱》的陶渊明年岁问题

陈振孙《直斋书录解题》著录吴仁杰所撰《年谱》,张缜为作《辨证》④,今吴《谱》独传,而《辨证》数条仅见于李公焕《笺注陶渊明集》。陶渊明年

①④ 陈振孙撰,徐小蛮、顾美华点校:《直斋书录解题》卷十六,上海古籍出版社1987年版,第464页。

② 中国古籍善本书目编辑委员会编:《中国古籍善本书目·史部上》目八,上海古籍出版社1993年版,第502页。

③ 中国古籍善本书目编辑委员会编:《中国古籍善本书目·集部上》卷二十二,上海古籍出版社1996年版,第23页。北京图书馆编:《北京图书馆古籍善本书目 集部》,第1997页。

岁,王、吴二《谱》承史书的记载,以陶渊明享年六十三岁。张缜《辨证》提出"陶渊明七十六岁"之说,曰:"先生辛丑《游斜川》诗'开岁倏五十',若以诗为正,则先生生于壬子岁,自壬子至辛丑,为年五十,迄丁卯考终,是得年七十六。"辛丑,即晋安帝隆安五年(401)。

张氏"七十六岁"之说,在很长时间内并未引起诸陶集注者的重视。在清代陶集研究中,陶澍虽主"陶渊明享年六十三岁"之说,却唯独重新审视"七十六岁"之论,陶澍《靖节先生年谱考异》谓:"近见余姚黄璋宗羲玄孙。著辨数则,力主季长以生壬子为是。"①袁行霈后从此说②。

(二)关于吴《谱》的版本问题

吴《谱》在元代未见刻本,明刻本有嘉靖二十五年蒋孝集谱合刻本和万历四十七年杨时伟集谱合刻本。清刻本有康熙四十四年拜经堂《陶诗汇注》本,吴《谱》置于卷首;光绪二十五年贵阳陈矩《灵峰草堂丛书》本,其底本为康熙本。

吴《谱》的当代整理本有两种:一是中华书局1986年版《陶渊明年谱》所录(以下简称《年谱》本),所用底本为清光绪本,再以康熙本参校。二是中华书局1962年版《陶渊明研究资料汇编》所录(以下简称《汇编》本),所用底本为清康熙本。

(三)关于吴《谱》的评价问题

陈振孙《直斋书录解题》卷十六著录:"《陶靖节年谱》一卷、《年谱辨证》一卷、《杂记》一卷。吴郡吴仁杰斗南为《年谱》,蜀人张缜季长辨证之,又杂记前贤论靖节语。此蜀本也,卷末有阳休之、宋庠《序录》、《私记》,又有治平三年思悦题,称'永嘉示以宋丞相刊定之本'。思悦者,不知何人也。"③此是专指蜀本《年谱》《年谱辨证》《杂记》三卷。

陶澍《靖节先生年谱考异》:"宋李巽岩焘撰《靖节新传》三卷,今其书已佚。陈振孙《书录解题》有吴仁杰斗南《年谱》,蜀人张缜季长为作《辨证》。今吴《谱》独传,而《辨证》仅见李公焕注中。先是王雪山质著《绍陶

____

① 陶澍集注:《靖节先生年谱考异》上,《靖节先生集》,第十二页 b 面。
② 袁行霈:《陶渊明研究》,第376—377页。
③ 陈振孙:《直斋书录解题》卷十六,第464页。

录》,亦撰《栗里年谱》,陶南村载《辍耕录》。国朝新安吴东岩瞻泰撰《陶诗汇注》,以二谱并冠卷首。今按二谱各有发明,而考核之精,王不如吴。"①

梁启超《陶渊明年谱》:"宋有李焘撰《靖节新传》三卷,今佚。有吴仁杰撰《靖节先生年谱》,今存。陈振孙《书录解题》言蜀人张缜为《吴谱》作《辨证》,今佚。惟李公焕《陶集笺注》杂引数条而已。有王质著《绍陶录》,中有《栗里年谱》,今存。而李公焕注所引《年谱》文,又有为此二谱所无者,不知谁作也。清道光间,山阳丁俭卿晏著《陶靖节年谱》,仅对《王谱》有所纠正,似未见《吴谱》也。安化陶文毅公澍著《靖节先生年谱考异》二卷,备列两旧谱而加以考证,至博赡矣。"②

邓小军《陶集宋本源流考》提及此《年谱》,曰:"此本实为残本……已无从详考。"③

丁延峰《残宋本吴仁杰〈陶靖节先生年谱〉的文献价值》:"吴仁杰所撰《陶靖节先生年谱》,是以年谱形式对陶渊明及其作品进行文献学研究的早期成果之一。"④全文对吴仁杰《陶靖节先生年谱》的相关内容做出了详细考述。文中分析讳字,发现《诗集》部分南宋孝宗以前皇帝名讳均避,孝宗之后又均不避,推定此本当刻于南宋孝宗之时,《年谱》亦刻于此时。

4. 林栗刊江州本十卷,佚

〔出处〕

周必大《二老堂诗话》:"江州《陶靖节集》末载,宣和六年,临溪曾纮谓靖节《读山海经》诗,其一篇云:'形天无千岁,猛志固常在。'疑上下文义不贯,按《山海经》有云:'刑天,兽名,口衔干戚而舞。'以此句为:'刑天舞干

---

① 陶澍撰,陈蒲清主编:《陶澍全集(修订版)》八《专书》,第 191 页。
② 梁启超:《陶渊明》,第 31—32 页。
③ 邓小军:《陶集宋本源流考》,第 220 页。
④ 丁延峰:《残宋本吴仁杰〈陶靖节先生年谱〉的文献价值》,《文学遗产》2010 年第 6 期,第 131 页。

戚。'因笔画相近,五字皆讹。岑穰、晁咏之抚掌称善。"①

吴师道《吴礼部诗话》:"予家《渊明集》十卷,卷后有杨休之《序录》、宋丞相《私记》及曾纮《说·〈读山海经〉误句》三条,乾道中,林栗守江州时所刊。第三卷首有序云:'《文选》五臣注渊明《辛丑岁七月赴假还江陵夜行涂中》诗题云:"渊明诗,晋所作者,皆题年号,入宋所作,但题甲子而已。意者耻事二姓,故以异之。"思悦考渊明之诗,有以题甲子者,始庚子距丙辰,凡十七年间,只九首耳。'"②周必大和吴师道所说的江州《陶靖节集》实为一种。

〔版本信息〕

编 次

根据上引周必大、吴师道之语,可知江州本陶集卷数应为十卷。卷末有阳休之《序录》、宋庠《私记》及曾纮《说》摘录。第三卷卷首录有思悦辨陶诗甲子纪年之语。

〔按语〕

一、关于江州本所属的版本系统

郭绍虞认为江州本出自思悦本,其《陶集考辨》云:"案此本不见诸家著录,惟吴师道《吴礼部诗话》谓:'予家《渊明集》十卷,卷后有阳休之《序录》,宋丞相《私记》及曾纮《说·读山海经误句》三条。乾道中,林栗守江州时所刊。第三卷首有序云……愚按陈振孙伯玉亦云有治平三年思悦题,思悦者不知何人,今未有考。'因知此本即自思悦本出,惟曾纮《说》则为此本所增辑耳。栗字黄中,福州福清人,绍兴十二年进士,孝宗时知江州。《宋史》三百九十四卷有传。"③

笔者认为,林栗本当出自宋刻递修本系统。现存的几种宋本陶集,只

① 周必大:《周必大诗话·二老堂诗话》,见吴文治主编:《宋诗话全编》,江苏古籍出版社1998年版,第5903页。
② 丁福保辑:《历代诗话续编》,第587页。
③ 郭绍虞:《陶集考辨》,第276页。

有宋刻递修本陶集全部满足周必大、吴师道所云江州本的诸特征。陈杏珍《宋刻陶渊明集两种》称"其(指宋刻递修本)刻书年代应是在南宋初年,政局大致稳定,避讳又趋于严格的时候,也就是高宗绍兴年间"①,据此可见宋刻递修本陶集的刊行年代略早于江州本,林栗刊刻陶集有可能即以宋刻递修本为底本,也就是说,江州本可能出自宋刻递修本,至少两者为同一系统的陶集版本是没有问题的。

丁福保认为,曾集本与江州本亦属于同一系统。曾集本的底本很可能即是江州本,原因有五点:(1)曾集所据的陶集底本有《五孝传》、《四八目》、阳休之《序录》、宋庠《私记》等作品,江州本陶集为十卷,也应当收录有这些作品。(2)曾集本《读山海经十三首》文末录有曾纮辨"形夭无千岁"之语,江州本也有。(3)曾集本《始作镇军参军经曲阿》诗前录有思悦辨陶诗甲子纪年之说,江州本也有。(4)曾集本与宋刻递修本为同一陶集系统,而宋刻递修本又与江州本为同一系统,显然,曾集本与江州本也为同一系统。(5)曾集编刻陶集在宋光宗绍熙三年(1192),时间上与江州本非常接近,加之曾集又是赣川(今江西)人,他应当见过江州本陶集②。

笔者认为,曾集本、宋刻递修本、江州本应为同一陶集系统。此种陶集系统在宋、元时期颇为流行,除了周必大、吴师道外,还有不少人引用。举例来说,金人王若虚《滹南遗老集》载:"《晋》《宋书》载渊明《归去来辞》云:'善万物之得时,感吾生之行休,已矣乎,寓形(字)[宇]内复几时?曷不委心任去留,胡为皇皇欲何之。''已矣乎'之语,所以便章而为断,犹'系曰''乱曰'之类,则与上文不相属矣。故当以'时'字、'之'字为韵,其'留'字偶与前'休'字相协而已。后之拟者,自东坡而下,皆杂和之,然则果孰为韵邪?近见陶集本作'能复几时',此为可从,盖八字自是两句耳。然陶集云'胡为乎遑遑兮欲何之',殆不可读,却宜从史所载也。"③此处王若虚

---

① 陈杏珍:《宋刻陶渊明集两种》,第 210 页。

② 丁仲祜(福保):《陶渊明诗笺注》,艺文印书馆 1993 年版,第 3 页。

③ 王若虚著,胡传志、李定乾校注:《滹南遗老集校注》卷之三十四《文辨(一)》,第 380 页。

所说的"陶集本",即指宋刻递修本这一陶集系统。元人方回《桐江续集》卷二十二《读陶集爱其致意于菊者八因作八首》:"一曰'秋菊盈园,而持醪靡由'……二曰'空服九华'……三曰'菊为制颓龄'……四曰'尘爵耻虚罍,寒华徒自荣'……五曰'芳菊开林耀,青松冠岩列。怀此贞秀姿,卓为霜下杰'……六曰'采菊东篱下,悠然见南山'……七曰'秋菊有佳色,裛露掇其英'……八曰'松菊犹存'。"①文中方回所说的"陶集",也是指宋刻递修本陶集系统。

二、关于林栗

林栗,字黄中,福州福清人。登绍兴十二年(1142)进士第,调崇仁尉,教授南安军。宰相陈康伯荐为太学正,守太常博士。孝宗即位,迁屯田员外郎、皇子恭王府直讲。乾道年间,林栗出知江州。考《宋史》林栗本传:"乃出知江州。有旨省并江州屯驻一军,栗奏:'辛巳、甲申,金再犯两淮,赖江州一军分布防托,故舒、蕲、黄三州独不被寇。'"②甲申即宋孝宗隆兴二年(1164),次年即改年号为乾道,林栗上此奏当在乾道初年。此奏上后不久,林栗即"以吏部员外郎召"③。由此可见,林栗知江州当在乾道(1165—1173)初年,其刊刻陶集亦当在此时,也即吴师道所言"乾道中,守江州时所刊"。从林栗本可以看出,江州地方官逐渐形成了刊刻陶集的传统。

5. 韩驹本,卷数不详,佚

〔出处〕

汤汉注本《述酒一首》:"平王(从韩子苍本,旧作'生')去旧京。"

〔版本信息〕

不详。

---

① 方回:《桐江续集》卷二十二,清文渊阁《四库全书》本,第 15 页 b 面—第 17 页 a 面。
② 脱脱等撰:《宋史》卷三百九十四《林栗传》,第 12027—12028 页。
③ 脱脱等撰:《宋史》卷三百九十四《林栗传》,第 12028 页。

〔按语〕

关于韩驹本的文献价值

桥川时雄《陶集版本源流考》："汤汉本陶集《述酒》'平王去旧京'句，'王'字下注云：'从韩子苍本，旧作"生"。'李公焕本《陶集注》亦同。汤、李两《陶集》中，多引子苍之言，乃可知韩本严于校勘，而且加以详解者也。"①

郭绍虞《陶集考辨》："案汤汉所谓韩子苍本，究为韩氏校本抑刊本，虽不可知，要之前此诸家之校，不外校注异文，绝鲜考正之功。故《述酒》诗中'平王去旧京'句，诸本皆作'平生'，无作'平王'者。韩本不曰'一作'，而曰'旧作'，知为改订之文。又韩氏论陶之语，胡仔《苕溪渔隐丛话》前集卷三、卷四二卷，时多称引，精义时见，颇足发人深思。如称其去官乃奔妹丧，不关督邮，称其采菊为寄怀于意而无所好，饮酒适意亦非渊明极致，均异于人云亦云者。至其以《述酒》诗'山阳归下国'之句，疑是义熙后有感而作，则更为前人所未发，不可谓非好学深思者矣。嗣后汤汉、吴师道、古直诸人虽续有阐发，要皆得自韩氏之启示者也。第不知此类论陶之语，是否在所谓韩子苍本中。韩氏论学之语，范季随辑为《陵阳先生室中语》，然则所谓韩子苍本，亦不必定为刊本矣。"②贺伟《元前陶集考论》称："其言甚是，考宋代典籍，不见有韩子苍刊刻陶集的记载，汤汉所引之'韩子苍本'，应当不是刊本，或为韩氏收藏本或手校本。"③

韩驹本版本信息未详，但韩驹有论陶之语，见于胡仔《苕溪渔隐丛话》前集卷三、卷四两卷，共有四则。其内容不知是否出自韩驹本，依次引录如下：

韩子苍云："以渊明传及诗考之，自庚子岁始作建威参军，由参军为彭泽令，遂弃官归，是岁乙巳，凡为吏者六岁，故云'畴昔居上京，六载去还归'。然渊明乙巳三月尚为参军，十一月去彭泽，而云'家贫，耕植不足自

---

① 桥川时雄：《陶集版本源流考》，第十八页 a 面。
② 郭绍虞：《陶集考辨》，第281—282页。
③ 贺伟：《元前陶集考论》，山东大学2017年硕士学位论文，第135页。

给'，何也？传言渊明以郡遣督邮至，即日解印绶去，而渊明自序以程氏妹丧去奔武昌。余观此士既以违己交病，又愧役于口腹，意不欲仕久矣。及因妹丧即去，盖其孝友如此。世人但以不屈于州县吏为高，故以因督邮而去。此士识时委命，其意固有在矣，岂一督邮能为之去就哉？躬耕乞食且犹不耻而耻屈于督邮，必不然矣。"①

韩子苍云："陈述古《题述酒诗后》云：'意不可解，恐其读异书所为也。'余反覆之，见'山阳旧国'之句，盖用山阳公事，疑是义熙以后有所感而作也，故有'流泪抱中叹，平王去旧京'之语，渊明忠义如此。今人或谓渊明所题甲子不必皆义熙后，此亦岂足论渊明哉？唯其高举远蹈，不受世纷而至于躬耕乞食，其忠义亦足见矣。"②

韩子苍云："往在京口，为曾公卷题《采菊图》：'九日东篱采落英，白衣遥见眼能明。向令自有杯中物，一段风流可得成？'蔡天启屡哦此诗，以为善。然余尝谓古人寄怀于物而无所好，然后为达。况渊明之真，其于黄花直寓意耳。至言饮酒适意，亦非渊明极致，向使无酒，但悠然见南山，其乐多矣，遇酒辄醉，醉醒之后岂知有江州太守哉？当以此论渊明。"③

韩子苍云："田园六首，末篇乃序行役，与前五首不类，今俗本乃取江淹'种苗在东皋'为末篇，东坡亦因其误和之。陈述古本止有五首，予以为皆非也。当如张相国本，题为《杂诗六首》。江淹《杂拟诗》亦颇似之，但拟渊明诗'开径望三益'，此一句为不类。故人张子西向余如此说，余亦以为不然。淹之比渊明情致，徒效其语，乃取《归去来》句以充入之，固应不类。予观古今诗人，惟韦苏州得其清闲，尚不得其枯淡；柳州独得之，但恨其少道尔。柳州诗不多，体亦备众家，惟效陶诗是其性所好，独不可及也。"④

---

①　胡仔：《苕溪渔隐丛话》前集卷三，清乾隆刻本，第 2 页 a 面—b 面。

②　胡仔：《苕溪渔隐丛话》前集卷三，第六页 b 面。

③　胡仔：《苕溪渔隐丛话》前集卷四，第三页 b 面。

④　胡仔：《苕溪渔隐丛话》前集卷四，第五页 b 面。

6. 陈造所见《五柳先生诗编年》,卷数不详,佚

〔出处〕

陈造《江湖长翁集》卷五有《题五柳先生诗编年后二首》:"渊明英杰气,不减运甓翁。漫仕径拂衣,高枕北窗风。平生经世意,萧然诗卷中。卯金纳大麓,正自窃铁雄。妖雏自取死,遽敢贪天功。斯文未斩丧,吾道聊污隆。把菊得沉醉,直气敛长虹。区区记隐德,史笔殊未公。""邸报议麟经,卜书目羲易。曲学暂雺曀,日月岂终蚀。陶翁诗百篇,优造雅颂域。九原不容作,妙意渠能测。今君语析尘,指示了皂白。定知泚笔人,斜川旧仙伯。毫厘无余蕴,领览饱新得。言下悟永师,吟边识圆泽。"①

同书卷九又有《谢襄阳陶宰惠靖节先生编年大本》:"陶翁清节人可追,陶诗妙处吾所师。百篇昭昭揭日月,行云流水无定姿。颠倒后前昧甲子,可忍白璧犹小疵。三家纪述互踳驳,千载传授仍参差。远孙挺立翁不死,吏隐平挹乡里儿。空洞胸襟著今古,遗编订正当属谁。抉微摘隐究茫昧,别白苍黑分毫厘。翁拔俗心诗其寓,彼未易识此则遗。幽意隐义眼中了,笔端有口今见之。细书大字肯及我,故人嘉惠良不赀。摩挲老眼屏汤熨,欻讶毛孔生凉飔。归装不忧更空匮,招隐正用宽衰迟。世间报施有厚薄,自顾壁立谋晨炊。心期炯炯共一月,未妨相望天之涯。"②

以上诗篇透露,陈造曾获《五柳先生诗编年》,为襄阳陶宰所赠。

〔版本信息〕

版 式

根据《谢襄阳陶宰惠靖节先生编年大本》云"细书大字肯及我",可知此本乃刻本,曾行于世,细书大字刻写,便于阅读。

编 次

根据《谢襄阳陶宰惠靖节先生编年大本》"陶诗妙处吾所师"《题五柳

---

① 陈造:《江湖长翁集》卷五,第 8 页 a 面。
② 陈造:《江湖长翁集》卷九,明万历四十六年仁和李之藻刻本,第 13 页 b 面—第 14 页 a 面。

先生诗编年后二首》"陶翁诗百篇"等句,可知此本为诗集,只收录诗作,并不收录《五孝传》《集圣贤群辅录》等杂文,这与东林寺本、汤汉注本比较相似。

根据《谢襄阳陶宰惠靖节先生编年大本》《题五柳先生诗编年后二首》之"编年",可知此本所收陶诗按写作年代先后编排,是目前已知最早的编年本陶集,开启了后世编年体陶集的先河。此后清人陈澧《陶诗编年》、王瑶编注《陶渊明集》均采用编年体。

根据《谢襄阳陶宰惠靖节先生编年大本》"遗编订正当属谁"句,可知陶宰对陶诗进行了文本校订工作。但此本以注释为主,着重发明陶诗中的"幽意隐义""微隐茫昧",并不侧重于校勘。

〔按语〕

一、关于陈造及其《五柳先生诗编年》的刊刻

据贺伟《元前陶集考论》,可获知以下详细信息:

陈造,字唐卿,高邮(今属江苏)人,生于宋高宗绍兴三年(1133),宋孝宗淳熙二年(1175)登乙未科进士,先后任繁昌尉、平江府教授、房陵郡通判等职,诗文深受范成大、尤袤等人赏识。襄阳陶宰不详是何人,根据"远孙挺立翁不死,吏隐平揾乡里儿",可知其为陶渊明后人,曾任襄阳县令,大约与陈造为同时人,主要活动于南宋高宗、孝宗两朝,其惠赠靖节先生编年大本一事,当发生在陈造任房州房陵郡(今湖北房县)通判时。

此本刊刻时间很可能即在宋孝宗淳熙(1174—1189)年间。根据"抉微摘隐究茫昧,别白苍黑分毫厘""幽意隐义眼中了,笔端有口今见之""今君语析尘,指示了皂白""毫厘无余蕴,领览饱新得"等诗句,可知陶宰对陶集进行过注释。如果这一说法成立,那么此本应该是有资料记载的陶诗最早的注释本,早于汤汉注本至少几十年。

此本桥川时雄、郭绍虞等学者均不曾论及。

二、关于陈造本的思想内涵

贺伟《元前陶集考论》关于陈造所见本之易代思想立场及编年方法等,作如下讨论:

1. 根据"颠倒后前昧甲子,可忍白璧犹小疵",可见此本的基本立场

是反对五臣注《文选》时所强调的"陶诗甲子纪年,意在耻事二姓"之说。

2. 陶诗甲子纪年之说,最早见于《宋书》卷九十三《陶潜传》:"自以曾祖晋世宰辅,耻复屈身后代,自高祖王业渐隆,不复肯仕。所著文章皆题其年月,义熙以前,则书晋氏年号,自永初以来,唯云甲子而已。"①沈约只是指出了陶渊明诗文纪年发生的一种变化,并没有说"甲子纪年"有什么特殊寓意。

3. 五臣注《文选》在沈约的基础上继续发挥,认为"潜诗晋所作者皆题年号,入宋所作但题甲子而已,意者耻事二姓,故以异之"②,这就把"甲子纪年"与"不事二姓"联系起来了。

4. 思悦反对五臣之说,认为渊明"所题甲子,盖偶记一时之事耳"③。宋代学者大多依违于五臣、思悦两者意见之间,曾季狸等人赞成思悦的意见,而汤汉为了强调陶渊明身上的忠贞品格,则反对思悦之说。作为陶渊明后人,在南宋理学道统高度发达的思想文化背景下,能够摆脱五臣的看法,不把陶诗"甲子纪年"牵强地跟"政治忠贞"联系起来,应当说,是比较难能可贵的。根据"平生经世意,萧然诗卷中。卯金纳大麓,正自窃铁雄"以及"区区记隐德,史笔殊未公"等语,可知此本在注释时强调陶渊明未曾忘却世事,平生经世之志都寄寓于诗文之中,史书把他放在"隐逸"之下是不明其心迹的不公正之举。这种强调陶渊明不忘世事的思想,跟真德秀、汤汉颇为相似。

5. 根据"毫厘无余蕴,领览饱新得""摩挲老眼屏汤熨,欻讶毛孔生凉飔",可知此本的注释时出新意,多能发前人所未发,具有很强的感染力,总之,陈造所见之《五柳先生诗编年》,虽相关资料稀少,但已初显南宋文士编注陶集之风;而且,陶集中的诗,被单独析出,对之后汤汉等人陶诗注的编撰有开启先河的意义。贺伟所论已甚为详细,因加以搜集,不再赘述④。

---

① 沈约撰:《宋书》,中华书局 1974 年版,第 2288—2289 页。
② 《六臣注文选》卷第二十六,《四部丛刊》景宋本,第 28 页 b 面—29 页 a 面。
③ 《陶渊明集》卷三,宋刻递修本,第一页 b 面。
④ 以上五点内容,见贺伟《元前陶集考论》,第 136—139 页。

7. 费元甫注本，卷数不详，佚

〔出处〕

魏了翁《鹤山集》卷五十二《费元甫陶靖节诗序》："世之辩证陶氏者，曰前得名字之互变也，死生岁月之不同也，彭泽退休之年史与集所载之各异也，然是所当考而非其要也。其称美陶公者，曰荣利不足以易其守也，声味不足以累其真也，文词不足以溺其志也，然是亦近之，而公之所以悠然自得之趣，则未之深识也。风雅以降，诗人之词乐而不淫，哀而不伤，以物观物而不牵于物，吟咏情性而不累于情，孰有能如公者乎！有谢康乐之忠而勇退过之，有阮嗣宗之达而不至于放，有元次山之漫而不著其迹，此岂小小进退所能窥其际邪！先儒所谓经道之余，因闲观时，因静照物，因时起志，因物寓言，因志发咏，因言成诗，因咏成声，因诗成音者，陶公有焉。同郡费君元甫耆公之诗，为之训故，微词奥义，豪分缕析。余昔过郡，未尝不得见焉。今成书而属余冠篇，乃以所闻于师友者复之，费君出入是诗久矣，其亦余言为然乎。"[1]

〔版本信息〕

不详。

8. 邵康节手写本《陶靖节诗》，卷数不详，佚

〔出处〕

周必大《文忠集》卷十八《跋向氏邵康节手写陶靖节诗》："康节先生蕴先天经世之学，顾独手抄靖节诗集，是岂专取词章哉？盖慕其知道也。宣和末，临汉曾纮谓旧本《读山海经》诗'刑夭无千岁'，当作'刑天舞干戚'。某初喜其援证甚明，已而再味前篇专咏夸父事，则次篇亦当专咏精卫，不应旁及他兽。今观康节只从旧本，则纮言似未可凭矣。'开岁倏五十'或

---

[1] 魏了翁：《重校鹤山先生大全文集》卷五十二，《四部丛刊》景宋刻本配明嘉靖安国铜活字本，第五页 b 面—第六页 b 面。

作‘五日’，近岁祁宽谓‘五十’则与辛丑不合，今康节直作‘五日’，尚何疑焉？淳熙己酉重明节舟次临江，艻林向公之孙士虎出示此轴，因表而出之。"①

〔版本信息〕

不详。

〔按语〕

关于邵雍手写陶集的相关问题

据贺伟《元前陶集考论》，可获知以下详细

邵雍，字尧夫，北宋著名理学家，生于宋真宗大中祥符四年(1011)，卒于宋神宗熙宁十年(1077)，元祐中赐谥康节，生平事迹见《宋史》卷四百二十七。

由于邵康节手写陶靖节诗为抄本，故郭绍虞先生《陶集考辨》一文不曾论及，然此本确有特殊之处。首先，此本《读山海经十三首》其十作"形夭无千岁"，不同于曾纮之说。其次，此本《游斜川》一诗作"开岁倏五日"，与东林寺本一致，不同于当时通行的"开岁倏五十"。

考邵雍卒于宋神宗熙宁十年，那么其手抄陶靖节诗必在此以前，其所据陶集应当是北宋初期的某种陶集版本。然而向家所藏陶靖节诗是否真为邵雍手写，却不敢断言。《朱子语类》卷第一百四十："或问：‘形夭无千岁’，改作‘形天舞干戚’，如何？ 曰：《山海经》分明如此说，惟周丞相不信改本。向艻林家藏邵康节亲写陶诗一册，乃作‘形夭无千岁’。周丞相遂跋尾，以康节手书为据，以为后人妄改也。向家子弟携来求跋，某细看，亦不是康节亲笔，疑熙、丰以后人写，盖赝本也。盖康节之死在熙宁二三年间，而诗中避‘畜’讳，则当是熙宁以后书。然笔画嫩弱，非老人笔也。又

---

① 周必大：《庐陵周益国文忠公集》卷一八，周必大撰，工蓉贵、(□)白井顺点校：《周必大全集》，四川大学出版社 2017 年版，第 164 页。

不欲破其前说,遂还之。"①如果朱熹所言属实,那么向家所藏陶靖节诗并非邵雍所书,而是熙宁、元丰以后无名氏之赝作。

9. 黄伯思手校本,卷数不详,佚

〔出处〕

黄伯思《东观余论》卷下有《跋陶渊明集后》一文:"政和二年岁,壬辰六月十四日己亥,于洛都大福先寺校竟。时京西漕使张集仙晋父公,易总运六路,是日启行,与僚官送至白马,因游福先,黄某长睿父记。"②同卷又有《跋陶征士集后》:"渊明读书不求甚解,而仆丹铅事点勘,勤勤不去手,良自可嗤也。"③

〔按语〕

黄伯思,字长睿,别字霄宾,自号云林子,邵武(今属福建邵武市)人,宋哲宗元符三年(1100)进士及第,好古博雅,喜神仙家之言,身体羸弱,年四十而卒,生平事迹见《宋史》卷四百四十三。

根据《跋》文,黄伯思于政和二年(1112)六月十四日,在洛阳大福先寺完成陶集校定工作。其校定陶集的具体情况,我们已经不得而知。

10. 贺铸手校本,卷数不详,佚

〔出处〕

贺铸《庆湖遗老诗集》卷四有《题陶靖节集后》一诗,其文为:"丙子七月,寓居汉阳,手校陶集,因题其后。渊明不乐仕,解组归柴桑。朔风北窗下,坦腹傲羲皇。储粟既屡空,乞食何惶惶。有身即大患,斯语闻伯阳。

---

① 黎靖德编,王星贤点校:《朱子语类》卷第一百四十《论文下》,中华书局 1986 年版,第 3325 页。

② 黄伯思撰:《东观余论》卷下,宋刻本,第二十六页 a 面。

③ 黄伯思撰:《东观余论》卷下,第四十一页 a 面。

顾我亦多忤,丘樊思退藏。惭无辟粒术,圭勺耗官仓。"①

〔**按语**〕

　　贺铸,字方回,卫州(今属河南卫辉市)人,生平事迹见《宋史》卷四百四十三。宋哲宗绍圣三年丙子(1096),贺铸寓居汉阳之时,曾对陶集进行校勘②,但实际情况难以得知。

---

　　①　贺铸:《庆湖遗老集》卷四,民国九年李氏宜秋馆刻《宋人集》本,第十页 b 面。

　　②　夏承焘:《唐宋词人年谱》,商务印书馆 2021 年版,第 265 页。

第四编　元本

1. 王元父《陶诗注》三卷,佚

〔出处〕

马祖常《石田先生文集》卷十三《监黄池税务王君墓碣铭》称王元父著有《陶诗注》三卷。《墓碣铭》曰:"王君元父既没之十一年,其子国史院编修官沂,茹哀请于马祖常曰:'子与予同登进士第,又同官于朝,先人生世以迄于卒,其行谊无愧,而生终龃龉以不合于时者,子能知之。其宜揭以传后者,子宜为文。沂之述诸状者,子宜加详焉。'"①该《墓碣铭》备述王元父生前仕履政声,称其尤长于诗歌,最后言及他平生所撰著,"有《政要书》十二篇、《陶诗注》三卷、《诗》一卷"②。

〔文献样态〕

目前仅知为三卷,其余信息不详。

〔按语〕

一、关于王元父为谁的问题

王元父,乃王沂之父。王沂,字师鲁,真定人,官至翰林待制、礼部尚书等,有《伊滨集》见收于《四库全书》。王沂《伊滨集》有与马祖常唱和诗文数篇,并对马祖常捐俸禄建义学等行为作了文字记录。马祖常去世,王

---

① 马祖常:《石田先生文集》卷十三,元至元五年扬州路儒学刻本,第十页 a 面—第十页 b 面。

② 马祖常:《石田先生文集》卷十三,第十三页 a 面。

沂作《祭马中丞》。

二、关于王元父注是否刊行的问题

郭绍虞《陶集考辨》说："今李公焕本不详其时代，或此本为汤注以后最早之注，亦未可知。此注早佚，不见诸家著录，想在当时亦未必刊行也。同治《畿辅通志》卷三百八十六《艺文略》误作《陶诗评注》。"①

三、关于王元父注的诞生时间问题

马祖常《墓碣铭》中，称王元父卒于元英宗至治三年五月十三日。王元父注在当时是否有影响难以确知，其注本很可能也并非刊本，而是抄本。元代陶集的流传情况相对模糊，此注本见载于王元父墓志铭，殆有两方面的意义，一是能够透露元代陶集的阅读与批注情况，二是能反映王氏父子对陶集之钟爱，具有代际传承的特点。

2. 王沂《陶集注》三卷，佚

〔出处〕

王沂《陶集注》三卷，见钱大昕《补元史艺文志》，今佚②。

〔文献样态〕

目前仅知为三卷，其余信息不详。

〔按语〕

一、关于王沂是何人的问题

王沂，字师鲁，先世云中（今陕西榆林）人，后徙真定（今河北正定）。父元父，官至承事郎，监黄池税务。马祖常《石田先生文集》卷十三《监黄池税务王君墓碣铭》叙其家世甚详，但对王沂生平却未提及。王沂曾任翰林国史院编修，官至礼部尚书，在时人眼中其文坛地位颇高。傅若金《赠

<hr>

① 郭绍虞：《陶集考辨》，第285—286页。
② 钱大昕：《补元史艺文志》卷四集部评注类，北京图书馆出版社2005年版，第673页。

魏仲章论诗序》云："于先辈之以文章名天下而及见之者，乡人范先生、蜀郡虞公、浚仪马中丞，其机轴不同，要皆杰然不可及者也，而今先后逝矣，退老于山林矣。其在朝者，翰林揭先生、欧阳公深厚典则，学者所共宗焉。相继至者，王君师鲁、陈君仲众、贺君伯更、张君仲举，皆籍籍有时誉。"①但是，王沂传却未见于《元史》《新元史》等，而且同时之人对他的记载也并不丰富。至清代，四库馆臣从王沂《伊滨集》中之自述及他书所载推其生平大略，可视为《王沂小传》，文曰：

　　沂字思鲁，先世云中人，徙于真定。父元父，官至承事郎，监黄池税务。马祖常《石田集》有所作《元父墓碣铭》，叙其家世甚详，而沂始末不概见。今以集中所自述与他书参考之，尚可得其大略。据马祖常《碣铭》，称与沂同榜，则当为延祐初进士。据集中《送李县令序》，则尝为临淮县尹。据《义应侯庙记》，称延祐四年佐郡伊阳，考《地理志》，伊阳在嵩州，则尝为嵩州同知。又诗中有"纶巾羽服卧伊滨"之句，则集名"伊滨"，亦即起于此时。据《祀南镇北岳》诸记，则至顺三年尝为国史院编修官。据《送瞿生序》及《胡节母诗序》诸篇，则元统三年尝在国子学为博士。据《送余阙序》称，元统初佐考试、见阙对策云云，则尝入试院同考，而余阙实为所得士。据《祀西镇记御书跋》诸篇，则至元六年尝为翰林待制，并尝待诏宣文阁。又宋辽金"三史"成于至正五年，而书前列修史诸臣，有总裁官中大夫礼部尚书王沂之名，则是时已位至列卿。其后迁转，遂不可考，疑即致仕以去。然集中《壬寅纪异诗》有"壬寅仲春天雨雹，南平城中昼惊愕。自从兵革十年来，濒洞风尘亘沙漠"之句，又《邻寇逼境仓皇南渡》诗有"邻邑举烽燧，长驱寇南平。中宵始闻警，挈家速远行"之句，又有《寓吉安林塘避桃林兵警诗》，壬寅为至正二十二年，正中原盗起之时，距沂登第已五十载，尚转侧兵戈间，计其年亦当过七十矣。沂历跻馆阁，多居文字之职，庙堂著作，多出其手，与傅若金、许有壬、周伯琦、陈旅等俱相唱和，故所作诗文春容和雅，犹有先正轨度，惜其名不甚著，集亦绝鲜流传，选录元诗者并不能举

---

　　①　傅若金：《傅与砺文集》卷五，明洪武十七年傅若川刻本，第十一页 a 面—b 面。

其名氏。①

郭绍虞考证说："钱大昕《补元史艺文志》有王沂《陶集注》三卷，不知其所据。案元时有二王沂，一字思鲁，有《伊宾集》二十四卷；一字子与，有《王征士诗》，乌斯道《序》称其'四言诗舂容闲雅如陶渊明'。不知注《陶集》者为谁。窃以为字子与者泰和人，字思鲁者真定人，即王元父之子，或此《陶集注》即为思鲁续其父未竟之作，亦未可知。"②

二、关于王沂注的形态以及内容风格的推测

王沂《陶诗注》共三卷，当是抄本。而王沂之注与其父王元父之注是否为同一种，或者是否具有前后相承的关系，皆未可知。

作为元代后期重要的馆阁文臣，王沂在人生后期经历的时代风云和仕途起伏中，将胸臆寄托于陶集之上是有可能的。王沂生活在元顺宗时代，此时馆阁文化的发展已经从鼎盛时代进入到了相对衰落的时代。至正九年（1349）以后，宣文阁又改为端木堂。在宣文阁、端木堂的建制中已无隶属机构，也不设学士，主要组成人员除兼领主官外，只有鉴书博士与授经郎。王沂便是端木堂鉴书博士之一。这批学士是在元代兵祸的侵扰背景下登上历史舞台的，因此其总体精神面貌相对萎顿，为元代馆阁诗坛带来了"沉郁之意"。根据前人研究可知，王沂在中年以后，成为一位追求"老"境诗风的诗人③。"老"是一个具有统摄性的诗学概念，其审美内涵表现在风格上老健苍劲，技巧上稳妥成熟，修辞上自然平淡，创作态度上自由超脱与自适性④。因此，王沂在诗歌艺术境界追求中，崇尚自然平淡，是其塑造一种"老"境诗风的核心。在了解王沂的诗学思想前提下，更能知晓他注陶之诗学动力。他在诗论中每每强调平淡的艺术境界，认为平淡的诗歌艺术来自工夫的锤炼，需要经历由绚烂之极归于平淡的过程。王沂在《鲍仲华诗序》中谈道：

> 诗造于平淡，非工之至，不能也。昔之业是者，齿壮气盛，挟其英锐，

---

① 永瑢等编：《四库全书总目》卷一六七，第 1442 页。
② 郭绍虞：《陶集考辨》，第 286 页。
③ 武君：《元后期馆阁文臣的心态与诗学观衍变——以王沂、贡师泰为例》，《浙江师范大学学报（社会科学版）》2021 年第 6 期，第 8—19 页。
④ 蒋寅：《作为诗美概念的"老"》，《甘肃社会科学》2016 年第 3 期，第 8—17 页。

其探远取绚烂为绮绣,明洁为珠璧;高之为颠崖峭壑,浩乎为长江巨河;引而跃之为骧龙舞凤。及其年至而功积,华敛而实食,向之英且锐刮落,则平淡可造矣。是盖功力之至而然,不以血气盛衰而言也。苟微志以基之,微学以成之,恃夫才驱气驾,则岁迈月逝、颠秃齿缺,其见于言辞者,若寒蛩之声,槁楢之色,且求与盛年比不可得,尚何平淡之敢言? 噫! 独诗乎哉? 滁上鲍君仲华早以诗名诸公间,翰林学士袁公伯长称其言完气平,不刻削以为工,而合乎理之正,有得乎欧阳氏者如此。其知言哉! 而仲华歉然不以其能自足,晚而肆志琅琊山水间,以写其怀,以昌其诗,而庶几所谓平淡者,故其自序亦属意韦应物、陶渊明。①

　　由以上可见,王沂其实是基于阅读陶、韦之诗文,发展了梅尧臣"作诗无古今,唯造平淡难"②、苏轼"大凡为文,当使气象峥嵘,五色绚烂,渐老渐熟,乃造平澹"③等宋元以来文学艺术上的"平淡"观。而王沂提及陶渊明时亦未忽略韦应物,或许因为此时对韦应物与陶渊明之诗境解读往往相提并论,且在书籍形式上,也常见韦陶合刻、合注、合评等。

3. 詹天麒陶诗注本,卷数不详,佚

〔出处〕

　　詹天麒陶诗注本,见载于吴澄《吴文正集》。

　　吴澄《吴文正集》卷一二《陶诗注序》云:"陶之诗,人亦莫能明其心,惟近世东涧汤氏略发明一二,不能悉解也。吾里詹天麒,遍历庐阜之东西南北,则即柴桑故居,访渊明遗迹,考其岁月,本其事迹,以注释其诗,使陶公之心亦粲然明著于千载之下,盖其功与朱子之注《楚辞》等。予既悲陶公之志,而嘉天麒能发其隐秘也。"④

---

①　王沂:《鲍仲华诗序》,李修生主编:《全元文》卷一八二五,第92页。
②　周义敢、周雷编:《梅尧臣资料汇编》,中华书局2007年版,第225页。
③　何汶撰,常振国、绛云点校:《竹庄诗话》,中华书局1984年版,第9—10页。
④　吴澄:《草庐吴文正公集》卷一二,清乾隆二十一年崇正县司训万璜校刻本,第十八页a面—b面。

〔文献样态〕

不详。

〔按语〕

一、关于詹氏所注陶集是抄本还是刻本的推测

元人詹若麟,字天麒,事迹无考。按此本早佚,卷数、内容不详,惟查慎行《敬业堂文集》云:"当时必有刻本,而今不可得见。"①查慎行所记也是属于推测,钱大昕《补元史艺文志》载有詹若麟注《陶渊明集》十卷②,未知钱氏是否实见此本而以为著录也。

二、关于吴澄盛称詹氏所撰《陶诗注本》的问题

吴澄(1249—1333),字幼清,人称草庐先生,元代著名理学家。前人总结,作为经历了宋元易代的思想家,吴澄耻仕异代,但是,迫于强大的政治压力,又不得不一度短期仕元。正是在这种政治遭际中,他对南宋理学家标榜的陶渊明的儒者人格有了全面而深刻的理解,而且在现实生活中努力践行陶渊明之思想。他的理解主要涵盖了以下方面:首先,将陶渊明的田园归隐,归于劝农务本的尧舜之道:"认得田园真乐处,归来尧舜是吾师。"③其次,对于广受争议的陶渊明之饮酒,他理解为"借酒远祸":"当年饮酒终身醉,直到于今心独醒。"④这种关于醉、醒的人生哲学讨论,被吴澄阐释为陶渊明通过醉酒逃避政治,并以此保护自身的独立。最后,他支持陶渊明的桃源理想:"此景世间真个有,只今去作捕鱼人。"⑤这种对桃源理想的支持,本质上是对陶渊明向往平等社会的一种政治观、价值观方面的接续。辞官归隐后,吴澄将自己与陶渊明进行类比,"顾予白发归来

---

① 查慎行著,范道济点校:《敬业堂文集》卷二《题陶靖节集》,中华书局 2017 年版,第 126 页。

② 钱大昕:《补元史艺文志》之"评注类",第 673 页。

③ 吴澄:《赠地理邹晞阳》,《草庐吴文正公集》卷四七,第十九页 a 面。

④ 吴澄:《独醒吟四首为友人张太亨作》其二,《草庐吴文正公集》卷四五,第二十二页 a 面。

⑤ 吴澄:《题桃源春晓图》,《草庐吴文正公集》卷四五,第八页 a 面。

晚,羞过渊明五柳庄"①,这是他对陶渊明远离政治的行为的褒奖,并且也为自己在政治生存方式的实践方面,找到了一种精神依据。

吴澄又撰有《湖口县靖节先生祠堂记》,当是为创建陶渊明祠所记,可见吴澄在当时对与陶渊明相关之文化事十分关心并具有一定的发言权。该文从宋儒所塑造的陶渊明之儒者人格特征出发,将之与儒家伦常、志向相关联,使陶渊明成为一种承载了时代精神的人物典范。该《记》云:

> 晋靖节陶先生,家浔阳之柴桑,尝为彭泽令。后析彭泽,创湖口县,湖口亦彭泽也。故其境内,往往有靖节遗迹。孙侯文震宰湖口,因行其乡,至三学寺,民间相传,以为靖节读书之地。旁有望月台,旧基犹存,乃出私钱,屋于台基之上,且就县学东偏,建祠堂三间,以祀先生。湖口小邑,凋敝特甚,扼江湖之会,当驿置之冲。侯兴补滞废,应接往来,精神光昭,意气闲暇,处难若易,任劳若逸。固其才略之优,而又追慕先贤,尊崇表章,以励末俗,是岂俗吏所能为者? 值余舟过湖口,而请记其事。窃惟靖节先生高志远识,超越古今,而设施不少概见。其令彭泽也,不过一时牧伯辟举相授,俾得公田之利以自养,如古人不得已而为禄者尔,非受天子命而仕也。曾几何时,不肯屈于督邮而去,充此志节,异时讵肯忍耻于二姓哉? 观《述酒》《荆轲》等作,殆欲为汉相孔明之事而无其资。责子有诗,与子有疏,志趣之同,苦乐之安,一家父子夫妇又如此。夫人道三纲为首,先生一身而三纲举,无愧焉。忘言于真意,委运于大化,则几于同道矣。谁谓汉魏以降,而有斯人者乎? 噫! 先生未易知也。后人于言语文字间,窥觇其仿佛而已。然先生非有名位显于时,非有功业著于后,而千载之下,使人眷眷不忘,其何以得此于人哉! 予于孙侯之为,恶乎而不喜谈乐道之也。侯燕人,所至有廉能声。②

---

① 吴澄:《彭泽遇成之之京都(有序)》,《草庐吴文正公集》卷四五,第二十五页 b 面—第二十六页 a 面。
② 吴澄:《湖口县靖节先生祠堂记》,《草庐吴文正公集》卷二十,第二十九页 b 面—第三十页 b 面。

4. 詹天麒《陶渊明集补注》十卷,佚

〔出处〕

吴澄《吴文正集》卷十二又有《陶渊明集补注序》,清陶澍集注《靖节先生集》收入卷首《诸本叙录》。《序》曰:

予尝谓楚之屈大夫、韩之张司徒、汉之诸葛丞相、晋之陶征士。是四君子者。其制行也不同,其遭时也不同,而其心一也。一者何? 明君臣之义而已。欲为韩而毙吕殄秦者,子房也。欲为汉而诛曹殄魏者,孔明也。虽未能尽如其心,然亦略得伸其志愿矣。灵均逆睹谗臣之丧国,渊明坐视强臣之移国,而俱末如之何也! 略伸志愿者,其事业见于世。末如之何者,将殁世而莫之知,则不得不托之空言,以泄忠愤。此予所以每读屈辞陶诗,而为之流涕太息也! 屈子之辞,非借朱子之注,人亦未能洞识其心。陶子之诗,悟者尤鲜,其泊然冲澹而甘无为者,安命分也;其慨然感发而欲有为者,表志愿也。近世惟东涧汤氏,稍稍窥探其一二。吾乡詹麒若麟,因汤氏所注而广之,考其时,考其地,原其序以推其志意,于是屈、陶二子之心,粲然暴白于千载之下。若麟之功,盖不减朱子也。呜呼! 陶子无昭烈之可辅以图存,无高皇之可倚以复仇,无可以伸其志愿而寓于诗,使后之观者,又昧昧焉,岂不重可悲也哉! 屈子不忍见楚之亡而先死,陶子不幸见晋之亡而后死,死之先后异尔,易地则皆然,其亦重可哀已夫! 晋兴宁乙丑岁渊明生,越六十有三年而卒,自昔丁卯至今丙寅,九百年。①

〔文献样态〕

不详。

〔按语〕

据吴澄前后二《序》,当是詹氏先有《陶诗注》,吴氏为之序;其后詹氏更广注其全集,名为《陶渊明集补注》,共十卷,亦由吴氏序之。但是,此处吴澄所记詹天麒之字,少了一个"天"字。这种出入,不知是如何形成的。

---

① 吴澄:《草庐吴文正公集》卷十二,第十八页 b 面—第十九页 b 面。

从吴澄《序》来看,陶渊明被视为忠节之士,吴澄当是基于当时士人中所流行的易代读陶观,将屈原、张良、诸葛亮、陶渊明等与易代政治风云极为密切的人物联系在了一起,而这种倾向也预示了此后陶渊明与屈辞、诸葛亮集之间的关系。从吴澄所称之詹氏注陶的特色来看,詹氏或开明崇祯时期"以《骚》注陶"之先声,具有明显的"易代"视角。

5. 李公焕《笺注陶渊明集》十卷,存

〔出处〕

国家图书馆、浙江图书馆等藏。

〔版本信息〕

版　式

以国家图书馆所藏、《中华再造善本》据以影印者为例,《中华再造善本总目提要·金元编》已有介绍(序、卷三、卷四俱通卷抄配,他卷亦间有抄配、抄补)[1],有邵渊耀、宋康济跋,傅增湘题款。每半叶九行,行十六字,黑口,左右双边[2]。

编　次

《笺注陶渊明集》是李公焕根据汤汉《陶靖节先生诗注》一书,增补陶文及诸家辨析所成。汤汉《陶靖节先生诗注》四卷、《补注》一卷,卷首附淳祐元年(1214)汤汉自序,实初刻于咸淳元年(1265)前后。

以《四部丛刊》本为例,李公焕笺注本的编次,表现如下:

卷首为《补注陶渊明集总论》,集录苏轼、黄庭坚、朱熹、刘克庄等人对陶渊明其人其诗的总体评价共二十三条评语。

正文卷首为萧统《陶渊明集序》,其后为《笺注陶渊明集目录》。《中华

---

① 中华再造善本工程编纂出版委员会编著:《中华再造善本总目提要·金元编》,国家图书馆出版社 2013 年版,第 1177—1178 页。

② 川濑一马《石井积翠轩文库善本书目》著录有一种《笺注陶渊明集》,标作"宋刊本";东京都立中央图书馆也藏有一种《笺注陶渊明集》,标作"元刊覆宋本"。

再造善本》则以萧统《序》冠首，其次为《目录》，最后为《总论》。

卷一至卷四为诗，编次与宋刻递修本《陶渊明集》相同，目录与正文卷端均标明文体。卷一为"诗四言"，卷二至卷四为"诗五言"，而递修本仅在卷一卷端"诗九首"下有小注"四言"，其余各卷则无。

卷五、卷六目录内标"杂文"（正文卷端无），编次与宋刻递修本已有差异：卷五为《桃花源记（并诗）》《归去来辞》《五柳先生传（并赞）》《孟府君传（并赞）》《读史述九章》，卷六为《感士不遇赋（并序）》《闲情赋》。宋刻递修本卷五为"赋辞三首"：《感士不遇赋（并序）》《闲情赋（并序）》《归去来兮辞（并序）》，卷六为"记传赞述十三首"：《桃花源记（并诗）》《晋故征西大将军长史孟府君传》《五柳先生传》《扇上画赞》《读史述九章》。

就李注本篇题而言，首先是卷一至卷四诗集目录篇题下间或标注"并序""×首"，正文篇题则无。卷五、卷六文集目录篇题下小注"并序""并诗""并赞"，正文篇题下则予以保留。

其次与宋刻递修本相较，诗集部分篇题均无"一首"字样，但"二首"及以上则予以保留，且正文中直接在篇题下作大字，各篇前一行又单独标注"其×"，与宋刻递修本虽另起一行但不标注显得更为整饬明晰。

最后则是目录篇题与正文篇题文字上亦存在差异，往往目录中篇题文字更为简省。如卷一目录作《赠长沙公（并序）》，正文作《赠长沙公族祖》。卷二目录作《示周祖谢三郎》，正文作《示周续之祖企谢景夷三郎》；目录作《游周家墓柏下》，正文作《诸人共游周家墓柏下》；目录作《别殷晋安》，正文作《与殷晋安别》；目录作《和张常侍》，正文作《岁暮和张常侍》；目录作《和胡曹示顾曹》，正文作《和胡西曹示顾贼曹》。卷三目录作《庚子岁五月中从都还阻风（二首）》，正文作《庚子岁五月中从都还阻风于规林二首》；目录作《辛丑岁七月赴假还江陵》，正文作《辛丑岁七月赴假还江陵夜行涂中》；目录作《乙巳岁三月使都经钱溪》，正文作《乙巳岁三月为建威参军使都经钱溪》；目录作《饮酒（二十首）》，正文作《饮酒十二首》，"十二"倒乙。卷五目录作《归去来辞》，正文作《归去来兮辞》；目录作《孟府君传（并赞）》，正文作《晋故征西大将军长史孟府君传》。

卷五、卷六的编次变化，一定程度上体现出编者有其独立的文体意识，同时客观上造成陶集面貌的又一次变动。

异文与避讳

现与宋刻递修本对勘,可以发现,异文分两种情况:一种是宋刻递修本下有校语,李注本与宋刻递修本正文有相合之处。如卷一《赠长沙公族祖》"慨然寤叹",递修本同,"然"下递修本有小注"一作矣";"岁月眇徂",递修本同,其下有小注"一作岁往月徂"。另一种则是与宋刻递修本小注有相合之处。如卷一《时运》"偶影独游","影"递修本作"景",下有小注"一作影";"洋洋平津","津"递修本作"泽",下有小注"一作津";"但恨殊世","恨"递修本作"怅",下有小注"一作恨"。要之,李注本文字皆不出宋刻递修本及其校语范围。

此书成于南宋之末,淳祐中曾刻于省署,当时称为"玉堂本"。此本卷内遇宋代名讳如真、贞、桓、遘、慎等字,有避讳而缺末笔者,亦有不避者,且不避讳者甚多,应是元人据宋本覆刻。此本字句较他本多有异同,如《归去来兮辞》"胡为乎遑遑兮"句多"乎""兮"二字。道光年间,方若蘅借此本与汲古阁影宋抄本校对,校改抄本之讹误二十五字,可见此本之价值。

序 跋

邵渊耀道光十二年(1832)题识,在萧《序》之后,其文曰:

此书《总论》中载及茗溪、后村之说,盖成于南宋之末,与宣和间所刊十行本不同。《赠长沙公族祖》诗以"长沙公于予为族"断句,而于"同出大司马"下注"汉高帝时陶舍",与太原阎氏说暗合。其字句较今本多有异同,如《归去来辞》"胡为遑遑"句多"乎""兮"二字,似音节更胜。至《桃花源记》"欣然规往"乃作"亲往",与他处"亲(親)"字偏旁不同,当由俗子妄改,然即此可考见其抄变之迹,则正求古者所宜究心焉。道光壬辰岁二月既望,从扶川张君处借观,因识数语。隅山邵渊耀。

〔按语〕

一、关于李公焕的身份、李公焕本所属年代等问题

关于李公焕为南宋人还是元代人,过去颇有争议。李公焕,庐陵(今江西吉安)人,生平事迹不详。卷首自题为"庐陵后学"①,一般据此推论其籍贯在庐陵。

关于李公焕注本,存在它究竟是宋本还是元本之争。其中代表性的说法有:明代何孟春称之为"元李公焕本"②。近代刘世珩说李本是"元翻宋本之佳者"③。以下详细铺陈其说:

明代何孟春认为,"世传李公焕本,当是宋丞相所记江左旧书,所谓最伦贯者"④。何孟春的这种认定,或许是明代推举李公焕注本的普遍风气所致,为此种论点之代表。故而李公焕注本在明代获得了推举,常以之为根据,加以仿刻承袭,大量刊印。

《笺注陶渊明集》书后吴焯《跋》云:"此编汇集宋朝群公评注,淳祐中又刻于省署,当时所称'玉堂本'者也。"此处则云李公焕为南宋时人,书亦刻于南宋。然而,何孟春刻《陶靖节集》有《后记》曰:"其诗旧有注者,宋则汤伯纪,元则詹若麟辈,而今不见其有传者。传而刻者,则元李公焕本,而不见其能为述作家也。"⑤其《余冬录》录为元人,皆不知何据。元刘履撰《风雅翼》,其中有"释陶诗《九日闲居》"条,其中将汤注误引作李注⑥。二者不知何者更为可靠,人们一般接受李公焕是元代人的观点。学者吴国富《略论李公焕〈笺注陶渊明集〉的刊刻时间》⑦综合多方材料,认为李公焕本大概出现在南宋天亡以后、元成宗大德三年(1299)之前,是目前为止关于李公焕本陶集刊刻时间最新的考证结论。从普遍结论上看,目前以李公焕本为元本者居大多数。

《四部丛刊书录》认为此本是宋本,称为"宋李公焕笺"。其中介绍原本云:"首题'笺注陶渊明集卷几',评皆低三字,列于每篇之后,每叶十八

---

① 李公焕:《笺注陶渊明集》之"总论",《四部丛刊》景宋巾箱本,第一页a面。

②④ 何孟春注:《陶靖节集》卷十,明正德十五年刻本,第二十页b面。

③ 见贵池刘氏玉海堂影刻《笺注陶渊明集》跋语。

⑤ 见何孟春注本《陶靖节集》目录后识语。

⑥ "时运倾,李公焕谓指易代之事。"刘履:《风雅翼》卷五《选诗补注五》,清文渊阁《四库全书》补配清文津阁《四库全书》本,第六页a面。

⑦ 吴国富:《略论李公焕〈笺注陶渊明集〉的刊刻时间》,《周口师范学院学报》2022年第6期,第76—80页。

行,每行大小均十六字。中缝作'陶几',或作'诗几',宋讳'朗''贞''真'
'徵''桓''恒''树''觏''慎'等字阙笔,兼避唐讳'愍'字。《桃花源记》'规
往'不误'亲往',首昭明太子《序》,次总目,卷一之四诗,五之八杂文、传
赞、疏、祭文,九之十《圣贤群辅录》并颜延之《诔》、昭明太子《传》,终以李
公焕《总论》。元时翻本款式悉同。惟阙笔字较少,气味亦自不同。有金元
功印记。"①

　　瞿镛《铁琴铜剑楼藏书目录》定之为"元刊本",且记云:"题庐陵后学
李公焕集录,前有昭明太子《序》及《总论》一卷,诗文句下略有笺释。间采
东坡、山谷、赵泉山、韩子苍、汤东涧、张缜、胡仔诸人之论,附于诗后。每
半叶九行,行十六字,元翻宋本也。"②桥川时雄曾经眼:"吴绣谷藏本今归
于傅沅叔。卷十末余白绣谷记云:'此编汇集宋朝群公评注,淳祐中又刻于
省署。当时所称之"玉堂本"是也。第宋本于庙阙字,此本无之,或是元代
仿刻耳。诸家之注,于是编独备,《渔隐丛话》极称是编最善,今从吴□□
□得之,殊可喜也。康熙甲午绣谷亭记。'"③

　　关于此本究竟是宋本还是元本,正如争议李公焕是宋人还是元人一
样,一直难有定论。从何孟春注《陶渊明集》将李公焕定为元人开始,李公
焕本一直被视为元刊本。但何氏所定,并没有详细说明根据为何。陶集
传世诸本,大多数出自北宋时期宋庠编定本。李本也属于宋庠本系统。
何孟春认为李本源于"江左旧书最伦贯者",基本可信。但《四部丛刊》影
印李本,则称其底本是宋刊本。

　　综合以上,笔者认为,李公焕可能是南宋人,而《笺注陶渊明集》是在
他入元之后刊刻问世的。其原因主要有二:

　　其一,从李氏注本本身的版式来看,应该可以确定为元本。此本框高
十五点七厘米,宽十一点四厘米,正是元刊形制。卷一至卷八诗文,卷九
至卷十《圣贤群辅录》上下二卷,凡十卷,又计每卷首所记首数,共为一百

---

　　①　张元济主编:《缩本四部丛刊初编书录》,商务印书馆 1936 年版,第 49—
50 页。

　　②　瞿镛:《铁琴铜剑楼藏书目录》卷十九,清光绪常熟瞿氏家塾刻本,第七页
b 面。

　　③　桥川时雄:《陶集版本源流考》,第二十二页 b 面。

四十三首(卷一诗九首,卷二诗三十一首,卷三诗三十九首,卷四诗四十八首,卷五杂文五首,卷六杂文二首,卷七传、赞五首,卷八疏、祭文四首)。从这些诗文编次和数量来看,它与思悦本最为接近,应该是参阅了思悦本的,但并不能说它完全承袭了思悦本。卷首有宋代诸儒评陶总论一卷,其中内文的异文问题,与曾集本、焦竑本都不一样。其后附有李氏跋,落款为"庐陵后学李公焕集录",诗文句间,多见夹行注文,每首首末,附录各家评论,以补注文。这些注释文字,大多与汤汉注相同,补入之评论,也是多引汤汉注。所以李公焕本出于汤汉本之后是肯定的,但它别为一种笺注本,重点在于辑录诸家之诗说,而并不在意正文之内的诗文编次和异文考订问题。"某作某"之类的文字小注,该本中很少出现,而且也有一些在刊刻时出现的少量错误。

元刊李公焕注本存世者有数本,除国家图书馆藏《中华再造善本》底本外,尚有吴焯绣谷亭旧藏本(傅增湘藏),吴兴姚氏旧藏本(今藏浙江图书馆)等,景印本有贵池刘氏玉海堂本、《四部丛刊》本(原藏于上海涵芬楼者)等。另,国家图书馆尚有两部:其中一部卷九至卷十配清抄本,序目亦抄配;另一部即涵芬楼旧藏,为《四部丛刊》底本,有张元济跋。然细加比较即可发现,有抄配的一部,刊印字画洁净,而此本以及涵芬楼旧藏本,刊印字画则有漫漶,个别书叶有修版痕迹。很显然,有清人抄配的一部应属于初刻初印本,此本以及涵芬楼旧藏本则属于出自同一书版的后印本。因为这三部书以宋本覆刻,保留了很多宋刻特点,过去诸藏家往往误作宋本,应予纠正。

其二,李氏注已经引用南宋汤汉《陶靖节诗注》中注文和评语,并称汤汉为汤文清公。李本除引用汤本注文、评语外,还引用刘克庄《后村诗话》中对陶诗的评论。据林希逸、刘希人为《后村先生大全集》撰写的两篇序言,以及林希逸在刘克庄去世后撰写的《行状》,《后村诗话》写成于南宋咸淳年间,与汤汉注本刊行时间相同,其时距宋朝之亡已不足十年。

可见,李公焕当是南宋末年人,《笺注陶渊明集》是他由宋入元之后付刻问世,推断李本为元代刊本,大致符合实际。但是,也存在在宋之时即有初刻,而在元代时进行增刻的可能性。因此,目前关于李氏注本的时代,虽然有相对一致的意见,但笔者还是倾向于存疑。

二、关于李公焕本的价值

李公焕注本荟萃众说,对陶诗相关诗学评注有所集录、保存,这是其首要特点。在汤汉注之外,兼采蔡氏注等。殆因宋人诗话如胡仔《苕溪渔隐丛话》、蔡正孙《诗林广记》均以荟萃见长,此书亦颇受其影响。因此,李公焕注本虽然刻于元代,但受宋代诗学风气的影响是很深的。陶集从此进入一个重视注释的时代,而陶集中的异文问题,开始不再那么受重视。

朱自清《陶诗的深度——评古直〈陶靖节诗笺定本〉》谈到李公焕本的影响:"注陶诗的,南宋汤汉是第一人。他因为《述酒》诗'直吐忠愤',而'乱以廋词,千载之下,读者不省为何语',故加笺释。'及他篇有可发明者,亦并著之。'所以《述酒》之外,注的极为简略。后来有李公焕的《笺注》,比较详些;但不止笺注,还采录评语。这个本子通行甚久;直到清代陶澍的《靖节先生集》止,各家注陶,都跳不出李公焕的圈子。"①

逯钦立《陶渊明集·例言》:"李公焕《笺注陶渊明集》(简称李本)是给全书作注最早的本子,所以本书校勘,即以李本为底本。"②以李公焕本为底本校勘陶集,原本无可非议,但是用"给全书作注最早"这样一条根据,来确定校勘底本选择,则引起了后人的质疑。王孟白《关于陶集校勘问题——逯钦立〈陶渊明集〉校注质疑之一》认为:"至于所谓李本作注最早的说法,也是不确切的。给陶集作注最早始于汤汉本。汤本注文虽然仅限于诗而不及文,但却是开后世注解、笺释陶集之先河。李本广泛辑录历来有关陶集重要的注文、评语,保存了一些为后代所不得见的历史文献资料。这是集注,而不是作注。如果说李本是陶集集注最早的本子,那就是确切的。《校注》一书对上述情况应该是清楚的。但何以只是含混不清地提出'给全书作注最早'一条孤立的根据,用来代替李本主要的校勘价值,实在使人难于索解。"③

邓安生评价李公焕本:"此本之长在荟萃众说,其失则在疏于考辨。

① 朱自清:《朱自清序跋书评集》,第224页。
② 陶渊明著,逯钦立校注:《陶渊明集》,中华书局1979年版,第8页。
③ 王孟白:《关于陶集校勘问题——逯钦立〈陶渊明集〉校注质疑之一》,《齐齐哈尔师范学院学报》1983年第1期,第48页。

李氏于陶渊明本未深研,又颇好杂引宋人地志杂说,故此本笺注谬误甚多。前人羼入的伪作《五孝传》《集圣贤群辅录》《四时》《问来使》《种苗在东皋》等悉予保留。除《问来使》《种苗在东皋》篇后附录韩子苍、汤汉等人辨伪之语,其他全无甄别之言,以致鱼目混珠,贻误后学。《停云》诗'东园之树,枝条载荣,竞用新好,以招余情',注云:'谓相招以事新朝。'此实汤注穿凿之言。《与殷晋安别》题注谓殷晋安即殷景仁,乃承吴仁杰《陶靖节先生年谱》之谬。《赠长沙公》诗注谓大司马指陶舍,殊乖史实。《戊申岁六月中遇火》诗注将南里、南村离为二事,谓移居在戊申遇火后二年;《游斜川》诗注引骆庭芝说,谓曾城即落星寺,如此等等,不一而足。何孟春讥评公焕'不见其能为述作家',不为无因。"①

三、关于李公焕本的妄改问题

钟书林曾从《于王抚军座送客》一诗出发,针对李公焕本中的武断篡改而导致诗义发生变化的情况,作了多处举例和深入的辨析。李公焕在《于王抚军座送客》诗下注云:"此诗永初二年辛酉秋作也。《宋书》,王弘为抚军将军、江州刺史;庚登之为西阳太守被征还;谢瞻为豫章太守将赴郡。王弘送至湓口,三人于此赋诗叙别,是休元要靖节豫席饯行,故《文选》载谢瞻即席集别诗,首章纪坐间四人。"李公焕不察《文选》,故有此误;至于"是休元要靖节豫席饯行"即王弘邀请陶渊明豫席饯行的说法,就更是李公焕自己在此基础上的猜测臆断了。所以陶澍表示过疑惑,而古直结合《文选》谢瞻诗及李善注直接否定了李公焕"纪四人"的说法。此外还有多处李公焕妄改无据的例证,钟书林在文中皆有指出。②

四、关于李公焕注例的特征问题

李公焕注本荟萃众说,是其首要特点。这种汇集宋朝名家诗注、诗论的做法,一向深受关注。吴焯藏本《跋》云:"此编汇集宋朝群公诗注,淳祐中又刻于省署,当时所称'玉堂本'也。"从集注形成的条件上来说,李公焕

---

① 傅璇琮主编、郁贤皓分册主编:《中国古代诗文名著提要·汉唐五代卷》,河北教育出版社 2009 年版,第 38 页。

② 钟书林:《陶渊明诗〈于王抚军座送客〉辨证——对李公焕笺注陶诗的反思》,《南昌大学学报(人文社会科学版)》2009 年第 1 期,第 102—105 页。

笺注产生之前，宋代对陶渊明的推崇和讨论，对陶渊明作品的赓和，都极为繁荣，尤其是已经产生了汤汉注本及多种陶公年谱等丰富的陶集文献资料，故而李公焕可以从事集注之事；从体例上说，殆因宋人诗话如胡仔《苕溪渔隐丛话》、蔡正孙《诗林广记》均以荟萃见长，李公焕本亦颇受其影响。总而言之，李公焕注主要体现出四个方面的特点：

（一）集《陶渊明集》旧注，开后世集注陶集之风。李公焕注主要引汤汉注，兼采蔡氏注。李公焕在采用汤汉注时，并没有在所有地方都表明出处。与汤汉注相比，李注稍显芜冗，如"湛读曰沈""瞩，之欲切，视也""'顑颔'与'憔悴'同"诸条，均为汤汉认为不用注的句子，而李本加上了注。

李公焕本卷二《怨诗楚调示庞主簿（遵）邓治中》诗"螟蜮恣中田"一句，引蔡氏注："蜮虫水中含沙射人，非食桑苗虫，意此螟蜮当是螟蟘。"蔡氏无从考，未详何人。从此条注法来看，偏于训诂，故而应当不会出自诗话，所谓的"蔡氏注本"或是一种已经佚失的元本陶集。

（二）搜集名家诗话评语。卷首《总论》录名家评论、考证二十三条。这二十三条内容并无明确排序，大体是按照总体评论、诗风评论与年谱纪年来区分的。以朱熹评价陶渊明之言作为开端，录《朱子语类》两条，紧接着是杨时（龟山）、真德秀（西山）两位理学家。其论皆是针对陶渊明文学史地位的总论。此外若干条，皆是围绕陶诗诗风艺术赏读与陶公生平年谱等。卷内兼采诸家评语，开后世集评之风。李公焕本荟萃诸家，博采宋朝诸家评注，中有东坡、山谷、诚斋、胡仔、葛长之、陈后山、刘后村、晦庵、蔡宽夫、汤汉、张缜等人之注，开集注陶诗之先河，诸家之注陶因此得到完整保留。其体例分注、评两部分，注语加在正文之中，评语放在正文后，简洁明了。

（三）卷内正文亦多引用吴仁杰《年谱》，有对陶诗系年进行辨证的意识，但也存在引用吴《谱》不标明出处的情况。其中卷三引思悦《甲子辨》一文，也只录其文而不注明作者。

（四）对陶渊明的多方关注。虽然李公焕对陶集所做的笺注实为集注，其个人之创见、卓识不明显，但是他综合前代材料的能力比较强，而且能打破旧注束缚，关注到陶渊明的方方面面，比如将佛教、书画等领域的一些笔记、传说内容也纳入了注中。其中最为重要的一条即是关于陶渊明与莲社故事之记录。李公焕在笺注《杂诗十二首》其六时,用一段长篇按语详细说明了陶渊明与慧远、莲社诸人之间的联系。这对于陶集编纂的发展而言,是一次重要的细节变化。该按语曰:

按此诗靖节年五十作也,时义熙十年甲寅。初,庐山东林寺主释慧远集缁素百二十有三人,于山西岩下般若台精舍结白莲社,岁以春秋二节,同寅协恭,朝宗灵像也。及是秋七月二十八日,命刘遗民撰同誓文,以申严斯事。其间誉望尤著,为当世推重者号社中十八贤(刘遗民、张诠、雷次宗、宗炳、周续之、张野等预焉)。时秘书丞谢灵运才学为江左冠,而负才傲物,少所推挹,一见远公,遽改容致敬,因于神殿后凿二池,植白莲,以规求入社。远公察其心杂,拒之。灵运晚节疏放不检,果不克令终。中书侍郎范宁直节立朝,为权贵谮忌,出守豫章,远公移书邀入社,宁辞不至,盖未能顿委世缘也。靖节与远公雅素,宁为方外交,而不愿齿社列。远公遂作诗博酒,郑重招致,竟不可诎。按梁僧慧皎《高僧传》,远公持律精苦,虽豉酒米汁及蜜水之微,且誓死不犯。乃钦靖节风概,顾我能致之者,力为之不暇恤。靖节反麈而谢之,或与樵苏田父班荆道旧,于何庸流能窥其趣哉? 靖节每来社中。一日,谒远公,甫及寺外,闻钟声,不觉颦容,遽命还驾。法眼禅师晚参示众云:"今夜钟鸣,复来有何事? 若是陶渊明,攒眉却回去。"此靖节洞明心要,惟法眼特为揄扬。张商英有诗云:"虎溪回首去,陶令趣何深。"谢无逸诗云:"渊明从远公,了此一大事。下视区中贤,略不可人意。"远公居山余三十年,影不出山,迹不入俗,送宾游履,常以虎溪为界。他日偕靖节、简寂禅观主陆修静语道,不觉过虎溪数百步,虎辄骤鸣,以相与大笑而别。石恪遂作《三笑图》,东坡赞之。李伯时《莲社图》,李元中纪之,足标一时之风致云。①

这段话应出于李公焕所记,而非汤汉之手。除了标记此诗作于陶公五十岁即义熙十年(414),其他内容都与这首诗本身无涉,即并非为了注诗,而是借莲社故事来表明陶渊明与佛教的关系。

---

① 李公焕:《笺注陶渊明集》卷四,第七页 a 面—第九页 a 面。

6. 蔡氏注本，卷数不详，佚

〔出处〕

李公焕本卷二《怨诗楚调示庞主簿（遵）邓治中》诗"螟蜮恣中田"一句，引蔡氏注："蜮虫水中含沙射人，非食桑苗虫，意此'螟蜮'当是螟螣。"①

〔按语〕

蔡氏注本是李公焕注本中提到的一种。蔡氏无从考，未详何人。蔡注本可能是一种抄本而非刻本。李公焕本中提及蔡注本的这条注释，富有博物学价值。

---

① 李公焕：《笺注陶渊明集》卷二，第十页 a 面。

第五编　明本

1. 宁夏刊本，卷数不详，佚

〔出处〕

此书已佚，仅从弘治九年李瀚、刘玘刻《韦苏州集》之杨一清跋知有此本。杨跋以陶、韦并举，所论值得参考，录文如下：

古诗三百篇，孔子删而定之，盖欲人得其性情之正云尔。汉去古未远，当时作者，犹有风人遗意。魏晋而降，世变而诗随之。独陶元亮天姿挺拔，高情远韵，迥出流俗，汉魏以来，一人而已。唐人以诗鸣者无虑百余家，品格风韵，盖人人殊。韦苏州生其间，尽脱陈隋故习，能一寄鲜秾于简淡之中，晦翁取焉，是又元亮之后一人而已。陕西去书肆最远，陶诗，宁夏有刻本，学者犹得见之。韦集，缙绅家鲜有藏者，士咸终其身不可见。侍御史沁水李公，好古博雅，而工于诗，尝语及此，意甚惜之。予因出所藏抄本，公喜，命知陇州事刘玘刻置郡斋，以广其传。呜呼，诗固学者之所不可废也，得是集者，并陶诗读之而有得焉，发为篇章，庶几和平冲淡，不失古诗人吟咏性情之意矣。若乃雕镂锻炼以为工，叫呼叱咤以为豪，此陶、韦之所弃者，吾知免夫。弘治丙辰夏五月朔，陕西按察司提学副使石淙杨一清识。[1]

〔版本信息〕

具体版本信息不详。

---

[1] 杨一清：《题新刻韦苏州集后》，《韦苏州集》，明弘治七年李瀚、刘玘刻本。

〔按语〕

郭绍虞《陶集考辨》据杨一清跋以为"成化以前之本"①，当是合情推理。

2. 朝鲜翻刻成化本《须溪校本陶渊明诗集》三卷，存

〔出处〕

一、朝鲜李仁荣（1911—?）《清芬室书目》卷四中著录了两种《须溪校本陶渊明诗集》：

《须溪校本陶渊明诗集》三卷，一册。首有梁昭明太子序及目录，卷首题"须溪校本陶渊明诗集卷上"，次行"靖节先生陶元亮，成宗十四年癸卯晋州刊本"，板四周双边，有界十行，十六字，注双行。……尾有成化癸卯六月尹皙跋，次"前沙斤道驿丞郑瑞书"，"户长郑自良刻"，二行首有弘文馆印记。尹皙跋文，则潘溪俞好仁之代作，《潘溪集》卷七揭之。

《须溪校本陶渊明诗集》三卷，一册。与前揭本同板，但序一页及跋二页缺。②

二、涩江全善、森立之《经籍访古志》也记载了《须溪校本陶渊明诗集》三卷（朝鲜国刊本，青归书屋藏）：

首有梁昭明太子序及目录。卷首题"须溪校本陶渊明诗集卷上"，次行"靖节先生陶元亮"，每半板十行，行十六字，界长六寸四分，幅四寸六分。末有成化癸卯坡平尹皙希点新刊跋。又题"前沙斤道驿丞郑瑞书，户长郑自良刻"数字。市野光彦手跋曰："渊明达观于万物之表，游心于杳妙之境，故其诗天成自然，读者乐之。至如《止酒》《责子》诗，有诗而来，无有

---

① 郭绍虞：《陶集考辨》，第 289 页。

② 李仁荣：《清芬室书目》，张伯伟主编：《朝鲜时代书目丛刊》（第八册），中华书局 2004 年版，第 4619—4621 页。

此诗,而知者盖鲜矣。文化丁丑秋。"①

三、明赵琦美(1563—1624)《脉望馆书目》著录《陶渊明诗刘须溪批点》二本②。

四、日本国立国会图书馆(原为日本京都圆光寺旧藏,闲室元佸手沢本)、韩国首尔大学奎章阁、忠南大学图书馆等机构藏有此本。

〔版本信息〕

此种陶集,一册,三卷,有界十行,十六字,注双行。四周双边,白口,双鱼尾。版心刻"陶诗",下记页码。每卷首题"须溪校本陶渊明诗集卷×,靖节先生陶元亮"(下卷题"须溪校本陶渊明诗"),每卷末题"须溪校本陶渊明诗集×卷终"。前有梁昭明太子萧统《陶渊明集序》,末有成化癸卯(十九年,朝鲜成宗十四年)坡平尹哲跋。

卷首为梁昭明太子萧统所作《靖节先生集序》,其后为"须溪校本陶渊明诗集目录",共分卷上、卷中和卷下三卷。全书仅收陶渊明之诗,未收其文(独收《桃花源记》《归去来兮辞》两篇)。

序 跋

书末有尹哲《新刊靖节先生诗集跋》一文,文末镌有"次前沙斤道驿丞郑瑞书,户长郑自良刻"两行。尹哲《新刊靖节先生诗集跋》:

哲一日,谨斋沐,白于州牧李公时宝曰:"近检书箧牙签,中有陶诗一帙。吾先人平生甚喜之,常出宰真珠也,思欲广传而竟未就。哲今为贰于晋,得我公为主人。冀仰卒前志,敢布腹心于下执事。"公曰:"诚哉!诗可以观。而善继人志者,孝也!子之言,犯兹二毙,其敢不唯命。"即令鸠工而镂诸梓。甫浃辰之余,功已断手。将见是集之流布海东者,庶几自公与仆始。呜呼!靖节公生当晋季,山林高义,不能与世俯仰。砥柱奔流,超越今古。其闲情逸识发而为咏歌者,乃余事尔。卒变夷旷萧散,有三百篇

---

① 涩江全善、森立之等撰,杜泽逊、班龙门点校:《经籍访古志》,上海古籍出版社2014年版,第206页。

② 冯惠民、李万健等选编:《明代书目题跋丛刊》下册,书目文献出版社1994年版,第1486页。

之余音。间托楚声,而无尤怨切麤之病。东篱采菊,北窗清风,至今千载之下,犹可想见其为人。仆每当衙罢吏散,梅花东阁,时下白胯汤数碗,朗咏此老《归去来》一篇,声彻寥廓,顿觉胸襟冲澹,恍然有抚孤松、登东皋之想焉。第因吏隐,今已六年于兹。自分疏慵,早宜罢去,而龌龊依旧,常愧古人以怛怩。世之好此诗者,其亦怜吾志之所在邪!时成化癸丑六月三日,坡平尹暂希点谨志。

〔按语〕

一、关于此本之底本

经比较发现,汤汉本卷一和卷二合起来为此种陶集之卷上,卷三为此种陶集之卷中,卷四为此种陶集之卷下,卷下不包括汤汉本卷四中的《问来使》,汤汉认为这首诗为后人伪作,注云"此盖晚唐人因太白《感秋》诗而伪为之"[①]。因此,这一种陶集也去除了这首诗。

二、关于刘辰翁之校

刘辰翁之校注,主要围绕注音、文字校勘进行。多以反切方式注音,如《形赠影》中"举目情凄洏"句之"洏"字下注:"如之切。"再如《游斜川》中"气和天惟澄"句之"惟"字下出校记:"一作微。"《癸卯岁始春怀古田舍二首》其一中"冷风送余善"句下出校记:"一作'风送余寒善'。"刘辰翁之校注的主要内容,是围绕对陶渊明诗歌的评点,别出己见。如考订之语,卷中《赠羊长史》诗末云:"此诗其晋宋之际乎?"这是在猜测诗歌之作年。再如《饮酒十二首》(按,当为二十首,刘辰翁误)其十一"人当解其表"句末云:"解其表,即遗其外也。"其十七诗末云:"终不足为用。"其十八诗末云:"自任亦高。"其二十诗末云:"未寄限如此,岂云旷然?"再或解诗意,如《述酒》题目下云:"止酒戏言,后必复有破戒,故云述酒。"或评价诗歌,如《拟古九首》其二诗末云:"风概修然,读其诗,想其人,岂独肮。"其三诗末云:"兴托固高,来如不迫。"通过其中校语,可以推断刘辰翁至少见过汤汉本、曾集本、苏写本诸版本,刘辰翁对其加以融贯吸收。但校书并非刘辰翁的

---

① 汤汉注:《陶靖节先生诗》卷四,清光绪二十年吴县朱氏校经堂补刻拜经楼丛书十种本,第十四页 a 面。

主要目的,他的主要目的仍是评点陶渊明诗歌。

3. 正德林位刊《陶渊明集》八卷,不详

〔出处〕

莫友芝《郘亭知见传本书目》,谓有正德辛未(1511)林位刊本①。此本桥川时雄《陶集版本源流考》未录,郭绍虞《陶集考辨》存其目②。

〔版本信息〕

莫友芝归之于八卷本,具体哪八卷,未有详细说明。

〔按语〕

林位,未详何人。或为刻书家或为校书家。

4. 正德十五年刊何孟春注《陶靖节集》十卷,存

〔出处〕

北京师范大学图书馆、南开大学图书馆等有藏。

〔版本信息〕

版　式

卷端题为"陶靖节集卷之×""郴何孟春注附"。每半叶十行,行二十字,小字双行同。四周单边,白口,无鱼尾。

编　次

此本略依李公焕本,而编次稍有调整,目录末有何孟春记,对编次调

---

① 莫友芝撰,梁光华、欧阳大霖点校:《郘亭知见传本书目莫绳孙稿抄本(点校本)》上册,贵州大学出版社 2017 年版,第 330 页。

② 郭绍虞:《陶集考辨》,第 289 页。

整作了详细说明。

卷之一：《停云(并序)》《时运(并序)》《荣木(并序)》《赠长沙公(并序)》《酬丁柴桑》《答庞参军(并序)》《劝农》《命子》《归鸟》。

卷之二：《形赠影(并序)》《影答形》《神释》《九日闲居(并序)》《归园田居(六首)》《问来使》《游斜川(并序)》《示周祖谢三郎》《乞食》《游周家墓柏下》《怨诗楚调示庞主簿邓治中》《答庞参军(并序)》《五月旦作和戴主簿》《连雨独饮》《移居(二首)》《和刘柴桑》《酬刘柴桑》《和郭主簿(二首)》《于王抚军座送客》《别殷晋安(并序)》《赠羊长史(并序)》《和张常侍》《和胡西曹示顾贼曹》《悲从弟仲德》。

卷之三：《始作镇军参军经曲阿》《庚子岁五月中从都还阻风(二首)》《辛丑岁七月赴假还江陵》《癸卯岁始春怀古田舍(二首)》《癸卯岁十二月中作与从弟敬远》《乙巳岁三月使都经钱溪》《还旧居》《戊申岁六月中遇火》《己酉岁九月九日》《庚戌岁九月中于西田获早稻》《丙辰岁八月中于下潠田舍获》《饮酒(二十首)》《止酒》《述酒》《责子》《有会而作(并序)》《蜡日》《四时》。

卷之四：《拟古(九首)》《杂诗(十二首)》《咏贫士(七首)》《咏二疏》《咏三良》《咏荆轲》《读山海经(十三首)》《挽歌辞(三首)》《联句》。

卷之五：《感士不遇赋》《闲情赋》《归去来兮辞》。

卷之六：《五柳先生传(并赞)》《孟府君传(并赞)》《天子孝传赞》《诸侯孝传赞》《卿大夫孝传赞》《士孝传赞》《庶人孝传赞》《扇上画赞》。

卷之七：《读史述(九章)》《桃花源记(并诗)》《与子俨等疏》《祭程氏妹文》《祭从弟敬远文》《自祭文》。

卷之八：《集圣贤群辅录上》。

卷之九：《集圣贤群辅录下》。

卷之十(附录)：《靖节征士诔》《陶渊明传》《陶渊明集序》《陶潜集序录》《集私记》《集后书》《集总论》。

附录末有何孟春识。

序 跋

何孟春记

是集，萧统、阳休之辈，或题"陶渊明"，或题"陶潜"。《隋志》作"陶潜集"，《唐志》作"陶泉明集"，以"泉"易"渊"，唐为神尧讳尔。自赵宋来，传本题"陶渊明集"，春恶其斥贤者名也。从马端临《经籍考》称《靖节集》，云集分卷数目，诸家不同，世传李公焕本，当是宋丞相所记"江左旧书，所谓最伦贯者"。春今考诸家，移卷六赋二篇并入卷五；移卷五《五柳先生传》《孟府君传》同卷七传、赞为卷六；《史述九章》移《桃源记》前，加卷八《与子俨等疏》上为卷七；《四八目》旧自《甄表状》杜乔以下分之为卷九、卷十，今中分自邓禹以下为卷八、卷九，减旧一卷；而诔传序录记跋诸为陶作，泊先辈议论及陶，有不可附篇注下者，录次末简，用足十卷之数。是虽少有更置，而伦贯依类，尤觉得宜。谨记于此，以备考焉。正德戊寅阳月吉日，燕泉何孟春子元父记。

张志淳《何燕泉注陶靖节集序》

予幼时，先人爱陶诗，时命讽诵，久若有得，于其人也，窃好爱之。年十七，乡族强以事科举，此意遂泯，泯而终不能忘也。暨官京师，事异已，虽时或知慕，然慕则愧，愧则置不复观，而意亦荒矣。迨南还而家传本已失，盖胜国时刻也，始取近所得本读之，读弥久，愧弥甚。愧弥甚，悔弥切，而终不能忘也。则置愧悔而讽诵之，以畅情宣郁。而至《咏荆轲》篇，忽不觉敌囷矣。然犹以编次或杂、采摭未周为恨。日燕泉先生来抚滇，以所注《陶靖节集》见寄，集仍十卷，而编次则更易而有伦矣，采摭则博洽而有据矣，评议则折衷而有断矣，事迹则精核而有孚矣，注释音训之舛早正之，而探极旨归于言外者，又卓卓也。此岂无深意于其间而苟焉以就者？夫晦翁于六籍有不暇及，而恳恳《楚辞》之注，以是而窥，何可谓之无深意也？亡其弟欲学诗者，率是以造平淡高远乎？亡其弟欲发其学之精博，以光陶而名世书乎？亡其感时救弊，欲使读者因诗以真知其人，得其心，而悬解于声利乎？皆未可知也。然揆以孟子巫称于夷惠之道，则公用意之深，亦或可识矣。正德庚辰八月之闰八日南园张志淳甫书。

陈察《何燕泉注陶靖节集序》

察奉命而南，稍携载籍，或日燕泉公在，遂止。比至昆明，获接谈论，闳博河悬，浩乎莫知其所止，日闻所未闻。已而察西观金沧，使至开械，则注陶诗也，继简曰："某于是编，尝训诂已，子其志诸？"察不佞，何足以知之？虽然，尝闻之，诗源于赓歌，委于风雅，风雅之变，流而溢矣，删后无作可也。顾自骚选历唐音，作者无虑数百，遇景得情，取妍于物，字琢而巧，句炼而精，体裁格韵，殊出异趣，各以其所能鸣，迄于今不竭益继，其间高视阔步，凌轹诸家，有声殷殷，摩戛宇宙，则李杜陶柳辈数人而已。夷考之，长庚天才，似未易及；柳州雄深，亦若可取。然视少陵之沉着痛快，自当避舍，抑岂能冲淡萧散与彭泽比哉？盖杜与陶虽不同道，要其忠爱之诚皆淳蓄有素，则摅发形容之际，宜非教放比周者可同年语也。是故后之推重而愿学焉者，往往于杜陶乎加之，意有由然矣。夫琳琅流落，太山毫芒，前辈尝叹之。奋乎千载之上，使千载之下尚知讽诵而兴起，是岂偶然之故哉？意其所得于禀赋者固已不凡，而所养于端庄静一以自全其天者，尤有非人所得而与知者矣。不然，何作者如彼其众，而美爱以传，久而弥彰者，仅如此也？注杜者不一，而虞、单较著。近有子开杜氏，稍复发挥。陶注亦颇多，然其间缺误不少，至于公始克大备云。察读《通鉴纲目》，见陶之卒也，紫阳夫子特笔起义，不曰宋征士而曰晋征士，窃幸其出处大节至此始堂堂于后世。今览兹注，又益得以抠其意味兴寄之高远，而凡当时身外浮踪，举不足为之轩轾矣，然则君子于身心伦理之大，可不特立独行以自振拔乎！日海内盗起，南中尤号边夷，公方抚绥是亟，而且不废文事，其所养可知已。君子曰"不降其志"，靖节以之；阐发幽秘，燕泉有焉。海虞后学陈察原习拜书。

何孟春识

陶公自三代而下，为第一流人物；其诗文自两汉以还，为第一等作家。惟其胸次高，故其言语妙。而后世慕彼风流，未尝不钦厥制作；钦厥制作，未尝不尚论其人之为伯夷、为黔娄、为灵均、子房、孔明也。其诗旧有注者，宋则汤伯纪，元则詹若麟辈，而今不见其有传者。传而刻者，则元李公焕本，而不见其能为述作家也。是故余重为整比之，舟中无事，记忆凡闻于先辈者以附益之。所谓钦厥制作，而论其人之语，班班乎盖略备矣，无俟余序为也，是故识之止此。正德戊寅良月望日，都察院右副都御史燕泉何孟春谨识。

〔按语〕

一、关于何注本集前人之注的特点

何孟春本以李公焕注本为底本，是明代陶集的第一个集注本。何孟春注本的问世，为当时的读者学习《陶渊明集》提供了方便。嘉靖二年刻本卷末，何孟春门人范永銮跋语中也夸赞说："陶集惜卷帙不伦，旧注散落，观者苦焉。天官少宰燕泉何师，详加整比以注其微，互为考证以正其讹，集诸儒之论以彰其美，而又易以今名，盖彬彬然而易入矣。"

该本主要吸收了李公焕注本的内容，将李公焕的《总论》编为《集总论》置于卷末。但是，何孟春对李公焕注，并不是完全满意的。他在《记》中尽力列举了之前的多种陶集注本，称未见宋汤汉与元詹若麟注本。汤汉注本在明前中期的部分地区难以见到，元詹若麟注本今已不存，在何孟春的时代已不可得，或许早已亡佚了。李公焕注本保存了汤汉注，这是李公焕注本的优势，也是何孟春选择李公焕注本为底本的主要缘由。但是，何孟春认为李公焕注本还是有很多缺点的，"不见其能为述作家"，因此"重为整比"，不但重新整理了陶集诗文的编次，也对李公焕注进行了相应的取舍，但引用的地方还是不少。明代改动李公焕注本的编次之事，自何孟春开始之后，纷纷不绝，这也造成了李公焕本的接受与传播情况在诸种宋元陶集中是极为复杂的。

在对前人的注释方面，何孟春对李公焕注本参考引用最多，此外还参考了刘履《选诗补注》与吴师道《吴正传诗话》，并且引用了吴澄的评论。如《岁暮和张常侍》题下注："时义熙十四年冬。"诗末引刘履《选诗补注》语："按晋史，义熙十四年十二月，宋公刘裕幽安帝于东堂而立恭帝，靖节和此岁暮诗，盖亦适当其时，而寄此意焉。首言市朝耆旧之人，莫不相为悲凄，而其乘马亦有悲泉悬车之感。且谓明旦已非今日，予复何言，其意深矣。中谓长风夕起，寒云没山，猛气严而飞鸟还者，以喻宋公阴谋弑逆之暴，而能使人骇散也。篇末又言穷通死生，皆不足虑，但抚我殊怀而践此末运，能不慨然而增愤激也。"《始作镇军参军经曲阿》题下注："镇军未详何人。此诗在隆安四年五月以前所作。按本集编次多先后不伦，今既以四言居首，姑依旧序，不复更定云。"注语亦录自刘履《选诗补注》卷五。

二、关于何孟春注本对全集编次的调整

何孟春非常自信地重新整理了陶集的编次，他认为最为得宜的，莫过于他所作的改动："移卷六赋二篇并入卷五，移卷五《五柳先生传》《孟府君传》同卷七，《传赞》为卷六，《史述九章》移《桃源记》前，加卷八《与子俨等疏》上为卷七，《四八目》、旧目、甄表状、杜乔以下分之为卷九、卷十，今中分自《邓禹》以下为卷八、卷九，减旧一卷，而诔传序录记跋，诸为陶作，泊先辈议论及陶，有不可附篇注下者，录次末简，用足十卷之数，是虽少有更置，而伦贯依类，尤觉得宜。"

何孟春改动编次以尊陶为原则，故而将《感士不遇赋》与《闲情赋》这两篇具有述志之意的篇目列为卷五之首，《五柳先生传》列为卷七第一篇，同时以《桃花源记》为小说，故而列为卷七之末。最后将诸种陶集相关资料，并列为一卷，凑足十卷之数。

三、关于何孟春的校勘工作

何孟春选择刘履《选诗补注》来为李公焕本作校勘，卷二《归园田居六首》其三"晨兴理荒秽"句注云："晨兴，一作侵晨。"李公焕注本无此异文，而与曾集本同。卷二《移居二首》其一"抗言谈在昔"句注云："在，一作往。"实际上，曾集本在此并无异文，此处与刘履《选诗补注》同。

四、关于何孟春的注释工作

在原注的基础上，何孟春增入了部分自己的注释。他擅长以六朝诗歌内容，来为其作注，以显现陶渊明对两汉魏晋之诗学的吸收，以及对南朝之影响。如卷一《赠长沙公族祖》，题目下注云："'族祖'二字疑衍。"在"同源分流"下注："班孟坚《幽通赋》'术同源而分流'，曹大家曰'如水同源而分流'也。"卷一《答庞参军》"人之所宝，尚或未珍"，何孟春注云："陆机《演连珠》'世之所遗，未为非宝。主之所珍，不必通治'，此反用其语。"卷二《答庞参军》"来会在何年"，注："蔡琰诗：'悠悠三千里，何时复来会。'"卷二《五月旦作和戴主簿》"肆志无窊隆"，注："班固《两都赋》：'道有窊隆。'""何必升华嵩"，注："此用呼子先上华阴山及王子乔上嵩高山事。沈休文诗'一举凌倒景，无事适华嵩'，亦此事。"卷二《连雨独饮》"终古谓之然"，注："陆机《叹逝赋》：'经终古而常然。'""形骸久已化，心在复何言"，注："卢子谅《时兴诗》：'形变随时化，神感因物作。'"卷二《移居二首》其一

"疑义相与析",注:"《庄子》:'判天下之美,析万物之理。'"卷三《饮酒》其五"心远地自偏",注:"齐王融诗'心闲地能隙'句意出此。"卷三《止酒》"逍遥自闲止",历来注家不注其出处,何孟春注引陆机《琴赋》:"非夫渊静者,不能与之闲止。"卷四《杂诗》其四"丈夫志四海",注:"曹子建句。"曹植《赠白马王彪》诗中有"丈夫志四海,万里犹比邻"句,陶渊明此诗正是引用曹植诗句。

五、关于何孟春对陶集核心问题的讨论

在陶集文献传播过程中,形成了一些经典命题,何孟春对这些问题进行了自己的分析和考订,并给出其判断与立场。

(一)关于"一去三十年"是否当作"一去十三年"的问题

卷二《归园田居六首》其一"一去三十年",宋本陶集多作"十三年"。南宋吴仁杰《陶靖节先生年谱》曰:"太元癸卯,先生初为州祭酒,至乙巳去彭泽而归,才甲子一周,不应云三十年,当作'一去十三年'。"至此,开始出现争议。元刘履《选诗补注》卷五曰:"三,当作逾。或在十字下。"何孟春接续刘履之论,注:"按《靖节年谱》,太元十八年起为州祭酒,时年二十九,正合《饮酒》诗'投耒去学仕,是时向立年'之句。以此推之,至彭泽退归,才十三年。此云三十年,误矣。"因此,何孟春的观点是"一去十三年"。

(二)关于"刑天舞干戚"的问题

何孟春列举了曾紘等诸人之说,依次在诸家之说后,提出自己的判断和意见。其所列前人之论与所出按语如下:

曾紘曰:"余尝评陶公诗,语造平淡而寓意深远,外若枯槁而中实敷腴,真诗人之冠冕也。平生酷爱此作,每以世无善本为恨。其《读山海经》诗'形天无千岁,猛志固常在',疑上下文义不相贯,遂取《山海经》参校,《经》中有云:'刑天,兽名也,口中好衔干戚而舞。'乃知此句是'刑天舞干戚',故与'猛志固常在'相应,五字皆讹,盖字画相近,无足怪者。因思宋宣献言,校书如拂凡上尘,旋拂旋生,岂欺我哉?"

周紫芝《竹坡诗话》曰:"有作渊明诗跋者,言渊明《读山海经》诗,有'形天无千岁'之句章,莫晓其意。后读《山海经》:'刑天,兽名也,好衔干戚而舞。'如此乃与下句相协。传者误谬如此,不可不察也。"

《二老堂诗话》云:"靖节此题十三篇,大概篇指一事,如前篇之所言夸父,大概同此篇,恐专说精卫衔木填海,无千岁之寿,而猛志常在,化去不悔。若并指刑天,似不相续。又况末句云'徒设在昔心,良辰讵可待',何须干戚之猛耶? 而《竹坡诗话》复袭曾纮之意以为己说,皆误矣。"

邢凯《坦斋通编》曰:"洪内翰谓靖节诗'形天无千岁',当作'刑天舞干戚',字之误也。周益公辨其不然。按段成式《杂俎》:'天山有神,名刑天,黄帝时与帝争神,帝断其首,乃曰:吾以乳为目,脐为口。操干戚而舞不止。'则知洪说为是。"

《朱子语录》:"或问:'形天无千岁'改作'刑天舞干戚',如何? 曰:《山海经》分明如此说,惟周丞相不信改本。向芗林家藏邵康节写陶诗一册,乃作'形天无千岁',周遂跋尾,以康节手书为据,以为后人妄改。向家子弟携来求跋,某细看,亦不是康节亲笔,因不欲破其前说,遂还之。"春按,此疑已定于考亭矣。

王应麟《困学纪闻》曰:"陶靖节之《读山海经》,犹屈子之赋远游也。'精卫衔微木,将以填沧海。刑天舞干戚,猛志故常在。'悲痛之深,可为流涕。"

何孟春遍观前人所论,从中作出判断,认为朱熹已将此疑问一锤定音。

(三)何孟春对《朱子语类》将陶渊明归于庄、老的反驳

关于陶渊明思想归于何派的问题,历代皆有争议。何孟春认为陶渊明思想贴合于六经,而不同意朱熹将陶渊明归入老、庄一脉的说法:

朱子言:"陶渊明亦是庄、老。"真西山曰:"予闻近世之评诗者云,渊明之词甚高,而其旨则出于庄、老,康节之词若卑,而其旨则原于六经。"以余观之,渊明之学,正自经术中来,故形之于诗,有不可掩如《荣木》之忧,逝水之叹也;《贫士》之咏,箪瓢之乐也。《饮酒》末章有曰:"羲农去我久,举世少复真。汲汲鲁中叟,弥缝使其淳。"渊明之智及此,岂虚玄之士可望耶? 虽其遗荣辱,一得失,有旷世之风,细玩其辞,时亦悲凉感慨,非无意世事者。或者徒知义熙以后不著年号,为耻事二姓之验,而不知其拳拳王室,盖有乃祖长沙公之心,独以力不得为,故肥遁以自绝。食薇饮水之言,衔木填海之喻,至深痛切,顾读者弗之察耳。渊明之志若是,又岂毁彝伦而外名教者可以同日语乎?《朱子语录》出门人杂手,未可信。靖节人品,

诚有如西山所言者,未可轻议。然吴临川《跋朱子书陶诗》又云:"朱子尝言'陶靖节见趣多是老子意',观此写陶诗四首与刘学古,而卷末系以老氏之六言,以其诗意出《道德经》之绪余也。"何也?此直晦庵一时所见,意如此耳,非遂有所贬也。晦庵谓周濂溪《拙赋》"天下拙,刑政彻",其言似庄、老,岂以濂溪亦庄、老之徒哉?

（四）何孟春对"甲子辨"的意见

何孟春关注到了"甲子辨",将前人说法作出了梳理,寻找观点形成与传播之轨迹。

春按,《艇斋诗话》:"思悦者,虎丘寺僧,治平中曾编《渊明集》,吴盖未考于此。"艇斋记曾季狸语,亦以思悦此序信而有证。《碧湖杂记》云:"元兴五年,桓玄篡位,晋氏不绝如线,得刘裕而始平,改元义熙,自此天下大权尽归于裕。渊明赋《归去来》,实义熙元年也。至十四年刘公为相国,恭帝即位,改元元熙,至二十年庚申禅宋。观恭帝之言,曰'桓氏之时,晋氏已无天下,重为刘公所延将二十载,今日之事,本所甘心'。详味此语,则刘氏自庚子得政至庚申革命,凡二十年。渊明自庚子以后题甲子者,盖逆知其末流必至于此,忠之至,义之尽也。思悦殆不足以知之。"《困学纪闻》云:"《左传》引《商书》曰:'沉潜刚克,高明柔克。'《洪范》言:'惟十有三祀,箕子不忘商也,故谓之《商书》。'陶渊明于义熙后但书甲子,亦箕子之志也。陈咸用汉腊亦然。"

在这里,何孟春只是引用前人说法,看似没有做出判断,其实是对吴师道认为陶诗书甲子是一时偶记的说法进行了反驳。他是站在易代之说的立场上的。何孟春对陶渊明政治立场的确认,使得他在增加的注释内容中思想更为贴近陶渊明的政治心迹,试援引数例以证之:

卷一《停云》第三章"东园之树,枝条再荣",注:"东园再荣之树,指历事新朝之人也。"

卷一《时运》末注:"序所谓'欣慨交心'者如此。渊明于时方在唐虞世远、吾将安归之际,诚不能自遂其暮春之乐也。"

卷三《饮酒》其三:"魏武帝《短歌行》:'对酒当歌,人生几何。譬如朝露,去日苦多。慨当以慷,忧思难忘。何以解忧,惟有杜康。'此饮酒语也,故此诗意如此。"

卷三《饮酒》其八:"'岁寒,然后知松柏之后凋',盖此篇之意。绁尘羁者,其屈节附宋之人欤?"

卷三《饮酒》其九:"《楚辞》:'圣人不泥滞于物,而能与世推移。世人皆浊,何不淈其泥而扬其波;众人皆醉,何不哺其糟而饮其醨。'《韵语阳秋》云:'贤者豹隐墟落,固当和光同尘,虽舍者争席奚病,而况于杯酒之间哉?'此陶公之所以无拒于田父也。"

卷三《饮酒》十九:"旧注:彭泽之归在义熙元年乙巳,此云复一纪,则赋此《饮酒》,当是义熙十二三年间。春按,陶公以癸巳为州祭酒,是而立之年也。乙未至庚子参镇军事,乙巳为建威参军,为彭泽令而归,距癸巳年正当一纪,此诗正此时作,旧注非也。前诗'行行向不惑',亦是谓四十时耳。"

卷四《拟古》其一"初与君别时,不谓行当久"处,元刘履《选诗补注》云:"'君'谓晋君,心醉即前诗'迷所留'之意,语出《列子》。'倾人命',犹言倾倒肺肝也。靖节见几而作,由建威参军即求为彭泽令,未几赋归。及晋、宋易代之后,终身不仕,岂在朝诸亲旧或有讽劝之者,故作此诗以寄意欤?"何孟春云:"此诗,解者谓兰柳易衰之物,而荣茂者,以喻晋室虽弱,尚可望其有为。不图一别,既久且远,中道迷留,至于今日枯衰,而遂不可为也。'诸少年'即向之所谓嘉友者,当时相逢,未言心醉,其意气似可以倾人命,今日离隔,竟何所成就乎?此靖节为当时无可与同心忧国者发也。而刘履以为易代之后,在朝诸亲旧或有劝其仕者,故作此寄意,岂其然哉?"

卷四《杂诗》其二:"日沦月出,指晋、宋易代事。"

卷四《读山海经》十三:"盖由《山海经》所记废共工与鲧之事,联想而及齐桓公不听管仲之言,既废易牙等人又复之。感慨帝者倘不慎用才,必遭祸患。"何孟春注之甚详:"仲父,即管仲。姜公,齐桓公也。桓公饥渴事,《春秋》内外传不载,而独见于《吕氏春秋》,人盖鲜有知者。此诗又在《读山海经》末章,昔人求之所读,不得其说,宜乎其以为未详也。春谨录吕氏书于左……靖节此诗,易'桓'曰'姜'者,殆避长沙公谥之嫌耳,此有为而作也。"

六、关于前人对何孟春本的评价问题

对于何孟春集前人之注,并在此基础上进一步发展"以忠愤注陶"的做法,前人评价甚冗,其中以邓安生之论断最为全面、精炼。邓安生评价说:"何氏主以'忠愤'论陶,其注释着重在抉发陶诗的微旨寓意。何氏未见汤注本,于李公焕所辑旧注悉予采录。李本旧注而外,又多取元刘履《选诗补注》。汤、刘二家本好穿凿附会,何氏更加推演,其失益多。如卷一《停云》诗注,于'竞用新好,以招余情'引汤注:'谓其又相招以事新朝也。'又于'良朋悠邈,搔首延伫'下引刘履:'此盖元熙禅革之后,而靖节之亲友或有仕于宋者,故特思而赋之,以寓规讽之意。'复于'东园之树,枝条再荣'下自注云:'东园再荣之树,指历事新朝之人也。'如此者甚多。又此本校勘间有创获,如《赠长沙公族祖》题下注曰:'族祖二字疑衍。'可谓有见。而失校之处亦多。《述酒》'芈胜丧其身','芈'字仍李笺本之误作'羊',注引黄山谷云:'羊胜当是芈胜,白公也。'《拟古》之二'闻有田子泰','泰'字仍旧作'春',未予改正。《读山海经》之十一首句仍作'巨猾肆威暴',注云:'猾,一作危,非。'实则《山海经·西山经》正作危。"①

七、关于此本的著录问题

何孟春注本在明清时期颇获关注,在多种书目中有著录。明高儒《百川书志》云:"《陶靖节集》十卷,晋彭泽令陶渊明元亮也,诗一百二十八,辞赋三,杂文二十二,《集圣贤群辅录》并附录,皇朝何孟春注。"②赵琦美《脉望馆书目》云:"何孟春注《陶靖节集》二本。"③黄虞稷《千顷堂书目》云:"何孟春注《陶靖节集》十卷。"④

叶德辉《郎园读书志》云:"《陶靖节集》十卷,明何孟春注,正德癸未刻,白口本,半叶十行,行二十字。《四库全书总目》集部别集类未著录,亦未存目,盖当时馆臣未见,疆吏亦未采进也。此书自来藏书家书目均不载,近惟莫友芝《郘亭知见传本书目》有此本。又有嘉靖癸未刻本。盖前

① 傅璇琮总主编,郁贤皓分册主编:《中国古代诗文名著提要》汉唐五代卷,河北教育出版社2009年版,第39页。
② 高儒:《百川书志》卷十二,清光绪至民国间观古堂书目丛刊本,第二页b面。
③ 冯惠民、李万健等选编:《明代书目题跋丛刊》下册,第1453页。
④ 黄虞稷:《千顷堂书目》卷三十二,清文渊阁《四库全书》本,第七页b面。

明两次校刻,不知流传何以如此之稀,岂当时印本均不多耶? 孟春,《明史》列传称其'少游李东阳之门,学问该博'。《四库目》史部政书类有《何文简疏议》十卷,子部儒家类存目有其《孔子家语注》八卷,杂家类存目四有其《余冬序录》六十五卷,而集部无此书。《明史·艺文志》子部杂家类有其《余冬序录》,集部别集类有其《疏议》,亦不言有此集注本。是不独四库馆臣不知有是集,即修《明史》诸臣均不知有是集也。陶诗注本,马端临《通考·经籍考》载有宋汤汉《靖节诗注》四卷,嘉庆间,阮文达元从宋椠本影写进呈,《揅经室外集提要》举其《拟古诗》'田子春'作'田子泰'一条,谓其与《魏志》合,又云'其他佳处,尤不胜指'。而此本亦作'田子春',余亦与坊行俗本无异。明人不知版本佳劣,故沿讹袭谬,不能订正其是非。如孟春此注,又无足深辨矣。"[1]

八、关于此书的流传、翻刻问题

(一)嘉靖二年范永銮重刊本

莫友芝《邵亭知见传本书目》又载有嘉靖二年(1523)刊本[2],郭绍虞《陶集考辨》以为嘉靖本为范永銮重刊本,而传世极少,至清代亦已罕见,当时已有"异本"之称[3]。今上海图书馆有嘉靖二年范永銮重刊本,卷末有范永銮跋:

门人范永銮曰:昔人论诗之为道,谓率吾情,盎然出之,无意于人之赞毁;又谓秋水芙蓉,天然成质。味斯言也,靖节之诗其以之。夫格衰于因文求质,巧擅于质以生文,互以此观靖节之诗益信然。盖其出处大节,壁立万仞,任性全真,超然今古,宜其发为吟咏,冲淡萧散,《三百篇》之后仅见也。但惜卷帙不伦,旧注散落,观者苦焉。天官少宰燕泉何师,详加整比以注其微,互为考证以正其讹,集诸儒之论以彰其美,而又易以今名,盖彬彬然而易入矣。虞山陈君原习复序焉,梓于滇而传播天下,无弗获见者,无俟于再梓矣。嘉靖癸未,銮奉命西巡,携是以随,每一玩索,恍若洒

① 叶德辉:《郋园读书志》卷七,湖南图书馆编:《湖南近现代藏书家题跋选》,第262—263页。

② 莫友芝撰,傅增湘订补,傅熹年整理:《藏园订补邵亭知见传本书目》卷十二上,第942页。

③ 郭绍虞:《陶集考辨》,第306页。

然于冲淡之趣，骎骎乎出处之节，其感动有如此，禆益于人也岂浅浅哉？故虑其传之容有未遍也，乃付重守易子翻刻之。夫风流制作如靖节，注释考证如吾何师燕泉，不多见也，梓之岂厌其重乎？门人苏山范永銮拜书。

福建省图书馆藏嘉靖二年范永銮重刊本，卷首有佚名题字：

靖节先生以义熙元年秋为彭泽令，冬遂解绶。去后十六年，晋禅宋，又十年卒。《晋史》谓"名潜，字元亮"；《南史》谓"名潜，字渊明"，胥失之。今按先生义熙中作《孟嘉传》及《祭程氏妹文》，具称"渊明"，元嘉中对檀道济乃称"潜"，是与年谱所载"在晋名渊明，在宋改名潜，其字元亮则未尝易"者为相合矣。元邓善之题其像曰："诗中甲子春秋笔，篱下黄花雨露枝。便向斜川频载酒，风光不似义熙时。"贡泰甫题云："竹杖芒鞋白鹿裘，山中甲子几春秋。呼童点检门前柳，莫放花飞过石头。"二诗皆能道靖节心事。自作诗云："抚己有深怀，履运增慨然。"是可以想见也。录《梦蕉诗话》。

卷首蒋玢题识：

注渊明者不啻数十家，惟燕泉先生最为详核，读者应知所重焉。中秋望后，绚臣玢偶阅识。

卷末蒋玢跋：

闽王典籍恭题陶靖节图："束带何须见督邮，宁辞五斗便归休。秋风几度黄花酒，醉看飞鸿过石头。"绚臣玢识。

（二）嘉靖六年罗辂刻本

此本厦门大学图书馆有藏。嘉靖六年（1527）夏，陈洪谟任江西巡抚，在浔阳拜会何孟春，得其陶集注本，遂使南康知府罗辂重刊于庐山白鹿洞书院。卷首有陈洪谟《陶靖节集重刻叙》、林俊《题陶靖节集》，陈洪谟序云：

嘉靖丁亥夏，少宰燕泉何公归政于留都，舟过浔阳，余遣人候之。公缄一编贻余，启封则公手注靖节集也，且曰："盍刻诸？"余因忆昔侍公滇南，尝受读是编，比来豫章，尘俗嚣纷，每欲诵陶诗以自适，检诸巾笥不可得，兹获三复是编，神思洒然矣。乃授南康罗守辂刻之白鹿洞，先生梓里固在是云，仍犹存焉。游是乡，读是编，得无神会其人于千百世之上邪？夫先生非一乡之士也，史称其薄身厚志，廉深简洁，畏荣好古，为诗则冲淡夷旷，出于自然，为文亦不事雕刻，而词意精拔，抑扬爽恺，有《三百篇》《楚辞》之遗风，其说似矣。有谓渊明、子厚之诗皆枯而腴，淡而实美，又谓作诗须从陶、柳门中来乃佳。夫子厚固学陶者也，然其音响铿戛，犹假诸炉锤之力，律之盛唐，已落第二义，顾能并论于彭泽之门墙也邪？况夫诎附伍、文，视不为五斗米折腰者何如？忧愤凄楚之气，每于诗发之，视乐天知命、忘怀得失者，大相径庭，余以为《三百篇》《楚辞》之后，宜无论也，具法眼者当自得之。余何人，敢复置喙其间？独以燕泉公博极群书，于是尤加嗜好，注疏精确，盖尚友而有契焉者也。公著述甚富，皆盛行于时，南康告既讫功，遂漫题其首。是岁夏日武陵后学陈洪谟书于豫章之巡抚都察院三至轩。

　　书末有何孟春跋。厦门大学图书馆藏此本，曾为明代著名藏书家徐㷆父子收藏。徐㷆墨笔题识于陈洪谟序文后，云："此集先君少所批阅，筮仕之后，携之四方，珍若拱璧，盖五六十年前陶集仅有何氏一注为善，他无别梓也。年来刻本甚多，余独宝此者，手泽存也，子孙其重之哉。万历壬子夏㷆书。"

5. 嘉靖元年朝鲜刻李梦阳本《陶渊明集》八卷，存

〔出处〕

　　据李梦阳《空同集》卷五十《刻陶渊明集序》所记，知有此刊本：

　　予既得渊明墓山，封识之矣。又得其故屋祠址田，令其裔老人琼领业焉。然其山并田，德化县属，而老人琼星子民。会九江陶亨来，言本渊明裔，亨固少年粗知字义者，于是使为郡学生焉，实欲久陶墓。而陶生则曰力能刻其祖集。予曰刻其集，必去其注与评焉。夫青黄者，木灾也。太羹之味，岂群口所嗜哉！夫陶子，知其人者鲜矣，矧惟诗？朱子曰："《咏荆轲诗》，渊明露出本相。"知渊明者，朱子耳。初，渊明墓失也，越百余年无寻焉。予既得其山并田，遂迁诸窃据而葬者数家而封识之，然仍疑焉。及览《渊明集》，有《自祭文》曰："不封不树。"岂其时真不封不树以启窃据而葬者邪？墓在面阳山德化县楚城乡也。集去其注与评，为八卷云，凡八十一板。因系之曰：渊明，高才豪逸人也，而复善知几，厥遭靡时，潜龙勿用。

然予读其诗,有俯仰悲慨、玩世肆志之心焉,呜呼惜哉!①

原刻本未见,今存明嘉靖元年朝鲜刻李梦阳本,美国哈佛燕京图书馆、日本国立公文书馆内阁文库等有藏。

〔版本信息〕

版 式

每半叶十行,行二十字。四周单边,上下大黑口,双鱼尾。版心刻"陶集卷之×",下记页码。每卷首尾题"陶渊明集卷之×"。此本尤为珍贵的是,末有朝鲜刊记,记录了刊刻此书的刊工、写工等信息:"忠州牧开刊,罗陆、金世玲、张守贞、朴眉贵、池末讫、尹山、金玉冈,刻字金处义,都色户长朴培,书写韩山李贤英、幼学崔汉佑,监校成均进士安铸。"

编 次

书前有李梦阳《刻陶渊明集序》,次为萧统《陶渊明集序》,分卷一至卷八,附《集圣贤群辅录》。书后附有颜延之《陶征士诔》、萧统《陶渊明传》、李梦阳《杂记》以及朝鲜刊者忠州牧朴祥(1474—1530)嘉靖元年跋。

据李梦阳序,此本原为八卷白文本。此本陶集,主要是以李公焕本《笺注陶渊明集》为底本,去除了大部分注评,但仍然有部分注释没有去除。最终采用"八卷"的内容,但并没有删去《集圣贤群辅录》。其他各部分,与李公焕本编次大致相同。

序 跋

卷首有李梦阳《刻陶渊明集序》,已见于上文,末著"大明正德八年岁次癸酉冬十二月,北郡李梦阳序"。

卷末载李梦阳《杂记》,《杂记》主要言及陶渊明墓等相关情况:

陶渊明墓,德化县面阳山也,为九江卫军张祥辈所据毁焉。山下有塘,前荒地平而方,长二丈五尺,阔四尺,瓦砾积焉,疑树坊处也。渊明屋基墓山下,东至石墙脚,西田亩,北去墓山一十丈五尺,阔二十四丈,亦张

---

① 李梦阳撰,郝润华校笺:《李梦阳集校笺》卷五十《刻陶渊明集序》,中华书局2020年版,第1663—1664页。

祥辈据之。其祠与洗墨池则在鹿子坂，东至古枫树，南至河，西至松树，北至石墙脚，大小六十二丘，计田一十七亩八分一厘六毫，为南昌左卫军田仲仁、方志达、张福善、甘真一、德化县民张玉顺辈所据。祠基之前，水冲为沙洲，长二十五丈，阔十二丈，洲生杂树一百三十五株，约围二尺，又水冲其碑趺出。始予按九江府也，教读罗允中鸣其事，已使官勘之矣。正德八年，再按府，则使府经历齐璋、千户赵忠勘拘其递年里甲钟允康等，并老人、邻人、高年人审勘，一一得实，画图造册，明白矣。又发知府李从正、指挥同知邵继宗会勘，果实，张祥等各心退所据墓山、屋基、池洲等，悉如勘数，而俾陶氏裔孙老人陶琼领业焉。诸侵葬于其墓山、屋祠基、军民墓，知府从正悉令迁之，而于渊明故墓所崇土为表识，皆有条理明白。今画墓山、屋祠基、池洲等图于左。李梦阳记。

卷末还有朝鲜刊刻者朴祥的《新刊陶靖节先生诗文集跋》一篇：

右靖节先生诗集，康州须溪本，不但文集之不具，而其所载且有阙失，是岂陶氏之全书耶？余尝得国朝李梦阳所校定诗文两帙，盥手百遍，先生平生制作，未必止此，而亦可以见其大略矣。图寿传于东夏，盖有年矣。去岁秋，因都事朴君遂良复于监司孙相公仲橃请，刊授学徒。公忻然以允，下符本州所管六州，材既鸠而书未入梓。孙相承召，朴君见代，今监司赵相公玉昆、都事尹君溉续至，尤加轸念，简一路镌工若干人，优其稍食，以劝课之，月再彀而手以断谒。於戏！诵其诗，读其书，不知其人，可乎？知其时之不可为，则高蹈远引，贤者避世也；宗国革易，则誓死不出，忠臣不事二姓也。夫东篱采菊，乃西山采薇之遗义。而沾衣秦良，则讽切反君事雠之微意存；寄情荆卿，则沐浴请讨弑逆之铁钺寓。所谓"草中恐生刘寄奴，落絮不与江波东"之句，非附诮先生。而世不察，以为沉冥逃世，睹其粗迹耳。然则知先生者唯朱子，不有《纲目》表尊之，几与颂酒之刘伶同归放达矣。此余所以汲汲求诗文镂播，庶使知者兴怀。而彼二公、两佐、四君子之用力，实未尝不在是已。览者审焉。皇明嘉靖元年壬午秋七月上澣，通训大夫忠州牧使朴祥昌世谨跋。①

---

①　此跋又见朴祥《讷斋先生续集》卷四，题作《靖节陶征士诗集跋》，见《韩国文集丛刊》第 19 册，景仁文化社 1988 年版，第 71a 页。

〔按语〕

一、关于李梦阳本的刊刻者与存佚问题

李梦阳本在中国已经失传，但存有朝鲜刊本，基本保留了李梦阳刊本的原貌。在这篇序中，李梦阳提到了陶渊明的后裔陶亨提议要刊刻陶集。而李梦阳的建议是，让陶亨去掉陶渊明诗文之注评。最终所成之陶集，有八十一板，八卷。此本陶集，郭绍虞等前辈称为"陶亨刊本"①，但在韩国学者著录中，多称为"李梦阳刊本"。

陶亨，九江人，江西本地郡学生。李梦阳所记之序，对陶亨不恭，称其为"少年粗知字义者"，颇有雅谑之意。既然陶亨乃一年少郡学生，应无力刊刻陶集，只言志向而已。李梦阳在当时，已经生出刊刻陶集的一种想法，即去除注评。此本陶集当为李梦阳在任江西提学副使时所刻，去注、评的基本刊刻思想亦自李梦阳出，宜定为"李梦阳刊本"。通过朝鲜翻刻本，基本可以断定陶亨本刊于明正德年间。陶亨虽然无名于世，但陶亨本保存的李梦阳的两篇序跋非常重要，是了解明代陶渊明墓地、祠堂的重要史料，其中保留的明代江西陶渊明遗迹插图也很珍贵，这是陶亨本最有价值之处。

李梦阳（1473—1530），字献吉，又字天赐，号空同子，甘肃庆阳人，后迁居开封。弘治七年（1494）进士，历官户部主事、员外郎、郎中等，武宗时官江西提学副使，以事夺职。明代中期文学家，复古派"前七子"的领袖人物，提倡"文必秦汉，诗必盛唐"。谋除宦官刘瑾，险被杀害。一生五次下狱，后被夺职居家赋闲，卒谥景文。与何景明、边贡、康海、王九思、王延相、徐祯卿并称"前七子"。曾为兴复白鹿洞书院不遗余力，修《白鹿洞书院志》，在德化县面阳山寻陶渊明墓碑而新造陶渊明墓等。在江西，李梦阳使社学在各县、州、府普遍建立起来，有效地保证了江西的基础教育。提学副使需为府、州、县学选拔学生，李梦阳需到各府去对府、州、县学生进行考试、评阅试卷、决定等级②。或因此郡学生陶亨才与之有交往。他

---

① 郭绍虞：《陶集考辨》，第 289 页。
② 张廷玉等撰：《明史》卷二八六《李梦阳传》，第 7346—7348 页。

在《冬日抚州别友》一诗中说在抚州"校阅才及旬,劳拙遗安枕"①,评阅繁忙。刊刻陶集一事,应与李梦阳的这一段经历相伴随。

李梦阳尚情且崇尚陶渊明,如此篇《刻陶渊明集序》评陶诗:"渊明,高才豪逸人也,而复善知几,厥遭靡时,潜龙勿用。然予读其诗,有俯仰悲慨、玩世肆志之心焉,呜呼惜哉!"②再如《刻阮嗣宗诗序》评阮籍:"洋洋乎会于风雅。"③《陈思王集序》评曹植:"其情危,其言愤切而有余悲。"④皆以情论。而何景明在写给李梦阳的《与李空同论诗书》中提及陶渊明:"仆尝谓诗文有不可易之法者,辞断而意属,联类而比物也。上考古圣立言,中征秦汉绪论,下采魏晋声诗,莫之有易也。夫文靡于隋,韩力振之,然古文之法亡于韩;诗弱于陶,谢力振之,然古诗之法,亦亡于谢。"⑤这些都说明,李梦阳在取法六朝时的基本态度。同时,李梦阳对朱熹十分景仰,他在理解陶渊明时,也注入了朱熹的思想。其《刻朱子实纪序》着重写到了朱熹在白鹿洞书院复学之事,颇有寄托,曰:"人曰'仲尼之不遇,春秋之不幸,万世之幸'。如是则公之遇不遇,吾又奚悲?"⑥其悲朱子"于戏! 何其遇不易至此哉"⑦,亦是在悲叹自己坎坷的仕途生涯。

二、关于李梦阳本的刊刻时间问题

此本桥川时雄《陶集版本源流考》未提及,郭绍虞《陶集考辨》录其目。郭绍虞亦指出在认定陶亨本刊刻时间上存在的问题:"此本不见诸家著录,惟李氏序文,各本有辑入附录者。李氏卒于嘉靖八年己丑,则此本或为成化本矣。"⑧

从李梦阳生平来看,李梦阳生于成化八年(1472),成化年间尚小,故

---

①　李梦阳撰,郝润华校笺:《李梦阳集校笺》卷十一《冬日抚州赠友》,第 279 页。

②　李梦阳撰,郝润华校笺:《李梦阳集校笺》卷五十《刻陶渊明集序》,第 1664 页。

③　李梦阳撰,郝润华校笺:《李梦阳集校笺》卷五十《刻阮嗣宗诗序》,第 1661 页。

④　李梦阳撰,郝润华校笺:《李梦阳集校笺》卷五十《陈思王集序》,第 1659 页。

⑤　赵春宁等著,周祖譔主编:《明史文苑传笺证》卷二,凤凰出版社 2012 年版,第 659 页。

⑥⑦　李梦阳撰,郝润华校笺:《李梦阳集校笺》卷五十《刻朱子实纪序》,第 1665 页。

⑧　郭绍虞:《陶集考辨》,第 289 页。

而此本不可能为成化本。李梦阳于正德五年(1510)刘瑾被诛后官复原职,升任江西提学副使,不久即被夺职。至正德十四年(1519),李梦阳复因事入狱。其刻陶集一事,当在正德年间。郭绍虞对李梦阳生平无考,属猜测之言,不得为据。

卞东波根据朝鲜本明确所署"大明正德八年岁次癸酉冬十二月北郡李梦阳序"来推测,正德八年(1513)李梦阳作序时,陶亨本应该完成,并准备刊刻,故陶亨本准确的成书时间应是正德年间,而非郭绍虞推测的成化年间①。卞东波发现,陶亨本(即李梦阳本)有极少量陶氏本人的注,"如卷三《癸卯十二月中作与从弟敬远》'荆扉昼常闭','闭'下有小注云'入声'。同卷《述酒》诗题下有小注云'此篇恐非陶诗'。此两注皆不见于李注本,当是陶亨自注。"②

三、关于李梦阳本的底本问题

李梦阳本的底本是元李公焕本。如卷二《于王抚军座送客》"秋日凄且厉","秋"曾集本、汤汉注本、宋绍兴本、宋递修本皆作"冬",惟李注本作"秋"。同诗"洲渚四缅邈","四缅邈"宋递修本作"思绵邈",而曾集本、汤汉注本、李注本皆作"四缅邈"。

但是,此本也参考了其他各本。最明显的是卷二《归园田居》,李公焕本为六首,而此本为五首,删去了第六首"种苗在东皋"。又卷三末,李公焕本有《四时》一诗。卷四《杂诗》,李注本有十二首,但在最后一首诗末注云"东坡和陶无此诗",故李梦阳本题为《杂诗十一首》,无最后一首。这说明,刻于明代的这种陶集,已经非常清楚陶集中混入伪作的问题,因此参详了当时对于陶集编次的诸多主流意见。如卷三《癸卯岁始春怀古田舍二首》其二"转欲思长勤","思"李注本作"志"。卷三《庚戌岁九月中于西田获早稻》,"早"朝鲜本作"晚",然诸本或作"早",或作"旱",未见作"晚"者。九月获稻,不得称"获早稻",疑此本编者见此而改作"晚"。同诗"日入负禾还","禾"李注本作"耒",宋递修本、曾集本作"禾"。卷三《饮酒》其八"众草没其姿","其"宋递修本作"其",李本作"奇"。

---

①②　卞东波:《日韩所刊珍本〈陶渊明集〉丛考》,《铜仁学院学报》2017 年第 1 期,第 27 页。

四、关于朴祥

朴祥,字昌世,号讷斋,忠州人。弘治九年(1496),年二十三,中进士选。弘治十四年(1501)登第,授校书馆正字。正德十六年(1521)夏,为忠州牧,著有《讷斋先生集》,编有《东国史略》。尹衢《讷斋先生行状》称:"世俗所悦者媚顺,先生之所贱恶也;世俗所忌者刚方,先生之所自宝也;世俗所竞骛者财利,先生之所唾掷不顾也。先生所爱者,佳山秀水,游赏而忘归。所好者,典籍辞章。自少至老,未尝暂辍。"①尹衢这篇行状认为,朴祥的为人风范,颇类陶渊明。朴祥之序交代了他刊刻此本的经过。当时流传在朝鲜的《须溪校本陶渊明诗集》仅收录了陶渊明之诗,不易窥见陶渊明创作的全貌。从朴氏跋文中可知,李梦阳《空同先生集》卷五十有明正德八年《刻陶渊明集序》(见陶亨本叙录),朴祥亲见李梦阳校定的陶亨刊本,则此本应当以朴祥所见李梦阳校定的陶亨刊本翻刻而成。非常值得注意的是,朴祥的刊刻动机是为了"刊授学徒",这也是《陶渊明集》被用为教材的重要例证之一,这与南宋曾集刊陶集以来,陶集常被用作书院教材的情况颇为类似。朴祥跋语特别表彰了陶渊明人格中不仕与忠义的两面,强调人格而搁置诗学之论,这也是受到了朱子学的影响,亦是《陶渊明集》在宋代以后理学化特征不断深化的重要表现。

6. 嘉靖十三年崔铣崔汲刊《陶渊明集》,卷数不详,佚

〔出处〕

此种陶集未见传本,仅有著录,见崔铣《洹词》卷十《刊陶诗后序》:

子汲欲为诗。予语之曰:"《三百篇》其的也。诗发乎情,情感乎时,治则乐则颂,衰则忧则刺,乱则怼。斯纪以著鉴,匪情匪人也,匪则匪情也。"汲曰:"后人孰为诗?"曰:"其陶子渊明乎? 洁身如嵇康而安,逊保如孙登而平,放志如阮籍而法。六朝无良才,词浮靡而论玄虚矣。陶子出言深靓,希志洙泗,数百年中,斯文而已。"汲遂刻其诗,而载是言也。嘉靖甲午

---

①　《韩国文集丛刊》第 19 册,第 93a 页。

九日崔铣识。①

〔按语〕

一、关于崔铣、崔汲父子

崔铣（1478—1541），明代学者。字仲凫，一字子锺，别号后渠、少石、洹野，河南安阳人。弘治十八年（1505）进士。由庶吉士授编修，预修《孝宗实录》。因触犯刘瑾，出为南京吏部主事。瑾败，召充经筵讲官。世宗即位，擢南京国子监祭酒。又因疏劾张璁、桂萼而致仕。嘉靖十五年（1536）再起为少詹事兼侍读学士，历南京礼部右侍郎。致仕卒，谥少敏②。其学以程朱为本，斥王守仁为"霸儒"，视禅学为异说。他在文学上的观点，与李梦阳非常接近，提倡"假物申旨，贵切而远；托风寓谏，贵婉而明""犹风之被草木，有默移而无显功，宜渐浸而忌直讦"等③，将恢复诗教的意义推至事关世风、世运的高度。

崔汲，生卒年不详。崔铣次子，字孟可，号太行山人。补国子监生。其所著《家闲》是一部颇有影响的佳作。崔铣所撰《易余官》五卷，崔汲整理。

二、关于此书的刊刻时间

崔铣跋语所谓"嘉靖甲午"，即嘉靖十三年（1534）。考嘉靖十三年前后，崔铣在南京任职，故此集大约刊刻于南京。此本桥川时雄《陶集版本源流考》未录，郭绍虞《陶集考辨》存其目，亦云"此本不见诸家著录，疑早佚"④。故而某版本源流不详。

7. 嘉靖二十四年龚雷刊《陶渊明集》十卷，存

〔出处〕

上海图书馆藏。

---

① 崔铣：《洹词》卷十《刊陶诗后序》，清文渊阁《四库全书》本，第二十二页 b 面—第二十三页 a 面。
② 张廷玉等撰：《明史》卷二百八十二《崔铣传》，第 7255—7256 页。
③ 崔铣：《洹词》卷十一《苏氏诗序》，第四十五页 b 面。
④ 郭绍虞：《陶集考辨》，第 290 页。

〔版本信息〕

版　式

半叶九行，行十七字，白口，左右双边，单黑鱼尾，下记"陶卷×"。每卷卷端题"陶渊明集卷第几"，次为该卷目录，再次为该卷诗文。宋讳如"殷""敬"等字偶缺末笔。附录末有"嘉靖乙巳后学龚雷校刻于家塾"刊记一行。

编　次

卷首昭明太子《陶渊明集序》，各卷目录如下：

卷第一：《停云一首》《时运一首》《荣木一首》《赠长沙公族祖一首》《酬丁柴桑一首》《答庞参军一首》《劝农一首》《归鸟一首》《命子一首》。

卷第二：《形影神三首》《九日闲居一首》《归园田居六首》《游斜川一首》《示周掾祖谢一首》《乞食一首》《诸人共游周家墓柏下一首》《怨诗楚调示庞主簿邓治中一首》《答庞参军一首》《五月旦和戴主簿一首》《连雨独饮一首》《移居二首》《和刘柴桑一首》《酬刘柴桑一首》《和郭主簿二首》《于王抚军座送客一首》《与殷晋安别一首》《赠羊长史一首》《岁暮作和张常侍一首》《和胡西曹示顾贼曹一首》《悲从弟仲德一首》。

卷第三：《始作镇军参军经曲阿一首》《庚子岁五月中从都还阻风于规林二首》《辛丑岁七月赴假还江陵夜行涂中一首》《癸卯岁始春怀古田舍二首》《癸卯岁十二月中作与从弟敬远一首》《乙巳岁三月为建威参军使都经钱溪一首》《还旧居一首》《戊申岁六月中遇火一首》《己酉岁九月九日一首》《庚戌岁九月中于西田获早稻一首》《丙辰岁八月中于下潠田舍获一首》《饮酒二十首》《止酒一首》《述酒一首》《责子一首》《有会而作一首（并序）》《蜡日一首》《四时一首》。

卷第四：《拟古九首》《杂诗十二首》《咏贫士七首》《咏二疏一首》《咏三良一首》《咏荆轲一首》《读山海经十三首》《拟挽歌辞三首》《联句一首》。

卷第五：《感士不遇赋（并序）》《闲情赋》《归去来兮辞》。

卷第六：《桃花源记（并诗）》《晋故西征大将军长使孟府君传（并赞）》《五柳先生传（并赞）》《扇上画赞》《读史述（九章）》。

卷第七:《天子孝传赞》《诸侯孝传赞》《卿大夫孝传赞》《士孝传赞》《庶人孝传赞》。

卷第八:《与子俨等疏》《祭程氏妹文》《祭从弟敬远文》《自祭文》。

卷第九:《集圣贤群辅录上》。

卷第十:《集圣贤群辅录下》。

卷末有阳休之《序录》、宋庠《私记》,后有附录二卷,卷上为颜延之《诔》、萧统《传》、吴仁杰《年谱》,卷下为曾纮《说》、骆太博《斜川辨》、李公焕《集总论》。

〔**按语**〕

一、关于龚雷

龚雷,字明威,一字民威,长洲人,官至汉川知县。所刊书尚有明嘉靖七年刻《战国策》鲍彪校注本,卷末有"嘉靖戊子后学吴门龚雷校刊"篆文刊记以及"民威"篆印。又刻赵汸注《杜律五七言》等。龚雷刻本追摹宋元,字体精美,后世多有剜去其刊记以充旧本者。

二、关于剑泉山人本

南京图书馆、日本静嘉堂文库藏有剑泉山人刊本,杜信孚纂辑《明代版刻综录》中记载."《陶渊明文集》十卷(晋陶潜撰),《靖节先生年谱》二卷(宋吴仁杰编),明嘉靖二十四年剑泉山人刊(附录后有'嘉靖乙巳剑泉山人校刻于家塾'一行)。"①此本实为将龚雷刊本剜改刊记而成者。

三、前人对此种陶集之评价

此本桥川时雄仅提及其名,未加叙述,曰:"李公焕本,在明清两朝,屡见重刻,流布益广,体裁益颓,既为俗本,然因其编次文字异同,确知所由来者,有嘉靖傅印台刊本、嘉靖剑泉山人刊本、万历程氏刻本、万历杨氏刊本、汲古阁刊本及弹琴室重刻汲古阁本等,其外仍当有之,余未经眼考察也。又《圣贤群辅录》赝托之故,特据李公焕本削略此二卷,以为八卷本

---

① 杜信孚纂辑:《明代版刻综录》第 6 册,广陵古籍刻印社 1983 年版,第二十八页 b 面。

者,杨时伟万历刊本、凌氏万历刊本、明潘璁刊本及《四库全书》本是也。"①

郭绍虞亦未见其书,《陶集考辨》叙之曰:"明嘉靖剑泉山人刊本(《陶渊明文集十卷》,未见)。陆心源《皕宋楼藏书志》卷六十七:'《陶渊明文集》十卷,明嘉靖剑泉山人刊本,晋陶潜撰。昭明太子《序》,北齐阳休之《叙录》,宋庠《记》,曾纮《跋》。'剑泉山人不知何许人,其刊印原委亦未详,桥川氏谓今存,而所言悉与陆氏《藏书志》同。惜余未见其书也。"②

附　吴翌文何义门批校本

〔出处〕

此本藏于北京大学古籍部,分为两册,题为"吴翌文何义门批校本陶渊明集"。

〔版本信息〕

钤　印

上册封面题有"吴翌文、何义门批校,丙辰春获于京师"。下册封面题为"双玉龛藏"。此本曾为清藏书家高世异藏,扉页有"华阳高氏苍茫斋考藏金石书籍记"。有"华阳高氏苍茫斋收藏金石书籍记""苍茫斋收藏精本""何焯之印""苍茫斋""世异印信""尚同读书""尚同点勘""意在三代两汉六朝之间""苍茫斋高氏珍藏""华阳高世异印""华阳国士珍秘之印"诸印。

题　识

卷首萧统《陶渊明集序》后,有吴耿光朱笔题识:

王右军《兰亭集序》,妙绝今古,昭明太子摘其文中有"是日也,天朗气清"句,以为与暮春之初不合,此论犹属吹毛求疵。予尝于暮春积雨新霁

① 桥川时雄:《陶集版本源流考》,第二十三页 a 面。
② 郭绍虞:《陶集考辨》,第 291—292 页。

后，放步湖滨，仰见天宇晴朗，爽然若清秋之气，始悟天朗气清，春时亦偶然有之。右军著"是日也"一语，原自参话句，言是日则然，非谓春时皆天朗气清也。则由此观之，昭明之论为不允，未知此论果出昭明乎？抑或后人疑此文不入《文选》，而假托昭明之论乎？亦未可知也。至于陶渊明《闲情》一赋，其自序曰："虽文妙不足，庶不谬作者之意。"所谓"作者之意"，即上张、蔡两赋"检逸辞而宗澹泊，始则荡以思虑，而终归闲正，将以抑流宕之邪心，谅有助于讽谏"云尔也。予细玩其赋，如"愿在衣而为领"等语，何等流宕，而终结之曰"尤《蔓草》之为会，诵《邵南》之余歌。坦万虑以存诚，懋遥情于八遐"，则终归闲正矣。作者之意若曰"吾如是之荡以思虑，而终无益也"，则不如"坦万虑以存诚"而已，此岂非有助于讽谏乎？而昭明乃谓其"卒无讽谏"，其论亦已过矣。虽然，昭明之论《闲情赋》则为过当，而其言"卒无讽谏，何必摇其笔端"二语，要自为作文之正论也。予观后世之学义山诗者，徒习其浮靡流宕之词，而失其旨，不能终归闲正。予尝谓孔子若作，则此等诗皆当入删诗之例，惟其谬于作者之意也。使得闻"卒无讽谏"之语，当亦废然返矣。然则昭明之论，岂可以其过当而尽非之哉！辛巳仲夏朔日，耿识。

眉　批

书中有多处吴耿光朱笔批校，为眉批、夹批、旁批，卷首萧统《陶渊明集序》后及书末分别有吴耿光朱笔题跋。此本页眉、页脚另有大量墨笔批校及墨笔过录诸家评论。书后附有《陶诗甲子纪年》"瓯北《陔馀丛考》附"之短文。书中未见何焯跋语，且少数墨批笔迹与墨笔过录诸家之评笔迹有异，似为不同人所批。

现将吴耿光等批语誊录如下：

一、卷一末，朱笔题：四言古诗九篇，四十四章，三百五十句。

二、《北齐杨（阳）休之序录》，何焯墨笔眉批：休之本出宋丞相家，虎丘寺僧思悦云永嘉周仲章太守家藏宋丞相刊定之本，于疑阙处甚有所补，憾此本今不传也。思悦采拾众本重定为十卷，刻于治平三年，世所传宋椠即此本耳。明何燕泉孟春、张洁生尔躬二本皆祖之，何注较详，讹缺亦不少，而诗四注卷单行，则始自宋番阳汤文清汉，世所引东涧者也。又元刘坦之履《选诗补注》中，笺陶至数十首，虽非专本，亦可观。明黄维章文焕有《陶诗析义》四卷，皆笺己见，多所发明。

三、吴仁杰《靖节先生年谱》(义熙)九年"份、佚皆年十三，佟八岁耳"，吴耿光眉批：集作"九龄"。

四、吴仁杰《靖节先生年谱》(义熙)九年"自恐大分将有限，则是因多病早衰之故，预作治命耳"句，吴耿光眉批：是是。

五、吴仁杰《靖节先生年谱》(元嘉)三年"本传当书曰：陶渊明字元亮，入宋更名为潜，如此为得其实"，吴耿光眉批：是是。

六、卷三目录后原评："《文选》五臣注曰：渊明诗晋所作者，皆题年号，入宋所作，但题甲子而已，意者耻二姓，故以异之。……黄鲁直诗亦有'甲子不数义熙前'之句，然则少游、鲁直尚惑于五臣之说，他可知矣。故著于三卷之首，以祛来者之惑云。"吴耿光眉批：此辨极是。

七、卷末附录下，黄山谷"退之于诗本无解处，以才高而好耳。渊明不为诗，写其胸中之妙耳，无韩之才与陶之妙而学其诗，终乐天耳"句，吴耿光眉批：此说又未允。

八、卷末附录下，黄山谷"未能窥彭泽数仞之墙者，二子有意于俗人"句，吴耿光眉批：如此乃为确论。

九、卷末附录下，黄山谷"此庚开府之所常也，然有意于为诗也，至于渊明则所谓不烦绳削而自合者"句，吴耿光眉批：尝读子山诗，因悟杜老"清新庚开府"之语之妙。盖子山胜场处只"清新"二字，已足以尽之矣，求其渐近自然，实非渊明之比，山谷之论岂欺我哉！

十、卷末附录下，黄山谷"渊明之诗，要当与一丘一壑者共之耳"句，吴耿光旁批：是是。又眉批：渊明知己。

十一、陈后山"鲍昭之诗，华而不弱；陶渊明之诗，切于事情，但不文耳"句，吴耿光旁批：确。又批：虽然，不文何病？良璞不剖其光辉，固自发于外也。但无其妙而徒有其不文，则不可耳。

十二、魏鹤山"因闲观时，因静照物，因时起志，因物寓言，因志发咏，因言成诗，因咏成声，因诗成音者，陶公有焉。"吴耿光眉批：佳文。

十三、《停云一首并序》："樽湛新醪"，何焯墨笔校：湛，一作酒；醪，一作湛。"叹息弥襟"，何焯墨笔校：襟，一作深。

题下有朱笔批：兴而赋也。停，积而不散也。曰"平路伊阻"，则雨甚可知；次曰"平陆成江"，则雨益甚而移时矣。次曰"枝条再荣"，则积雨新晴，而时愈久矣。乃顾念所见之人，而终不获，此诗之所为作也。

诗末有朱笔批：四章，章八句。

"平路伊阻"，朱笔眉批：曰"平路伊阻"，则良朋所以悠邈而不至也。至于"平陆成江"，则虽有车与舟，而亦靡从致之矣。

整首诗末有朱笔批：四章，章八句。

十四、《荣木》：题目下有朱笔批：兴而比也。后二章又赋也。此即进德修业，欲及其时之意。而末章终之以自勉，言能无怠于学，无虑其道之远也。

整首诗末，朱笔批：四章，章八句。

十五、《赠长沙公族孙一首并序》：题目上有朱笔批语："祖"，疑作"孙"，序作"祖"，是。

"长沙公于余为族祖，同出大司马"，朱笔批："大司马"，潜曾祖侃也。题曰"族孙"者，指侃六世孙延寿也。延寿父绰之，绰之父宏，宏父瞻，瞻兄夏。侃封长沙郡公，夏袭爵。夏卒，弟瞻之子宏袭爵，传至延寿为六世。序曰"族祖"者，靖节自谓，谓我族祖者，我谓之族孙也。

题目下有朱笔批：赋也。此叙其族谊，而终之劝勉，所以敦本者至矣。

诗末，朱笔批：四章，章八句。

"慨然寤叹，念兹厥初"，旁有朱笔夹批：讽之以敦族谊也。

十六、《酬丁柴桑》：题目下有朱笔批：赋也。

诗末有朱笔批：二章，一章六句，一章八句。

十七、《答庞参军一首并序》：题目下有朱笔批：赋也。此酬别其友而勖勉之，古人赠言之意皆然，其去风人之旨不远矣。

诗末有朱笔批：六章，章八句。

"民生在勤，勤则不匮"，朱笔眉批："民生在勤，勤则不匮"二语，极似经传之文。

十八、《命子》：题目下有朱笔批：赋也。此述祖德以勖其子之诗。子，潜长子俨也。潜五子，俨、俟、份、佚、佟。俨最长，字求思，小字阿舒，此专命俨也，与后《责子》诗不同。

诗末有朱笔批：十章，章八句。

十九、《归鸟》：题目下有朱笔批：比也，以归鸟自比也。此即"云无心以出岫，鸟倦飞而知还"之意，岂其彭泽思归之时，柴桑既返之后而作欤？然不可考矣。

诗末有朱笔批：四章，章八句。

二十、《形赠影》一首：题目上有朱笔眉批：创题创格。"黯尔具时灭，身没名亦尽"，朱笔夹批：二语沉着。

二十一、《神释》一首："立善常所欣，谁当为汝誉"，朱笔夹批：二语沉着。

二十二、《归园田居》五首："一去三十年"，"三十"，朱笔夹批：十三。

"方宅十余亩，草屋八九间。榆柳荫后园，桃李罗堂前"，朱笔眉批：称心而言，人亦易足。

"但使愿无违"旁有朱笔批：嗟乎！以夕露沾衣而违其愿者，岂少哉！

二十三、《游斜川一首并序》："开岁倏五日"有朱笔眉批："日"字是，别本作"十"，非。马永卿云："庐山东林旧本作'倏五日'，与序所谓'正月五日'正相应，宜以为正。"

"当复如此不"有朱笔批："不"，平声，音"浮"。

二十四、《答庞参军一首并序》："谈谐无俗调，所说圣人篇。或有数斗酒，闲饮自欢然"，朱笔眉批：我亦念其人。四语连看更佳。

二十五、《连雨独饮》：题目下有朱笔批：不见连雨意。

二十六、《与殷晋安别一首并序》："负杖肆游从，淹留忘宵晨。语默自殊势，亦知当乖分"，朱笔夹批：四语无限转折。

二十七、《悲从弟仲德一首》："街哀过旧宅"，"街"，朱笔旁批："衔"。又朱笔眉批："街"字误。

二十八、《始作镇军参军经曲阿一首》有朱笔眉批：此诗入《文选》。

二十九、《庚子岁五月中从都还阻风于规林二首》："巽坎难与期"，朱笔眉批："巽"谓风，"坎"谓水，下二句承上。

三十、《辛丑岁七月赴假还江陵夜行涂中一首》有朱笔眉批：此诗入《文选》。

三十一、《庚戌岁九月中于西田获早稻一首》："庶无异患于"，"于"，朱笔旁批:"干"。朱笔眉批:"于"字误。

三十二、《丙辰岁八月中于下潠田舍获》:"姿年逝已老",朱笔眉批:"姿年",犹妙年也。

三十三、《饮酒二十首并序》其二:"夷叔在西山",朱笔眉批:"叔",一本作"齐"。

其五:朱笔眉批:此诗入《文选》。"此中有真意",朱笔眉批:"中",《选》作"还"。

其七:朱笔眉批:此诗入《文选》。"远我遗世情",朱笔眉批:"遗",《选》作"达"。

三十四、《止酒》:"天运苟如此,且进杯中物",朱笔眉批:所以称达人。

三十五、《四时一首》:何焯墨笔眉批:此章为顾长康诗,载《许彦周诗话》。"春水满四泽",朱笔眉批:"四泽",犹四渎也,别作"泗泽"。

三十六、《咏贫士》其六:诗末有何焯墨笔批:此首未免词儿,陶诗犯之。

三十七、《咏贫士》其七:页脚有何焯墨笔批:此首清润铿和,故为昭明所爱。朱笔眉批:此诗入《文选》。"灼灼叶中华","华",朱笔批:"叶"。

三十八、《杂诗》其四:"丈夫志四海,我愿不知老。亲戚共一处,子孙还相保",朱笔眉批:称心而言。

其六:"此生岂再值",朱笔眉批:"值",音治,本属去声,非叶韵也。

三十九、《读山海经》十三首其一有朱笔眉批:此诗入《文选》。

其五:"惟酒与长年",朱笔眉批:如此亦得地仙矣。

其十二:"本为迷者生,不以喻君子"旁有何焯墨笔批:明君当国,自无放士,身丁晋末,寄慨遥深。

四十、《拟挽歌辞三首》其一:"魂气散何之?枯形寄空木。娇儿索父啼,良友抚我哭",朱笔眉批:此言其初死之时。

其二:"在昔无酒饮,今但湛空觞。春醪生浮蚁,何时更能营",朱笔眉批:此将葬而祭于殡之时也。

其三:"荒草何茫茫,白杨亦萧萧。严霜九月中,送我出远郊",朱笔眉批:此既启殡而至于墓所也。

四十一、《联句》:何焯墨笔批:愔之、循之,集内不再见,莫知其姓,《晋》《宋书》及《南史》亦无此人。

四十二、《闲情赋并序》："欲自往以结誓,惧冒礼之为愆。待凤乌以致辞,恐他人之我先",朱笔眉批:《风》《骚》遗调。

"十愿"一段,朱笔眉批:"十愿"自是创体,宋广平《梅花赋》从此脱胎。

"迎清风以祛累,寄弱志于归波。尤蔓草之为会,诵邵南之余歌",朱笔眉批:终归闲正。

四十三、《归去来兮辞》："舟遥遥以轻飏",朱笔夹批:归路之景。

"间征夫以前路,恨晨光之熹微",朱笔眉批:喻晋室之将亡也。

"载欣载奔",朱笔夹批:始归家之情景。

"三径就荒",朱笔夹批:应"田园将芜"。

"园日涉以成趣",朱笔夹批:归园一段。

"策扶老以流憩",朱笔眉批:"扶老",杖名。

"景翳翳以将入,抚孤松而盘桓",朱笔眉批:世外遐观。

"将有事于西畴",朱笔夹批:归田一段。

四十四、《桃花源记并诗》："复行数十步,豁然开朗",朱笔眉批:别有天地非人间。

四十五、《祭从弟敬远文》："夏渴箪瓢","箪瓢"有乙正符号,朱笔眉批:"瓢箪","箪"字叶酳。

四十六、《自祭文》："陶子将辞逆旅之馆,永归于本宅",朱笔眉批:生寄死归。

"故人凄其相悲,同祖行于今夕","其"有朱圈,"悲"有墨圈,何焯墨笔眉批:"凄其""同祖"不能成句,应作六字句读。

"寿步百龄","步",朱笔旁校:"陟"。

四十七、《诸侯孝传赞》："鲁孝公之为公子",朱笔夹批:事见《国语》。

四十八、《集圣贤群辅录上》："力墨受准斥。宋均曰:准斥,凡事也,力墨或作力牧",朱笔眉批:杜诗作"风后力牧"。

"散宜生文母太姒也",朱笔眉批:《论语集注》"刘侍读以为子无臣母之义,盖邑姜也"。

"《论语》曰:'贤者避世,其次避地,其次避色,其次避言。'孔子曰:'作者七人。'见包氏注。董威赞诗曰:'洋洋乎盈耳哉,而作者七人'",朱笔批:《论语集注》"必求其人以实之,则凿矣"。

"园公,姓园名秉,字宣明,陈留襄邑人。常居园中,故号园公。见《陈留志》。绮里季,夏黄公。""里",何焯墨笔眉批:"东"。

四十九、《集圣贤群辅录下》:"司空清河房植字伯武,《状》:'植少履清苦,孝友忠正。历位州郡,政成化行。既登三事,靖恭衮职。虽季文相鲁,晏婴在齐,清风高节,不是过也'",朱笔眉批:"三事",三公也。

"此苦获、已齿、邓陵子之墨",朱笔批:见《庄子》。

五十、《归园田居》其六:朱笔眉批:此诗入《文选》。江淹拟渊明之作也,见《文选》,误入此集。"种苗在东皋",朱笔夹批:极似渊明。

另,眉批中,颇有联系时事感悟之语。不著作者名氏,笔迹盖出于某位收藏者。如在《夏日和胡西曹示顾贼曹》一诗上贴条,撰云:"汪日宣守重庆,道光己亥,旱,祈雨,得疾卒。三日大雨,府墙圮,得一碑,草堂又言绝句云:'三楚沧公二十年,缘何梦影到西川。人生聚散同天理,此事从来不偶然。'"

8. 嘉靖二十七年傅凤翱刊《陶靖节集》十卷,存

〔出处〕

国家图书馆、重庆图书馆等有藏。郭绍虞《陶集考辨》认为:"同时华云刊《韦苏州集》与傅刻合印,故亦为《陶韦合集》本。"[3]按嘉靖二十七年华云太华书院刻《韦刺史诗集》十卷(又称《韦江州集》,《四部丛刊》据以影印),版式为半叶十一行,行二十一字,字体与此本不同,殆是有所商定分工,而不可遽谓为合集。

〔版本信息〕

版 式

每半叶九行,行十八字,白口,左右双边。版式略同蒋孝本,而字体不同。"敬"、"殷"等字不缺笔。

---

③　郭绍虞:《陶集考辨》,第 291 页。

编　次

卷首有华云序、萧统序、总论，第一卷诗四言九首，第二卷诗五言三十一首，第三卷诗五言三十九首，第四卷诗五言四十七首，第五卷杂文记一首、辞一首、传二首、述一首，第六卷赋二首，第七卷赞六首、第八卷文五首，第九卷、第十卷《集圣贤群辅录》上下，附录颜诔、序录、集私记、集后书。卷末有王廷榦跋。

序　跋

华云《重刻靖节先生集序》

世之称忠愤蕴结、寓意恬旷，而超然肥遁，嚣嚣焉终其身者，必曰陶靖节先生。论其世则三纲攸系，诵其诗则三百篇后一人而已。柴桑栗里，粤唯故墟，其书行于天下，而是邦独鲜善本。乡之士虽切尚友之心，而多有未见遗文之憾，非阙典邪？中丞印台傅公抚镇江省，以道淑人，以文饰治，所莅按职，必崇其土之先哲，以风末学。昨至江州，首表濂溪祠，厘靖忠书院祀典，遂吊渊明故里，慨焉悯其书之阙于兹也。檄郡雠善本付梓，郡守张侯存诚辄取蒋氏本翻刊焉。工既成，公以序属，固辞弗获。书再至，俾考核卷帙，叙重刊之意。云何足以语此？然甄藻衍溢，公之谦冲，不可孤也。按陶集唐宋来有数十本行世，而联次各异，昔人竑议详矣，自北齐杨休之定为十卷，宋莒公称其最有伦贯，而思悦本亦联十卷。休之以萧统序传与颜诔合卷，而今列序传于前。思悦定诗赋之属凡百五十一首，而今百七十有奇。编缀虽同，颠末略异，唯卷终绍兴十年，后别无续题为。近尔闻蒋本原翻宋刻，序传首列，当出其人，惜不详为谁尔。及考陈氏谓蜀本，卷末有杨休之《序录》、宋庠《私记》，又有治平三年思悦题，今与蜀本较类，第蜀本载吴仁杰《年谱》、张缜《辩证》、又杂记晋贤论靖节语各一卷，而今略焉，若并列之靖节之世，为益著矣已！於乎！三代以降而有斯人乎？忠愤激烈亦既尽于《述酒》一诗，番阳汤文清氏断为零陵王哀词，信矣。执鞭无从，临文三叹，走也视榷浔阳，密迩旧迹，则又有瓣香之思，兴废之责，而犹缩朒未举，可愧也已！姑述印台好古嘉惠之意，兼叙昔人编定之次，俾江州之士知所考云。印台公功名在天下，籍里具嘉靖癸未廷录。张守，广之饶平人，前御史。继之者前户部郎、宁国王君廷榦。嘉靖戊申春日，赐进士第承德郎户部山东清吏司主事晋陵华云书于江署之冰玉斋。

王廷榦《刻靖节先生集跋》

夫人文聿盛,崇尚之途有常;风雅载兴,咏歌之情不一。然古之君子,玄言微文,寄兴托讽,必归于温柔敦厚,不失诗人之本意者,斯可传而可久也。三代尚矣,自两京以至晋宋,藻丽之士,其声屡变。独陶元亮之集,传诵日新,谓非以其有风人之义者耶?元亮远心旷度,气节不群,力振颓风,直超玄乘。遭时不偶,遂解绶归田。赋诗见志,不烦绳削,而有浑然天成之妙。恢之弥广,按之愈深。信儒者之高品,词林之独步也。梁昭明曰:"横素波而傍流,干青云而直上。"苏东坡曰:"曹、刘、鲍、谢诸人莫及。"杨龟山曰:"冲淡深粹。"朱晦庵曰:"平淡自然。"名公品论,可谓尽其旨矣。廷榦自少年游心艺苑,先哲高风,寤寐永怀。乃今叨守江州,过彭泽而凝思,拜祠宇而增慨;及入郡中,见陶集新刻,为大中丞印台傅翁之所注意者。盖已炳然辉映,深慰平生仰止之心,抑见表人文者之有以也。印翁抚镇西土,弘敦化源,丕阐轨训,博采歌谣,兴起理道,郡国向风久矣。谓兹陶集,历代崇尚,邈焉寡俦,自昭明太子撰序,以及丞相宋庠《私记》,翻刻不知凡几也。顾时传旧本,率多讹谬,惟江州为先生故里,梓文思贤,尤为风教之倡。况太朴既散,则高尚之标显;清谈弥盛,则忠靖之义著。迈伦出类,因文志道,所以高于晋宋人物者,岂徒以其文章擅羊叉耶!廷榦窃谓陶君雅志山林,印翁铭功台鼎,隐逸之怀,经济之学,其迹不同,其道则一。故百世之下,此心相符尔矣。集凡十卷,并前后旧序,凡一百七十五叶,皆出于印翁手校,藏之江州郡斋,俾后之学者知观法焉。大明嘉靖二十七年戊申夏五月朔日,九江府知府陵阳后学王廷榦撰。

〔按语〕

一、关于傅凤翔与华云

傅凤翔,字德辉,湖广应山县人,嘉靖癸未进士。以监察御史省山东布政司参政,升都察院右佥都御史,巡抚甘肃,改巡抚江西①。傅氏喜好

---

① 赵廷瑞修,马理、吕楠纂,董健桥总校点:《陕西通志》上册卷一·九,第909—910页。

藏书、刻书。嘉靖十年（1531），傅凤翱刻有《吕氏家塾读诗记》三十二卷，有"郑杰之印、郑氏注韩居珍藏记、注韩真赏、大通楼藏书印、龚少文收藏书画印"等印①。嘉靖二十五年以右佥都御史巡抚江西，二十八年升右副都御史，巡抚陕西。而陶集之刻，在嘉靖二十七年，正值傅氏抚赣之日。是则此本为傅凤翱所刻，盖无可疑。明雷礼《国朝列卿记》卷第五十四、第一百三、第一百二十七、第一百三十诸卷，皆有傅氏相关事迹。惟雷氏不言其字印台，岂印台为傅氏之号，抑或印台云者，取御史台八印之义，非其字耶？②

华云，明嘉靖无锡人，书院名为"句吴书院"，又名"太华书院"③。

二、关于王廷幹

王廷幹，明直隶泾县人，字维贞，嘉靖十一年进士。王廷幹能为诗，有《岩潭文集》十二卷。王夫之《明诗评选》录其诗一首，诗题为《天寿山行宫》。王夫之评价为："不着意以为高华，手笔江山，两相遣作。"④

嘉靖二十七年（1548），王廷幹任九江知府时，刻印过《陶靖节集》十卷。此外，还刻印过明夏鍭《赤城夏先生集》七卷《补遗》一卷《附录》一卷⑤。

刻陶集之事，被王廷幹视为在江西施政之政绩。在南康，王廷幹撰嘉靖三十四年《南康县志序》，有提倡以周敦颐、二程故事作为当时风教传布资源："近守南安观其民俗，则有古人之遗风焉。盖其气习尚朴，讼谍亦稀，自周濂溪传道二程于兹，而文学彬彬然，日趋于盛，固江西之名邦也。但所辖四邑仅六十里，而南康为邑，编里三十有一，土旷人稀，长育未繁而弦诵未盛。"⑥

①　郑智明主编：《册府掇英：福建省图书馆藏珍品集萃》，福建人民出版社 2011年版，第 73 页。

②　郭绍虞：《陶集考辨》，第 291 页。

③　瞿冕良：《中国古籍版刻辞典》，第 117、61 页。

④　王夫之著，杨坚总修订：《明诗评选》卷五《天寿山行宫》，岳麓书社 2011 年版，第 1425 页。

⑤　瞿冕良：《中国古籍版刻辞典》，第 41 页。

⑥　《南康县志序》，《南康县志》卷首，明嘉靖刻本，第一页 b 面。

9. 嘉靖二十九年怀易堂刊《陶渊明集》八卷，存

〔出处〕

国家图书馆、上海图书馆等有藏。

〔版本信息〕

版　式

每半叶九行，行二十字，白口，左右双边。

编　次

卷首载《陶渊明集序》《陶渊明传》《陶靖节征士诔》，第一卷诗四言九首，第二卷诗五言三十首，第三卷诗五言三十五首，第四卷诗五言四十七首，第五卷记一首、辞一首、传二首、述一首、赋二首，第六卷赞六首、疏一首、文三首，第七卷、第八卷《集圣贤群辅录》。末有朱载塆《刻陶诗后》。

序　跋

朱载塆《刻陶诗后》

家君研经拟陶，欲化我诸子渐脱于俗，好古者或阅是帙，予得相观之益也夫。塆不敏，敬尊过庭之训，志之佩之，用垂不朽云。庚戌三月壬辰日嫡长男载塆顿首百拜谨跋。

〔按语〕

关于怀易堂

怀易堂，明嘉靖间宗室江宁王朱载塆之室名。朱载塆，朱棣第三子，有诗集《绍易诗集》二卷，明直敬堂刻本。嘉靖庚戌宗藩怀易堂刊本《陶渊明集》，刻于明嘉靖二十九年（1550）。叶德辉《书林清话》卷五论明时诸藩刻书之盛，独未提及此书。

10. 嘉靖蒋孝刊《陶靖节集》十卷，存

〔出处〕

此本较为常见，国家图书馆、上海图书馆等有藏。

〔版本信息〕

版　式

《陶靖节集》十卷总论一卷,晋陶潜撰,宋汤汉等笺注。半叶九行,行十八字,白口,无鱼尾,左右双边。版心镌"陶集卷×"。"敬"、"殷"等字缺末笔。

编　次

此本十卷,总论一卷。卷首有嘉靖二十五年(1546)虞守愚叙,萧统序及《陶渊明传》、总论、目录。卷一四言诗,卷二至卷四五言诗,卷五杂文,卷六赋,卷七传、赞,卷八疏、祭文,卷九至卷十《集圣贤群辅录》,附录颜延年《靖节征士诔》、阳休之《序录》、宋庠《私记》,宋治平三年(1066)思悦《书靖节先生集后》,宋绍兴十年(1140)佚名跋。后有嘉靖二十五年蒋孝跋。

编次大体与李公焕本同,其总论部分多有改动,学者多见万历十五年休阳程氏刊本,并据该本论述总论改动之得失,详见休阳程氏刊本条。萧统《陶渊明集序》后有"晋陵蒋氏梓于家塾"篆文长方印双行牌记。每卷末记问注各若干字。卷三末有"晋陵蒋氏丙午仲秋"篆书双行牌记,卷八末有"晋陵蒋氏梓于迻斋"篆书双行牌记。

序　跋

虞守愚《陶集叙》

岁丙午春三月,毗陵蒋移斋以主政榷税浔阳,余适抚历其地,坐论古作归尚渊明,蒋念此即渊明梓里,谋将刻集以表扬之,余从而力赞其成。既刻,乃以叙见属,因揣金玉之下,可容缶柝之声,辞不获用。敢言曰:吾素珍爱陶集,尝携置座右,时若有得。非为其声格不群也,良以冲澹真适味之,可为性情益耳,何也? 性本高明,累之物欲,始卑污矣。夫亦情泪之也,陶眇功名如烟云,视生死犹昼夜,举天下物无一足婴其心,其胸次识度何如耶? 故其发之为诗文也,妙绝而不可及欤! 若其鞠蘖日娱,盖托以逃夫不臣之迹也,非放也。或此浅之,要非知靖节者。呜呼! 世得孔子为之师,亦仅见闵之在汶、鲁之浴沂而已,岂图两晋中有若人哉! 蒋兹刻集以传,固表贤,实取益也,故叙。嘉靖岁次丙午秋七月既望义乌后学虞守愚书于洪都。

蒋孝《跋》

彭泽、柴桑、粟里皆属九江治,先生出处大节,浮沉兹土者,凡若干年。昔人论取善当尚友千古,况居先生之乡哉!孝视榷浔阳,尝考求先生陈迹,已漫无可寻。惟《靖节集》家传人诵,飒飒乎上规《骚》《雅》,则宛然见先生焉!先生之学已得其大,如形神影赠答诸篇,皆圣门性与天道微旨,汉魏文章之士不逮也。士有尚友之志,而居先生之乡,诵其诗,读其书,以知其人。斯集之新,可但已乎?集共十卷,诸体各为一类。序其事者,东厓虞公云。嘉靖丙午嘉平月武进后学蒋孝跋。

别 记

黄裳曾经天一阁获得部分藏书,其中有此本陶集,尝三记其事。

黄裳一记

此明嘉靖中毗陵蒋氏所刊陶集十卷,避宋讳甚严,盖翻宋刻也。然所据似非善本,毛斧季所称《桃花源记》之"欣然规往"、《五柳先生》之"黔娄之妻"云云,此本俱未是。然刻印甚佳,书品亦阔大可喜,牌记多至三四,亦可为百嘉中之上驷矣。四明估人挟之来沪,置地摊上,石麒介以归余,付工重装前漫书。辛卯小雪前八日黄裳记。

黄裳二记

此本传世颇罕,诸家目皆未见。自恰悦斋藏书目曾记张芷斋所藏一本,云是旧翻宋刻本,九行十八字,每卷末刊诗若干字、注若干字。与此正合。又记另一本,亦嘉靖刻,序称张侯存诚取蒋氏本翻刊,又称蒋氏原翻宋刻云云,是此本行世后嘉靖一朝即曾翻刻,终且佚去孝名也。辛卯十一月十六寒夜呵冻书。

黄裳三记

今日傍晚偶过传薪书店,于案头见陶集二册,存卷一之二、五之十,与此正同。下册书根旧写,天一阁原式也,上册无之,亟买之归。二书阔大,印工全同,而一完一缺,并集余斋,诚幸事已。癸巳谷雨,灯下。

此天一阁故物也,偶得之传薪,佚去卷三四两卷,下册书根,天一阁旧式也。二书为同时印本,装帧亦无二致,玉简斋本范氏目,著录陶集凡二十许部,然则此二本皆出阁藏,可无疑也。同日更得黄荛翁题签之《古今注》《幽闲鼓吹》《集异记》三种,又天一阁《陈堂摘稿》,明蓝格抄《历代名臣奏议》,附志于此。癸巳谷雨日,灯下书,黄裳。①

〔按语〕

一、关于蒋孝、虞守愚

蒋孝,字惟忠,武进人,嘉靖二十三年(1544)进士,以户部主事罢归,喜谈诗,亦喜谈兵,富收藏,所蓄古书名画甚多②。著有《蒋户部集》,已佚。其室名曰"三径草堂""迻斋"。

另外,蒋孝在嘉靖二十九年还刻有《中唐十二家诗集》七十八卷,录储光羲(附储嗣宗)、独孤及、刘长卿、卢纶、钱起、孙逖、崔峒、刘禹锡、张籍、王建、贾岛、李商隐十二家诗。其《中唐诗序》云:"予性嗜古人书,见书辄手录,以故家多书。"③《藏园群书经眼录》有记载④。所刻书中《旧编南九宫谱》十卷、《十三调南曲音节谱》一卷影响较大,是现存完型南曲格律谱中最古老的一种。

虞守愚(1483—1569),浙江义乌人,字维明,嘉靖二年(1523)三甲进士,号东崖,曾任嘉鱼县令、南京兵部右侍郎。家富藏书,素爱陶渊明。刻印过章懋《枫山章先生文集》四卷《实纪》一卷、元黄溍《重刊黄文献公文集》十卷⑤。虞守愚藏书楼址在义乌。明代藏书万卷,后归兰溪胡应麟⑥。虞守愚曾题江西白鹿洞书院联:"鹿豕与游,物我相忘之地;泉峰交映,知仁独得之天。"⑦

---

①　黄裳:《来燕榭书跋》,上海古籍出版社 1999 年版,第 35—36 页。

②　王河主编:《中国历代藏书家辞典》,同济大学出版社 1991 年版,第 406 页。

③　陈伯海主编,查清华等编撰:《唐诗学文献集粹》下册,上海古籍出版社 2016 年版,第 837 页。

④　傅增湘撰:《藏园群书经眼录》卷十二,中华书局 2009 年版,第 911 页。

⑤　瞿冕良编著:《中国古籍版刻辞典》,齐鲁书社 1999 年版,第 606 页。

⑥　金华市地方志编纂委员会编:《金华市志》第 5 册,方志出版社 2017 年版,第 3331 页。

⑦　查慎行著,范道济点校:《庐山纪游》,中华书局 2017 年版,第 170 页。

二、关于此本之刊刻以及版本价值

郭绍虞《陶集考辨》断定:"此为今知李公焕本复刊本之最早者。"①郭绍虞曾据此推知,此本之校刊应是再刊于其中进士之后年。而蒋孝本刊于嘉靖二十五年丙午,傅凤翱本刊于二十七年戊申,虽相去甚近,而原委足征。郭先生对其后傅凤翱本陶集与蒋孝本之关联,亦有推问:"华云、蒋孝皆武进人,故蒋本虽行世未久,傅氏即得据以复刊耶?"②郭绍虞发现,在这之后流行的傅凤翱本,行款悉与之同。华云为傅凤翱刊本所撰《重刻靖节先生集序》称:"中丞印台傅公抚镇江省,以道淑人,以文饰治,所莅按职,必崇其土之先哲,以风末学。昨至江州,首表濂溪祠,厘靖忠书院祀典,遂吊渊明故里,慨焉悯其书之阕于兹也。檄郡雠善本付梓,郡守张侯存诚辄取蒋氏本翻刊焉。"此本有嘉靖二十七年(1548)江州郡斋翻刻本,为江西巡抚傅凤翱主持刊刻,故有称之为傅凤翱本者。

11. 嘉靖周显宗刊《陶渊明集》八卷,存

〔出处〕

上海图书馆藏。

〔版本信息〕

版　式

每半叶十行,行二十字,白口,四周单边,单鱼尾。

编　次

八卷,附录一卷为《靖节征士诔》《陶渊明传》《陶渊明集序》《陶潜集序录》《集私记》《集后书》《集总论》。卷首有周显宗序。

序　跋

周显宗序

予既刻《陶集》成。客有过而问者,曰:"奚以刻?"曰:"乐斯刻也。"客

---

① ②　郭绍虞:《陶集考辨》,第290页。

曰："陶乐耶？乐与陶耶？是独可陶而不可李、杜耶？乐必于陶，而舍陶则微乐耶？将取其辞耶，志耶，音声耶，放逸冲淡之致耶，高洁不屈之节，超然达观之见耶？抑感于时而怀抱偶与之同耶？今陶俱在也，果求天下而皆乐者耶？然我非陶，陶奚以使我乐；陶非我，我奚于彼而独乐耶？是故陶乐，是乐因乎陶耶；乐于陶，则乐寓乎陶也。因与寓，相去远矣。子奚乐耶？"予恍然谢曰："陶、我两忘之矣。"濮阳周显宗书。

〔按语〕

一、关于周显宗及其刊刻之陶集

周显宗，字子孝，号桃村，一号洞虚，濮州人。嘉靖八年进士，官汉中知府。《山左明诗钞》称其有《周汉中自适稿》，《千顷堂书目》《明诗纪事》作《桃村山人自适稿》，《曹南文献录》作《汉中集》，诸书所载互异，今未见其集，亦不知其果何名也①。《中国古籍版刻辞典》收录周显宗，并载其刻印过晋陶潜《陶渊明集》八卷、唐韦应物《韦苏州集》十卷《拾遗》一卷等②。其序自道刊刻原委，极言为陶渊明诗文放逸冲澹之致、高洁不屈之节、超然达观之见所感，刻之愿使天下人共爱之。

二、关于周显宗本的刊刻时间

周显宗刻印《陶渊明集》的刻坊，还刻印过《三国演义》这类通俗小说。顾廷龙曾发现周显宗刻本《陶渊明集》的衬纸上有《三国演义》的残页，为卷八第十五回"太史慈酣斗小霸王　孙伯符大战严白虎"的上半部分，于是根据残存衬纸的字体、纸张、文字等进行鉴定，认为此种刻本应在明嘉靖之前，或在明成化、弘治间③。

王齐洲对此也有过研究，认为："上海图书馆藏有嘉靖八年己丑(1529)周显宗刊本《陶渊明集》八卷，共两册。该书前后衬页正好是《三国志通俗演义》的残页，有人以为是嘉靖刻本，也有人以为是成化、弘治年间

① 郭绍虞：《陶集考辨》，第 292 页。
② 瞿冕良编著：《中国古籍版刻辞典》，第 386 页。
③ 沈津：《学术事功俱隆　文章道德并富》，上海图书馆编：《顾廷龙先生纪念文集》，上海科学技术文献出版社 1999 年版，第 61 页。

刻本。笔者倾向于魏安所云此本是嘉靖壬午原刻本,即刘若愚《酌中志》所记载的'经厂本'。"①

12. 嘉靖弹琴室刊《陶渊明集》十卷,刊者不详,存

〔出处〕

国家图书馆等藏。

〔版本信息〕

版 式

每叶书口下有"弹琴室"三字,卷三末又有"南亭弹琴室雕"六字。通篇为仿宋字体,每叶九行,行二十字,白口,左右双边。

编 次

卷首有萧统《序》及目录,卷一至卷四诗,卷五杂文,卷六赋,卷七传赞,卷八疏祭文,卷九至卷十《集圣贤群辅录》。原文注评,均与李公焕本同。卷后有附录一册,萧统《陶传》、颜氏《陶诔》、吴仁杰《年谱》、诗评二十七则、阳休之序录、宋丞相私记、思悦集后、无名氏书后,均入附录。

〔按语〕

此本较为常见。弹琴室是明嘉靖间一刻书家的室名,刻印过晋陶潜《陶渊明集》十卷《附录》一卷、梁庾肩吾《书品》一卷、唐李嗣真《书品后》一卷等。

桥川时雄谓此本是略据汲古阁本而重雕者②,郭绍虞表示赞同,并认为在重雕过程中,弹琴室刊本存在一些改版问题,如改李公焕注等问题:"此本校刊虽精,惟易李公焕本大字评语为小字夹注,与注文连缀而下,甚欠分明。如卷一《命子》诗两引张缜语,而中杂以袁郊《甘泽谣》,则'又曰'

---

① 王齐洲:《中国通俗小说史》,武汉大学出版社 2015 年版,第 189 页。
② 桥川时雄:《陶集版本源流考》,第二十四页 a 面。

云云便似为袁氏语,不似张氏语矣。此则以改版式而失者也。"①这些都是对弹琴室刊本在改版后造成的版式问题提出的批评意见。按今既明确弹琴室刊本为嘉靖刻本,则桥川、郭氏说均不确,且汲古阁本亦未录张缵语等。

13. 万历四年周敬松刊《陶靖节集》十卷,存

〔出处〕

此本较为常见,国家图书馆、山东省图书馆等有藏。

〔版本信息〕

版　式

八行十八字,小字双行同,白口,四周单边。有刻工万六七、宫宠、汝、肖大相、龚宏、纪、陈自性、陈琳、庆、王贺、组等。

编　次

此本亦是李公焕本之翻刻本②。凡十卷,前有劳堪《重刻陶靖节集序》。

序　跋

劳堪《重刻陶靖节集序》

太史公述历古仁贤轶事,而亟称由、光义至高,岂以其鸿冥尘表而土苴富贵也与! 世谓陶元亮贞处士之行,豪沈诗酒,屡空不入其心。而睥睨一世,抑亦由、光之伦,而梁昭明太子叙其文曰:"安道苦节,爵禄可辞。"是则然矣,殆未睹其大较也。夫避世之徒,义在洁一身以脱屣世故,其流风所披渐,固可廉百世之贪而立其懦。然于君臣大义,实无与焉,恶足为纲常重也,斯由、光之义也。元亮世为晋臣,当恭帝之末造,宋王裕生心,窃窥晋鼎。元亮意欲取后汉诸葛武侯事而效之,以光扶宗社,而蔑以藉手。

---

① 郭绍虞:《陶集考辨》,第 296 页。
② 郭绍虞:《陶集考辨》,第 293 页。

嘅焉愤结，是以有《述酒》《荆轲》之赋。及裕孽成而晋事不可为也，遂奉身而退，寄傲于鸣泉丰草之间以抗。征辟起州祭酒，谢去。再起彭泽令，又谢去，是以有《归去来兮》之赋。元熙初，裕还建康，僭帝，晋祚灭矣。乃坚卧柴桑山下，自谓羲皇世人，与释远、刘遗民为物外交，而托情诗酒，不复问人间事，以此自终，是以有《乞食》《闲居》之赋。夫迹其出而及其处也，乃其心罔不在晋室，故其卒在宋元嘉四年，而考亭书曰："晋处士陶潜，吁获其心矣！"此岂由、光诸人无与君臣大义者伦哉！虽其力不能存晋于危亡之秋，而笃念本朝，耻事二姓，其大节之所标著，有古志士仁人之概，而非万钟千乘侯王之富与贵所能惑而矰缴之者，何异伯夷薄周，食首阳之薇以死，而千百世之下犹生之年也。元亮没而著作传于后者，穆然清风，发在简素，修词之林咸捱让为先登，岂直以文辞已乎！而名公大人之游于余邦者，以元亮为邦之先哲，辄仿佯临望，吊起故里，已复表其著作，以禅风教，至是宪副魏公瀔江校其集，司徒郎周公敬松又重刻焉，而使余为序。万历丙子岁秋七月朔日赐进士出身中奉大夫山东布政使司右布政使前四川提学副使柴桑里人劳堪撰。

按，劳堪（1529—？），字任之，号道亭，又号庐岳，江西德化县人，自谓柴桑里人，嘉靖三十五年（1556）进士。《邵亭知见传本书目》谓："每诗后附诸家评论，皆宋人也。间亦有注，宋列诸家跋，最末绍兴十年无名氏跋，盖亦据旧本刻行，特非佳本耳。"①

国家图书馆别藏一本，前有徐汤殷手书题记

《陶渊明集》十卷，晋陶潜撰。卷首有梁昭明太子《陶渊明集序》及《陶渊明传》，卷末附录后有颜延之《靖节征士诔》、北齐阳休之《序录》、宋庠《宋朝宰相私记》、思悦《书陶靖节先生集后》四篇。每页八行，行十八字，版口下有刻工龚宏、肖大相、陈林、八纪汝、陈自性、宫宠等姓名，盖明复宋本也。渊明字元亮，入宋后更名潜，少有高趣，博学善文，尝著《五柳先生传》以自况，晋安帝末为州祭酒，桓玄篡位，自解职归，州召主簿，不就，躬耕自资，后为彭泽令，在官八十余日，郡遣督邮至，县吏白应束带见之，潜

① 莫友芝撰，傅增湘订补，傅熹年整理：《藏园订补邵亭知见传本书目》卷十二上，中华书局2009年版，第944页。

曰:"吾不能为五斗米折腰向乡里小儿。"即日解印绶去职,赋《归去来辞》见志。元嘉四年卒,世称靖节先生。潜以曾祖为晋世宰辅,耻复屈身后代,所著文章义熙以前明书晋代年号,入宋以后但书甲子而已,有《陶渊明集》传世。北齐阳休之云:"潜集行世凡三本,一本八卷无序;一本六卷并序目,编比颠乱,兼复阙少;一本为萧统所撰,八卷,合序、目、传、诔,而少《五孝传》及《四八目》(按《四八目》即《圣贤群辅录》),乃参合三本,定为十卷。"而宋庠则称:"《隋书·经籍志》'潜集九卷',又云'梁有五卷,录一卷'。《唐志》'陶泉明集五卷'。今官私所行凡数种,与二志不同,有八卷者,即梁昭明太子所撰,有十卷者,即杨仆射所撰云。"宋代去晋匪远,而所传之本各自不同,此乃宋思悦所辑,彼以昭明旧纂传写寖讹,复多脱落,乃采拾众本以事雠校,复参以宋丞相之本,综辑诗赋、传记、赞属、杂文,凡一百五十一首,洎《四八目》上下二篇,重条理编次为十卷,刻于宋绍兴十年。此乃明复刻者,板式古雅,具宋时风格。宋本不可求,得此亦足矣。丙申立夏前四日南州后人徐汤殷识。

批　注

国图又有一本,书中有吴骞圈点及眉批二则,其中批思悦《书靖节先生集后》之语,《拜经楼诗话续编》卷二已收,但文字不一①。

骞按,思悦题云"近永嘉周仲章太守,示以宋朝宋丞相刊定之本"云云,而陈直斋谓永嘉不知何人,燕泉亦载其说而不之辨,岂二公皆未见此跋全篇耶?予家有万历己未杨时伟刊《渊明集》,附吴斗南撰《年谱》一卷,并张绩《辨证》《杂记》。

又《集圣贤群辅录下》:"凡书籍所载,及故老所传善恶闻于世者。"吴骞眉批:爱吾庐本"凡"字提行。

〔按语〕

关于周敬松

生卒年不详,金陵人。杜信孚所著《全明分省分县刻书考》共收录金

---

① 吴骞著,虞坤林点校:《拜经楼诗话续编》卷之二,浙江古籍出版社 2016 年版,第 39 页。

陵周姓书坊主二十三家,周敬松为其中之一①。根据许振东《明代金陵周
氏家族刻书成员与书坊考述》研究,当时金陵周氏书坊主达二十六人(或
二十五人),周敬松不见录于《明代版刻综录》,其刻书之坊名也已失考②。
此种陶集,乃明万历四年于金陵所刻。

14. 万历七年蔡汝贤刊《陶靖节集》十卷,存

〔出处〕

上海图书馆、美国哈佛燕京图书馆等藏。

〔版本信息〕

版式

每半叶九行,行十八字。白口,无鱼尾,四周单边。版心刻"陶集
卷×"。版式与蒋孝刊本接近,唯字体不同。"敬""殷"等字不缺末笔。

编次

编次与蒋孝刊本同,卷首有耿定向《题刻靖节集》,卷末有蔡汝贤跋。

序跋

耿定向序

靖节集世传尚从来矣,挦藻者摹其辞,励操者高其节,故人人好也。
乃若倏倏乎委运任真,蝉蜕埃溢之外,而栖神澹漠之乡。斯其含德之至,
非深于道者未易契其底也。廉访龙阳蔡汝贤氏,冲襟洁履,雅有元亮之
致。刻是集也,所谓缅怀千载,托契孤游者非耶?夫冲澹恬漠,是天之宅
而道之腴也。元亮哜之,故其文传,其风远,道古者于心不于迹。吾侪所
遭与元亮异,奚必啖其余糟,践其陈轨哉! 第得其致而中含之,将风猷自

---

① 杜信孚、杜同书著:《全明分省分县刻书考》江苏省书林卷,线装书局 2001 年
版,第一一页 b 面。
② 许振东、宋占茹:《明代金陵周氏家族刻书成员与书坊考述》,《河北大学学报
(哲学社会科学版)》2011 年第 2 期,第 105—110 页。

树,声施自弘广矣,是廉访刻集意也。吁!廉访腆仕而笃意斯集也,心其远乎!楚黄天台山人耿定向言。①

蔡汝贤跋

晋陶靖节先生一身三纲无愧,昔尝有是言也。不曰清风高节,足以廉顽起懦、师表百世者乎?余素爱其文,因想见其为人,愿为之执鞭而不可得,诚旷世而相感,不独以其文已也。迩来闽,闽故多书,旁求鲜能善本,谋诸楚门华、陆二寅长,佥曰:"此当与经训并流海内,盍梓诸?"乃加综校,属刻以传。俾后之学者,涵濡有得,将驰竞之习,祛恬澹之心,可洒然兴矣,而于世教不庶几其小补哉!固今日重锓意也,遂书以俟之。时万历己卯春华亭蔡汝贤谨跋。

〔按语〕

一、关于蔡汝贤、耿定向

蔡汝贤,明直隶华亭人,字用卿,一字思齐,号龙阳,隆庆二年(1568)进士,仕至兵部右侍郎,著有《谏垣疏草》《披云汇集》。除《陶靖节集》外,万历十年(1582)刻印过杨慎《太史升庵文集》等②。

耿定向(约 1524—1597),字在伦,明黄安(今湖北红安)人,嘉靖年间进士。擢御史,出按甘肃,举劾无所私。其学本王守仁,海迪后进。卒谥恭简,有《耿子庸言》《硕辅宝篇》《耿天台文集》③。耿定向曾与李贽在思想上有过深刻、复杂的矛盾。李贽有《李卓吾先生批评陶渊明集》,二人对于陶渊明的思想取向,亦有立场上的一些不同。

二、关于蔡刻本的版本源流

桥川时雄认为蔡刻本版本源流未详,曰:"明清各本中,未详版本源流者,十卷有杨霈刊本、明汪士贤刊(汉魏二十一家集本)、万历己卯华亭蔡

---

①　耿定向著,傅秋涛点校:《耿定向集》卷之十二《题陶靖节集》,华东师范大学出版社 2015 年版,第 468 页。

②　瞿冕良编著:《中国古籍版刻辞典》,第 620 页。

③　东北师范大学图书馆藏:《古籍善本书目解题》,吉林省文化厅 1984 年版,第176 页。

汝贤刻等本。"①

　　郭绍虞详考此本,曰:"然按其编次,亦为李公焕本之后身。余初见南京国学图书馆藏钞配万历华亭蔡氏刊本,有'陆经之印''掌纶''湄南草庐制氏家藏之印''嘉惠堂藏阅书'诸印,无耿题序,无总论。卷首载昭明太子《序》《传》及总目,卷一至四,诗;卷五,记、辞;卷六,传、述;卷七,赋;卷八,疏、祭文;卷九至十,《四八目》二卷。卷末载《靖节征士诔》,阳休之《序录》,宋庠《私记》,思悦《书后》,及绍兴无名氏《跋》、蔡汝贤《跋》。此本在休阳程氏本前,而所改异文,每与之同,如《停云诗序》作'樽酒新湛',不作'樽湛新醪',与今传元以前诸本均异,故疑为休阳程氏本之所自出。然其所注音释,又同潘璁本,而不同程本,颇以为疑。近阅原本,始知《停云诗序》亦作'樽湛新醪',与休阳程氏本不同。盖国学图书馆钞配之本乃据潘本,故卷首无耿题序,亦无总论也。涩江全善、森立之《经籍访古志》卷六有解题。"②

　　和刻陶集中的菊池本,即菊池耕斋(1618—1683)训点本《陶渊明集》十卷。其初刻本,是宽文四年(1664)武村三郎兵卫刊本。从其牌记可知,它是以明代万历年间蔡汝贤刊《陶渊明集》十卷本之天启二年(1622)本翻刻的③。

15. 万历十五年休阳程氏刊《陶靖节集》十卷,存

〔出处〕

中国社会科学院图书馆、北京大学图书馆、上海图书馆等有藏。

〔版本信息〕

版　式

每半叶九行,行十八字,小字双行同,白口,左右双边,单鱼尾。版式

---

① 桥川时雄:《陶集版本源流考》,第二十九页 a 面。
② 郭绍虞:《陶集考辨》,第 293—294 页。
③ 卞东波:《日韩所刊珍本〈陶渊明集〉丛考》,《铜仁学院学报》2017 年第 1 期,第 22—23 页。

与蒋孝刊本接近,字体略异,"敬""殷"等字不缺笔。

编　次

编次与蒋孝刊本同,亦属于重刊李公焕本一系①,卷十末将"绍兴十年十一月□日"一行改作"万历丁亥休阳程氏梓"。

南京图书馆、杭州图书馆藏有天启七年马之骙翻刻休阳程氏本,其首有曹谷《陶靖节集序》、李光春《陶靖节集叙》,末有马之骙跋。

序　跋

曹谷《陶靖节集序》

丙寅之秋九月朔,余自石钟山沿洄渡江,微风鼓浪,水石相抟,知非坡公不能貌此也。少焉,□□□□,东西两姑,凌波一点,□拍右把,几于羽化同登矣。又顷过柴桑故里,疏离野蕊,宛然五柳当年。入江州公事,次第九日,见招于马计部跃寰,酾酒临江,访舒啸之孤台,吊琵琶之逸响。挥金屈,倒巐鬺,孰谓茱萸少插一人哉?徐问九曲、三笑、醉石诸胜,跃寰笑曰:"而亦悠然见南山乎?"因为诵靖节先生杂诗文数篇。余惟先生初为建威将军,非志也,爰借弦歌,聊为三径之资;既怀松菊,不受五斗所系。结庐人境,托志羲皇;素琴静张,著传自况。登笋舆以抱膝,赴莲社而攒眉。兀兀醉多,招之不得,远公□爱也。而世所传浔阳三隐,惟周续之、刘遗民俱焉。顾其虚闲恬旷之志,不必人解者,人亦不解。每于诗文见志,千载而下,因得以想见先生,岂精义与其人俱往,而闻风漱齿,远惕顽钝乎!即谓先生为百世师也可。跃寰榷关于浔,其心如水,喜读先生集,重觅枣而寿之梓,既成,介余为序。余在宜阳,偶得寸晷战新茗于浮香之下,闻是胜构,不觉栩栩然神往,视去秋桑落洲前,歌呼拍浮,向楚天数落霞,又是一番景光矣。援笔走引,为识同趣。天启七年岁次丁卯三月谷雨日,嘉禾曹谷题于宜春台。

李光春《陶靖节集叙》

谓靖节先生而以诗文传,非也;即谓先生之诗文以先生传,亦非也。

---

① 郑文焯在所藏《陶渊明集》扉页题识中称其"仿李公焕本":"明则有万历丁亥休阳程氏仿李公焕本。"周兴陆:《上海图书馆藏郑文焯手批〈陶渊明全集〉真迹本》,《诗歌评点与理论研究》,凤凰出版社2011年版,第241页。

上下千余年,谭往事者,自不觉志悦而目明,孰使之?诵遗编者,自不觉韵生而趣达,孰引之?非人文两擅,其特有先□□心之同然者耶?故典午风流之季,独以全人光青史者,曰:先生其诗则附之《三百篇》《离骚》,共垂标则。宋贤之论旨哉,其不可易矣。余于役浔阳,得柴桑故址,俯仰苍峻插天,碧泓绕地,其一种虚旷玄淡之致,就凭吊间,恍若有先生在焉。而怡颜寄傲,命篮引觞,柳在门,菊在径,而北窗自具大古,而南山自足之心也。然则先生未尝往,其所为诗文正不从楮国问消息也。虽然,法王舍利,常腾肉髻之光;烟客丹头,不外紫书之诀。先生也,诗文也,又乌乎分也?此计部有命梓维新之举,直指公所骚赞其成与。至两人相视莫逆,悠然与先生会者,抑远公、陆道士之把臂先生者也。溪前三笑,猛虎一声,均之籁之不容已焉耳。余虽欲执蠡而测,何能似哉?若夫九日胜缘,当与白衣人送酒故事增一段佳话于不朽,而先生人文之传,自不必论也。天启七年岁次丁卯夏五龙生日,雁山李光春拜手题。

马之骐跋

靖节先生,上之学士大夫,下暨牧夫竖子,靡不脍炙之,曰清风高节也。乃其风清而温,节高而婉,一腔忠血,跃跃不露,有神以行乎其间。而余之窥先生者,亦若未能明言其意也,第惟沁入肝肠,有生今怀古之恨焉。幸而岁丙寅,奉简书榷关浔阳,得遗宅故址,凭而吊之。即逢陶姓人,未尝不叹息久之。且喜诗文在笥,可以论世,可以论人。奈时久编残,吟咏大费揣摩,意殊怏怏不快。适直指使者石仓曹先生按部至,公余接以杯酒,正属九日,相与登回龙之巅。长江练马,匡山卷石,襟带所收,恍游无怀葛天之际。咨嗟太息,陶令门前春色晓,其在此金风落叶时乎?两人遂握手,愈益诵先生诗赋,觞筹叠进,秋水溶溶,飘飘分恍先生之来座矣。噫嘻!先生懒向乡里小儿折腰,只欲与羲皇上人同梦,其先生当年之情景也,政先生之可悲可壮者也。余想见其为人,将先生不朽之精蕴,重而梓之,千载之下,定旦暮遇先生矣。兹刻藉石仓先生为玄晏,而石仓千言,拔笔立就,足称陶先生、曹先生两人针芥之投,旷古知心,共垂不朽矣。余不佞,成俚言于后,所谓附骥尾而行益显者哉。必欲写先生之耻事二姓,而精忠大节如何耿耿,则有百世之人心在。时天启七年岁次丁卯夏四月朔日,关中后学马之骐谨跋。

批　注

北京大学图书馆藏本有朱笔跋一条："辛巳中秋后五日,临钱湘灵先生晚年阅本。红豆记。原本康熙三十年,时湘先生已八十矣。"[①]上海图书馆藏有钱陆灿评点本《陶靖节集》,华东师范大学毛文鳌《钱陆灿研究》一文录其跋,有"辛未康熙三十年春余八十"语[②],且毛文录钱陆灿评语两条,与此本朱笔所录正同。此本朱笔批校为红豆录钱陆灿评语,有眉批、旁批等。

书中另有大量墨笔批校,主要集中在卷一,有眉批、旁批,未见任何批校者信息,且笔迹与红豆朱笔不同,不知何人所批。此外,此本尚有数处铅笔批校,夹杂英文,模糊难辨,书末有铅笔写景之语一段,亦不知何人所书。现录其眉批、旁批等如下:

一、卷一首页,墨笔眉批:渊明性高才重而孤傲,愤世而不平,温柔和善而具幽默感,行为浪漫,其作品极自然而富哲学味。

二、萧统《陶渊明传》首页,墨笔旁批:生死之年代可查《纪元通谱》《中外人名词典》。又墨笔眉批:明为江西柴桑人较可靠,有云为长沙人。五十六岁左右可靠。遗诗一百五十多首。

三、墨笔眉批:前妻生一子,后妻有四子,但诗中不提其妻事。其诗多写自己,很少写旁人,此与杜子美不同点,且多为自己之愤慨不满者。诗性自然,国中无可超过者。靖节生于晋哀帝兴宁三年,卒于宋文帝刘义隆元嘉四年。

四、《停云》:"八表同昏",墨笔眉批:八表,东、西、南、北、东南、西南、东北、西北。又墨笔旁批:四面八方。

"平路伊阻",墨笔旁批:被阻。

"平陆成江",墨笔旁批:雨多陆成江。

五、《时运》:"迈迈时运","迈迈",墨笔旁批:前进。

"穆穆良朝","穆穆",墨笔旁批:静。

---

①　钱陆灿(1612—1698),字湘灵,一字尔弢,号圆沙,江苏常熟人。家富藏书,并教授生徒,闻名于常州、金陵之间。

②　毛文鳌:《钱陆灿研究》,华东师范大学 2012 年博士学位论文,第 159 页。

"宇暧微霄",墨笔旁批:薄云。

"翼彼新苗",墨笔旁批:新苗,风动而飘荡。

"悠悠清沂","悠悠",墨笔旁批:想。

"林竹翳如","翳",墨笔旁批:隐约。

六、《荣木》:"贞脆由人","贞",墨笔旁批:正也。

"匪道曷依","曷",墨笔旁批:何也。

"禀兹固陋","禀",墨笔旁批:受命也。

"徂年既流","徂",墨笔旁批:往也。

七、《赠长沙公族孙一首并序》:"昭穆既远","昭",墨笔旁批:宗庙。

"于穆令族","于",墨笔眉批:赞叹词。

"爰采春花,载警秋霜",墨笔眉批:"春花""秋霜"二句,实喻长沙公之人格。

"滔滔九江",墨笔眉批:九江:浙江、扬子江、楚江、湘江、荆江、汉江、南江、吴江、松江。

"行李时通",墨笔旁批:古以行人为行李。

"贻此话言","贻",墨笔旁批:赠也。

"进篑虽微",墨笔旁批:《论语》:"为山九仞,功亏一篑。"

"款襟或辽","款",墨笔旁批:待客。

八、《酬丁柴桑一首》:"餐胜如归",墨笔眉批:"餐胜"二句,实写了柴桑之虚心受教也。

"秉直司聪",墨笔旁批:主其事也。

"以写我忧","写",墨笔旁批:表达也。

"既醉还休",墨笔旁批:美善也,庆也。

"方从我游","方",墨笔旁批:常也。

九、《答庞参军一首并序》:"衡门之下",墨笔眉批:《诗》:"衡门之下,可以栖迟。泌之洋洋,可以疗饥。"

"实觏怀人","觏",墨笔旁批:构也,成也。无意相遇。

"之子之远","之子",墨笔旁批:犹言"此人"。

"昔我云别,仓庚载鸣。今也遇之,霰雪飘零。大藩有命,作使上京。岂忘宴安?王事靡宁"末,红豆朱笔录钱陆灿批:直是《诗经》。

"昔我云别"，墨笔眉批：《诗》："昔我往矣，杨柳依依。今我来思，雨雪霏霏。"

"仓庚载鸣"，墨笔眉批：《诗》："仓庚于飞。"

"容裔江中"，"裔"，墨笔旁批：绰也，宽也。

"敬兹良辰，以保尔躬"，墨笔批：励庞休得随波逐流，能急流勇退最妙。

十、《劝农》："八政始食"，墨笔批：《书》："一曰食，二曰货，三曰祀，四曰司空，五曰司徒，六曰司寇，七曰宾，八曰师。"

"熙熙令德，猗猗原陆"，"熙熙"，墨笔旁批：谄哭貌。"猗猗"，墨笔旁批：美盛貌。

"猗猗原陆"，墨笔眉批：《诗》："绿竹猗猗。"

"和泽难久"，"和泽"，墨笔旁批：气候温和也。

"沮溺结耦"，墨笔旁批：长沮、桀溺，春秋时两隐。墨笔眉批：《论语》："长沮、桀溺耦而耕，孔子过之，使子路问津矣。"

"矧伊众庶"，墨笔眉批：《诗》："矧伊人矣，不求友生。"

"民生在勤，勤则不匮"，朱笔录钱批：上二首之根。"匮"，墨笔眉批：《诗》："孝子不匮。"墨笔旁批：乏也，竭也。

"孔耽道德，樊须是鄙。董乐琴书，田园弗履。若能超然，投迹高轨。敢不能荏，敬赞德美"，页眉朱笔录钱批：果为孔、董最上一层，或可不亲农耳。妙于用此倒插。"耽"，墨笔旁批：专也。

"哲人伊何？时惟后稷。赡之伊何？实曰播殖"，页眉朱笔录钱批：叙次用笔之古，诗文一也。

"谁其赡之"，"赡"，墨笔旁批：音"蟾"，助也，足也。

十一、《命子》："邈为虞宾"，墨笔旁批：虞关父为周陶正，后为氏。

"御龙勤夏"，墨笔眉批：《左传》："夏孔甲时有刘累者，以能养龙，赐氏曰御龙。"

"豕韦翼商"，墨笔眉批：豕韦，古之诸侯，《商颂笺》作彭姓，《左传》作刘姓，《世本》作防姓。商武丁五十年，征豕韦，克之，以刘累之后代之。豕韦始为刘姓。

"穆穆司徒"，墨笔眉批：清制废司徒为户部尚书。

"漠漠衰周",墨笔旁批:布列貌。

"亹亹丞相","亹亹",墨笔旁批:音尾,美也,强勉也。又墨笔眉批:《诗》:"亹亹文王。"

"允迪前踪",墨笔眉批:《书》:"允迪厥德。""迪",墨笔旁批:进也,蹈也。

"运因隆宻","隆宻",墨笔旁批:由高而下。

"业融长沙","长沙",墨笔旁批:陶侃。

"桓桓长沙",墨笔眉批:《诗》:"桓桓武王。""桓桓",墨笔旁批:武貌。

"于皇仁考","于",墨笔旁批:赞叹词。又墨笔眉批:《诗》:"于皇来牟。"

"尚想孔伋",墨笔旁批:子思名。

"既见其生,实欲其可",页眉朱笔录钱批:《诗归》云:"如此数语始可以委者,真至评之。"

十二、《归鸟》:诗末,朱笔录钱批:钟伯敬云:"其语言之妙,往往累言说不出处,数字回翔略尽,有一种清和婉约之气在笔墨外,使人心平累消。"也说得好。

"和风不洽,翩翩求心",页眉朱笔录钱批:既和风不洽,翩翩而求其心之所好。翩翩,正归也。《诗归》以求心为求友,曰"求心更深于求友",吾不谓然。

"翼翼归鸟,驯林徘徊。岂思天路,欣及旧栖",墨笔眉批:《诗》:"燕燕于飞,颉之颃之。"

十三、《形影神并序》:"莫不营营以惜生","营营",墨笔旁批:往来貌。又墨笔眉批:《诗》:"营营青蝇。"

十四、《神释》一首:"大钧无私力",墨笔旁批:天也,言其造成万物。

"结托善恶同",墨笔旁批:既喜。

十五、《归园田居六首》其一:"守拙归园田",朱笔录钱批:入题。

其四:整首诗,页眉朱笔录钱批:钟敬伯曰:"幽厚之气有似乐府,储、王田园诗妙处出此,浩然非不近陶,然似不能为此一派,曰清而微逊其朴。"楚人误以乐府古诗为二体。乐府者,本乐工采诗合乐不叶宫商者增入,损其文"妃呼豨""伊何那"之类,本自亡义,但补乐中之音耳。但乐府本题则自有其所咏之事,采诗为乐府,或有声无文,或删去咒语,非古诗如此也。

"井灶有遗处",朱笔录钱批:顶上。

十六、《乞食一首》:题目下,朱笔录钱批:乞食去而饮酒归,主人好礼,故赋诗为谢。

"遗赠岂虚来"句,页眉朱笔录钱批:《诗归》改"岂"为"副",改"来"为"期",谬甚! 只为不见《韵经》耳。"支"字韵本有"来"字,方文音谁,乃厘字也。匡衡诗曰:"莫学诗,匡鼎来。匡说诗,解人颐。"

十七、《连雨独饮一首》:"运生会归尽,终古谓之然",朱笔录钱批:《诗归》云:"虚语有笔力。"

"于今定何闲","闲",朱笔录钱批:《诗归》作"闻",《韵经》叶有"闻"字。

十八、《和刘柴桑一首》:题目下,朱笔录钱批:每妙于发端。

"山泽久见招,胡事乃踌躇? 直为亲旧故,未忍言索居。良辰入奇怀,挈杖还西庐",朱笔录钱批:公推古者旷达之宗,然不免挂念五男,仍絮絮死生之际,只是未吃得远公一杖耳。

十九、《悲从弟仲德一首》:"衔哀过旧宅","衔",朱笔录钱校:一作"悲"。

"慈母沉哀痛","痛",朱笔录钱校:疢。

卷三首页,红豆朱笔批:此处失一页。页眉朱笔录钱批:然乘化去,终天不复形,形将回步,恻恻悲襟盈。

二十、《癸卯岁始春怀古田舍二首》:"平畴交远风,良苗亦怀新",页眉朱笔录钱批:"平畴"二句,子瞻在玉堂,日写数十昏予人。

二十一、《丙辰岁八月中于下潠田舍获》:"司田眷有秋,寄声与我谐",页眉朱笔录钱批:典语。

二十二、《饮酒二十首并序》:序末,页眉朱笔录钱批:杨芝田云:"酒无恶于彭泽者,不知陶公当时所饮酒是何等酒。浊醪有妙理耶,抑不办佳恶,姑且塞责也,那出得如此好诗,殆是黄檗树下弹琴耳。"

二十三、《饮酒二十首》其四:"厉响思清远",朱笔录钱批:十九首妙句。

二十四、《饮酒二十首》其二十："羲农去我久，举世少复真。汲汲鲁中叟，弥缝使其淳"，朱笔录钱批：是自己不了，殃及儿孙之意。

"区区诸老翁，为事诚殷勤。如何绝世下，六籍无一亲。终日驰车走，不见所问津"，朱笔录钱批：《诗归》云："观其寄兴托旨也，一部陶诗可用饮酒题，其妙在此。若以"泛"与"切"两字求之，不读陶诗可也。"

二十五、《止酒》："天运苟如此，且进杯中物"，朱笔录钱批：极败兴语，又有酒塞嘴，谁谓此公达人，只是《庄子》所谓"知其无可奈何而安之若命"。

二十六、《有会而作一首并序》：题目下，朱笔录钱批：《诗归》云："读其序与诗，始知此题之妙。"

二十七、《拟古九首》其一：页眉朱笔录钱批：《诗归》收此首与"苍苍谷中树"二首，评云："二诗皆叹交道衰薄，朋友不足倚赖。"余谓此首在责望别去者之不归，为少年辈所留，而固以忠厚意气分别警之，收到自己之间隔，全是望彼归人之辞。

"荣荣窗下兰"，朱笔录钱批：兴，下时字起。

"兰枯柳亦衰"，朱笔录钱批：应起二句。

"相知不中厚，意气倾人命"句，朱笔录钱批：已上叙事，已下遥谓诸人而寓责望之意。嘉友少年，相知一人也，风刺在言外。

其四："一旦百岁后"，朱笔录钱批：冷澹。

其五：整首诗，页眉朱笔录钱批：先写东方士，一层；再写闻其人而欲往，二层；又写相见只于弹琴上便肯留住不去，三层；要之，非必有其人，特寓言耳。

其六："万一不合意，永为世笑之"，页眉朱笔录钱批：《诗归》评："老成人久于阅世之言。"

其七："歌竟长欷息，持此感人多"，页眉朱笔录钱批：此一转，于及时行乐中，忽感世相无常，进德修业，意在言外。

其八："此士难再得"，朱笔录钱批：不如读书论书之为得矣。

二十八、《杂诗十二首》其三："欲言无予和，挥杯劝孤影"，页眉朱笔录钱批：承"不眠"，是又起而独酌也。

二十九、《咏荆轲》："燕丹善养士，志在报强嬴"，页眉朱笔录钱批：此老雄心故在。

三十、《读山海经十三首》其一：朱笔录钱批：此首是读书之发端。

其二："灵化无穷已，馆宇非一山"，朱笔录钱批：已下乃所读书中语，而借寓己意。

三十一、《拟挽歌辞三首》其三：朱笔录钱批：写他人之悲戚，寄自己之□谈笑。虽然犹有者个在，其佛出世，山下变只水牯牛去。

〔按语〕

一、关于休阳程氏本的总体特点

从整体上说，休阳程氏本陶集流传较广，大大加速了陶集的传播，但也对陶集的内容作了较多删改，为此后陶集之校勘带来了诸多源头性问题。

首先，学者多指出此本总论相比李公焕本颇有差异，如陶澍指出："按明万历丁亥，休阳程氏所梓，即李公焕本，但卷端不标'笺注'二字，亦不载'庐陵后学李公焕集录'。其总论中，无东坡'不取微生高'一条，而多朱晦庵二条、陆象山二条、魏鹤山一条，不知程氏所见公焕本原是如此，抑从别本增删。"①桥川时雄称："编次与李本完全相同，是为李本之翻刻，亦非不佳，如举其少异处，则为卷首总论中，稍有增减。"②卞东波比对诸本后认为，程本与元代李公焕本基本相同，只是李公焕本的"总论"部分，以理学家朱熹、杨时、真德秀语录开头，而程本则改为苏轼、黄庭坚评语起始，可能是为了迎合读者的需要而作的改动③。实则此类改动自嘉靖二十五年蒋孝刊本即已如此，源自蒋孝刊本的诸本都仍其改动。这说明，在明嘉靖时，苏轼、黄庭坚对于读者可能更具有吸引力。或者，这一行为并非市场行为，而是出于刊刻者个人的喜好。

郭绍虞云："此本大体固同李公焕本，然有以意率改之处，如《停云诗

---

① 陶澍集注：《靖节先生集诸本序录》，《靖节先生集》，第八页 b 面—第九页 a 面。
② 桥川时雄：《陶集版本源流考》，第二十三页 b 面。
③ 卞东波：《日韩所刊珍本〈陶渊明集〉丛考》，第23页。

序》"樽湛新醪"，李公焕以前诸本皆然，自此本改作"樽酒新湛"，于是杨时伟本、杨鹤本、潘璁本等均从之。"①此处异文确为自程氏本以后而然，可以作为版本源流判断的依据。此本较为常见，流传很广，坊间俗刻，大都据此本。根据程刻本翻刻的"汉魏二十一家"本，在败版之后即以此书补印。今所称注刻本，即休阳程氏本也。又有公玿子翻印本，有熊人霖《序》，言定名《陶渊明集》之故，然书中仍题《陶靖节集》，卷末亦有"万历丁亥休阳程氏梓"一行。《积学斋藏书记》中著录了此本陶集②。

休阳程氏是明万历年间刻书大家，有多个书坊。其所刻著名别集，除陶集外，还有《曹植集》等，清代丁晏的《曹集铨评》汲取明代休阳程氏刊本和娄东张溥刊本之长，细加校勘，并辑录不少逸诗残简。可见，休阳程氏对明代别集的影响很大。

二、休阳程氏本中所附"张缤说"的影响

休阳程氏刻附载有"张缤说"，曾为王鸣盛《十七史商榷》所引。王氏讨论陶公年纪问题，曰："潜当生于晋哀帝兴宁三年乙丑岁也，乃前明万历丁亥，休阳程氏刻附载有张缤说，以为先生辛丑岁《游斜川诗》言'开岁倏五十'，若以诗为正，则先生生于壬子岁，自壬子至辛丑为年五十，迄元嘉四年丁卯考终，是得年七十六。"③此说为袁行霈认可④。

16. 万历三十一年焦竑授吴汝纪重刊本《陶靖节先生集》八卷，存

〔出处〕

明焦竑自称藏有宋本《陶渊明集》，号称源于昭明旧本，并于万历三十一年(1603)授吴汝纪重刻《陶靖节先生集》(简称"焦竑本")，凡八卷。广

① 郭绍虞：《陶集考辨》，第 294 页。

② 徐乃昌撰，柳向春、南江涛整理：《积学斋藏书记》，上海古籍出版社 2014 年版，第 188 页。

③ 王鸣盛著，陈文和主编：《十七史商榷》卷五一，中华书局 2010 年版，第 597—598 页。

④ 袁行霈：《陶渊明研究》，第 218—227 页。

东省立中山图书馆、南京图书馆等有藏。

〔版本信息〕

版 式

每半叶九行，行十五字，小字双行同，左右双边，白口，单鱼尾，鱼尾下记"陶集（卷）×"，其下记叶次。各卷首叶第一行署"陶靖节先生集卷之×"，第二行低一字署类目，第三行低三字署篇目，正文连属，卷末叶尾署尾题①。

编 次

前四卷为诗，具有争议性的《归园田居》第六首（即江淹拟作）不载，第五卷为赋辞，第六卷为记传赞述，第七卷为《五孝传》，第八卷为疏祭文，卷末附有颜氏《诔》及昭明《序》《传》，不辑《四八目》。卷首有焦竑《陶靖节先生集序》。

正集共八卷，卷之一"四言诗九首"，篇目依次为：《停云》《时运》《荣木》《赠长沙公族祖》《酬丁柴桑》《答庞参军》《劝农》《命子》《归鸟》。

卷之二"五言诗三十首"，而实际则为二十九首，篇目依次为：《形赠影》《影答形》《神释》《九日闲居》《归园田居五首》《问来使》《游斜川》《示周续之祖企谢景夷三郎》《乞食》《诸人共游周家墓柏下》《怨诗楚调示庞主簿邓治中》《答庞参军》《五月旦作和戴主簿》《连雨独饮》《移居二首》《和刘柴桑》《酬刘柴桑》《和郭主簿二首》《于王抚军座送客》《与殷晋安别》《赠羊长史》《岁暮和张常侍》《和胡西曹示顾贼曹》《悲从弟仲德》。

卷之三"五言诗三十九首"，篇目依次为：《始作镇军参军经曲阿》《庚子岁五月中从都还阻风于规林二首》《辛丑岁七月赴假还江陵夜行涂中》《癸卯岁始春怀古田舍二首》《癸卯岁十二月中作与从弟敬远》《乙巳岁三月为建威参军使都经钱溪》《还旧居》《戊申岁六月中遇火》《己酉岁九月九

---

① 桥川时雄提及，他本人藏有宋刊陶集零叶，每行十五字，每半叶九行，框高二十厘米，宽十五厘米，较之焦氏翻刻本，行字之数、框之高宽及文字子注并同，而字体相似，似为此本之零叶。见桥川时雄：《陶集版本源流考》，第十二页 b 面—第十三页 a 面。

日》《庚戌岁九月中于西田获早稻》《丙辰岁八月中于下潠田舍获》《饮酒二十首》《止酒》《述酒》《责子》《有会而作》《蜡日》《四时》。

卷之四"五言诗四十八首",篇目依次为:《拟古九首》《杂诗十二首》《咏贫士七首》《咏二疏》《咏三良》《咏荆轲》《读山海经十三首》《拟挽歌辞三首》《联句》。

卷之五"赋辞三首",篇目依次为:《感士不遇赋》《闲情赋》《归去来兮辞》。

卷之六"记传赞述十三首",篇目依次为:《桃花源记并诗》《晋故征西大将军长史孟府君传》《五柳先生传》《扇上画赞》《读史述九章》。

卷之七"传赞五首",篇目依次为:《天子孝传赞》《诸侯孝传赞》《卿大夫孝传赞》《士孝传赞》《庶人孝传赞》。

卷之八"疏祭文四首",篇目依次为:《与子俨等疏》《祭程氏妹文》《祭从弟敬远文》《自祭文》。

卷末附录有:颜延年《陶靖节先生诔》、昭明太子《陶靖节先生传》以及《陶靖节先生集序》。

按,通观之,焦竑本正集八卷的编次,其实与宋刻递修本完全一致。而焦竑本虽然不收《集圣贤群辅录》,卷七却录有"五孝传"。可见,焦竑所说的底本为昭明旧本,绝非事实。这并非萧统八卷本之旧貌。他应该是将友人赠予他的十卷本宋本陶集,去除了第九卷、第十卷,刊刻前八卷,以迎合萧统本的八卷本之数,同时又删去了阳休之《序录》、宋庠《私记》等不应收录的作品。但焦竑似乎并不清楚,阳休之加入萧统本的,还有《五孝传》,被保留下来的第七卷中的《五孝传》让他赝托昭明旧本的手法露出了马脚。

另外,焦竑本卷二类目为"五言诗三十首",然收录的诗作却只有二十九首,少了的一首是《归园田居》其六"种苗在东皋"。宋刻递修本卷二类目也为"诗三十首",便录有此篇。这表明焦竑所用的底本《归园田居》原本有六首,是他删去了第六首。之所以删去,是因为第六首为江淹《杂体三十首》中的《陶征君田居》,在《文选》和江淹文集中皆有收录,早已被证明是伪作,萧统本不应收录。焦竑为了赝托昭明旧本,只能将其删去,但是他却忘记了修改目录中的"三十首"为"二十九首"。这是焦本赝托的又一证据。

序　跋

焦竑《陶靖节先生集序》

古者贤士之咏叹，思妇之悲吟，莫不为诗。情动于中，而言以导之，所谓"诗言志"也。后世搞词者，离其性而自托于人伪，以争须臾之誉，于是诗道日微。余观汉魏以逮六朝，作者蝟起，能道其中之所欲言者，阮步兵、左太冲、张景阳、陶靖节四人而已。靖节先生人品最高，平生任真推分，忘怀得失。每念其人，辄慨然有天际真人之想。若夫微衷雅抱，触而成言，或因拙以得工，或发奇而似易，譬之岭玉渊珠，光采自露，先生不知也。其与华疏彩会、无关胸臆者，当异日谈矣。梁昭明太子尝手葺为编，序而传之。岁久，颇为后人所乱，其改窜者，什居二三，窃疑其谬，而绝无善本是正。顷友人偶以宋刻见遗，无《圣贤群辅》之目，篇次正与昭明旧本吻合，中与今本异者，不啻数十处。凡向所疑，涣然冰释，此艺林之一快也。吴君肃卿语余："陶集得此，幸不为妄庸所汩没，盍刻而广之？"余乃以授肃卿，而并道其始末如此。肃卿名汝纪，新安人，今卜筑金陵。观其所好，可以知其人焉。万历癸卯秋，琅琊焦竑书。

焦竑本注文

与其他各本不同，此本在异文上多从"宋（庠）本"，校语多用"一作某，非"或"宋本作某，一作某，非"。前者如《停云》"以怡（一作招，非）余情"，后者如《九日闲居并序》"菊解（宋本作解，一作为，非）制颓龄"。异文直接标明"宋（庠）本作某"或"从宋（庠）本"者，共计二十处，分别为：

《赠长沙公族祖》："谐气冬喧（宋本作喧，一作辉，非）"。

《酬丁柴桑》："屡有良游（宋本作游，一作由，非）"。

《命子》："冥（宋本冥，一作真，非）兹愠喜"。

《九日闲居》："菊解（宋本作解，一作为，非）制颓龄"。

《归园田居六首》其一："榆柳荫后檐（宋本作檐，一作园，非）"。

《游斜川》："开岁倏五十（宋本作十，一作日，非）"。

《游斜川》："中肠（宋本作肠，一作肭，非）纵遥情"。

《五月旦作和戴主簿》："明两萃时物（从宋本，一作南窗罕悴物，非）"。

《移居二首》其二："衣食当须几（宋本作几，一作纪，非）"。

《癸卯岁十二月中作与从弟敬远》："谬（宋本作谬，一作深，非）得固穷节"。

《戊申岁六月中遇火》："总发抱孤介（宋本作介，一作念，非）"。

《己酉岁九月九日》："哀蝉无留（宋本作留，一作归，非）响"。

《饮酒二十首》其六："咄咄俗中愚（宋本作愚，一作恶，非）"。

《饮酒二十首》其十三："日没独何炳（宋本独何炳，一作烛当秉，非）"。

《饮酒二十首》其十五："岁月相从过（宋本作从过，一作催逼，非）"。

《饮酒二十首》其十九："拂衣（宋本拂衣，一作终死，非）归田里"。

《杂诗十二首》其三："日月还复周（宋本还复周，一作有环周，非）"。

《咏贫士七首》其三："清歌畅商（宋本作商，一作高，非）音"。

《拟挽歌辞三首》其二："今旦（宋本旦，一作但）湛空觞"。

《晋故征西大将军长史孟府君传》："仕吴司空（宋本作空，一作马，非）"。

〔按语〕

一、前人关于焦竑本"伪宋本"性质的讨论

焦竑（1540—1620），字弱侯，号澹园，江宁人。万历十七年（1589）状元及第，官翰林院修撰。为人耿介，颇负盛名，故而常点评指摘时事，遂被贬为州同知。不久，归家不复出仕。博览群书，擅长古文，年八十卒。有《澹然集》《焦氏笔乘》等。焦竑原本已佚，但他曾授吴汝纪重刻，故而如今研究焦本，主要依据吴汝纪重刻本。

焦竑本称以萧统所编之陶集为底本，其实后者来源不明。从其跋语中可知，是友人所赠，号称宋本。其中无《集圣贤群辅录》，且编次与萧统旧本吻合，比当时流传的陶集版本完善。

焦竑所谓的宋本陶集究竟是哪一种，难以得知。其中仍有《五孝传》，却没有《四八目》，很像是冒充宋本之举。即为了满足萧统八卷本之数，仅删去卷十《集圣贤群辅录》，同时删去阳休之《序录》、宋庠《私记》等与萧统本陶集不合的地方，又故作欺人之语说"无《圣贤群辅》之目，篇次正与昭明旧本吻合"。焦竑自陈其陶集之底本来自宋刻，实不可信。

《四库全书总目》卷一九三《陶韦合集》提要，对焦竑本发出过质疑：

"《陶韦合集》十八卷,明凌濛初编。是书前有濛初题词曰:'从来以继陶者莫如左司,而两集无合刻者,合之自何观察露始。余游白门,以其刻见示。'又曰:'诸家之评其诗者,陶则宋人独详,韦则近世亦复不少。其丹铅杂见,不能适于一。斟酌其间,则余窃有取焉尔。'然则合刻者何露,其评则濛初所定也。版用朱墨二色,刊刻颇工,而所评率无足取。陶集八卷,前有焦竑《序》,指为昭明太子之旧本。考是集自阳休之重定之后,昭明本不传久矣。宋人不得见,而竑乃得见之耶? 万历以后,士大夫务为诞伪,例皆如此,不足深怪。"①

这一说法为陶澍所诘难:"按焦氏此本系宋刻,然小注时引宋本作某,岂谓宋庠本耶? 又云八卷之数与昭明旧本合,则犹不然。阳休之云:'萧统所撰八卷,合序目诔传,而少《五孝传》及《四八目》。'宋庠《私记》云:'《隋·经籍志》宋征士陶潜集九卷,又云梁有五卷录一卷;《唐志》陶泉明集五卷。今官私所行本凡数种,与二志不同。有八卷者,即梁昭明太子所撰,合序传诔等在集前为一卷,正集次之,亡其录。'晁氏《昭德读书志》云:'《靖节先生集》有数本,七卷者,梁萧统编,以序传、颜延之诔载卷首,是为昭明所编陶集,正集止七卷,并序目诔传为八卷,后又以录别为一卷,故《隋志》云九卷亡其录,故仍为八卷。'录即目,宋、晁所见八卷,但有序传诔,不言目,可知也。今焦本若去其卷七《五孝传》,庶有合于昭明卷数耳。"②桥川时雄表示赞同此说③。

郭绍虞《陶集考辨》"焦竑藏本"条云:"此本有《五孝传》而无《四八目》,虽合昭明卷数,内容亦与昭明本不同。然此本校语多从宋(庠)本,颇与汲古阁藏十卷本不同。又卷三无思悦《辨甲子》一文,《述酒》诗、《责子》诗、《四时》诗题下均无注,亦不引黄庭坚、刘斯立语。卷末附录,亦无阳休之《序录》、宋庠《私记》、思悦《书后》、曾纮《说》诸文,均足证此本所据在汲古阁藏十卷本之前。窃以为汲古阁藏本,不过能窥思悦本旧型,惟此本则

<hr />

① 　永瑢等:《四库全书总目》卷一百九十三,第 1759—1760 页。

② 　陶澍集注:《靖节先生集诸本序录》,《靖节先生集》,第十一页 b 面—第十二页 b 面。

③ 　桥川时雄:《陶集版本源流考》,第十三页 a 面—b 面。

犹可仿佛宋庠本面目。或此本所据,乃宋时昭明别本而复据宋(庠)本加以校勘者。"①

　　焦本陶集无一字避宋讳,迥异于今存宋代诸刻本避宋讳,可见此本绝非"影刻"宋本,实为明重刻宋本。郭绍虞称焦本为"影刻"南宋原本,值得商榷。焦本除回改宋讳字外,当为宋代刻本原貌。至于其底本原刻之具体年代,已难以详考。焦本附录颜诔、萧传、萧序列入目录,与宋庠本序、诔、传等不列入目录的特点不相合,又无宋庠《私记》,可知不是出自宋庠本。

　　邓小军《陶集宋本源流考》认为焦本是在焦竑所见萧统本的基础上补入了《五孝传》一卷而成:"焦本卷数与萧统本相合,但内容比萧统本多出《五孝传赞》,又校订异文兼采宋庠本及其它诸本,当是在萧统本基础上加入《五孝传赞》,并在校订异文上兼采诸本。焦本除加入《五孝传赞》及校订异文、兼采诸本外,当接近萧统本。可称为萧统本之别本。"②

　　实际上,厘清焦竑本中的异文,即可知它实际上是一个兼采诸本的本子。具体分析见下文。

二、焦本的异文选择及其采用的主要底本为李公焕本的相关讨论

　　经过分析可见,在焦本二十处异文中,有十九处异文体例均作"宋本作某(或从宋本),一作某,非",仅有一处异文与之不符,这一处是《拟挽歌辞三首》其二"今旦(宋本旦,一作但)湛空觞",颇疑此处有脱字,"但"字下脱一"非"字。

　　随之而来的问题是,此本判断别的异文为非的依据是什么? 如果说"解,宋本作解,一作为,非"的判断,依据的是宋庠本,那么"怡,一作招,非"的判断有什么依据? 此外,焦竑本陶集中也存在着不判断其他异文为非的情况,比如《怨诗楚调示庞主簿邓治中》"夏日抱长(一作长抱)饥",《读山海经十三首》其一"欢言(一作然)酌春酒",为什么会出现这样的差别呢?

　　在异文选择上,焦竑本与宋刻递修本、曾集本颇为不同。如焦竑本

---

①　郭绍虞:《陶集考辨》,第278页。
②　邓小军:《陶集宋本源流考》,第222页。

《与子俨等疏》作"败絮自拥",而曾集本、宋刻递修本均作"败絮息拥";焦竑本《祭程氏妹文》作"特百常情",而宋刻递修本、曾集本作"特迫（一作百）常情";焦竑本《神释》作"彭祖爱（一作寿,非）永年",曾集本、宋刻递修本均作"彭祖寿（一作爱）永年"。那么,焦竑本的这些异文选择主要是依据何种陶集呢?

经过爬梳可以发现,焦竑本主要是以李公焕本为底本的,以下是主要例证:

《赠长沙公族祖》"谐气冬暄",同李公焕本,诸本均作"谐气冬辉"。（宋庠本作"暄"）

《赠长沙公族祖》"终焉为山",同李公焕本,诸本在此处有异文,均作"终在（一作焉）为山"。

《劝农》"熙熙令音",同李公焕本,诸本均作"熙熙令德（一作音）"。

《劝农》"田园不履",同李公焕本,诸本均作"田园弗（一作不）履"。

《读山海经十三首》其二"玉台凌霞秀",同李公焕本,诸本皆作"玉堂（一作台）凌霞秀"。

《祭程氏妹文》"特百常情",同李公焕本,诸本均作"特迫（一作百）常情"。

《劝农》"时曰播殖",同李公焕本,诸本皆作"时曰播植"。

《影答形》"胡为不自竭",同李公焕本,诸本均作"胡可不自竭"。

《九日闲居》"世短意常多",同李公焕本,诸本均作"世短意恒多"。

《于王抚军座送客》"秋日凄且厉",同李公焕本,诸本均作"冬日凄且厉"。

《饮酒二十首》其四"徘徊无定止",同李公焕本,诸本均作"裴回无定止"。

《桃花源记》"设酒杀鸡作食",同李公焕本,诸本均作"为设酒杀鸡作食"。

《晋故征西大将军长史孟府君传》"君在坐次甚远",同李公焕本,诸本均作"君坐次甚远"。

焦竑本陶集自称是萧统旧本,又号称是对宋本进行重刻,而集中却基本不避宋讳,但也偶有沿袭旧本避讳不改的,体现出非常混乱的面目。如

《感士不遇赋》"淳源汩（一作恒）以长分""澄得一以作鉴,恒辅善而佐仁",这两处"恒"字均缺最后一笔,应是避宋真宗赵恒名讳,可证此本所据宋本应在宋真宗之后。

此集虽如郭绍虞所说,不录曾纮《说》,但其《读山海经十三首》其十恰恰作"刑天舞干戚",而不是像宋刻递修本、曾集本那样作"形夭无千岁",由此可见,此本实际上是采用了曾纮的意见。曾纮《说》写于宣和六年(1124)七月,次年北宋即灭亡,这说明焦竑所见宋刻陶集,最早的刊刻时间也应当是南宋初年了。

此外,焦竑本《述酒诗》作"平王去旧京",宋刻递修本、曾集本均作"平生去旧京",且"生"字下没有异文,而汤汉注本作"平王去旧京",并注云:"从韩子苍本,旧作生。"这说明,韩子苍本之前,这里是没有异文的,汤汉吸收了韩子苍本的意见,将此处"生"改为了"王"。焦竑本既然作"平王去旧京",其所用底本当晚于汤汉注本。汤汉注陶在南宋淳祐元年(1241),此时萧统本已经亡佚,这又从反面证明焦竑刻陶集所据底本,不是宋代的萧统本。

三、关于焦竑本的影响

焦竑本直接影响了张溥本。张溥本有两种,一为《陶彭泽集》,凡五卷,明张燮纂《汉魏七十二家集》本(序末记有壬戌云云,当是天启二年)。编次为:昭明太子序及焦竑旧序,卷一至三诗,卷四疏记赞传,卷五传述祭文。附录有多种史书中陶潜之传,并遗事、集评各门。张序中说:"焦弱侯太史尝出所手订宋本示余,与世本多别,余以方葫芦中《汉书》,今为点定,更写以传。世本并载《圣贤群辅》,今为删出,当另置他部。"①根据张氏所论,此本即为焦竑翻宋本,原文子注并同,但是,焦竑本明明是八卷,此本却辑为五卷,其中校勘,较为混杂不确。按《七十二家集》本,多承于《汉魏二十一家集》本,然《二十一家集》注汪士贤刊本,乃为十卷本,所以这一本是特立独行、没有以汪本为底本的。

另外还有一种,即不分卷本《陶彭泽集》,也有张序,编次更为混杂。

---

① 张燮著,王京州笺注:《七十二家集题辞笺注》,上海古籍出版社2016年版,第170页。

因此，桥川时雄认为，张溥本仅得此本之皮毛，论曰："张溥《汉魏百三家集序》，谓陶刻颇多，而学者多善焦太史所订宋本，故仍其篇，然张溥于焦本，不过改订篇次，以为一卷耳。余详考曾集（影刻本）、莫友芝（缩刊本）及焦竑三本，颇有可言者，三本均以宋刊为底本，影仿甚精，在陶集考订上，可以谓之为三枢轴，是为其特色之一。详考此三本，乃知三本均为以宋时所有之各本慎重勘考者，自有视听相通之处。例如诗之命题，均作某某几首，有序者，均作某某几首并序，四言诗不分章节，皆是宋本之体裁，是为特色之二。三本编卷，虽有异同，题篇次第略同，本文异同亦少，某作某字样注，亦略相通。本文子注之异同，参照三本，即知各有所据也，是为特色之三。三本均无笺释，文字犹注重于订校，不苟一字，取舍甚严，而有一一所注明，是为特色之四。考勘注文中，间揭示当时流行之陶集本，而各有相同相通之处，又三本仍均留缺笔，其字亦略同，是为特色之五。质言之，齐梁以来，陶集行世，已数十家，阳休之、宋庠两本，颇加纂定，思悦本承之。至于南宋，编次亦紊，竟无一佳本，学者忧之，乃考订各本而出者，止此三本也。陶澍本《陶集集注》，参校各本，校勘甚力，而三本之中，才知衷然采取于焦竑本，竟不得与他二本比校，惜之。"①

莫友芝、傅增湘《藏园订补郘亭知见传本目录》卷十六"傅增湘补"："《陶韦合集》二十卷（傅误，实为十八卷）。明末凌濛初朱墨套印本，八行十八字，白口，四周单栏。收《陶渊明集》八卷，汤汉笺注，附总论一卷；《韦苏州集》十卷，拾遗一卷，集宋刘辰翁、明高棅、杨慎、钟惺诸家评语。"②

凌濛初把陶渊明、韦应物二人的集子合为一编，以朱墨二色套印，刊刻颇为工整。据《中国古籍总目》的著录信息，凌氏原刻本现藏于中国国家图书馆、中国社会科学院文学所以及辽宁省图书馆等机构③。《陶韦合集》中的陶集，即是以明万历三十一年（1603）焦竑授吴汝纪刻《陶靖节先生集》八卷附录一卷为底本。

---

① 桥川时雄：《陶集版本源流考》，第十四页 a 面—b 面。
② 莫友芝撰，傅增湘订补，傅熹年整理：《藏园订补郘亭知见传本书目》卷十六上，第 1563 页。
③ 中国古籍总目编纂委员会：《中国古籍总目集部 1》，第 37 页。

总之,焦竑本陶集虽名为八卷,实则与萧统本陶集差别较大,未必出自萧统本系统,也有可能是宋代流传的十卷本陶集删除了《集圣贤群辅录》《北齐阳仆射休之序录》《本朝宋丞相私记》等作品后的面貌。其所据之宋刻的部分即便存在,刊行时间最早也在南宋初期,很有可能在绍熙三年(1192)曾集编订陶集之后,应当晚于宋刻递修本陶集的刊布年代。它虽然不录曾纮《说》,但《读山海经十三首》其十却采用了曾纮"刑天舞干戚"的论断。此本在异文上多从"宋(庠)本",保存了一些独有的异文,因此仍然具有一定的校勘价值。但关于此本也有一些疑点,比如校语中断定其他异文为非的依据是什么,其出自哪种陶集系统,这些问题有待进一步的研究。

17. 万历四十二年杨鹤刊《陶靖节先生集》十卷,存

〔出处〕

国家图书馆等有藏。

〔版本信息〕

版 式

每半叶八行,行十八字,小字双行同,白口,左右双边,单鱼尾。每卷卷端题"明武陵杨鹤修龄父校",末有小注"万历甲寅岁夏五月刻于长洲",书者姚可达,刻者有沈鉴、钱明、曹文宗、叶希忠、汤恩、郁尚、郑昌之、张应元、张试瀛诸人。

编 次

卷首有杨鹤《刻陶集序》。卷次略依休阳程氏本,卷三删《四时》诗,并注:"此下旧有《四时》一首,乃顾长康作误入,今删去。"附录萧统《传》,颜延之《诔》、《晋书》本传及吴仁杰《年谱》,附载《宋书》《南史》及《续晋阳秋》《晋中兴书》等有关渊明轶事者夹注文中或间附按语,则多出自编定,与普通复刻本有所不同,其附录摘录如下:

沈约《宋书·隐逸传》:陶潜字渊明,或云渊明字元亮。

李延寿《南史·隐逸传》:陶潜字渊明,或云字深明,名元亮。

《宋书》《南史》二传皆曰:潜弱年薄宦,不洁去就之迹,自以曾祖晋世宰辅,耻复屈身后代。自宋武帝王业渐隆,不复肯仕。所著文章皆题其年月,义熙以前明书晋氏年号,自永初以来唯云甲子而已。

《南史》本传又曰:其妻翟氏,志趣亦同,能安苦节,夫耕于前,妻锄于后云。

《续晋阳秋》云:江州刺史王弘造,渊明无履。弘从人脱履给之,弘语左右为彭泽作履,左右请履度,渊明于众坐伸脚,及履至,著而不疑。

序 跋

杨鹤《刻陶集序》

胡仁常手校《陶靖节集》刻成问序,余笑应之曰:我两人第为陶公开生面耳,殆不欲以一字辱公。公如神龙,无首无尾,公之出处,与其为人、其文字皆,自公作古,政索第二人不可得。余尝笑右丞谓"一惭不忍",右丞出入岐王、公主府第,又迫受伪命,是真能忍惭者。坡公因公"冥报"一语,咨嗟太息,若重哀其贫,几灭却一只眼矣。瓶无储粟,烟火裁通,而延之送二万钱,悉付酒家,公之乞丐,公自欲之耳;远公方外之交,强公入社,公尚不肯。远公尚不能会其意,何况余人?公盖洞见富不如贫、贵不如贱,并生死亦以为戏,纵浪大化中,与之虚而委蛇,如是而已。其耻屈身后代,自公本怀,然去就之际,皆非公所屑也。武陵杨鹤野王父。河东薛明益书。

〔按语〕

一、关于杨鹤

杨鹤,字修龄,武陵人,《明史》卷二百六十有传。万历三十二年(1604)进士,曾官左金都御史、左副都御史。崇祯二年(1629)荐为陕西三边总督,镇压农民起义。崇祯四年被劾下狱,戍袁州,后卒于戍地。《薛文清公年谱》一卷,有明河津王鸿刊《薛文清行实录》本;明薛肯获重刊《读书录》本;明万历张铨刊《敬轩薛先生文集》本。《两浙订正醮规》四卷,有明万历刻本;明天启三年(1623)重修本;《先人文字拾》八卷,杨鹤撰,杨嗣昌辑,有明崇祯刻本,今藏上海图书馆。《杨鹤奏疏》,原有刻本,今国家图书馆藏有抄本。清乾隆间以"鹤在万历末年为浙江道御史,疏中多有指斥之处"而将其列为禁毁书。编有《武康四先生集》,四先生者,梁沈约、唐孟郊、明沈彬、明骆文盛①。

从以上行迹来看,杨鹤刊陶的行为,同样与易代之际的特殊历史背景是有关的。

二、关于此本对陶渊明相关文献的集成与扩充

桥川时雄认为:"编次与李公焕本相似(卷三删《四时》一首),惟削略其评注耳。"②郭绍虞进一步考证认为:"此书虽据休阳程氏本,然附录吴仁杰《年谱》,且于所附昭明《传》、颜《诔》诸文后,附载《宋书》《南史》及《续晋阳秋》《晋中兴书》等有关渊明轶事者夹注文中或间附按语,则多出自编定,与普通复刻本异矣。"③

18. 万历四十三年钟人杰刊《李卓吾合选陶王集》本《陶渊明集》二卷,存

〔出处〕

《陶渊明集》二卷、《王摩诘集》二卷,中国社会科学院文学研究所图书馆等有藏。

〔版本信息〕

版　式

半叶九行,行十九字,白口,四周单边,有刻工陈文字、徐玉阳姓名。卷编有"李卓吾批选陶渊明集上/下"字样。

编　次

该陶集由李贽编选,分为上下两卷。卷上入选的篇目有:《形影神三

---

① 寻霖、龚笃清编著:《湘人著述表》一,岳麓书社 2010 年版,第 421—422 页。
② 桥川时雄:《陶集版本源流考》,第二十三页 b 面。
③ 郭绍虞:《陶集考辨》,第 294 页。

首》《九日闲居》《归园田居五首》《乞食》《诸人共游周家墓柏下》《怨诗楚调示庞主簿邓治中》《移居二首》《和刘柴桑》《酬刘柴桑》《和郭主簿二首》《赠羊长史》《岁暮和张常侍》《始作镇军参军经曲阿》《庚子岁五月中从都还阻风于规林二首》《辛丑岁七月赴假还江陵夜行涂中》《癸卯岁始春怀古田舍二首》《癸卯岁十二月中作与从弟敬远》《乙巳岁三月为建威参军使都经钱溪》《还旧居》《戊申岁六月中遇火》《己酉岁九月九日》《庚戌岁九月中于西田获早稻》《饮酒二十首》《责子》《拟古九首》《杂诗十二首》《咏贫士七首》（收《万族各有托》《凌厉岁云暮》《荣叟老带索》三首）《咏荆轲》《读山海经十三首》《拟挽歌辞三首》。

卷下入选的篇目有：《感士不遇赋》《闲情赋》《归去来兮辞》《桃花源记》《五柳先生传并赞》《与子俨等疏》。

序　跋

李卓吾批选《陶渊明集》序

陶潜字元亮，大司马侃之曾孙也。祖茂，武昌太守。潜少怀高尚，博学善属文，颖脱不羁，任真自得，为乡邻所贵。尝著《五柳先生传》以自况，曰："先生不知何许人也，不详姓字，宅边有五柳树，故因以为号焉。闲静少言，好读书，不求甚解，每有会意，欣然忘食。性嗜酒，而家贫不能恒得。亲旧知其如此，或置酒招之，造饮辄尽，期在必醉。环堵萧然，短褐穿结，箪瓢屡空，晏如也。常著文章自娱，颇示己志，忘怀得失，以此自终。"其自序如此，时人谓之实录。以亲老家贫，起为州祭酒，不堪吏职，少日自解归，年四十。复谓亲朋曰："聊欲弦歌，以为三径之资可乎？"执事者闻之，以为彭泽令。县有公田，悉令种秫，曰："令吾常醉于酒足矣。"家人固请种粳，乃以二顷五十亩种秫，五十亩种粳。久之，郡遣督邮至县，吏白应束带见之，潜叹曰："吾不能为五斗米折腰，拳拳事乡里小儿！"卒赋归去来辞，解印绶去，在县仅八十日，粳既不熟，秫亦不收也。后征著作郎，不就。元熙中，刺史王弘临江州，尝诣潜，潜称疾不见，因语人曰："我性不狎世，因疾守闲而已，初非洁志慕声，岂敢以王公纤轸为荣邪！"弘后知潜当往庐山，遣其故人庞通之斋酒具，先于半道要潜。潜比遇，便引酌。弘乃出与相闻，遂欢宴穷日。弘见潜履穿，顾左右为造履。左右请履度，潜便于坐伸脚令度履。弘复要潜至州,问其所乘,潜曰:"素有脚疾,向乘篮舆。"乃令门生二儿共舆之至州,言笑赏适,不觉有异也。初颜延之为刘抑后军功曹,在浔阳,与潜情款。弘后欲见,辄于林泽间候之。至于酒米乏绝,亦时相赡。其亲朋好事,或载酒肴而往,潜亦无所辞焉。每一醉,则大适融然。又不营生业,家务悉委之儿仆。未尝有喜愠之色,惟遇酒则饮,时或无酒,亦雅咏不辍。后为始安郡,经过浔阳,日造潜饮。临去,留二万钱,潜悉令送至酒家。九月九日出宅边菊丛中坐,摘菊盈把,忽弘使送酒至,便就酌。贵贱造之者,有酒辄设,潜若先醉,便语客曰:"我醉欲眠,卿可去。"郡将常候之,值潜酿熟,取头上葛巾漉酒,漉毕,还着,其大致如此。时周续之入庐山事释慧远,彭城刘遗民亦遁迹此山,潜又不应征命,故时谓为"浔阳三隐"。后刺史檀韶请续之与学士祖企、谢景夷三人,共在城北讲礼,加以雠校。所住公廨,近于马队。渊明赋诗曰:"周生述孔业,祖谢响然臻。马队非讲肆,校书亦已勤。"盖讥之也。潜气豪一世,而沉潜不露。其妻翟氏,亦安勤苦,与之同志。尝于夏月,高卧北窗,清风飒至,自谓羲皇上人。性不解音,但畜无弦素琴,每朋会,则抚而和之,曰:"但识琴中趣,何劳弦上声!"以宋元嘉四年卒,时年六十三,世号靖节先生,亦未为深知先生也。时庐山释慧远,结社东林。秘书丞谢灵运于山后凿二池,植白莲,呼曰莲社。潜与慧远素为方外交,而不与莲社之列。一日过慧远,甫及寺,闻钟声,不觉颦容,遽命返驾。故法眼禅师晚参示众云:"今夜闻钟鸣,复来有何事。若是陶渊明,攒眉却回去。"此法眼特为陶公揄扬也。慧远持戒精严,送客远者不过虎溪。一日偕潜及简寂观主陆修静,不觉过虎溪数百步,乃相与大笑而别。好事者遂作《三笑图》以纪之。萧统云:"渊明文章不群,词彩精拔。跌宕昭彰,独超众类。抑扬爽朗,莫之与京。横素波而旁流,干青云而直上。语时事则指而可想,论怀抱则旷而且真。加以贞志不休,安道苦节。自非大贤笃志与道污隆,孰能如是乎?"苏轼曰:"所贵于枯淡者,谓外枯而中膏,似淡而实美。渊明、子厚之流是也。若中边皆枯,亦何足道?"黄庭坚曰:"宁律不谐,不使句弱。用字不工,不使语俗。此庾信之所长也,然有意于为诗也。至于渊明,则所谓不烦绳削而自合者。虽然,巧于斧斤者,多疑其拙。窘于检括者,辄病其放。渊明之诗,要当与一丘一壑者共之耳。"《文选》五臣注云:"渊明诗,晋所作者皆题年号,入宋所作但题甲子，意者耻事二姓，故以异之耶。此知潜矣，抑未谓深知潜也耶。"当俟如潜者辨之。

19. 万历四十七年杨时伟刊《合刻忠武靖节二编》本《陶靖节集》八卷附《苏东坡和陶诗》二卷，存

〔出处〕

万历四十七年杨时伟刊《合刻忠武靖节二编》，其中《诸葛忠武书》十卷、《陶靖节集》八卷、《苏东坡和陶诗》二卷，国家图书馆、北京大学图书馆等有藏。

〔版本信息〕

版式

半叶九行，行十八字，小字双行同。白口，四周单边。

编次

卷一至四诗，卷五至六文，卷七至八《四八目》，附录载有吴仁杰《靖节先生年谱》，昭明太子《陶传序》，颜氏《陶诔》及苏轼《和陶诗》二卷。

本书将《四时》《问来使》《归园田居》之江淹拟作及《八儒》《三墨》诸篇低一格作附录处理。

序跋

《题陶靖节先生集校引》：

陶集行世刻本多矣，大同小异，不足深辨，而求之校勘，则并缺然。"种苗在东皋"，江文通拟作也；"春水满四泽"，顾长康《神情诗》也；"尔从山中来"，晚唐人赝作也；《八儒》《三墨》二条为后人妄加，宋庠《私记》甚确，而诸刻复载。其注疏评论，更多繁琐，如注《桃花源记》而有《桃源经》，且谬加捕鱼人姓名，妄庸鄙俗，可笑甚矣。诸本卷目编次互殊，二赋一词，或分或合，第五卷既题"杂文"，又分《与子疏》及三祭文作第八卷，置之《五孝传》后，《群辅录》前，并欠伦贯，私所未安，稍为更定，而当去者仍附存之，以俟明识。若夫评注所采十仅二三，盖不求甚解，故是先生读书法也。

厘为卷帙，虽非昭明八卷之旧，而符其数焉。传序诔谱，另为一卷，而附以东坡和诗二卷，用见古今臭味，千载同然。而两人晤对，又有出于寻常倡和之表者，如其声格之离合，则非末学所当拟议也。遂裒而刻之，以质同好。万历己未初夏杨时伟识。雁门文谦光书。

国家图书馆藏有吴骞批校本，卷首吴骞墨笔题识：

陈氏《书录解题》曰：吴郡吴仁杰斗南为《靖节年谱》，张缋季长辨证之，又杂记晋贤论靖节语。（骞案，"晋"疑"昔"之讹，《书录解题》本作"前"。）此蜀本也，卷末有阳休之、宋庠《序录》《私记》，又有治平三年思悦题，称永嘉，不知何人也。今按此本止刻《年谱》一卷，而《辨证》一卷、《杂记》一卷均未见。

卷四末吴骞墨笔题识：

宋鄱阳汤文清公汉注陶靖节诗四卷，马贵与《文献通考》称之，所谓《述酒诗》，乃哀零陵而作，其微旨虽滥觞于韩子苍，至文清反复详考而益畅其说，真可谓彭泽身后之知己矣。此书传本绝少，顷吾友鲍君以文游吴门，归舟枉道过予小桐溪，出以见示，乃宋椠佳本也。既同访张上舍艺堂于武原，一见击赏不置，以文即举赠之，予复从艺堂借归，录于此本。昔毛斧季晚年尝以藏书售于潘稼堂，有宋刻《渊明集》，斧季书注目下，云此集与世行本夐然不同，如《桃花源记》"闻之，欣然规往"，时本率讹作"亲"，今观是本，始知斧季之言为不谬也。文清人品雅为真西山、赵南泉诸公所推允，明于易城，复于隍其命乱也。王伯厚《困学纪闻》尝引其说，余详《宋史》本传。乾隆辛丑夏，兔床吴骞识。①

卷四末吴骞题识：

汤文清注靖节诗，乃宋刻精本，渌饮得而赠于文渔，予偶从文渔借观，约日即返。周松霭知之，即从予借观，竟乾没，屡索不还。予无以对二君。辛初借时录出此本，因据之重刻陶诗以行世，其后乾没者，复以售于吴中黄荛圃主事，徒为艺林所嗤也。辛未正月又记。

注 例

最末有《总论》，但其内容与所录评语次序和李公焕《笺注陶渊明集》

---

① 吴骞：《愚谷文存》卷五，清嘉庆十二年刻本，第十三页a面—第十四页a面。

不同。全部内容如下：

苏东坡曰："吾于诗人无所好，独好渊明诗。质而实绮，癯而实腴。自曹、刘、鲍、谢、李、杜诸人，皆莫及也。"又曰："所贵于枯淡者，谓外枯而中膏，似淡而实美，渊明子厚之流是也。若中边皆枯，亦何足道。佛言譬如食蜜，中边皆甜，人食五味，知其甘苦，皆是能分别其中边者，百无一也。"

黄山谷曰："渊明之诗，要当与一丘一壑者共之。"又曰："渊明不为诗，写其胸中之妙耳。"

《西清诗话》云："渊明意趣真苦清淡之宗，诗家视渊明，犹孔门视伯夷也。"

真西山曰："渊明之作宜自为一编，以附于《三百篇》《楚辞》之后。"

休斋曰："人之为诗，要有野意，风人以来得野意者，渊明而已。"

张缜曰："梁昭明太子《传》称'陶渊明字元亮，或云潜字渊明'，颜延之《诔》亦云'有晋征士浔阳陶渊明'，以统及延之所书，则渊明故先生之名，非字也。先生作《孟嘉传》称'渊明先亲，君之第四女'，嘉于先生为外大父，先生又及其先亲，义必以名自见，岂得自称字哉？统与延之所书，可信不疑。《晋史》谓潜字元亮，《南史》谓潜字渊明，皆非也。先生于义熙中《祭程氏妹》亦称渊明，至元嘉中对檀道济之言，则云'潜也何敢望贤'，《年谱》云'在晋名渊明，在宋名潜，元亮之字则未尝易'，此言得之矣。"

《云仙散录》云："渊明尝闻田水声，倚杖久听，叹曰：'秔稻已秀，翠色染人，时剖胸襟，一洗荆棘，此水过吾师丈人矣。'又得太守送酒，多以春秋米杂投之，曰：'少延清欢。'又日用铜钵煮粥为二食具，遇发火，则再拜曰：'非有是火，何以充腹。'"时伟按，拜火师水，俶隽不类陶语，盖赝书也。

《晋书·隐逸传》曰："潜遇酒则饮，时或无酒，亦雅咏不辍。尝言夏月虚闲，高卧北窗之下，清风飒至，自谓羲皇上人。刺史王弘以元熙中临州，甚钦迟之，后自造焉，潜称疾不见。弘每令人候之，密知当往庐山，乃遣其故人庞通之等赍酒。先于半道要之，潜既遇酒，便引酌野亭，欣然忘进，弘乃出与相见，遂欢饮穷日。弘后欲见，辄于林泽间候之。潜无履，弘顾左右为之造履，潜便于坐伸脚，令度焉。"

《南康志》："五柳馆在府城西，即渊明故宅。醉石在栗里涧中，一大石隐然有人形，相传靖节醉即卧此。"

　　袁郊《甘泽谣》曰："陶岘,彭泽子孙也。开元中家昆山丰田畴,制三舟,一自载,二宾客,三饮馔,与布衣焦遂、进士孟彦深、孟云卿游,置女乐一部,于舟中奏清商曲于江湖,时号水仙云。"

　　《姑苏志》:"陶岘者,渊明后也,自制三舟,与客孟彦深、孟云卿、焦遂辈共载吴越之人,号为水仙。招之不赴,亦有不召而自诣者,自云终当乐死。山水浪迹三十余年,归老于吴。岘有女乐一部,奏清商曲,逢佳山水必穷其胜,性知八音,撰乐录八章,以定其得失。岘文学可以经世,自谓疏脱,不谋宦达,遍游江湖,往往数年不归,归见其子孙成人,初不辨其名字。"

　　岘市得古剑玉环各一,复得一黑昆仑奴,善没水。岘抚之曰:"此吾三宝也。"遇险深处辄投环、剑,使奴没而取之,以为乐。偶投洞庭最深处,奴没未久即出,勃如曰:"不可取也,是二物者堕一寐龙前,金色而利爪,吾几以身为饵。"岘曰:"二宝失矣,汝生何益。"奴泣曰:"一入穷泉,永不复矣。"复投而下,忽跃出水面者三尺,余一金爪攫之没,不复可迹。

〔按语〕

　　杨时伟,明万历间长洲人,有《春秋编年举要》,刻印过《合刻忠武靖节二编》(汉诸葛亮《诸葛忠武书》十卷,晋陶潜《陶靖节集》八卷附《年谱》一卷,宋苏轼《和陶诗》二卷),天启间刻印过自撰《春秋赏析》二卷、《狂狷裁中》十卷。崇祯四年(1631)刻印过自撰《洪武正韵笺》四卷等①。

　　万历四十七年,杨时伟将《陶渊明集》与《诸葛亮集》合刻。钱泰吉《曝书杂记》云:"明神宗四十七年,茂苑杨时伟去奢,合刻诸葛亮忠武、陶靖节二编,《忠武年谱》杨氏所编次,《靖节年谱》则取吴氏仁杰本,《四库》收《忠武书》十卷于传记类,谓其考证详审。"②

　　桥川时雄叙录此本曰:"按,张缵《吴谱辨证》,于李公焕等本,惟见其数条耳,此本所引,亦与李公焕本同也。"③

---

　　①　瞿冕良编著:《中国古籍版刻辞典》,第203页。
　　②　钱泰吉:《曝书杂记》卷一,清别下斋丛书本,第二十四页a面。
　　③　桥川时雄:《陶集版本源流考》,第二十四页b面。

20. 万历何湛之校刊《陶韦合刻》本《陶靖节集》二卷,存

〔出处〕

明万历年间,浙江参议何湛之校刊《陶韦合刻》,其中《陶靖节集》二卷,《韦苏州集》十卷。此本《陶靖节集》,湖南图书馆等有藏。

〔版本信息〕

版　式

每半叶九行,行十八字,白口,四周单边。

编　次

首冠萧统《陶渊明集序》,卷一为赋、诗四言、诗五言,卷二为辞、记、传、赞、疏、祭文、杂录(即《集圣贤群辅录》),附录萧统《陶渊明传》、颜延之《靖节征士诔》。

序　跋

何湛之《陶韦合刻跋》

《诗》三百十一篇,所为美刺,要皆抒于性情,止于理义,无所为而为,不求工而工也。后之为诗者,以为一艺而竞趋之。至于唐,且以为制科之羔雁已。嗟乎!以诗而博名,高取世资,必且为快目艳心之语,惊魂动魄之谈,适人之适而非自适,其适安在?其抒情而止理义,说者谓诗盛于唐,予谓至唐而漓也。晋处士植节于板荡之秋,游心于名利之外,其诗冲夷清旷,不染尘俗,无为而为,故语皆实际,信《三百篇》之后一人也。唐刺史作,不亏情理,少涉浓郁,未必与处士雁行,乃效陶潜诸作,可谓逼肖。盖似者,其模仿之工,不尽似者,则时尚所移也。虽然,旷代希声,寥寥寡和,若刺史者,亦处士之后一人也。倘禘尼丘而并袷二祖,则陶几入室,韦渐升堂,意味风流,千秋并赏。予因合而刻之,聊以存古人三百十一篇之遗意云。疏园居士何湛之书。

虞淳熙《合刻陶韦诗引》

陶令韦守,各有所理咏。韦两和陶,从来是一家。诗强分二帙,世人多不见韦诗,因陶知韦耳。杨文襄便欲与之作合,何使君竟合之。诗坛奉

两君同几矣。使君诗书塞座外,大有善本,将综事弘鉴,一当藜光。政尔不错,字形半五铢钱,都无复渺小。??子熙开夜幌一过读,辄就使君语,使君之合两君,故自超似酌明水,和许金茎,其玄澹乃易了。迨入鲍瓜河,白榆历历,位便高于祖海,余子那得知。何则?心在绝言,征士彻其虚寥;性达迹忘,刺史登其灵极。故陶醉僧远,颠冥流幻僧史醉;韦酝酿晚,悟不入社乃入室。盈瓢性传,钵和罗来矣。寄酒为迹,冥通化人;神交三皇,滓遗季叶。故太素为里,则芬绚后尘;歌者在上,而竹不如肉。子舆英英,所以逊十翼;子休翩翩,所以谢五千文也。陶则不知有周,无论汉魏;韦亦潜心栗里,下睨甫白。所谓诗之聃尼,川之河汉,上尊中艺,将无异歆?近世合组者工萧选,猛起者继杜声。而杜称超诣,萧赞独超,超超玄箸;陶既无上,韦故肖胤,并袭白氏高远之誉。洵高远矣,安得问途炼石之表,空驰鳌足之外哉?使君奇文陶赏,高才韦述,褰修副墨,合此大宗。令千秋词人,并祫二祖,何其超也!如引伯夷颂圣,或命皎然象指,讵得操尔许符,为向人北乎?烟霞山人虞淳熙书。

〔按语〕

桥川时雄《陶集版本源流考》:"《陶渊明集》凡三卷,明成化年间刘须溪刊,与《韦苏州集》合编。何湛之《陶韦合刻》本序,见刘须溪校本《韦苏州集》跋语。其中云:'晋处士植节于板荡之秋,游心于名利之外,其诗冲夷清旷,不染尘俗,无为而为,故语皆实际,信《三百篇》之后一人也。……疏园居士何湛之。'按此本恐是《陶韦合刻》本之祖,编次及刊行年月,并未详。"①从最后一句来看,桥川时雄应未见此书。

郭绍虞《陶集考辨》:"刘须溪名辰翁,字会孟,乃南宋末人,非明成化间人。桥川氏所谓成化刊本,乃成化癸卯有尹晢所刊须溪校本,非刘刊也。此本乃朝鲜刊本,见涩江全善、森立之《经籍访古志》卷六。至合刻本则始于何湛之。何氏《序》云:'倘褅尼山,并祫二祖,则陶几入室,韦近升堂,意味风流,千秋并赏。因合刻之,聊以存古人三百一十篇之遗意云。'是则合刊本乃何氏所刊,亦非刘刊也。何氏字公露,号矩所,江宁人,万历

---

① 桥川时雄:《陶集版本源流考》,第三十页 b 面—第三十一页 a 面。

己丑进士,历任南刑部主事郎中。官刑部时,筑疏园,极花木亭馆之盛。其《序》署'疏园居士何湛之'者此也。《(同治)上江两县志》卷二十二乡贤有传。称其诗法陶、韦,草书拟羲、献,是则此合刊本乃万历刊本,亦不得谓为成化本矣。"①

又有一种朝鲜刻本,内容为翻刻此本,而字体似有意作古,卷首冠以何孟春注本所载张志淳、陈察序,又《靖节先生像》《归去来图》,目录后增刻何孟春记,附录亦据何孟春本补萧统《序》、阳休之《序录》、宋庠《私记》、思悦《书后》、李公焕《总论》及何孟春识语。但仍应视为翻刻何湛之本。

21. 天启五年毛晋绿君亭刊《屈陶合刻》本《陶靖节集》不分卷,存

〔出处〕

天启五年,毛晋绿君亭刊《屈陶合刻》,分别为《屈子》不分卷、《陶靖节集》不分卷。此本较为常见,国家图书馆、浙江图书馆等有藏。

〔版本信息〕

版　式

半叶八行,行十八字,白口,四周单边。

编　次

此本不分卷,按体裁分为诗集、文集、《四八目》三部分,卷首有萧统《叙》《传》,卷末有毛晋辑《参订》《杂附》并颜延之《诔》。

序　跋

《参订》末有毛晋跋:

按先生集卷数、章次,古今不同。齐梁以前无考矣,至梁太子编入自撰《序》《传》及颜《诔》为八卷,而少《五孝传》及《四八目》。北齐杨仆射以《五孝传》《四八目》离为二卷益之,共编十卷。《隋志》云"九卷",又云"梁

---

① 　郭绍虞:《陶集考辨》,第 303 页。

有五卷,录一卷",《唐志》云"五卷",俱泯没无传。至宋,宋丞相《私记》云:"晚获先生集十卷,出于江左旧书,其次第最若伦贯,疑即杨仆射所撰。其《序》并昭明《序》《传》《诔》等合一卷,别分《四八目》自《甄表状》杜乔以下为十卷。"今晋遍搜宋元善本,合以今刻,更博稽严订,汰彼淆讹。而卷次互殊,无可确据,特汇诗为一卷(共一百五十八章),文为一卷(共十七篇),而《四八目》附焉。至评注并列本文,繁琐参错,悉用删去。间有一二可疑可采者,另附卷末,以俟赏识君子。天启乙丑孟秋七日,东吴毛晋子晋识。

批 注

浙江图书馆藏本有部分眉批。此外,书中尚有朱笔眉批,数量不多,亦不知批者何人,录之如下:

《归鸟一首》:邻曲妻孥虽不如中朝旧侣为多才,然真趣则相入也。

《形赠影一首》:此篇言百年忽迫,乃与草木同腐,此形必不可恃,当及时行乐。下篇反其意不如立善也。

《咏贫士》其七"昔在黄子廉":纪闻按,《风俗通》云:"颍川黄子廉每饮马辄投钱于水,其清可见矣。"《吴志·黄盖传》注:"故南阳太守黄子廉之后。"后文"年饥感仁妻,泣涕向我流"旁,朱笔眉批:妻子不挠其虑,此篇言终不为妻子所累,贬节复出也。

〔按语〕

一、关于毛氏绿君亭刻陶之缘由

明末常熟人毛晋早期所刻书,版心下方常有"绿君亭"三字。传世绿君亭所刻书颇多,有北魏杨衒之《洛阳伽蓝记》五卷、蜀韦庄《浣花集》十卷《补遗》一卷等。清人江熙《扫轨闲谈》云:"毛潜在先生昔家隐湖,创汲古阁,刻经史诸书,中为阁,阁后有楼八间,藏书板者。楼下及厢廊具刻书所。阁四围有绿君、二如等亭,招延天下名士校书于中,风流文雅,江左首推焉。"①清叶德辉《书林清话》云:"然间有称绿君亭者,吾所藏《二家宫词》《三家宫词》《浣花集》三种皆如此。尚有《洛阳伽蓝记》,载莫友芝《知

---

① 莫伯骥著,曾贻芬整理:《五十万卷楼群书跋文》下,中华书局 2019 年版,第529 页。

见传本书目》。是否为毛氏书堂,抑受板于他氏? 此亦考毛氏掌故所当知者矣。"①

　　毛晋(1599—1659),原名凤苞,字子久,一作子九,晚年改名晋,字子晋,号潜在,别号隐湖、戊戌生、汲古阁主人、笃素居士等,常熟横泾人。生于明万历二十七年,清顺治十六年卒。父毛清,以孝悌力田起家,县中大役倚以集事。毛晋为诸生,曾游学于钱谦益门下,曾创立佳日社、尚齿社、隐湖社。为人乐善好施,热心公益。家有绿君亭、目耕楼、读礼斋、载德堂、笃素居、宝月堂、追云舫、续古草庐等,以汲古阁最为著名,为毛晋藏书、校书、刻书之处。著有《毛诗草木鸟兽虫鱼疏广要》《虞乡杂记》《和古人诗》《和今人诗》《和友人诗》《野外诗》等。子毛襄、毛褒、毛衮、毛表、毛宸,除毛襄早卒外,余均承父业②。

二、关于毛氏绿君亭本的体例特点

　　这部陶集的独特之处,是附有《总评》以及《参疑》《杂附》的部分,其中有关于陶作真伪之考订,兼及陶公事迹之钩沉。《参疑》有陶集文字异同之校勘。《杂附》多考订文字。如考靖节祠曰:"一在柴桑山下;一在南康府学东;一在九江府治东;一在彭泽县治东,又一在县南;一在瑞州府城南;一在新昌县之南山;一在湖口县三学寺前。或专祠,或合祠,皆古今名贤遐淑道风,流范来学。故虽郡邑之沿革不一,而先生之祠,易代而弥新也。"此处提及的七处靖节祠,前四处及最后一处均建于明弘治至嘉靖年间(1490—1566)。瑞州府城南之祠,乃文天祥知瑞州时,仿渊明宜丰故里之祠,建于宋淳祐六年(1246)。新昌县南山之祠乃是元大德三年(1299)在渊明宜丰故里建造的③。

　　桥川时雄说:"此本采依类编次,颇有奇趣,是其特色也。"④郭绍虞

　　① 叶德辉撰,张晶萍点校:《书林清话》卷七《明毛晋汲古阁刻书之六》,岳麓书社 2010 年版,第 175 页。
　　② 李峰主编:《苏州通史》人物卷中《明清时期》,苏州大学出版社 2019 年版,第 169 页。
　　③ 吴卫华、凌诚沛主编:《陶渊明始家宜丰资料集》,中国社会出版社 2003 年版,第 24—25 页。
　　④ 桥川时雄:《陶集版本源流考》,第三十一页 b 面。

说:"明人撰集好创新意,此为尤甚。"①

三、毛氏绿君亭本的版本价值

郭绍虞认为此本开明代合刻本之风气,云:"明人撰集好创新意,此为尤甚。大抵此本亦李公焕后改编之本,与杨时伟诸陶合刊本同出一辙。所不同者杨本受昭明本八卷之影响,而此则受曾集本不分卷之影响。虽不能尽复其旧,要非一无所据。此二本刊行之时,仅差一年,同中求异,又若相避,意毛、杨均为吴人,刊编计划,或彼此互为商定,未可知也。毛《序》称家藏宋刻四先生传,并诗文遗事百篇,乃楚之屈大夫、韩之张司徒、汉之诸葛丞相、晋之陶征士云云,似宋时已有四人合刻之集。然此书不见著录,且毛《序》所引先儒序云云,即吴澄《陶诗注序》中语,吴《序》不过举屈、张、诸葛三家以明陶公之志,固非序此四家合刻之集,更不得谓此为宋刻也。大抵毛氏之合刻屈、陶,与翌年杨氏之合刻诸陶均受吴《序》影响。此风既启,于是阮陶、陶李、陶韦、陶谢、曹陶谢诸种合刻之本,遂纷纷矣。"②

另外,从此本还可以看出李公焕所发明之"总论"对之后诸本的影响。郭绍虞称:"又案自李公焕本采用诸家评语以为总论,嗣后诸本踵之,递相增补,遂有辑成《渊明诗话》者。此本总评所录诸家评语,虽多本于李公焕、何孟春二氏所辑,然亦有汰去不录者。论其编例,以时为序,以人为纲,自较李本先后凌乱者为长。然以过求体例之纯,即原注出处者,亦删去之,如葛立方《韵语阳秋》,李本注明之,而此仅称葛常之曰,又李、何二本之仅称书名者,如李本所引《西清诗话》,何本所引《松石轩诗评》等亦以不知人名之故,汰去不录。李本固为例不纯,然如此求纯,亦不免苟且率易矣。至以颠倒排比之故,致有错误者,亦所在而有。如'作诗须从陶、柳门中来乃佳'云云,乃朱子语,见《朱子大全集·清邃阁论诗》,其后《诗林广记》及李公焕本亦均言采自《朱文公语录》,而此作陈后山语。'孔子不取微生高'云云,乃苏轼语,见《东坡题跋》卷三《书李简夫诗集后》,而此作山谷语,皆非是。至'退之于诗本无解处',李公焕本误作山谷语,此亦沿袭未改也。"①

22. 崇祯六年张自烈评《陶渊明集》八卷,存

〔出处〕

国家图书馆、北京大学图书馆等藏。

〔版本信息〕

版 式

明崇祯六年(1633)刻张自烈《批评陶渊明集》,凡八卷,张自烈字尔公撰。此本书签题"陶渊明诗集",沈澳序云"评刻陶渊明集",卷首石啸函书目题"批评陶渊明集",卷之一首云"笺注陶渊明集"。半叶九行,行十八字,小字双行同,白口,单鱼尾,四周单边。

编 次

卷首有诸家序文、陶集总论(各条下附自评);卷一至四诗,删去《四时》《联句》;卷五至六,有评注,而删去《五孝传》《四八目》及《扇上画赞》;卷末附刻明谯庵居士《律陶诗》三十四首、黄槐开《律陶纂》二十七首以及苏轼《和陶诗》四卷,每卷篇末有跋。所收《总论》中,有朱熹、杨龟山、真西山、苏东坡、葛常之、黄山谷、陈后山、刘后村、蔡宽夫、汤文清等诸家评语。

序 跋

沈澳《评刻陶渊明集叙》

老人颠蹶六十年,识天下十多矣。比蠖伏山中,获尔公张子,读其平生所著书。上循六经,下浃百氏,奥义曾翻,勿袍于道,老人奇之。尔公天骨畸特,尚想前良,耻与俗周。诸同尔公游者不尽识尔公,尔公弗与语,每对予叹,古道代橐,沈湎仕宦,忠孝节义,残蚀殆尽,辄鸣咽竟日。所刻渊明集,感时讽事,大放厥词。以比振发声,瞆羽翼名教。讵云小补,如苏子瞻屡濒险难,欲师范渊明,然后抄写《归去来辞》,尔公必大笑子瞻作钝。

---

① 郭绍虞:《陶集考辨》,第298页。

汉至韦表,微不知何许人,偶尔怡情松菊,便自谓无愧渊明,此又尔公不屑齿。以老人观尔公,胸中成败死生,斩然勘破,不恨不见古人,独迹未怀奇愤俗,牙角才出。每醉,或自称旭十四世孙,或大呼又叹张先生,或狂歌日时有利。不利虽贤,欲奚为?颇令老人短气,记君家子房遇圯上翁授书一卷,晚则芝赤松在。今我老人何书可赠,况尔公近又喜《易》,与陶公无两义。人知陶深于诗,不知陶精于《易》,虔尔公必能悟此,不须九十七岁老人饶舌,但恐后世知尔公者,不尽如老人耳。崇祯壬申秋月既望九十七老人沈澳题于铁山非吴庐。

赵维寰序

渊明、灵运同为晋室勋臣之裔。灵运浮沉禅代,袭爵康乐,晚乃自悔,有韩亡秦帝之语。搏浪未锤,身名并殒,以坠家声,惜哉!独渊明解组肆志,鸿鸣鼎革之间。一□五柳,不友不臣,易纪元以甲子,凛然春秋大义。虽寄怀沈湎,而德辉弥上,殆首阳之展禽,箕山之接舆也。吾友尔公氏,书仓墨冢,破月穿天,不读非圣之书,不发无源之论,奖薄敦顽,直以千古名教是非为己任。于是褕鹭渊明之言,铎起靡俗。余遑见梓陶集者,不合陶五,则何陶柳以为摩诘、子厚,和平淡远,具近于陶。夫摩诘好道安禅,爵轮一曲,大似登伽之柢。子厚沉沦,党籍《乞巧》一文,尚叹凿方心而规大圆,孰与渊明,独醉独醒,即庐山社。灵运众入不得,此公招之不往,忠孝性情,如人噉榄,久而味出,何至与王、柳词人系声联谱哉!尔公所以尚门陶学,宁使单行,未许先子韩非共传也。抑吾侪说诗大要,诗之无无凿之,使有诗之韵,无寔之。使呆如少陵,每饭不忘君,感愤时事,固是天植至性。一经宋人笺释,谓字字句句,风刺军国,遂有诗史之目,渐成一部谤书,则枉却少陵关渊明大节。自足不朽,要以兴会。既到悠然,寻句意不在。诗不如琴,不必弦,书不甚解云耳,必以为字字句句,皆关君父,又焉知陶书不堕经生刻画苦海乎!然则尔公之释陶,以人还人,以诗还诗,岂为陶之功臣,并为杜陵破此前重霾雾矣。崇祯壬申中秋日当湖钝叟赵维寰书于白下之鸡鸣禅舍。

夏允彝序

余入留都,获友袁临侯先生,又从临侯交尔公也。一日而获二胜友,余自得殊甚,则问尔公,縣江右走比此都,縣比而南,若交散久者何人乎?

尔公曰:有友朝夕不相生,明日令见若,越明日投余乎? □渊明集曰:此余友也。其出处皎皎不苟,余故排世俗,而专交之。嗟乎! 尔公取友若此,交道无滥矣。虽然,余故有疑于此。渊明处禅易之,朝志不皆国,其隐僻躬耕固宜。尔公生明时,负器用,其大节昭白,将出而砥砺,天下以无负。当世隐僻不出,岂尔公之谊哉? 其岜取于渊明何说也。夫尔公所谓出处皎皎者,余知之矣,贵与生孰重,贱与死孰酷。数年来捐生者有之,捐贵者罕见。观阉乱污朝,士大夫即掷冠裰籍,列编泯耳。顾牵溺不忍割,诚畏失官为闾里呛。一日清明,则骈首戮不悔,是何轻死而重贱也。今者上事圣主,即抵触不已,痛言呼告,祸不逮丧,元可幸裰罪止。然而孰观朝者,辛方忱容,时则翕声进,龙鳞乍张,粟声喑谢矣。若此者于生死贵贱之间,其此轻重曷在哉? 尔公曰:余所取于渊明者,此其甘处而毋出也。困之以躬耕,陇之以乞食,宜为少摇。动诸子部,能辨梨栗。农夫之子,莱羹不厌,安能得梨与栗而辨之。夫身贫贱已矣。子蓬垢不理此高人,所动心而乐受妇识者也。渊明适之,然快之形诸吟咏,又岂寻常僻隐贾名高者所得而侪耶。然则今日士大夫即无暇学渊明,苟知其谊于出处之际,少割新溺,何至靡靡颓坏,长笑千古。余故发尔公之意以序之,若渊明诗句之美,尔公评说之精,天下宜知之,不足复道。云间社第夏允彝彝仲题。

张自烈《洁生曰》

洁生曰:按宋颜延年谥渊明为靖节,其诔云:有晋征士浔阳陶渊明,南岳之幽居者也。弱不好弄,长寔素心,学非称师,文取指达。众不失其寡处,言每见其默。少而贫苦,居无仆妾,井臼不任,藜菽不给,母老子幼,就养勤匮。远维田生致亲之议,近悟毛生捧檄之怀。……按东坡在颍州时,因欧阳叔弼读元载传,叹渊明之绝识,遂作诗云:"渊明求县令,本缘食不足。束带向督邮,小屈未为辱。翻然赋归去,岂不念穷独。重以五斗米,折腰营口腹。云何元相国,万钟不满欲。胡椒铢两多,安用八百斛。以此杀其身,何翅抵鹊玉。往昔不可悔,吾其反自烛。"此东坡欲以晚节师范渊明,其弟子由为东坡作《和陶集引》云。自其斥东坡,其学日进,沛然如川之方至,其诗比杜子美、李太白为有余,遂与渊明比。愚意东坡《和陶饮酒诗》,所不能追踪渊明者多矣。此正安勉之别,至于子由以东坡诗远迈李、杜,识者往往嗤之。故愚不美东坡之诗,克比渊明,美其能超然师范渊明耳。

卷末附录七则

集中如《问来使》一首,东涧以为晚唐人,引太白《感秋诗》,而伪为之。愚按"归去来山中,山中酒应熟",非渊明不能道,故存而不删。至若《四时》一首"春水满四泽,夏云多奇峰。秋月扬明辉,冬岭秀孤松",《许彦周诗话》谓此书乃顾长康诗,误入彭泽集。按是诗气格殊,不似渊明,又本集所载联句,皆浅陋不足述,愚故并删之。

集中《圣贤群辅录》,如燧人四佐,伏羲六佐,黄帝七辅,以迄四凶七友,八师三仁,二老八士,十乱五王,三良八后,八硕八及,八儒三墨,皆仅载姓氏,少所考据,此特渊明尚友古人之意。至若载回、赐、师、由为孔子四友,云文王有疏,附先后奔奏御侮,谓之四怜。孟懿子曰:"夫子亦有四怜乎?"子曰:"吾有四友焉。自吾得回,门人益亲,是非疏附乎? 自吾得赐,远方之士日至,是非奔奏乎? 自吾得师,前有光,后有辉,是非先后乎? 自吾得由,恶言不至于耳,是非御侮乎?"说见《孔丛子》。愚按以回、赐、师、由配文之四友,此必非孔子之言。矧所云"自吾得师,前有光,后有辉",言甚鄙俚,其为《孔丛子》饰说无疑也,愚故删《圣贤群辅录》上下。

集中载天子、诸侯、卿大夫、士、庶人、孝传赞,按传既不详,不足示劝来兹,至《卿大夫孝传》,以孟庄子、颍考叔二人,附孔子之后,此尤失所伦次,况颍考叔争车一事,几以身行殆。虽感悟庄公母如初,未可为纯孝,且不得与孟庄子齿,况与孔子同传,又《扇上画赞》有八人,荷蓧丈人、长沮、桀溺、张长公、丙曼容、郑次都、薛孟尝、周阳珪诸人,姑不具论。独怪其赞于陵仲子云:"至矣,于陵养气浩然。"予于陵而极赞其至,与圣贤所论,相柄凿,愚故并删之。若《读史述九章》,颇足羽翼名教,不可妄删也。

集中,诗以澹远深粹为佳,然亦不乏俏警精爽者,如"天高风景彻,陵岑声逸峰""新葵郁北牖,嘉穟养南畴""弱女虽非男,欢情良胜无""众蛰各潜骇,草木纵横舒"。至"崩浪聒天响""刑天舞干戚",此又与"悠然见南山""好风与之具",另一机杼矣。《读山海经》诸诗,皆怪诞不轨于正,特以其文采瑰丽,亦渊明纵奇放置时,不忍没而不传,故不删。

诗文作者不易,知者寔难,如孔明自比管乐,别有托寄,得力全在泊澹宁静。《出师》二表,古今绝有关系文字,陈寿乃以稚子之见,病其文采不艳。至渊明诗,知之者亦多矣。迁后世又有一二迂腐倔强之学究,妄谓渊明诗颇带性负气,此真渊明罪人。

剖文订讹,非浅学所能。昔人云:读史耐讹字,孔子作《春秋》,亦有阙疑一法。至于考核字,可原委,尤忌卤莽。按先辈批评八大家,至曾巩《议经费札子》,引用戴经用数伪仿字,不如稽考,批"疑讹"二字于其旁。嗟乎! 目前必读之书,且遗漏蒙昧如此。凡本集偶有脱误差讹,不敢以己意改窜,存之以俟知者。

近代士大夫,为人作序作传,钜阿私所好,妄疑渊明,且谓其人尘情客气,毫无沾染,更又高出于柴桑者。渊明旷襟远览,虽坡老犹将北面,乃举末世一二人之能吟诗,能饮酒,能登山听泉者,便以为轶驾渊明之上,是以操芥为伊周,杨荀为孔孟。岂直蜣螂粪虫,与苏合比哉? 樵史洁生氏识。

版本源流

张自烈评《陶渊明集》在明末有五种刻本,这些版本在国家图书馆等有藏。其中玉函堂本损毁严重,不可出库阅览。学者王征对此已有详细研究,现列之如下:一、《陶渊明集》八卷,晋陶潜撰,宋汤汉等笺注,明张自烈评,明崇祯刻本;二、《陶渊明集》八卷,晋陶潜撰,宋汤汉等笺注,明张自烈评,明末乐愚堂刻本;三、《笺注陶渊明集》六卷,晋陶潜撰,宋汤汉等笺注,明张自烈评,明敦化堂刻本;四、《笺注陶渊明集》六卷,晋陶潜撰,宋汤汉等笺注,明张自烈评,明玉函堂刻本;五、《笺注陶渊明集》六卷,晋陶潜撰,宋汤汉等笺注,明张自烈评,明步月楼刻本。王征对此已有详细研究,可以参考,兹不赘述①。

批　注

北京大学图书馆藏张自烈评《陶渊明集》八卷,有少量眉批,未知批者姓氏,今录之于下:

《劝农》:当与《伐檀》一诗并读,非止课农,此意须言外得之。

《影答形》:"立善"二字得圣贤实际,宜静思之,不然则吾生泡幻耳。

---

①　王征:《张自烈〈笺注陶渊明集〉中的陶诗评点》,《南昌航空大学学报(社会科学版)》2017年第4期,第66页。

《神释》：渊明悲世人扰扰，毕世不事德业，故托《神释》以警之，"委运""纵浪"二语，谓顺天达理，无忝所生，非纵颓惰，如所云人生适意耳，须富贵何时也。

《归园田居》：可作园居画图。谁肯守拙？老死而不知返者，多矣。读渊明此诗，能不怃然？

《乞食》：今世并无有如渊明之乞食者，稍有聪明力量，便劫积赀财，如南面百城，何等雄豪！渊明乞食，正放倒一生，为后世达人说法，意谓劫掠多财，不如守贫乞食也。今人闻此事，必大笑渊明作痴儿矣。

《怨诗楚调示庞主簿邓治中》：语气楚楚。只缘抛不得身后名，尽他智勇，俱受此中劳攘，渊明若能忘情，《五柳先生》一传，何以至今犹存？以此知名不可没，但无取盗名欺世耳。

《移居》：山居析疑，与优游笑傲一辈人不同，此渊明身心最得力处。

《和刘柴桑》："弱女"二句，即诗人食鱼不必河鲂之意。老氏亦云："知止常足。"

《辛丑岁七月赴假还江陵夜行涂口》：向云"吁嗟身后名，于我若浮烟"，此则云"应以善自名"。名本于善，与盗名不同，若系比之浮烟，吾恐作善易倦，无以垂名后世，非儒者所乐取也，当合渊明前后诗中语意深思之。

《癸卯岁始春怀古田舍》"鸟弄欢新节"二句："欢"字、"送"字，巧丽天然。

《饮酒》其五："结庐"二句起手妙，"心远地自偏"虽涉指点，终一说破，意味索然。

其六："雷同共誉毁"，括尽末世情态。是非皆不可知，如何如何！

其七：即"杯尽壶自倾"一句，悟出达人顺命委运之妙，深心人自得之。

其十一："裸葬"一语，可破后人石椁之惑。

其十四：人皆以渊明"不觉知有我，安知物为贵"，盖旷然物我之外。愚按渊明胸中无挂碍，当不以物我分别，但此两句语气微少脱化，终觉有个物我在。

其十六："游好在六经"，见渊明隐处有获，非烟霞痼疾而已。遥想孟公，所谓同调之慨，知我希矣。

其十八:如此好事人不多得,今人则计较田舍耳。人惑不解,良可悲也。

《止酒》:错落二十个"止"字,有奇致。然渊明会心在"止"字,如人私有所嗜,言之津津不置口也。"平生不止酒"一句尤奇,无往不止,所不止者独酒耳。不止之止,寓意更恬,此当于言外得之。

《责子》:以《责子》诗合之《命子》诗,燕诒之道,实备乎此,如杜子美嘲先生云"有子贤与愚,何其挂怀抱",此直笑谑耳。士虽达观,仅可忘情俗累,未有置天性之爱于膜外,如萍梗之适值者。愚按渊明诸篇,托兴写怀,主于自娱,然其怀亲、爱君、教子、笃友之意,恳恳勤勤,读之蔼然可想,世徒以诗歌风雅取之,失渊明多矣。

《拟古》:尚友古人之意,见于此。

《咏贫士》:读"苟得非所钦",乃知渊明《乞食》有深意在,非诚计无复之,与俗人同寥落耳。东坡代哀之,何其浅也。

《读山海经》:傲诡不可考,愚意渊明偶读《山海经》,意以古今志林多载异说,往往不衷于道,聊为咏之,以明存而不论之意,如求其解,则凿矣。读是诗者,观其意可也。

《感士不遇赋》:此赋未为佳,独其中"师圣人之遗书""不委曲而累己",此二语足以津筏我人。至于"夷投老以长饥,回早夭而又贫",语气悲咽。每读至此,不觉泫然欲涕,文之感人如此。

《闲情赋》:观渊明序云"谅有助于讽谏""庶不谬作者之意",此二语颇示己志。览者妄为揣度,遗其初旨,真可悼叹。

《归去来分辞》:近世书生入官库,见钱不识者少矣。士方髫时,才记数百篇干禄文字,便拊掌筹划,私语人曰:"此吾家金钱田宅库藏也。"及拜一官,则四出行劫矣。岂复有书生见钱不识者哉!岳武穆曰:"文官不爱钱,武臣不惜死,天下可治。"愚谓武臣不惜死,容有之;若文官,未有不爱钱者。或曰:"武弁谁肯轻生,志贪封爵,究竟为钱死耳。此天下所以不复治也。"

《桃花源记并诗》:此语殊不呆滞,但本记字字可悟,更须言外遇之,如"缘溪行,忘路远近,忽逢桃花林",此数句须看一个"忘"字,一个"忽"字,隐然说人到忘处,百虑都尽,便忽有会意处也。"屋舍俨然"以下忽缀一语云:"见渔人,乃大惊,问所从来。"此正文字绝处逢生法。惝怳变幻,另开一径,才转出"设酒作食"一段光景。末段云太守遣人随其往,寻向所志,遂迷不复得路,又寓言凡人事境阅历以无意适遭为至,着意便迷惑矣,与庄氏异哉象罔乃得同旨。结句"后遂无问津者",冷讽世人,悠然不尽。

《晋故征西大将军长史孟府君传》:钱塘钟人杰刻陶渊明、王摩诘合集,谬删渊明诗,又弃此传不录。渊明集中除《四时》一首及《圣贤群辅录》上下外,余皆不容轻置去取也。

《五柳先生传》:后世托达官贵人,为己作碑铭传赞,虚词矜誉,缕缕万言,卒为识者所笑。今人为人作序,辄称许其人在陶靖节之上,此岂可以质后世? 言不可不核实如此。

《与子俨等疏》:智哉,老莱之妻之言也! 惟居乱世,固宜深隐避患。使值明时英辟,虽天下未宁,不应终老泉石。如硁硁坚守其癖,即云高蹈,孔父所嗤为匏瓜耳。

《自祭文》:今人畏死恋生,一临患难,虽义当捐躯,必希苟免,且有纩息将绝,眷眷妻孥田舍,若弗能割者。嗟乎,何其愚哉! 渊明非止脱去世情,直能认取故我,如"奚所复恋""可以无恨",此语非渊明不能道。

《问来使》:末二句有渊明意致,似非晚唐人能作。

《四时》:气格不似渊明,宜删。

〔按语〕

一、关于张自烈

张自烈(1597—1673),字尔公,号芑山,江西宜春人。复社七子之一。其代表作有《正字通》《四书大全辩》等。

二、关于张自烈本批注的评价问题

钟优民说:"张氏笺注多言简意赅,数语中的,鲜有滔滔不绝、令人生厌的洋洋大论。"①又说:"张氏某些评论能够联系现实,以古讽今,颇有当代意义。"②指出了张氏陶诗评点的现实意义。

---

① 钟优民:《陶学发展史》,吉林教育出版社 2000 年版,第 195 页。
② 钟优民:《陶学发展史》,第 195—196 页。

王征《张自烈〈笺注陶渊明集〉中的陶诗评点》一文,认为:"张自烈的《笺注陶渊明集》对陶诗的评点,既能从陶诗语句入手,从艺术的角度给予高评,又能对陶诗的主旨及渊明心态作较为深入细致的体悟。在具体的评点过程中,张自烈不囿于前人成见,对前人评陶中的不足之处多有批评。张自烈生当明清之际,身处乱世,深知社会之黑暗、人心之叵测,在陶诗评点中,又多能借古讽今,对晚明黑暗社会以及部分士人之阴暗面予以无情的披露,极具批判意义。"①

23. 崇祯十年潘璁刻《阮陶合集》本《陶靖节集》八卷附《苏东坡和陶集》一卷,存

〔出处〕

现藏于国家图书馆。

〔版本信息〕

版　式

每半叶九行,行十八字,小字双行同,白口,左右双边,单白鱼尾。版心镌"陶靖节集",卷端镌"陶靖节集卷九",次行低六格题"明新都潘璁子玉阅"。

编　次

卷首有梁萧统撰《陶渊明集序》《陶渊明传》及《陶靖节集总论》。卷一至四诗,卷五至八文,删去《四八目》,注评略与李公焕本相似,有删略。卷末附录颜延之《靖节征士诔》。

序　跋

《集东坡先生和陶诗引》

坡公极慕五柳先生之为人,至晚节,欲师范其万一。甚哉,人非渊明,

---

① 王征:《张自烈〈笺注陶渊明集〉中的陶诗评点》,《南昌航空大学学报(社会科学版)》2017年第4期,第65页。

恐亦难得坡公心服也。东坡有和陶诗诸选本，间一载，余阅坡公全集，悉拈出之，附刻陶集后，以见古人之企法前辈者，其用心每如此。新安后学潘璁识。

〔按语〕

一、关于潘璁本的刊刻时间问题

桥川时雄指出："潘璁《阮陶合集叙》末记云：'崇祯丁丑初夏，天都潘璁书于秦淮水榭。'……又陶集末跋词云：'康熙甲戌清和西泠陆弘亮远士撰。'按此本未详刊印年月，然亦崇祯十年丁丑已有刊本，康熙三十三年甲戌重刊，于时加以阮集称为《阮陶合集》也。"①

二、关于潘璁本的底本及其版本价值

关于潘璁本的价值，前人评价不算高。它的底本被认为是坊间所刻的休阳程氏本。如郭绍虞认为，虽然此本体式多同李公焕本，然《停云诗序》"樽湛新醪"作"樽酒新湛"，知其所据乃休阳程氏本，非李氏原本矣。而此本删去《四八目》二卷，当又受焦竑本之影响。明人刻书每好以意改窜，故陶集版本系统亦以明为最乱。此本原刊在崇祯丁丑，又有康熙甲戌刊本，有宝旭斋、郁文堂诸种，多出书贾窜改，无足述。其署"龙眠左白存重订"者，有陆弘亮《跋》。考陆《跋》乃詹夔锡《陶诗集注》而作，不应为此刻之跋，左氏附刻，谬矣②。

24. 崇祯十六年陈揆刻陈龙正《陶诗衍》四卷，存

〔出处〕

天津图书馆藏，《天津图书馆孤本秘籍丛书》影印。

〔版本信息〕

版式

前有天启乙丑季冬四日嘉善陈龙正序。卷首题曰"陶诗衍卷之× 陈

---

① 桥川时雄：《陶集版本源流考》，第二十五页 b 面。
② 郭绍虞：《陶集考辨》，第301页。

龙正纂"。半叶九行,行十八字,单鱼尾,版心有"陶诗衍""总论""目录"
"卷上""卷下"等字样。

编　次

　　《陶诗衍》分上、下两卷。卷首有陈龙正《陶诗衍序》和《陶诗衍总论》。
卷上为陶渊明诗文,附陈龙正评点,其篇目有所删减,入选之诗文有:《停
云四首并序》《时运四首并序》《荣木四首并序》《归鸟四首并序》《形赠影》
《神释》《九日闲居并序》《归园田居五首》《游斜川并序》《示周续之祖企谢
景夷三郎》《诸人共游周家墓柏下》《五月旦作和戴主簿》《移居二首》《和刘
柴桑》《酬刘柴桑》《和郭主簿二首》《于王抚军座送客》《与殷晋安别》《赠羊
长史》《岁暮和张常侍》《和胡西曹示顾贼曹》《始作镇军参军经曲阿》《辛丑
岁七月赴假还江陵夜行涂口》《癸卯岁始春怀古田舍二首》《癸卯十二月中
作与从弟敬远》《乙巳岁三月为建威参军使都经钱溪》《还旧居》《戊申岁六
月中遇火》《己酉岁九月九日》《庚戌岁九月中于西田获早稻》《丙辰岁八月
中于下潠田舍获》《饮酒二十首并序》(取其一、其四、其五、其七、其八、其
九、其十一、其十三、其十四、其十五、其十六、其十七)《止酒》《拟古九首》
《杂诗五首》《咏贫士》《咏二疏》《咏荆轲》《读山海经》(取《孟夏草木长》一
首)《挽歌》(仅取其三)《归去来兮辞并序》《桃花源记》《读史述四首》《五柳
先生传赞》《与子俨等疏》《祭从弟敬远文》等。陶诗文后有《总评》,选录昭
明太子、苏东坡、黄庭坚、《西清诗话》、真德秀评陶之语五则。卷下为储光
羲、柳宗元、王维、孟浩然、归子慕、高攀龙诗选及陈山毓《自祭文》。

序　跋

　　陈龙正《陶诗衍序》
　　陶诗不可以声色求也,不必以意味索也,其有声也为亮节,如风鹤云
鸿,不以炼响得也。其色为素采,如积雪之有光,不以点染紫碧成也。其
意味则至情或流焉,近事或感焉,卓创而自然,夷质而难谐。悬镜花于千
载之上,望水月于千载之下。知是,始足与观陶也已矣。诗家多宗鲍谢、
祖曹刘,惟苏子推陶,以冠百氏,而文公亦洒然乐游其门庭,超矣哉!近之
者于唐得三人焉,储光羲樵牧美莲,韦江州淡古,柳柳州幽劲,次得二人
焉,王右丞辋川,孟浩然清绝,然皆人不数篇,篇不数语,俯仰终帙,令人欿

然。然后益叹陶翁之不可阶而升也。抑翁敦善荣木，与远公为淡交，乃心晋室，比化无恨，而王以禅自累，孟以儒为戏，储陷身不义，柳悔过不力，皆自却于翁之门者，独于诗歌慕尚，遂能同调也乎？惟韦扫地焚香，差若恬静，而举词辄及理物，玩其结构，余滓未澄，殆气体近而精神去之，其惟近日之归靖穆乎？睹其人，咏其诗，仿佛乎陶翁复起。天启乙丑季冬四日嘉善陈龙正惕龙父序。

陈龙正《陶诗衍总论》

陶以降，效之而偶似者，为储光羲、韦应物；效之而不似者，为王维、为柳宗元；不效亦不似者，为孟浩然；不效而似者，为归靖穆。储胸次不洁，专以仙玄自涤，至率意为渔父等词，顾微近之。理贵自然，正谓斯类。韦才甚短，其朴淡处乃颇自在。王色色工致，固是唐调。柳以古博自矜，句造字刷，乏自然之致。且多以赋手作诗，其愈繁靡艰。奥者失之愈远，小篇妍洁，明珠翠羽，无以加焉。浩然洗发烟霞，琢磨薜荔，自成山人墨客之态，归情真语安，与陶最近。第陶气雄劲，归气和缓，盖才气逊于陶而养过之，又陶以时遁，节自己植，归以病废，力由天限，故虽同归优游，而屈伸操纵不同也。至于摩诘，唐世推为文宗，吾以王不如李，李不如杜，何独舍而见推？盖摩诘每种各成结撰，各未登峰，李则近体稍疏，杜则绝句殊拙，世重兼长，抑扬顿异。王又位高，耳食弥众。其实诗家有杜，可谓大成，超妙而有陶，沉雄而有杜，均绝千载矣。杜篇章浩博，间有俚语，有迹语，有著意语，稍加删削，存其三分之二，少陵复生，当推知己，其视不辨得失，概加讽咏者，孰愈哉，倘有间当徐辑之。

不效亦不似，于浩然乎何取。盖其泪归青山，虽非忘怀荣禄，而终身隐遁，洒然有五柳之遗风。不然，唐世尚词，即见诮于世主，何难曳裾王公节度使间，亦其性近淡泊使之然也。况抽思结构，专宗萧散，庶几支流余裔之伦，若必陶之精拔真旷，彼四人者，亦无几得矣。

陶诗似不宜删，然《责子》诸篇，嫌于太质，《读山海经》自首篇而外，每章独指一事，世间不必有之物，不尽然之理。率而寄兴，本属可有可无，又铺述平衍，故凡词采未甚精拔，方斯类者，例概删去，譬若连城之璧，傍有瘢滓，小加追琢，玉体微减，玉价弥高。

诗宜以陶渊明为正宗，或云：诗家视陶，犹孔门视伯夷，不知文章之有诗,已是伯夷一路也。咏歌性情,夷旷萧散,正《风》《雅》之本旨,陶为伯夷,谁为孔门?

高忠宪先生,修德讲学人也,非诗人也。间自为诗,高诗也,非陶诗也。然陶性近道,故有道者之诗多近陶。论次既毕,偶得先生诗数十篇,系其后,不敢以诗人例之也,不当以诗目之也。《豳风》可以终变,则高诗可以终陶。

家靖质平生为赋,不为诗者也。于陶奚近? 性行近,而自祭文出于属纩前二日,文近,事尤近。此一节近,若赋若诗,不复疑其远矣,初欲与归靖穆共辑为《三靖处士集》,久而思之,乃独存此文,附多篇而不类,何如一节之逼真者,使后人读之,悠然想见其性行也。

陈龙正识。

卷末有陈龙正之子陈揆跋

家君几亭先生雅爱陶诗,于今诗甚爱归陶庵,号之曰靖穆;而于伯父靖质处士之死而不及一诀也,哭其自祭文而号之,不忘晋日节,不自炫曰穆,不寒暄曰质,各从所重,其靖一也。《陶诗衍》成于乙丑冬仲,今十八年矣。因游京邸,复遭至痛,乃寄回,命揆审较而刻之,寓心于事,不言之隐,莫忍言也。崇祯癸未新秋日记。

批　注

该本有陈龙正注,亦有佚名者注语,摘录如下:

《时运》"欣慨交心"后有评语:数字点缀,如见其怀抱,无复今古。"翼彼新苗"后有批语:"翼"字写出性情。

《时运》:曾点一静耳,他人只是隔,非陶翁拈不出。

《荣木》:逍遥无欲,非无事者。

《归鸟》"鸟情人情,求友宛然":思言亦思意,想见此夕天人。

《神释》"正宜委运去":不晓思不繇,不思妙妙。"无复独多虑":敬以直内,亲生死亦直,故鼓缶而歌陶翁,如许转展,方空委运,视重尚有间。

《九日闲居》"世短意常多":玄奇不测。

《归园田居》其一"鸡鸣桑树颠":坡公绝爱,实汉人语。

其二"虚室绝尘响":境亦助心,真学道者知此。

其五"遇以濯吾足"：无心遇涧水。后有墨笔批注：储、王极力拟之，然终似微隔，厚处朴处不能到也。

《游斜川》"班坐依远流"：近流可依云，依远流更玄。

《诸人共游墓柏下》"予襟良已殚"：感慨清华。

《五月五日作和戴主簿》"晨色奏景风"：字字神奇，后人雕镂不到。

《移居》"疑义相与析"：读书不求甚解，与知析疑义。

《和郭主簿》其一"学语未成音"：得男便云真乐，不但慰情。

其二"厌厌竟良月"：景物奇卓，诗句便奇卓，平平写出，不烦刻画。

《于王抚军座送客》"情随万化遗"：廓落其心。

《与殷晋安别》"一遇尽殷勤"：千载送别，二言为极。"念来存故人"：一人一我殊无贵贱之感，视青云青山之别如何？

《和胡西曹示顾贼曹》"猖狂独长悲"：高怀意表，婉转写尽。

《癸卯岁始春怀古田舍二首》"鸟弄欢新节，泠风送余善"：清妙之俱，诗人无偶。

《癸卯岁始春怀古田舍二首》，篇末注引《道山清话》云：苏子瞻一日在学士院闲坐，命左右取纸，书"平畴交远风，良苗亦怀新"，两句大小楷行草，凡七八纸，连叹息曰"好好"，散于左右给事者。他日又云："非古之耦耕植杖者，不能道此语。非予之世农，亦不识此语之妙。"

《辛丑岁七月赴假还江陵夜行涂口》：梁昭明所称抑扬爽朗，颂此诗可概见。

《乙巳岁三月为建威参军使都经钱溪》"事事悉如昔"：不云物物，故愈玄。"义风都未隔"：本是由川林禽中有高趣，乃云义风，是人心，是物致，玄之又玄。

《还旧居》"步步寻往迹，有处特依依"：感旧之意，有悲有喜。

《庚戌岁九月中于西田获早稻》：农夫情事，豪杰语气，惟陶诗往往兼之，他人说农家便椎鲁吐豪气，又失农夫本色。

《丙辰岁八月中于下潠田舍获》"悲风爱静夜，林鸟喜晨凡"：夜静则风愈鸣，是可爱也，鸟喜晨兴，与人情同。又篇后注引蔡宽夫诗话，曰：秦汉已前，字书未备，既多假借，而音无反切，平仄皆通用。自齐梁后，拘以四声，又限以音韵，故士率以偶俪声病为工，文气安得不卑弱，陶渊明、韩退之,时时摆脱拘忌,故栖字乖字,皆取傍韵。

《饮酒》其八"远望时复为":句奇甚。

《饮酒》其十三"发言各不领":未尝是醉者,方识渊明本心。

《饮酒》其十五题目下注曰:有抱者多求达,岂知惟委穷达乃不负素抱。

《止酒》篇后注:句皆止,字独创。

《拟古》其一篇末评曰:此篇情词,独近绵婉。

《拟古》其四篇后曰:晋室倾颓,题虽拟古,有俯仰无穷之痛。

《拟古》其六"谁谓不知时":树无知识,非不知识也,冬夏不凋,松柏性然耳,烈士不改节,岂愚也哉?

《杂诗》其二"终晓不能静":朱子云"陶欲有为",此诗亦可见。

《杂诗》其五"念此使人惧":非惧死,乃惧生。

《咏贫士》:士伸于知己,亦倔强亦安命。

《咏二疏》"清言晓未悟":千年慧眼,千年隽句。

《咏荆轲》:此岂隐者耶? 全露出英豪本色。

《读山海经》其一"微雨从东来,好风与之俱":极平淡,何人道得?

《自祭文》"人生实难,死如之何":分明曾子,吾加免夫。

〔按语〕

一、陈龙正其人

陈龙正(1585—约 1645),明清之际学者,字惕龙,号几亭,嘉善(今属浙江)人。明崇祯七年(1634)登进士第,崇祯十年二月授中书舍人,官至南京国子监丞。陈龙正从游吴志远,师事高攀龙。其学以万物一体为宗,尤留心于经世致用之学,认为"学者须得为万世开太平意思,方是一体"①,指出"身视心则心微矣,惟身斯显,故学不本正而本修"②,顺治二年(1645)六月,清军攻陷南京后,陈龙正获知刘宗周已殉节,遂绝食而死,学

---

① 黄宗羲:《黄宗羲全集》第 17 册《明儒学案五》,浙江古籍出版社 2012 年版,第 1639 页。

② 黄宗羲:《黄宗羲全集》第 17 册《明儒学案五》,第 1637 页。

者称其为几亭先生,门人私谥"文洁"。陈龙正一生精研理学,不仅探究修养身心之学,还关心时务,后人称其为有体有用之学,其著述甚多,有《几亭全书》六十二卷行于世①。《明史》卷二百五十八有传,传赞评曰:"崇祯时,金壬相继枋政,天下多故,事之可言者众矣。许誉卿诸人,抨击时宰,有直臣之风。然傅朝佑死杖下,姜埰、熊开元得重谴,而詹尔选抗雷霆之威,顾获放免。言天子易,言大臣难,信哉。汤开远以疏远外僚,侃侃论事,愤惋溢于辞表。就其所列国势,亦重可慨矣夫!"②

二、陈龙正学陶的基本观念

陈龙正认为,陶诗是陶渊明道德修养及其至情至性自胸中的自然流出,卓创自然,夷质难诣③。陈龙正另有《学陶有法》,对陶诗有所讨论:"闻渊明之风者,浊夫洁,躁夫闲,闲洁是善学陶也。若学其饮酒,于陶何与? 又渊明有二事:送钱二万,尽与酒家;以巾漉酒,还自着之。因大节质行,并成高致,不碍其为陶也,岂以此成陶? 而不善观古人者,每每称之,使渊明生无大节,死不蝉蜕,此二事直世俗之不善治生、不守德隅者耳。今有人焉,不孝不弟,不信不敬,独于泉石鱼鸟间,时见悠然之态。使果出肺腑,其与春风咏归,固自霄壤也,宁云高致幽韵,足参上流赏列耶?"④

25. 崇祯十六年戴尔望编刊《屈陶合刻》本《陶渊明集》,未见,存

此本未见,日本国立公文书馆内阁文库有藏。桥川时雄《陶集版本源流考》有著录,引之如下,以供参考:

陶集上下两篇,屈陶合刻本,崇祯十六年(戴氏《屈陶合刻自序》末云"崇祯岁癸未")西泠戴尔望谓公编刊,卷首有昭明《陶传》及目录,卷末有颜氏《诔》,上编为诗,下编为杂文。刊刻雅洁,颇有体裁。各篇无评文,书

① 邓富华:《明末陈龙正〈陶诗衍〉考论》,《贵州师范大学学报(社会科学版)》2015年第3期,第128页。
② 张廷玉等撰:《明史》卷二百五十八,第6683页。
③ 王征:《晚明陶诗评点研究》,《天中学刊》2020年第3期,第88—96页。
④ 陈龙正:《几亭外书》卷二,明崇祯刻本,第六十九页a面—b面。

眉间小字评语,多出编者自作,然皆空话,无用文字也。编刊者自有其道义的见解,以为屈陶合刻,颇得两哲人之心契,因引以为快耳。①

26.　崇祯刻黄文焕析义本《陶元亮诗》四卷,存

〔出处〕

国家图书馆、南京图书馆等藏。

〔版本信息〕

版　式

半叶八行,行二十一字,小字单行同,白口,四周单边。版心上刻"陶诗"二字,中刻"卷×",下刻叶次。陶诗正文用大字,黄文焕析义用单行小字,附于陶诗正文句下,又有总论系于全诗之后,总论另起一行单列,且全部低一格,所附沃仪仲之评亦同之。

每卷之首,顶格刻"陶元亮诗卷×",另起一行空十三格刻"闽黄文焕析义"。第一卷又另起一行顶格刻"四言"二字,另起一行低一格刻"停云"诗题,另起一行低两格刻诗序,诗序全文皆低两格,再另起一行刻陶诗正文。卷二"闽黄文焕析义"后另起一行顶格刻"五言"二字。卷三、卷四则无"×言"字样。每卷之尾刻"陶元亮诗卷×终"。

编　次

卷首为黄文焕《陶诗析义缘起》。又有黄文焕弟子沃仪仲及乐建中的《读析陶说》,题为"山阳门人沃起凤仪仲甫拜题""古淮门人乐建中拜题"。另起一叶,首行顶格刻"陶元亮诗集",下刻单行小字"目次"。另起一行低一格刻"第一卷",另起一行低两格刻"诗四言",另起一行低三格刻篇目。此本篇目、篇次与陶集宋庠本系统苏写本、曾纮本、曾集本、汤汉注本基本相同。惟第二卷有《问来使》一诗,与汤汉注本不同。目录中第三卷《饮酒二十首》后脱《止酒》一篇题目,但正文仍在。第三卷卷末无《四时》诗,与

---

①　桥川时雄:《陶集版本源流考》,第三十三页 b 面。

汤汉注本列入《附录》部分不同。第四卷以《拟挽歌辞》三首、《桃花源诗》、联句作结,不录《归去来兮辞》,与汤汉注本录《归去来兮辞》而将联句列入《附录》不同。

按,黄文焕删去江淹拟《归园田居》及顾恺之《四时》,列《桃花源诗》于卷末联句前,盖用苏写本例。

序　跋

黄文焕《陶诗析义缘起》

首夏之念又五日,襮被就白云。计岁丁蛇,翕笈疑凤,心眸惝恍,多病易惊。既已,策卫历巷,行者停趾,负者驰担,坐者起,立者奔。旄倪雨集,噫喟雷殷,目眙手指,谓此又一词臣钩连继至矣。宦海多波,忌余者,或快其雠詈;厚余者,或讳不敢问,而闾巷环愕乃尔。患难吾素,直道民存,以此益怡然心安之。其向服之立白与否,天运也,国典也,曾臣一身,曷足道哉!独苦累若盈岸,绕树乏栖,餐寄釜,眠寄榻,往往孤行于铃道间,顾影自诘曰:"生平未尝以停披自荒,所憾未克闭关,兹非闭关之良会耶?君恩友谊,肃而承之,若之何其以寸阴掷也?"计诸公在是中者,或对理坐隐,或众鸠真率,或静演安弦,或勤宗梵夹。疗愁圣方,尽兹数种。余实蕉叶弗胜,响泉畏蓄,手谈杂伎,都无通晓,而又性不佞佛,兼谓世界有佛云乎,必当肖惘钩连;如其惘惘,又安有佛?以此杳然益孤,仗铅椠而已。执卷向天,彷徨选择,新冒伪学,欲笺经焉,弗敢也,惧干禁也;仰怜锢属,欲品史焉,又弗忍也,惧撩愁也。杂拈诗集,庶禅送闲,而容膝无区,吮毫徒茂,复旷数晨。诸公以木凤新恩成释,就外舍仅二三党人,当事者预引汉代不原之条,闲弗得,引首旁观,或代为向隅,累臣窃私自加额,苟非诸公移武,几砚复何所阁?以多此静闲之缘,商彼千秋之业。沾恩浩荡,问谁较深?其又何叹焉!唐公行一见让赁居,旧垩尚净,颇与月宜;宸坎襟离,颇与风宜。且僻处岸偏,晨昏阒穆,尤与单复较练,宜增辟北窗,俯析陶句。析之之例有三:古今尊陶,统归平淡,以平淡概陶,陶不得见也。析之以练句练章,字字奇奥,分合隐现,险峭多端,斯陶之手眼出矣。钟嵘品陶,徒曰"隐逸之宗",以隐逸蔽陶,陶又不得见也。析之以忧时念乱,思扶晋衰,思抗宋禅,经济愤肠,语藏本末,涌若海立,屹若剑飞,斯陶之心胆出矣。若夫理学标宗，圣贤自任，重华、孔子，耿耿不忘，六籍无亲，悠悠生叹，汉魏诸诗，谁及此解？斯则靖节之品位，竟当俎豆于孔庑之间，弥析而弥高者也。开此三例，愚之万年，佳咏本原，方免埋没。否则摩诘、韦、孟，群附陶派，谁察其霄壤者！东坡遭党之后，推尊陶诗，自悼刚拙，早不引退，欲以晚节师范万一，余独曰不然。士大夫罹患凤数，堕地已定消长倚伏，每历一代，天必生数拙仕之人以填祸门。倘欲人人巧脱，究竟倩谁代受？如曰早退可免，曷不毕世明农？且既委赞事主，半途去之，曰"吾以逃祸也"，将前此之就列，毋乃总为脂润计，无复毫芒忠忱之足信乎？晚节相师，益为不知元亮。元亮当晋未衰之时，溪无宦情，迨祚之将移，宋之既禅，其诗愤气火发，无聊不平，处处见之。志子春，咏荆轲，赞夷齐，是岂以一隐为避患计者哉！初为祭酒参军，原非堪展经济之朒秩。继受彭泽令，不过贫仕三径之本怀，故卒辞之。使晋大用元亮，必不肯硁守松菊，置君父于膜外，自表名高，勋烈亦必有可观，何至"八表同昏，平陆成江""种桑三年，山河忽改"，种种深暮年之浩叹耶！然则元亮激昂负荷，正在晚岁诗心。以未尝立一日之朝，而抱匡复之愤思，痛肉食之误国，此其纯忠，所以独标千古，诗品迥莫与京也。若只与曹、刘诸诗人絜声律高下，又曷足论哉？东坡和陶在于悔忠，所以自怜；余之析陶，在于作忠，所以怜世。悔忠，故师陶浅；作忠，故师陶深。所析之当否，吾将起元亮于地下而问之，不敢为轻薄者道，增其訕笑也。皲庵黄文焕识。

沃仪仲《读析陶说》

知人之明不可学，尤妙之人多含精，尤虚之人多瑰姿。彼含精而我皮相，则失之；彼瑰姿而我举肥，则又失之。唯诗亦然，真诗人与真读诗人，其相知有命数焉？古人举一生声貌、心魂，寄诸不聿，于端蔓苦腴外，别有寒芒单绪，灼灼浮出纸上，而循例读诗者，日夜比栉，不识也。惟真读诗者，冥放心眼，为前人造命。故作者以真诗留向人间，任膻者、焦者、商者、微者，逐队咿嚅。其中经数千百年，定有一人，拭出重渊，三浴三衅之，使作者精灵不涸，当自欢逢桃苅。虽尘封几近千年，差不足憾。则吾杂章老师之评陶，称古今大快事矣。竖儒贱目贵耳，指晋诗概曰"幽涩"，指陶诗概曰"平淡"，嗟乎！野丈人呼为田父，河上姹女呼为美姬，绝侧嬴文、阔解漏越者呼为项襄之剑，楚庄之琴，名实诡反，暗坞谁燃。壬午秋冬之交，小子凤独坐书空咄咄自放,惟把陶诗度日。初啖之若芥,继而若秦,进而若脯,然终弗敢赞一词。一日谒师谈陶,师以一帙相示,云:属白云中,十日之功,予肃诵起舞曰:临平石鼓,今逢茂先桐鱼,乃发奇响,从前风雨剥蚀,皆莛击耳。夫陶有浴日补天之乎!而世云空谷之兰;有惊涛飞电之才,而世云太玄之羹;有坤复刚及之学,而世云鹤氅之仙,何瞀瞀也!陶之诗岂但晋人诗,吾师评陶岂但评晋人中之陶,浊酒浇愁,长歌代泣,为千百世之真经济、真气节,擢髓招魂,使悠悠之徒不敢复以平淡轻易自托。斯所析之义,弥引而无穷乎?呜呼!靖节生前之身,身后之诗,皆丁数奇,若石蚌之内守遇。吾师赏析,而后其义,命方有达,时其寒芒、单绪,方有焜星倬汉时,而又以吾师,数奇之日为陶诗亨之辰,此殆有鬼神交捧笔砚,只候洗发以持世,教予小子获点次。师评间附管蠡,自放之余,窃借以自壮矣。山阳门人沃起凤仪仲甫拜题。

乐建中《读析陶说》

著诗者,著忧耳,古三千余篇不已甚乎?圣人喜用情,多而特表三千余,恐用情不系于君父,乃仅存其三百十一,三百十一不尽君父也。然悯平王系《雅》为《风》,尊周公系《风》为《颂》,家重于国,首二南,乱极思,治终《邠风》,他有托志,不同皆可,该三千余篇,互发于三百十一中,致人思忧所隶尔?凡不得君父者,无乐词也。伍举一咏,沁入渔人肝脾,濑水女心,屈平江上幽思,尤与千浔同志。元亮辞彭泽令,作《归去来辞》,寻壑经丘,绝似不怨,临清流赋诗,似置晋事不闻,将甚怪元亮不忧君父。五斗折腰束带,致见绳彭泽令,非苛元亮,后或出入禁阃,可以补君失过,因郡守相苦,云解印辞乡,小儿而去乡,小儿乌足去元亮也?去之以乡小儿,不敢怼君,未尝忘君,不忘君而文辞外见,不怼农夫山野之寂,盖示其姑许云。诗人之意,有以哀怨,酬君臣之义,有以不怨,深致君臣之思,陶元亮也。元亮以晋田园可乐,晋天下未尽危,但折腰之官不可为,而诗所隶工,恐学诗不可以尽情,醉饮于江州太守,醉饮不可尽情。九月九日坐菊下,忆太守,白衣吏复至不可得,而醒石在座,千日醉渺,晋事入胸中,而忧至矣。惟说诗者得之,古说诗者,汉分四家,鲁训于申培、韦贤,齐韩有袁固、王吉,后有欧阳氏、苏氏,亦必自朱传出,其说始定晋以后,岂无说陶诗者?知其乐不知其怨,非说陶也;知其怨不知其怨以乐,非说陶也;知陶怨乐,而不知己之怨乐,非说陶也;知己怨乐,而不能知陶怨乐,非陶怨乐,非说晋之陶也。至我明吾师黄夫子说陶诗其定矣乎! 吾师说陶之年,致望君父,吾尚伏儒生,私有论著,复遽于说陶,其不有忧乎? 古淮门人乐建中拜题。

南京图书馆藏本末有萧梦松题跋

吾闽黄维章先生,深心好古,于书无所不读。身介两朝,前放察品而后游逸,郁郁不得志,多注书以自娱。□□研精者,有《老》《庄》《骚》《陶》诸解。《老》曰《知常》,《庄》曰《寓言》,《骚》曰《听直》,《陶》曰《析义》。《骚》与《陶》,其幸者也,已刻而行世也。《老》虽不幸而犹幸者,虽未付刻,而其原本尚存也。至于《庄》则为他氏窃取刻之,又杂以其私见,轻改加窜,非复本来面目矣,此其尤不幸者也。陶之诗,旨澹而意远。而先生之解陶,或引而近之,或推而远之;或解陶之境,或解陶之心;或以陶之境解陶之心,或以己之心之境解陶之心之境。陶有陶之冷眼,陶之热肠;先生有先生之冷眼,先生之热肠。读之须知其冷眼从忠孝生,其热肠从经济出。冷眼者,不肯为一世所为之事;热肠者,不能为一己所为之事也。人徒知其冷眼而不知其热肠,故以隐逸目陶,非知陶;即仅以忠孝目陶,亦非深知陶者也。先生之心与境,与陶□世而相感,故其解陶,亦不觉如陶之自解焉。要之,陶自言其读书"不求甚解",因欲后之读其诗者亦"不求甚解"。人能知"不求甚解"之义,乃可与读陶,乃可读先生之解陶。康熙甲申中秋后五日,同里后学萧梦松题于金沙鸣秋堂。

《四库全书总目》卷一百七十四《陶诗析义》提要

文焕有《诗经考》,已著录。崇祯中,文焕以召试擢翰林,会其乡人黄道周以论杨嗣昌、陈新甲逮问,词连文焕,同下诏狱。狱中笺注《楚辞听直》八卷,并著此书。自序所谓"首夏之廿五日襆被就白云者"是也。其《析义》之例有三:一曰练句练章,不专平淡;一曰忧时念乱,不徒隐逸;一曰理学标宗,圣贤自任。每首附批句下,而又总论于篇末,陶诗之妙,所谓寄至味于淡泊,发纤秾于简古,其神理在笔墨之外。可以涵泳与化,而不可一字一句求之于町畦之内,如伯英逸少之迹,不可钩摹以波磔;襄阳云林之画,不可比量以形象。文焕遭逢世难,借以寓意则可,必谓得陶之精微,则不然也。别本或作四卷,又附以文焕自作《赭留集》一卷,虽意求附骥,而事类续貂,今析出别著于录焉。①

郑振铎《劫中得书记》第七十一"《陶诗析义》"条

明黄文焕编,四卷一册,明刊本。六朝人诗,以渊明集刊本为最多。余既收《楚辞》不少,乃复动收陶集之兴。项见正德刊何孟春注本十卷,为平贾所得,索价至二百金,为之愕然。力不能收,亦不欲收。但劫中所得陶诗,实多明刊本,而以黄文焕刊本为较罕见。文焕尝辑《诗经考》,余十年前收得一本。此书不屑屑于字解句注,惟释其大意而已。然多妄赞语,类大宗师之评点墨卷。盖犹是李贽、叶昼、孙旷辈批评诸书之手法也。②

注 例

一、分析章法、炼字之妙

《停云》:先言轩,继言窗;先言抚,继言饮。车承路阻,舟承成江;章法映带,各有次第。

《时运》:四首始末回环,首言春,二、三潄濯,闲咏言游,终言息庐,此小始末也……序中"欣慨交心"一语,四章隐现布置。

《酬丁柴桑》:"放"字"遇"字,奇甚,意有拘束,则我景中之情不能往而迎物……此既往迎,彼亦来接,适相凑合,遇之妙也。"还休"与"一遇"相映……"方从"复与"还休"相映……从"忧"说"放",从"放"说"休",从"休"又再说"欣",逐句转换。

《答庞参军(并序)》"在始思终"句:四字抵一大篇文,说理能奥,自不患坠腐。

《劝农》"智巧既萌,资待靡因"句:二语含蓄深厚,不说如何驯致贫困,但曰"智巧既萌",即"资待靡因",说得可惧。"资"者无以"资",夫即时也。"待"者无以"待",夫异时也。字法奥。

《命子》"逸虬绕云,奔鲸骇流"句:平阵中用两语造奇。

《归鸟》"遇云颉颃,相鸣而归。遐路诚悠,性爱无遗"句:语意婉曲;"虽无昔侣,众声每谐"句:语意最奥。

《形赠影》"愿君取吾言,得酒莫苟辞"句:"苟"字妙,未经深思就死之

---

① 永瑢等撰:《四库全书总目》卷一百七十四,第1531页。
② 郑振铎:《劫中得书记》,上海古籍出版社2019年版,第67页。

易，取乐之难，未有不轻于辞酒者。

《影答形》"与子相遇来，未尝异悲悦"句：形笑影亦笑，形哭影亦哭。"悲悦"二字善状。

《神释》：大圣何在，释影答立善语，彭祖难住，释形赠奄去语……立善系神之责任，"常所欣"三字，拈出本怀……"谁汝誉"三字，打断名根。

《归园田居》："返自然"三字，是归园田大本领，诸首之总纲。

《归园田居》其一"暧暧远人村，依依墟里烟"句：远村隔而遥视微茫，故曰"暧暧"；里居密而烟起相傍，故曰"依依"，善分状。"狗吠深巷中，鸡鸣桑树巅"：为"深"为"巅"，写出鸡犬恒声，别有殊致。

《归园田居》其五"欢来苦夕短，已复至天旭"句："来"字下得奇。

《游斜川》"弱湍驰文鲂"句："弱湍"字奇。湍壮则鱼避，至于渐缓而势弱，鱼斯敢于驰矣。"迥泽散游目"句："散"字奇。意纷于四顾，睛不得专聚也。

《乞食》总论曰："驱"字、"不知"字，身不自主写得出；"拙"字，截得住。人人受"驱"，人人不知"何之"。一巧而愈"驱"愈"之"，沾沾自喜，不复知"愧"矣。"拙"则不得不止，不得不"愧"。

《怨诗楚调示庞主簿邓治中》："身分高贵，章法奇幻"。

《五月旦作和戴主簿》"神渊写时雨"二句：雨景微蒙，上障天光，澄渊清澈，雨脚雨点，丝丝倒现，是时雨被神渊描写也；观早起之天色，足定其为何风。色晦风必恶，色清风必和，是景风凭晨色具奏也。炼字炼句之奇奥，前无汉魏，后压三唐。

《连雨独饮》总论："会归尽""久已化""乃言""何言"，章法前后相映，以终古无不归尽之身，而曰"饮得仙"，立证长生，"乃"字说得容易，以现前未尝尽之身；而曰"形骸久已化"，竟如溘死。"复何"字，抛得轻脱。情远心在，忘天抱独，尤属饮中得仙之丹头，自注明白。"情远"乃能"心在"，"忘天"乃能"抱独"。若心被情牵，独受天制，俗虑种种，败坏仙根矣。

《连雨独饮》"试酌百情远，重觞忽忘天。天岂去此哉，任真无所先"句：曰"忘天"，曰"天岂去"，曰"无所先"，三语三换意。生尽之感，天实为之。一觞未能忘也，重叠则"忽忘"之矣，苍苍之天忘，而胸中磊落之天乃愈以存矣。有先天焉，有后天焉？引满"任真"，天无复先我者矣。

《移居》其二：曰"相呼"，又曰"各归"，各归之后，再说相思言笑，言笑则与农务不尽相涉矣。又再结以衣食力耕，见非荒嬉之谈也。"须纪"字，"不欺"字，仍是农务中扬榷古今文心。

《酬刘柴桑》：曰"时忘四运"，又亟曰"已知秋"，曰"多落叶"，又亟曰"新葵郁""嘉穟养"，曰"慨然"，又亟曰"为乐"，忘者自忘，知者已知……

《和郭主簿二首》其一："园蔬有余滋，旧谷犹储今。"曰：贫人夸富有致。

《和郭主簿二首》其二引沃仪仲曰：天高景彻，乃可遥瞻，信笔皆工于体物。

《与殷晋安别（并序）》"语默自殊势"句："势"字峭，应"语"应"默"，各有其势以驱之；"脱有经过便，念来存故人"句：不念则或过门不入，念从中来则必相存，"来"字冷。

《赠羊长史（并序）》"多谢绮与角，精爽今何如"句："谢"字奇。

《始作镇军参军经曲阿》："寄"字、"委"字相映。人人沉溺于事中，而不肯以身稍寄事外；人人不能尽在琴书外，而不肯以怀全委琴书中，所以两相碍也。能"寄"乃能"委"，自道出脱俗妙诀。"暂疏"与"终返"相映。题是"始作参军经曲阿"，束装初出，何尝有仕途岁月之苦，而曰"归思纡"，曰"心念居"，曰"终返庐"，一篇三致意；如若旷历年岁，久堕难脱然。章法善用复，既言"惭""愧""真想"，毋乃遁乎？复自扬，曰"在襟"，曰"谁谓行迹拘"，形坠仕途，想不与俱坠也。"初在襟"者，从弱龄炼到今日，"真想"始成。平日在襟，静不自觉；此日出作参军，离静入嚣，俗之与真，相仇相形，耿耿倍分明也。"化迁""冥会"又互相映。天实驱我以一出，非吾意也，"苟"字、"且凭"字自表。

《癸卯岁始春怀古田舍二首》：不细观立题之奇，不知此诗之妙。

《癸卯岁十二月中作与从弟敬远》"凄凄岁暮风，翳翳经日雪。倾耳无希声，在目皓已洁"句："翳翳"，微雪之况也；声之希者，并无可闻，善写微雪之状。

《戊申岁六月中遇火》"中宵伫遥念，一盼周九天"句：悲酸中忽着此奇语，生壮以振章法。

《丙辰岁八月中于下潠田舍获》"悲风爱静夜"句：风至夜则倍悲，"爱"

字说得风若有心。

《饮酒》：陶诗凡数首相连者，章法必深于布置。《饮酒》二十首尤为淋漓变幻，义多对竖，意则环应……诠次之工，莫工于此。而题序乃曰"辞无诠次"，盖藏诠次于若无诠次之中，使人茫然难寻，合汉、魏与三唐，未见如此大章法。

《止酒》"好味止园葵，大欢止稚子"句：此语"奇峭"；"清颜止宿容"句：忽出奇语作结。

《咏二疏》"借问衰周来，几人得其述"句：不知归者，不得趣者也。视山林为无味，则恋朝市为有味矣。

二、阐明易代观，赋予政治内涵，常用"愤"字

《停云》"八表同昏，平路伊阻"句：二语寄愤世事，万恨交集，"同"字、"平"字，尤有余惋。

《赠羊长史（并序）》总论：人乖运疏，致慨无限，首尾呼应。古人之书虽存，在我之志终郁。时运为之，非我不逮古人也。曰"结"曰"不舒"，互相洗发。"结"者，他人之清谣贻我以"不舒"也；"不舒"者，我之"拥怀"又与之同"结"也。"言素"者，质言之也，无可文饰以巧解也。此松龄诣宋公裕贺平关洛，诗末乃尔愁虑。其预有先见于禅篡耶？裕入秦洛阳、克长安在丁巳，而丙辰已加九锡，盖跋扈久矣。

《述酒》：裕即杀帝，而君臣之分自在，千古所不能磨灭也。然则帝何尝死哉！是不待以彭殇较论者也。用意至曲至愤。

《责子》：忽说"天运如此"，非真责子也。国运已改，世世不愿出仕，父子共安于愚贱足矣，一语寄托，尽逗本怀。

《拟古》其一"兰枯柳亦衰，遂令此言负"句："荣密"以比国运之昌，"枯衰"以比国运之退。"心醉"者人也，"枯衰"者天也。天非人所能挽，运去而"言负"，奈何奈何。

《拟古》其二，总论曰：狂驰而弗顾节义，纵得意骄人，亦不过寿止百年，名与身俱没矣。语最冷毒，骂尽事二姓人，至死不悟。田畴为无终人，未说破其名姓，而先举其地，地以人重。急拈突数，笔意最工。"当"字、"志"字，选择斟酌。世界虽大，他无可往，只此一处耳。乡里习其风，冀有继起之人，可以与我同心，愤甚热甚。悼晋之怀，千盘百结，却只以引援故实藏之。考田畴当董卓迁汉帝于长安时,幽州牧刘虞闻畴奇士,署为从事,遣问行在。畴循间道至长安。致命,诏拜骑都尉。畴以天子蒙尘,不可荷佩荣宠,辞不受。得报还,虞已为公孙瓒所灭。畴谒虞墓,哭泣返命。瓒怒,收畴,畴不为屈,瓒壮之,畴得北归,遂入徐无山中。晋主被废,有一人能为田畴者乎? 此诗当属刘裕初废晋帝为零陵王所作,盖当时裕以兵守之,行在消息总无能知生死何若,故元亮寄慨于子春也。

《拟古》其三"君情定何如"句:问燕奇,更革之惨,入旧巢者正不可不知耳。无人可语,但以语燕。总论:始雷发而众蛰各潜骇,天地更变,说得可惧。先巢在而新燕还旧居,物情贞一,说得可爱。再拈荒芜之感作一喷起,燕虽已来,情尚未可知,况飞入他家者哉? 所自明者,仅我之自心耳。说得世界竟无一堪信,凄危欲绝。

《拟古》其四"暮作归云宅,朝为飞鸟堂"曰:黍离之歌。"山河满目中,平原独茫茫":"满"字、"茫茫"字下得不堪。此满吾目者,何意皆非吾世? 无处非陵谷之变迁,求一平原不可得矣。革运之慨,语工造惨。

《拟古》其四,总论曰:前六语纯从国运更革寄怆,后八语兼拈士人生死分恨,然后总结以荣华怜伤,一命之士,稍添荣华,便添怜伤。谓其生前之赫奕,难堪死后之寂寥也。而况有土之万乘,掷河山于他人,受未死之屈辱,可怜可伤,不更万倍乎? 盖感愤于废帝极矣。

《拟古》其五,总论曰:东晋祚移,而举世无复为东之人矣;特言东方有一士,系其人于东也。鸾孤鹤别,岂复有耦哉? 嗟夫,真能为晋忠臣者,渊明一身而已。自喻自负。

《拟古》其六"厌闻世上语"句,曰:一愤至此;"不怨道里长,但畏人我欺。万一不合意,永为世笑嗤",曰:时当革运,岂有合意之人;"伊怀难具道,为君作此诗",曰:"君"字、"伊"字,指谈士辈说,我所难决,彼亦难道,口事同郁。又总论曰:既厌闻世上之语,又欲叩稷下之谈;束装已出,还坐复思。行止颠倒,愁况难言。我意既恐不合,畏彼之欺,畏彼之笑;伊怀又欲代宣,为彼具道,为彼作诗。语默错综,苦心何尽。

《拟古》其七"日暮天无云,春风扇微和"句:前首曰"冬夏",曰"年年见霜雪",此曰"春风扇微和",已坏之世界,尚冀一脉之或回。寄托最深。

《拟古》其八,总论:曰"壮"曰"厉",重叠自标,明少壮之侠骨,叹老至之无能。夷齐之叩马，荆轲之献图，生平慕之，今已矣，吾不能以昔之为商为燕者，为晋一明大义，少泄忿心矣。曰"不见相知人"，吾之力既不能施，吾之志亦莫能识之，但有仍靠古丘作我知己，奈何奈何。夷齐、荆轲后忽接入牙、庄，章法幻奥。伯牙之琴不肯为不知音者轻鼓，庄周避世放言不肯轻仕。得此人以为我之伴，虽不能匡复，犹堪偕隐。乃举世难觅也，又奈何。

《拟古》其九，总论：陶诗自题甲子者十余首，其余何年所作，诗中或自及之，其在禅宋以后，不尽可考。独此诗九首专感革运，最为明显，与他诗隐语不同。初首曰："遂令此言负"，扶运之怀，无可伸于人世也。二首以汉帝蒙尘行在返命，遂入山不仕之田子泰为向慕，革运之慨思，一寄于入山也。其意皆隐言之。三首门庭日芜，问之巢燕，燕巢如旧，国运已易，意隐而情弥愤。四首山河满目，革运之悲于是露矣。五首孤鸾别鹤，明为晋处士者，只吾一人耳。六首厌闻世上，堪与同心者，出门岂可得哉？以此自矜，以此自慨，而归诸长夜之太息，又牵连俱露矣。首阳，不事周者也；易水，欲刺秦者也，与前田子春相映，意益露矣。至末章"忽值山河改"，尽情道出，愤气横霄。若以淡远达观视之，岂不差却千里！

《拟古》其九"种桑长江边，三年望当采"句：刘裕以戊午年十二月弑晋主于东堂，立琅邪王德文，是为恭帝。己未为恭帝元熙元年，庚申二年而裕逼禅矣。帝之年号，虽止二年，而初立则在戊午，是已三年也。"望当采"者，既经三年，或可以自修内治，奏成绩也。长江边岂种桑之地？为裕所立而无以防裕，势终受制。初着既误，后祸自来也。字字隐语，然意义甚明。

《拟古》其九"忽值山河改"句：明言之。

《拟古》其九"本不植高原"句：归咎之语，应前"江边"。

《拟古》其九"今日复何悔"句：举朝无人，坐听改革，事至于不堪悔，而臣子之罪愈深矣。曰"望"曰"始"，所愿何长；曰"忽值"，所逢何短。曰"柯叶催折""根株浮海"，所受之祸，又何太酷！如此孤愤，胸中火发，大地山崩矣。"既无"之后，又曰"欲待"，与"欲茂"相应，绝望仍一回望，惨不可言。然后推寻祸基曰："本不植高原。"误国之人，误国之政，所由来已久，所初行实谬，咎岂在今哉？此一篇大奏疏也。

《杂诗》其十"沈阴似薰麝,寒气激我怀"句:此中藏多少感愤……下句"常御"字、"久离"字、"暂羁"字,承映生愤。

《读山海经》其三:怆然于易代之后,有不堪措足之悲焉。

《咏二疏》《三良》《荆轲》三诗总论:《咏二疏》《三良》《荆轲》,想属一时所作,虽岁月不可考,而以诗旨揣之,大约为禅宋后,其合拈最有意。知止弃官为最易,本朝尤不肯久恋,况事伪朝?此渊明之所自匹也。祚移君逝,有死而报君父之恩如三良者乎?无人矣。有生而报君父之仇如荆轲者乎?又无人矣。以吊古之怀,并作伤今之泪,每首哀呼,一曰"清言晓未悟",示事二姓者以当悟也;一曰"投义志攸希",示事二姓者以当希也;一曰"其人虽已没,千载有余情",则报仇热血,隐从中喷,事二姓之徒,不堪语久矣。

三、以理学视角读陶集诗文

《劝农》"舜既躬耕,禹亦稼穑"句:治水总为粒民,连禹说稼,添一农样,妙。"冀缺携俪,沮溺结耦"句:又引数子与舜、禹、稷相映。

又,《劝农》总论曰:劝农情理深远,绎其首末,光怪万状。开口曰"傲然自足,抱朴含真。智巧既萌,资待靡因","巧"最伤"朴"者也,欲广用奢,财之不足,岂必"智巧"。愚者同有之而必归罪"智巧"者,"智巧"生而百姓之心坏,心不坏则欲不广;智者不作,则愚者不效也。坏风俗莫若"智巧",赡民生又必须"哲人"。下欲愚,上欲智,上与下不同道,小智与大智不同用也。杜民智巧,惟在劝农。民农则必朴,移风易俗,返朴在是,历代作用本领,由虞至夏周,莫不同意。此劝农大渊源,非独为疗饥计。三、四、五章始实指农事言之。就中复拈出冀缺、沮溺,冀缺初耕而后仕者也,沮溺不肯仕而隐于耕者也。百亩之间,可以仕,可以隐,岂曰贱务哉?举舜、禹、稷、周作榜样,以劝君相之重农;举冀缺、沮溺作榜样,以劝仕隐之重农。竟无一人不在农中矣,洗题中"劝"字,周匝无漏。殿章独援孔子,次及仲舒,必勤学而后不暇勤农,借口为仲舒且未易,敢云千古有两孔子否乎?以不劝为深于劝。结局最工,"赞德美",却仍与"含真""抱朴"相映,真朴散而德美坏,返朴还真之法,无处下手,不得不以"劝农"救之。劝以德,而顽民或自弃于不顾,不如劝以农之事,易而人广也。倘人人全"德美",又何待返朴哉。"若能"、"敢不"四字,敲应真切,用意最奥。

《命子》:"淡焉虚止",虚处可以着脚,则无往而不得所止矣。淡者,蹈虚之津梁也。情一浓而随波逐浪,岂复有驻足之时哉? 理学名言。

《神释》:轻视生死,亦是道家口中恒套,却于"不惧"上拈出"不喜","宜委"上拈出"甚念",居然儒者俟命真谛,意味无尽。

《移居》其一"乐与数晨夕"句:"数",屈指互数也。从前之"晨夕",作何虚度;从后之"晨夕",作何生活。一字包有诸义。

《移居》其一"抗言谈在昔"句:一切世事,不入眼,不入口。

《移居》其一"奇文共欣赏,疑义相与析"句,曰:胸中能具"疑义"者几人,非真正读书,不解蓄疑。

《答庞参军(并序)》"谈谐无俗调,所说圣人篇"句,曰:谐语亦说圣人,不独庄论。语意深阔。

《乙巳岁三月为建威参军使都经钱溪》"常恐大化尽"二句:由壮而衰,由衰而老,此化尽之恒也。中年物化,则衰将不及,可畏哉! 勿曰气力为壮,足以恃也。

《庚戌岁九月中于西田获早稻》"四体诚乃疲"二句:看破世界之言,非阅世受患后,不知此语之确。

《癸卯岁始春怀古田舍二首》"即理愧通识,所保讵乃浅"句:往田舍乃着此阔论作结。躬耕之内,节义身名皆可以自全,纵不能为颜子,不失为丈人。"保"字总括通首,旨趣悠长。说"保"先说"愧",自谦自负,两映生姿。

《饮酒》其六,总论:徘徊无定止者,人与鸟之所宜同审也。思远辞近,一行止也,即近心远,又一行止也。可以飞又可以归,可以在又可以偏,行止之互变也……雷同之人,各是其所是,而非其所非,专执而不能相机。惟达士因而任之,无所不可。

《饮酒》其二十"羲农去已久"四句:"弥缝"二字,道尽孔氏苦心。决裂多端,补绽费手。

《饮酒》总论:"多谬误"三字,是全首原委,少复真则无往而非谬误矣。羲农之后,得孔氏删定六经而不谬误……既不亲六籍,终日奔走世俗,夫复何为?

《饮酒》总评:至大关目、大本领所在,则归宿于孔子与六经,以为殿章阔议。举邵平、夷齐……子云,总至孔子而极;举百世三季,意中意表,行止趣舍,是非毁誉,总至六经而定。

《咏贫士》其七,总论曰:贫士多列古人,初首叹今世之无知音,后六首追古人之有同调。志趣所宗,以受厄陈蔡之孔氏,耕稼陶渔之重华,立贫士两大榜样,此是何等地步。就中拈出圣门诸高足,子路、原宪、子贡作一班人物,供我去取;拈出草野诸高人,荣叟、黔娄、袁安、仲蔚作一班人物,供我比并;杂之以阮公之去官,子廉之辞吏,再作一班人物,供我推勘。姓名错综穿插,无复层节可寻,而意义自各别。其引阮公、子廉尤有深致。二人视草野贫士不得不安贫者不同,乃处膏辞润,矢志守困,真无往而不得贫矣。仲尼、重华是大榜样,阮公、子廉是真品骨。但曰处困无如何焉,此之谓匹夫匹妇,计无复之,非贫士之胸怀旨趣也。七首布置大有主张,"岂不寒与饥""窃有愠见言""岂忘袭轻裘""岂不知其极""岂不实辛苦""所乐非穷通""固为儿女忧",七首层层说难堪,然后以坚骨静力胜之,道出安贫中勉强下手工夫,不浪说高话。以故笔能深,入法能喷起。

《咏贫士》其十六"淹留遂无成"句:以读经自惭,未深圣贤之奥也。

四、在陶集中发现和解读"情"

《时运》诗"延目中流"句,曰:情短则境短,吾之入目,与之俱截以短;情长则境长,吾之触目,与之俱延以长;"延"字有深情。

《赠长沙公》:次章"於穆令族,允构斯堂。谐气冬暄,映怀圭璋"句,总论曰:次章竖义奇奥,前后章情挚语质,最是家人真况。

《九日闲居并序》"世短意常多,斯人乐久生。日月依辰至,举俗爱其名"句:同此"日月","依辰"而至,原无可爱,而俗以重九之名而爱之。意之多,总由于世之短,乐趣皆从苦趣生也。细看此二语,方知首句之深。所谓"意多"者,爱重九之意耳,与"人生不满百,常怀千岁忧"不同。

《九日闲居(并序)》"栖迟固多娱,淹留岂无成"句:"深情"增感于"运倾",不堪娱矣,无可成矣。忽尔结转曰"固多娱""岂无成",强自解勉,弥觉凄然。此等结法,最耐寻味。

《怨诗楚调示庞主簿邓治中》:"炎火屡焚如,螟蜮恣中田。风雨纵横至,收敛不盈廛"句:含沙之"蜮",非田居害稼之虫,乃亦同"恣中田"。人间意外之事,何所不有。受残于物,冀获佑于天。"风雨纵横",天上交困之事，复无所不有。题中"怨诗楚调"四字，写得淋漓。

《和刘柴桑》"良辰入奇怀"句：但言我赏良晨，情未深也。曰良晨入我之怀，则晨倍催人矣。

《酬刘柴桑》总论："来岁"说得促甚。曰"时忘四运"，又亟曰"已知秋"；曰"多落叶"，又亟曰"新葵郁""嘉穟养"；曰"慨然"，又亟曰"为乐"；忘者自忘，知者已知，绪忽飞来也；悴者自悴，荣者自荣，物各殊性也。仰观天时，俯察物类，知苦趣乃益添乐趣。

《于王抚军座送客》"情随万化遗"句：苦海不脱，只为情多，与化俱徂，则情随之而遗落矣！钟情语以遣情结，最工于钟情。

《悲从弟仲德》"门前执手时，何意尔先倾"句：至情之语，愈质愈惨。"阶除旷游迹，园林独余情"句：死者之情也，迹虽已旷，情尚有余，生前行乐，迄今如在。"迟迟将回步，恻恻悲襟盈"句："恻恻"从"将回步"言之，转身挥涕，不堪久立；"将回步"又从"迟迟"言之，凝眸筋软不能遽行。情状交现，至情哀结。

附一　高延第批注黄文焕析义《陶元亮诗》四卷，存

〔出处〕

国家图书馆藏。

〔版本信息〕

版　式

卷首刻"陶诗析义缘起"，即黄文焕《陶诗析义》自序，"缘起"下钤有"长乐郑振铎西谛丛书"方印及"阎鼎新"小方印，"缘起"首页页眉上有"缘黄石斋事被系"七字。"缘起"末页方印上方有"序文芜累"四字，页眉上有"馘字见荀子，音敬均芜可考"字。换页为沃仪仲及乐建中《读析陶说》，半叶八行，行二十一字，缺"古淮门人乐建中拜题"一行。目录后另起行空一格有墨字："黄□琐屑幽怪，无当说诗。大抵明人谈诗，文如□□谵语，一时文批尾伎俩而已。"

批　注

封皮上书顶格小字题记:"黄公在胜朝末年,曾为吾邑宰。岁有政考,随擢编修。缘黄石斋参劾杨嗣昌等牵连被逮,此书即在狱时所作。自谓主于'作忠',实则孤傲晦塞,舍正轨而就旁蹊。人虽可取,于论诗无当也。温叟因经子上先生手评,姑留插架,属犹子仲毅勘共评语,别为高先生读书记,而以其书示余。余固广搜罗乡邦文献,□然如此尽,沃仪仲明圣题词,与黄公自叙同是一副笔墨,未敢为违心之□。卷中有阎鼎新小印,阎亦吾邑人,□《淮山肆雅录》。崇祯十三年,张案商籍庠士,盖牛波族人云。改国后六年,岁在丁巳,涂月十九日,蔗湖退叟段朝端记,时年七十有五。"按,"改国后六年,岁在丁巳",即民国六年(1917)。

书中有吴涑跋云:"此帙乃先师高子上先生手批,墨笔自评,朱笔则录潘养一斋《古诗源》中评也。"高子上即高延第,潘养一斋即潘德舆。由此可知,此本批注,墨笔乃高延第自评,朱笔则是其过录潘德舆《古诗源》中评价陶诗之语。除个别文字与之有差异外,批注内容与《古诗源》评陶之语基本相同。值得注意的是,此本每条皆朱笔题"胡云"二字,不知何人过录,胡姓者为何人亦不知。高延第墨笔批注有眉批,有旁批,或评价陶渊明为人及其诗文,或对黄文焕、沃仪仲之评加以批判。

一、目录页:《述史九章》未录。目录末:养一斋评语用朱笔录。又高延第墨笔批:黄义琐屑,幽怪当,说诗大抵明人,谈诗文如梦寐谵语,一时文批尾技俩而已。

二、《停云一首(并序)》:高批:绝好诗序。

"樽湛新醪,园列初荣",高批:和平静穆。诗末:胡云:"此言亲友或仕于宋,故忍之以喻讽也。"后高批:不确。

诗末原评:沃仪仲曰:"伊阻、成江分指世运,八表同昏,专咎臣子。"高批:太深。

三、《时运》"人亦易足",原评:自负之语,却说人人可能。高批:平澹语,非自负。非平淡人不能随处得乐。

"挥兹一觞,陶然自乐",胡云:"二章欣也,逝景难留,则未欣而慨已先交矣。"

"斯晨斯夕，言息其庐。花药分列，林竹翳如。清琴横床，浊酒半壶。黄唐莫逮，慨独在余"，高批：前章慨时无其人，此章慨生非其世，高着眼孔，独有千古。又高朱笔录：胡云："二章慨也，但憾殊世，本之'我爱其静'，则抱慨而欣愈中交。"

四、《荣木》"已复有夏"，高批：用笔轻妙。"晨耀其华，夕已丧之"，侧批：危苦侧。

五、《劝农一首》"智巧既萌，资待靡因"，高批：括尽《礼乐志》叙。

"孔耽道德，樊须是鄙。董乐琴书，田园不履。若能超然，投迹高轨。敢不敛衽，敬赞德美"，墨笔批：反言以足上意。又墨笔眉批：古之学者耕以养，汉之儒生进为公卿，退为农夫，轻去富贵而慎持名节，由此道也。士农分，而后汲汲于衣食，耽耽于贵仕，偶得一符半级，即以服耒耜者为深耻，而不知其窳呰卑污，在田舍中犹属下材，而士之道于是乎绝矣。陶公力耕自赡，大有意在。四民分业，而以农为本，重力田，困商贾，汉代犹然，况成周之世乎！农贱而后风俗衰，农困而后国计绌，古今治乱之所由分也。

原评：沃仪仲曰："不容驱士而尽为农也。"墨笔侧批：陋。又墨笔眉批：隔壁语。

原评：沃仪仲曰："接以'孔耽道德'，与上章相救。"墨笔侧批：古人无此意。又墨笔批：立身处世稍有迁就瞻顾，即无把握，终成一脱空汉耳。为农若陶公，圣人而在，必有取焉。何驱士为农为嫌哉，士习卑污，正坐不能为农耳。

六、《命子》一首"浑浑长源，蔚蔚洪柯。群川载导，众条载罗"，墨笔眉批：写出世族洪延气象。"寄迹风云"，墨笔侧批：超。"负影只立"，墨笔侧批：悲悚。

七、《神释》一首"立善常所欣，谁当为汝誉"，墨笔侧批：即善不可为意。"纵浪大化中，不喜亦不惧"，墨笔侧批：有不亡者存。"应尽便须尽"，墨笔侧批：斩截。"无复独多虑"，墨笔侧批：有把握语。

八、《归园田居五首》其二"相见无杂言，但道桑麻长"，高批：不易得。

其三"带月荷锄归"，墨笔侧批：真景。

其五题目，墨笔侧批：真朴。

九、《游斜川一首并序》"弱湍驰文鲂,闲谷矫鸣鸥",墨笔侧批:清丽。

十、《乞食一首》"饥来驱我去,不知竟何之",墨笔侧批:苦况。"叩门拙言辞",墨笔侧批:又苦。"冥报以相贻",墨笔侧批:一饭誓以冥报,束带耻见督邮,何等胸次。扣门乞食则可,束带见督邮则不可,浩落中有厓岸,今人日扣人门,而又汲汲于见督邮,不知主人能解其意否?

黄文焕原评:板荡陆沉之叹,寄托于此,墨笔侧批:实事,非寄托,古人多如此观。"主人解意"一语,公亦非泛泛索胡奴米者,岂后世随肥马尘,扣富儿门比耶?

十一、《答庞参军一首(并序)》"且为别后相思之资",墨笔侧批:语情深。"谈谐无俗调,所说圣人篇",墨笔侧批:难得。"我实幽居士,无复东西缘",墨笔侧批:苦语正自乐。

十二、《五月旦作和戴主簿一首》"即事如已高,何必升华嵩",墨笔侧批:耸拔。

十三、《连雨独饮一首》诗题,墨笔侧批:精妙类《南华》。"试酌百情远,重觞忽忘天。天岂去此哉!任真无所先",墨笔侧批:"忘天",妙!"真",即天也。彼念念在天者,如掺权量与天为市,求其忘天不可得也。忘天之学,非大贤不能。

十四、《移居》其一"闻多素心人,乐与数晨夕",墨笔侧批:相与有天趣,即足桃源境界。"素心人",墨笔侧批:难得。"奇文共欣赏,疑义相与析",墨笔侧批:更难得。

十五、《赠羊长史一首》"正赖古人书。贤圣留余迹,事事在中都",墨笔侧批:"正"句难得。人皆习而忘之,奈何。

十六、《始作镇军参军经曲阿一首》诗末,朱笔录:胡云:"此靖节为贫而仕,故其言多不得已。"《鹤林》谓:"望云惭高鸟四句,似此胸襟,岂为外荣所点染。"

十七、《癸卯岁十二月中作与从弟敬远一首》,朱笔录:胡云:"眼空一世,神游千古。"

十八、《乙巳岁三月为建威参军使都经钱溪一首》"微雨洗高林,清飙矫云翮",墨笔侧批:高秀。

十九、《还旧居一首》"形迹凭化往,灵府长独闲。贞刚自有质,玉石乃非坚"，墨笔眉批：处困要诀。

二十、《庚戌岁九月中于西田获早稻一首》诗末，朱笔录：胡云："观此诗知靖节既休居，惟躬耕是资，其安道苦节，至今可师。""衣食固其端"，墨笔侧批：平语。"孰是都不营，而以求自安"，墨笔侧批：无愧心者非人也。墨笔眉批：至理精言出之平易。"田家岂不苦？弗获辞此难"，墨笔侧批：平语亦真语。"但愿长如此"，高批：又若不可必者，真阅历人语。

二十一、《丙辰岁八月中于下溪田舍获》"贫居依稼穑"，高批：亲切。

二十二、《饮酒》其二"积善云有报，夷叔在西山。善恶苟不应，何事空立言"，高批：今之谈阴德未报者，皆深于势利之人也。以百世为期，则人且胜天，又何吉凶利害之足云！

其三"有酒不肯饮，但顾世间名"，墨笔侧批：所谓痴人自相惜。

其四"托身已得所，千载不相违"，墨笔侧批：结契有在，乃能遗世独立。

其六"行止千万端，谁知非与是？是非苟相形，雷同共誉毁"，墨笔侧批：写尽丑态。"谁知非与是"，墨笔侧批：冷语。"达士似不尔"，墨笔侧批：不自许，婉妙。

其九"且共欢此饮，吾驾不可回"，墨笔眉批：通首婉曲，一语斩然。

其十一"临化消其宝"，墨笔眉批：庄生藏舟之喻。

其十四"不觉知有我，安知物为贵"，墨笔眉批：《齐物论》。

其十五"鬓边早已白"，"边"，朱笔校：毛。"若不委穷达，素抱深可惜"，墨笔眉批：人生而静，乃素抱也，以穷述扰之，致尘杂坌集，岂非可惜！

其十七"行行失故路，任道或能通"，墨笔眉批：透澈语，非跃冶者所知。

其二十"终日驰车走"，"走"，朱笔校：马。"若复不快饮，空负头上巾。但恨多谬误，君当恕醉人"，墨笔眉批：妙接。

二十三、《拟古》其七：两句再结，气息厚。

二十四、《咏贫士七首》，墨笔批：七首和平中有厓岸，其品在狂狷上。

其二"何以慰吾怀？赖古多此贤"，墨笔批：叹老嗟卑人胸中无此想。古人位置甚高，故不累于俗。

其四墨笔眉批：陶公合夷、惠为一人，与不夷不惠者又是一格，古人有此独得学问,与"热熟颜回"不同。"朝与仁义生,夕死复何求",墨笔眉批:壁立千仞语。

其七黄文焕原评语:岂不寒与饥、窃有愠见言、岂忘袭轻裘、岂不知其极、岂不实辛苦、所乐非穷通、固为儿女忧,七首层层说难堪,高批:高处在近人情而能绝俗。

二十五、《咏荆轲》墨笔眉批:安贫乐道人忽念及荆轲,慨叹不已,固与"枯槁不舍"者不同。

二十六、《拟挽歌辞三首》"千秋万岁后,谁知荣与辱!但恨在世时,饮酒不得足",墨笔眉批:临死时但存此想,即是解脱,终不堕落。

其二墨笔眉批:未死人说死状,奇甚。从去后,复计算,成深怨。

其三"向来相送人,各自还其家。亲戚或余悲,他人亦已歌",墨笔眉批:死人计算生人情状,逸甚,怨甚。

二十七、《拟古》其八"岂期过满腹,但愿饱粳粮",墨笔旁批:真守分语。"理也可奈何,且为陶一觞",墨笔批:不曰运数,而曰理也,是学道人无此人物。

附二　无名氏批注黄文焕《陶元亮诗》,存

〔出处〕

国家图书馆藏。

〔版本信息〕

明黄文焕析义,四卷,二册,半叶八行,行二十一字,小字单行,同白口,四周单边。钤"桥川时雄""待晓庐""菽圃""程从孝印""醉轩"诸印。经重新装裱,书中有朱墨笔圈点,朱墨笔批注。

批　注

一、《饮酒二十首(并序)》其一"衰荣无定在,彼此更共之",朱笔眉批:惟达观者可与饮酒。"忽与一觞酒",朱笔眉批:"与",饮酒何与?非愁人不解。

其三"道丧向千载,人人惜其情",黄笔眉批:渊明、退之开口便说道,二公必有所见也。二公诗文之高,可知不自诗文始。"鼎鼎百年内,持此欲何成",朱笔眉批:百年何忙,不饮何待!

其四题目,朱笔眉批:寓意深远,怨耶? 非耶?《饮酒二十首》当得一部《离骚》。"厉响思清远,去来何依依! 因值孤生松,敛翮遥来归",墨笔夹批:所以顾影独醉。

其五"悠然见南山",墨笔眉批:快意事,当浮一大白。"行止千万端",墨笔眉批:恨事,又当浮一大白。

其九"壶浆远见候,疑我与时乖。缠绵茅檐下,未足为高栖。一世皆尚同,愿君汩其泥",朱笔眉批:一肚皮与时不合。

其十"少许便有余",朱笔眉批:素位。

其十三"醒醉还相笑,发言各不领",朱笔眉批:果然。

其十五"若不委穷达,素抱深可惜",朱笔眉批:无可奈何之词。

二、《拟挽歌辞三首》"千秋万岁后,谁知荣与辱! 但恨在世时,饮酒不得足",墨笔眉批:牢骚极矣。

三、《五月旦作和戴主簿一首》"虚舟纵逸棹,回复遂无穷",朱笔眉批:归矣而复纵,何等兴会!"既来孰不去,人理固有终",朱笔眉批:看透浮世!

四、《戊申六月中遇火》"中宵伫遥念,一盼周九天",朱笔眉批:是烧残景况,却写的豪放。

五、《庚戌岁九月中于西田获早稻一首》"四体诚乃疲,庶无异患干",朱笔眉批:安分语。

六、《丙辰岁八月中于下潠田舍获》"悲风爱静夜",朱笔眉批:悲复何爱? 爱故生悲。

〔按语〕

一、关于黄文焕

黄文焕,字维章,一字坤五,号𪩘庵,又号憨斋。明末福州府永福县白云乡人,生于万历二十三年(1595),卒于康熙三年(1664)。天启五年(1625)进士登第,历任番禺、海阳、山阳知县,颇有政声。崇祯中从山阳令召御试,擢翰林院编修,晋左春坊左中允。崇祯十三年(1640),黄道周以论朝中重臣杨嗣昌、陈新甲获罪逮问,词连文焕,于崇祯十四年(1641)下狱。年余获释,寓居淮上,一度归闽,晚年流寓白下。

黄文焕一生,几著述等身。著有《诗经考》十八卷、《诗经娜嬛体注》八卷、《易释》(一作《易绎》)、《书释》(一作《书绎》)、《听直合论》一卷、《楚辞听直》八卷、《老子知常》二卷、《陶诗析义》四卷存世。另有:《杜诗句解》《杜诗全注》《史记注》《南华经注》《尚书遗籝集解》等①。

二、《陶诗析义》的写作背景

关于此书的写作背景,前人已有详细研究。刘萍萍《黄文焕〈陶诗析义〉研究》等论文有相关讨论:《陶诗析义自序》述其因钩连诏狱,"甚余者,或忧其罹鼇;厚余者,或讳不敢问",情甚惨凄悲愤,狱中发愤著述。据《楚辞听直序》,黄文焕甫入狱即撰作《陶诗析义》,仅用了十天时间,"入刑曹,即析陶诗,挟日而毕,端阳已届矣",故后来附印狱中诗文《赭留集》于《陶诗析义》,自有其意。黄文焕弟子沃仪仲《读析陶说》亦云:"一日谒师谈陶,师以一帙相示云:'属白云中十日之功。'"狱中物资缺乏,《楚辞听直》的写作情况应该与《陶诗析义》同,"每一题裂数寸残楮,作蝇头字,略评十数句,多或数十,视昔话有加,颇自意",其不屑以往注家只重训诂的看法,殆亦适用于《陶诗析义》,所谓:"抽《楚辞》朗诵之,更广翻诸话,只斤斤字义间,至曲折所系,去屈子情怀不知隔几里。"②

三、关于黄文焕本的评价问题

《四库全书》不曾收录《陶诗析义》,仅将书名列在"存目"中。《四库全书总目》对黄文焕本的评价是相对客观中允的,但"如伯英、逸少之迹,不可钩摹以波磔"等观点则是有待商榷的,尤其言及附自作《赭留集》于《陶诗析义》后是"附骥""类续貂"。《赭留集》为黄文焕个人诗文合集,乃其与黄道周同下诏狱时所作,故以《赭留》为名。四库馆臣认为,这部诗文集

① 徐燕:《明末著名学者黄文焕生平若干存疑问题考》,《古籍整理学刊》2017年第6期,第83—87页。
② 刘萍萍:《黄文焕〈陶诗析义〉研究》,首都师范大学2007年博士学位论文,第5—24页。

"词多感慨,而不能甚工。旧附刻《陶诗析义》后,以所注陶诗亦多借以寄意,与此集若相发明也。然追步渊明,谈何容易,合为一帙,未免拟不于伦,故析之别著于录焉"①。在此也能看出四库馆臣对黄文焕的不屑之意。

钟优民认为,"黄氏论陶,在某些问题上颇有深度,异于时辈",他"一反陶学史上历代盛传的隐逸诗人之宗的古老成说,而于昭明'语时事则指而可想,论怀抱则旷而且真'的判断大加发挥,可谓淋漓尽致,充分肯定了渊明积极用世、斗志昂扬的一面,读来令人耳目一新"。但是,《陶诗析义》对某些诗作的理解,"显系自叹身世的笔墨,不尽符合陶公真实思想","是撰者借题抒愤,聊以寄寓"②。

郭伟廷《论明代黄文焕〈陶诗析义〉在陶学史上创新地位》一文指出"三例中最着最要乃在评析陶诗的遣词用字和章法结构,诗风平淡与炼句炼章并非矛盾,提出前人所未道见解,正是著书之理由,若所见仍是唐宋人所言偏重在理念、神味上之淡泊,则何必写? 正因自家有所'体贴',或另辟蹊径所得,故所以有著述,除非黄文焕所言都无价值,否则何以偏贬之若此。"③

27. 汲古阁刊《陶渊明集》十卷附录二卷,存

〔出处〕

辽宁大学图书馆等藏。

〔版本信息〕

编　式

每半叶九行,行十七字。白口,左右双边,单鱼尾。

①　永瑢等:《四库全书总目》卷一百八十,第 1627 页。

②　钟优民:《陶学史话》,(台北)允晨文化实业股份有限公司 1991 年版,第118 页。

③　郭伟廷:《论明代黄文焕〈陶诗析义〉在陶学史上创新地位》,陈文新、余来明主编:《明代文学与科举文化》,中国社会科学出版社 2011 年版,第 105 页。

编　次

卷首有昭明太子序,卷一至四诗(删《问来使》一首),卷五赋辞,卷六记传书画赞述,卷七《五孝传》,卷八疏祭文,卷九至十《集圣贤群辅录》,卷十末有阳休之《序录》等诸篇。附录上卷,载有颜延之《陶征士诔》、昭明太子《陶传》、吴仁杰《靖节先生年谱》。下卷有曾纮《刑天说》、骆庭芝《斜川辨》及诸家评论。

〔按语〕

陶澍著录此本云:"以昭明序冠卷首。诗四卷,惟无《问来使》一首,余与诸本同。五卷赋辞,六卷记传画赞述,七卷《五孝传》,八卷疏祭文,九卷、十卷《四八目》。十卷后以阳休之《序录》、宋庠《私记》为后序。又别为附录二卷,上卷颜延之《诔》、昭明《传》、吴仁杰《年谱》,下卷曾纮《刑天说》、骆庭芝《斜川辨》、诸家总论。其《年谱》与吴瞻泰本不同者数处,足资考证。"①

桥川时雄认为:"按此本亦与李公焕本编次相似,其所依据可知也。惟附录二卷,比之他本,别有意趣,亦可以资考证也。"②

郭绍虞著录此本云:"有孙淇传录本,瞿镛《铁琴铜剑楼藏书目录》卷十九有解题,极言此本之善,远胜今世所行翻宋刻巾箱本,是则此本为尤可贵也。莫友芝《宋元旧本书经眼录》附录一《跋汲古阁刻阳休之编本》谓:'此册非旧印,以附录卷中载有吴仁杰所编《年谱》为家藏书所无,故装存之。壬戌六月六日郘亭皖口行营记。'其所跋即此本也。"③

按《铁琴铜剑楼藏书目录》著录"孙淇传录本",今藏于国家图书馆,实为万历四十二年杨鹤刊本,孙淇用汲古阁刊本对杨鹤刊本进行校补。

---

① 陶澍集注:《靖节先生集诸本序录》,《靖节先生集》,第10页b面—第11页a面。
② 桥川时雄:《陶集版本源流考》,第二十四页a面。
③ 郭绍虞:《陶集考辨》,第295页。

28. 凌濛初刊《陶韦合集》本《陶靖节集》八卷，存

〔出处〕

凌濛初刊朱墨套印本《陶韦合集》，其中《韦苏州集》十卷、《陶靖节集》八卷。今国家图书馆、天津图书馆等有藏。

〔版本信息〕

版　式

半叶八行，行十八字，无直格，白口，四周单边。

编　次

此本编次与李公焕本一致。此本揭焦竑序于卷首，序末记云"万历癸卯秋琅琊焦竑书"，可能本意是想突出该本与焦竑本之关系，所附之焦序，与焦竑翻宋本序同。集中正文，即陶诗文之编次以及《总论》之内容，则恢复为李公焕本的模样，与焦氏翻宋本不同。《总论》在最后。

序　跋

焦竑《陶靖节先生集序》见前揭。

卷首有凌濛初识语云：

从来以继陶者，莫如左司，而两集无合刻者，合之，自何观察公露始。余游白门时，以其刻见示，为之爽然。而诸家之评其诗者，陶则宋人独详，韦于近世，亦复不少，其丹铅杂见，不能定于一。斟酌其间，则余窃有取焉尔，吴兴凌濛初识。

〔按语〕

一、关于凌本之底本

关于此本是否与焦竑本有关，《四库全书总目》认为："陶集八卷，前有焦竑序，指为昭明太子之旧本。考是集自阳休之复位之后，昭明本不传久矣。宋人不得见，而竑乃得见之耶？万历以后，士大夫务为诞伪，例皆如

此,不足深怪。"①桥川时雄认为:"其注评多以朱笔,书于栏外行间,又加句读圈点,体裁清雅。此本焦序与焦竑翻宋本序同,然其原文,则近乎李公焕十卷本,卷末有总论,与焦翻本,大相径庭,可谓异矣。"②郭绍虞指出:"此为朱墨套印本,世称闵凌刻本,即此本也。"③

凌濛初本与焦竑翻宋本之间似乎存在若即若离的关系,说明李公焕笺注本的实际影响很大,即使是刻者想模拟翻宋本,也不能不借鉴李公焕本。

二、关于凌濛初刻陶、评陶之争议的问题

凌濛初(1580—1644),又名凌波,字玄房,号初成,又号即空观主人,浙江湖州府乌程县人。凌濛初出身于士大夫家庭,父亲凌迪知为知名的雕版印书家和颇有才华的学者。少时困于场屋,抑郁不得志,专以刻书著述为事。崇祯四年(1631)以副贡选授上海县丞,擢徐州通判,曾助何腾蛟镇压农民起义。十七年,李自成军攻徐州,被困,呕血死。

郭绍虞说:"《四库存目提要》谓'合刻者何露,其评则濛初所定'是不对的,何湛之刻本别为一本。称何公露为何露,亦误。"④

29. 王锡衮白鹿斋刊《陶李合刻》本《陶渊明全集》四卷,存

〔出处〕

天启、崇祯间,王锡衮白鹿斋刊《陶李合刻》,其中《陶渊明全集》四卷、《李长吉诗集》四卷《外集》一卷。国家图书馆等有藏。

〔版本信息〕

版 式

仿竹册栏线刊本,半叶七行,行十七字。页首镌"汉蔡中郎竹册",页尾镌"白鹿斋摹古"。

---

① 永瑢等撰:《四库全书总目》卷一九三,第1759—1760页。
② 桥川时雄:《陶集版本源流考》,第二十五页a面。
③④ 郭绍虞:《陶集考辨》,第303页。

编　次

卷首有徐石麒《陶李合刻序言》并昭明太子《序》。前三卷与通行《陶渊明集》同，第四卷有：《拟古九首》《杂诗十二首》《咏贫士七首》《咏二疏》《咏三良》《咏荆轲》《读山海经十三首》《拟挽歌词》《桃花源（有记）》《归去来辞》。

序　跋

徐石麒《陶李合刻序言》

王太史崐华，不佞余同门兄也，神情萧远逸宕似靖节，文章奔放奇峭似长吉，惟其有之，是以似之；惟其似之，是以爱而传之。爰取两先生所著诗，手自翻较，副墨精好，命剞氏子访中郎竹册泐以行。或谓柴桑一脉，风寄尔雅，韦京兆得之，为清深闲淡；孟襄阳得之，为高简旷率。比合类从，良工心苦，而长吉然乎？曰：否。又谓源流之变，不可端诘，河上虚静，同传申韩；西河文学，厥有墨子。同流异状，变化单微，而长吉然乎？曰：否。然则其合之也，何故？曰：若亦知夫水乎？方其发岷峨，出巴洛，崩湍万仞，喷沫千里，泣于廉石，怒于滟滪，鱼不得游，鸟不敢度，斯亦天下之至险矣。逮其阻尽隘脱，平沙漫衍，潴而为湖，澄而为渊，溶溶焉，澹澹焉，镜在悬而不流，金就镕而欲泻，涵天一色，珠明练纤，谓与向者之水不合可乎？长吉不能更得之二十四岁以后，以其朝气，覃思淫精，穷极奇幻，斯固发岷出巴之水也。靖节不能多见其二十四岁以前，解脱之后，偶拈所见，点缀成文，斯固为湖、为渊之水也。故一则以自然为宗，以情为节，若素女寒蟾，孤芳自赏，又若拈花迦叶，声闻尽脱。一则以吊诡为宗，以文为节，若巫阳神媛，风云与俱，又若巨灵擘山，神鬼怖哭。昔杜工部之诗有之曰："陶谢不枝梧，风骚共推激。紫燕自超诸，翠驳谁剪别。"向使长吉天假之年，剪之别之，则一往超诣，尽合天行，宁仅以鬼仙终哉。今太史合之之意，正以诗教久湮，风雅雕丧，故欲天下因李以见陶，因《离骚》、乐府以见《三百篇》，组绘之极，造于平淡，而诗学庶几其不亡矣。犹未也，靖节当宋氏革命之后，卒为晋处士终其身；而长吉以父名晋肃，终身不复举进士，忠孝挚性，先后一揆，论人必于其伦。征诗必于其行，斯又太史铎世之深心也，为表而出之。门年弟徐石麒顿首拜。

〔按语〕

一、关于王锡衮、徐石麒

王锡衮，字崐华，禄丰人，《明史》卷二百七十九有传。徐石麒，字宝摩，嘉兴人，《明史》卷二百七十五有传，与王锡衮并为天启二年进士，故徐《序》有同门兄弟之称。《明史·王锡衮传》曰"天启二年进士，改庶吉士，授检讨，崇祯中，累官少詹事"[①]云云，郭绍虞认为，据徐《序》称"王太史崐华"之语，知陶、李合集，大概是在天启年间刊出。此集如果是在崇祯以后刊出，则不当称呼其为太史，"并言长吉诗不能更得之二十四岁以后，靖节不能多见其二十四岁以前，靖节忠而长吉孝，均于不同之中寻其同点，颇能阐述王氏之旨"[②]。而事实上，序言对陶、李之间的联系，所发掘之处是要深于郭绍虞所总结的内容的。

二、关于此版本之影响

郭绍虞称："此本以是写刻，故清疏悦目，然亦正以写刻之故，不免字体故涉诡异，或且更改旧文。吾人据此异文，亦可知此本在陶集版本源流上所生之影响。""窃以为此本为张自烈《评阅陶渊明集》之所祖。此本虽称全集而所载仅诗，编次略同汤汉本，然删《四时》及《联句》二诗，而《问来使》及《归园田居》第六首江淹拟作，亦仍载入正集，则与汤本不同。前此诸本陶集绝无如此者，而张自烈本编次正与之同，此外如《停云》诗'翩翩飞鸟'，'翩'误作'翻'；《赠长沙公族祖》诗'在长忘同'，'忘'作'志'；《五月旦作和戴主簿》诗'北林荣且丰'，'北'误作'此'；《连雨独饮》诗'于今定何闻'，'闻'误作'阕'；《移居》诗'力耕不吾欺'，'吾'误作'可'；《和郭主簿》诗'学语未成音'，'语'误作'诗'；《赠羊长史》诗'逝将理舟舆'，'逝'误作'游'；'言尽意不舒'，'尽'误作'素'；《和胡西曹示顾贼曹》诗'烨烨荣紫葵'，'烨'误作'晔'；《责子》诗'但觅梨与栗'，'梨'误作'黎'；《拟古》诗'迢迢百尺楼'首，'松柏为人伐'，'伐'误作'代'；《咏贫士》第一首'暧暧空中灭'，'暧'误从'目'；此类之例，均前此诸本所无，而张本乃相仍不改，故知

---

① 张廷玉等撰：《明史》卷一七九《王锡衮传》，第 7150 页。
② 郭绍虞：《陶集考辨》，第 304—305 页。

张本于诗集部分殆全袭此本。张本刊于崇祯五年,则此为天启年间所刊,更为有力之佐证矣。"①

30. 杨环溪刊《陶邵陈合集》本,卷数不详

〔出处〕

王嗣奭《管天笔记外编》卷上:"有杨环溪采陶渊明、邵尧夫、陈公甫三先生诗萃为一编,盖跻陶于道学也。杨复所为作《题辞》云:'予读其诗,《止酒》篇知所止矣,《桃源》篇自任于五百年之传矣,及观其不入远公社,又卓然持孔、孟门户者。'"②

〔版本信息〕

不详。

〔按语〕

一、关于邵陈二先生

陈公甫即陈献章,《明史》卷二百八十三有传③。

邵雍(1011—1077),字尧夫,谥号康节,宋代著名的隐士和诗人。周必大《文忠集》卷十八《跋向氏邵康节手写陶靖节诗》云:"康节先生蕴先天经世之学,顾独手抄靖节诗集,是岂专取词章哉! 盖慕其知道也。宣和末,临汉曾纮谓旧本《读山海经》诗'刑夭无千岁',当作'刑天舞干戚',某初喜其援证甚明,已而再味前篇专咏夸父事,则次篇亦当专咏精卫,不应旁及他兽。今观康节只从旧本,则纮言似未可凭矣。"④朱熹通过对邵雍手书陶渊明《读山海经》诗笔迹的鉴定,肯定了曾纮《说》,而这恰好是周必大否定曾纮《说》的一个重要旁证。

---

① 郭绍虞:《陶集考辨》,第304—305页。
② 王嗣奭《管天笔记外编》卷上,民国《四明丛书》本,第二十页 a 面。
③ 张廷玉等撰:《明史》卷二八三,第7261—7262页。
④ 周必大:《文忠集》卷十八,清文渊阁《四库全书》本,第十四页 b 面。

编者杨环溪,不知何人,《永吉县志》卷十《选举表》收录其名①。

此本诸家不录,惟郭绍虞《陶集考辨》有著录,引王嗣奭《管天笔记外编》卷上所言而存其目,云:"今此本未见,据王氏所记,知此为陶集合刊本之以思想为标准者。"②

二、关于陶邵陈合集本的刊刻动机问题

杨环溪刊刻此本,当与朱熹有关。《朱子语类》卷一百四十:"或问:'形夭无千岁',改作'形天舞干戚',如何?曰:《山海经》分明如此说,惟周丞相不信改本。向芗林家藏邵康节亲写陶诗一册,乃作'形夭无千岁',周丞相遂跋尾,以康节手书为据,以为后人妄改也。向家子弟携来求跋,某细看,亦不是康节亲笔,疑熙丰以后人写,盖赝本也。盖康节之死在熙宁二三年间,而诗中避'畜'讳,则当是熙宁以后书,然笔画嫩弱,非老人笔也。又不欲破其前说,遂还之。"③

31. 高氏手编《诗苑源流》本十卷,不详

〔出处〕

此本惟郭绍虞《陶集考辨》著录,其他信息不详。

朱记荣《行素堂目睹书目》辛九十三谓,《诗苑源流》一百二十种,明高氏手编,中有《陶靖节集》十卷④。此书未见,不知其所据何本也。

32. 欧阳春注本六卷,不详

〔按语〕

此本仅见于桥川时雄、郭绍虞之著录,笔者未见,录二者论说如下,以

---

① 徐嚣霖主修:《永吉县志》,吉林文史出版社 1988 年版,第 147 页。

② 郭绍虞:《陶集考辨》,第 305 页。

③ 黎靖德编,王星贤点校:《朱子语类》卷一四〇,中华书局 1986 年版,第3325 页。

④ 朱记荣:《行素堂目睹书目》第 8 册,清光绪甲申仲冬古吴白堤孙谿槐庐家藏本,辛九十三页 a 面。

供参考。

桥川时雄《陶集版本源流考》曰:"《陶渊明集》,凡六卷,明欧阳春撰,文浩堂刊,卷首有昭明太子《陶传》《陶序》,及颜延之《陶诔》,前四卷诗,后二卷文,删《圣贤群辅录》。卷一之首记云:'往味其声调,以为法汉人,而体稍弱,然揆意所存,宛转深曲,何尝不厚。语之间率易者,时代为之,至于情旨,则真十九首之遗也。'是为撰者总评之语,此本所有注评,多辑录前人之言,而益以撰者所见,亦殊不足取也。"①

郭绍虞《陶集考辨》则题曰:"此本未见。"其考欧阳春乃郴州人,与何孟春同里,当受何注影响,而复益以己见者也②。

33. 文震亨注本,卷数不详

〔出处〕

《(同治)苏州府志》卷一百三十七《艺文志》载:文震亨,文徵明曾孙,文彭孙,文震孟之弟,元发仲子。因黄道周事,与黄文焕等一道,在崇祯十七年下狱。后绝食而死③。此本乃郭绍虞据《(同治)苏州府志》著录④。

34. 陶彦存评本,卷数不详,佚

〔出处〕

张自烈《芑山文集》卷十二《重锓陶渊明序》,存此本之目,其序云:"余感时徙家匡阜,键户屏谐际,友人陶子彦存居相距里所,间过余,述其尊甫东篱公庭训至详,谓子若孙结庐于兹,盖从先志也。因忆余凤景元亮节义,见《晋书》齿诸《隐逸》,乙之。既,奋笔删厘本传,已又两锓其集行世。语具夏彝仲、袁临侯序中。会秦焰版灾,旅箧所藏旧帙荡悉无复存,惋惜甚。顷,陶子出其手评先集征余序。余喜,读卒改容曰:'嗟乎! 陶子岂今

---

① 桥川时雄:《陶集版本源流考》,第三十三页 b 面。
②④ 郭绍虞:《陶集考辨》,第 308 页。
③ 冯桂芬纂:《(同治)苏州府志》卷一百三十七,清光绪九年刊本,第十页 b 面。

人哉？何其志夐而思深也！'陶氏由周暨汉、唐、宋、明，代不乏喆人。最著者长沙公仕晋以懋绩称，彭泽令避宋以躬耕老。至今传诸子姓，散居京兆、秣陵、襄阳、会稽间，后先辙差殊，行业灼然可考见。彦存今日之祖元亮，视元亮乡者之宗长沙，分流同源，以言无忝似续则一也。其倦倦不忘手泽，固宜。余尝谓陶子曰：'人受命于天，遇有幸不幸，非智勇所克胜，求尽其在我耳。夫弃天袭天，位君相而逞其暴戾，立治朝而敢为奸雄，宜后世识者所诟厉。幸而忠足以讨叛，节可以廉顽，光昭史册，盛矣。顾独不幸而当乱贼之世，若长沙、彭泽两君子者，心窃悼之。矧荒服五姓，荐居畿甸，胎祸垂二百年，蹂躏踵相继。即长沙致力中原，卒亦不得如江洗马议，究厥志以图乂安，又何遇之艰也！昔阿衡、尚父、方叔、召虎不幸丁三代末造，然幸而黼黻圣明，拨乱反治，故变不失正，庶几无遗憾。至于魏之禅汉，晋之禅魏，宋之禅晋，皆篡也。生斯世者，虽出处显晦，各行其志，岂非皆不幸者哉！嗟乎！余与陶子所遭之时之地何如哉！'陶子闻余言，太息良久，曰：'非论世知人，焉及此？'余端告陶子曰：'士不幸遇乱世者，天也；能自治者，心也。苟守贞罔渝，死生荣辱，举无足挠吾心，天亦恶得而夺之，愿与陶子交勉旃而已。'集中诸评骘，铢镂众家，折衷独见，补前贤弗逮者为多。元亮百世师，是集传，陶子亦传矣。览者称浔阳世泽未艾，信夫！壬子孟秋月既望。"①

〔按语〕

此本应在明亡以后刻出。

35. 崇祯密娱斋刊《陶靖节集》十卷，未见

王嗣奭刊，未见。湖南图书馆、嘉兴图书馆有藏。郭绍虞《陶集考辨》有著录，引之如下，以供参考：

此书十卷。卷首有昭明《序》《传》《总论》及《刻陶集跋》。并附陶珽《跋》其书翰《语》。卷一至四诗，卷五杂文，卷六赋，卷七传、赞，卷八疏、祭

① 张自烈：《芑山文集》卷十二《重锓陶渊明序》，《丛书集成续编》第171册《集部》，上海书店出版社1994年版，第398—399页。

文,卷九至十《集圣贤群辅录》,卷末附录有《靖节征士诔》《序录》《集私记》《集后书》诸文。每半页九行,行十八字。《跋》文谓:"余再入都门时,正丁卯之夏,荆棘沾衣,人人自危,闭门兀坐,恒怀凛栗。余语庄近之,此时何可自遣,近之指案头《元亮集》。曰:'此时非此不可。'余得取而读焉,正如堕火坑中得清凉散。及陶不退问长安声息,余以元亮《归田园》'相见无杂言,但道桑麻长'二语具答。不退惊诧累日,以余为大进步,大得手,赞跋累累,几叠床架屋。嗟嗟! 彼时何时,能述此语,今一回想,却似有味,因付梓而及之,并附不退《跋》,以见昔时风味,在今日尚可谓对症药,孰谓晋以清谭败耶? 癸酉夏日密娱斋中题。"案丁卯当为熹宗天启七年,癸酉为思宗崇祯六年,是此为崇祯刊本。近之名以临,长沙人。《长沙县志》卷二十三《人物传》称"天启中以荫受中书舍人,两奉差赍饷牖边,值瑒焰方炽,竭资补赔"云。密娱斋不知为谁室名。考《千顷堂书目》卷二十五谓王嗣奭有《密娱斋集》十五卷。嗣奭,字右仲,鄞人,领万历庚子乡荐,时代相近,不知即其人否?[①]

36. 崇祯春昼堂刊《陶靖节集》八卷,存

未见,上海图书馆有藏。郭绍虞曰:"此本卷数、编次均与他本不同,有《五孝传》而无《四八目》,无校注异文,无注释,无评,除昭明《序》《传》及颜《诔》外,亦不录其他诸文,似略宗焦竑本,而又变其面目者。叶益孙《跋》谓:'想之于字句之中,正欲会之于字句之外。无错其词语于百代之后,始接其精神于百世之前。'是则此本写刻精审之长也。"[②]

37. 汪士贤编《汉魏二十一家集》本十卷,存

未见,郭绍虞曰:"此本陶集以败版之故,即以休阳程氏本补印,今未能见其原刻。叶德辉《观古堂书目》卷四,称《陶渊明集》八卷,明刊《汉魏二十一家集》本,然则其原本为八卷耶。南京国学图书馆藏《汉魏诸名家》二十三种,有焦竑、葛寅亮序。其陶集亦据休阳程氏本,卷首题署徐文长

---

①②　郭绍虞:《陶集考辨》,第295—296页。

先生订定,南城翁少农梓。"①

38. 张溥刊《汉魏百三名家集》本《陶渊明集》十卷,存

张溥所收之《陶渊明集》即焦竑本陶集,故略其版本信息不录。郭绍虞《陶集考辨》论之甚详,录之如下,以资参考:

此本更易旧编面目,非惟与汲古阁藏十卷本不同,即与曾集、焦竑诸本亦不相同。《归田园居》仅录五首而仍有《问来使》及《四时》二诗,析《桃花源记》与诗为二,亦出杜撰。至其尽删旧注,及昭明《序》《传》、颜《诔》诸篇,仅附《宋书》本传,则为其总集体例所限,未可非也。

又案张《序》称学者多善焦太史所订宋本,今以焦本与诸本校之,凡焦本与其他诸本文字不同者,此本多同于焦本。如《停云》诗"竞朋新好,以怡余情",不作"竞用新好,以招余情";《时运》诗"余霭微消",不作"宇暖微宵";又"人亦有言,称心易足",不作"称心而言,人亦易足";《游斜川》诗:"中肠纵遥情","肠"不作"筋";《移居》诗"力耕吾不欺","吾不"作"不吾";《酬刘柴桑诗》"空庭多落叶","空"不作"桐";又"嘉穗眷南畴","眷"不作"养";《岁暮和张常侍》诗"列列气遂严","列列"不作"厉厉";《饮酒》诗"贫居乏人工"首"岁月相从过","从过"不作"催逼";"畴昔苦长饥"首"拂衣归田里","拂衣"不作"终死"。是皆焦本异于元以前诸本者,而此本悉同焦本,故知《序》称其出焦本者信也。惟《赠羊长史》诗"人乖运见疏","乖"字误从诸本作"乘",又不同焦本,为不可解。或今传之《百三名家集》,多翻刻本,校雠不精,时多误字,岂其偶不同于焦本者,亦由校刻之疏欤?《钦定四库全书考证》卷九十五,于是书颇有订改之处。②

① 郭绍虞:《陶集考辨》,第298—299页。
② 郭绍虞:《陶集考辨》,第300页。

第六编　清本

1. 康熙三十三年詹氏宝墨堂《渊明先生诗集注》四卷，詹夔锡撰，章钰校并跋，存

〔出处〕

国家图书馆藏。

〔版本信息〕

版　式

卷首题"陶诗集注目录"，卷一题"西湖后学詹夔锡允谐氏纂辑，陆渊静含、同学侄许昌麟星彩、章寅殷仲参订，陆如韶载华、男之涵静侯、婿章廷栋轶群校字"。半叶八行，行十九字，白口，左右双边。题为"渊明先生诗集注"。

编　次

卷首詹《序》、《陶渊明传》、《陶渊明集序》、《总论》，卷一诗四言，卷二至四诗五言，附东坡和陶诗一卷，末有西泠陆弘记。

卷一诗四言，依次录有：《停云并序》《时运并序》《荣木并序》《赠长沙公并序》《酬丁柴桑》《答庞参军并序》《劝农》《命子》《归鸟》。

卷二诗五言，依次录有：《形赠影并序》《影答形》《神释》《九日闲居并序》《归田园居六首》《问来使》《游斜川并序》《示周祖谢三郎》《乞食》《游周家墓柏下》《怨诗楚调示庞主簿邓治中》《答庞参军并序》《五月旦作和戴主簿》《连雨独饮》《移居二首》《和刘柴桑》《酬刘柴桑》《和郭主簿二首》《于王抚军座送客》《别殷晋安并序》《赠羊长史并序》《岁暮和张常侍》《和胡西曹

示顾贼曹》《悲从弟仲德》。

卷三诗五言,依次录有:《始作镇军参军经曲阿》《庚子岁五月中从都还阻风二首》《辛丑岁七月赴假还江陵》《癸卯岁始春怀古田舍二首》《癸卯十二月中作与从弟敬远》《乙巳岁三月使都经钱溪》《还旧居》《戊申岁六月遇火》《己酉岁九月九日》《庚戌岁九月中于西田获早稻》《丙辰岁八月中于下潠田舍获》《饮酒二十首》《止酒》《述酒》《责子》《有会而作并序》《蜡日》《四时》。

卷四诗五言,依次录有:《拟古九首》《杂诗十一首》《咏贫士七首》《咏二疏》《咏三良》《咏荆轲》《读山海经十三首》《拟挽歌辞三首》《联句》《桃花源记并诗》,附东坡和陶诗一卷。

序　跋

章钰校记

宋本《和陶诗》四卷,半叶十行,行十六字,有目。每卷首行题"东坡先生和陶渊明诗卷第几",先列渊明作,继坡公和作,再继以子由和坡公作。聊城杨氏藏士礼居旧藏宋本《注东坡诗》卷四十一、四十二两卷,系全集有注本。此为单行无注本,书无序跋,以书中次第悉案作诗年月,与成化刻续集不同,"先君"字悉空一格、又附颍滨和作,数端揣之,疑为坡公手编之本,或子由后人所刊行者也。现藏京师图书馆,江安傅沅叔景存一本。宋本真面目致为难得,怂恿沅叔将景本开版矣。此书即据景本校读,误字注本字之侧,脱字注两字之间;宋本所无者,四匡加围;宋本原注,记明原注,免与詹注混淆;次第则记明目上,于宋本粗得大概也。此本为吾乡先生潘瘦羊博士旧藏。博士著述甚多,未尽刊刻,与先师倪听松先生交契,钰幸及奉教。身后遗书散佚,钰收得《石湖》《白石》诸集,均经手校,朱墨烂然。钰后生孤陋,窃为效颦之举,博士有知,当不以唐突遗书为罪也。癸丑十一月十六日,长洲章钰记于天津宇泰里侨寓。

詹夔锡序

客有问于余曰:"陶诗胡为而注也?诗三百篇后,惟陶篇近古,其言则布帛菽粟也,其味则太羹玄酒也,其风气则循蜚疏仡之上也,其旨趣则晴山秋水之间也。读之者一往而深,自生远悟,不必注亦无可注,而子独注之,不几向仙子以索骨,进尼光而寻泽乎?"余曰:"恶! 余何敢注哉! 忆昔乙丑岁客山左馆珍珠泉上,一泓清可日涌明珠万斛,水仍沉湛不滓,因于群诗中取陶诗一帙,汲泉烹茗,晨夕披喈,几不知诗之似水,与水之似诗否耶? 亦不知此地之水何以忽悟于昔人之诗,昔人之诗何以忽印于此地之水否耶? 更不知临水读诗之人之心,果可以相印于作诗流水之心否耶? 读久之见其谱系晦逸,岁月差讹,或有句而亡其义,或借名而异其实,纪支纪号先后不同,义熙元熙意旨迥别,伤时感悼之语,托《述酒》以为题;漫奥兀突之言,寄杂诗以自隐;咏古伤创术,岂尽平淡之思? 冥报谢主人,疑亦逢时之句。源流既失,字句混淆,余不敢妄赘一辞,止就各本中前人所笺注者,集编手录一帙,以藏行箧,越今十载矣。子静含见而喜之,因偕章子殷仲辈广搜旧本,一一参订,而付之梓。孔子曰:'述而不作,信而好古。'孟子曰:'诵其诗,读其书,不知其人,可乎?'是役也,余盖将论世而尚友也,若不知而作,则吾岂敢?"康熙甲戌年清和月西湖詹夔锡允谐氏题于白石山房。

陆弘记

诗自三百篇开其统,降而苏、李缵其绪,继至曹、刘、庾、鲍诸公肩背,颉颃昌明尼山刚定之学,然皆互有出入。未弘直追风雅遗音,独陶靖节,原本四始六义之文,通彻性命精沈之学。不事雕饰而自然成章,不用钩深而意旨玄远。清祇澹荡,高者简谈,有唐千万诗人无不以陶诗为标准,俾之三百篇星宿也。晋魏诸诗人,黄河分派之支流也。陶诗为众水之归,汇流入海,百派奔放,无不以龙门碣石为呼吸,人知诗盛于唐,而不知皆以陶诗为宗主旨哉! 东坡之言曰:"渊明作诗不多,自曹、刘、鲍、谢、李、杜诸人皆莫及也。"余少好读之弗辍,一行作吏,半为尘销,年末被放键门,筑圃宝墨堂,后垒石莳花种菊,茹百年旦,追靖节遗风。儿子渊持詹子允谐所辑《陶诗集注》一卷,晨夕对花吟咏,余因取而读之,曰:"此余凤好,今一见之,如逢故人矣。"卒读之,知世之读陶诗卒未知陶诗者也。诗传百余篇,皆忠厚和平,不烦钩索,至《述酒》一篇,奇奥尤突,不可句断,反后推考,知为零陵遇害而作。靖节生末世,怀节保身,托词自隐。一种忠愤激烈之意,溢于言表。义熙之后,谱编甲子。墓门之石,命表晋年。读其诗,论其世,而靖节之生平,概可见矣。无为子曰:"诗家之有陶渊明,犹孔门视伯夷也。"余故于读诗之际,指以示儿子渊,使知尚友古人之法,若仅外篇章目我靖节,则典诗学为河汉矣。因记之篇末以政天下。康熙甲戌清和西泠陆弘。

注 例

詹本以李公焕本为底本,但对其笺注的部分,并不是全部吸收,只是择取了少部分,对这些注往往有所删略。今录之如下,以供参考:

一、《停云》:高元之曰:"以'停云'名篇,即六义之意。"

二、《时运》:赵泉山曰:"四十无闻,斯不足畏。按晋元兴三年甲辰,刘敬宣以破桓歆功,迁建威将军、江州刺史,镇浔阳,辟靖节参其军事,时靖节年四十也。靖节当年抱经济之器,藩辅交辟,遭时不竞,将以振复宗国为己任。卒屈于戎幕佐吏,用是志不获骋,而良图弗集。明年,决策归休矣。"

三、《命子》:赵泉山曰:"靖节之父,史逸其名。惟载于陶茂麟家谱,而其行事亦无从考见。惟《命子》诗云:'于皇仁考,淡焉虚止。寄迹风云,真兹愠喜。'其父子风规盖相类。"

四、《归园田居》其三:东坡曰:"以夕露沾衣之故,而违其所愿者多矣。"

五、《问来使》"素心正如此,开径望三益":韩子苍曰:"《田园六首》,末篇乃序行役,与前五首不类,今俗本乃取江淹'种苗在东皋'为末篇,东坡亦因其误和之,陈述古本止有五首,宁以为皆非也。当如张相国本题为《杂咏六首》,江淹《杂拟诗》亦颇似之,但'开径望三益'此一句不类。"东涧曰:"'但愿桑麻成,蚕月得纺绩',则与陶公语判然矣。"《西清诗话》曰:"此节独南唐与晁文元家二本有之。"东涧曰:"此盖晚唐人因太白《感秋诗》而伪为之。"

六、《游斜川》:今作"开岁倏五日",则与序中"正月五日"语意相贯。按,辛丑岁靖节年三十七,诗云"开岁倏五十"乃义熙十年甲寅,以诗语证之。序为误。

七、《乞食》:东坡曰:"渊明得一食至,欲以宴谢主人,哀哉哀哉!此大类丐者口颊也,非独余哀之,举世莫不哀之也。饥寒常在身前,功名常在身后，二者不相待，此士之所以穷也。"

八、《于王抚军座送客》：按《年谱》，此诗宋武帝永初二年辛酉秋作也，《宋书》王弘为抚军将军、江州刺史，庾登之为西阳太守，被征还，谢瞻为豫章太守。将赴郡，王弘送至湓口，三人于此赋诗叙别，是必元休要靖节预席饯行，故《文选》载谢瞻《即席集别诗》，首章纪座间四人。

九、《怨诗楚调示庞主簿邓治中》：薛易简《正音集》云："琴之操弄约五百余名，多缘古人幽愤不得志而作也，今引子期知音事而命篇曰'怨诗楚调'，庸非度调为辞，欲被弦歌乎？"

十、《始作镇军参军经曲阿》：鹤林曰："渊明'望云惭高鸟'四句，似此胸襟，岂为外荣所点染哉！"

十一、《丙辰岁八月于下潠田舍获》：蔡宽夫曰："秦汉已前，字书未备，既多假借，而音无反切，平仄皆通用。自齐梁后，既拘以四声，又限以音韵，故士率以偶俪声病为工，文气安得不卑弱！惟渊明、韩退之时时摆脱俗拘忌，故'栖'字与'乖'字皆取其旁韵用，盖笔力自足以胜之。"

十二、《饮酒》其四：赵泉山曰："此诗讥切，殷景仁、颜延年辈附丽于宋。"

其五：蔡宽夫曰："俗本多以'见'为'望'字，若尔便有褰裳濡足之态矣，一字之误，害理如此。"

其十八：汤东涧曰："此篇托子云以自况，故以柳下惠事终之。"

其二十：东涧曰："'诸老翁'似谓汉初伏生诸人，退之所谓群儒区区修补者，刘歆《移太常书》亦可见。'不见所问津'，盖渊明自况于沮溺而叹世无孔子徒也。"

十三、《述酒》：黄山谷云："此篇有其义而无其辞，似是读异书所作，其中多不可解。"韩子苍曰："余反复之，见'山阳归下国'之句，盖用山阳公事，疑是义熙以后有所感而作也。故有'流泪抱中叹''平王去旧京'之语，渊明忠义如此。今人或谓渊明所题甲子，不必皆义熙后，此亦岂足论渊明哉！惟其高举远蹈，不受世纷，而至于躬耕乞食，其忠义亦足见矣。"赵泉山曰："此晋恭帝元熙二年也。六月十一日，宋王裕迫帝禅位，既而废帝为零陵王。明年九月，潜行弑逆，故靖节诗中引用汉献事。今推子苍意，考其退休后所作诗，类多悼国伤时感讽之语，然不欲显斥。故命篇曰《杂诗》,或托以《述酒》《饮酒》《拟古》,惟《述酒》间寓以他语,使漫奥不可指摘。今于各篇姑见其一二句警要者,余章自可以意逆也。如'豫章抗高门,重华固灵坟',此岂述酒语耶?'三季多此事''慷慨争此场''忽值山河改',其微旨端有在矣,类之《风》《雅》无愧。《谏》称靖节'道必怀邦',刘良注:怀邦者,不忘于国。故无为子曰:'诗家视渊明,犹孔门视伯夷也。'"汤东涧曰:"按晋元熙二年六月,刘裕废恭帝为零陵王。明年,以毒酒一罂授张祎,使酖王,祎自饮而卒。继又令兵人逾垣进药,王不肯饮,遂掩杀之。此诗所为作,故以《述酒》名篇。诗辞尽隐语,故观者弗省,独韩子苍以'山阳下国'一语,疑是义熙后有感而赋。余反复详考,而后知决为零陵哀诗也。昔苏子《读述史九章》曰'去之五百岁,吾犹见其人也',岂虚言哉!"

十四、《四时》:《许彦国诗话》曰:"此诗乃顾长康作,误入彭泽集。"刘斯立曰:"当是凯之用此,足成全篇。篇中惟此警策,居然可知,或虽顾作渊明,摘出四句,可谓善择矣。"

十五、《拟古》其六:汤东涧曰:"前四句兴而比,以言吾有定见,而不为谈者所眩,似谓白莲社中人也。"

十六、《杂诗》其六:按此诗,靖节年五十作也。时义熙十年甲寅初,庐山东林寺释慧远,集缁素百二十有三人,于山西岩下般若台精舍结白莲社,岁以春秋二节同寅协恭帝朝宗灵像也。及是秋七月二十八日,命刘遗民撰同誓文,以申严斯事,其间誉尤著,为当世推重者,号社中十八贤(刘遗民、张诠、雷次宗、周续之、宗炳、张野等预焉)。时秘书丞谢灵运才学为江左冠,而负才傲物,少所推挹,一见远公,遽改容致敬,因于神殿后凿二池,植白莲,以规求入社。远公察其心杂,拒之。灵运晚节疏放不检,果不克令终。中书侍郎范宁直节立朝,为权贵谮忌,出守豫章。远公移书邀入社,宁辞不至,盖未能顿委世缘也。靖节与远雅素,宁为方外交,而不愿齿社列,远公遂作诗博酒,郑重招致,竟不可诬。按,梁僧慧皎《高僧传》远公持律精苦,虽豉酒米汁及蜜水之微,且誓死不犯,乃钦靖节风概,顾我能致之者,力为之不假恤。靖节反麾而谢之,或与樵苏田父,班荆道旧,于何庸流能窥其趣哉?靖节每来社中。一日谒远公,甫及寺外,闻钟声,不觉颦容,遽命还驾。法眼禅师晚参示众云:"今夜撞钟鸣,复来有何事?若是陶渊明,攒眉却回去。"此靖节洞明心要,惟法眼特为揄扬。张商英有诗云:"虎溪回首去,陶令趣何深。"谢无逸诗云:"渊明从远公,了此一大事。下视区中贤,略不可人意。"远公居山余三十年,影不出山,迹不入俗,送宾游屦,常以虎溪为界。他日偕靖节、简寂禅观主陆修静语道,不觉过虎溪数百步,虎辄骤鸣,因相与大笑而别。石恪遂作《三笑图》,东坡赞之,李伯时《莲社图》,李元宗纪之,足标一时之风致云。

十七、《读山海经》其十:此诗坊本云"形天无千岁,猛志固常在",疑上下文义不贯,遂取《山海经》参校,云"刑天,兽名也,口中好衔干戚而舞",乃知此句是"刑天舞干戚",与下句相应,五字皆讹,以字画相近也。昔人言校书如拂几上尘,旋拂旋生,信哉!

十八、《拟挽歌辞》其三:赵泉山曰:"'严霜九月中,送我出远郊'与《自祭文》'律中无射'之月相符,知挽辞乃将逝之夕作,是以梁昭明采此辞入选,止题曰'陶渊明挽歌',而编次本集者不悟,乃题云'拟挽歌辞'。"曾端伯曰:"秦少游将亡,效渊明,自作哀挽。"王平甫亦云:"九月清霜送陶令。"此则挽辞,决非拟作,从可知矣。

十九、《桃花源诗》:此篇本集不载诗内,以有记也,余收入诗集中。

〔按语〕

一、关于詹夔锡

詹夔锡,生卒年未详,钱塘人。章昞妻弟,诸生,有《白石山房集》。康熙三十年(1691)与柴濂、沈斌、周之麟合作《湖舫宴集》①。《清波类志》中记述其故事:"詹夔锡,字先谐。父献之,素有方正名,为里中硕望。夔锡虽为诸生,有豪侠概。童时值鼎革,父挈家出郭,僦居外大父院判姚继元家,有无赖诬继元以逆,并系献之。于时夔锡方九龄,即思救父。会当事以继元枉,得雪。乱后归里。兄龙锡亦诸生,以后为民瘼起见,触怒仁和尹,尹必欲杀之。夔锡奋不顾身,力为营救,复得同学章昞挺身相协,致札都门诸当轴,得末减论戍天雄。夔锡复两蹈危机,救兄归里,得终

① 车乘轨编注:《历代雅词大观》第4册,江苏大学出版社2020年版,第2038页。

于家。"①

二、关于此本中"集注"之来源与特点

虽题名为"集注",但多采用李公焕注而稍加删汰,其自注者甚少,更无采及他注者,不知是何原因。在詹氏以前,所有诸家之注如费云甫、詹天麒、王元父、王沆之注,多散佚,没有被录入此"集注"。但是,汤汉、何孟春二氏之注,詹氏似乎也并没有看到②。詹夔锡评陶的内容,主要在其序跋中,主要"从语言平淡、诗味醇正、风气尚古、旨趣自然等几个方面来论陶诗,但其主旨还在于强调陶渊明崇尚自然的思想"③。

此本与其他以李公焕本为底本的陶集相类似的一点是,删削了李公焕本的大量注释,但是也较难看出其删削之章法。《停云并序》"樽湛新醪"作"樽酒新湛",《总论》次第亦与李公焕本不同,知其注虽采自李公焕本,而其所据实为休阳程氏翻刻本。

其自注如解"荣木"为"梧桐",为此前诸注所未及,然视古直注解"荣木"为"木堇",则古说为长。至于校刻之误,如《总论》汤文清公,"汤"误作"杨";卷三《许彦周诗话》,"周"误作"国",均沿休阳程氏本之误,未加校正。此外,《停云》诗"愿言不获","获"误作"复";《荣木》诗"慨暮不存","存"误作"均";《劝农》诗"和泽难久","泽"误作"气";《庚戌九月中于西田获早稻》诗"日入负耒还","耒"误作"米";《饮酒诗序》"辈比夜已长","比"误作"此",皆显为此刻之误,类此者尤不胜枚举也④。

卷四附载《桃花源记并诗》,注云:"此篇本集不载诗内,以有记也。余收入诗集中。"郭绍虞断定,"似为詹氏特识,不知汤汉注固已如此,故知其未见汤本也"⑤。

---

① 丁丙辑:《武林坊巷志》卷七,浙江古籍出版社 2018 年版,第 1085 页。

② 郭绍虞:《陶集考辨》,第 318 页。

③ 霍建波、李领弟:《简论詹夔锡论陶诗》,《苏州教育学院学报》2019 年第 2 期,第 16 页。

④⑤ 郭绍虞:《陶集考辨》,第 319 页。

2. 康熙三十三年刻《曹陶谢三家诗》本《陶靖节集》四卷，张潮、卓尔堪、张师孔辑，存

〔出处〕

国家图书馆、北京大学文学院图书馆等藏。

〔版本信息〕

版　式

凡四卷，半叶十一行，行二十一字，单鱼尾，细黑口。卷首书"三家诗"。陶集卷一署"张潮山来、卓尔堪子任同阅，张师孔印宣"。不避乾隆讳字。内封镌"绿荫堂发兑"。

编　次

此本题名为"陶靖节集"，凡四卷，张潮、卓尔堪、张师孔等撰，与《曹子建集》二卷、《谢康乐集》二卷合辑。

《陶靖节集》编次：卷首为昭明太子《传》、《总论》及目录（卷一至卷四）。仅收诗，卷一为四言诗，卷二至四为五言诗，不删拟作诸首。卷四联句之间有《桃花源记并诗》。不收文、《四八目》等。集中收录了部分注释，主要来自汤汉注本，如《停云》后有"高元之曰"，《时运》后有"汤东涧曰"，《荣木》后有"赵泉山曰"等，体例与李公焕《笺注陶渊明集》相似，但是也有若干注没有注明是何人所注。

序　跋

张潮《合刻曹陶谢三家诗序》

世有宜孤行者，则孤行之；有宜合并者，则合并之。以合并者而孤行，不可也；以孤行者而合并，亦不可也。如峨嵋之雪，如匡庐之瀑布，皆孤行之物也。物既有之，诗亦宜然，若子建、渊明、康乐三家之诗，自宜孤行于世，今乃取合梓之，得无近于不伦乎？予曰："不然。惟其孤行，即取孤行者而合并之，则是合并其所孤行者耳，亦何不可之有？"或者曰："诗中之有杜陵，亦孤行者，则曷不并及子美？"是又不然。子美集诗之大成，世多善本，况其诗多于三家数倍，是固不可以合并者。譬之夷、惠、伊尹，各得精

任,和之一端,尚友古人,未尝不可并论,而必不以班□孔子,此亦事理之显而易见者。今三家之诗具在,或质朴高老,或冲夷恬淡,或典丽精彩,不啻德秀之碑,可名三绝,又如善画者,取峨嵋之雪、匡庐之瀑布并绘斋壁,不诚洋洋乎大观也哉! 卓子鹿墟及家柘园以合刻三家诗,商之于予,予即怂恿授梓,而复道其可以合刻之意云。新安张潮撰。

张师孔序

宝香山人既辑遗民诗行世,复有曹、陶、谢三家之选,说者谓三家之人品、学问、才质不必相同,而诗之平奇、浓澹、浅深、疏密之间,亦各有其旨归而不相袭,然则三家乌乎选哉? 余曰:"此即三家之所以选也。宝香山人亦取其不相同、不相袭者而已。自夫后人好为拟古之诗,而拟陶、拟谢者尤多,无论难于神似,即肤似者,亦不易得。苟不正三家之位,彼恶知三家之卓然不可攀跻如是哉? 此宝香山人意也。"刻既竣,余为之左右雠校,因识数语于简端。江都张师孔序。

卓尔堪序

夫诗体自有唐始备,诗人至杜甫集大成,甫称许子建、靖节、康乐,见之诗篇者,有曰"诗看子建亲",又曰"安得思如陶谢手,令渠述作与同游",其向往倾慕如此。余与张子山来印宣体其意,辑三家之集,并汇古人评骘传序,且搜求本集遗失篇章,合而梓之。或有诘余者曰:"凡古之人合而传世者,非性情相类,即出处相同,否则文章同一机轴。此三家者,果可以合乎哉?"余曰:"五味各异其味,五音各异其音。贵能和而出之,故和美充口,韶乐盈耳。取三家而合之者,以子建之作高奇华茂,情兼怨雅;靖节之咏冲和恬淡,独写性情;康乐之吟,宏博富艳,镂刻精微。学者能和而出之,岂不同于和美韶乐乎? 虽然诗家可以祖法阐扬者,岂仅三家已哉? 而求其上继三百,下开三唐,则三家洵中流之一柱云。"宝香山人卓尔堪撰。

批 注

北京大学藏本有梅植之批点及跋。

卷末与谢灵运集合刻为一册,陶集末、谢集前有梅植之墨笔跋,后钤"梅植之印"。此跋后又有墨笔跋,内容上是对前跋观点的更正与补充,跋后钤"今字更生"。谢集《谢灵运传》后亦有梅植之墨笔跋语一段。

此本陶集有梅植之墨笔眉批,或评原诗,或批所刻原评。此外,与此本合刻之《谢灵运集》中亦有梅植之批语。以下是陶集中的批注:

刘克庄"士之生世,鲜不以荣辱得丧挠败其天真者。渊明一生(惟在彭泽八十余日)涉世故,余皆高枕北窗之日,无荣恶乎辱,无得恶乎丧。此其所以为绝唱而寡和也。二苏公则不然,方其得意也,为执政侍从;及其失意也,至下狱过岭。晚更忧患,是始有和陶之作。二公虽惓惓于渊明,未知渊明果怎可否",梅植之批云:二苏于陶学识本不相同,陶则达观于事先,苏则悔祸于事后,和陶之作既非得已,故其诗亦优孟耳。

刘克庄"四言自曹氏父子、王仲宣、陆士衡后,惟陶公最高,《停云》《荣木》等篇,殆突过建安矣。又曰四言尤难,以三百五篇在前,故也",梅植之批:诗有真义,自然各体皆工,四言、五言有何区别?凡此皆外语也。

《形影神并序》:梅植之批:三诗乃先生心学一生作用,根核全在此处。

《神释》诗题:梅植之眉批:易义。

《问来使》:梅植之批:此篇颇洁净而未精断,亦非恶诗也。

《怨诗楚调示庞主簿邓治中》:梅植之批:世人每谓渊明是澹人,饮酒赋诗外,此心一毫不动也。读此篇乃是《小雅》《离骚》,则又何解?可见饮酒、赋诗是出于不得已耳。《孟子》曰"以意逆志",又曰"颂读论世",吾将以是求之。

〔按语〕

一、关于本书的出版者张潮、卓尔堪、张师孔

张潮,一字山来,号心斋,清初文学家。新安(今安徽歙县)人。康熙初,他以岁贡担任翰林院孔目。康熙三十八年(1699)因事牵累,陷入困境。晚年事迹不可考。张潮一生著述甚丰,有《心斋诗抄》《花影词》《幽梦影》等,尤以《幽梦影》最为人称道。张潮还辑有文言短篇小说集《虞初新志》,在社会上影响较大。

卓尔堪,字子任,号鹿墟,江都人。清康熙间从征,为右军前锋。有《近青堂集》四卷,辑有《遗民诗》,卓尔堪兄弟与吕潜、吕泌兄弟为至友。康熙二十四年乙丑冬,吕潜将归蜀葬母,卓尔堪兄弟与梁佩兰、吴绮、江闿、蒋易、邵陵、黄云等友人为潜饯别,各自赋诗为念。康熙二十七年戊辰

卓尔堪兄弟还与孔尚任、宗定九、宗子发等友人送吕泌谒选北上。

张师孔,生卒年不详,江都人。

关于三人的分工,中华书局出版的《明遗民诗》在出版说明中曾提及"卓尔堪是一个有些文才的军人,……还与张潮、张师孔两人合编有一部《三家诗》(曹子建诗二卷、陶渊明诗四卷、谢康乐诗二卷)"①。经查看原书,此书系卓尔堪所辑,张潮、张师孔只是作序和参与校阅者。张师孔的序讲得很清楚:"宝香人既辑《遗民诗》行世,复有曹、陶、谢三家之选。说者谓三家之人品、学问、才质不必相同,而诗之平奇、浓淡、浅深、疏密之间亦各有其旨归,而不相袭。"

二、关于此合刻本之评价

此合刻本,深受明陶集合刻本之影响。但是,郭绍虞《陶集考辨》云:"犹可窥见明人刻书风气之影响外,殆绝无价值也。"②如此定论,过于绝对。

3. 康熙三十九年最乐堂旧本蒋薰评《陶靖节集》四卷,存

〔出处〕

国家图书馆藏,题名为"陶靖节诗集"。

〔版本信息〕

版式

版式一:题为"陶靖节诗集",共二册。乾隆二年(1737)刻。上下单边,左右双边。花口单鱼尾,乌丝界栏,半叶九行,行十九字,注文小字双行。正文天头有眉批。内陶诗四卷,附录中无《靖节诗话》与《陶诗考异》,应为最乐堂旧本。封面修补,缺蒋薰序页。天栏之上有三横格眉栏,少量眉批刻于栏内。书口上刻"陶渊明诗",部分书口下刻"贵文堂校刊"。每卷诗目之前均有"檇李蒋薰丹崖评阅　海昌婿周文焜青轮订"字样。

---

① 卓尔堪选辑:《明遗民诗》,中华书局1961年版,第1页。
② 郭绍虞:《陶集考辨》,第325页。

版式二:共四册,木刻线装。一、二册收陶诗,三册附《东坡和陶诗》,四册含《谑庵律陶诗》《子虚律陶纂》《月樵诗话》《陶诗考异》四种。康熙时蒋薰评批,周文煜于康熙二十九年(1690)编订,三十九年刊刻。上下单边,左右双边。半叶九行,行二十字。天栏之上加印横格三栏,眉批刻于格内,亦或空格,和陶、律陶有空格而无批。蒋评附于陶诗正文之后。

编 次

扉页方框三界,中隶书大字"陶渊明诗集",右"檇李蒋薰丹崖评阅",左"附东坡和陶、律陶、月樵诗话、考异、同文山房珍藏"。蒋薰行楷自序末署"康熙十二年壬子孟春";周文煜序末署"康熙庚午岁阳月海昌后学周文煜识"。再萧统《序》《传》,继《总论》,首钟嵘评,次有赵钝夔论,后有张天如和张尔公的评语。正文首刻《停云》,末《张长公》,诗外仅收《桃花源记》《归去来兮辞》及《归园田居》之江淹拟作。三、四册各种附录后均有周氏识记。

序 跋

《蒋薰评本陶渊明诗集校正》自序

蒋子薰筮仕教谕,序迁伏羌长,罢职南还,于汾州郡斋读渊明诗而叹曰:"先生初为江州祭酒,令彭泽,不屑折腰乡里儿,遂归浔阳。一官落拓,何其旷百世有相感欤!"不特此也,薰性刚才拙,与先生同嗜酒好饮,与先生同侠慕荆轲;隐羡张邴,又与先生同。但先生幸仕于前,永初、元嘉间可以不出。而薰迫部檄,劳我州县,未及先生之八十余日,辄请归田,不允。致群小见愠,蒙垢陇外,讲经马队之中,采蕨首阳之下,徒为义熙后人,惭愧先生多许矣。按先生解印绶、赋《归来》,时年四十有一,薰今六十又三,虽桑榆日暮,逝将负耒长水,耕田种豆,庶几东户余粮,不复饥驱乞食,与二三邻老作斜川之游,尚乞余年于先生乎。评次既毕,窃藏其副,以原本授于西河沈太守。太守已当白傅致政之年,期我九老会中。此帙固薰之凤驾,亦以赠策太守也。时康熙十一年壬子孟春,入塞老翁题于汾州官舍。

周文煜《陶集小引》

诗自汉魏以降,敷腴搞藻,人各擅美。至若苏平淡远,未有不首推彭泽。以元亮诗发乎性灵,不假追琢,无事绘组,其清悠隽永之致,自然而得之者。后世操觚家动辄拟陶,学平淡而出之质实,抑且流于俚俗,虽擅名当代亦所不免,况下此者乎?旨哉!姜白石有云:"渊明天资既高,趣诣又远,故其诗散而庄、澹而腴,断不容作邯郸步也。"外舅丹崖翁弱冠即长于诗,专宗杜陵六十余年,几于二万首,未常学陶。而晚年之作,往往得其神似,盖其出处、其性情有相合也。自癸卯远令羌中,不二年,因请稣民困,迕当事意,遂罢职,亦祇以耽情诗酒,被之弹章。后去羌游汾,逝将东辕,慨然追踪彭泽,赋《归去来》也。遂评骘陶集,则其手眼,虽片语只辞,深得当年南邨乐素之怀,即靖节亦喜后世有相知者。其评本久秘筒中,今春得寓目。煜不揣荒陋,缪加参订,仅剞劂以公同好云。时康熙庚午岁阳月,海昌后学周文煜谨识。

卷末苏轼《和归去来兮辞》后附周文煜识语

东坡先生壮年言论举止,每与时迕,故当日鲜有不嫉之者。迨迁儋之后,改弦易辙,师范渊明,闲情自适,此虽贤豪不得志于时者之所为,然而避嫌远祸,亦明哲保身之道也。于是追和陶诗,落落不羁,宛然五柳口吻。昔王右丞学陶,杂以禅旨;柳柳州学陶,偏于质实;韦苏州学陶,失之枯涩。总不若坡翁之展楮疾书,以自己之襟怀,写义熙之时事,怡然自得,与靖节先生后先同调也。则是《和陶诗》一卷,合之陶集,诚足炳耀千古云。康熙三十九年庚辰莫春,海昌周文煜青轮氏识。

王思任《律陶》

少贫攻举业,居长安肥锦之冲,解腹探肠,缕缕浓热。忽从友人所见靖节先生集,持向西山松风下读之,寒胎凤契,雪沿冰欢。嗣后腼颜为令,颇遭呵骂,归作蠹鱼,简先生集,朱墨犹丹,又不觉血潮之湃于首也。老坡高节万仞,文章不许人傍只字,犹时时抄写《归去来辞》。余既日述先生诗,园居之暇,偶尔咏事,或有追思,戏以先生诗作律,而即以律律先生律者,先生之所攒眉也。见此律,则必眉开十丈,笑谓是子也善盗。若老坡以为尔恒此文葆何难,则有答,譬之弈棋,得先手者便高。如鬐翁五言十首,炙《归去辞》为文脸,亦又何难矣?老坡又将佞我乎哉?会稽谑庵居士题。

附周文煜题识

汉魏六朝,诗惟古体,至李唐而律乃盛行,其间声韵,确有矩矱,不可变更。若靖节先生，寄怀高旷，放浪形骸，岂肯拘拘受人束缚者哉！当时纵有律体，必不乐于从事。会稽王季重先生，取靖节诗句，引绳刻墨，范之于律，属辞工致，意趣流丽，集成三十四首，浑无痕迹。虽使靖节复生，亦未必不怡然首肯者，因取而附镌于陶集之后。康熙庚辰夏日青轮氏书。①

集后附蒋薰自识

康熙十一年壬子孟春，入塞老翁题于汾州官舍，又此本书签记云"评阅陶渊明集"，每篇卷首记云"陶靖节诗集"。

注　例

现将其中较有特色之钟伯敬、赵钝叟和"丹崖曰"部分过录如下：

一、《停云》篇末：丹崖曰：抚醪望友，欲从舟车，促席无由，怅然抱恨。诗分四韵，情属一章。庞参军、刘柴桑而外，不多人也。刘履谓元熙禅革后，或有亲友仕于宋者，靖节赋此以讽。诗中无其意，惟"就用新好"句，盖谓他人言耳，非所指"念子实多"者。

二、《时运》题下：钟伯敬曰：游览诗，人只说得"欣"字，说不得"慨"字，合此二字，始为真旷、真远，浅人不知。

篇末：丹崖曰：序言"欣慨交心"，前二首是"欣"，后二首是"慨"。又曰：渊明处桓、刘之时，故慨同夷、叔。

三、《荣木》题下：丹崖曰：闻道何容易，况总角耶？至云"白首无成"，陶直以闻道作志学用耳。

篇后：丹崖曰：志道之言歉如，不及桓宣武暮年壮志，真老兵也。又曰：增业在不舍，不舍故日富。日富者，《易》所云"富有之谓大业，日新之谓盛德"是也。虽我怀于兹，不无内疚，此所以嗟固陋乎？或引《诗》"一醉日富"，靖节自咎其废学而乐饮。观其自挽曰"但恨在世时，饮酒不得足"，肯自咎耶？

四、《答庞参军》：丹崖曰：相见恨晚，相别恨远，眷恋依依，情溢乎词，视长沙公诗，直天渊矣。又曰：词直意婉，以其出乎自然也，杜甫云"陶谢不枝梧"，从此看来。

---

①　按，该版本有残，根据牟华林、钟桂玲《蒋薰评本〈陶渊明诗集〉校正》一书补正，该书以哈佛燕京图书馆藏本为底本，中国社会出版社 2020 年版，第 31 页。

五、《劝农》：丹崖曰：劝人读书，亦是苦事，不若就农言农，删此末章八句，尤为高老。钟伯敬以此首"倒插有力趣"，恐不然。

六、《命子》：丹崖曰：长沙公侃，前史多议其非纯臣，而此心有不可问者，陶翁为祖讳也。陶茂邻《谱》以岱为祖。按此诗云"惠和千里"，当从《晋史》以茂为祖。陶茂为武昌太守。父姿城太守，生五子，史失载。初读之，叙次雅穆，嫌其结语不称前幅，以少浑厚也。虽然，俨既渐免于孩，不好纸笔，已见无成矣，陶翁有激而言，盖不得已哉？杜子美讥之云"陶翁避俗人，未必能达道。有子贤与愚，何其挂怀抱"。如杜称"骥子好男儿"，不既以贤挂怀耶？观靖节《命子》《责子》二作，子俱不才，委之天运，可谓善自遣矣。

七、《归鸟》：钟伯敬曰：其语言之妙，往往累言说不出处，数字回翔略尽，有一种清和婉约之气在笔墨外，使人心平累消。丹崖曰：《归鸟》诗似为得新知而作也，初云"翩翩求心"，继云"虽无昔侣"，可见。

八、《形影神》：丹崖曰：影随形，形依人。形影腐幻，神为最灵。物得其理，人立其善。三皇彭祖，寿不常在。能忘喜惧，乃返自然。应尽须尽，故是无尽。

九、《归园田居六首》其一：丹崖曰：从出世后归田，与烟霞泉石人不同。譬如潜渊脱网，无二鱼也，其游泳闲促，自露惊喜。元亮以后居官为樊笼，不如八十余日作何等烦恼，尤论三十年间矣。

其三：《前汉·杨恽传》："田彼南山，芜秽不治。种一顷豆，落而为萁。人生行乐耳，须富贵何时。"谭友夏曰：高堂深居人动欲拟陶，如此境此语，非老于田亩不知。

其四：丹崖曰：塞翁羁羌十年，今寓汾州，将南还，读此颇难为情。

十、《游斜川》：丹崖曰：天气和者不必澄，风物美者不必闲。此兼言之，方是初春时候，不落二三月矣。元亮寓目会心，兴趣独别。昔人以斜川比桃花源，然桃源渔人相传为黄道真，而斜川邻曲无闻焉。据骆太傅，以落星寺似曾城，恐亦未确。序中南阜，旧注"匡庐山"，则曾城当在庐山北。

十一、《示周续之祖企谢景夷三郎》：丹崖曰：周掾续之，为浔阳三隐中人，不同祖、谢，乃应江州檀韶之命，讲《礼》城北，固有不满于元亮者。

其言"从我颍水",盖招之也。

十二、《乞食》:丹崖曰:贫士大夫失意求人,初无定见,不似油腔一辈,算计说骗,又怨望故交,耻觅新知,其相去只在讳言乞食也。

十三、《诸人共游周家墓柏下》:丹崖曰:通首言游乐,只第三句一点周墓,何等活动简便!若俗手,则下很多感慨语,自谓洒脱,翻成沾滞。

十四、《怨诗楚调示庞主簿邓治中》:丹崖曰:公年五十余作此诗,追念前此,饥寒坎坷,发为悲歌,惟庞、邓如钟期可与知己道也。身后之名,自量终不容没,然亦何救于目前哉!嗟嗟!天道幽远,鬼神茫昧,能无怨否耶?

十五、《五月旦作和戴主簿》:丹崖曰:人能不以夷险为宏隆,便是登峰造极。

十六、《移居二首》其一:丹崖曰:读"疑义相析",知渊明非不求解,不求甚解以穿凿耳,若好奇附会,此杨子云徒自苦,便失欣赏兴趣。

其二:钟伯敬曰:衣食不足,无以作乐,二语又映"农务各自归"句,尤有情。丹崖曰:饮酒务农,往还无期,闲适若此,可谓不虚佳日。

十七、《和刘柴桑》:丹崖曰:酬、和刘柴桑二诗,情真趣适,虽寄世中,却游人外。浔阳三隐,如遗民乃知己,非周续之可比也。

十八、《酬刘柴桑》:丹崖曰:前和刘诗云"未忍索居",已辞白莲社列矣。此诗只说自己穷愁行乐,绝无酬答语,故知陶、刘相契在形迹外。

十九、《和郭主簿二首》:丹崖曰:二诗前自述,言闲业之乐;后怀人,动衔筋之思。和言不独酬答,亦有次第。

二十、《与殷晋安别》:丹崖曰:真相知不在久远从,亦不在同出处,更不在期后会,何等雅契,何等旷远。观元亮《别殷晋安》诗,觉临期执袂为烦。虽然,语默殊势,毕竟道不同也。

二十一、《赠羊长史》:丹崖曰:是年刘裕平关中,故羊长史松龄使秦川。越三年,裕受晋禅矣。先生念黄、虞,而谢绮、角,乃致慨于晋宋之间也,斯为"言尽意不舒"乎?

二十二、《岁暮和张常侍》:丹崖曰:老去增感,达人不免,况愁苦憔悴耶?明知化迁,又复慨然,表里之言,故自无欺。

二十三、卷三题下、《始作镇军参军经曲阿》前:丹崖曰:按今集但有甲子，而无年号，如少游鲁直之言，或另有别本，未可知也。

二十四、《辛丑岁七月赴假还江陵夜行涂口》：丹崖曰：篇中澹然恬退，不露怨激，较之楚骚，有静躁之分。

二十五、《癸卯岁始春怀古田舍二首》其一：钟伯敬曰：幽生于朴，清出于老，高本于厚，逸原于细，读此等当作自得之。丹崖曰：此等田舍翁非近今可得，若能领略，便作高士。

二十六、《癸卯岁十二月中作与从弟敬远》：丹崖曰：于无可悦时读书遣闷，故是巧于用拙。

二十七、《还旧居》：丹崖曰：六载之中，邑屋非而邻老亡，不惟悲人，能无念我！一觞可挥，万事尽慵矣。

二十八、《戊申岁六月中遇火》：丹崖曰：他人遇此变，都作牢骚愁苦语。先生不着一笔，末仅仰想东户，意在言外，此真能灵府独闲者。

二十九、《庚戌岁九月中于西田获早稻》：谭友夏曰：每读陶公真实本分语，觉不事生产人反是俗根未脱，故作清态。丹崖曰：农圃乃小人事，须知沮溺耦耕，亦非得已，先生西田之作，语意自见，故不同田家乐也。

三十、《丙辰岁八月中于下潠田舍获》：钟伯敬曰：陶公山水朋友诗文之乐，即从田园耕凿中一段，忧勤讨出，不别作旷达，所以为真旷达也。

三十一、《饮酒二十首》序后：谭友夏曰：妙在题是《饮酒》，只当《感遇诗》《杂诗》，所以为远。丹崖曰：饮虽不豪，能于寂寞中有此闲适，真是韵事，反觉竹林诸贤不免落俗。

其一：丹崖曰：人谓塞翁嗜酒，不知情事，正复尔尔，前古后来旷然相感。

其二：丹崖曰：身后名不如一杯酒，请问所传何事，渊明之言较荣公三乐又添蛇足，然西山夷叔能无以暴易暴之感乎？固穷立节，盖有谓也。

其三：丹崖曰：年不待人，道丧何成。此时不饮，更为可惜。

其四：丹崖曰：失群之鸟，托身孤松。先生借以自比，不似殷景仁、颜延年辈草草附宋，若劲风无荣木也。

其五：丹崖曰：此心高旷，与会自真，诗到佳处，只是语尽意不尽。若张无垢谓渊明"亩亩不忘君"之意似南山作，此语恐不然。

其六：丹崖曰：先生知是非者也，虽为雷同人语，晋宋之交，能无咄咄。

其九：丹崖曰：此田父犹俗见耳，其至诚可取，惜不与延年、景仁同传名。

其十：丹崖曰：饥驱名计，他人所讳，先生俱自言之妙妙。一说"名计"恐当作"久计"，不然是虑营饱，失名何如，勿为饥驱也。

其十四：丹崖曰：酒中深味，全在知己，真率方信，淳于一石，不及故人壶觞也。

其十六：丹崖曰：观后篇意，多所耻终归田里，公年近四十而去官也，故云向不惑，遂无成。又曰：固穷是诗人本意，末思孟公，当为冷落中乏，投辖人耳。

其十七：丹崖曰：幽兰不久开，清风不常吹，世人少觉悟，徒为失路悲。

其十八：丹崖曰：不肯言伐国，隐然以刘宋比新莽，盖难言之矣。

其二十：钟伯敬曰：《庄子》一部书，嘲谑圣贤，不如此立言渊妙。觉孔子一生述作周流，只是弥缝使淳。"弥缝"二字，他人不敢下，亦不能下。

三十二、《止酒》：丹崖曰：初言酒不能止，继言止酒可仙想，是偶然乏酒作此游戏言，故曰"今朝真止"。

三十三、《述酒》：丹崖曰：此篇虽黄山谷谓中多不可解，然题名《述酒》，是以饮酒时述往事以寄慨，偶略言酒也。其中"山阳""平王"等语，信如韩子苍所云，感义熙以后事若王子朱公，乃渊明流泪抱叹，自恐年命不永，故欲固天容而跻彭铿，不以殇子为寿耳。

三十四、《责子》：丹崖曰：竹林七贤惟伶子无闻，余窃以为恨。先生五男儿皆不好学，天也，岂嗜酒失训哉！黄山谷谓是渊明戏谑言，非诸子真不肖，乃懒惰，不识六七人，我弗能为父，讳子也。

三十五、《有会而作》：丹崖曰：弱年至老，常逢饥乏，陶公定有几番穷时，到此而有会者，能师固穷也。

三十六、《拟古九首》其一：丹崖曰：意气之交，未有不凶终隙末者，若朱文季、范巨卿辈，只是忠厚过人耳。

其三：丹崖曰：陶庐之燕，似胜翟门之雀，我许其不忘旧也。

其四：丹崖曰：羊叔子登岘山，俯仰古今，不失英雄本色；于齐景牛山、魏武西陵，真可怜伤。先生胸襟眼界，故在百尺楼上。

其五：丹崖曰：伊何人哉？其孙登之流耶？是神仙而无铅永气者！

其六：丹崖曰：稷下之士，乃趋炎热不耐霜雪者也，此诗想为终南北山人而作。

其七：丹崖曰：酣歌场中，忽然猛省，惟子房能从赤松游耳。

其八：丹崖曰：不为易水荆轲，便作首阳夷齐，此渊明抚剑行游，初意伯牙庄周，其退步也。

三十七、《杂诗十二首》题下：丹崖曰：《杂诗十二首》，前七篇皆是岁月不待人意，"代耕"以后却有谋生羁役之感，至末"袅袅"六句，恐非《杂诗》，或《拟古》之十亦缺落不全者。

其三：丹崖曰：今昔之感，语意吞吐，何必泥定兴亡如汤注也！

其四：丹崖曰：乱世得此，实为侥幸，安用空名舍我真乐！

其五：丹崖曰：不到老年无此阅历真实语，然少壮人往往所不乐闻，次章便一直接去。

篇后：黄骰庵曰：十一首中愁叹万端，第八首专叹贫困，余慨叹老大，屡复不休悲愤等，于楚词用复之法亦同之。

三十八、《咏贫士》七首篇后：黄骰庵曰：贫士多列古人，初首叹今世之无知音，后六首追古人之有同调，层层说难堪，然后以坚骨静力胜之，道出安贫中勉强下手工夫，不浪说高话，以故笔能深入。又曰：其引阮公子廉，尤有深致。二人视草野贫士不得不安贫者不同，乃处膏辞润，矢志守困，真无往而不得贫矣。

三十九、《咏二疏》：丹崖曰：宦成归里不过是知足知止，若散金置酒不为子孙立产，趣字从此看出。又曰："问金"二句初不易解，按或劝广以金遗子孙，广曰："贤而多财，则损其志；愚而多财，则益其愚。"先生诗意盖谓广若问金，终是寄心如此，清言以晓，故老之未悟。

四十、《咏荆轲》：丹崖曰：摹写荆卿出燕入秦，悲壮淋漓。知浔阳之隐，未常无意奇功，奈不逢会耳。先生心事逼露于此。

四十一、《读山海经十三首》题下：丹崖曰：首篇言兴会所至，览传观图为后十二首之网，直是一段小引，以下七首竟是游仙诗，夸父而后五首杂引刑天巨猾以喻共鲧，言恃力为恶，不可入仙也，虽使《山海经》事恰合，首篇"俯仰宇宙"为此寓言。

其十：鲁弦曰：余尝评陶公诗，语造平谈而寓意深远，外若枯槁，中实敷腴,真诗人之冠冕也。平生酷爱此作,每以世无善本为恨,因《山海经》诗云"形天无千岁,猛志固常在",疑上下文义不相贯,遂取《山海经》参校,经中有云"刑天,兽名也,口中好衔干戚而舞",乃知此句是"刑天舞干戚",故与"猛志固常在"相应,五字皆讹,盖字书相近,无足怪者。因思宋宣献言"校书如拂几上尘,旋拂旋生",岂欺我哉!

篇后:黄皶庵曰:十三首中初首总冒,末为总结,余皆分咏事物,超然作俗外之想,兴古帝之思,盖从晋室所由式微之故,引援故实以寄慨,世非侈异闻也。

〔按语〕

一、关于蒋薰

蒋薰,字闻大,号丹崖,海宁人,崇祯举人,入清官伏羌知县。有《留素堂集》。康熙年间,此本由其婿周文煜发行①。

二、关于蒋注本之前人评价

桥川时雄概括了此本的版本情况:扉页方框三界,中隶书大字"陶渊明诗集",右上"东坡和诗附后",右下"最乐堂梓",天头自右至左"乾隆二年新镌"。次蒋序,次周隶书大字"小引",引题行下有长条篆刻"縠采斋"黑印散章一方。每卷正文前有上下二行,分刻"檇李蒋薰丹崖评阅""海昌婿周文煜青轮订"。《四时》有目,注云"删"。天头有少量眉批,蒋评附诗后,四周单边,乌丝界栏,半叶九行,行十九字,花口单鱼尾,注文小字双行列于格界内。在这段文字之后,桥川时雄对此本的评价是:"编幅之间,颇极繁详。惟其十之八九,皆罗列空语,盖游戏文字耳。"②

郭绍虞的评价是:"通观该本,蒋本除李公焕注外,兼采张自烈、黄文焕及钟、谭《诗归》之评,亦近汇集性质,自评殊无足取。惟卷首总论所采似较前此诸家为多。蒋注在吴瞻泰汇注之前,陶澍集注所录《诸家评陶汇集》,先吴后蒋,本已不当,然蒋本所引钟伯敬、赵钝叟二氏之说,且为汇注所未及,亦足见蒋氏所辑互有短长。……蒋氏似未之见也。其附辑三种,皆出其婿周文煜所辑。……又案蒋本虽不佳,而流传甚广,其后有乾隆最

---

①②　桥川时雄:《陶集版本源流考》,第三十四页 b 面。

乐堂刊本。今所见同文山房刊本,末更附胡月樵《考异》及《诗话》二种,显出坊贾增窜,非其旧矣。"①

桥川时雄与郭绍虞对蒋注本评价都不高,总体上都认为是汇集他家之注而成,没有新意。

三、关于蒋注本的新理解

蒋注本之评语,内容浅近。虽然在发掘诗义方面,鲜有突出之创新点,但是亦自成一家,反映了自明代到清代,注解陶集时对易代之义的淡化,而将《陶渊明集》从有政治意味的别集还原为以诗旨为首要之义的诗集。这一点非常重要,不可不察。

4. 康熙四十四年程崟刻吴瞻泰注本《陶诗汇注》四卷,存

〔出处〕

此本较为常见,今国家图书馆、北京大学图书馆等有藏。

〔版本信息〕

版 式

题为"陶诗汇注",正集四卷,以李公焕笺注本为底本。

编 次

卷首有宋荦序、吴瞻泰自序,目录及凡例,又有昭明太子《陶传》(有吴瞻泰注)、吴仁杰《靖节年谱》,王质《栗里年谱》,删去《归园田居》、江淹拟作《问来使》、《四时》三首,《桃花源诗》置于卷四《联句》之前,卷末附《读史述九章》。

序 跋

宋荦序

世徒见陶征士渊明读书不求甚解,遂于书中一切疑义略而不求,析此大惑也。征士读书非不解也,要以解解之,以不解解之,不求其甚焉,斯已

---

① 郭绍虞:《陶集考辨》,第316—317页。

耳。甚之为言太过也，犹仲尼不为已甚之，甚明乎斯旨，则于读陶诗也，思过半矣。诸家论征士诗者寔繁有徒，惟苏、黄、杨、陆之说得其解，学者可览而知焉。惟是陶诗题甲子一事为后世未决之，疑是何也。观集中始庚子迄丙辰凡十七年，皆晋安帝时所作，初不闻题隆安、元兴、义熙之号，若《九日闲居》诗有云"空视时运倾"，《拟古》第九章有云"忽值山河改"，此为宋受晋禅后作无疑。不知何故反不书以甲子耶，善乎。吾家景濂学士之言曰，其说盖起于沈约《宋书》之误，而李延寿著《南史》、五臣注《文选》皆因之。乌乎！渊明之清节，其亦待书甲子而始见耶。此真解人可决疑矣。后之学者正不必于此处索解，解且求其甚也。新安吴子东岩，喜读陶诗，常辑诸家注，衷以已说，劚为四卷，要皆解其所当解，而不解其所不必解，予以其有合于征士不求甚解之旨而赏之。盖自裴松之注《三国》、刘孝标注《世说》、郦道元注《水经注》，世称三奇注，他如杜弼注《老子》、何偃注《庄子逍遥篇》，亦皆有闻于时，大都性好其书，则益求解耳，如司马膺之好读《太玄经》，因注《蜀都赋》，每云"我欲与扬子云周旋"。今观东岩斯注也，殆欲与五柳先生相周旋也者。尚友古人，乐共晨夕，其亦征士所期之素心人也与。东岩注成将梓，行请予序，遂书诸简首。康熙甲申午日商丘宋荦撰。

吴瞻泰序

古诗自汉而下，定以靖节为宗，其词旨冲澹，弥朴弥旨，真所谓"清水出芙蓉，天然去雕饰"者也。后人穷搜心力，犹不免刺口菱芡，柳子厚、韦苏州、白香山、苏子瞻皆善学陶，刻意仿佛，而气韵终不似扪虱子。谓子厚语近而气不近，乐天学近而语不近，东坡和陶百余篇，亦微伤巧，盖皆难近自然也。而或以为知道，或以为逃名，至举以为隐逸诗人之宗，则尤非知陶诗者。靖节自以先世宰辅，遭世末流，托讽夷齐荆轲，寄怀绮角，绝非沉冥无意于世者比也。后人顾惑于休文宋书甲子之误，遂欲句栉字比，以为讥切寄奴，抑又泥矣。昔黄鹤、鲁訔注杜，年经月纬，几于浣花诗史，竟作新书，唐书识者讥焉，而至不善者，莫如李善辈之注《文选》，不惟训诂俗习，重沓牵复，而雕伤诗旨，改窜经籍，翻使作者，命意半失于述者之明，可叹已。余故与程君偕柳有删补昭明选诗注一书，窃欲一正其讹，尚未卒业，而陶诗则少从先君子授读，三十年未脱手，凡见有片言即笔之，既而屡削其稿,今所存者,什之二三而已。繁而杂,不若简而真。况靖节本无意于雕饰其诗,而后人乃敢于雕饰其注耶? 瞻泰不才,识卑而见鲜,安徒窥靖节藩篱,唯性之所嗜,强为索解,绵津宋中丞以为有合于靖节之旨,为序以传,余滋惧,已而门人程生鉴请曰:"方今圣学休明,诗坛鼓吹,海内词人注杜、注韩、注白、注苏,标新斗丽,熠耀缥缃,而独无注陶善本行世,岂真谓清庙明堂之音,不俪伯牙之琴、苏门之啸耶?"余以其有激于钟记室《诗品》之言,爰授而梓之,康熙乙酉春日新安吴瞻泰撰。

凡例

北齐阳仆射休之《序录》云:陶集一本八卷无序,一本六卷并序目,编比颠乱,兼复缺少。梁萧统所撰八卷合序目、传、诔而少《五孝传》《四八目》,然编录有体,次第可寻。今录统所阙并序目等合为一帙十卷。此阳本与萧本并传为陶集所由始。《隋·经籍志》"潜集九卷"、《唐·艺文志》"潜集五卷",所载互异。《文献通考》称吴氏西斋目有潜集十卷,疑即休之本也,休之本出宋丞相庠家,虎丘寺僧思悦云:永嘉周仲章太守家藏宋丞相刊定之本,于疑阙处甚有所补,憾此本今不传也。思悦采拾众本,重定为十卷,刻于治平三年,世所传宋椠即此本耳。明何燕泉孟春、张洁生尔躬二本,皆祖之何注,较详,讹缺亦不少。而诗注四卷单行,则始自宋番阳汤文清汉,世所引东涧者也。又元刘坦之履《选诗补注》中,笺陶至数十首,虽非专本,亦可观。明黄维章文焕有《陶诗析义》四卷,皆笺己见,多所发明,是编专录其诗祖于汤、黄,而实举陶之所长,不为略也。

宋时河南吴斗南仁杰有《靖节年谱》一卷、张季长缜辨证、杂记、群贤论靖节语,所谓蜀本也。世所传陶集皆亡年谱,余友汪西亭立名录以见贻,后程偕柳元愈又以宋王质所撰《绍陶录》年谱相证,互有发明,今并著之简端。

陶诗次序紊乱,自阳仆射时已然,吴斗南年谱亦或失实,如《辛丑岁游斜川》诗首有"开岁倏五日"句,俗本讹为"五十",年谱便改"辛丑"为"辛酉"以实之,与诗序迥不合,未免以词害志。至四言五言,卷帙既分,前后倒置,今亦不敢妄更,悉遵旧本,观者自能会之。唯《桃源诗》本在记内,今并《读史述九章》附于四卷之末。

陶诗纪甲子之说始于《宋书》,而《文选》因之,黄鲁直、秦少游皆惑其说，治平中虎丘僧思悦始辨其非，而蔡采之《碧湖杂记》，犹曲为之说，以为元兴以后，刘裕秉政，名虽为晋，已有革代之基，故渊明所题皆书甲子，以此论渊明更非本怀。夫国犹其国，而预拟二十年后之兴亡，以标异其诗题，岂臣子之所忍言哉？但其一腔忠愤，亦时流露于意，言之表，凡有显指易代者，始为标出，其余若刘坦之、黄维章之说，非不创新，罔敢阑入。

世所传陶集，镂版既讹，相沿日久，如《咏三良》序"康公从乱命"而曰"治命"；《读山海经》十章，"同物既有虑"而曰"无虑"，"念彼怀王世"而曰"怀生世"，一字之误，害理为甚。今从黄本改之，其余字句互异者，两存句下。

《田园诗》陈述古本止五首，俗取江淹"种苗在东皋"为卒章，即《醴陵集》拟古诗三十首之一，盖文通拟陶者也，《遁斋闲览》已辨其误。《问来使》一首亦传为江文通作，《西清诗话》谓此章独南康与晁文元家二本有之，汤文清以为晚唐人所作，郎瑛《七修类稿》谓是宋苏子美诗混入陶集。《四时》一章为顾长康诗，载《许彦周诗话》，今并删之，从厥旧也。

题下小序必作者自题，其命篇之意方得，书并序二字，近人注诗或指前人之所注以为序，殊失作者词气，余删补。昭明选诗辑注如此类者甚夥，悉改置小字从注例也，是集如《蜡日》《二疏》《三良》皆非序体，其为旧注无疑，今改从注。

陶集旧无详注，黄本不摭故实，悉抒己意，虽详无训诂气，为今之善本，唯牵合易代事太多，未免微凿集中，取其说者什之三四。今于旧本所有者曰，原注诸家著论，署某人征引典故标其书。唐宋以来诗话专于某篇发明者注篇下，其余泛论悉置卷末，各以类从，不专以时代次第，览者详之。其言涉荒诞、失靖节诗旨者从削，《苕溪渔隐丛话》中或论和陶之作于陶诗无涉者，亦不录。

瞻泰少嗜陶，以案头俗本讹误，间有考正，征引笺之纸尾。后得汤东涧、刘坦之、何燕泉、黄维章诸本，渐次加详，而吾友汪于鼎洪度、王名友棠各有笺注，亦折衷采录。宋中丞商丘先生见而悦之，为序，以行适秀水；朱检讨竹垞先生来广陵，以疑往质，因出示其所弆钞本诗话，广所未备；又泰州沈兴之默、同邑洪去芜嘉植、汪文冶洋度、程偕柳元愈、余叔绮园菼、弟卫狩瞻淇，商榷驳正，裨益良多，门人程夔震鋆笃志好古，日夕手录吟讽，亦间抒所见。雠校既清,代付剞劂,故略述其缘起如此。

《四库全书总目》卷一百七十四"《陶诗汇注》四卷提要"

国朝吴瞻泰撰,瞻泰字东岩,歙县人,是编成于康熙乙酉。首卷载宋吴仁杰、王质二家年谱,末卷附诗话百余条,其诗注则采宋汤汉、元刘履、明何孟春、张尔躬、黄文焕诸家之说。履未尝注陶诗,盖自其《文选补遗》摭出也。其中如辨《辛丑岁游斜川诗》之"开岁倏五日",亦仍旧注,未为特解。辨《读山海经》诗之"形夭无千岁"句,则持疑于曾季狸、周必大二家之说,不能遽断。案精卫本属衔冤,故借以寓忠臣志士之报复,若刑天争帝不成,本属乱贼,化形而舞,仍为妖魄,正可为卓莽之流,逆常干纪之比。《山海经》之文,班班可考,潜何取而反尚其猛志耶?瞻泰不考其本,而徒争于字形疑似之间,未为得也。又《赠长沙公族祖》一首,吴仁杰、张缵往复考证,终与世系不合。惟杨时伟所订陶集,谓序首"长沙公于余为族"当读一句,"祖同出大司马"当读一句。其题中"族祖"二字,乃后人误读序文祖字为句,因而妄增诗题,其说颇确,而瞻泰不引,岂偶未见其本乎?集中《归田园诗》末首,据《遁斋闲览》定为江淹诗,有《文选》可证。《问来使》诗题一首,据《七修类稿》定为苏舜钦诗,有《苏子美集》可证。其《四时》一章,但据许顗《彦周诗话》定为顾恺之诗,而恺之诗于古书,别无所见,似尚当存疑,未可遽删也。《读史述九章》,旧本不入诗集,瞻泰以其为四言韵语,移于卷末。然画扇诸赞亦四言韵语,何独舍彼取此乎?①

《论陶》

渊明非隐逸流也,其忠君爱国,忧愁感愤,不能自已。间发于诗,而词句温厚和平,不激不随,深得《三百篇》遗意。或触目兴怀,或因时致慨,或寓言,或正写,或全首寄托,或片言感发。其一段无可如何心事,第托之饮酒、学仙、躬耕,聊以自遣耳。若以《饮酒》诗便作饮酒读,《读山海经》诗便作《山海经》读,《田舍》诗便作田舍翁读,所谓"作诗必此诗,便知非诗人"矣。然此第言其命意大概,若必沾沾以某句为指某人,某首为指某事,支离穿凿,失之又远。况当桓灵宝以后,迄刘寄奴受禅,几廿年,虽国是日非,而玉步未改,隐忧寄意,时时有之,岂可遽牵合易代事耶!

---

① 永瑢等:《四库全书总目》卷一百七十四集部二十七,第1531页。

《停云》《时运》《荣木》三篇,人指为悲愤之作,虽箕子以狡童喻君,夷叔以黄农致慨,安在怀良朋、怀黄唐有以异哉! 但前二篇神闲气静,颇自怡悦,绝无悲愤之意。即日憾日慨,亦不过思友春游,即事兴怀耳,如指为求同心、商匡扶、殊属枝节。脂车策骥,正欲勉力依道耳,敦善耳,"孰敢不至"正与"业不增旧"对照,亦不必牵合时事也。

《劝农》六章节节相生,第三章言虞夏商周熙熙之世,士女皆农;第四章言叔季即贤达,亦隐于农,矧众庶而可游手乎? 第五章正言劝农;第六章反言劝农,章法好绝。

《归鸟》言志也,"矰缴奚施"具见逸然高蹈,明哲保身,一生出处学问。

《形赠影》首四句言天地山川,长存不改,草木常物,故尔荣悴,人为最灵,胡为亦同草木而不能如天地山川乎? 草木与人对照,"得常理"与"最灵知"对照。"兹"字指天地山川,"适见在世中"以下,形极陈其苦也。"我无腾化术,必尔不复疑",形以不能长存翻怨到影,想头奇绝。结言不能腾化,不如饮酒,乃无聊之极思。

《影答形》首四句言我岂不愿腾化以游昆华,但存生不能卫生,又拙兹道,遂绝耳,正自引咎。"与子相遇来"以下,影极陈其苦也。"立善有遗爱,胡为不自竭",影又以身后名翻责到形,谓生虽不能存,名尚可久传也。故末答其饮酒不足取,句句相对。

《神释》首四句神自谓也,"与君虽异物"四句,言与形影相依,故为两释。"三皇大圣人"六句言腾化不能、立善无益,作总释。"日醉或能忘"四句抑扬其词作分释,"甚念伤吾生"结住形影,"正宜委运去"出己意,起下"纵浪大化中"四句,正写己意也。

《连雨独饮》所云"运生会归尽",致慨甚深,故无端欲学仙,无端独饮酒,皆无聊之极思,托兴于此。

《与殷晋安别》深情厚道,绝无讥讽意。"良才不隐世",并不以殷之出为卑;"江湖多贱贫",亦不以己之处为高,各行其志,正应"语默自殊势"句,真所谓"肆志无污隆"也。

《赠羊长史》"紫芝""深谷""驷马""贫贱"四句皆采四皓歌中语,"清谣"正指此歌也,《结心曲》谓此歌实获我心也,乃人乖运疏,异代兴怀,意何能舒哉! 盖公此时尚未隐,思以绮、角自况耳。

《岁暮和张常侍》"岁暮"二字便有意因时起兴,易代之悲不言自喻矣。前后皆极悲愤,而中以阙酒为不乐,以化迁为靡虑,正以掩其悲愤之迹。

《阻风规林》"计日望旧居"写尽客子情态,前四句皆志喜,后皆叹也,路曲景限,江山又险,已为可叹,乃风又负我,水又穷我,远则高莽绵邈,近则夏木蔽亏,百里非遥,瞻望弗及,与前"计日"殊相左矣,能不永叹?

《怀古田舍》二首气脉相连,起句"在昔闻南亩,当年竟未践",曰"在昔",曰"当年",便是怀古矣。闻"南亩",便伏荷蓧、沮溺一流人,"竟未践",便伏孔颜之徒,言有此两种人也。二句系二首冒子。"屡空"句紧承"未践","春兴"以下承首句意自序,而引植杖古田舍翁以自况,作一顿。结语"即理愧通识,所保讵乃浅",乃一开一阖,若曰颜、孔之徒乃通识者,若以荷蓧、沮溺对之,即使此理有愧,然而耕凿中所保岂浅哉?故次首紧接"先师""忧道",所谓通识者,我愧不能逮,"瞻望"以下,皆言耕凿所保也。

《西田获稻》《下潠田舍获》二首,以沮溺、荷蓧自况,曰"田家岂不苦",曰"四体诚乃疲",曰"不言春作苦",足知公非田舍翁也,明哲保身,有托而逃,"庶无异患干"耳,此公一生学问也。

《饮酒廿首》起曰"日夕欢相持",结曰"君当恕醉人",遥作章法,而中或言酒,或不言饮酒,谓之首首言饮酒可,谓之非言饮酒亦可。自序云辞无诠次,不过醉后述怀,偶得辄题耳,不得太执着也。如必以《饮酒》为专言饮酒,则《述酒》亦止谓之述酒乎?开口便引"召生""东陵"以自况,明明说"代谢",讵云饮酒乎哉!第二首"积善云有报,夷叔在西山"作一开言,天道若不可问,"善恶苟不应"二句作一阖,又深于自信,故结言固穷百世可传,夷叔即在西山,亦复何碍,天之报施,正不爽也,翻用太史公意。

第五首"采菊东篱下,悠然见南山",以"见"字为妙,改一"望"字,神气索然,固已。但王厚之云,白乐天"时倾一尊酒,坐望东南山",谓为流俗之失,此却不然。如渊明采菊之次,原无意于山,乃忽见山,所以为妙。若对山饮酒,何不可云"望"而必云"见"耶?且如若言,剿说雷同,有何妙处?

第六首"行止千万端","行止"即出处也,"谁知非与是",人不能审出处耳。"是非苟相形,雷同共誉毁",不知是非,徒随声附和,共毁誉耳。"三李多此事",言三季以来皆如此,此事即不知是非、雷同毁誉之事,此等皆咄咄可怪之俗人，若达士如黄、绮辈，定不尔也。

第九首"深感父老言"以下，"纡辔诚可学"作一开，"违己讵非迷"作一阖，"且共欢此饮"再一开，"吾驾不可回"再一阖，抑扬尽致。

《述酒》起六句乃感时物之变，托以起兴，《三百篇》多此法。"重离"不过言日，谓日行南陆耳。乃曰以"黎"为"离"，故讹其字以相乱；又曰"离"，午也，重黎典午再造也，语太穿凿。"诸梁董师旅"八句，"诸梁"，沈诸梁，"芈胜"，白公也；"山阳"，汉献帝废为山阳公；"安乐"，刘后主废为安乐公也。"诸梁"二句谓楚惠王之变，赖贤臣而诛乱贼也。"山阳"四句，谓汉及蜀竟至灭亡也。"平王"二句谓平王东迁尚存，而伤东晋之没也，引古证今语，虽隐而意甚明。"王子爱清吹"四句，谓王子、朱公弃国家而学仙，得以永存也，故总结云"天容自永固，彭殇非等伦"，言学仙如王子、朱公，"天容自永固"如彭，若山阳、安乐遭篡弑如殇，彭与殇岂等伦哉！由是言之帝王不如学仙，学仙之说有"生生世世不愿生帝王家"意，皆极悲愤之词，其间不可解处，或当日有所指，或用隐僻事，不必强之为解，会其大意可耳。据愚见，觉章法文气，俱可贯穿。

《有会而作》，观其序意，盖托言无岁以致慨，非真为长饥也，故题曰"有会而作"。

《拟古》第七首"日暮天无云，春风扇微和"二句，因时起兴，"云间月""叶中花"，即物起兴，借美人以立言，又比体也。

第八首，忠君报国之念，隐然发露，绝非隐逸忘世者。盖少时抚剑，行游边塞，无非欲访西山之义士、易水之剑客，此我所欲相知者，而不可得见，唯见伯牙、庄周两坟，伯牙因钟子死而绝弦，庄周因惠子死而深瞑，悲无知己也。今夷齐、荆轲之徒，既难再得，是无知己矣。吾虽游行，何所求哉！此士即指夷齐、荆轲也，伯牙、庄周为知己作喻，"吾行欲何求"正应"抚剑行游"起结相呼应，上下一气。后《咏荆轲》一首写得异样出色，结云"其人虽已殁，千古有余情"，渊明志趣，从可知矣。

第九首"种桑长江边"乃托物以兴山河改耳。维章谓：恭帝立是三年，不能防刘，终以受制，太执着。

《杂诗》第二首"白日沦西河，素月出东岭"，因时起叹；"日月掷人去"正应此，"掷人去"正西方沦而东已出之意，所以"悲凄""终晓"也。

《咏贫士》第一首写明正意，第二首极写饥寒，结言何以致此，未免有愠，作一开；赖有前贤，以慰吾怀，作一阖。又以古贤起下诸人。末首结句作一大结，与第二首结句对照，"邈哉前修"，赖古多此贤也；"谁云固穷难"，足以慰吾怀矣。七首一气。

"万族各有托"八句，首以万族喻世人有托，以孤云喻己无依。次以"众鸟"喻世人巧捷，以"出林翮"喻己守拙，再开再阖，抑扬尽致。然后正写四句，究竟仍是喻言，盖正意在易代无君，故无所依而甘守拙，乃托词知音不存，何其浑厚。"已矣何所悲"，正深于悲也，若曰知音既不存，"已矣"无复望矣，何以悲为？

《读山海经》首章"俯仰终宇宙"，乃上下古今，为十三章眼目。人能具此胸怀，具此眼光，方许读《山海经》，方许读《读山海经诗》。

第一首初写良辰，次写好友，以陪起异书。试想处此景界，其乐何如！结出一"乐"字，是一首眼目。

自第二首至第八首，皆言仙事，欲求出尘，遂我避世。正悲愤无聊之极，非真欲学仙也。

第六首"神景一登天，何幽不见烛"，"见睨日消"四字，堪为此注脚，夔震谓"良辰讵可待"二语，显然易代之悲，信然。吾于此二语亦云。盖"神景一登天"，犹有冀也；"良辰讵可待"，无复望也，二首正可参看。

第十一首"巨猾肆威暴"二句，言驱、鼓贰负之履恶。"窫窳"二句悲窫窳、祖江之长枯，故接云为恶者天鉴不远，窫窳、祖江固长枯矣，而驱鼓亦化为异物，岂足恃哉！正深叹巨猾之徒，恶而终受诛夷，其垂戒深矣。

第十二首"鹈鹕见"则"国有放士"，此经语也。因读此，忽忆怀王时得无此鸟数见乎？设想奇绝。鹈鹕见则迷而放士，青丘鸟见则不惑，正两相对照。结言此乃本迷者耳，若君子亦何待于鸟哉？又翻进一层。

第十三首从十二首生出，重华乃千古不惑之君子，故能用才去谗；姜公反是，遂至饥渴无及，以终上章之意。案，此数首皆寓篡弑之事。

《桃花源》"嬴氏乱天纪，贤者避其世"与结语对照，渊明生平尽此二语矣。

《读史述九章》言君臣朋友之间出处用舍之道，无限低徊感慨，悉以自况，非漫然咏史者。张长公诗中凡再见，此复极意咏叹，正自写照。

醉乡安在,大都有托而逃;变雅已来,讵是无因而作。矧靖节之征士,实贞志之大贤。波素云青,序识维摩之慕;椒芳璇美,诔传特进之襄。略见高怀,犹存玄赏。自隐逸之宗立,品目乃觉拘墟;迨甲子之议兴,笺疏益加穿凿。瑟同胶柱,椎愧斫轮。盖论世诚贵知人,而说诗最嫌害志。绮园先生,词堪续《楚》,笔可注《庄》。《濠梁》《秋水》之篇,会心既远;美人香草之喻,托兴原工。偶于望古之余,示我读陶之旨,义归系表,故善《易》者不言;象出圜中,信可名者非道。独得无弦之趣,何须甚解之求。当与百代之晓人,思按弥深而言恢弥广;岂独南村之知己,疑析其义而文赏其奇已哉! 同里瞻卢程元愈跋。

批　注

一、《停云》篇末:瞻泰按,黄维章称四首皆欲匡扶世道,非但离索思群也,八表同昏,平路伊阻,平陆成江,日月山河,交失其恒,此复何等景象! 可乏同心急商匡扶哉! 园树虽凋,犹有再荣之日;世界虽坏,岂无再转之手? 所以朋愈邈而席愈思促也。泰谓:尊晋黜宋固渊明一生大节,然为诗讵必乃尔,如少陵忠君爱国,只《北征》《哀王孙》《七歌》《秋兴》等篇正说此意,其余岂尽贴明皇贵妃、安禄山耶?《停云》四章只思亲友同饮不可得,托以起兴,正如老杜骑马到阶,除待友不至之意,定要说待友来商、驱逐安史之事,宁有是理哉? 注中穿凿者概从汰。

二、《时运》序末:王棠曰:偶则不独矣,所偶者影,依然独也。

篇末"黄唐莫逮,慨独在余",注:《史记》"黄帝为有熊,帝尧为陶唐",又《伯夷传》"黄农虞夏忽焉没兮,我安适? 归矣"。

维章曰:四首始末回环,首言春,二、三言游,终言息庐,此小始末也。前二首为欣,后二首为慨,此大始末也。"迈迈时运",逝景难留,未欣而慨已先交;但憾殊世,本之"我爱其静",抱慨而欣愈中交,此一回环也。载欣则一觞自得,人不知乐而我独乐,抱慨则半壶长存,人不知慨而我独慨,此又一回环也。序中"欣慨交心"一语,四章隐现布置。汪洪度曰:举世少真,弥缝使淳,法洙、泗以还羲农,公生平大愿力。对此暮春,万物得所之愿,触绪兴怀,所以旋"欣"而旋"慨"也。前二首"欣",后二首"慨",疆界划然。第三首"延目""悠悠"即下不可追意,乃遐想意中之事,非实写目前之乐。春风沂水,即羲农景象也。以一"静"字概之,是何等胸次!窀寐交挥,而不可得,此兴慨之由也。第四首不能与民同乐之慨,寓一"独"字之中,比第三首更觉蕴藉。

三、《荣木并序》"人生若寄",注:《史记·夏本纪》"生,寄也;死,归也"。魏文帝诗"人生如寄"。

"志彼不舍",注:《荀子》"功在不舍"。

"安此日富",注:《诗》"一醉日富"。原注谓:自咎其废学而乐饮云尔。

"孰敢不至",赵泉山曰:元兴三年甲辰,刘敬宣以破桓歆功迁建威将军、江州刺史,镇浔阳,辟靖节参其军事,时年四十也。靖节当年抱经济之器,藩辅交辟,遭时一不竞,将以振兴宗国为己任。回翔十载,卒屈于戎幕佐使用,是志不获聘,而良图弗集。明年决策归休矣。程鉴曰:"四十无闻"二句即先师遗训,下文"脂车策骥"四语正是迈往图功,有孔席不暇暖之意,此盖其初赴建威幕时也。陶公具圣贤经济学问,岂放达饮酒人所能窥测?

维章曰:四章互相翻洗。初首憔悴,无可自仗,说得气索。次首有善,有道可仗,说得气起。三首安此日富,有道不能依,有善不能敦,怛然内疚,又说得气索。卒章痛自猛厉,脂车策骥,赎罪无闻,何疚之有?又说得气起。

四、《赠长沙公族祖并序》"感彼行路,眷然踌躇",杨诚斋曰:老泉《族谱》引正渊明诗意,而渊明字少意多,尤可涵咏。

"爰采春花,载警秋霜",维章曰:处顺而谐者,春暄也;处变仍谐者,冬暄也。至于冬暄,无不可睦之族矣。家庭雍睦之况,四字藏许多蕴藉,璋判而圭合,映怀圭璋,无分合,此收族之法也。因冬暄生出春花秋霜爰采者,盛于得暄也。载警者又惧其伤暄也,不有谐也,无以致春之盛。不有警也,无以保冬之谐。呜呼!至矣哉!

"伊余云遘,在长忘同",王棠曰:渊明年长于长沙公,初遘面,忘其同出于大司马也。

五、《酬丁柴桑》"聆善若始",维章曰:名胜之地,谁不欣寻?然寄趣于是耳,真能托宿当归者谁乎?有入山如归家,永矢不移,斯真可与餐胜。善之始闻,孰不欣慕,转念意怠,能如初闻之踊跃者谁乎?有终身常若始闻,反复无厌,斯真可与聆善。二语堪跻于五经。

六、《劝农》序后,黄维章曰:"智巧"二语含蓄深厚,不说如何驯致贫困,但曰"智巧一萌",即"资待靡因",说得可惧。王棠曰:公《桃花源诗》"怡然有余乐,于何劳智慧",真是上古境界,当与此参看。

"矧兹众庶,曳裾拱手",王棠曰:末句言不可曳裾拱手也。

篇末,维章曰:《劝农》,情理深远,绎其首末,光怪万状,开口"傲然自足,抱朴含真;智巧既萌,资待靡因",巧最伤朴者也。杜民智巧,惟在劝农。民农则必朴,移风易俗,返朴在是。历代作用本领,由虞至夏周,莫不同意,此劝农大渊源。三四五章,始寔指农事。言之举舜禹稷周作榜样,以劝君相之重农;举冀缺沮溺,以劝仕隐之重农,竟无一人不在农中矣,洗题中"劝"字周匝无漏。末章独援孔子,次及仲舒,必勤学而后不暇劝农,借口为仲舒且未易,敢云千古有两孔子乎? 以不劝为深于劝。结局最工,赞德美,却仍与含真抱朴相映。汪洪度曰:末章歇后语,言若果能超然投迹,如孔如董,即不稼穑,我敢不敛衽以敬赞之哉! 言外见得若不能如孔如董,即不得借口而舍业以嬉也。如此作结,将前数首,实际俱化为烟云缥缈矣。上接三百,下开三唐,诗家元气聚于此。

七、《命子》"浑浑长源,蔚蔚洪柯。群川载导,众条载罗",瞻泰按:"群川"句顶"长源","众条"句顶"洪柯",喻枝派分也。

"时有语默,运因隆窊",王棠曰:二句总言陶青之后,却包括得妙,与前"凤隐于林"二句是一样补笔。

"名汝曰俨,字汝求思",瞻泰按:年谱"《命子诗》是初得子俨而作,正当命名时也,故下二章云云,后《责子诗》则俨年已十六矣"。

八、《归鸟》"和风不洽,翻翻求心",王棠曰:"求心"二字说鸟妙。和风而仍不洽,从何处知之? 是陶公写照语。

"奚施已卷",沃仪仲曰:总见当世无可措足,不如倦飞知还之为得也。

九、《形赠影》"谓人最灵智",《书》:惟人万物之灵。

"独复不如兹",瞻泰按:天地山川草木皆形也,皆能长久,独人之形不如,凄楚可怜。

"我无腾化术,必尔不复疑",瞻泰按:"适见在世中"以下六句凄绝,奚觉者知觉之觉,谓死而无所觉也。说到亲识皆无足恃,惟形与影和吊耳。

"必而不复疑",颂影也,而形之自悲不堪言矣。

"愿君取吾言,得酒莫苟辞",王棠曰:此首以饮酒为主。

十、《影答形》"诚愿游昆华,邈然兹道绝",瞻泰按:首二句是影卸责语,形灭则影灭,影不能代形存生,则卫生之计亦拙矣。二句可该一部《南华》,影不能独游,徒虚愿耳。兹道安得不绝耶?故下文皆言影不能与形异也。

"与子相遇来,未尝异悲悦",黄维章曰:形笑影亦笑,形哭影亦哭,"悲悦"二字善状。

"憩荫若暂乖,止日终不别。比同既难尝,黯尔俱时灭",程鏊曰:憩荫四句刻画影字深,至而跌宕。

"身没名亦尽,念之五情热",注:曹子建《上责躬应诏诗表》"五情愧赧",谓喜怒哀乐怨也。《庄子》:"我其内热与!"

"立善有遗爱",注:《左传》"古之遗爱"。

"酒云能消忧",注:魏武帝《短歌行》"何以解忧?惟有杜康"。

篇后,王棠曰:此首以立善为主。汪洪度曰:《形赠影》乃挥杯劝影之言,《影答形》言饮酒不如立善之为正,皆从无可奈何中各想一消遣之法,设双方以待神为之释也。

十一、《神释》"立善常所欣,谁当为汝誉",维章曰:"大圣何在"释影答"立善"语,"彭祖留不住"释形赠"奄去"语,"老少"又释形赠语,"贤愚"又释影答语,"日醉"又释形赠"得酒莫苟辞"语,"立善"又释影答"遗爱"语,递分层说,"谁汝誉"三字打断名根,使人猛省。

"甚念伤吾生,正宜委运去",瞻泰按:"委运"二字是三篇结穴,"纵浪"四句正写"委运"之妙,归于自然。

篇后,周公谨曰:靖节作形影相赠、神释之诗,谓贵贱贤愚莫不营营惜生,故极陈形影之苦,而神辨自然以释其惑,《形赠影》曰"愿君取吾言,得酒莫苟醉",《影答形》曰"立善有遗爱,胡可不自竭",形累养而欲饮,影役名而求善,皆惜生之惑也。神乃释之曰"大钧无私力,万物自森著。人为三才中,岂不以我故",此神自谓也。又曰"日醉或能忘,将非促龄具",所以辨养之累。又曰"立善常所忻,谁当与汝誉",所以解名之役。然亦仅在于促龄与无誉而已。设使为善见知、饮酒得寿,则将从之耶?于是又极其释曰"纵浪大化中，不喜亦不惧。应尽便须尽，无事勿多虑"，此乃不以死生祸福动其心，泰然委顺乃得神之自然者也。坡翁从而反之曰"子知神非形，何复异人天。岂惟三才中，所在靡不然"。又云"委顺忧伤生，忧死生亦迂。纵浪大化中，正为化所缠。应尽便须尽，宁复俟此言"。白乐天因之作《心问身》诗，云"心问身云何泰然？严冬暖被日高眠。放君快活知恩否，不早朝来十一年"。身答心曰"心是身主身是宫，君今居在我宫中。是君家舍君须爱，何事论恩自说功"。心复答身曰"因我疏慵休罢早，遣君安乐岁时多。世间老苦人何限，不放君闲奈我何"。此则以心为吾一身之君，而身乃心之役也。坡翁又从而赋六言曰"渊明形神自我，乐天身心于物，而今月下三人，他日当成几佛"。然二公之说虽不同，而皆祖之《列子》"力命"之论，力谓命曰："若之功，奚若我哉？"命曰："汝奚功于物，而欲比朕？"力曰："寿夭穷达，贵贱贫富，我力所能也。"命遂历陈彭祖之寿、颜渊之夭、仲尼之困、殷纣之君、季札无爵于吴、田恒专有齐国、夷齐之饿、季氏之富，"若是，汝力之所能，奈何寿彼而夭此，穷圣而达逆，贱贤而贵愚，贫善而富恶耶？"力曰："若如是言，我固无功于物，而物若此耶？此则若之所制耶？"命曰："既谓之命，奈何有制之者？朕直而推之，曲而任之。自寿自夭，自穷自达，自贵自贱，自富自贫，朕岂能识之哉？"此盖言寿夭穷达、贫贱富贵，虽曰莫非天命，而亦非造物者所能制之，直付之自然耳。此则渊明《神释》所谓"大钧无私力"之论也。其后杨龟山有《读东坡和陶影答形》诗曰："君如烟上火，火尽君乃别。我如镜中像，镜坏我不灭。"盖言影因形而有无，是生灭相。故佛云："一切有为法，如梦幻泡影。"正言其非定也，何谓不灭？此则又堕虚无之论矣。鹤林曰："人为三才中，岂不以我故。"我，神自谓也。人与天地并立而为三，以此心之神也。若块然血肉，岂足以并天地哉！末"纵浪大化中"四句，是不以死生祸福动其心，泰然委顺，养神之道也。渊明可谓知道之士矣！

十二、《九日闲居》"往燕无遗影"，瞻泰按：《月令》"仲秋之月玄鸟归"。今九月矣，故曰"无遗影"。

"空视时运倾"，瞻泰按："空视时运倾"与"寒花徒自荣"，皆因无酒而发，正点明"持醪无由"四字也。原注谓指易代之事，失其旨趣。

十三、《归园田居》其五"漉我新熟酒"，瞻泰按：公本传"酿熟取头上葛巾漉酒"。漉,沥也。

篇末,黄维章曰:园田诸首最有次第。其一为初归,花树鸡犬,琐屑详数,恰见去忙就闲,极平之景,各生趣味。次言乡里来往,相见无杂言,一切出仕应俗之苦不复入耳目矣。三言苗稀草盛、道狭露多,亦自有田园苦况,而愿既无违,衣不足惜,自解自叹。与受俗宦苦,宁受此苦。称停轻重,较量有致。四问采薪慨然于乡里存没之感。五言独策复还,荆薪代烛,田园中真景实事,令人萧然悠然。前三首以入俗之苦,形归居之乐,此从田园外回头也。后二首以邻里之死形独游之欢,此从田园中再加鞭也。

十四、《游斜川》"弱湍驰文鲂",维章曰:"弱湍"字奇,湍壮则鱼避,至于渐缓而势弱,鱼斯敢于驰矣。

"且极今朝乐,明日非所求",维章曰:未知当复远,计他日末,却云不求明日,章法互扫翻变。

篇末,原注:辛丑岁靖节年三十七,诗曰"开岁倏五十",乃义熙十年甲寅,以诗语证之,序为误。今作"开岁倏五日",则与序中"正月五日"相贯。瞻泰按:诗与序原相符,别本有"倏五十"之讹,吴斗南《年谱》遂易"辛丑"为"辛酉",以应其年,然公辛酉岁已五十七,与诗不合。或又疑辛亥以公年四十七,故言"开岁"云耳。此皆以文害词也。余独怪东坡解人,其和此篇亦云"虽过靖节年,未失斜川游",为后人口实也。

十五、《怨诗楚调示庞主簿邓治中》题下注:《唐书•乐志》"汉世三调有楚调,汉房中乐也。高帝乐楚声,故房中乐皆楚声"。王僧虔《技录》"楚调曲有怨诗行"。原注:庞遵,邓未详。

"结发念善事,俛俛六九年",注:陆机《文赋》"杜有无而俛俛",《诗》"黾勉告劳"。严粲曰:力所不堪,心所不欲,而勉强为之曰黾。本作"黾",勉。《文选注》"俛,仰首。俛,俯首"。瞻泰按:六九年为五十四岁,正义熙十四年戊午去戊申十年也,是岁刘裕弑帝于东堂。

"弱冠逢世阻,始室丧其偏",《年谱》:公三十岁,太元二十年,妻卒,继娶翟氏。"炎火屡焚如",瞻泰按:公诗有《戊午岁六月中遇火》,此云"屡焚",如则失火非一矣。

"螟蜮恣中田",《诗》:"去其螟螣。"郑注:"螟极纤细,在苗心,若木蠹然。"《说文》:"螟食叶。"左庄十八年秋有蜮。注:舍沙射人为灾,蜮,短狐也。《本草》:"射工,蜮,别名,非食苗虫。"

"风雨纵横至",王棠曰:"纵横"二字,责风雨切甚。

"造夕思鸡鸣,及晨愿乌迁",《淮南子》:日中有踆乌。王棠曰:无被求天明,无食求日短。极苦之情,幻出奇想。

"吁嗟身后名",《晋·张翰传》:使我有身后名,不如及时一杯酒。

"慷慨独悲歌,钟期信为贤",《韩诗外传》:伯牙鼓琴,志在太山,子期曰:"巍巍乎若太山!"志在流水,子期曰:"洋洋乎若流水!"子期死,伯牙绝弦,不复鼓琴。

篇末,维章曰:含沙之蜮,非害稼之虫,亦同恣中田,人间意外之事,何所不至。受残于物,冀获佑于天,风雨纵横,天人交困之事,复无所不有。题中"怨诗楚调"四字,写得淋漓。"丧室"至"乌迁",叠写苦况,无所不怨。忽截一语曰"在己何怨天",又无一可怨;"何怨"后复说"忧栖目前",又无一不怨矣。章法奇幻。瞻泰按:此诗作于义熙十四年,忧怨百端说不出,而托言知音之不可得也。

十六、《答庞参军》"情通万里外",王棠曰:弱豪笔也,言笔能宣我情于万里之外也。

"君其爱体素",曹植诗:王其爱玉体。

"来会在何来",瞻泰按:一结与序中老病相映,故望庞来会也。章法极密。

十七、《五月旦作和戴主簿》"虚舟纵逸棹,回复遂无穷",《庄子》:方舟济河,有虚船来触舟,虽有偏心之人,不怒。维章曰:水游曲折,情景如画,五字可当木嬉一赋。

"发岁始俯仰,星纪奄将中",瞻泰按:《月令》:"春昏弧中,夏昏亢中。秋昏牵牛中,冬昏璧中。"今方五月旦,故曰"奄将中"也。

"明两萃时物",《易》:明两作。梅鼎祚曰:夏火之候也。一云"南窗罕悴物"。"神渊写时雨,晨色奏景风",《易纬》:夏至景风至。

十八、《移居二首》其一"乐与数晨夕",瞻泰按:"数"字读上声,作入声解,非。维章曰:数屈指互数也。从前之晨夕,作何虚度,从后之晨夕,作何消遣。一字包有诸义。

十九、《和刘柴桑》篇末,瞻泰按:赵泉山以弱女喻酒之醨薄,为巧于处穷。王棠谓"谷风以下"实写情事,柴桑有女无男,潜心白业,酒亦不饮,想必以无男为憾。故公以达者之言解之。泰谓此诗为庐山无酒而发也。良辰入奇怀,高兴勃发,"挈杖还西庐",意趣索然,为无酒也。十字合看,益见其妙。起句所云"久见招乃踌躇",良为此耳。"春醪解饥,勌于归涂",道出本怀,乃一篇立意处。而即下紧接"弱女"二句,正诗之比体也,则指酒为顺。且下文日月相疏,悲音凄楚,使无酒遣怀,将与鬼伯邻矣,安得不身名翳如哉!

二十、《酬刘柴桑》篇末,瞻泰按:此诗是靖节、乐天之学,寡人用则与天为徒矣。天之四运周举,相忘于天也。落叶知秋,始知时序一周,正善写"忘"字。新葵、嘉穗皆秋景,一结,正见及时行乐也。

二十一、《和郭主簿》其一"营己良有极,过足非所钦",维章曰:未知其极,故营营不止已。过而犹未足,早定有极,则易知过矣。元亮何曾有过时所营者,少则少许之外,谁非过足者,最堪醒人。

"春秫作美酒",孙炎《尔雅注》:秫,黏粟。苏恭曰:粟秫为秫,北土以酿酒。《急就章注》:杜康作秫酒。

篇末,瞻泰按:"蔼蔼"四句,林栖有托,"息交"四句,食用有资,皆营己也。"春秫"以下俱自足语,天真烂漫,与"采菊东篱下,悠然见南山"同一洒落。"学语未成音",家常语,使人味之意怡。

其二"陵岑耸逸峰,遥瞻皆奇绝",维章曰:游氛少则半空无所障蔽,天加一倍矣,山亦加一倍矣。"高"字、"耸"字,承顶秋意,最为逗现。

二十二、《于王抚军座送客》"逝止判殊路,旋驾怅迟迟",汪洪度曰:客指庾与谢也。一被征,一为豫章太守,皆宋武帝时出仕之人,所谓逝也。己独闲居,所谓止也。殊路从此判然,安知税驾何日哉?微露其意,妙在不觉。

二十三、《与殷晋安别》篇末,方熊曰:殷先作者,晋臣,与公同时。后作者宋臣,与公殊调。篇中语极低徊,朋好仍敦,而异趣难一也。题中不称"殷参军",仍称"殷晋安",便有意。瞻泰按:《宋书》:殷景仁初为刘毅后军参军、太尉行参军,无晋安南府长史掾之语,但景仁仕宋最显,陶公之时,已知其为人,故诗中曲折为殷回护,低徊顿挫,厚于故人也。前曰"殊势",后曰"良才",深于为殷出脱。洪度曰:此首意极严而辞极浑厚,信宿而知,为可亲淹留而知其事乖,则其人品可见。

二十四、《赠羊长史》"驷马无贳患,贫贱有交娱":人精爽也。"今何如"是自许语。瞻泰按:企念在黄农之圣贤,自寓在商山之四皓,闻之古者,如彼见之,今者如此,此心曲所由结也。起止脉络,一线慨叹,淋漓古今,两字遥对。"清谣结心曲",《诗·秦风》:乱我心曲。

二十五、《岁暮和张常侍》"市朝凄旧人,骤骥感悲泉",瞻泰按:《资治通鉴》义熙十四年十二月宋公刘裕弑帝于东堂,故二句云云,深慨之也。

篇末,瞻泰按:起结明说易代前,曰凄,曰感,曰愁苦,曰无以乐,穷通之处深矣。忽又曰"靡攸虑",故作一折,以归于迁化结。又曰"增慨然",自悲自解已复自悲,市朝旧人声声唤,奈何矣。"民生鲜常在",翻用《诗》语,感情之极。

二十六、《始作镇军参军经曲阿》题下,瞻泰按:《晋书》本传:俊为镇军建威参将军,吴斗南《年谱》谓晋官制镇军建威皆将军官,各置掾属,非兼官也。隆安四年庚子作镇军参军,至乙巳岁作建威参军,史从省文耳。李善引臧荣绪《晋书》云:宋武帝行镇军将军,辟公参其军事。考裕元兴元年壬寅为建威将军,三年乙巳行镇军将军,与此先后岁月不合,其未受裕辟,不辨自明。《文献通考》亦云:裕起兵讨桓玄,诛之,为镇军将军。渊明参其军事,未几,迁建威参军,见裕有异志,乃求为彭泽令。愚以为渊明高节,未必屈身于裕。善注与马端临皆失之。《水经注》:晋陵郡之曲阿县下湖水四十里,号曰曲阿。《太康地记》:曲阿本名云阳,秦始皇以有王气,凿北坑山以败其势,截其直道使曲,故曰曲阿也。

二十七、《庚子岁五月中从都还阻风于规林》其一"一欣侍温颜,再喜见友于",瞻泰按:曹子建《求通亲亲表》"今之否隔,友于同忧",孙月峰谓是歇后之祖。

其二篇末,朱晦庵尝书此诗与一士子云:但能参得此一诗透,则今日所谓举业,与夫他日所谓功名富贵者,皆不必经心可也。维章曰:归省至性,字字迫露,一刻安坐不得。又曰:不决辞人间,则他日又将复出矣。誓得妙园林,何尝非人间。然较之朝市,则天上也,非人间也。曰:可辞。又曰:何疑重叠判断二首,专写归省憾处、急处,足醒世间游子。

二十八、《癸卯岁始春怀古田舍二首》题下,瞻泰按:吴斗南《年谱》作

"辛卯",集本作"癸卯",字误也。观首句,则此年方事田畴,明年有投耒学仕之语。且公本传,躬耕自资亦在镇军参军之前也。

其一"即理愧通识,所保讵乃浅",王棠曰:一结悠扬尽致,"通识"二字是笑时人,犹云尔以为通识,即此耕凿之理,足以愧之所保,岂不重哉!

二十九、《癸卯岁十二月中作与从弟敬远》"寄意一言外,兹契谁能别",维章曰:无一可悦,俯仰自欺,时见遗烈,昂首自命,非所攀。又俯首自逊,苟不由。又昂首自尊,章法如层波叠浪。

三十、《乙巳岁三月为建威参军使都经钱溪》题下,瞻泰按:《年谱》,是年刘怀肃为建威将军、江州刺史,辟公参军。考《宋书·怀肃传》,其年为辅国将军,无建威之说,唯《晋书·刘牢之传》云:刘敬宣与诸葛长民破桓歆于芍陂,迁建威将军、江州刺史,镇寻阳。《宋书·刘敬宣传》所载亦同,实安帝元兴三年甲辰,则公为敬宣建威参军未可知也,《年谱》失考。

"一形似有制,素襟不可易",王棠曰:"义风"二字说高林云翩,奇。"义风"从品物上看出,品物即指高林云翩也。触景感物,到自己身上。老杜《北征诗》:"或红如丹砂,或黑如点漆。雨露之所濡,甘苦齐结实。"因叹到自己,亦同此法。一形二语,言身为物役,心却有主宰。

三十一、《还旧居》"畴昔家上京,六载去还归",韩子苍曰:渊明自庚子始作建威参军,由参军为彭泽,遂弃官归,是岁乙巳,故云六载。瞻泰按:镇军建威皆晋时治军之官,公庚子岁作镇军参军,非建威也。子苍误注。又按:赵泉山曰:自乙未佐镇军幕,迄今六载,尤未考实。

三十二、《戊申岁六月中遇火》"总发抱孤介,奄出四十年",程鉴曰:公生于哀帝兴宁三年乙丑,至义熙四年戊申四十四岁。

"形迹凭化往,灵府长独闲"注:《庄子·德充符篇》:"不足以滑和,不可入于灵府。"瞻泰按:灵府,谓心也。

三十三、《己酉岁九月九日》"杳然天界高",维章曰:五字善描秋容。

"哀蝉无留响",王棠曰:"往燕无遗影",妙在"遗"字,"哀蝉无留响",妙在"留"字,皆静察物理之言。

三十四、《庚戌岁九月中于西田获早稻》篇末,李公焕曰:观此知靖节既休居,惟躬耕是资。故萧德施曰:"安道苦节,不以躬耕为耻。"刘坦之曰:此与前归园田"种豆南山下"诗意相表里。

三十五、《丙辰岁八月中于下潠田舍获》"饥者欢初饱"，王棠曰："欢"字用得可怜，往日不饱，今有秋始得饱也。"初饱"二字可哭。

"林鸟喜晨开"，王棠曰："喜"字说鸟已妙，"爱"字说风则奇矣。静夜风声更清，有似于爱静夜，炼字之妙如此。

三十六、《饮酒二十首》序后，刘履曰：靖节退归之后，世变日甚，故每每得酒，饮必尽醉，赋诗自娱，此昌黎所谓"有托而逃焉者"也。

其一：黄山谷曰"衰荣无定在，彼此更共之"，此西汉人文章。他人多少语言尽得此理。洪度曰：二十首总冒，却从达观说起，可见非胸次豁达，不得轻言饮酒也。重达人一句，上六句正达观也。"召生"二句，引证"寒暑"二句譬喻，以畅发首二句之意。

其二："九十行带索"，注：《列子》："孔子游于太山，见荣启期鹿裘带索，鼓琴而歌，行年九十。"

"饥寒况当年"，瞻泰按：二句是翻案法。荣启期本是有乐无忧，今反其言。九十尚如此饥寒，况少年乎？用一"况"字感慨无限，是加倍写法。

篇末，《潜溪诗眼》：近世名士作诗云"九十行带索，荣公老无依"，余谓之曰陶诗本非警策，因有君诗，乃见陶之工。或讥余贵耳贱目，后错举两联，人多不能辨其孰为陶、孰为今诗也。荣启期事近出《列子》，不言荣公可知；九十，则老可知；行带索，则无依可知，五字皆赘也。若渊明意谓至于九十犹不免行而带索，则自少壮至于长老，其饥寒艰苦宜如此，穷士之所以可深悲也。此所谓"君子于其言，无所苟而已矣"。古人文章，必不虚设。

其三：篇末，瞻泰按：百世当传者，固穷节也；百年不可顾者，世间名也。百世、百年紧对，正见安身立命，莫如固穷，固穷所贵；莫如饮酒，原不为成名也。

其六：篇末，汤东涧曰：此篇言季世出处不齐，士皆以乘时自奋为贤，吾知从黄绮而已，世俗之是非毁誉非所计也。王棠曰：此事是何事？口不说出，盖指从宋诸臣。洪度曰：当时改节乘时者多，必任意为是非毁誉，自达人观之，无是非也，直俗中愚耳，故决意从黄绮。

其八：篇末，维章曰：四首言松，五首言菊，皆未及言饮酒。七首申言对菊之饮，以掇英为下酒物，八首申言对松之饮，以远望为下酒物。菊色佳在泫露,松姿卓在傲霜,菊在东篱,松在东园,娓娓详言相赏,但患酒尽。瞻泰按:此借孤松为己写照也。前六句皆咏孤松,偏以连林陪写独树,加倍衬出,近挂又复远望,与松亲爱之甚,无复有尘事羁绊,此生亦不嫌其孤矣。

其九:篇末,瞻泰按:"褴褛"四句,田父劝驾之言;"深感"四句,公答田父之语,婉曲深至。末曰"吾驾不可回",却又毅然,正拒其和光同尘之不可也。

其十一:篇末,维章曰:前首云"恐此非名计",此云"留名亦枯槁",互相翻承。远游营饱,则当以名自惕;守困长饥,则不待以名为沽也。二首曰道丧、曰但愿、曰何成,扫浮俗无成之虚名,此曰为仁、曰有道、曰虽留,并不敢美贤哲长留之虚名,更遥相呼应。王棠曰:颜荣以名为宝,客以千金躯为宝,总不若称心为宝也。

其十三:"醒醉还相笑,发言各不领",黄维章曰:田父相慰,故人相赏,同止之客乃相笑,不同心者偏属朝夕,至昵之人说得可慨。

"规规一何愚,兀傲差若颖",汤东涧曰:醒者与世计,分晓而醉者,颓然听之而已,渊明盖沉冥之逃者,故以醒为愚,而以兀傲为颖耳。

篇末,汪洪度曰:此与下章,乃申言饮酒之乐。愚与颖在饮与不饮上分,奇妙兀傲,贴饮尤奇,先设双方至"规规"二句,乃以己意断;之后二句进一层,言不但取饮,且欲长夜饮也。

其十四:篇末,黄维章曰:前田父邀饮,此故人就饮,一疑我乖,一赏我趣,一异调之饮,一同调之饮,父老杂乱言,是交醉真,况物我俱忘,则身世之内,尚有何物可留? 但知有酒味耳。

其二十:篇末,刘坦之曰:西山真氏谓渊明之学自经术中来,今观此诗所述,盖亦可见。况能刚制于酒,虽快饮至醉,犹自警饬。而出语有度如此,其贤于人远矣哉! 维章曰:"多谬误"三字是全首原委,少复真则无往,而非谬误矣。羲农之后得孔氏删定六经而不谬误,秦火之后得伏生辈口传笔注再救谬误,迄于今无人矣。既不亲六籍,终日奔走世俗,夫复何为? 不如饮酒免自辜负而已。然则一味快饮,遂真不负头上巾乎? 其为谬误也多矣,此恨无极。但当以醉人恕之,自责自解,意最曲折。洪度曰:"不见所问津",上皆庄语,"若复不快饮",忽作醉语;"但恐多谬误",又作醒语，忽庄忽醉忽醒，语真无诠次矣，方是二十首饮酒总结。

三十七、《止酒》"大欢止稚子"，维章曰：语奇峭，不惟眼底无人，亦以世人多伪，不如稚子皆真，"大欢"二字有味。

"奚止千岁祀"，维章曰：结语更奇，衰颜叠变，人力所不能止也，何法可留宿颜哉！比而可止天下之事毕矣。

篇末，王棠曰：一句一止字创调。瞻泰按：以上六"止"字，陪下"止酒"十二"止"字，只以"平生不止酒"一句为主，末二"止"字又开一径，出奇无穷。

三十八、《述酒》"豫章抗高门，重华固灵坟"，黄维章曰："抗高门"谓裕不帝制不止，"固灵坟"隐言恭帝之死矣。

"流泪抱中叹，倾耳听司晨"，瞻泰按：《周礼》鸡人夜呼旦，盖司晨之官也。上句"流泪"承"灵坟"来，谓恭帝崩也。下句则反《小雅》诗，夜如何其夜向晨之意，不忍遽死其君也。

"神州献嘉粟，西灵为我驯"，维章曰：题云"述酒"，此始点露。天不生嘉粟，无由造酒语，具憾词。"西灵为我驯"暗指张祎之自饮也。

"诸梁董师旅，羊胜丧其身"，黄山谷曰："羊胜"当是"芈胜"，白公也，"诸梁"，叶公也。左哀十六年：楚太子之子曰胜，处吴为白公，叶公与国人攻白公，白公登山而缢。

"山阳归下国"，《资治纲目》：汉建安二十五年，魏王曹丕废献帝为山阳公。瞻泰按：山阳以比零陵，意更显露。

"成名犹不勤"，《谥法》：成名不勤曰灵。

"卜生善斯牧，安乐不为君"，瞻泰按：黄注引庄子"牧乎君乎"之语，而意不甚明，姑阙之。

"双陵甫云育，三趾显奇文"，维章曰："平王去旧京"特援东迁以比东晋，"峡中纳遗熏"谓东迁后犹足自荫也。程元愈曰：班固《幽通赋》云"黎淳耀于高辛兮，芈疆大于南汜。嬴取威于百仪兮，姜本枝于三趾。"李善注：姜，齐姓；趾，礼也，齐伯夷之后。伯夷尝典三礼。何注已引此，但未畅发耳。且诗首言"重离"，又言"芈胜"，亦与黎淳耀二句相合。正传以"离"为"黎"，殆非凿空之说。惜未引班赋也。愈窃意"双陵"即二陵，以姜对嬴，尤与赋协，谓齐秦兴于平王东迁之后，犹知尊王；而东晋竟为裕所灭，不复能为东也，语意隐而愤。

"王子爱清吹，日中翔河汾"，《列仙传》：王子乔好吹笙，作凤凰鸣，七月七日于缑氏山乘白鹤举手谢时人而去。瞻泰按：此下俱以游仙事隐约其词，可想见公忠愤不能自明之意。而正传诗话谓：日，中午也，寓元熙二年六月之义，则又固矣，日中不过谓王乔白日升举耳。

"彭殇非等伦"，《庄子》：莫寿于殇子，而彭祖为夭。瞻泰按：上文学仙犹庄子之寓言，以见君臣之义千古不磨，彼恭帝自升遐耳，岂刘裕所能弑耶？是虽弑而天容，自固寿，天安足论哉！一结诗，心更曲更愤。

篇末，瞻泰按：宋本云此篇与题非本意，诸本如此，误。又按黄山谷曰，此篇有其词而亡其义，似是请异书所作，其中多不可解。而子苍、泉山、东涧以及有明诸贤各有胜处，终一不能全，想陶公当其时有难直言者。泰注成独此一篇，经营两载，后与友人程君元愈商榷，始得什之八，以俟博览君子之有所训云。

三十九、《责子》篇末，维章曰：《责子诗》忽说天运如此，非真责子也。国运已改，世世不愿出仕，父子共安于愚贱足矣。一语寄托尽逗本怀。

四十、《有会而作》篇末，维章曰："斯滥岂彼志"为小人宽，一层最妙，势自相驱，非志然也。末句自慰妙师，既多则馁者，非我独矣，结味长。沃仪仲曰：深憾蒙袂，非愤语也。世不但无蒙袂者，并黔敖亦不可得，安得不固穷乎！瞻泰按："常善粥者心"二句，提笔作翻案，谓不食嗟来，似亦太过。"斯滥"二句又归正意，谓固穷之志不容假借，则昔人不食嗟来，真余师也。一开一阖，抑扬顿挫，如闻愁叹之声。

四十一、《拟古九首》其一：篇末，瞻泰按："君"字泛指，不必泥晋君，此叹中道改节之人徒矜意气，反覆不常也。用兰柳比兴，断续承接，的是十九首法脉，意气下接，"倾人命"三字可畏，说尽古今翻云覆雨一流，使人气短。

其二：篇末，瞻泰按：原注不详，诗意未达，今观《魏志》，始知"非商复非戎"，及"乡里习其风"二语之妙，可见注诗须得古人用意处，方不支离。顾宁人曰：《西溪丛语》云，陶渊明诗"闻有田子春，节义为士雄"；《汉书·燕王刘泽传》云，高后时齐人田生游乏资，以书干泽，泽大悦之，用金二百斤为田生寿，田生如长安求事幸谒者。张卿讽高后立泽为琅邪王。晋灼曰田生字子春,非也。此诗上文云"辞家凤严驾,当往志无终",下文云"生有高世名,既没传无穷",其为田畴可知矣。《三国志》:田畴字子泰,右北平无终人也。"泰"一作"春",若田生游说取金之人,何有高世之名,而为靖节之所慕乎? 瞻泰按:《纲目》元熙二年六月裕废帝为零陵王,以兵守之,行在消息,无有如子春其人者奔问,故托言以深慨也。

其三:篇末,洪度曰:"仲春"四句略带改革意,篇中俱借燕传心,只"我心"一句露出本怀。瞻泰按:还旧居者止有燕可语,君情何如,亦是问燕,绝无一字寄慨新巢,使人澹然意远。

其四:篇末,维章曰:前六语寄怆国运更革,后八语兼慨士人生死,然后总结以荣华怜伤,谓生前之赫奕、难堪死后之寂寥也。而况万乘山河,掷于他人,受未死之屈辱,其可怜伤,不更万倍乎! 盖感愤于废帝极矣。瞻泰按:起二句从高视下,有鄙夷一切之意,下俱承"望"字来宅,但有云堂,但有鸟,一望空无人焉。写得荣华全无把握,一任朝更暮改,怜伤孰甚哉! 二语耐人百思。

其五:篇末,维章曰:东晋祚移,举世无复为东之人矣。《诗》言:"东方一士",系其人于东也。洪度曰:此与从田子春游意略同,只别鹤孤鸾,聊寓本怀,乃借古贞妇以喻己志之不移也。

其六:篇末,汤东涧曰:前四句兴而比,以言吾有定见而不为谈者,所眩似谓白莲社中人也。瞻泰按:首四句兴起,人品已见,下故为颠倒错综之言,以写霜雪不移之志,波澜起伏,心绪万端。

其七:篇末,瞻泰按:云间月、叶中花,借以兴一时好,而着"岂无"字、"当如何"字,冷语刺骨,《楚词》"恐美人之迟暮",即首六句意,正悲美人之失时也。

其八:"张掖至幽州",《前汉西域传》:孝武破匈奴右地,置酒泉、武威、张掖、敦煌四郡。刘坦之曰:张掖,晋凉州地,即今甘州也。幽州,古燕国。

"饥食首阳薇",《史记·伯夷传》:夷齐义不食周粟,隐于首阳山,采薇而食。

"渴饮易水流",《战国策》:荆轲刺秦王,太子及宾客白衣冠送之,至易水之上。何燕泉曰:此晋亡已后愤世之词。首阳、易水,寓夷齐耻食周粟,荆轲为燕报仇之意。

"路边两高坟,伯牙与庄周",《说苑》:钟子期死,而伯牙绝弦破琴,知世莫可为鼓也。惠施卒,而庄子深瞑不言,见世莫可语也。原注:伯牙,知音者。庄生,达者。汤东涧曰:伯牙之琴,庄周之言,唯钟惠能听,今有能听之人,而无可听之言,此渊明所以罢远游也。

篇末,瞻泰按:此篇无伦无次,章法奇奥,始而张掖、幽州,悲壮游也;忽而首阳、易水,伤志士之无人;忽而伯牙、庄周,叹知音之不再,而避世之难得也。公生平志节,亦尽流露矣。

其九:篇末,维章曰:刘裕以戊午年十二月弑晋主于东堂,立琅邪王德文,是为恭帝。元熙元年庚申二年而裕逼禅矣,帝之年号虽止二年,而初立则在戊午,是三年也。望当采者既经三年,或可以自修内治,奏成绩也。长江边岂种桑之地,为裕所立,而无以防裕势,终以受制。初着既误,后祸自来也,语隐而义明。又曰:此九章专感革运,至末章"忽值山河改",尽情道出,愤气横霄,若以淡远达观视之,差却千里。

四十二、《杂诗十二首》其三:"我去不再阳",王棠曰:"一日难再晨",惜时;"我去不再阳",惜身也,人秉阳气而生,"不再阳"三字可叹。

其四:"我愿不知老",维章曰:有人而能忘其老者乎!发愿奇绝,一知老则欢情减矣,不知而后可以肆,可以尽起法,工于摄下。

其五:"古人惜寸阴",《晋书·陶侃传》:大禹圣人,尚惜寸阴。

篇末,汤东涧曰:太白诗"百岁落半涂,前期浩漫漫。中宵不成寐,天明起长叹"。人生学无归宿者,例有此叹,必闻道而后免此,此渊明所以惜寸阴欤!王棠曰:"无乐自欣豫"写出少壮胸襟,"值欢无复娱"写出老人心境。欢场不娱,少年人不知,平常语道出妙理。瞻泰按:诗意极有渐次,层层翻转,所谓情随年减也,始而犹计岁月,渐且计日矣。谢太傅语王右军曰:"中年伤于哀乐,与亲友别,辄作数日恶。"王曰:"年在桑榆,自然至此,正赖丝竹陶写,恒恐儿辈觉,损欣乐之趣。"吾于此诗亦云。

其六:"奈何五十年,忽已亲此事",瞻泰按:此事指高年也,不指易代事。

"求我盛年欢",原注:男子自二十一至三十九为盛年。

其八:篇末,吕东莱曰:"代耕本非望,所业在田桑。"今人立于天地之间,甚可愧怍。彼历叙饥冻之状,仅愿免而不可,乃曰"人皆尽获宜,拙生失其方"，此意甚平，若进道者。末句"且为陶一觞"却有一任他底气象，便是欠商量处。此等人质高胸中，见得平旷，故能如此。此地步尽不易到。沃仪仲曰：一句一转，古诗之最变幻者。

其九："遥遥从羁役，一心处两端"，维章曰："一心处两端"，身在途而魂在家也，写旅况耿耿，凄其欲绝。

其十二：篇末，维章曰：袅袅之松，足以摽崖，初为弱枝，后成苍干，其质有之也。婉娈柔童，同彼袅袅，然由始计后，脆质岂如乔松之足恃，惟咽津导气则几矣，语最曲。王棠曰：此咏松也，童子亦借以喻松，寄托深远。

四十三、《咏贫士》七首序后，刘坦之曰："朝霞开雾"喻朝庭之更新，"众鸟群飞"比诸臣之趋附，而"迟迟出林""未夕来归"则又自况，其审时出处与众异趣也。汤东涧曰：孤云、倦翮以兴举世皆依乘风云而已，独无攀援飞翻之志，宁忍饥寒以守志节，纵无知此音者，亦不足悲也。何燕泉曰：古诗"不惜歌者苦，但伤知音稀"，渊明一切任之，其真乐天命，而不疑者欤。瞻泰按：前八句皆借云鸟起兴，而归之于自守，后四句出意一反一正，可称沉郁顿挫。

其一：篇后，维章曰："倾壶"四句善状贫况，"塞"字与"绝"字、"不见"字，相形有致，不堪疗饥之物，偏尔居多。末四句既自愤乃自安，善作起伏。何燕泉曰：前《有会而作》云"在昔余多师"，此又云"赖古多此贤"，渊明真所谓善哉！其能自宽者也！王棠曰：结句引出后五首。

篇后，维章曰：言"但惧"，言"常恐"，惟畏君之不我合也。曰"获露"，曰"遂私"，曰"初无"，生前一一同心矣，何忍死后不同归哉！先说愿言，再及君命，以见从殉者三子忠君之凤怀，非一时勉强就死也。君命曰"安可违"，又似勉强矣。再曰"罔疑"，曰"投义"，益见平日有心，临死如饴。序属康公之从乱命，诗意乃专属三子之报厚恩，罔惟疑志，攸希决断之甚，在三良愿殉，自当断；在国人惜才，自当悲，各不相妨。出脱处、顾题处备及笔法，其必不肯说坏康公缪公，别有深寄，臣子报君，即从殉不为过，其可忘君而贪事他朝乎？翻案阔议，可激千古忠肝。

四十四、《咏荆轲》"素骥鸣广陌，慷慨送我行"，维章曰：骥亦以鸣送行，侠气足以感物，况人乎！从白衣冠翻创素骥之送。

"图穷事自至，豪主正怔营"，文焕曰："登车"四句，闲处极力描写，实处只"图穷"两言,前详人所略,此略人所详。

篇末,《朱子语录》:渊明诗人皆说平淡,看他自豪放得来不觉,其露出本相者,是《咏荆轲》一篇。平淡的人如何说得这样言语出来?东涧曰:二疏取其归,三良与主同死,荆轲为主报仇,皆托古以自见云。维章曰:咏二疏、三良、荆轲,想属一时所作,大约在禅宋后也,其合拈最有意。知止弃官为最易,本朝犹不肯久恋,况事伪朝,此渊明之所自匹也。祚移君逝,有死而报君父之恩如三良者乎?无人矣。有生而报君父之仇如荆轲者乎?又无人矣。以吊古之怀,并作伤今之泪,每首哀呼,一曰"清言晓未悟",示事二姓者以当悟也;一曰"投义志攸希",示事二姓者以当希也;一曰"其人虽已没,千载有余情",则报仇热血,隐从中喷,事二姓之徒,不堪语久矣。

四十五、《读山海经十三首》其一:篇末,刘坦之曰:此诗凡十三首,皆记二书所载事物之异,而此发端一篇,特以写幽居自得之趣耳,众鸟有托,吾爱吾庐,隐然有万物各得其所之妙。

其二:篇末,维章曰:结句独曰"宁效俗中",言有世外之品格者,亦必有世外之文章,寄意愤俗,别开枝节,题是"读山海经",故每首必另翻议论,若依经翻叙是"咏山海经",非读矣。瞻泰按:公满肚嫉俗之意,却借世外语以发之,寄托深远,末句煞出眼目。

其四:篇末,维章曰:经于丹木,只云食之不饥,此独增出"可长寿命";经于是有土膏,曰黄帝是食是飨,曰黄帝取玉英投之钟山,君子服之,以御不祥,义主双竖,此独抑君子而专归轩黄,黄帝食丹木后乃鼎湖上升,则不止于充饥明矣。君子所服由黄帝分余膏,则此宝固非君子有矣,轩黄功也。增补处、归重处,俱从经,细体认生奇,原非凿空。

其五:篇末,瞻泰按:前首宁效俗中,言是欲听王母之谣;此首在世无所,须是欲索王母之食,总是眼前苦,遭俗物聒频,为出世之想,奇思异趣,超超玄著矣。

其六:篇末,维章曰:此合拈经文发议,能烛者,日也,天象也;佐烛者,浴日之人也,人力也,天非人不成事,事皆然,却从芜皋上作遥望,芜则幽而难烛矣。惟幽而望烛,是可逍遥也,胸中别有低昂。

其八:篇末,维章曰:于经文添出给饮足粮,若疲之于衣食,多寿只为苦况耳,必有给我者,足我者,乃可愿也。每拈一经,辄别创一议,或翻案,或添合。何燕泉曰：东坡云："陶渊明《读山海经十三首》，其七首皆仙语。"所谓仙语者，其第二首至此首欤。

其九：篇末，维章曰：夸父事，经凡两载，此合拈翻案也。既已逮矣，复何分胜负而云不量力哉！俱至似若判断甚明，却再从倾河纪力，化林纪功，如走竭，必不能作倾河之饮。然则其死也，蝉脱变化耳，岂属力竭至于邓林，功贻后世，则仅仅斗力又不足道矣，寓意甚远甚大。天下忠臣义士，及身之时事，或有所不能济，而其志其功足留万古者，皆夸父之类，非俗人所能知也，胸中饶有忧愤。

其十：篇末，曾端伯曰："余尝评陶公诗，语造平淡，而用意深远。外若枯槁，中实敷腴。真诗人之冠冕也！平生酷爱此作，每以世无善本为恨。其诗曰'刑天无千岁，猛志固常在'。疑上下文义不相贯，遂取《山海经》参校。有云：'刑天，兽名也，口中好衔干戚而舞。'乃知此句是'刑天舞干戚'，故与'猛志固长在'相应。五字皆讹。"维章曰："一为既逝之魂，一为既断之身，恰可相配，合拈以寄愤。因游海故被溺，因争神故被断，是谓同物有虑。被溺而化为飞鸟，仍思填海；被断而化为无首，仍思争舞，是谓化去不悔。海未必可填，舞未尝终胜，死后无裨生前，虚愿难当实事，时与志相违，是谓'昔心徒设''良辰难待'。起曰'将以''固常'，推尊一番，结曰'徒设''讵可'，凭吊百倍，志士之为精卫、刑天者，何可胜叹；懦夫之不知有精卫、刑天者，何可胜嗤！想当日读《经》时，开卷掩卷，牢骚极矣。"瞻泰按："刑天舞干戚"，江州本作"形天无千岁"，宣和中曾纮以世无善本，疑上下文义不相贯，遂以《山海经》"刑天好衔干戚"改正，为与"猛志固常在"相应。岑穰、晁咏之皆以为然，洪容斋载其说于四笔中，周紫芝《竹坡诗话》袭为己说，邢凯《坦斋通编》亦取，洪内翰之言为是。惟周益公辨其不然，又按《朱子语录》：或问"形天无千岁"改作"刑天舞干戚"，如何？曰：《山海经》分明如此说，惟周丞相不信改本，向芗林家藏邵康节写陶诗一册，乃作"形天无千岁"，周遂跋尾以康节手书为据，以为后人妄改，向家子弟携来求跋，某细看亦不是康节亲笔，因不欲破其前说，遂还之。则知考亭亦以"刑天"为然矣。又王应麟《困学纪》：闻陶靖节之《读山海经》，犹屈子之赋远游也，"精卫衔微木，将以填沧海。刑天舞干戚，猛志固常在"。悲痛之深，可为流涕。黄维章云云，亦祖改本，而详为之说。独《二老堂诗话》云，靖节此题十三篇,大概篇指一事,如前篇之所言,夸父同此篇,恐当专说,精卫衔木填海,无千岁之寿,而猛志常在,化去不悔,若并指刑天,似不相续。又况末句云"徒设在昔心,良辰讵可待",何预干戚之猛云云。吾友汪洋度宗之著论云:曾氏以一己臆见,非确据,旧时佳本流传至今,不胜词费详,"形天"句乃一篇点睛处,上下义未尝不贯,填海正须待千岁也,"志在"与"形天"应,"故"字又与"无"字应,掺入"刑天",则第二句为不了语,第四句为无根语矣。若以"舞干戚"为猛,而衔木填海者,其猛何如?"化去"即承"形天","徒设在昔心",因形天故也。"良辰讵可待"暗与"无千岁"应,至"同物"句不敢强为之解,然必谓精卫与刑天为同,亦属牵合一语之讹,数百年聚讼,今并之,以俟博考。程鉴曰:结二语显然易代之悲,无复良辰可待,设心良苦矣,一生心事毕露于此,可想见读《经》本怀。

其十一:篇末,维章曰:借题刺世,数句之中,错综曲折,钦䲹、贰负均违帝旨,窫窳、祖江均荷帝怜者也。窫窳受屈又复能变,其强犹足以自存;祖江死后独无闻焉,则祖江尤为帝之所怜矣。违帝旨者,终为帝所桔戮,庶几足昭为恶之报。然窫窳之冤魂以能变为足幸,䲹、鼓之恶魂亦将以能化为足逞,如此则伸窫窳不足压䲹、鼓,而祖江遂死,愈为可伤,帝虽怜祖江而不能使之再生,戮䲹、鼓而不能使之不化,为恶者不愈肆乎!则再深一层为点醒曰:使被帝命而长枯不得复生,固为罚之剧,即化鹦鹉亦岂足恃乎!善恶之名殊,生死又不足论矣,翻驳幽奇。

其十二:篇末,维章曰:二经合拈似不相粘,而深意乃大相关。放士之主必其迷惑者耳,惟无药可以医惑,故鹎止为有征,使得佩青鸟而不惑,则鹎即见而士可不放也。因经中"不惑"字粘出"本为迷者生",翻出"不以喻君子",鹎鸟即未止,而无朝不有放士;青鸟不可得,而举世益多迷人,奈之何哉!所恃者有君子之不待佩青鸟耳。不然青鸟茫茫无药,鹎鸟益世世有权矣。瞻泰按:因经言放士,而忽及怀王,是读书怀古深情、眼光四射处,诸本皆作"怀生世",诗意不明矣。

其十三:篇末,维章曰:首章端言读书之快,至十二章经内所寄怀者,递举无余矣。却于经外别作论史之感,以乐起,以悲终,有意于布置。题只是"读山海经",结乃傍及论史,有意于隐藏,因读《经》生肆恶放士之叹,故亟承十一、十二之后,言及举士黜恶,有意于穿插,当复何及哉!一语大声,哀号盖从。

四十六、《联句》篇末,王棠曰:此咏鸣雁也,每人四句,气脉联贯,后人喜作不了语,令他人接续,反觉彼此情阂,此可为联句之祖。

四十七、《读史述九章》①

《箕子》"哀哀箕子,云胡能夷",《史记》:纣淫乱不止,剖比干观其心,箕子惧,乃佯狂为奴,纣又囚之。邢疏:箕子,纣之诸父。《易》:箕子之明夷利贞。正义曰:夷者,伤也。箕子正不忧危,故曰利贞。

"狡童之歌,凄矣其悲",《通鉴前编》:箕子朝周,过故殷墟,伤故都,宫室毁坏,生禾黍,作《麦秀之歌》曰:"麦秀渐渐兮,禾黍油油兮,彼狡童兮,不与我好兮。"殷民闻之,皆为流涕。瞻泰按:首二句以孔子迟迟去乡国兴起,代谢之深可悲也。箕子之明夷,翻案见奇,鲜为古人知己,亦实陶公写照。

《管鲍》"澹美初交",《礼》:君子之交澹如水。

"奇情双亮,令名俱完",《史记》:管仲曰:"吾始穷困,尝与鲍叔贾,分财利,多自与,鲍叔不以我为贪,知我贫也。"又:"生我者父母,知我者鲍子也。"又:"天下不多管仲之贤,而多鲍叔能知人也。"王棠曰:"必安"二字,写出鲍叔之心,若有一毫勉强,便不称知己。然为管易,为鲍难,故诗中重在鲍一边,"双亮"二字,断得确,不亮则晦,晦则疑,何以云知心耶?

《程杵》"遗生良难,士为知己",《汉书》:士为知己者死。

"程生挥剑,惧兹余耻",《史记》:屠岸贾将作难,攻赵氏于下宫,杀赵朔,灭其族。朔妻,成公姊,有遗腹,走公宫,匿生男。屠岸贾索于宫中,已脱。程婴谓公孙杵臼曰:"今一索不得,且复索之,奈何?"杵臼曰:"立孤与死孰难?"程婴曰:"死易,立孤难。"杵臼曰:"赵氏先君遇子厚,子强为其难者,吾为其易者,请先死。"乃二人谋取他人婴儿匿山中,程婴出,谬告赵氏孤处,诸将遂杀杵臼与孤儿,而赵氏真孤乃反在,程婴卒与俱匿山中。居十五年,晋景公求立赵后,灭屠岸贾,与赵武田邑如故,程婴乃辞诸大夫曰:"我将下报赵宣孟与公孙杵臼,彼以我为能成事,故先我死。今我不报,是以我事为不成。"遂自杀。王棠曰:程如不死,负杵为耻矣,故曰"惧

---

① 吴本重新注释了《读史述九章》,但列为《附见》。

兹余耻"。

《屈贾》"进德修业,将以及时",《易》:君子进德修业,欲及时也。

"嗟乎二贤,逢世多疑",《史记》:屈原,名平,楚之同姓也,为楚怀王左徒,王甚任之,上官大夫谗之,王怒而疏屈平,作《离骚》。贾生,名谊,洛阳人,孝文帝说之,一岁超迁至大中大夫。绛灌之属害之,出为长沙王太傅。瞻泰按:二贤俱以信而见疑者。

"候瞻写志","瞻"当作"詹"。《离骚卜居》:屈平既放,三年不得复见,竭智尽忠,蔽鄣于谗,心烦智乱,不知所从,乃往见太卜。郑詹尹曰:余有所疑,愿因先生决之。

"感鵩献辞",《史记》:贾生为长沙王太傅,三年有鸮飞入贾生舍,楚人命鸮曰鵩,贾生自以为寿不得长,伤悼之,乃为赋以自广。

《韩非》"丰狐隐穴,以文自残",《韩子》翟人献狐皮于晋文公,文公受皮而叹曰:"以皮之美,自为罪也。"

"哀矣韩生,竟死《说难》",《史记》:韩非者,韩之诸公子也。喜刑名法术之学,为《说难》书甚具,终死于秦,不能自脱。

《鲁二儒》"逝然不顾,被褐幽居",《史记》:汉五年已并天下,高帝悉去秦苛仪法为简易,群臣饮酒争功,拔剑击柱,高帝患之。叔孙通请征鲁诸生共定朝仪,鲁有两生不肯行,曰:"今天下初定,死者未葬,伤者未起,又欲起礼乐,礼乐所由起,积德百年而后可兴也,吾不忍为公所为。"叔孙通笑曰:"真鄙儒也。"

《张长公》"寝迹穷年,谁知斯意",《史记》:张释之子曰挚,字长公,官至大夫,免以不能取容当世,故终身不仕。

篇末,东坡曰:《读史述九章》,《夷齐》《箕子》盖有感而云,去之五百余载,吾犹识其意也。葛常之曰:渊明《读史九章》其间皆有深意,其尤章章者,如《夷齐》《箕子》《鲁二儒》三篇,《夷齐》云:"天人革命,绝景穷居。贞风厉俗,爰感儒夫。"《箕子》云:"去乡之感,犹有迟迟。矧伊代谢,触物皆非。"《鲁二儒》云:"易代随时,迷变则愚。介介若人,特为贞夫。"由是观之,则渊明委身穷巷,甘黔娄之贫而不自悔者,岂非以耻事二姓而然耶!瞻泰按:《读史述九章》原不列诗集内,然语以韵行,与诗不甚远。且九章之内,发抒忠愤为多,尤渊明一生大节,正犹屈子之《九歌》也,附于诗后,似不嫌创。

〔按语〕

一、关于吴瞻泰

吴瞻泰(1657—1735),字东岩,清初学者,安徽歙县人。清吴苑长子。举孝廉方正,工诗。著有《古今体诗》《杜诗提要》《陶诗汇注》等。

二、关于吴瞻泰所使用的注释

吴瞻泰所采旧注,除李公焕本外,尚有何孟春、黄文焕二家及李善《文选注》、刘履《文选补注》等;此外,时人汪洪度、王棠、程元愈、程鉴等各有笺注,亦多折中采纳。采摭之广,当时最称完备。但吴氏汇注,并非逞博斗繁,不加甄别。他反对前人注陶的繁杂雕饰,以为"繁而杂,不若简而真。靖节本无意于雕饰其诗,而后人乃敢于雕饰其注耶?"故虽博采众家,而总归于揭发陶诗本旨,要言不烦。采用旧注,出李公焕本者,用"原注"二字标示,于其他各家,则一一署具姓名;征引典故,亦详具书名。于唐宋以来诗话专于某篇有所发明者,附于某篇之后,其余泛论总论,则合为《诗话》,置于末卷之后,使各以类从,井然可观①。

肖峰总结道:"吴氏精审方面还表现在该著汇集他注与间出己意相结合。吴氏虽名《陶诗汇注》,多采前彦他贤之说,汇集以成,但并不是说完全是述而不作。他并不是单纯汇集前人时彦成说,而是在此基础上有自己的创新的。前人有误处,订正之;前人未尽意处,补充之;前人忽略处,抉发之。全书'瞻泰按'近八十处,皆此类也。宋荦为该著作序时言:'新安吴子东岩喜读陶诗,常辑诸家注,衷以己说,釐为四卷,要皆解其所当解而不解其所不必解。'"②

三、吴瞻泰注本以《读史述九章》为卷末的原因

桥川时雄谓:"《九章》原不列诗集内,然语以韵行,与诗不甚远,且《九章》之内,发抒忠愤为多,犹渊明一生大节,正犹屈子之《九歌》也,附于诗

---

① 傅璇琮总主编:《中国古代诗文名著提要》汉唐五代卷,第41页。

② 肖峰:《〈陶诗汇注〉校注述评》,《铜仁学院学报》2020年第1期,第83—84页。

后，似不嫌创云。卷末诗话中，载有诸家评论，及吴菘论陶一篇，其诗注，则多采汤汉、何孟春、黄文焕三本，引用王棠、汪洪度之注说，各首字句，间有吴氏自撰评语，解字说故，颇极亲切。凡例中云，瞻泰少嗜陶，以案头俗本讹误，间有考正征引，笺之纸尾，后得汤汉、刘坦之、何燕泉、黄维章诸本，渐次加详，而吾友汪于鼎洪度、王名友棠，各有笺注，亦折衷采录，宋中丞商丘先生，见而悦之，为序以行，适秀水朱检讨竹垞先生，来广陵，以往质云云。要言之，此书为瞻泰所力作，而朋友门弟子赞助以成者也。"①卷一下有题名"歙吴瞻泰东岩辑，门人程崟夔震校"字样。卷末所附诗话除录自陶诗总论，又录有顾炎武、黄文焕之语，似有增补。此本字体优美，刊刻清晰。

据桥川时雄，此本之后有复刻本。光绪二十二年丙申，许印芳以康熙原本，增订刊印，现行于世，又辑于《云南丛书》中，印芳附记瞻泰序之后云："东岩乡闱十五举，终不遇。著有《陶诗汇注》《陶诗提要删补》《文选注》，行于世，近日坊刻无善本，予家藏东岩汇注，重为校勘，补阙正讹，续钞诗话，付梓以广其传，读陶诗者，得此善本，可以无憾矣。光绪丙申春日石屏许印芳识。"许氏增订之本，于诗之注评，有所补足，且加句读批圈，每卷末附有评语，诗话之后，更益以续钞诗话，其搜罗可谓至矣。②

四、吴瞻泰对《述酒》一诗的用力之处

注释《述酒》一诗花费吴瞻泰两年的时间。这首诗是历代注家讨论陶渊明易代思想的重要作品，吴瞻泰对其地位和特点是很清楚的，他说："宋本云：'此篇与题非本意。'诸本如此，误。黄庭坚曰：'《述酒》一篇盖阙，此篇似是读异书所作，其中多不可解。'而子苍、泉山、东涧，以及有明诸贤，各有胜处，终不能全想。"他对汤汉的看法非常赞同，汤汉说："晋元熙二年六月，废恭帝为零陵王。明年，以毒酒一罂授张祎，使鸩帝，祎自饮而卒。继又令兵人逾垣进药，王不肯饮，遂掩杀之。此诗所为作，故以《述酒》名篇。诗词尽隐语，观者不省。予反复详考，而决为零陵哀诗也。昔苏子《读述史九章》曰：'去之五百岁，吾犹见其人也。'岂虚语哉！"吴瞻泰在此

---

① 桥川时雄：《陶集版本源流考》，第三十五页 a 面—b 面。
② 桥川时雄：《陶集版本源流考》，第三十五页 b 面。

基础上进一步挖掘《述酒》背后的历史信息,此诗七处按语,占全书按语的十分之一以上。他的工作主要包括:(1) 补充前人注释的内容。如"重离照南陆"下,前有汤东涧、何燕泉的注释,吴瞻泰则对具体字词进一步解释:《晋书·恭帝纪》,元熙二年六月,刘裕至于京师,傅亮承裕旨,讽帝禅位,寻弑之。又按,《天文志》"日行南陆谓之夏",则"重离""南陆""融风"皆托时兴起之语。"素砾晶修渚,南岳无余云。豫章抗高门,重华固灵坟"两句,汤东涧只解释了"素砾""修渚",认为"疑指江陵"。吴瞻泰则解释了何为"南岳",但并非简单解释这一词,而是联系晋宋易代政治,"《晋书·恭帝纪》'帝逊于琅邪第,裕以帝为零陵王',则南岳正指其所近之地也"。"流泪抱中叹,倾耳听司晨"句,同样对具体字词进行了训诂:《周礼·鸡人》"夜呼旦",盖司晨之官也。上句"流泪"承"灵坟"来,谓恭帝崩也,下句则反《小雅》诗"夜如何",其夜向晨之意,不忍遽死其君也,如此等等。(2) 对诗句的内涵,进行引申发挥,关于"天容自永固,彭殇非等伦",吴瞻泰按语说:"上文学仙,犹庄子之寓言,以见君臣之义,千古不磨。彼恭帝自升遐耳,岂刘裕所能弑耶! 是虽弑而'天容自固',寿夭安足论哉! 一结诗心更曲更愤。"以上这些按语进一步深化了对《述酒》一诗易代思想的认识。大概因为倾注心血太多,故而他感慨:"泰注成,独此一篇,经营两载,后与友人程君元愈商榷,始得什之八。"肖峰《〈陶诗汇注〉校注述评》对吴瞻泰《述酒》诗之注有详细评论①。

五、从删除"甲子说"行为,看吴瞻泰对以易代说陶之风的反抗

吴瞻泰删去了在诸种陶集中泛滥的"甲子说":"(甲子之说)始于《宋书》,而《文选》因之。黄鲁直、秦少游皆惑其说,治平中,虎丘僧思悦始辨其非,而蔡采之《碧湖杂记》,犹曲为之说,以为元兴以后,刘裕秉政,名虽为晋,已有革代之基,故渊明所题,皆书甲子。以此论渊明,更非本怀。夫国犹其国,而预拟二十年后之兴亡以标异其诗题,岂臣子之所忍言哉! 但其一腔忠愤,亦时流露于意言之表,凡有显指易代者,始为标出。其余若刘坦之、黄维章之说,非不创新,罔敢阑入。"

吴瞻泰对以易代立场来注陶是非常反感的,对黄文焕也有所批评,认

---

① 肖峰:《〈陶诗汇注〉校注述评》,第84页。

为他是有所穿凿的。他说:"陶集旧无详注。黄本不摭故,实悉抒己意,虽详,无训诂气,为今之善本。唯牵合易代事太多,未免微凿。集中取其说者什之三四,今于旧本所有者曰原注,诸家著论,署某人征引,典故标其书,唐宋以来诗话,专于某篇发明者,注篇下。其余泛论,悉置卷末,各以类从,不专以时代次第。览者详之。"因此,吴瞻泰的汇评是明末清初的一股新风。

5. 康熙五十三年邱嘉穗《东山草堂陶诗笺注》五卷,存

〔出处〕

北京大学图书馆、天津图书馆等藏,题名为"东山草堂陶诗笺注"。

〔版本信息〕

版 式

半叶十行,行二十二字,双鱼尾。版心刻"东山草堂陶诗笺注",并书叶次。以李公焕本为底本。

编 次

卷首《陶诗笺注自序》、《陶靖节先生传并序》、陶渊明传、萧统序、总论;卷一四言诗、《读史述九章》、传赞;卷二五至四五言诗;卷五杂文,附录《靖节征士诔》。

序 跋

邱嘉穗《陶诗笺注自序》

习俗之移人也,甚矣哉!其一时风俗之所中,耳目之所濡,虽号为贤士大夫,犹将与之俱化,而无以解免,况其卑卑不自立者乎?吾尝叹晋人之习俗所以贻害于后世者有二:一曰清谈,一曰净土。清谈者,衍老庄之绪余而生以为乐者也。净土者,袭瞿昙之谬妄,而死以为归者也。此皆见先王之世所未有,而汉魏以来始滥觞焉,而犹未盛行于天下。凌迟至乎两晋之交,嵇阮王谢以放达风流自命,而后清谈之帜张。达摩渡江,面壁端坐以见性,成佛之教,倾动中土之人,而后净土之说弥近理而大乱真。二

说相仍,鼓舞变化,而人世生死之权,举操于若辈之手。虽天下聪明才智之士,亦且趋之如流水,其遗祸余毒,沦于愚贱之肌肤,而浃于学士之骨髓,历唐宋元明以至于今,而未有所已,识者盖深痛之。陶公靖节生于晋之末造,当时以清谈蔑礼法者益炽,而修净土者莫盛于东林。迨今读其书竟卷,曾无片言只字滥及于是。盖当习俗波靡之日,而能卓然不惑于其说者,独公一人而已。间独考其为人,安道苦节,尝欲及时有为,而志不获骋。家贫,戮力躬耕,妻翟氏亦能同志,安勤苦,诸子俨等,皆不辞薪水之劳,故其诗曰:"民生在勤,勤则不匮。宴安自逸,岁暮奚冀。""脂我名车,策我名骥。千里虽遥,孰敢不至。"其五言诗中则又曰:"不言春作苦,常恐负所怀。""即理愧通识,所保讵乃浅。""谈谐无俗调,所说圣人篇。""古人惜寸阴,念此使人惧。"凡此者盖不一而足,而其《责子》《命子》《与俨等疏》所以三致意者,亦复尔尔。至于佳人清夜,酣歌达曙,则直讥之曰:"皎皎云间月,灼灼叶中华。岂无一时好,不久当如何?"其所以警一时名士携妓宴游之习者,又何深且远也。吾谓公不惑于清谈之说者以此。又按义熙十年甲寅,公春秋五十。初,庐山东林寺主释慧远集缁素百二十余人,结白莲社,修净土,士大夫靡然从之。至有规求入社不可得者。公虽与慧远为方外交,而不愿齿社列。慧远遂作诗博酒,郑重招致,竟不可屈。一日偶来社中,甫及寺门,闻钟声,不觉颦容,遽命还驾,是岁公有《杂诗》数十篇,其六云:"去去转欲还,此生岂再值。""有子不留金,何用身后置。"其七云:"家为逆旅舍,我如当去客。去去欲何之,南山有旧宅。"大抵薄净土为虚无,视生死如昼夜,以自道其不肯入社之本意,说皆具余笺注中。他如《神释篇》曰:"老少同一死,正宜委运去。纵浪大化中,不喜亦不惧。应尽便须尽,无复独多虑。"《五月旦和戴主簿》曰:"既来孰不去,人理固有终。居常待其尽,曲肱岂伤冲。"《与俨等疏》曰:"天地赋命,有生必死;自古圣贤,谁能独免。"岂非"寿夭永无外请故耶?"诸如此类,不可悉数,无非圣贤朝闻夕死,存顺殁宁之旨,而与东林诸人惧轮回之及己,欲以坐亡、立脱妄意、超生三界者,气象殊大不侔,真孟子所谓"行法俟命"之君子,而天寿不足以贰之也。其临终自谓"乐天委分,识运知命",岂虚语哉!抑观公曾祖长沙公,励志勤吏职,以大禹惜寸阴为法,斥老庄之浮华,惩将佐之宴佚,朱子尝亟称之,其家学渊源,固有所自。而慧远又常杂取孔老之言,著《沙门不敬王者论》，其与公忠义之心更相刺谬，公特闲静少言，不屑与之辨耳。复何肯褰裳濡足于其间，竟为净土惑乎？而昭明太子见其《闲情》一赋，嗤为白璧微瑕，谢无逸则又作诗诬之曰："渊明从远公，了此一大事。"呜呼！公之心迹如日月，而千载以下，卒莫之知，其亦弗深考也已。若夫平生忠孝大节，自以先代晋世宰辅，耻臣于宋，为后世所共知。以及诗词风格之高，波澜意度之隽妙，或已经前人阐发，并见余笺注中者，概置不复论，论其不为晋人习俗所移，而生以清谈为乐，死以净土为归，以见公之卓识超然独出于数千载之上者如此云。康熙甲午三月既望，闽上杭邱嘉穗实亭氏谨序。

邱嘉穗《陶靖节先生传并序》

余笺陶诗，讫览昭明太子所作先生传，多不得其纲领，而词亦散漫无足观。因据先生诗并掇取诸书，僭为参补，非敢蔑视前人，亦庶几自托于温公补文中子传之意云尔。若其评先生诗，则昭明太子之序尽之矣。

晋处士陶公讳渊明，字元亮，入宋更名潜，自号五柳先生，浔阳之柴桑人。其先自陶唐之后，入殷封豕韦为陶氏。汉初陶舍从高祖破代，封愍侯。陶青相景帝。晋成帝时，曾祖侃以忠劳封长沙郡公，赠大司马，谥桓。祖茂，武昌太守，有惠政。父某，姿城太守，史逸其名。公少有高趣，博学善属文，脱颖不群，任真自得，好读书，不求甚解，时开卷有会意，辄欣然忘食。或见林木阴翳，禽声上下，亦复顾而乐之。尝以五六月高枕北窗下，遇凉风暂至，自谓是羲皇上人。虽短褐穿结，箪瓢屡空，晏如也。以家贫，稍起为州祭酒，寻自免归。州召主簿，不就，躬耕自给，遂抱羸疾。江州刺史檀道济往候公，劝之仕，谢以志不及，因馈粱肉，亦麾去。居从之贫益甚，亲故皆怂恿为长吏，而公亦自以母老子幼，欲借弦歌一席地为三径资。始出为镇军建威参军，衔命使建业，再至江陵。既乃辟为彭泽令，彭泽濒江浒，距家仅百余里，不以妻子自随。在官八十余日，颇勤吏职，不堪其扰，而性复刚直，恐与世多忤，因有怅然慷慨，深愧平生之语，时时欲自免去职。会闻武昌程氏妹讣，公欲奔丧，而郡遣督邮至，吏白"应以束带见"，公乃慨然叹曰"我岂能为五斗米折腰向乡里小儿耶！"即日解印绶还家，赋《归去来辞》，当事者犹以著作即征，迄称疾不赴。自是宋王刘裕拓土开疆，威名日盛，篡晋势成，恭帝拱手莫能制，而公亦郁郁老病，有志不获骋。

自以曾祖晋世宰辅，耻臣于宋，终其身不复肯仕矣。公性闲静少言，不慕荣利，而独嗜酒，亲旧时置酒相招，饮辄醉，醉辄退。或贵贱造其室，亦为置酒，醉即语客"我欲眠，卿且去"。江州刺史王弘欲识公不得，闻公之庐山将还，私属公故人庞通之赍酒具邀公，公与弘后先至，即共欢饮如常。尝以九日出宅边，坐丛菊中，方把菊玩赏，而弘忽遣白衣使送酒来，径就酌醉而归。颜延之旧与公相得，及为始安郡，经浔阳，日造公酣饮，临去赠钱二万，悉付酒家，稍就取酒。有郡将候公，值酿熟，取头上葛巾漉酒，已复着如初。平生不解音律，而蓄无弦琴一张，每酒适，辄抱置膝上抚弄以寄意，其饮酒真率多此类。然当是时世路崎岖，风波未静，公家又穷乏，屡阙清酤，日率妻子灌畦力作，间于耕种。稍暇，时与二三田父稚子斗酒自劳，衔觞赋诗，以乐其志。特诡托于酒人名士之间，冀以遗世忘忧，全身远害而已，非如晋人佚游荒宴，自命为放达风流者比也。初庐山东林寺主释慧远傲诞好大言，尝著《沙门不敬王者论》，又号召缁素百二十有三人结白莲社修净土。岁以春秋二节，朝宗灵像，而命刘遗民撰《同誓文》，申严其事，其间誉望尤著。如周续之等，号社中十八贤，士大夫靡然从之，至有规求入社不可得者。公虽往来庐山，与慧远为方外交，而心实鄙薄其说，不愿齿社列。慧远遂作诗博酒，郑重招致，卒不可屈。一日偶来社中，甫及寺门外，闻钟声，不觉颦容，遽命还驾。公或留止，必索酒，破其戒，慧远独许之，而社中诸人不与焉。时续之、遗民既遁迹庐山，事慧远公，又不应征命，人称浔阳三隐，而续之遽应刺史檀韶之请出州，与学士祖企、谢景夷共讲礼于城北之马队旁，公疾稍间，亦作诗规之，其高致远识又如此。宋元嘉四年将复征命，会卒，年六十三。故人颜延之私谥为靖节征士。易箦前有自挽歌及祭文，视生死如昼夜，信不惑志于东林者。妻某氏蚤卒，继娶翟氏，有贤德，能安勤苦，与公同志，生五子：俨、俟、份、佚、佟，皆不辞薪水之劳。公有《责子》《命子》《与子俨》等诗文，教诲备至。先是官彭泽，日送一仆给其子书，曰："汝旦夕之费，自给为难，今遣此力助汝薪水之劳，此亦人子也，其善遇之。"彭泽有公田之利，足以为酒。公议明年悉令吏种秫，曰"吾常得醉于酒，足矣！"妻子固请种粳，乃议以二顷五十亩种秫，五十亩种粳。其后公遽免归，竟置不复问。公殁后百余年，梁太子萧统爱其文，为之序曰："有疑陶渊明诗篇篇有酒，吾观其意不在酒，亦寄酒为迹者。其文章不群,辞彩精拔。跌宕昭彰,独超众类。抑扬爽朗,莫之与京。横素波而傍流,干青云而直上,语时事则指而可想,论怀抱则旷而且真,加以贞志不休,安道苦节。不以躬耕为耻,不以无财为病,自非大贤笃志,与道汙隆,孰能如此乎?尝谓有能观渊明之文者,驰竞之情遣,鄙吝之意祛,贪夫可以廉,懦夫可以立,此亦有助于风教也。"君子以为知言。康熙甲午三月既望闽上杭邱嘉穗实亭氏补传。

《四库全书总目》卷一百七十四《陶诗笺》提要

《陶诗笺》五卷,户部尚书王际华家藏本。国朝邱嘉穗撰。嘉穗有考定石经大学经传解,已著录。是编乃所注陶潜集。摸索语气,全类时文批语。其力辨潜不信佛,为能崇正学、远异端,尤为拘滞。潜之可重,在于人品志节。其不入白莲社,特萧散性成,不耐禅仪拘束,非有儒佛门户在其意中也。嘉穗刻意讲学,故以潜不入慧远之社为千古第一大事,不知唐以前人正不以是论贤否耳。①

注 例

一、旧注与新注内容相混杂

《东山草堂陶诗笺注》所笺者,不止陶诗之原文,更包括陶集之旧注。其中,李公焕注与汤汉注,是邱嘉穗参考最多之注释。黄世锦统计:"《陶诗笺》稽于李注者,合计 280 条。其中,笺注征引于李氏者,达 170 条,占全书笺注一半以上;诗后所引诸家评语中,源于李注者计 89 条。因邱氏援李注为校注底本,故书中相关汤氏笺注与考评,皆由转引李注而得,全书源于汤注者,达 65 条"②。因此,《东山草堂陶诗笺注》更类似于邱嘉穗阅读汤注、李注之笔记,或在旧注之基础上加以补充,或者是参考旧注而另出新意。而"新意"的生发点,主要是围绕易代政治背景下陶渊明的相关政治选择、情感等方面。

二、多长篇评语,好论

《形影神(并序)》题目下:贵贱贤愚,莫不营营以惜生,斯甚惑焉。故

---

① 永瑢等撰:《四库全书总目》卷一百七十四,第 1531 页。
② 黄世锦:《试论汤汉〈陶靖节先生诗集〉的内涵及其影响》,《成大中文学报》2016 年第 55 期,第 142—144 页。

极陈形影之苦,言神辨自然以释之,好事君子共取其心焉。

篇末:末数语,真实见道之言。与裴晋公所谓"猪鸡鱼蒜,逢着便吃。生老病死,符至即行"者同一达观。此君子之所以行法俟命,而寿夭不足以二之也。陶公有此卓识,其视白莲社中人胶胶于生死者,正不直一笑耳。尚安肯褰裳濡足于其间乎?

《示周续之祖企谢景夷三郎》:起手纡曲,"有情道丧"二句一扬,为下抑之,张本末结,出风刺本意,婉而多风。即起处"相去不寻常,道路邈何因"一语便已含讽刺之意,隐然见我自抱病固穷,而若辈何以违离于咫尺之地,得非贪荣慕利、守道不终而然耶?

《癸卯十二月中作与从弟敬远》:梁萧统论公之文云:"贞志不休,安道苦节,不以躬耕为耻,不以无财为病。"读前二诗可见其"不以躬耕为耻"矣,读此一诗可见其"不以无财为病"矣。

《乙巳岁三月为建威参军使都经钱溪》:此诗亦与前《经曲阿》《从都还阻风》《还江陵夜行》三诗同旨,皆不乐奔走于外,而思归隐之意。盖此四五年间,公虽为镇军建威将军,已自灼见时事之不可为,特以为贫而仕不得已耳。故是年秋为彭泽令,不及三月即赋《归去来兮辞》,皆以自遂其本志也。

《读山海经》其二曰:余谓世之热心人,厌观世故而中有所不得已,往往思遁于神仙不死之方以为高。盖既已无可奈何而偶托于此以自遣,非如秦皇汉武之呆求不死也。读公此数诗,当以此意求之,其即夫子浮海居夷之思欤?

三、关注陶之诗文艺术,擅长分析作品内在脉络与章法

《停云(并序)》第一章:赋也。旧注:"八表"二句,盖寓飙回雾塞、陵迁谷变之意。则兼比矣。

《荣木(并序)》第二章:叠前章顺兴意变作反兴,非止反复咏叹而已,看承接可见。

第三章:志彼安此,总是苟且因循,不能改过迁善之意。

第四章:赋而比也。上章悔既往,此章策将来。

《归鸟》第一章:此诗皆比也。与《归去来辞》同意。公《饮酒诗》其四"栖栖失群鸟"一篇亦用此意。而变化出之,皆可见其托物言情之妙。

《九日闲居（并序）》：前辈既以"空视时运倾"句为指易代之事。则自"尘爵"以下六句，实有安于义命、养晦待时之意。此则陶公自叹为深情者也。诗中"蓬庐士"，公自指也。"时运倾"，晋宋代谢也。"尘爵"句承酒说，"寒华"句承菊说，有菊无酒，正贴"空视时运倾"意。故序以菊醪为慨，其所谓深情，只在"淹留岂无成"句，意欲恢复王室，语却浑然，序所谓寄怀也。

《和胡西曹示顾贼曹》：此诗赋而比也，盖晋亡于宋，如重云蔽日而阴雨纷纷，独公一片赤心，如紫葵向日，甚为可爱。而又老至，不能及时收获，渐当复衰，此公之所以感物而独长悲也。

《移居》其一：起于未移居前，追想从前主意作冒。韩文题前多用此法。"邻曲时时来"以下，正应上"素心人""数晨夕"意。孔子所谓择里处仁之知，陶公有焉。

《饮酒》其四：此诗纯是比体，盖陶公自彭泽解绶，真如失禽之鸟，飞鸣无依，故独退守田园，如望孤松而敛翮，托身不相违也。公尝有《归鸟》四言诗，正与此诗意同。

《饮酒》其五：按朱文公《卜居诗》有云"静有山水乐，而无身世忧"，亦用陶公句法。然两句只是一意重复，"而"字直贯，便觉无力。此云"结庐在人境"，宜有车马之喧，而竟无之，是以"而"字作转语，用两意抑扬相拗，便觉"而"字有力。朱子古诗，类得力于陶，超然宋格之上。而于此种句法，犹不免学其似而失其真，陶诗岂易言哉？

《饮酒》其八：此诗赋而比也。诸人附丽于宋者，皆如众草。惟公乃如独树青松耳。

《饮酒》其十：此直赋其辞彭泽而归来之本意。

《饮酒》其十六：悲风比世乱，荒草比小人。刘裕弑零陵，天昏地黑，夹日无人，真如漫漫长夜、晨鸡不鸣之时。玩"悲风""荒草""长夜""晨鸡"等字，亦赋而比也。公平生望古遥集，本欲有为，而四十无成，终隐于晋、宋鼎革之乱，故托言如此。

《归园田居》其一：此篇是《归园田居》总叙，下四首分赋其事。首四句赋起。一反一正，"羁鸟"二句兴而比也，作上下文过脉，末两句锁尽通篇。按乐府古辞《鸡鸣篇》有"鸡鸣高树颠，狗吠深宫中"之句，陶公盖本此。

《归园田居》其二：由居家省事而及于在外之农谈，甚有次第。

《归园田居》其三：前言桑麻，此言种豆，皆田园中实事，亦有次第。

《归园田居》其四：前言桑麻与豆，此则耕种之余暇，凭吊故墟，而叹其终归于尽。"人生似幻化"二句，真可谓知天地之化育者，与远公白莲社人见识相去何啻霄壤。

《归园田居》其五：前者悲死者，此首念生者，以死者不复还，而生者可共乐也。故耕种而远，濯足才罢，即以斗酒只鸡，招客为长夜饮也。

《归园田居》其六：此系江淹杂拟误入集中，以前数作次第例之，殊不合。但玩其风趣，已开韦、柳、王、储疑陶一派，亦可法也。

《还旧居》：陶公诸感遇诗都说到极穷迫处，方以一句拨转，此所以为安命守义之君子也，而章法特妙。

《咏贫士》其二：通篇极陈穷苦之状，似觉无聊，却忽以末二句拨转，大为贫士吐气，章法之妙令人不测，大要只善于擒纵耳。

《杂诗》其二：日沦月出，气变时易，似亦微指晋宋革代之事而言。按朱子曰："隐者多是带气负性之人为之，陶欲有为而不能者也。"读此诗结数语，知其感愤于晋宋间者深矣。

《杂诗》其三：大意谓晋亡于宋，昔盛今衰，如荷之春生秋谢。今宋之阴意杀物，如霜降草枯，虽日月环周，而我遂一去不复再见天子当阳时矣，能不感昔而断肠哉！

《杂诗》其五：此非自伤失学之诗，盖与《岁暮和张常侍》一诗同意，陶公本怀讨宋篡弑之志而不得以有为于世，故其言悲愤如此。亦即前诗所谓"日月掷人去，有志不获骋"者也。玩"猛志逸四海"二句，便可见东涧引太白诗释之误矣。

《杂诗》其六：余见愚夫妇惑于佛氏轮回之说，每不惜施舍以资冥福，虽其子之饥寒，不遑恤也，非陶公所讥"置金于身后"者乎？意当时东林寺缁素入社者，已有百余人，而一时愚夫妇为其所煽惑，不惜捐金钱作佛事，以为身后计者，更十百倍。故陶公讥之曰："有子不留金，何用身后置。"真所谓务民之义，而不惑于鬼神之所不可知者也。

《杂诗》其七：此与《神释》篇所谓"老少同一死""正宜委运去"数语同意，恐亦破东林净土之说。此言亦达甚，以家为逆旅，以南山墓冢为旧宅，公盖视死如归耳。公《自祭文》亦云"陶子将辞逆旅之馆,永归于本宅",是此诗确证。

《咏荆轲》:上二诗皆有序,此诗独无序,岂以荆轲报秦之事不待序而后明?抑公常抱诛刘裕之志,而荆轲事迹太险不便明言,以自拟也欤?

《庚子岁五月中从都还阻风于规林二首》其一:余读"一欣侍温颜,再喜见友于"及"从游恋所生",与夫《悲从弟》《祭程氏妹》诸诗文,而知公之真孝友;读《责子》《告俨等疏》,及"弱子戏我侧,学语未成音。弱女虽非男,慰情良胜无"等句,而知公之真慈爱。自古未有居家不尽孝弟慈三者而能为国之忠臣者也。

《拟古》其三:自刘裕篡晋,天下靡然从之,如众蛰草木之赴雷雨,而陶公独惓惓晋室,如新燕之恋旧巢,虽门庭荒芜,而此心不可转也。末四句亦作燕语方有味,通首纯是比体。

《拟古》其七:晋人自命放达风流,时时携妓宴游、酣歌达曙。而公独闲静少言、不慕荣利,故赋其事。而以花月之不久比之,殆与程明道先生"座中有妓,心中无妓"同一意致也。亦所谓词不迫切而意已独至者乎!公性嗜酒,而平生欢酒见于诗者,多在稚子弱女、田父故人之间,盖借以遗世忘忧,而非沉湎者比也。故于此诗微讽宴乐逸游之不可从,则其性情之正大可见矣。

〔按语〕

一、关于邱嘉穗

邱嘉穗,字秀瑞,来苏里人,弱冠遂有才名。康熙二十三年选拔,知县蒋廷铨延入志局,所有记著多出其手。庚午举于乡,任归善县。县附郭巨邑,公余之暇,惟以读书题咏为事,著述甚富。两充乡试同考官,所得皆名下士。大宪知其才,咸推重之,卒于官。著有《东山草堂诗集》《东山草堂文集》行于世[1]。邱嘉穗于康熙二十九年中举之后,多次参加会试,但一直未能如愿,最后才得签选为县令。其《东山草堂诗集》八卷《续编》一卷,有光绪八年汉阳邱氏刻本。其集收邱嘉穗五七言古诗、律诗、绝句、排律

---

① 赵成纂修,唐鉴荣校注:《上杭县志》,鹭江出版社2016年版,第339页。

等。《东山草堂诗集》卷前有邱嘉穗自序,并有八卷目录,《续编》则均无。

关于邱嘉穗撰《东山草堂陶诗笺》的心态,黄世锦分析认为:"邱氏活动于康熙朝,身历鼎革易代际遇,后虽参与科举,进入清王朝官僚仕宦体系,然明亡祚移,家国伤痛,犹牵系心中,徘徊踌躇,纠葛萦怀。彼时满人基业渐固,鼎移形势已成,入主中原的统治正当性,渐为汉民族所认可。邱氏虽为实现经世济民之志,哀怜百姓疾苦,勉强出仕;然正朔沦亡,故园颓唐,以夏事夷,苍生扰攘,仍惆怅胸中,微感懑郁,不能或已! 故其评论陶诗,每寓以兴亡之感、易代之事、不侍二主之节、为晋室复仇之想。除受汤氏影响外,实与身世遭遇密切相关,投射改朝易代之际,知识分子踟蹰仕隐、踌躇进退、纠葛矛盾的彷徨心态!"①

二、关于邱嘉穗所撰《陶渊明补传》的问题

此传系邱嘉穗根据史传所编之陶渊明新传。这篇新传,对萧统所撰陶传持否定意见,认为"览昭明太子所作先生传,多不得其纲领,而词亦散漫无足观。因据先生诗并掇取诸书,僭为订补",而邱嘉穗所认可的"纲领",主要是两个方面:一是要突出陶渊明对晋室的忠诚:"平生忠孝大节,自以先代晋世宰辅,耻臣于宋,为后世所共知";二是彰显陶渊明既不流于清谈,也不为佛所惑,与慧远的白莲社保持警惕的距离。邱嘉穗想象了陶渊明有意为难慧远的情节:"公虽往来庐山,与慧远为方外交,而心实鄙薄其说,不愿齿社列。慧远遂作诗博酒,郑重招致,卒不可屈。一日,偶来社中,甫及寺门外,闻钟声,不觉颦蹙,遽命还驾。公或留止,必索酒,破其戒,慧远独许之,而社中诸人不与焉。"对此,四库馆臣颇为讥讽,认为邱嘉穗"力辨潜不信佛,为能崇正学、远异端,尤为拘滞。潜之可重,在于人品志节。其不入白莲社,特萧散性成,不耐禅仪拘束,非有儒、佛门户在其意中也。嘉穗刻意讲学,故以潜不入慧远之社为千古第一大事,不知唐以前人正不以是论贤否耳"。从以上两个方面可以看出,邱嘉穗正统观念重,极度排斥佛教尤其是白莲社、慧远等。过去论者对邱嘉穗的排佛言论,多从邱嘉穗所受儒家正统教育的角度来思考。其实,邱嘉穗成为一位反对

---

① 黄世锦:《试论汤汉〈陶靖节先生诗集〉的内涵及其影响》,《成大中文学报》2016年第55期,第145—146页。

异端思想的知识分子，与康熙朝的宗教环境有一定关系，当时天主教等外来宗教渗透至民间社会，邱氏对此有一定看法，或亦移于陶注之中。

故而，在《东山草堂陶诗笺》中，邱嘉穗对前人关于陶渊明与佛教关系的讨论，都加以反驳。邱嘉穗另撰有《天主教论》，对天主教加以批判。而他的反佛言论为最切，如《答家伟元伯书》，反对佛教的净土、轮回之说："天堂净土、地狱轮回之说，果何昉哉！其信有之耶？其传之非其真耶？如信有之也，则净土之中，羲农以降，诸圣贤应皆在焉。而无父无君之徒，安得而窃居之？若传之非其真也，则其视伦教为幻妄，而欲屏而绝之，以求其所谓清净寂灭者，毋乃徒劳而无所益欤？以是知吾儒者，顺生安死之为正，而佛氏坐亡立化、去来自在之说，其私己而诬人也甚矣！然世衰道丧，求媚要福之徒崇信其说犹不足怪，而吾儒之高明者，亦往往溺于其中而不能出，此其故何也？夫人之情，厌庸行而喜新奇、畏烦难而趋简便，反自以为儒释之妙，同出一源，而不知彼之所谓性者，执气以为性，而非天赋之实理；彼之所谓道者，离器以为道，而不本于良知良能之固然，此之不辨，而乘其弊以入之，是以智者悦其高妙，贤者乐其空寂，甘自托于彼而不返也。"①又有《去僧尼》论之曰："佛氏自入中国以来，驾其清虚缘业之论，鼓其神通变幻之术甚者，遂至于合老庄、混儒释为一家，其说日新月盛、洋溢四出而不可遏举，古今男女童叟贵贱不迷惑，没溺于其中，而吾儒之诡僻者，亦且心悦诚服，为之奔走而不辞。"②又曰："佛氏之教有此十弊，皆孟子所谓'禽兽食人之祸'，而于孔子所谓'庶而富，富而教'之道，无一而不悖焉者。"③从以上内容，可窥邱嘉穗思想之大概。

三、前人对邱嘉穗本的评价问题

桥川时雄对此本之关注甚多："《东山草堂陶诗笺注》，凡五卷，邱嘉穗撰，康熙五十三年甲午刊。邱嘉穗，字戬之，上杭人，康熙进士。余未睹康熙原刊，今辑刊《东山草堂诗文集》中，邱氏序末云，康熙甲午三月既望邱嘉穗实亭氏谨序。……《东山草堂陶诗笺注》，凡五卷，《东山草堂诗文集》

---

① 邱嘉穗：《东山草堂文集》，第106页。
② 邱嘉穗：《东山草堂文集》，第140页。
③ 邱嘉穗：《东山草堂文集》，第141页。

附刊本，记书签云，光绪八年仲秋夏汉阳邱氏重刊，重刊者乃为嘉穗曾孙步洲，亦应知有康熙原刊本也。"①

桥川氏又言："卷首自序，缕述陶公人物才藻，又有别撰陶传，附载卷首云，昭明太子所作先生传，多不得其纲领，而词亦散漫，无足观云云。然嘉穗陶传，横改史书陶传之次第，其间横插入陶之诗文，又无所发明，颇失记传之本意。卷首复有昭明太子《传》《序》及《总论》，卷一四言诗，《读史述九章》《五孝传》《四言赞》《扇上画赞》等，均与四言诗同辑于卷一之末，他本所无，而创于嘉穗者，然如此创意，亦未足为贵也。卷二之四五言诗，卷五文，删《五孝传》《圣贤群辅录》，卷末附刊颜氏陶诔，卷中各首，自为注评，酷称陶公忠节有时拘束于每饭不忘君之意，注评亲切，亦非无善解。"②

文中录昭明太子《陶传》，传下有言："余笺陶诗讫，览昭明太子所作先生传，多不得其纲领，而词亦散漫，无足观。因据先生诗并掇取诸书，僭为订补，非敢蔑视前人，亦庶几自托于温公补文中子传之意云尔，若其评先生诗，则昭明太子之序，尽之矣。"遂对此序有所修改，而补定之字体，与正文之字体同，并不作区分。结尾"有助于风教也"之后，补"君子以为知言"。落款为"康熙甲午三月既望闽上杭邱嘉穗实亭氏补传"。又有"东山草堂陶诗笺卷首"下题"闽西邱嘉穗实亭评注，曾孙步洲重校刊"。然后为萧统序、总论、卷一至卷八，无《五孝传》《四八目》等。附录《靖节征士诔》。从文中诸注看，邱氏评陶，颇为理性、节制。例如将《止酒》一篇与韩愈《落齿》相类同，反复言及"止"字，认为后人不必学此种诗。

郭绍虞对邱嘉穗注本的评价很低，《陶集考辨》曰："此书重在阐说陶公思想，言其生不以清谈为乐，死不以净土为归，亦足为后世道学家论陶之见解。实则陶公思想亦不能不受时代习俗所薰染，谓其不为晋人习俗所移，亦未然也。此当别为文论之。此书原本刊于康熙甲午，未见，焦山书藏有此书。今《东山草堂诗文集》有附刊本。校雠不精，时多误字，又此书虽名笺注，而评多于注，虽名陶诗而亦附杂文，殊嫌体例不纯。注文亦多袭用旧注，除其自撰《序》《传》二文外，似无可采者。"③在这段评论中，

①② 桥川时雄：《陶集版本源流考》，第三十四页 a 面。
③ 郭绍虞：《陶集考辨》，第 320 页。

335

"虽名笺注,而评多于注;虽名陶诗,而亦附杂文,殊嫌体例不纯"主要是指《东山草堂陶诗笺注》中,笺注包括了旧注和自注,同时又有大量评语,这些评语通常出现在陶诗原文之末,是为"评多于注"。而此类评语大部分是邱嘉穗对某些问题加以发挥而成。

高建新《一心塑造自我心目中的陶渊明形象——评清人邱嘉穗〈东山草堂陶诗笺〉》则对邱嘉穗注陶的积极方面加以褒扬,认为:"邱嘉穗一心想塑造自己心目中的陶渊明形象。在邱嘉穗看来,陶渊明甘愿回到乡村,躬耕自食,饮酒赋诗,是身处鼎革之时不得已而为之,自然不是纵酒佯狂、放达风流的晋人可比的。邱嘉穗由衷热爱、钦佩陶渊明,悉心揣摩陶诗,在评注中多有创获,主要体现在对陶渊明高尚人格的赞美推重、对陶诗艺术深入的体味和独具匠心的阐发。从邱嘉穗的评注中,我们可以看到清人研究陶诗辞章、义理、版本、考据兼顾的特点。"①指出邱嘉穗笺注陶渊明诗歌的特色,一是"托物言情"的手法,二是陶诗"平处见山"的章法。

黄世锦分析了汤汉注《陶靖节先生诗集》的笺注特色及影响,作者统计了邱嘉穗《东山草堂陶诗笺》引用汤注的数量,以此认定《东山草堂陶诗笺》受汤汉陶学影响较大②。

6. 康熙年间董废翁评《陶靖节集》四卷,存

〔出处〕

国家图书馆藏。

〔版本信息〕

版 式

《陶靖节集》四卷,题"锦邨董废翁选评",有严鸿逵《题序》。半叶八

---

① 高建新:《一心塑造自我心目中的陶渊明形象——评清人邱嘉穗〈东山草堂陶诗笺〉》,《铜仁学院学报》2018年第1期,第24页。

② 黄世锦:《试论汤汉〈陶靖节先生诗集〉的内涵及其影响》,《成大中文学报》2016年第55期,第142—146页。

行,行十七字,小字双行同,四周单边,无直格。

编　次

诗四卷,编次与汤汉本同。郭绍虞言,据严《序》知董氏于《陶集》之外更有《杜集选评》,今未见。此本为陶诗全集,选评云者,谓不必各首皆评,非于陶诗有所删汰也。又据其考证,此书似为康熙间刊本①。

〔按语〕

关于董本的评注价值与流传情况,郭绍虞评价:"此书虽专评陶诗,而其所据仍为《渊明全集》,故无《桃花源诗》《归去来辞》诸篇,与汤汉《陶诗注》等书不同。……其评不袭用前人语,大率皆自抒其胸臆者。其书在温汝能《陶诗汇评》之前,而温氏绝不采及,似未见其书者。桥川氏《陶集版本源流考》网罗颇富,亦未论及,足见此本流传之稀。其评或注句旁或注句中。注句旁者指出字法句法,注句中者,指出章法兼述大义。第惜有时过重起结照应,不免稍落讲章习气,甚至于《归园田居》第六首江淹拟作,明见《文选》,亦以为'问出归园田之旨,以通结全篇',斯则不免凿说矣。"②

7. 康熙旌邑李文韩刊《陶渊明集》十卷,佚

〔出处〕

此本现已佚。咸丰年间为独山莫友芝翻刻。详见"咸丰莫氏翻刻旌邑李文韩刊本"条。此即大矢根文次郎所谓的宋本"独山莫本"之底本③。莫氏所翻之《陶渊明集》,不是直接来自宋本,而是来自李文韩的翻宋本。

〔版本信息〕

题为"康熙年间刻本",半叶七行,行十五字。除了卷首、卷末没有莫

---

① 郭绍虞:《陶集考辨》,第 314 页。

② 郭绍虞:《陶集考辨》,第 314—315 页。

③ 大矢根文次郎:《陶渊明研究》第三卷,早稻田大学出版部 1967 年版,第434 页。

氏识语以外,其他内容可谓与独山莫氏本完全一致。同样是以《归去来辞》为上卷之末,分成上下两册。李文韩所刻《陶渊明集》十卷,铁琴铜剑楼曾有收藏,其上有徐兆玮题诗:"瓶庐卷帙散如烟,手迹摩挲一惘然。雠校园公姚墓志,好凭名印考乡贤。汲古储藏秘本存,郎亭考索诩专门(莫氏跋谓:毛斧季《秘本书目》所举二条并与此本合,所据即毛氏宋本)。我宗好事曾翻板,貌类中郎有虎贲(余藏桐城徐椒岑复刻本)。甲戌冬至日,为旭初内表阮题,虹隐居士。"①

〔按语〕

关于李文韩是何许人,莫友芝未加以介绍。或认为是清初时期一位旌德刻工。刻工列入版本之题名者非常少见,应该是出版人。此外,李文韩还刻过汤汉注本《陶渊明集》十卷,此种陶集有沈廷芳跋并录,另有查慎行跋及何焯评②。

李文韩刊本在《郘亭日记》中未见提及,故而具体何日自何地所获,难以确知。张剑《莫友芝年谱长编》将之定为"腊月"而已,将《宋元旧本经眼录》附录卷一《书衣笔识》所载《陶渊明集》之识语收入其中③。从晚近以来学界对陶集的使用情况来看,此种陶集很少进入学者们的视野,当是因其稀见之故。而所谓"独山莫本"的底本,也即李文韩刻本之底本,实为汲古阁旧藏十卷本《陶渊明集》。此种陶集流传世间的时间较晚,莫友芝没有看到过原本,而是大约从"毛斧季秘本书目注宋板"中知道有这样一个"秘本"④。桥川时雄也说"余未睹此书原本"⑤。甚至到丁福保时,也没有见到过汲古阁旧藏十卷本《陶渊明集》。

事实上,咸丰年间莫氏缩宋本之初印本,现在也已经不常见,常见的大部分是后来光绪二年翻刻的莫氏翻宋本。

---

① 宫晓卫主编,齐鲁书社编:《藏书家》第13辑,齐鲁书社2008年版,第33页。
② 李剑锋:《陶渊明接受通史》,齐鲁书社2020年版,第815页。
③ 张剑:《莫友芝年谱长编》,中华书局2008年版,第259页。
④ 莫友芝著,张剑点校:《宋元旧本书经眼录》附录卷一,中华书局2008年版,第137页。
⑤ 桥川时雄:《陶集版本源流考》,第九页b面。

8. 乾隆十三年孙端人评注《陶公诗评注初学读本》二卷,存

〔出处〕

国家图书馆等藏。

〔版本信息〕

版 式

《陶公诗评注初学读本》二卷,孙端人纂辑,乾隆戊辰一经代授山房刊本。一册,半叶九行,行二十一字,白口,左右双边,有朱笔圈点。

首页题"乾隆戊辰中秋镌,浙水孙端人纂辑《陶公诗评注初学读本》,一经代授山房藏版"。

编 次

卷首目录、陶渊明传、诸家评论,卷一《停云》至《悲从弟仲德》,卷二《始作镇军参军经曲阿》至《拟挽歌辞三首》《联句》《桃花源诗并记》《四时》,附三篇赋辞。

序 跋

卷首有序:

余弱冠读公诗,即爱其语淡味腴,觉纯粹冲和之道,气自悠然流露于楮墨间,凡遇古今评注本,辄手自钞辑,并置行箧中,迄今三十余年矣。兹养疴僧寮,地偏心远,稍获向,愈还读我书,遂重加订定,并属同人编校付梓,庶学之者,赏奇晰疑,咸识其旨趣云耳。时乾隆戊辰中秋日丁酉,浙水孙人龙端人记于法源寺东之颐斋。

注 例

孙端人纂辑评论之后,再出按语:

梁昭明太子云:有疑渊明诗篇篇有酒,吾观其意不在酒,亦寄酒为迹者也,其文章不群,辞彩精拔,跌宕昭彰,独超众类,抑扬爽朗,莫之与京。横素波而旁流,干青云而直上。语时事则指而可想,论怀抱则旷而且真。加以贞志不休,安道苦节。不以躬耕为耻,不以无财为病,自非大贤笃志,

与道污隆,孰能如此乎?余素爱其文不能释手,尚想其德,恨不同时,故加搜校,粗为区目。白璧微瑕,惟在《闲情》一赋,扬雄所谓"劝百而讽一"者,卒无讽谏。何足摇其笔端,惜哉!亡是可也。并粗点定其传,编之于录。尝谓有能观渊明之文者,驰竞之情遣,鄙吝之意祛,贪夫可以廉,懦夫可以立,可躔抑乃爵禄可辞,不必旁游泰华,远求柱史,此亦有助于风教也。

苏东坡云:吾于诗人无所好,独好渊明诗。渊明作诗不多,然质而实绮,癯而实腴。自曹、刘、鲍、谢、李、杜诸人,皆莫及也。又云:所贵于枯淡者,谓外枯而中膏,似淡而实美,渊明、子厚之流是也。若中边皆枯,亦何足道。又云:渊明诗初视若散缓,熟视有奇趣,如"日暮巾柴车"四语,又"霭霭远人村"四语,皆才高意远,造诣精到,为不易及。又云:集中《乞食》诗,偶得一食,至欲以冥报,此大类丐者口颊,非独余哀之,举世莫不哀之也。饥寒常在身前,声名常在身后,二者不相待,此士之所以穷也。又云:旧说渊明不知音,只蓄无弦琴以寄意,曰:"但得琴中趣,何劳弦上声。"余以为公自云"和以七弦",岂得为不知音?当是有琴而弦弊坏,不复更张,但抚弄以适兴,为得其真耳。

王半山云:陶诗有奇绝不可及处,如"结庐在人境"数语,由诗人以来,无此句也。然则渊明趋向不群,词彩精拔,晋、宋之间一人而已。

黄山谷云:血气方刚时,读此诗如嚼枯木;及绵历世事,知决定无所用智。又云:谢康乐、庾开府之诗,炉锤之功,不遗余力;然未能窥彭泽数仞之墙者,二子有意于俗人,赞毁其工拙,渊明直寄焉。持是以论渊明诗,亦可以知其关键也。又云:宁律不谐而不使句弱,用字不工不使语俗,此庾开府之所长也,然有意于为诗也。至于渊明,则所谓不烦绳削而自合者。虽然,巧于斧斤者,多疑其拙;窘于检括者,辄病其放。岂可为不知者道哉!又云:退之于诗,本无解处,以才高而好耳。渊明不为诗,写其胸中之妙耳。无韩之才与陶之妙,而学其诗,终乐天耳。又云:诗中每用"正""尔"二字,乃当时语,若改作"止",甚失语法。

胡元任云:东坡在颍州时,因欧阳叔弼读元载传,叹渊明之绝识,遂作诗云:"渊明求县令,本缘食不足。束带向督邮,小屈未为辱。翻然赋归去,岂不念穷独。重以五斗米,折腰营口腹。云何元相国,万钟不满欲。胡椒铢两多,安用八百斛。以此杀其身,何翅抵鹊玉。往昔不可悔,吾其反自烛。"渊明隐约栗里、柴桑之间，或饭不足也。颜延之送钱二十万，即日送酒家。与蓄积不知纪极，至藏胡椒八百斛者相去远近，岂直睢阳苏合弹与蜣螂粪丸比哉！又云：钟嵘评渊明诗为"古今隐逸诗人之宗"，余谓陋哉。斯言岂足以尽之？不若萧统所称"文章不群，词彩精拔"十数语，乃尽之耳。

陈后山云：右丞、苏州皆学陶，正得其自在。

杨龟山曰：渊明诗所不可及者，冲澹深粹，出于自然，若曾用力学，然后知渊明诗非着力所能成也。

朱晦翁云：晋、宋人物虽曰尚清高，然个个要官职，这边一面清谈，那边一面招权揽货。陶渊明真个是明不要，此所以高于晋、宋人物。又《答谢成之书》：渊明诗所以为高，正在不待安排，胸中自然流出。东坡乃篇篇句句，依韵而和之，虽其高才，似不费力，然已失其自然之趣矣。又云：作诗须从陶、柳门中来，乃佳。不如是，无以发萧散冲澹之趣，不免于局促尘埃，无由到古人佳处。又云：陶渊明诗平淡出于自然。后人学他平淡，便相去远矣。某后生见人做得好诗，锐意要学。遂将渊明诗平仄用字，一一依他做。到一月后便解自做，不要他本子，方得作诗之法。又云：韦苏州诗直是自在，其气象近道，陶却是有力，但诗健而意闲，隐者多是带性负气之人为之，陶欲有为而不能者也。

葛常之云：陶潜、谢朓诗，皆平淡有思致，非后来诗人怵心刿目雕琢者所为也。老杜谓"陶谢不枝梧，风骚共推激。紫燕自超诣，翠驳谁翦剔"是也。大抵欲造平淡，当自组丽中来，落其纷华，然后可造平淡之境，如此则陶谢不足进矣。今之人多作拙易诗，而自以为平淡，识者未尝不绝倒也。梅圣俞和晏相诗云："因令适性情，稍欲到平淡。苦词未圆熟，刺口剧菱芡。"言到平淡处甚难也。李白云："清水出芙蓉，天然去雕饰。"平淡而到天然处，则善矣。又云：东坡拈出渊明谈理之诗有三，一曰"采菊东篱下，悠然见南山"，二曰"笑傲东轩下，聊复得此生"，三曰"客养千金躯，临化消其宝"，盖知道者出语，自然超诣，非常人能蹈轨辙也。又云：贤者豹隐墟落，固当和光同尘，虽舍者争席奚病，而况杯酒之间哉。《饮酒》第九首"田父有好怀"，与少陵"田翁逼社日"诗，可见一世伟人，每为索饮者，使尽欢而后去，至以愿君汩其泥为说，则禀气寡谐，宁为公之介，而不必如久客，惜人情如何拒,邻叟为少陵之通矣。

刘后村云:士之生世,鲜不以荣辱得丧挠败其天真者。渊明一生,惟在彭泽八十余日涉世故,余皆高枕北窗之日,无荣恶乎辱,无得恶乎丧。此其所以为绝唱而寡和也。

蔡宽夫云:柳子厚之贬,其忧悲憔悴之叹发于诗者,特为酸楚,卒以愤死,未为连理。白乐天似能脱屣轩冕者,然荣辱得失之际,锱铢较量,而自矜其达,每诗未尝不著此意,是岂真能忘之者哉?亦力胜之耳。惟渊明则不然,观其《贫士》《责子》与其他所作,当忧则忧,当喜则喜,忽然忧乐两忘,则随所遇而皆适,未曾有择于其间,所谓超世遗物者,要当如是。又云:秦汉已前,字书未备,既多假借,而音无反切,平仄皆通用。自齐梁后,既拘以四声,又限以音韵,率以偶俪声病为工,文气安得不卑弱!惟渊明、韩退之时时摆脱俗下拘忌,故公《丙辰岁八月中作》"栖"字与"乖"字皆取旁韵用,盖笔力自足以胜之。

陆象山云:诗自黄初而降,日以渐薄,惟彭泽一源来自天稷与殊趣,而淡薄平夷,玩嗜者少。又云:陶渊明、李白、杜甫皆有志于吾道。

真西山云:渊明之作宜自为一编,以附于《三百篇》《楚辞》之后,为诗之根本准则。

魏鹤山云:世之辨证陶氏者,曰前后名字之互变也,死生岁月之不同也。彭泽退休之年,史与集所载之名异也。然是所当考而非其要也。其称美陶公者,曰荣利不足以易其守也,声味不足以累其真也,文辞不足以溺其志也。然是亦近之,而其所以悠然自得之趣,则未之深识也。《风》《雅》以降,诗人之辞乐而不淫,哀而不伤。以物观物,而不牵于物;吟咏情性,而不累于情,孰有能如公者乎?有谢康乐之忠而勇退过之,有阮嗣宗之达而不至于放,有元次山之漫而不著其迹,此岂小进退所能窥其际邪!先儒所谓经道之余,因闲观时,因静照物,因时起志,因物寓言,因志发咏,因言成诗,因咏成声,因诗成音者,陶公有焉。

张表臣云:东坡称陶靖节诗:"'平畴交远风,良苗亦怀新',谓非古之耦耕植杖者不能识此妙。"仆居中陶,稼穑是力。夏秋之交,稍旱得雨,雨余徐步,清风猎猎,禾黍竞秀,濯尘埃而泛新绿,乃悟渊明之句善体物也。

敖器之云:陶彭泽诗如绛云在霄,舒卷自如。

周少隐云：陶元亮诗如清澜白鸟，长林麋鹿，虽弗婴笼络，可赏其洁。

汤东涧云：集中咏二疏知止归乡，三良与主同死，荆轲为国报仇，皆托古以自见耳。

李安溪云：太白谓建安诗"绮丽不足称"，少陵则自梁、陈以下无贬词，惟退之荐士诗叙诗源委，简净得衷。然靖节蝉脱污浊，六代孤唱，略不及焉。此与论文不列董、贾者同病，犹未免以词为主耳。又云：退之以公未能平其心，盖有托而逃焉者，且悲公之不遇圣人，无以自乐。而徒麹蘗之托，昏冥之逃也。其论正矣。然感激未能平其心，自古夷齐之侣，何独不然。谓其无得于圣人而以酒自乐，则视公已浅矣。观《饮酒二十首》，每章中惓惓六篇，恐公之希圣不在韩公下也。此与嵇、阮辈奈何同日而语？其不曰乐圣而曰乐酒，则寓言固自有由。当晋、宋易代之间，士罕完节，况公乃宰辅子孙，无所逃名乎？稍以才华著，便恐不免，况以学行自竖乎！隐居放言，而圣人有取焉，惟其时也。观谢灵运杀身于无名，则公之所处，超然尚矣。又云：朱子谓公耻复屈身后代，自刘裕篡夺势成，即绝意不仕。此为知公之深者。使当其际而后收身，则不可得矣。玩《拟古》第九首末句，公正自幸沉沦早，而今日所处之义得以无悔也。而故婉其词曰："当山河未改之时，而不处高原矣，况际此而漂流，岂有悔乎？"又云：公宗尚六经，绝口仙释，而且超然于生死之际，乃有《读山海经》数章，颇言天外事，盖托意寓言，屈子《天问》《远游》之类。又云：《归园田居》第一首，"犬吠深巷中，鸡鸣桑树颠"，直用汉乐府句意。退之推鲍、谢而遗陶者，此等处耳。然意之所至，岂必词自己出？苟不本于性情之教，但以不沿袭剽盗为工，非至论之极也。

何义门云：公《咏贫士七首》，其一以孤云自比高洁，其二言陈蔡简围，孔子不疑吾道之非，况止于饥乏。何为不追古人而从之乎？是患难不失其常意。其三言非独远于人情，盖生不逢尧与舜禅，则宜以荣启期原思自居，求无愧于孔子而已。若子贡所以告二子者，姑舍是可也。其四言贫贱不以道得者不去，公诚造次颠沛，必于是者矣。是死生不改其操意。其五言苟求富乐则身败名辱，有甚于饥寒者，故不戚戚于贫贱，但恐修名之不立也。其六自言事在诗外，自有不易其求者，俟后人论其世而知之。其七言终不为妻子所累，改节复出，是室家不挠其虑意。此六篇皆以见圣贤惟能固穷,所以辉曜千载、迥立于万族之表,不可如世人止顾目前也。若集中《杂诗十二首》之第四篇,见得叹老嗟卑,则常自托于志在四海,冰炭交战,至死不怪。惟公知空名为无益,斯不知老之将至,而目前莫非真乐矣。

按:论陶公者类以隐逸一流目之。余谓公非仅隐逸士也,第观其诗,不过百余首。所见圣贤自任,理学标宗,慨想重华,跂怀鲁叟,百年易逝,六籍无亲,孜孜求道,实有弗少释于中者。世徒知读书嗜酒,不慕浮荣。既赋归来,寄娱松菊,似颓然自放于尘埃外。试详考生平,当典午将衰时,固已淡于宦情,耻复屈身后代。洎晋祚渐移,宋禅乍定,特托意于子车殉死,荆轲报仇,田畴奔问,罔非感愤,无聊不觉,形诸慨叹。亦可见初为祭酒参军,继受彭泽令,本无足展其经济才,故不堪吏职,解绶辞去。使晋果能大用之,必不漠视邦国,自表名高以没世。晦翁朱子所谓欲有为而不能者,诚知公之心也。卒之忧时,念乱势难匡复,既已晚岁,空自悲凄。虽甲子题辞,未为确论,而墓门片石,犹表晋年。《西清诗话》所云,诗家有渊明,犹孔门视伯夷者,当不以人废言可耳。诗不待安排,自然流露,正复分合隐现,陡峭多端,懦立顽廉,堪师百世。曹、刘、鲍、谢、李、杜诸公,追章琢句,刻自用力者,皆莫能及。苟但赏为平淡,则亦与目以隐逸者,均属固陋,岂堪读公之诗哉? 余既纂辑评论并附志此,以质知人论世之君子。诸家评论详矣,向既采录各本,兹于宫尹陈未斋前辈寓,获见迮征君耕石手抄一册,乃李安溪、何义门两先生所批评也。既入总论,更加旁注,悉为纂辑,尤精且详。若编校之力,则宛平颜以载懋有、归安吴备旂斌、仁和田晚脾嘉颖,暨从孙吉庭益谦居多焉。人龙又记。

批 注

卷首原评"黄山谷云:退之于诗,本无解处,以才高而好耳。渊明不为诗,写其胸中之妙耳。无韩之才与陶之妙,而学其诗,终为乐天耳",墨笔眉批:此妄言耳,世乃以昌黎、山谷同作西江流,岂可。

目录末,汤金鼎朱笔题识:《与子俨等疏》亦宜补刊。

卷一首页页眉,汤金鼎朱笔题识:嘉庆乙亥仲冬读起。

卷一《时运》诗末页眉,汤金鼎朱笔题识:初四。

卷一《赠长沙公族祖并序》诗末页眉,汤金鼎朱笔题识:初五。

卷一《劝农》诗页眉,汤金鼎朱笔题识:初七。

卷一《命子》"而近可得"句页眉,朱笔题识:初九。

卷二末,汤金鼎朱笔题识:既刊集矣,胡独遗落《与子俨等疏》,真不可解。

书末衬页,汤金鼎题跋:余七岁时,先君子授晋宋诗使习,鼎捧诵之,下沁口齿余香,沁人心脾,遂作歪诗呈政。先君颇加奖赏,便欣然自得。稍长,读唐宋诸家名诗,或能仿佛万一,时髦即目为神童,曰将门之子,代不乏人。鼎貌虽下,心窃自负也。十四年,先君无禄,鼎顿足长号,痛鼎之不能侍养,且哲人其萎,吾将安放也。十六年,皇父又无禄,鼎哭之恸,盖痛鼎之未尝侍教,而泰山其颓,吾又将安仰也。自是抑郁无聊,日书空咄咄,得咯血病,无所事事,然一念及白驹过隙,不复再辍,中心是惮也。乙亥,病愈,沉疴除,湘畦公读书楼养静,得陶诗一帖,力疾读之,因作弁言,附记于此。金鼎。

汤金鼎跋后,有知堂(周作人)题跋:案,金鼎即绍南之孙,此云十六年皇父又无禄,即嘉庆辛未。据《晚闻居士集》卷六《湘畦汤夫子家传》,卒时年九十五,然则当生于康熙五十六年丁酉也。又云"得修辞之法于归安孙先生端人",此书来源盖亦可知,书上所批朱字则当系金鼎所加者也。民国二十二年三月一日,知堂记于北平。

〔按语〕

孙端人,名人龙,字端人,号约亭,又号颐斋,归安人,雍正八年(1730)进士,由翰林历官左春坊左中允,著有《四书遵注讲义》《约亭诗稿》《公余日记》《颐斋未定稿》,均未见刊本。《湖州府志》卷七十六有传,顾不言孙氏有此书,是孙氏著述之流传者仅此[1]。

9. 乾隆二十九年姚培谦编《陶谢诗集》十三卷,存

〔出处〕

国家图书馆藏。

---

①　郭绍虞:《陶集考辨》,第317—318页。

〔版本信息〕

版 式

每卷首下题"云间姚培谦、王鼎点阅,男姚钟鸣校字"。每叶六行,行十四字,白口,左右双边。

编 次

《陶谢诗集》共三册,第一册为《陶彭泽诗》四卷,第二册为《谢宣城诗》四卷,第三册为《谢康乐诗》三卷及《谢法曹诗》二卷。

其中,"陶集"部分的编次为:卷首《陶谢诗集序》《陶彭泽诗总目》、卷一四言诗五十三首、卷二五言诗三十二首、卷三五言诗四十四首、卷四五言诗三十九首并《联句》一首。其中,将《读史述九章》视为四言诗,列于卷一。《归园田居》取前五首。

序 跋

《陶谢诗集序》

忆年十九,避暑南邨小筑。读少陵《江上诗》曰"焉得思如陶谢手,令渠述作与同游",辄神往不置,课余手钞二编,计日而读之,谓是少陵所宗尚尔。至其风旨冲淡,神明逸丽,则茫未有得也。夫过江而后,笃生渊明雅音,卓绝趾美,阮公借以维典午之末流,而掩当涂之盛,执论者要莫敢以时代拘墟已。若夫诸谢蜚英于宋世,元晖独步于萧齐,奕奕菁菁,迭相映蔚,实足抗声颜范,俯睨江何。读是编后次第,以尽六朝诸制极之,沈范徐庾,无难各第,其淄渑流别耳。马齿就衰,而诗学不加进,欲如文通仿古诸作,且未必肖其貌,况求神似耶! 顾少时肄业所及庋篋,宛然不忍零散,因偕王子条山罗列旧本,重为编订,授剞劂氏公同好云。乾隆甲申秋七月姚培谦书,时年七十有二。

批 注

总目上眉批:陶潜字元亮,大司马侃之曾孙也。少怀高尚,博学善属文,颖脱不羁,任真自得,尝著《五柳先生传》以自况。以亲老家贫,起为州祭酒,不堪吏职,自解归。躬耕自资,遂抱羸疾。复为镇军、建威参军,谓亲朋曰:"聊欲弦歌,以为三径之资可乎?"执事闻之,以为彭泽令。在县公田悉令种秫谷，曰："令吾常醉于酒足矣。"郡遣督邮至县，吏白应束带见之，潜叹曰："吾不能为五斗米折腰，拳拳事乡里小人耶！"义熙三年，解印去县，乃赋《归去来辞》。顷之，征著作郎，不就。刺史王弘以元熙中临州，甚钦迟之，后自造焉。潜称疾不见。弘令人候之，知当往庐山，乃赍酒于半道邀之。既相见，欢宴终日。弘要之还州，曰："素有脚疾，向乘篮舆。"乃令一门生二儿共举之至州，而言笑赏适，不觉其有羡于华轩也。不营生业，家务悉委之儿仆。未尝有喜愠之色，遇酒则饮，无酒亦雅咏不辍。尝言夏月高卧北窗之下，清风飒至，自谓羲皇上人。畜琴一张，弦徽不具，曰："但识琴中趣，何劳弦上声！"以宋元嘉中卒，时年六十三。

《示周续之祖企谢景夷三郎》"马队非讲肆，校书亦已勤"，翁批：刺史檀韶请周续之与学士祖企、谢景夷三人共在城北讲《礼》，加以雠校。所住公廨，近于马队。故渊明诗云"马队非讲肆，校书亦已勤"也。按《宋书》，檀韶以义熙十二年为江州刺史，是时先生年五十二矣。

《乞食》，翁批：宋文帝元嘉元年，檀道济为江州刺史，往候之，偃卧瘠馁有日矣。道济馈以粱肉，麾而去之。此《乞食》诗当在其时。

《移居》其二，翁批：柴桑旧宅既毁，移居南村，此二首当在《戊申六月遇火》之后。

《和刘柴桑》，翁批：刘遗民尝为柴桑令，白莲社中之一人也。

《于王抚军座送客》，翁批：义熙十四年，王宏为抚军将军、江州刺史。

《与殷晋安别并序》"后作大尉参军"，翁批：刘裕以义熙七年为太尉，此太尉即裕也。

《辛丑岁七月赴假还江陵夜行涂中一首》，翁批：先生《祭程氏妹文》"昔在江陵，重罹天罚。伊我与尔，百哀是切"云云，旧谱谓是失父。

《癸卯岁始春怀古田舍》"癸卯岁"，翁批：三十九岁。

《乙巳岁三月为建威参军使都经钱溪》"乙巳岁"，翁批：四十一岁。义熙元年乙巳，先生四十一岁，为建威参军，谓亲朋曰："聊欲弦歌，以为三径之资可乎？"执者以为彭泽令，其年即去职。《归去来词序》所谓"仲秋至冬，在官八十余日"者也。

《戊申岁六月中遇火》"奄出四十年"，翁批：先生是年年四十四，此云"奄出四十年"，举成数也。

《饮酒二十首有序》,翁批:以邵生东陵、夷叔西山自喻,则亦晋亡后之诗矣。

《饮酒》其十九"亭亭复一纪",翁批:先生以四十一岁解宦,此云"亭亭复一纪",则五十三矣。

《述酒》"山阳归下国",翁批:"山阳归下国",盖以魏弑山阳公喻恭帝也。

《拟古九首》其九,翁批:此数首皆在晋亡之后,故有"饥食首阳薇"及"忽值山河改"之语。

《杂诗十二首》其六"奈何五十年,忽已亲此事",翁批:丁俭卿云:"义熙十年甲寅,先生年五十,是时刘裕篡晋之势已成,叹其不幸而亲见此事也。是年与慧远结白莲社,刘遗民、张诠、雷次宗、宗炳、周续之、张野等预焉,遗民撰《同誓文》。"

《咏贫士》其四"厚馈吾不酬",翁批:颜延之为始安郡,日日造潜,必酣饮致醉。临去,留二万钱与潜,潜悉送酒家。其即"厚馈不酬"欤?

《咏三良》,翁批:晋室既亡,自伤不能从死报仇,此《三良》《荆轲》诗之所以作也。

《读山海经十三首》其十一"巨猾肆威暴",翁批:以精卫、刑天自喻。其云"巨猾肆威暴",盖痛斥刘裕也。

《拟挽歌辞三首》"严霜九月中",翁同龢批:先生以元嘉四年丁卯卒于浔阳,年六十三,《自祭文》云:"岁惟丁卯,律中无射。"此诗云"严霜九月中",则正无射之月也。

《桃花源记并诗》,翁批:义熙十四年,刘裕弑安帝,立恭帝,逾年晋室遂亡。史称义熙末,潜征著作佐郎,不就。桃源避秦之志,其在斯时欤?

另,《谢宣城诗》卷末,有翁同龢跋:于龙威阁见何义门手校《谢宣城诗集》,当是从宋本出,卷末有题记,已为俗子割裂。假归一读,而书贾索之亟,又无别本可临,因书此本上。此本卷一无赋,又先后次序迥异,初更寻检,漏三下始竟。咸丰辛酉二月初十日,同龢记。

10. 乾隆三十五年马璞注《陶诗本义》四卷，存

〔出处〕

国家图书馆藏。

〔版本信息〕

版　式

此本题为"陶诗本义"，凡四卷，马璞撰，乾隆三十五年(1770)与善堂刊。目录页及每卷首有"长洲马璞授畴辑注，顺天吴肇元会昭、余姚邵晋涵与桐校订"。抄本，四卷一册，半叶十行，行二十一字。小字双行同，黑口，左右双边，单鱼尾。

编　次

卷首序、目录，卷一《停云》至《归鸟》，卷二《形赠影》至《悲从弟仲德》，卷三《始作镇军参军经曲阿》至《腊日》，卷四《拟古九首》至《桃花源记》。

钤　印

钤"苦雨斋藏书印""张竞仁印"等。由钤印可知，此本曾经周作人、张竞仁收藏。书中有朱笔圈点，朱笔校语四条，两条在页眉，两条在所校字旁，未知校者为何人。

序　跋

卷首有吴肇元序，其序文云：

长洲马君厄园治经术，善诗古文，来京师与纂图书集成，以荐授兴平仓监督，岁余报罢。贫甚，朱邻多招致之，抗礼无所诎。宗宝塞侍郎晓亭先生遇之尤善，予之得交厄园也。在雍正十二年回访蒲城屈征君悔翁于湘潭，陈君学田所识，厄园座上，悔翁长身鹤立，美髭髯，负奇气，好言兵事，落落无所许可。厄园周规折矩，动引礼法，颦笑无少。苟二人者，顾想得甚欢，悔翁数为予道厄园之贤，厄园亦愿交予。厄园之言诗曰：诗贵有真性情，求之两汉下，唯渊明一人而已，生平慨想黄虞，抗千载而尚友，矫若鸾鹤之上引于青云，而人多求之径辙过矣。渊明以元兴三年，参刘敬宣

军,凛凛四十无闻。跃然有志用于世,既乃孤云依依,穷约终老。《述酒》一章,烦冤激楚,征引豫章之馆,重华之坟,辞隐而义彰,异世可见其志。如仅以平淡赏之,或以平易置之,岂有当于知人论世之学哉? 厄园既不得志于时,薄游淮阴,访其故人。既至鲜所合,穷居独处,手陶诗一编,钩稽岁月,疏沦章句,思诣微入,神理冥符,撰成《本义》四卷。乾隆二十七年,复至京师,携其书示予,予读而善之,留其本予所。时学田为长芦盐运使,厄园往依之,老且病伛,而著述,竟客死津门,悲夫! 予自束发受师友之益父执,惟晓亭先生实厚予,悔翁尝授予诗法,数年别去,中间独与厄园往还最久,厄园善谈名理,每绎一义,予辄为之意解,久而弥洽。居今论古,决事得其绪言为多,自侍郎云亡,同人雨散。悔翁南下既前死,厄园卒以穷愁死,而同志如学田,亦以今年九月没于行役。自顾齿发就衰,思从囊人赏奇析疑,邈不可得。今其遗书幸有存者,每一展读,未尝不唏嘘俯仰,想见其为人,侍郎征君诗皆已有刻本行世,厄园古文辞,予仅钞得数十篇,其全集存学田所,独《陶诗本义》完然在予箧中。嗟夫! 厄园以邃古之学之才,抑塞郁勃,见志于著书,使简帙终零落,后世不复知其姓名,予何以谢亡友,乃属余姚邵孝廉与桐为校雠,付梓人,盖邵君亦好厄园之书,读而称善者也。世有好渊明之诗,以求厄园之注,读厄园之注,因以知厄园之人者乎? 则厄园固可以无憾。刻既成,卷帙行刊,字句一无所窜易,存其真,翰墨指注间,厄园精神寓焉,即非若予之深交者,亦将傥然遇之矣。乾隆庚寅除夕大兴吴肇元序。

注 例

当是以汤注本为底本,称之为"原注";辅以黄文焕注,称之为"黄维章曰"。

书中格外重视分析各篇在陶集中之地位,如对《连雨独饮》颇为重视,注"形骸久已化,心在复何言",称"渊明一生大本,领此二句可以尽之"。对一些可考年代的诗,必注以年谱之考订文字。如《移居二首》篇题下注云:《年谱》义熙六年,公徙居南里之南村,《江州志》本居山南之上京,后遇火徙此。注《南村》曰:原注南村即栗里,移居之所也。

《饮酒二十首》其五"结庐在人境,而无车马喧。问君何能尔? 心远地自偏",马璞解释道:"在人境而无车马喧,人皆不能也。问君何以能然,不往来于人也。不往来于人,心无近念也。心无近念,故地亦同僻壤也。""采菊东篱下,悠然见南山",《陶诗本义》不只是笺释诗句,而是更加深入地解释了诗句笔法的来源。其笺释曰:"因采菊而悠然见南山,兴也。兴者,因此而及彼,不偏于一也。意不偏于一,则无所不到,是无邪之旨也,为政之源也。三百之后,知之者盖鲜。靖节则真性情之所流露,故不一而足。"

批 注

书中有少量眉批:

《饮酒二十首》其四"自值孤生松",朱笔眉批:"自",各本作"因"。

其八"众草没奇姿",朱笔眉批:"奇",一作"其"。

其九"禀气寒所谐","寒",朱笔校改:"寡"。

其十一"空养千金躯","空",朱笔校改:"客"。

〔按语〕

马璞,字授畴,号厄园,江苏长洲人,吴肇元序末记云"乾隆庚寅除夕",是为乾隆三十五年(1770)。此本主采汤汉、黄文焕、吴瞻泰诸注,更考典故,详解诗句,马之于陶公,在六义精神上,视陶诗为汉以降之第一人①。

11. 乾隆年间程穆衡稿本《陶诗辑传》二卷,存

〔出处〕

《程迓亭先生著述录》中载有《陶诗辑传》二卷,附录《苏氏和陶诗王氏家藏传钞本注》一卷,引程跋,并自撰提要。南京图书馆有藏,因故无缘得见。

注 例

今从丁福保《陶渊明诗笺注》过录程穆衡注若干条如下:

---

① 桥川时雄:《陶集版本源流考》,第三十五页 b 面。

　　《停云》，程传：欧阳公曰，古人之诗，多不命题，以首句命篇。"舟车靡从"句，程传：此云欲往而无由也。"敛翮闲止"句，程传：闲止，犹闲静。"愿言不获，抱恨如何"句，程传：承上章言岂无他人可与促席悦平生者，无如所念唯此良朋也。而其如不获所愿何？

　　《时运》"欣慨交心"句，程传：与影为偶，游诚独矣。虽景物可欣，而独亦可慨也。诗皆深明此意。"陶然自乐"句，程传：次章乃承上言其可欣也。夫大造何私，随人自领。故称心为言者，亦如其分而止，有不足于己者乎？足斯乐矣。"慨独在余"句，程传：既已独矣，岂必乃漱乃濯，载欣载曙为然哉，息其庐亦若是已，清琴浊酒，黄唐之世忽没焉，曷以忘其独欣。以上二章，言偶影独游之可慨也。

　　《荣木》"匪善奚敦"句，程传：此承前章意而进之，繁华之朝暮不存，物也。人之贞脆祸福，则由乎己。依乎道，敦乎善，据依敦固，岂华落而亦衰者可比哉？所以"致其总角闻道、白首无成"之警，以起下章也。"千里虽遥，孰敢不至"句，程传：脂车策骥，所以为造道之喻。至乎道，则虽徂年既流，而业已增旧矣。彼荣木者，华何取焉？

　　《赠长沙公族祖》题下，程传："族祖"当作"族孙"，谓嗣长沙公陶延寿之子。"滔滔九江"句，程传：九江，郭璞《江赋》："源二分于崌崃，流九派于浔阳。""音问其先"句，程传：末章勉以进德，望其嗣音也。

　　《酬丁柴桑》题下，程传：丁盖柴桑令也。"匪惟谐也"句，程传：非惟意与之谐。"方从我游"句，程传：苟非实喜得其心之所期，则不能从我游。此知己所以难也。

　　《答庞参军》"云胡以亲"句，程传：人之所宝，未以为珍。人有其宝也，同宝之，斯同爱之矣，爱之斯亲之矣。"王事靡宁"句，程传：此章叙庞使上都而返故里，得相遇也。辛亥壬子之间，刘毅代刘道规为荆州刺史，并请兼督江州。史称毅至江陵，变易守宰，辄割豫、江二州兵力，文武万余人以自随。既据上流，阴有图裕之志，其冬遂为裕所袭死。此诗第言"大藩有命，王事靡宁"，不必著其褒贬而时事自见，善乎其能言也。"以保尔躬"句，程传：末章因言别而勉之以敬。考先生诗，与其友，未有殷勤笃厚如通之者。意亦超然保真之士，虽参毅军，必能自远于谢混郗僧施之列，而免江津佛寺之祸者也。诗云"以保尔躬"，非豫有以信之欤？

《劝农》"八政始食"句,程传:《洪范》八政,一曰食,始食,言以食为首也。次章言圣人之教农。"曳裾拱手"句,程传:庶而曳裾拱手,晋世尚浮诞、废职业之流弊。此章言不耕则失时也。

《命子》"幽人在丘"句,程传:言秦以前陶氏无显者也。"业融长沙"句,程传:陶侃,字士衡。晋明帝太宁三年,都督荆湘等州军事。以诛苏峻功,封长沙郡公。在军四十一年,薨,谥曰桓。史称侃性聪敏恭勤,终日敛膝危坐。军府众事,检摄无遗。"天子畴我"句,程传:畴,即书畴咨之畴。

《归鸟》题下,程传:托归鸟以明去志,即陶诗"望云惭高鸟"之意。《归去来兮辞》叙所云"及少日,眷然有归欤之情"者也。四章皆比也。"欣及旧栖"句,程传:八表云岑,天路也。既不可思,则欣旧栖之清阴焉。云及者,唯恐不及也。"悠然其怀"句,程传:夫妖寇凭陵,贼臣擅命,是为气浊。松萝低举,用以优贤。岩水澄华,兹焉赐隐,曷曰可怀哉?亦取其气清而已。此章亦以申首章之意。"已卷安劳"句,程传:卷作倦,可以已倦,可以安劳,斯旧栖之足欣也。末章乃微言翻翩求心之故。

《归园田居六首》题下,程传:甫欣得返初服之作。呜呼!天地闭,贤人隐矣。作者之乐,而读者之悲也。案《归去来辞叙》,归当在乙巳岁十一月。而诗有桑麻长、豆苗稀语。故吴仁杰《年谱》定此诗为明年作也。"一去三十年"句,程传:观先生《告子俨等》云:"吾少而穷苦,东西游走。"则知尘网三十年,非虚也。《年谱》疑有误,殆不然。"但使愿无违"句,程传:草盛苗稀,荷锄带月,所谓开荒南野也。夕露沾衣,喻贫贱之来伤人也。

《示周续之祖企谢景夷三郎一首》题下,程传:三国及晋呼"郎"者,仅士之美称。如《江表传》孙策呼"孙郎"、《三国志》周瑜呼"周郎"、《世说》桓石虔呼"镇恶郎"是也。至隋唐,乃定为奴仆称主人之辞,如云"足下非张卿家奴,何'郎'之有"。企、景无考。"从我颍水滨"句,程传:孙皓歌"昔与尔为敌,今与尔为臣",纂述圣业,群士响臻。而道可闻,斯其功非不勤矣。然将复为文籍先生、儒林丈人而已乎?由斯道也,恐通其旁径,必雕风俗。召以效官,居然尸素。何也?世方有假古人之所行以文其篡夺,而曰舜禹之事,我知之者也。若夫君子,爱人以德,则惟欲诲诸子以相从颍水之滨。颍水之滨,恶闻揖让者也。人人恶闻揖让,而奸雄觊窃者,不得肆矣。盖豫知有明昌二君之事,而严诛其心,而又未尝斥言之也,其旨深矣。赵氏云云,毋乃未识其立言之意乎?

《诸人共游周家墓柏下》"未知明日事"句,程传:世运方屯,贤人在厄。龙不隐鳞,凤不藏羽。网罗高悬,去将安所。故诗曰:"知有来岁不?"又曰:"未知明日事。"非谓岁月之不淹也,吁可痛夫。

《怨诗楚调示庞主簿邓治中一首》"钟期信为贤"句,程传:若曰,我岂怨天道之幽远、鬼神之茫昧哉?特饥寒切身若此,身后名又无益,则安得不慷慨悲歌而思钟期之知己?曰"信为贤",彼二子者可以风矣。

《答庞参军》"杨公所叹"句,程传:旧注杨朱,未详。意此当是谓杨修不侍数日,若弥年载语。"来会在何年"句,程传:爱体素者,旧注以为即曹植"王其爱玉体"之意。然诗意实望庞之体践其素履,勿因朊仕而更易,庶不虚前此所赏析耳。来会无时,所言不再,又叮宁以属之,其笃于故旧如此。

《和刘柴桑》题下,程传:刘遗民尝为柴桑令,时招先生游庐山。既归有赠,和答之也。

《酬刘柴桑一首》"庭多落叶"句,程传:桐,棕榈也。木高丈余,无枝有叶。叶萃木杪,其下皮重叠裹之,每皮一匝为一节。

《和郭主簿二首》题下,程传:先生既投绂以高厉矣,而州佐令曹,咸与酬返。诗章稠叠,耀于千古。斯固可见鸾凤高逝,不匿其采。抑又以征江左衣冠,未称道尽。故名流胜辈,时所共钦。缅想休风,曷胜陨涕。"千载抚尔诀"句,程传:"尔",谓古幽人,亲之之辞也。黄文焕与闻人倓,皆以为"尔"字指松菊,此说非是。

《于王抚军座上送客》题下,程传:王弘,字元休,为豫州之西阳新蔡诸军事、抚军将军、江州刺史。时庾登之以西阳太守被征,入为太子庶子。谢瞻自朝廷还,为豫章太守,具在江州。弘送二人至湓口南楼,赋诗饯别,邀先生在座。按,弘为江州,在己未。诗盖作于己未以后。"情随万化遗"句,程传:庾入朝、谢赴郡,王还治,皆逝者也。止者斯旋驾可矣,何怅为。虽然,于此而不动念者,非人情也。圣人必无非人情之事,此老庄吾道之别也。若夫舟既远而此情犹不遗,尚得为人乎?我见朱轩绣毂、帐饮饯归者,不过亦如游云晨鸟,同为万化之一耳。纵化忽及我,而我自能遗化,斯善于观化焉。

《与殷晋安别》,程传:殷晋安,名铁,字景仁,以字行。晋安,东汉属会稽郡、置都尉。此为南郡。三国吴属建安郡。晋大康三年,析置晋安郡。刘宋改晋平,今为福州。先生己酉迁南村,今云去岁,此别盖在庚戌春。"叙"后,程传:汉官仪,每郡置太守一人、丞一人,郡当边戍者,丞为长史。"兴言在兹春"句,程传:首言移居得殷,"乐与数晨夕"如此也。因语默之间,知出处原殊志,但未谓如是速,言外其有婉讽歟。史称景仁学不为文,敏有思致。口不谈义,深达理体。至于国典朝仪、旧章记注,草不撰录。识者知其有当世之志,以为"语默自殊势",当已。"念来存故人"句,程传:语意若曰:如君良才,固不隐于世。宜乎江湖之上,多我侪之贱贫也。史称景仁,文帝时为中书令中护军。卧疾五年,虽不见上,而密函去来,日以十数。朝政大小,必以咨之。影迹周密,莫有窥其际者。收刘湛之日,景仁使拂拭衣冠,左右莫晓其意。至夜闻召,犹称脚疾,以小床舆就坐。诛讨处分,一皆委之。寻为扬州刺史卒。洵足以当良才之目,而诗言乃如此,岂非因语默殊势,未许为同志乎。有便而"来存故人",亦隐寓"当乖分"之慨焉。

《庚子岁五月中从都还阻风于规林》,程传:晋人多以壮年为当年,张华赋"惟幼眇之当年"是也。后凡言当年者仿此。

《癸卯岁始春怀古田舍二首》,程传:上年桓玄入建康,诛锄帝室,凶威既炽,篡势将成。此三纲沦,九法教之时也。又以恒伟为荆州刺史,江陵将为烂鱼之釜,见机宜不俟终日矣①。"春兴岂自免"句,程传:起意婉曲,托言壮年未务农亩。今作宦而屡空,庶岂自免而去乎?"地为罕人远"句,程传:是时桓玄禁断江路,商旅具绝,公私匮乏,故云"地为罕人远"也。

---

① 此条后,丁福保引古《谱》补充曰:《癸卯始春怀古田舍诗二首》发端云:"在昔闻南亩,当年竟未践",是先生本年始躬耕也。又曰:"凤晨装吾驾,启涂情已缅""秉耒欢时务,解颜劝农人""虽未量岁功,即事多所欣",皆写躬耕之情景也。终之日:"聊为陇亩民",则大有终焉之意矣。盖先生公相之后,少年猛志,非无意于家国。及至出为镇军参军,见朝政日非,方镇日肆,内无王谢之伦,外无陶温之侣,大厦之倾,吾末如何? 所以望绝当年,心存往古,愿与沮溺为徒也。虽以后复作参军、县令,亦因去家不远,聊复为之已耳。见《陶渊明诗笺注》,第92页。

《癸卯岁十二月中作与从弟敬远》题下，程传：时先生居忧，敬远与先生同居，其母与先生母，又姊妹也。敬远能甘贫遗世，读书躬耕，称先生同志。诗中所陈，盖两人共之，故作此以相赠美而慰之也。后此八年卒。而为《祭敬远文》曰："每忆有秋，我将其刈。与汝偕行，舫舟同济。三宿水滨，乐饮川界。"是先生躬耕，敬远实与同志而相乐也。"寄意一言外，兹契谁能别"句，程传：公孙弘苟以牧豕终，犹幸无曲学阿世之讥。此笃论也。是年盖有以高士充隐，给其资用，使居山林，下诏旌礼者。故始以"高操非所攀"，末以"兹契谁能别"为言。诚耻之，诚慎之也。夫寝迹衡门，岁暮萧索，人谓其去殍厉无几，而不知其胸中方以作相封侯为糠秕。我思古人，古之人诚远矣。

《乙巳岁三月为建威参军使都经钱溪》"终怀在归舟，谅哉宜霜柏"句，程传：三月韶华，而怀宜霜之柏。斯其素襟，又非义风之可得而比已。

《戊申岁六月中遇火一首》"舫舟荫门前"句，程传："一宅无遗宇"者，对前"草屋八九间"而言也。"舫舟荫门前"者，谓如张融权牵小舟为住室也。"惊鸟尚未还"句，程传：秋月圆矣，而菜始生，鸟未还。盖一月后，焦土仅生殖，焦木鸟不栖也。

《庚戌岁九月中于西田获早稻》，程传：西田，即西畴。刘氏曰："谓所居之西也。"盖居虽迁，犹远度阡陌，来耕于此。

《饮酒二十首》题下，程传：观此序，二十首殆非先后一时所作。

《拟古九首》题下，程传：大旨值运倾而慕节义，悼彼反覆而事人者，其荣乐必不可久。而己之志节，亦无望人之知也。所以苏氏于《史述九章》，谓"去之五百岁，吾犹识其意"。呜呼，我于此诗，非亦有见于此夫。

其一"离隔复何有"句，程传：相知不忠厚，责其负言也。如此而称嘉友，虽意气相倾，离隔何惜哉。

其二"当往志无终"句，程传：无终，本山戎国，以无终山为国号。汉为县，属右北平。田子泰，名畴，汉北平无终人。"非商复非戎"句，程传：孔子适君，老子适戎。"不学狂驰子，直在百年中"句，程传：此托言欲往无终，习田畴之风也。考畴之遗事，而其寓意可知。殉故主、甘固穷，则为节义；附奸雄、饕富贵，则为狂驰而已矣。人而狂驰，不必十稔，鲜不及者，云百年，尚宽期之也。

其九"本不植高原,今日复何悔"句,程传:柯叶枝条,盖指司马休之之事。休之拒守荆州,而道赐发宣城,楚之据长社。迨刘裕克江陵,奔亡相继,而晋祚遂斩。故以春蚕无食、寒衣无待况之。上皆自言志节之不易,而末章乃终之以此。此其隐痛之深、追怨之切,殆有欷歔欲绝者。其必作于元熙以后无疑也。

《杂诗十二首》题下,程传:多因衰自励,勉进德业之言。益以见古人之为学,日有孳孳,一息不容少懈者,不以境遇移也。

其六"有子不留金,何用身后置"句,程传:留金用疏广事,言古人有金尚不留于子,何用预为身后置之乎?

其七"玄鬓早已白,素标插人头"句,程传:标,表也,繁采木杪为标记。《三国志》:关羽曰"插标卖首"是也。

其八"代耕非所望"句,程传:禄以代耕,固非所望。

其九"日没星与昴"句,程传:星当作胃。胃昴,西方之宿。若星自在南,如以仲冬初昏星昴中,则与之一言为不顺矣。"惆怅念常餐"句,程传:此行役不忘其亲也。日没西山,有比意。犹《晋书·李密传》云"日薄西山,人命危浅"也。念常餐者必在视寒暖之节也。

其十"轩裳逝东崖"句,程传:轩裳逝东崖,舍舟而陆也。

《咏贫士》其一"量力守故辙"句,程传:所谓故辙者何哉。即诗所言道也,仁义也。以是而欲再造邦国,康济兆民,则当量力而为之。

其四"夕死复何求"句,程传:大哉言乎! 懦夫闻之,皆为起立。《新唐书》曰:"骨强四支。"如此言者,不足令千古短气人有以自强乎?

其七"惠孙一晤叹"句,程传:惠孙盖与黄同时人。"固为儿女忧"句,程传:"丈夫"二句,其妻之言也。"邈哉此前修"句,程传:《离骚》:"謇吾法夫前修。"王逸注:前代远贤也。夫先生前云"深得固穷节""固穷夙所归",后云"不赖固穷节""竟抱固穷节",数称而亟引之,诚亦心知其难也。而此乃曰固穷非难,则所赖于前修之引披者,不亦邈哉。而苟以故辙为不可守,是亦万族而已矣,众鸟而已矣。吁,可无愍欤。

《咏二疏》"久而道弥著"句,程传:先生托慕二疏,在不留金,以为得处贫之道。

《咏三良》"良人不可赎,泫然沾我衣"句,程传:此诗言弹冠通津,则惧遗我。及服勤既久,又无功可称,乃谬为君之所私,出入必侍,计议必从,如此而一朝有故,欲不死,得乎?意谓秣陵之变,利其禄者当殉之。若夫久去职之远臣,则所谓人有君而弑之,我焉得死之者也。

《读山海经》其一"颜回故人车"句,程传:《吕氏》曰:"此言穷巷之曲,少能回故人之车以过我。"然按诗意,乃谓巷隔,颇致故人回车而去。

〔按语〕

一、程穆衡生平

关于程穆衡之生平研究,成果极少,目前仅见鲁梦宇所撰一篇,从中引录相关信息如下:

程穆衡,字惟惇,号迂亭,江苏太仓人,乾隆二年(1737)进士,授山西榆社知县。因开罪上司遭罢官,归里后除曾参与撰修《太仓州志》,主修《镇洋县志》外,大半生再无仕宦履历,以撰述为主。生平著作近六十种,由于大多未经刊刻,几乎散尽,部分著作以稿、钞本形式存于上海、南京两地图书馆。程穆衡在"三礼"研究、《水浒传》注解、吴伟业诗歌笺释等相关领域都建树颇丰。

程穆衡少时承袭外祖家藏书籍,有良好的学问功底。中年短暂入仕,后旋归里中,交游范围几乎不出江南太仓一带,除参与撰修地方志、收徒讲学之外,生平主要功业以撰述为主,但其所撰大部分著作都未能刊刻,在一定程度上削弱了程穆衡及其著作的影响力。

从后人的著录和整理来看,其近六十种著作内容上广泛涉及了经、史、子、集各部,创作方式上涵盖了中国古代学术的很多方面,取得了相当的成就。在存世的程穆衡著作中,南京图书馆藏稿本《梅村诗笺》可谓其中最有代表性者,此书在程穆衡生前甚至身后很长一段时间由于种种原因未能刊刻,但却保存了程穆衡笺注吴伟业诗歌的最初面貌,具有重要的文献价值。程穆衡笺注体例明晰,内容丰富,贴近诗旨,后来的吴诗注本如靳荣藩《吴诗集览》、吴翌凤《吴梅村诗集笺注》鲜有不称颂者,仅从吴伟业诗集注本的整理来看,对程穆衡原笺的重视显然不够充分。此外,《陶诗辑传》在整理各家陶诗注本的基础上,对后人的和陶诗一一编次,颇具章法。《娄东耆旧传》则是太仓一代文人传记资料的汇编,可以补充史料之不足。①

二、前人评论

关于程穆衡之陶集研究,目前仅见郭绍虞对其注本的讨论,录之如下:

程穆衡,字惟淳,号迂亭,镇洋人,乾隆丁巳进士,除山西榆社知县,以性刚,忤上官投劾去,家居著书,年九十三卒。此乃其手录稿本,今藏丁仲祜先生家。有乾隆丁卯自序,谓"排纂其日月,讨论其时世,绅绎其旨趣,讽咏以昌之,涵濡以体之,章句晰而训诂详矣。又搜取各家注本,为纠正谬讹,摘贬猥陋,并辑诸本传、年谱及古来统论和诗,一一辨正编次而附其前后,名之曰《陶诗辑传》,而是书始焕然明备,若还旧观,不啻先生之亲謦欬于髑髅藜藋之迳也。顾从来论先生诗者,徒叹其辞彩精拔,其深者亦止以为负气带性之人而已。不知志学之勤,体道之笃,日迈月征,未尝一息自懈,故德性臻乎坚定如此。夷荣枯,泯显晦,非徒委怀任运之作也。夫世不乏愤时嫉俗者流,决然高迈,临锻灶而不顾,登广武而长叹。然往往逃入二氏,取罪名教,未知内重而外轻,岂能遁世而无闷。故非身亲其境者,无由体究其心,详味其言也"。是则其著书动机,虽与黄文焕相似,而态度切实,远胜黄作。上卷四五言七十九章,从晋武帝太元中,终晋安帝义熙四年戊申六月。下卷四五言八十章,起晋安帝义熙五年己酉,终宋文帝元嘉四年丁卯。陶集编年之目,久不可见,今程氏悉心排比,虽不能尽复旧观,而立言有据,本末可考,不可谓非陶氏知己矣。附录吴仁杰《年谱》,颇多辨正。《东坡和陶诗》,亦多阐发,惜无刊本,不获流传。丁氏所撰《陶渊明诗笺注》,虽录程说,亦不过采其一部分耳。②

12. 贺寿慈批注《陶渊明集》八卷,存

〔出处〕

国家图书馆藏。

---

①　鲁梦宇:《程穆衡生平交游及著述考略》,《古籍研究》2020 年第 1 期,第253—264 页。

②　郭绍虞:《陶集考辨》,第 320—321 页。

〔**版本信息**〕

版 式

凡八卷,四册,半叶九行,行二十一字,白口,四周双边,单鱼尾。

编 次

该本以李公焕本为底本,卷首载《陶渊明集序》、萧统《陶渊明传》、《总论》,卷一至四为诗。其余同李本编次。

钤 印

钤"寿慈""老云"诸印。该书为三色套印,卷首《总论》为朱印,文中校评之语则为绿印,正文墨印。卷首刻《四库全书总目》所载提要,可见是刻于乾隆之后。

批 注

扉页有贺寿慈墨笔跋,书中有贺寿慈墨笔评注,多为眉批,少量为夹批。录之于下:

卷首陶渊明像,贺寿慈墨笔批(以下简称"贺批"):观渊明像,魁梧纯粹,信属有道之士。赵松雪曾手绘之,而书《归去来》系于后。余曾得其摹拓本,与此像适肖,足见流传者之尚不失真也。

萧统《传》"好读书,不求甚解",贺批:穿凿附会而泥于古也。

萧统《传》"曾不吝情去留",贺批:惟不吝情去留,乃能无心累。

萧统《传》"此亦人子也",贺批:何等岂第胸怀。

萧统《传》"俄顷宏至",贺批:使宏至而或拒而去之,则又矫矣。

陈后山"渊明之诗,切于事情但不文耳",贺批:然则雅颂亦不文耶,此语太欠确。

葛常之"今之人多作拙易诗",贺批:即白诗间有拙易处。

蔡宽夫"当忧则忧",贺批:渊明诗境尽在数语中。

魏鹤山"因闲观时,因静照物,因时起志,因物寓言,因志发咏,因言成诗,因咏成声,因诗成音者,陶公有焉",贺批:陶诗备八,因亦新警。

休齐人"人之为诗,要有野意",贺批:"野"之一字,未经人道,《诗》三百篇比兴多,"野意"一语破的。

《竹林诗评》,贺批:渊明不欲仕宋,心不忘晋,乃其所以过人处,此隘非狭,亦非傲之谓也。

陈绎曾《诗谱》"陶渊明心存忠义,心处闲逸",贺批:此数语于陶诗尤为的当。

《时运》,贺批:此四则全是风诗,淡穆之致,不可学而能之也。"我爱其静",贺批:生平得力一"静"字。

《荣木》"先师遗训,余岂之坠",贺批:始未尝无用世之心,并以远大自期,后之所遇不合,故至变计。

《赠长沙公族孙一首并序》"在长忘同(忘,一作志)",贺批:"志"字不如"忘"字之有情。

《酬丁柴桑一首》"餐胜如归,聆善若始",贺批:"餐胜"二语,老练而道。

《劝农一首》,贺批:此六首语语是劝字,不仅词之清超也。"气节易过,和泽难久",贺批:八字是所以劝之故。"民生在勤,勤则不匮",贺批:"勤则不匮",治家国,治天下皆然,农其一也。

《命子一首》"寘兹愠喜",贺批:观"寘兹愠喜"一语,则其先人已属高士矣。"既见其生,实欲其可",贺批:淡语说透世情,足见高旷之胸,并非矫情以求异于世也。

《归鸟一首》"见林情依",贺批:"见林情依"一语,固是自寓高致,亦属归鸟本性,四字老浑之至,非泛泛者所能道也。"岂思天路,欣反旧栖",贺批:江湖之乐,胜于廊庙,意在言外。"晨风清兴,好音时交",贺批:"晨风清兴"二语,鸣鸟远神。

《形赠影一首》"霜露憔悴之",贺批:露则荣,而霜则悴,方是常理,如何专化憔悴,欠圆到之享得自然之理,见无所作为也。

《影答形一首》"与子相遇来,未尝异悲悦",贺批:"与子相遇"二语,恰是影答形。惧修名之不立,乃是圣贤学问,不得谓渊明忘世无情也。

《神释一首》"人为三才中,岂不以我故",贺批:"人为三才中"二语,来头正大。"纵浪大化中,不喜亦不惧。应尽便须尽,无复独多虑",贺批:"纵浪大化"四句,识力坚凝,不徒以阔远自遣,是圣贤存顺殁宁之理。

《九日闲居一首并序》"世短意常多",贺批:"世短意常多"五字中无限包涵，无限感慨。"日月依辰至，举俗爱其名"，贺批：日月但依辰而至，世俗乃别其名而爱之，浅近语乃见道理。"栖迟固多娱，淹留岂无成"，贺批：愿世之去仕者，勿负此闲中岁月为可惜，何以能不负？亦惟加意于素所结习之旧学已耳。退叟记。

《归园田居五首》"暧暧远人村，依依墟里烟"，贺批："远人村""墟里烟"，而以"暧暧""依依"状之，似远似近，若暗若明，非身居村落，而又能以闲情处物外者不能道也。

其二"时复墟曲中，披草共来往。相见无杂言，但道桑麻长"，贺批：时复墟中四语，敦朴纯厚。想见五柳先生所居，不减桃源境界也。

其三"道狭草木长，夕露沾我衣"，贺批：因道狭而草木长，致夕露沾衣，亦极寻常境，知为向所未道过语。"衣沾不足惜，但使愿无违"，贺批：此一首较杨恽高一筹，彼云"须富贵何时"，是犹有富贵之见存也。"衣沾不足惜，但使愿无违"，所谓"莲出绿波，飞尘不能污其叶"者，即在斯乎！

《游斜川一首并序》"班坐依远流"，贺批："引以为流觞曲水，列坐其次"句，五字该之。"且极今朝乐，明日非所求"，贺批：结句似落达人作达语矣，陶之高远，初不在是。

《乞食一首》"饥来驱我去，不知竟何之。行行至斯里，叩门拙言辞"，贺批：此正所谓途穷也。至"拙言辞"一语，盖见君子固穷身分，冥报相贻情景近，可悯极矣。初非好作诳语，正以见其真耳。

原评"东坡曰：渊明得一食，至欲以冥谢主人，此大类丐者口颊也，哀哉哀哉！非独余哀之，举世莫不哀之也。饥寒常在生前，声名常在身后，二者不相待，此士之所以穷也"，贺批：杜老有《示从孙济》句云"平明跨驴出，未知适谁门"，与征君穷困何相似若是。至杜有《病后过王倚饮赠一首》，其饥饿不能门户，至于一饭不忘，困厄景象，又较陶有加矣。东坡后来所历几至于是，故批词特沉痛若是。

《怨诗楚调示庞主簿邓治中一首》，贺批：虽曰"怨诗"，而无一毫牢骚气，但自纪其困穷之实，此高士之所为高也。

《答庞参军一首并序》"情通万里外，形迹滞江山"，贺批：情之所通，山川不能间之，语豪而不失真，老杜多得力于此。

《连雨独饮一首》"天岂去此哉"，贺批："天际去此哉"便少含蓄矣，

"岂""哉"二字断不可易。

《移居二首》其一，贺批：此首见其贫而好学，箪瓢曲肱遗意具在，自然之乐毫无所强。"奇文共欣赏，疑义相与析"，贺批："奇文"二语，足见渊明为学工夫精纯邃密，惜不知共欣赏、相与析者，所友何人耳！

其二，贺批：此首一片天机，直是羲农世界，而仍以力耕相劝勉，则又似清谈废事。圣贤身分，非徒隐逸风流，南阳卧龙，同此襟抱。

《和刘柴桑一首》"弱女虽非男"一段，贺批："弱女虽非男"及"耕织称其用"，皆是"素位而行，不愿其外"之意。若赵泉山所云以弱女喻酒，则犹小而且浅，渊明岂真酒徒哉！谓"曲尽嗜酒常态"，其语太可笑，穿凿之论，求得古人，而转失古人矣。

《酬刘柴桑一首》"慨然已知秋"，贺批："慨然已知秋"，盖亦感叹时势，不如归耕之足乐耳。

《和郭主簿二首》"营己良有极，过足非所钦"，贺批：营己不求过足，是一生寻乐真诀。酒熟自斟，弱子学语，纯是一个天趣，读之足使尘念都消。天仙化人，只就寻常指点也。

《于王抚军座送客》"寒气冒山泽，游云倏无依"，贺批：寒气冒山、游云无依，亦以自况身世所历也。

《与殷晋安别一首并序》"语默自殊势"，贺批："语默自殊势"，数语大似苏武。

《岁暮和张常侍一首》"市朝凄旧人"，贺批：市朝凄旧人，朝代将易，觉目之所睹，皆增感怆。

《悲从弟仲德一首》，贺批：寒落之状，质意可悯，足证渊明为笃于性情者。

《始作镇军参军经曲阿一首》，贺批：此首是一则小《归去来词》。"弱龄寄事外，委怀在琴书。被褐欣自得，屡空常晏如"，贺批：一生行径四语尽之，何等自然，不以高旷自异。"真想初在襟，谁谓形迹拘"，贺批："真想初在襟"，圣贤用世时，仍不忘贫贱时光景，方能自坚其守，不仅流连山之乐也。

《庚子岁五月中从都还阻风于规林二首》"行行循归路，计日望旧居"，贺批：起二句淡语真况，作客归家者，岂不如是！

其二"崩浪聒天响",贺批:"崩浪"句似杜老,奔放之致其偶露者。

《辛丑岁七月赴假还江陵夜行涂中一首》"诗书敦宿好,林园无俗情",贺批:"诗书敦宿好,林园无俗情"两语,曩只滑口读过,亦觉平平。今投簪数载,每日所养此身心者,不外此两卷,始叹其言之有味也。

《癸卯岁始春怀古田舍二首》"地为罕人远",贺批:人罕至则其地自远,泠然善也,拆用正见新。若云"为幽人远",似直率无味。

其二"平畴交远风,良苗亦怀新",贺批:"平畴交远风,良苗亦怀新"二语,写田谷顺成景象,一片化机。余长自田间,至今回忆,识其语妙,此非画笔所能描摹也。渊明每遇田畴诗,皆真气盎然,真觉田家自有乐,蚩蚩者日习已忘,倘以此等诗与之解说,未必不欣然而喜也。

《癸卯岁十二月中作与从弟敬远》"倾耳无希声,在目皓已洁",贺批:"倾耳无希声,在目皓已洁"二语,写雪确切高浑,为千古绝唱。后人咏雪之作,不得不脱胎于此。其实渊明自己身分,两语已见,"倾耳无希声"者,其不求闻达似之,"在目皓已洁"者,其清操皎然似之。

《乙巳岁三月为建威参军使都经钱溪一首》"素襟不可易",贺批:此言山川风景不异曩时,纵勉为行役,壑之志不能忘,故曰"素襟不可易"也。

《遇火》"贞刚自有质,玉石乃非坚",贺批:"贞刚有质,玉石非坚",自写怀抱,而归于鼓腹灌园,盖不欲以矫筋立名也。

《庚戌岁九月中于西田获早稻一首》"田家岂不苦",贺批:无求之意,有道之言。观"田家岂不苦"数语,知其洁身世,追踪古人,正不必故自矫情,求异于物也。"四体诚乃疲,庶无异患干",贺批:疲其四体,无事外求,故无异患之干。马背不如牛背稳,尚属巧言之耳。

《丙辰岁八月中于下潠田舍获》"贫居依稼穑",贺批:"贫居依稼穑",五字朴老。

《饮酒二十首并序》其一"邵生瓜田中,宁似东陵时",贺批:邵生治田,不似东陵,正以此时世之变迁。

其二"积善云有报,夷叔在西山。善恶苟不应,何事空立言",贺批:夷齐之节,百世犹传。"何事空立言",见善恶之必有应,非愤词也。

其四"日暮犹独飞",贺批:渊明出世,所友者多名流,而葆真者则渊明,故曰"日暮犹独飞"。"因值孤生松",贺批:此亦后凋松柏之意。

其五，贺批：此一首全体浑成，一气贯注，有行其所不得不行之妙。因采菊而着此，宜有浴沂风咏之致，若必以为畎亩不忘君，则未免呆看此诗。"心远地自偏"，贺批：不曰"地偏心更远"，而曰"心远地自偏"，故结庐正不妨在人境。随遇可安，不必绝人世也。

原注苏轼评"采菊东篱下，悠然见南山"一段，贺批：若俗士必以"望"字为佳，一字所差非浅，"见"字无心，"望"字有意，呆活之分，雅俗之别也。"山气日夕嘉，飞鸟相与还"，贺批："山气日夕嘉，飞鸟相与还"，《归去来》中"景翳翳以将入""鸟倦飞而知还"，词意恰同。

其六"且当从黄绮"，贺批：末俗无真是非，其真者在隐居之士，故思从黄绮。

其七，贺批：因赏菊而饮酒，因饮酒而观物，是不以心为形役真趣。

"一觞虽独尽，杯尽壶自倾。日入群动息，归鸟趣林鸣"，贺批：杯尽而壶倾，极寻常事，极自然语。"日入群动息，归鸟趣林鸣"，即是《归去辞》中"万物得时，吾生行休"之意。

其八，贺批：后凋松柏，岁寒始知，非以自豪，乃以嘅世也。

其九"倒裳往自开"，贺批："倒裳"语，真而朴。"蓝缕茅檐下，未足为高栖"，贺批：蓝缕茅屋，未为高栖，恰是乡中父老劝行意。"纡辔诚可学，违己讵非迷"，贺批："纡辔"之事，究属违己，故所不愿，答言和婉之至。

其十"倾身营一饱，少许便有余"，贺批：一饱便有余，即是饮水、曲肱之意。

其十一"裸葬何必恶，人当解意表"，贺批：知道在平日，故下笔能为此言。渊明高处，正不在学王孙裸葬也。

其十三"规规一何愚，兀傲差若颖"，贺批：渊明淡泊，初非兀傲，彼兀傲者，犹有好名之见存，故止较规规者差若颖耳，非竟以兀傲为高，东涧所评，尚未见渊明之真也。

其十四"父老杂乱言，觞酌失行次"，贺批：时事止可饮酒，仕宦中人可语性情者，不如田间父老。所云"杂乱"，意失行次者，总不得一真字耳。杂乱言失行次者，并非有衰慢不敬之意，盖任而动，几昧礼数，乡村风俗不得而同，读此诗如置身里党田舍间也。

原评"张文潜曰：陶元亮虽嗜酒，家贫不能常饮酒，而况必饮美酒乎？

其所与饮,多田野樵渔之人,班坐林间,所以奉身而悦口腹者略矣",贺批:此批将陶之力分看呆了。

原评"《石林诗话》曰:晋人多言饮酒,有至沉醉者,此未必意真在酒,盖方时艰,人各惧祸,惟托于醉可以粗远世故耳",贺批:"不觉知有我"及"此中有深味",可知托酒以自全,此批较确切。

其十六"竟抱固穷节,饥寒饱所更",贺批:好读书是其本色,抱固穷之节以饮酒,正为此。

其十七"清风脱然至,见别萧艾中",贺批:渊明不待惊弓而已见几。

其十八,贺批:此正所谓"其默足以容",渊明亦古明哲矣,岂徒在造饮辄尽哉。

其十九"遂尽介然分,终死(一本作拂衣)归田里",贺批:"终死"有不惑不移之意,如改作"拂衣",语气便轻了,且渊明岂肯作此悻悻语。

其二十"终日驰车走,不见所问津""但恨多谬误,君当恕醉人",贺批:终日驰走,不见所问津,救世之人不可得,故汉儒之阐明六籍,亦属渺然。所云"多谬误"者,自言其读书也。

《止酒》一首,贺批:句句不脱"止"字,其意不专在酒。又:此首定是悼恭帝而作,结句"天容自永固",见名自永固,不得以彭殇之寿夭比类也。《述酒》诗究无一语及酒,且离奇变幻不可测,江湖之中,不忘廊庙,忠义悲歌,乃以无伦次语自晦,陶征君于时事,诚属有心人。

原评"黄山谷曰:观渊明此诗,想见其人慈祥戏谑可观也。俗人便谓渊明诸子皆不肖,而渊明愁叹见于诗耳,所谓痴人前不得说梦也",贺批:渊明当易国之世,不求仕进,故虽有不好纸笔之五男儿,而一听之天运。着眼空阔,自戏谑亦可观,何处稍露愁叹,俗见诚见呐,尚欲上论古人耶!

《蜡日一首》"风雪送余运,无妨时已和",贺批:起二句超忽凝练,不似渊明诗,何也?

《拟古九首》,贺批:此与同心友论出处之志,觉有负其初。"出门万里客,中道逢嘉友。未言心相醉,不在接杯酒",贺批:何等性情,是各章笼统起法。

其二"开有田子春,节义为士雄。斯人久已死,乡里习其风",贺批:此盖有感于当世鹜名之士也。

其三"翩翩新来燕,双双入我庐。先巢故尚在,相将还旧居",贺批:此章比时势已新,而故国不能忘也。

其四,贺批:此章感朝代递嬗,亦如华屋山丘之叹也。

其五,贺批:此章自寓安贫守道,不欲苟就时趋,故独弹古调,以求葆岁寒之操也。

其六"年年见霜雪,谁谓不知时",贺批:当时必有劝仕之人,自觉阅世已久,其隐居正是知时务也。

其七"谁云固穷难",贺批:"谁云固穷难",则俨以自比前修矣。

《咏二疏》,贺批:二疏之出甚显,渊明之出甚微,似不同迹,而知足不辱,知止不殆,其意则同,故曰"放意乐余年,遑恤身后虑",则自道也。

《咏三良》,贺批:诗意谓得一知己,虽死不恨,故云"愿言同此归"。君恩之重,即在平日,即当视死如归。当晋、宋移易之交,显宦中必有苟全躯命者,亦以讽之也。

原评"葛常之曰:'顾命有治乱,臣子得从违。魏颗真孝爱,三良安足希。'似与柳子之论合,审如是,则三良不能无罪。然坡公《过秦穆墓》诗乃云:'穆公生不诛孟明,岂有死之日而忍用其良。乃知三子殉公意,亦如齐之二子从田横。'则又言三良之殉,非穆公之意也",贺批:三良之死,古今同惜,苏公谓如齐之二子从田横,穆公之死与田横迥异,三良正宜同心以辅嗣主,方为忠良,是以身殉之,不足为报主也。柳子责康公用父乱命,持议确而正,较苏子此说为胜。

上文"三良不能无罪",贺批:三良之从死,不能为有罪,不过如匹夫匹妇,自经沟渎耳。

上文"岂有死之日而忍用其良",贺批:此所以为乱命。

上文"三子殉公意,亦如齐之二子从田横。则又言三良之殉,非穆公之意也",贺批:三子既矢志殉君,诗何以云临其穴惴惴然,则坡公此论殊未允当,仍以前说为是。

《咏荆轲》,贺批:荆卿为知己报强嬴,其意气所激,未暇讲求击之法,以至无成,千载下同声叹愤。诗情悲愤歌豪放,盖亦曰题而发,其事之叙断处,万不能以平淡出之。朱子谓其露出本相,亦似非确评也。

"惜哉剑术疏",原注"鲁勾践闻荆轲之刺秦王,曰'惜哉!其不讲刺剑之术也'",贺批:荆卿之意欲生劫秦王,是其疏处不仅在剑术也。

《读山海经十三首》其一,贺批:此一首尤为绝唱。起咏一则,曰时景而读书,只将山海图点出,以后递举其文义而赋之也。

其三,贺批:与前首皆有旷怀高蹈之思。

其四,贺批:此比洁清之物,超然尘外,自足宝贵。

其六,贺批:遥想化日光天之世,无幽不烛,郅隆景象,杳不可追矣。

其七,贺批:天不爱道,地不爱宝,凤鸾交集,岂世上所得观之境哉!

其八,贺批:上古人心浑穆,民多寿考,岂似后来人多变诈,而天札随之。

其九,贺批:夸父虽追不及日,而能与日竞走,乃至饮倾河渭,杖化邓林,使今古皆传以为奇。其不量力者,乃正其功之所留,如文文山,史阁部者,岂不知时之不可为哉?流芳后代,固其宜矣。

其十,贺批:抱精卫填石之诚心,复似刑天舞干之猛志,而终不能澄清宇内,则亦徒复此心耳。

其十一,贺批:此章史有所指,盖比篡弑而得国者,终取灭亡之祸,不于其身即于其子孙,窫窳骏鹗,皆不足恃也。窫窳,国名,又兽名,食人。窫音札,窳音雨,又苦窳,恶器也。

其十二,贺批:放士因先自迷而致遭屏逐,若君子则先见几而作,不待鹠鹅之见也。

其十三,贺批:此言国家先当用真才而慎之。共鲧不去,重华恐遭沮抑。若先已为小人所败坏,则善者亦无之何矣。

《拟挽歌辞三首》其一"饮酒不得足",贺批:"不得足",较云"常不足"为有味。

其三"荒草何茫茫,白杨亦萧萧",贺批:满目凄凉之景,写来却极自然,正非强作旷达语。

《感士不遇赋并序》"宁固穷以济意,不委曲而累己",贺批:士之所以不遇者,正在固穷,而不甘委屈,千古真隐逸大抵皆然,不独自写幽抱也。

《闲情赋并序》,原评"东坡曰:渊明作《闲情赋》,所谓国风好色而不淫,正使不及《周南》,与屈、宋所陈何异?而统大讥之,此乃小儿强作解事者"，贺批：《诗》三百，首以《关雎》，乃是发乎情，止乎义礼，然则亦为白璧微瑕耶。坡老之论非訾议，眼明也。

原评"韩子苍曰：世人但以不屈于州县吏为高，故以因督邮而去，此士识时委命，其意固有在矣。岂一督邮能为之去就哉"，贺批：盖视当时卿大夫，不过同一督邮耳。

原评"韩子苍曰：躬耕乞食且犹不耻，而耻屈于督邮，必不然矣"，贺批：躬耕乞食，何以为耻！此语殊不允。

《桃花源记并诗》"愿言蹑轻风，高举寻吾契"，贺批：诗末二句，可见此事乃靖节寓言也。

原评"东坡曰：世桃源事多过其实，考渊明所记，止言先世避秦乱来此，则渔人所见似是其子孙，非秦人不死者也"，贺批：此言确而得间。

原评"东坡曰：使武陵太守得至焉，则已化为争夺之场久矣，常意天壤间若此者甚众，不独桃源"，贺批：凡游山水若冠盖而往，便杀风景，坡公诚达人语也。

原评"赵泉山曰：靖节退之虽各举其岁盈数，要之六百载为近实，而桃花源事，当在孝武帝大元十三年丁亥前数年间"，贺批：一篇《桃花源记》，引得后来诸君子口说纷腾，靖节有知，必笑其多事矣。东坡云"天壤间若此甚众，不独桃源"，旨哉！

《晋故征西大将军长史孟府君传》"亮欣然而笑，喜褒之得君，奇君为褒之所得。乃益器焉"，贺批：铺叙中亦复矫变。

"始自总发，至于知命，行不苟合，言无夸矜，未有喜愠之容"，贺批：言行与渊明等，故亦相契之深。

"赞曰"一段，贺批：叙盖公事，详而疏朗，且觉其性情踪迹，与己相类。读其赞词，知契合者深。

《五柳先生传》"好读书，不求甚解，每有会意，便欣然忘食"，贺批"不求甚解"，何以会意？盖不似穿凿者之失古也。至"欣然忘食"，则所解别有会心矣。"忘怀得失，以此自终"，贺批：结穴八字，至可再言。

原评"《艺苑雌黄》曰：士人言县令事，多用彭泽五柳，虽白乐天《六帖》亦然。以余考之，陶渊明，浔阳柴桑人也，宅边有五柳树，因号五柳先生。后为彭泽令，去官百里，则彭泽未尝有五柳也"，贺批：余曾咏隐者，有"彭泽之柳"句,后复阅之,自觉五柳并非为县令时所栽,则以柳属彭泽,似不甚妥,今乃知前人先有辨之者矣。

《读史述九章·韩非》"巧行居灾,枝辩召患",贺批:余曾以韩非比少正卯,今观"巧行""枝辩"之语,其信然矣。

《读史述九章·鲁二儒》,贺批:汉之叔孙通为谄谀小人,绵蕞事,两生直斥其非,且云礼乐必百年而兴,是深有得于古圣贤者,其不就汉征,是介节而非迂儒,《通鉴》评论不及陶公允当。

《归园田居》其六,贺批:此一首语语浅近,语语生趣,至云"素心正如此,开径望三益",则抗心希古,尤偶乎远矣。

"归人望烟火,稚子候檐隙",贺批:"归人望烟火,稚子候檐隙",真境写来,一片化机。

《问来使》,贺批:此诗绝似摩诘,盖语之清圆似之,然但爱其佳,亦不必辨也。

《尚长禽庆赞》"且当从黄绮",贺批:末俗无真是非,其真者在隐居之士,故思从黄绮。

〔按语〕

一、关于贺寿慈

贺寿慈(1810—1891),晚清时期书法家、诗人。他初名于逵,后更名霖若,字云甫、云黼,号楚天渔叟、赘叟,湖北蒲圻(今赤壁)人,道光二十一年(1841)进士,历官文选司郎中、军机章京、内阁侍读学士、左副都御史、吏部主事、工部尚书等。他擅诗文,惜无专集刊布,曾批点《陶渊明集》,对陶诗有独到见解,且在从政之余,娴习书艺。其书以行书见长,有论者谓其书法渊源于孙过庭之《书谱》,"圆熟之至,然纤秀无骨""书名满天下,识者谓在同光四家之上",可知其在同治、光绪时期颇得时誉①。

二、对贺寿慈批点本的评价

学者张贵《贺寿慈批点〈陶渊明集〉考述》,对贺寿慈批点本有极为详

---

① 朱万章:《贺寿慈信札中的书学与禽缘》,《收藏家》2022年第3期,第83—88页。

细的考察。贺寿慈认为朱熹、苏轼、蔡启、许顗四人所评陶诗最为允当,批语中他对前人评陶之论亦颇多轩轾,并就相关问题提出了自己的见解。贺寿慈对前人评陶之论亦有所反驳,颇多发覆之见。陶渊明诗歌异文颇多,后世辨析者不乏其人,贺寿慈亦对部分异文提出了见解。另外,贺寿慈注意到了陶诗艺术上的成就,在炼字炼句方面,贺寿慈也有诸多丰富的解释①。

13. 嘉庆元年吴骞编《拜经楼丛书》本《陶诗集注》四卷,存

〔出处〕

国家图书馆藏。

〔版本信息〕

版　式

嘉庆初元,海昌吴骞拜经楼校本。边栏上下为单,左右为双。半叶十行,行二十字。上下小黑口,双鱼尾。扉页篆书“陶诗集注四卷”。左下角小字:“吴郡顾复初署校”。背叶篆字两行:“会稽章氏用拜经楼本重校刊”。各卷首叶第一行署“陶靖节先生诗卷第几”。

编　次

集四卷,仅录陶诗。

卷一起《停云一首并序》,止《归鸟一首》;卷二起《形影神并序》,止《悲从弟敬德一首》;卷三起《始作镇军参军经曲阿一首》,止《四时一首》;卷四起《拟古九首》,至《拟挽歌辞三首》;以上篇次基本与苏写本、曾纮本诸本相同;《拟挽歌辞三首》后,为《桃花源记并诗》《归去来兮辞并序》两篇文。卷末另起一叶,附录《杂诗》“袅袅松摽崖”、《联句》、《归园田居》“种苗在东皋”、《问来使》。此四首诗,汤汉以为伪作,从正文中删除而作为

---

① 张贵:《贺寿慈批点〈陶渊明集〉考述》,《中国文化研究》2020 年春之卷,2020年第 1 期,第 91—98 页。

附录。

序 跋

汤汉自序

陶公诗精深高妙,测之愈远,不可漫观也。不事异代之节,与子房五世相韩之义同。既不为狙击震动之举,又时无汉祖者可托以行其志。故每寄情于首阳、易水之间,又以荆轲继二疏、三良而发咏,所谓"抚己有深怀,履运增慨然",读之亦可以深悲其志也已。平生危行逊言,至《述酒》之作,始直吐忠愤,然犹乱以廋词。千载之下,读者不省为何语。是此翁所深致意者,迄不得白于后世,尤可以使人增欷而累叹也。余偶窥见其指,因加笺释,以表暴其心事,及他篇有可发明者,亦并著之。文字不多,乃令缮写模传,与好古通微之士共商略焉。又按诗中言本志少,说固穷多,夫惟恶于饥寒之苦,而后能存节义之闲,西山之所以有饿夫也。世士贪荣禄,事豪侈,而高谈名义,自方于古之人,余未之信也。淳祐初元九月九日,鄱阳汤汉敬书。

周春题记(节录)

《述酒》诗为晋恭帝而作,其说略本韩子苍;而"半胜""诸梁",黄山谷亦尝解之,非创于东涧也,特此注加详耳。……靖节时当禅代,虽同五世相韩之义,但不敢直言,而借廋辞以抒忠愤。向非诸公表微阐幽,乌能白其未白之志哉!朱子谓《荆轲》一篇,平淡中露出豪放本相。须知其豪放从忠义来,与《述酒》同一心事。陶集《祭程氏妹文》书"义熙三年",《祭从弟敬远文》唯云"癸亥",《自祭文》唯云"丁卯",此与《宋书》本传之说相合,但指所著文章而言,若诗则不然。大约晋时书甲子,如庚子至丙辰是也;入宋不书甲子,如《九日闲居》之类是也。自来辨此者,都未明晰。

眉 批

书中页眉有十三处墨笔批校。另有三条朱笔批校,皆为旁校。朱墨笔批校字迹不同,均未知何人所批。

《时运一首并序》"童冠齐业",批:业,一作"集",兹疑误。"黄唐莫逮",批:逮,音"代",读音地非。

《形赠影一首》"举目情凄洏",批:洏,音"而",泣也。

《五月旦作和戴主簿一首》"肆志无窊隆",批:窊,音"洼",凹也。

《辛丑岁七月赴假还江陵夜行涂中一首》"遂与尘事冥",批:冥,在九"青",古通"庚"。

《饮酒》其八"何事绁尘羁"句,批:绁,音"屑",羁也。

《止酒一首》"卜生善斯牧",批:斯,当作"师"。批:先生五子,无一佳器,家运之舛,与余一致。

《杂诗十二首》其七"日月不肯迟",批:迟,待也,音治。谢灵运诗:"临江迟来客。"

〔按语〕

一、关于吴骞

吴骞(1733—1813),字槎客,号兔林,海亭(今属浙江)人,藏书家、贡生。尤嗜典籍,遇善本古书,倾囊相赚,校勘精审。多有宋元精本,建"拜经楼"收藏。自题其藏书室曰"千元十驾",先后得书五万余卷。所藏善本书,多由名家如卢文弨、钱大昕、周春、鲍廷博等人题跋,好友黄丕烈、丁傑等撰题记[①]。

二、版本情况

乾隆五十一年(1786),吴骞拜经楼据汤汉本刻印。关于底本的版刻年代,据《中国版刻图录》,当为度宗咸淳元年(1265)前后福州刻本[②]。

郭绍虞《陶集考辨》云:"汤注颇为时人所称。"[③]"此本有《拜经楼丛书》本,光绪会稽章氏重雕《拜经楼丛书》本,光绪丁艮善重雕本[④]。此书即为第二种。

---

①②　参见北京图书馆编:《中国版刻图录(增订本)》,文物出版社 1960 年版,第40 页。

③　郭绍虞:《陶集考辨》,第 282 页。

④　郭绍虞:《陶集考辨》,第 285 页。

附 《重编拜经楼丛书十种》本《陶靖节诗注》

〔版本信息〕

编 次

此本题为"陶靖节诗注",编次为:《靖节先生像》、张燕昌序、《陶靖节先生小像》、吴骞赞、陶渊明墓山图、吴骞跋、目录、汤汉序、卷一至四、吴师道《诗话》、黄滔《笔记》、吴骞跋。

题 跋

吴骞陶像跋

海宁吴兔林校刊汤东涧所注《陶靖节集》,求遗像冠册首。余偶于吴江王氏勺山书屋见明人所摹《历代名贤像》,钩得此幅。又于吴兴沈芬舟所见龙眠居士《莲社图》真迹,丰致与此正同,乃知此本得靖节真面目也。闻石门方懒儒亦有摹本,不知与此有异同否?乾隆丙午秋日海盐张燕昌书于烟波宅。

《陶靖节先生小像》附吴骞赞语

峨峨彭泽,致美璇玉。八儒尚贤,五柳自目。赋辞《归来》,耻殉微禄。息景衡宇,含贞抱朴。西山食薇,东篱采菊。《述酒》之篇,同工异曲。后学吴骞赞。

吴骞跋

南宋鄱阳汤文清公注《陶靖节诗》四卷,马贵与《文献通考》极称之。所谓《述酒》诗,乃哀零陵而作,其微旨虽滥觞于韩子苍,至文清反复研讨而益畅其说,真可谓彭泽异代之知己矣。此书世鲜传本,岁辛丑,吾友鲍君以文游吴趋得之,归舟枉道,过予小桐溪山馆,出以见视,楮墨精好,古香袭人,诚宋椠佳本也。昔毛斧季先生晚年尝以藏书售潘稼堂太史,有宋刻《陶集》,斧季自题目下曰:此集与世本夐然不同,如《桃花源记》"闻之欣然规往",时本率讹"规"作"亲"。今观是集,始知斧季之言为不谬。又《拟古》诗"闻有田子泰",流俗本多讹作"田子春",惟此作"子泰",与《魏志》符。其他佳处,尤不胜更仆数。注中间有引宋本者,鲍君据吴氏《西斋书目》及僧思悦《陶诗序》,以为汤氏盖指宋元献刊定之本,因劝予重雕以公同好。文清人品,雅为真西山、赵南泉诸公所推,尤明于《易》"城复于隍,其命乱也"。王深宁《困学纪闻》尝取之。余详《宋史》本传。乾隆五十年岁次旃蒙大荒落小重阳日海昌吴骞识。

补　注

该本卷四之后有补注若干,今录之如下:

《停云》"敛翮闲止",嵇叔夜《琴赋》:非渊静者,不能与之闲止。"亦已焉哉",郑康成为书戒子,末云:若忽忘不识,亦已焉哉!

《九日闲居》"日月依辰至,举俗爱其名",魏文帝书云:九为阳数而日月并应,俗嘉其名,以为宜于长久。

《赠羊长史》"紫芝谁复采,深谷久应芜",《紫芝歌》:莫莫高世,深谷逶迤。奕奕紫芝,可以疗饥。唐虞世远,吾将安归?驷马高盖,其忧甚大。富贵之畏人兮,不如贫贱之肆志。

《述酒》"南岳无余云",晋元帝即位诏曰:遂登坛南岳,受终文祖。

《归去来兮辞》"临清流而赋诗",叔夜《琴赋》:临清流赋新诗。

附　《吴师道诗话》

汤伯纪注陶渊明《述酒》诗,定为廋辞隐语,盖恭帝哀诗。发千古之未发,诸否之题之,其难解处,亦不敢决,得存疑之意,愚尝有一二管见补之。"重离照南陆,鸣鸟声相闻。秋草虽未黄,融风久已分。素砾晶修渚,南岳无余云。"汤注:"司马氏出重黎之后,此言晋室南渡,国虽未末,而势之分崩久矣。至于今,则典午之气数遂尽也。素砾,未详。修渚,疑指江陵。"愚谓以"离"为"黎",则是陶公故讹其字以相乱。离,南也,午也。重离,典午再造也。止作晋南渡说,自通。书"我则鸣,鸟不闻",陶正用此。鸟指凤皇,此谓南渡之初,一时诸贤犹盛也。砾,小石。修渚,长江,指江左。晶,显也。此承首句"离照"字言。"素砾"显于江渚,其微已甚;至"南岳无余云",则气数全尽矣。"豫章抗高门,重华固灵坟",汤注:"裕始封豫章郡公。'重华'谓恭帝禅宋也。"愚谓亦寓裕事,恭帝封零陵王,舜冢在零陵九疑,故云尔。裕实篡弑,陶公岂肯以禅目之。"日中翔河汾",日中,午也。裕以元熙二年六月废帝,故诗序夏徂秋,亦寓意云。愚尝读《离骚》,见屈子闵宗周之阽危,悲身命之将陨,而其赋《远游》之篇曰:"仍羽人于丹邱,留不死之旧乡。""超无为以至清,与泰初而为邻。"乃欲制形炼魄,排空御风,浮游八极,后天而终。原虽死,犹不死也。陶公此诗,愤其主弑国亡,而末言游仙修炼之适,且以天容永固、彭殇非伦赞其君,极其尊爱之至,以见乱臣贼子,乍起倏灭于天地之间者,何足道哉!陶公胸次冲澹和平,而忠愤激烈,时发其间,得无交战之累乎?洪庆善之论屈子,有曰:"屈原之忧,忧国也;其乐,乐天也。"吾于陶公亦云。

汤公因释《述酒》诗,遂及诸篇,直以暴其心曲,故不泛论,甚简而精。愚读之,偶有所见,附著于后。《赠长沙公族祖》云"同源分流,人易世疏。慨然寤叹,念兹厥初。礼服遂悠,岁月眇徂。感彼行路,眷然踌躇"云云。苏明允族谱引一篇之意,不出此数语。《命子》诗末句:"亦已焉哉。"郑康成《诫子书》末曰:"若忽忘不识,亦已焉哉。"公止用此语,陆放翁笔记云尔。《归鸟》四章,一章"和风",二章接"清阴"句下,三章"日夕气清",四章"寒条",具四时意。《归田园居》第一首:"狗吠深巷中,鸡鸣桑树颠。"《古鸡鸣行》:"鸡鸣高树颠,狗吠深巷中。"陶公全用其语。第二篇:"种豆南山下,草盛豆苗稀。"本杨恽书意。《始作镇军参军经曲阿》:"被褐欣自得,屡空常晏如。"《五柳先生传》:"短褐穿结,箪瓢屡空。"自何晏注《论语》,以空为虚无,意本庄子,前儒多从之。朱子以回赐屡空货殖对言,故以空匮释之。今此以"被褐"对"屡空"。又《饮酒》第十二首(案,今汤注第九首):"颜生称为仁,荣公言有道。屡空不获年,长饥至于老。"以"屡空"对"长饥",朱子之意,正与之合。《还旧居》诗:"畴昔家上京。"案,上京在今南康郡城外十里,栗里原云郡一舍,则公尝徙于此。前者移家诗,居不一处也。《拟古》第二首:"闻有田子泰,节义为士雄。"汤注:"田畴字子泰,北平无终人。"案,畴始从刘虞,虞为公孙瓒所害,誓言报仇,卒不能践,而从曹操讨乌桓,节义亦不足称。陶公亦是习闻世俗所尊慕尔。第三首:"仲春遘时雨,始雷发东隅。众蛰各潜骇,草木纵横舒。翩翩新来燕,双双入我庐。先巢故尚在,相将还旧居。自从分别来,门庭日荒芜。我心固匪石,君情定何如?"托言不背弃之义。《杂诗》第二首:"日月掷人去,有志不获骋。"陶翁之志非他,忠愤而已。"念此还悲凄,终晓不能静",此与《述酒篇》"流泪抱中叹,倾耳听司晨"意同。《读山海经》第一首:"绕屋树扶疏。"汤注:"扶疏本太玄。"愚案,燕刺王传刘向封事,皆有此语,在扬雄前。第十首

"刑天舞干戚"，他本误作"形天无干岁"，曾纮伯容为辨正之。《桃花源记并诗》，洪景卢云："后人因陶公记诗，不过称赞仙家之乐，唯韩公有'渺茫宁知伪与真'云云，不及所以作记之意。"窃意桃源之事，以避秦为言；至云"无论魏晋"，乃寓意刘裕，托之于秦尔。又引胡仁仲《诗大略》云："靖节先生绝世人，奈何记伪不考真。先生高步窘末代，雅志不肯为秦民。故作斯文写幽意，要似寰海离风尘。"斯说得之。愚早岁尝题《桃源图》云："古今所传避秦，如茹芝之老，采药之女，入海之童，往往不少，桃源事未必无，特所托渔父迷不复得路者，有似异境幻界神仙家之云。此韩公所以有是言。愚观翁慨然叔季，寤寐羲皇，异时所赋'路若经商山，为我少踟蹰。多谢绮与角，精爽今何如'，慕向至矣。其于桃源固所乐闻，故今诗云：'黄绮之商山，伊人亦云逝。愿言蹑轻风，高举寻吾契。'于此可以知其心，而事之有无，奚足论哉？"颇与前辈之意相发。

附　黄潜《笔记》

陶靖节诗曰"昔在黄子廉，弹冠佐名州"，汤伯纪注云：《三国志·黄盖传》注："南阳太守黄子廉之后。"刘潜夫《诗话》亦云子廉之名，仅见《盖传》。案，后汉尚书令黄香之孙守亮，字子廉，为南阳太守。注及《诗话》举其孙而遗其祖，岂弗深考与？子廉乃守亮之字，亦非名也。

吴骞记

予既刊宋汤文清公《注靖节先生诗》，复从元人集中采《吴礼部诗话》《黄文献笔记》附刊于后。前辈于古人诗，苟能窥见微旨，虽单词片语，皆可传之简编，非若后时笺传家句栉字比，甚或傅会穿凿，取盈卷牍而已。此文清所以独注意于《述酒》之篇，吴礼部已言之，至吴、黄二公之见，又有出于文清之外者，仍不妨各举其心得。夫陶公诗词简而意远，为古今第一流，人学者非精意研求，类多失其本旨，矧为之注解乎？闲尝与嘉定钱晓征宫詹论近人著书，又每喜尚新异，而不免诬罔古人者，宫詹深以为然。因出其读渊明诗跋示予，云靖节为陶桓公曾孙，载于晋宋之书及《南史》，千有余年，从无异议。近有山阳阎咏，乃据《赠长沙公》诗序"昭穆既远，已为路人"二语，辨其非侃后，且谓渊明自有祖，何必借侃以重咏。既名父子说，又新奇可喜，恐后来通人惑于其说，故不可不辨。靖节自述世系，莫备于《命子诗》，首溯得姓之始，次述远祖愍侯舍、丞相青，然后颂扬长沙勋德,即以己之祖考承之,此士行为渊明曾大父之实证也。六朝最重门第,百家之谱皆上于吏部,沈休文撰《宋史》,在齐武帝之世,亲见谱牒,故于本传书之;梁昭明太子作《靖节传》,不过承《宋书》旧文,而阎乃云始于昭明误读《命子诗》,则是《宋书》亦未寓目,其谬一也。昭明《传》云,自以曾祖晋世宰辅,耻复屈身后代。此亦出《宋书》之文,而阎又以訾昭明,曾不知休文卒时,昭明才十有三岁,即使传有舛误,亦当先訾休文,况传本不谬乎,其谬二也。且使士行与渊明,果属疏远如路人也者,则《命子》篇中何用述其勋德、攀援贵族乡党自好者,不为靖节千秋高士,岂宜有此,其谬三也。阎所据者惟有《赠长沙公》诗序,而序固言同出大司马矣。大司马之称,非侃而谁?虽阎亦知其不可通也,词遁而穷,因捡《史》《汉》表,陶舍曾以右司马从汉王,遂谓序中大司马当作右司马,谓舍非谓侃也。不知汉初军营有左右司马,品秩最卑,不过中涓舍人之比。舍既位为列侯,不称侯而称右司马,在稍通官制者,且知其不可,岂得以诬靖节乎?夫擅改古书以成曲说,最为后儒之陋,况此大司马又万无可改之理,其谬四也。惟是长沙公与靖节属小功之亲,而云"昭穆既远,已为路人",似有隙蟆可指,今以《晋书》考之,士行虽以功名终,而诸子不协,自相鱼肉,再传之后,视如路人,固其宜矣。昭穆犹言两世,两世未远而情谊已疏,故有"慨然寤叹,念兹厥初"之句。其云"昭穆既远"者,隐痛家难,不忍斥言之耳。若以为同出于舍,则自汉初分支已阅六百余年,人易世疏,又何足怪?其谬五也。阎又云,侃庐江郡寻阳人,渊明寻阳郡柴桑人,其址贯不同。考寻阳郡即庐江所分,南渡后移于江南,士行生于未分之前,渊明生于侨立郡之后,史各据实书之,似异而仍同也。颜延之作《靖节诔》,虽不叙先世,而其词曰"韬此洪族,蔑彼名级",苟非宰辅之胄,焉得"洪族"之称?此亦一证。宫詹此辨非特箴阎氏之失,并可补汤吴诸公所未及者,故备识于此。嘉庆初元夏四月蹇又记。

14. 嘉庆年间周锡瓒抄补《陶渊明集》十卷,存

〔出处〕

国家图书馆藏。

〔版本信息〕

版　式

此本为抄本，半叶十行，行十六字，白口，左右双边。

编　次

卷第一诗四言九首，卷第二诗五言三十首，卷第三诗三十九首，卷第四诗四十八首内联句一首，卷第五辞赋三首（《感士不遇赋并序》《闲情赋并序》《归去来兮辞并序》），卷第六记传赞述十三首，卷第七传赞五首，卷第八疏祭文四首，卷第九至十《集圣贤群辅录》，后附阳休之《序录》、宋丞相《私记》、曾纮《说》。

批　注

一、卷第一题下有小字注：凡宋本中墨全补字用红笔，旁点为记，其抄本全页注于上方，仅用墨润者不旁点。

二、卷第一末有"正德己卯仲冬廿月"一列，眉批"正德己卯八字系明人墨笔书"。

三、《答庞参军一首》：眉批"此页钞补"。

15. 嘉庆十年宋莲编订《陶诗镜》四卷，存

〔出处〕

国家图书馆藏。

〔版本信息〕

版　式

半叶十行，行二十一字，白口，左右双边，单鱼尾。扉页题"嘉庆乙丑年镌 金山宋莲字大憨订《陶诗镜》味经楼藏版"。

编　次

卷首《陶诗镜序》、《集古总论摘要》、《附录管见》、《书颜延之陶征君诔

后》、目录;卷一《停云》《时运》《荣木》《酬丁柴桑》《答庞参军》《归鸟》《赠长沙公》《劝农》《命子》;卷二《始作镇军参军经曲阿》《庚子岁五月中从都还阻风二首》《辛丑岁七月赴假还江陵》《癸卯岁始春怀古田舍二首》《癸卯十二月中作与从弟敬远》《乙巳岁三月使都经钱溪》《还旧居》《游斜川》《戊申岁六月中遇火》《移居二首》《己酉岁九月九日》《庚戌岁九月中经西田获早稻》《五月旦作和戴主簿》《连雨独饮》《和刘柴桑》《酬刘柴桑》《和郭主簿二首》《于王抚军座送客》《丙辰岁八月中于下潠田舍获》《别殷晋安》《赠羊长史》《岁暮和张常侍》《和胡西曹示顾贼曹》《悲从弟仲德》《联句》;卷三《形赠影》《影答形》《神释》《九日闲居》《示周续之祖谢三郎》《乞食》《怨歌楚调示庞邓》《答庞参军》《饮酒二十首》《有会而作》《蜡日》《四时》《责子》;卷四《述酒》《拟古九首》《杂诗十一首》《读山海经十三首》《咏贫士七首》《咏二疏》《咏三良》《咏荆轲》《止酒》《桃花园记并录》《挽歌辞三首》;附录伪诗三首《江淹拟诗》《问来使》《杂诗》。

钤　印

钤"长乐郑振铎西谛藏书""长乐郑氏藏书之印""澹泊明志"诸印。

序　跋

《陶诗镜序》

诗本性情,作者如是,读亦如是。吾少时不明于诗,后少学诗,乃诵诸古诗,康乐诗实不解,太冲诗解矣而不甚好,嵇、阮诗好矣而不甚浃洽,独于公诗甚浃洽。虽不解犹浃洽,亦并不知所以浃洽,故惟藏诸心者二十余年。今于八月十五夜与友论诗偶及之,友谓公趣极远,但有解有不可解耳。友去酣寝,梦一老叟曰:"陶诗如镜,何不明其不明者。五臣注误而编乱其次,昏诗之镜者,且千四百余年。今镜将自明,而假汝手矣。"语竟把吾臂,而吾蘧然觉心怦怦似有入处。晨起视其篇目,洞见差失,遂不敢暇逸,分体征史,厘篇标旨,仅七昼夜而是编定。谓吾于梦中拭去公翳,而明公诗于天下也可;谓公实来吾梦中拭去吾翳,而明吾诗说于天下也,亦无不可。名之曰镜,纪梦也,且言易晓也,阅者其谅诸。时嘉庆八年岁次癸亥八月谷旦金山宋莲清远氏一字大憨撰。

《集占总论摘要》

钟嵘曰:风华清靡,隐逸之宗。

敖器之曰:绛云在霄,舒卷自如。

郑厚曰:逸鹤任风,闲鸥忘海。

诗谱曰:心存忠义,身处闲逸,妙于一真,工夫精密而无斧凿痕,盛唐诸家风韵出于此。

苏东坡曰:质而实绮,癯而实腴。

黄山谷曰:韩诗以才高而好,陶不为诗,写其胸中之妙耳。无韩之才,无陶之妙,终乐天耳。又曰:康乐、义城不能窥公数仞之墙者,彼有意于俗人赞毁其工拙,公直寄意焉者耳。

西清诗话曰:意趣真古,清淡之宗,诗家视渊明,犹孔明视伯夷也。

朱晦庵曰:晋、宋人物虽曰尚清高,然个个要官职,这边一面清谈,那边一面却招权纳货。陶渊明是真不要的。

杨龟山曰:冲澹深粹,出于自然,用力学,然后知得。

陆象山曰:诗自黄初而降,日以渐薄,惟彭泽一源来自天稷,与众殊趣,而淡薄平夷,玩嗜者少。

真西山曰:渊明之作,宜自为一编,以附于三百篇、楚辞之后,为诗之根本准则。

魏鹤山曰:《风》《雅》以降,诗人之辞,乐而不淫,哀而不伤。以物观物而不牵于物,吟咏情性而不累于情,孰有能如公者乎?

严沧浪曰:谢诗精工,陶诗自然。

杨文清曰:诗中言本志少,说固穷多,惟忍于饥寒之苦,而后能存节义之闲,西山之所以有饿夫也。

刘后村曰:陶公不涉世,不以荣辱得丧挠败其天真,所以为绝唱而寡和也。

王元美曰:读陶诗,使人穆然萧远。

钟伯敬曰:闲远是其本色,一段渊永淹润之气,其妙全在不枯。

赵钝叟曰:公大节自足不朽,兴会所到,悠然得句,亦如琴不在弦,书不甚解也,故妙。

蒋丹崖曰:澹然恬退,不露怼激,较楚骚,有静躁之分。

沈归愚曰:晋人放达,公有忧勤语,有安分语,有自任语。他人学三百篇，瘢而重，风雅日远；陶不必学三百篇，清而腴，风雅日近。

《附录管见》

大憨曰：诗以趣胜，谢不如公。公天分既高，学力又到，浅易出之类风，典重出之类雅。理趣似庄列，律身宗颜曾，哀怨本屈宋。以兹论公，公趣乃得。谢则超潘、陆而追子建者，与古不相涉，人并称之，吾不信也。

公诗如明镜，自沈约《宋史》误公宗派，五臣注传误而编复乱次，昏昏者千四百余年。莲自八月十六日始注，至二十一日晚，呕血成合，然后知以心证心之难。黄山谷不解《述酒》一首，不识诗题，不得诗旨，山谷于公诗且然，其于骚亦浅矣。而闻章子厚骚继范经之论，叹伊妙解文章之味，翰墨林中千载人者，不过一时兴到语，未必真知《离骚》也。

韩子苍正公《述酒》诗中"平王"，"王"字为"生"字，最为有见，正此一字而通篇可解，不然则与"山阳"句复，而以下十二句，不知何指矣。向来评者以为多隐语难解，非此一字之误，误之耶？然子苍悟山阳之指恭帝，而不知起八句之直书元熙二年六月十一日禅宋，并追悼安帝之弑，则"重华"句仍未得解也。赵泉山、汤东涧能征诸史，而详解《述酒》命题之妙矣。顾不知旧注之妙，意亦未尽。要此三人终陶诗功臣也，而真西山所云，信千古知言者。

江淹拟陶，形似而志别，学陶者，唐王维得其渊静而入禅，孟浩然得其淡雅而太近，储光羲得其真朴而未旷，韦应物得其修洁而枯涩，柳宗元得其酸楚而偏激。宋则东坡和陶，不过用其韵耳。明王思任以陶句为律陶三十四首，篡之者，国朝黄槐开二十七首小技游戏，则莲亦有集陶二古诗，要之均无当于公，概摈不录，所以宗真氏之言也。

是编分卷，四言以风雅次卷一，五言晋时作者次卷二，宋时作者次三四，而第四卷鄩以为缵《离骚》也。

是编题关大义者用〇，述隐遁者用□，余不用圈点。

是编注凡引用皆标其姓氏，其但标"案"字者皆鄙见也。倘有不合者，明者尚毋客大教哉。又一切赋比兴及诗柄，皆属鄙见，不用"案"字。

《书颜延之陶征君诔后》

延之与先生道不同者也，其相交亦不甚厚。记载始为始安郡，道经浔阳，尝饮渊明舍。自昏达旦，及卒，而延之为之诔。今读其辞，倍极思致，如饮醇醪，如味谏果，如挹清波，如仰明月，如恋花香，如瞻雪洁，绵绵翼翼。非先生之盛德有以致，颜谏何以若是，谏之佳，愈见德之趣也。诗也云乎哉！故于读颜氏谏后并志于此。

《陶诗镜》末跋

三代以下有道知德者两人耳，出则武侯，处则靖节。此伊尹、伯夷、柳下惠一路人，东方曼倩、阮嗣宗、刘遗民、李太白皆不能及。故《出师表》似谟诰，公诗本《骚》《雅》，厚在骨里，评家未窥底蕴，徒赏其旷达语，抑何浅也。唐宋元明争效其体，其中足令人齿冷者，夫岂少哉！甲子一阳月望前二日记。

屈陶合刻全无发明，惟将三闾五柳等字配合作序，大可笑。阎氏咏辨云，昭明太子误读《命子诗》及《赠长沙公》小序句读，改易族祖暨大三字，作传以侃为公曾祖，又云自以晋世宰辅，耻复屈身后代，家谱依传牵合，指侃十七子中之岱，为散骑常侍者作公祖，不知皆非也。侃庐江寻阳人，公旧居上京，后徙柴桑，寻阳郡人，其址贯不同。公祖茂，武昌太守，见《晋书》，与"惠和千里"语合，且公与长沙公同出汉右司马，故序云"昭穆既远，已为路人"，若公祖岱，则袭爵者乃从祖也，何得云尔？不观公作《孟府君传》乎，传云"娶陶侃第十女"，岂称其曾祖之辞耶？此辨最确，与镜中考核符，故存其大略于尾。

徐裕荦跋

嘉庆十有三年，岁次戊辰，得读是编。知先生熟精选理，邃于诗学，专心致志。梦寐通之，故论世知人，瞭如指掌，使千载而上，陶公得一知己；千载而下，学者开拓心胸，洵艺林之美谈，亦依古之盛事。世有谓靖节诗，以不解解之者，彼其沉痼既深，请以先生所注之《陶诗镜》药之。笏溪师晦徐裕荦跋于内自讼斋。

批　注

书中眉批众多，以论韵为主，如：

《酬丁柴桑》：韵四，纸次章，十一尤。

卷一下题：此卷以风雅定前后，不分年代。金山宋莲字大憨订，汪逢尧字味经刊。

卷二下题:此卷今时作。

卷三下题:此卷宋时作。

卷四下题:此卷宋时作。

书内夹两便签,其一徐式如墨笔题识:今人不易测识,与唐睢"我之憎人不可得知"相似,却是处世要术,但非道学粹语,试观圣人"好古敏求""多能鄙事""叩其两端""执射执御""忠信好学""多识一贯""予欲无言""女奚不曰"等语,皆是虑人难于测识,而不惮谆谆明示也。至于几事之密,圣人亦言之,羞言临事之好谋,非谓平日之言笑也。徐式如。

其二徐式如墨笔题识:"贫乃士之常",此语自有意味,若以"人"字易"士"字,意味较浅,学道人深思当自得之。徐式如。

卷末顾师华墨笔题跋:道光二十六年岁在丙午杏月朔,后学顾师华读于傲月轩之南牖。

恽宝桢记:《陶诗镜》一本,隐庄丈故物,哲嗣子咸持赠,谨读而珍赏之。光绪四年戊寅仲夏昆陵后学恽宝桢记。

16. 嘉庆十一年温汝能汇评本四卷,存

〔出处〕

此本题名"陶诗汇评",亦名"和陶合笺",为东坡和陶诗合笺刻本。温汝能撰,嘉庆十一年丙寅(1806)刻。其子若玑、若珹校梓。北京大学图书馆、苏州大学图书馆、哈佛大学燕京图书馆等藏。

〔版本信息〕

版 式

全书为楷体。《陶诗》四卷二册,《苏诗》四卷二册,合四册,缩印本。边栏双线,乌丝界栏,半叶十一行,行二十五字。花口,单鱼尾,尾上书名,尾下卷次页码。扉页方框三界,中楷书大字"陶诗合笺",背面题"光绪壬辰年夏日上海五彩公司石印"。每卷下题"顺德温汝能谦山纂订,男若玑衡端、若珹佩良校梓"。

编 次

　　卷首温汝能《陶诗汇评序》、颜《诔》、陶像并赞、温汝能像赞、萧统《传》、目录。正文起《停云》，终《联句》，《桃花源诗并记》附于《联句》之前，另将《归去来兮辞》《五柳先生传》《读史述九章》作为附录编于四卷之后。末有行草书"光绪十八年岁次壬辰孟秋之月合肥李经楚仲衡甫跋"。诸家评陶注于篇末。

　　另附《和陶》四卷，苏东坡著。首列温汝能《和陶合笺序》，次《宋孝宗苏文忠公集序》《广东通志·苏文忠公传》，继画像并赞，正文起《四时》，终《问渊明》。笺注小字附于每篇末。扉页方框三界，中题书名，右上"顺德温谦山先生纂订"，左下"澹庐居士陈震题"。叶背有牌记，内刻四字二行篆文"扫叶山房"，上题"宣统元年石印"。

序 跋

《陶诗汇评序》

　　诗品至陶尚矣，评诗至陶亦难矣。孟子曰："诵其诗，读其书，不知其人，可乎？是以论其世也。"夫晋、宋之间何世也？渊明之诗何诗也？渊明之为人何人也？渊明出处具在，盖始终不以荣辱得丧挠败其天真者也。其心盖真且淡，故其诗亦真且淡也；惟其真且淡，是以评之也难。钟嵘谓其源出应璩，说固无据而近于陋。即谓为古今隐逸诗人之宗，亦未尽陶之旨趣。阳休之谓其辞虽未优，而栖托仍高。《诗谱》谓其情意几于《十九首》，惟气差缓。黄山谷谓当血气方刚，读陶诗如嚼枯木，及绵历世事，知决定无所用智；又云陶诗不烦绳削而自合，然巧于斧斤者，多疑其拙；窘于检括者，辄病其放。此皆知陶而未深知者也，盖徒论其诗之迹，而未及其人之心也。即或有谓渊明为晋忠臣，志愿莫伸，愤闷时见于诗。要之，渊明胸次悠然，虽寄怀沈湎，而德辉弥上，每当兴会所到，意不在诗，亦如琴不必弦，书不甚解焉尔，亦何尝必于字字句句皆关君父耶？此评陶者深求而泥其迹，则又与陶隔也。不独此也，杜少陵云："陶潜避俗翁，未必能知道。观其著诗集，颇亦恨枯槁。"韩昌黎云："读阮籍、陶潜诗，知彼虽淹蹇不欲与世接，然未能平其心，或为事物相感发，于是有托而逃。"是二说也，余尤疑焉。夫评古人之诗，贵因诗而尚论其人，如身居其世，睹其事，然后古人之情见乎词者，可以吾之精心遇之，而古人之心始出。嗣宗《咏怀》，言逊而意深，不无所感，然白眼垒块，迹近于狂。渊明则诗真怀淡，超越古今，其所形诸咏歌，并无几微不平之见，而安贫乐道，即置之孔门，直可与颜、曾诸贤同一怀抱。论者谓《风》《骚》以后，陶诗其近道者，此语良然。而后之人往往疑其篇中多言饮酒，而竟夷之于醉乡之侪。以杜、韩之学识，尚知之而有所未尽，而遑问其他哉！则甚矣评陶之难也。余少嗜陶诗，每念紫阳朱氏所云，作诗须从陶、柳门中来乃佳；陆象山亦云，李白、杜甫、陶渊明皆有志于吾道。朱、陆二氏咸以陶诗冲淡，出于性真，盖与众殊趣而独成一派者，更为上观。东坡之论，谓外枯而中腴，似淡而实美，其知陶也最深，而其两心相契于千载者，则又在乎诗之外；恍如身居其世，目睹其事。循是而尚论古人，盖庶乎其得之矣。近居林下，饱食扪腹，一无所事，雅与东坡同好，然自愧欲和弗能，复苦无善本，惟于家藏诸刻，缀拾评笺，钞写成帙。细思陶诗真淡，即不事详笺，而大旨了然；倘无真评，则古人之心不出，故于每篇末标明姓氏，详摘其评语录之。至其评之之人，则未暇审其世次先后，以所重在评，非论其人也；于每句下略加诸家笺释，而不及列其姓氏，亦以所重在评，不重乎笺也。故名之曰"汇评"。最末则时缀以鄙见，非敢自言评也，所冀因是寻求，庶几神与古会，而渊明之诗也，心也，人也，或将旦暮遇之，是亦论世之一证也。岂非余之厚幸也欤！嘉庆丙寅重阳谦山温汝能谨撰。

陶靖节先生像赞

呜呼！此非六朝第一流人物也耶？观世当晋、宋之间，诵诗冠颜谢之四，当夫履洁怀清、识高趣逸、寄闲情于三径，蕴雄才于一室。不为禄恋而官可辞，不受人怜而食可乞，盖志已结于虞夏。非友非臣，运适际乎衰微；不卑不屈，谓为孔门弟子。乐道何殊，指作西山饿夫，抱节如一。后学温汝能敬题。

卷四末温汝能跋

愚按查初白云：陶诗，宋以前无注者，至汤东涧始发明一二而未详。元初詹若麟，居近柴桑，因遍访故迹，考其岁月，本其事迹，以注释其诗。吴草庐为之序，比于紫阳之注楚骚。当时必有刻本，而今不可得已。据此，则东涧而下，注陶者当以詹为最，惜其不传，而詹氏论陶之说亦罕见于他本。厥后论注，虽代不乏人，或附于合选，或别为笺释，或偶为论说，每苦缺而不全。予生平喜读陶诗，近年家居多暇，适斋中所藏陶集数家，时加检阅，尤爱蒋丹厓薰所评之本，而其婿周青轮文焜参订殊精。且于末附以东坡《和陶诗》，诸诗未经笺释，颇嫌简略。此外如陈倩父祚明、闻人讷甫俟，选评精当，皆于陶旨有深契焉者。因并集前后诸家论说，分为四卷，名曰"汇评"，卷末附以《归去来兮辞》《五柳先生传赞》《读史述九章》。其他文不及悉载，仍缀以东坡《和陶》并集诸家笺释，分列四卷续附于后，使阅者读之了然，亦以见两贤后先同调，千载神交，诚非偶尔。非敢侈言评论也，至靖节全集，溯自梁昭明太子，尝手葺为编序，而传之岁久，颇为后人讹乱，其改窜者，什居二三。自北齐杨休之、宋丞相庠等，前后综辑雠校不下数十家，曾未见其完正。惟前明琅琊焦氏竑所遗新安吴甫卿汝纪代刻之本，校讹订谬，颇称完善。近复得毛氏所刻苏本，相传文忠景仰陶公，不独和其诗，又手书其集，以入墨板，其后烬于火。此本笔法宛摹苏体，似从苏本翻雕者，然年湮世远，无论真赝，悉属难分观者，其卷末附以《圣贤群辅》之目，且有《八儒》《二墨》之条，与昭明旧本迥异，似为后人赘附无疑。摹刻虽工，窃不取焉。但以海内至广，诸家笺刻甚众，僻处陬隅计未获，见者正复不少，姑就予所见闻，如此略为论列一二，以俟博雅君子。嘉庆九年甲子上巳日识于莲溪之听松草阁，谦山居士温汝能谨跋。

苏州大学藏本跋语

昔温谦山先生编葺陶苏诗合笺，注释详明，评论确切，旁征曲引，直抉陶苏二公之蕴。故是集一出，海内骚人韵士，莫不争相购致，惜原版屡印屡坏，字迹模糊，兵毁后更不可。问今康君祝之，得善本于粤峤，以秦西石印法印成若干部，公诸同好，装潢工雅，纸墨精良，洵属艺林妙品。吾知此次石印大胜原刻，定能不胫而走，不翼而飞也。时光绪十八年岁壬辰孟秋之月。合肥李经楚仲衡甫跋。

附 哈佛燕京图书馆藏温汝能本

〔出处〕

哈佛燕京图书馆藏。顺德邓氏藏版。

〔版本信息〕

编 次

卷首温汝能《序》、颜《诔》、萧统《传》、陶像并赞、目录；正文起《停云》，终《联句》，《桃花源诗并记》编于《联句》之前。另将《归去来兮辞》《五柳先生传》《读史述九章》作为附录编于卷四之后。诸家评陶附于篇末。

苏诗部分首列温汝能《和陶合笺序》，次《宋孝宗御制苏文忠公集序》《苏文忠公传》，继苏像并赞、目录、《追和陶渊明诗引》；正文起《和停云》，终《和桃源》；附录《和归去来兮辞》《归去来集字》《问渊明》。

序 跋

《和陶合笺序》

或有疑东坡和陶出于创，余曰：是创也，而实非创也，惟东坡而后可以和陶，亦惟东坡而后可以创也，观其告子由曰："古之人有拟古之作矣，未有追和古人者，追和古人则始于吾。吾于诗人无所甚好，独好渊明之诗。"又曰："吾于渊明岂独好其诗哉？如其为人实有感焉。"考公于渊明之诗，和居八九。其和于儋耳者，又居八九，大抵处迁谪忧患之余，颠沛流离，窃有慕乎靖节之高风。其所云"性刚才拙，与物多忤，欲于桑榆晚节师范其万一"者。此中契合之缘，诚旷百世而相感，不能为外人道也。嗟夫！古之人有生虽同时而形神若隔、渺不交亲者，以其志与道之不相侔也；有生虽异世而意气感通、恍然如见者，以其志与道之默相孚也。东坡与渊明相去数百载，所遭之世异，所为之事异，所历之险阻艰危，出万死而一生，则又异。至其末也，一为乞食之农夫，老死陇亩；一为远谪之孤臣，待罪遐荒。出处始末，何者为同？独以其志同，其道同。假令渊明生东坡之世，所见未必不如是；东坡生渊明之世，所抱亦未必不如是也。所谓曾子、子思同道易地，则皆然者此也，而岂独于其诗见之哉？而后之论诗者往往舍是，以苛论古人，即以和陶诸什而推求过当，每为之不满焉。虽若刘后村辈尚议，其得意时为侍从、为执政，及失意，而下狱过岭，晚更忧患，始尽和渊明之作，恐渊明未必印可是说也。不特不知东坡，并不知渊明。不知渊明，又乌足以知东坡也哉？然则非东坡不足以和陶，惟东坡而后可以和陶,东坡之诗虽创而非创也。余既辑《陶诗汇评》,因不能忘怀于和陶之什,遂按陶诗次序而递录之,用资诵览,复考向之注苏诗者,多分和陶为一类,若王氏本、施氏原本、宋氏删补本,及查氏、樊氏等本皆为精当,其余诸家可采者,复不可枚举。而近世冯氏合注,则又集诸家之大成,最称详备,暇因悉心考订于每篇每句,分列诸注。其不见于和陶已见前注者,仍照注苏体例,标明其氏,收入句下,以昭一律,名曰合笺。笺者何也,义亦注也,以苏之全集有合注之名,故不敢专言注而,但云笺也。余于篇末,每缀评语,谬参鄙见,而不及言评者,以苏诗泉源万斛,取材最富,所重在笺,不重乎评也。或曰:"然则是笺也,毋亦创乎?"余曰:"东坡和陶,既创于前,余和陶之笺,安可不继于后? 要皆一苏诗耳,诸家林立,何惮一笺? 笺固由注而出者也,又何创之有哉?"于是序而书之。嘉庆丙寅腊月八日谦山温汝能谨撰。

苏文忠公像赞

堂堂大苏,邈邈高格。道义之宗,文章之伯。胸蕴奇气,论满嘉谟。曰贤宰相,乃谪海隅。谁欤同契,陶公隔世。两印心源,合符夷惠。老而益穷,归将何庸。千秋笠屐,犹笑村中。后学温汝能敬题。

《和陶合笺》卷四末跋语

愚按:注苏诗者先有四注、八注、十注,及唐、赵、黄、沈诸本皆不传,又有宋刻五家注不全本七卷。五家者,赵次公、李厚、程缜、宋援、林子仁也。其编次一如七集本,然未见全集,故和陶卷亦无由考证。至元刻王梅溪先生集百家注,分类共七十八类,其末卷为和陶云。吴兴茅维孝若刻本,又合为三十类,和陶自为一类。宋刻施顾原本四十二卷,内和陶诗分为二卷,宋牧仲所刻删补施注本,亦分和陶为二卷,共一百二十二首,另续补遗诗二首。查氏补注则照编年例,其和陶诗考订年月,分编入本集中,而冯氏合注仍之。据查氏云,施氏原本和陶诗二卷,凡一百零五首,而《归去来辞》亦在数内,惟《归去来集字十首》向不载和陶卷中。今从新刻本采录,又增入补遗二章,自《饮酒二十首》起,至《集字十首》止,分编各卷,共一百三十三首,而《和归去来辞》不与焉。愚细考查氏编次,不无强分年月,且施氏原本已载者,查每云此诗施氏原本不载,中有错误,此考核之未审也。冯注已分缀于每题之下。又按,查氏云东坡和陶诗起于扬州,终于儋州,

389

在惠州作者不过十分之三四。而黄山谷《跋子瞻和陶诗》后乃云"饱吃惠
州饭,细和渊明诗",盖未加详考耳。再考樊潜庵《海外集》其例言有云,东
坡和陶诗共一百有九篇,惟《时运》《答庞参军》作于惠,《饮酒》作于扬,余
皆海南作也。然□未确,且其所载和陶诗亦不全复。按翁氏补注云,施原
本卷第四十一追和陶渊明诗五十四首,今刻本作六十二首。案卷内实五
十四首,《时运》四首,原本作一首,若分之,亦不是六十二首也。原本卷第
四十二追和陶渊明诗五十三首,今刻本作六十首。案卷内诗实五十三首,
新刻本分《停云》为四首,《劝农》为六首,又删《归去来》一首也。据各刻本
章数互异,大约诸家选辑,分合不同,故尔至周青轮所刻蒋本陶集,亦以东
坡和陶附后,其引云东坡和陶诗一百九篇,盖谪居海南时,慕靖节之高风,
借题以道性情也。清冲澹老,实大类陶。陆子静含请注之以附刻,予曰:
昔王龟龄注苏诗而不及和陶,谅非无谓。今必强注之,亦大非述而不作之
意。愚按周氏云,和陶诗一百九篇,然案其卷内实一百二十四首,《归去来
辞》不在数内,未审其何以自为判异。且云王氏不注和陶,谅非无谓,在王
氏原本,或当时偶不及尽注耳。试思同一苏诗,何以和陶不必注耶?况王
施各本于和陶诗或分类列入,或另为卷数,或按年编列,同载苏集,何尝不
为之注耶?波自不注而指也,他人为强注,持论失当,岂待言哉?近有拘
儒胶执一见,辄谓陶诗不必和,夫陶诗何不可和之有?但非东坡千载与渊
明相契,则非和陶之人,实不必和尔。更有逞其臆妄之谈,竟谓东坡和陶,
亦属多事,真茫乎不知古人用意之所在矣,一何可笑!今合诸家之注于各
篇末,或缀以各评,或参以鄙见,不过据闻见所及,其他不及考者,尚多遗
漏之咎,在所不免。总计诗四言二十首,诗五言一百零四首,与删补本、查
氏本皆符,其数分为四卷,惟《和归去来辞》以非五言故,不与数内。《归去
来集字十首》与《问渊明一首》是亦和陶之类,故悉列附录,合计一百三十
六首。余陶集中四言,如《荣木》等篇,五言如《问来使》《述酒》等篇,先生
所缺和者尚复不少,然则先生在海外时所云,盖和陶诗亦与之所至,约略
言之耳。读诗者固可存其意而不必泥焉,可也。嘉庆丙寅菊月下浣谦山
居士温汝能谨跋。

〔按语〕

一、关于温汝能

温汝能，字希禹，号谦山，顺德人，乾隆五十三年(1788)中举，任中书舍人。数年后辞官归隐，读书著述。广泛搜求岭南历代诗文，编成《粤东文海》六十六卷。

二、关于温汝能本的评价

桥川时雄云："卷首有自序，语超万言。详述陶公品藻，其文有云：'余少嗜陶诗，每念紫阳朱氏所云，作诗须从陶柳门中来乃佳。陆象山亦云，李白、杜甫、陶渊明，皆有志于吾道。朱陆二氏，咸以陶诗冲淡，出于性真，盖与众殊趣，而独成一派者，更为上观。东坡之论，谓外枯而中腴，似淡而实美，其知陶也最深。近居林下，饱食扪腹，一无所事，雅与东坡同好，然自愧欲和弗能，复苦无善本。惟于家藏诸刻，缀拾评笺，钞写成帙，细思陶诗真淡，即不事详笺，而大旨了然。倘无真评，则古人之心不出。故于每篇末标明姓氏，详摘其评语录之，至其评之之人，则未暇审其世次先后，以所重在评，非论其人也。于每句下，略加诸家笺释，而不及列其姓氏，亦以所重在评，不重乎笺也，故名之曰汇评，云云。'按此本编幅庄重，文字丰富，集辑各家注评，各首末有撰者评语。虽体裁甚备，不精取舍，乏于创说，卷末有跋文。宣统元年，上海扫叶山房曾有此本之石印缩本出焉。"①

郭绍虞评价："温氏编撰此书，历时数载。其《跋》撰于嘉庆九年，《序》撰于嘉庆十一年，而书之刊成则在嘉庆十二年，即今所传听松阁本。其用力似不为不勤，然如董废翁、陶彦存、孙端人诸人所评似均未见；选本如张玉谷《古诗赏析》等，笔记如施彦执《北窗炙輠录》等；诗话如宋长白《柳亭诗话》等，稿本如段玉裁批本，亦多所遗，可待增辑。光绪壬辰上海五彩公司有石印本，宣统元年以后上海扫叶山房曾数次印石印缩本。"②

---

① 桥川时雄：《陶集版本源流考》，第三十六页 b 面。
② 郭绍虞：《陶集考辨》，第 317 页。

17. 嘉庆十二年鲁铨影刻汲古阁摹绍兴影刻宣和本十卷,存

〔出处〕

　　嘉庆十二年,京江鲁铨影刻康熙三十三年毛氏汲古阁摹绍兴十年浙江地区影刻宣和四年王仲良刻苏写本《陶渊明集》十卷,二册。此本较为常见,近有线装书局影印本。

〔版本信息〕

版 式

　　上下单边,左右双边,版心白口,单鱼尾,鱼尾下记"陶集(卷)某",其下记叶次,下方记刻工姓名。正文半叶九行,行十五字。双行小字同。卷首有目录,第一行署《总目》,第二行低一字署"(卷)第某",第三行低二字署类目,第四行低三字署篇目。卷一首叶第一行署"陶渊明集卷第某",第二行低一字署"诗",第三行低四字署篇目,正文连属。以下各卷版式相同。

编 次

　　各卷卷末隔一行署尾题。《总目》前为萧统《陶渊明集序》,卷一至四为诗,卷五为赋辞,卷六为记传赞述,卷七为传赞(《五孝传赞》),卷八为疏祭文,卷九至十为《集圣贤群辅录》(《四八目》)。卷三之首录思悦《甲子辨》。卷十末附录颜延年撰《靖节征士诔》、昭明太子《传》、阳休之《序录》、宋庠《私记》、思悦《书靖节先生集后》、佚名氏跋。《总目》后有康熙三十三年甲戌(1694)毛扆识语。其后,有嘉庆十二年(1807)鲁铨跋。此本原应有王仲良《后序》,岁久佚去。

序 跋

　　毛扆识语

　　先君尝谓扆曰:"汝外祖有北宋本陶集,系苏文忠手书以入墨板者。为吾乡有力者致之,其后卒烬于火。盖文忠景仰陶公,不独和其诗,又手书其集以寿梓,其郑重若此。此等秘册,如隋珠、和璧,岂可多得哉!"扆谨佩不敢忘。一日,晤钱遵王,出此本示余。开卷细玩,是东坡笔法;但思悦

跋后,有绍兴十年跋,缺其姓名,知非北宋本矣。而笔法宛是苏体,意从苏本翻雕者。初,太仓顾伊人湄,赍此书求售,以示遵王。遵王曰:"此元板也,不足重。"伊人曰:"何谓?"遵王曰:"中有宋本作某,非元板而何?"伊人语塞,遂折阅以售。余闻而笑曰:"所谓宋本者,宋丞相本也。遵王此言,不知而发,是不智也;知而言之,是不信也。余则久奉先君之训,知其为善本也。"伊人知之,遂持原价赎之,颜其室曰"陶庐",而乞当代巨手为之记。余谓之曰:"微余言,则明珠暗投久矣,焉得所谓陶庐者乎!今借余抄之,可乎?"业师梅仙钱先生,书法甚工,因求手摹一本,匝岁而后卒业,笔墨璀灿,典刑俨然。后之得吾书者,勿易视之也。先外祖讳梅,字德馨,自号约庵,严文靖公之孙,中翰洞庭公第四子也。甲戌四月下澣,汲古后人毛扆谨识。

〔按语〕

一、关于此本的刊刻时间问题

甲戌,为清康熙三十三年(1694)。汲古阁摹刻本,系钱梅仙以匝岁工夫精心手摹;嘉庆影刻,亦不失真。今展卷披览,犹觉"书法雄秀","精气凛然于行墨之间",令人心怡,洵书法艺术之珍品也。郭绍虞《陶集考辨》"宣和王氏刊本"条云:"绍兴十年苏体大字本,并非宣和四年王仲良本。……或绍兴本即覆刻宣和本,未可知也。"[1]郭绍虞此处说法似有混淆。

此本版刻时间,前人多有讨论。胡仔《苕溪渔隐丛话》后集卷三《陶靖节》:"苕溪渔隐曰:余家藏《靖节文集》,乃宣和壬寅王仲良厚之知信阳日所刻,字大,尤便老眼。字画乃学东坡书,亦臻其妙,殊为可爱。不知此板兵火之余,今尚存否?"[2]宣和壬寅,即宋徽宗宣和四年(1122)。曾纮本(汲古阁藏本)卷十附录曾纮《说》略云:"亲友范元羲,寄示义阳太守公所开陶集,想见好古博雅之意,辄书以遗之。宣和六年七月中元临汉曾纮书刊。"曾纮《说》宣和六年所记"义阳太守公",其人即《苕溪渔隐丛话》所记

---

① 郭绍虞:《陶集考辨》,第 274 页。
② 胡仔:《苕溪渔隐丛话》后集卷三《陶靖节》,清乾隆刻本,第四页 b 面。

宣和四年"知信阳军"王仲良厚之。曾纮《说》所记"义阳太守公所开陶集",其书即《渔隐丛话》所记"王仲良厚之知信阳日所刻"之"字大,尤便老眼。字画乃学东坡书"之陶集。要之,陶集苏写本原刻本,系宣和四年王仲良知信阳军时所刻。《宋史》卷八十五《地理志一》:"信阳军,同下州。开宝九年,降为义阳军,……太平兴国元年,改为信阳军。崇宁户九千九百五十四,口二万五十,贡纻布。"①此本佚名氏跋:"仆近得先生集,乃群贤所校定者,因锓于木,以传不朽云。绍兴十年十一月日书。"高宗绍兴十年,即1140年。此本版心刻工姓名有沈允、丁悦、徐才、陈才、陈荣、徐通、李忠等。

据瞿冕良《中国古籍版刻辞典》所考,此七位刻工皆是南宋初期及绍兴、淳熙间浙江人。此本缺笔避讳至高宗(讳字"构""遘""觏")止。孝宗以下诸讳一无所避。可知此本汲古阁摹刻之底本,实为南宋绍兴十年(1140)浙江地区影刻北宋宣和四年王仲良所刻苏写本。

二、关于此本的底本问题

钱谦益《牧斋初学集》卷八十五《跋坡书陶渊明集》:"北宋刻《陶渊明集》十卷。文休承定为东坡书。虽未见题识,然书法雄秀,绝似《司马温公墓碑》,其出坡手无疑。镂版精好,精华苍老之气,凛然于行墨之间,真希世之宝也。西蜀雷羽津见之云:'当是老坡在惠州遍和陶诗日所书。'吾以为笔势遒劲,似非三钱鸡毛笔所办。古人读书多手钞,坡书如《渊明集》者何限,但未能尽传耳。先生才大如海,不复以斗石较量。其虚怀好古,专勤笃挚如此。……癸未夏日,书于优昙室中。"②癸未,即明崇祯十六年(1643)。

嘉庆鲁铨影刻本虽非宋代刻本,但是其影刻底本为康熙汲古阁摹刻绍兴本,故仍可以宋代刻本视之。鲁铨跋云:"迩来南北宋椠本,如悬藜垂棘,宝贵久矣。丁卯岁,余摄监司事于鸠兹,购得此本。乃琴川毛氏鉴定,而倩其师梅仙钱君重摹付刊者。苏文忠书结构遒劲,直入王僧虔之室。

① 脱脱等撰:《宋史》卷八十五,中华书局1985年版,第2117页。
② 钱谦益:《牧斋初学集》卷八十五《跋坡书陶渊明集》,《四部丛刊》景明崇祯本,第二页a面—b面。

余生也晚,不获睹真迹,时取古拓临摹,辄难得其仿佛。今钱君所摹,玉转珠回,行间犹有云霞揽结意象,即置之真宋本中,何多让焉?嘉庆十二年嘉平朔日,丹徒鲁铨跋。"丁卯岁,即嘉庆十二年(1807)。

又中国人民大学图书馆藏京江鲁氏刻本。书中钤"观古堂""严波成"诸印。扉页有叶德辉墨笔题记:"此书自宋刻后有毛氏汲古阁重刊宋本,从毛本出者,一鲁铨刻本,即此本;一同治癸亥何氏笃庆堂本;一湘潭胡氏刻本;一会稽章氏刻本。四本之中,惟此本钩临极似毛本,胡本字体独肥,得苏之真,失毛之旧,何、章则伯仲而已。毛氏旧藏宋椠原本,嘉庆中归吴中黄荛圃先生,先生并得东涧注本,颜其室曰陶轩,语详《士礼居藏书题跋记》,今两书均在聊城杨氏海源阁。海源阁者,杨致堂河帅以增藏书处也。秘籍珍藏,世间无二,幸得化身千亿,照耀词林,读者当视为百东坡而不必目为虎贲中郎也已。前鲁铨跋字学王梦梅先生书,神采奕奕,如新脱手者,然他日流传久之,亦北海三绝故事。聊志于此以来者云。丁酉新正逛厂肆以贰金得之,人日叶德辉识。"

18. 道光十二年陈希敬刊《陶渊明全集》附吴仁杰《年谱》十卷,存

〔出处〕

国家图书馆藏。

〔版本信息〕

版 式

凡十卷,半叶九行,行二十五字,小字双行同,白口,左右双边,单鱼尾。

编 次

卷首萧统《序》、萧统《传》、渊明小像,卷一诗四言九首,卷二诗五言三十一首,卷三诗五言三十九首,卷四诗四十八首内《联句》一首,卷五辞赋三首,卷六记传赞述十三首,卷七传赞五首,卷八疏祭文四首,卷九、卷十

《集圣贤群辅录》，卷十末行题"道光拾贰年岁次壬辰孟秋海盐陈希敬于金沙重校刊"，后附颜《诔》、阳休之《序录》、宋丞相《私记》、曾纮《说》、《书靖节先生集后》、吴仁杰《年谱》。

〔按语〕

　　陈希敬(1792—1853)，海盐人，字笠雨，号慎甫。道光三年(1823)进士，授金坛知县，之后历任高阳知县，官至直隶深州知州，为太平军所杀。著有《退耕堂诗集》等。与龚自珍曾为幕友，龚氏曾为其撮合婚姻并作诗①。

　　此本郭绍虞《陶集考辨》有著录："此本与莫友芝在旌德行营所得缩刻宋本内容全同，字体笔画亦多类似。盖亦自汲古阁藏本出，所不同者此系重刊，故不避宋讳耳。"②

19. 道光二十年刻陶澍注《靖节先生集》十卷附《靖节先生年谱考异》二卷，存

〔出处〕

　　此本较为常见，国家图书馆、北京大学图书馆等藏。题名为"靖节先生集"。《续修四库全书》第一三〇四册目录载："《靖节先生集》十卷首一卷，《诸本评陶汇集》一卷，《靖节先生年谱考异》二卷"，后世俗称为"陶澍集注本陶集"。

〔版本信息〕

版　式

　　道光二十年(1840)刻本：

　　内封面题"陶文毅公集注，靖节先生集，道光庚子秋刊"。左右双边，

---

① 汤克勤：《龚自珍诗全集汇校汇注汇评》，崇文书局 2019 年版，第 399 页。
② 郭绍虞：《陶集考辨》，第 310 页。

版心白口,单黑鱼尾,鱼尾下方刻"靖节先生集卷×",版心下方刻叶次。正文半叶十行,行十九字,小字双行同。

正文首行顶格刻"靖节先生集卷之×",另起一行低十格刻"安化陶澍集注",另起一行低一格刻"诗四言",又另起一行低三格刻诗文题目,又另起一行低三格刻诗序,诗序全文皆低三格,再另起一行顶格刻陶集正文。卷首为湘潭周诒朴记,次为目录,再次为例言,例言后刻有"金陵吴仪写刊惜阴书舍雕版",其余一如目录所记。

光绪九年(1883)刻本:

内封面题"陶文毅公原本靖节先生集",另起一叶用篆书刻"光绪癸未江苏书局开雕",诸本序录后有图、像。

按,吴骞刻汤注本加入"靖节先生像"一幅、张燕昌摹像记一篇、"陶靖节先生小像"一幅、吴骞赞(靖节像赞)一篇、"陶渊明墓山"及"陶渊明屋"与"陶渊明祠"地图(从宋刻别本摹)各一幅。此本国家图书馆、南京图书馆皆有收藏。

此本版式,四周双边,白口,单黑鱼尾,鱼尾下方刻"靖节先生集卷×",版心下方刻叶次。正文半叶十行,行十九字,小字双行同。正文卷首有"凡云李注者,李公焕本;云何注者,何孟春本;又汤注者,宋汤文清公汉本,其本不可得,仅散见于李、何二本;云吴注者,吴瞻泰本,余俱仿此。后又得吴骞拜经楼重雕汤注宋刊本,有李、何二本所未备者,因并采之"。其余均与道光本同。

编　次

道光刻本名为"靖节先生集",正文凡十卷。目录分卷首、卷一至卷十、卷末。卷首包括例言、四库提要、诸本序录、诔传杂识,卷十除《集圣贤群辅录下》,还有《诸本评陶汇集》,卷末为《靖节先生年谱考异》。

序　跋

周诒朴题记

外舅陶文毅公,以道光己亥夏卒于位。秋,夫人奉丧归,以公注《靖节先生集》十卷、《年谱考异》二卷授余,曰:"公于从政之暇,不知几寒暑而成是书。今公归道山,子且幼,能成公志者必汝。其毋忘公意乎!"诒朴谨受命,校雠数过,槧于金陵。既卒业,因志其缘起于简端。道光庚子秋九月,湘潭周诒朴谨记。

陶澍《例言》

是集据阳休之《序录》及晁公武《读书志》,梁昭明所编正集原止七卷,又录一卷,为八卷。其《五孝传》《四八目》,则休之所增,当以别于正集,次为三卷,合成十卷,是阳本也。今诸本以《五孝传》编于记传之后、疏祭文之前,则既违萧编,亦乖阳录矣。故特离而出之,庶昭明旧第,犹可想像而得焉。

是集宋莒公本,今不可见。世所传者,惟汤文清、李公焕、何孟春三家最著。汤止注诗,颇为简要。李、何稍繁,然于意逆之处,俱有发明。故今所注,虽博采群贤,要以三家为本。

字句同异,固由转写多讹,亦半系凭臆妄改。今参取汤文清本、李公焕本、何孟春本、焦弱侯本、汲古阁旧本、毛晋绿君亭本、何义门所校宣和本,择善而存。其义可两存,但云某本作某,去取从违,不取专辄。

首阳、易水之思,精卫、刑天之咏,其惓惓于故君旧国者,情见乎辞。《述酒》一篇,汤东涧、黄文焕十得六七。尚有庾词隐语,一经拈出,疑滞脊通。但注杜者,泥于"每饭不忘君"之言,致多迂曲,又为前人所讥。故凡词意本与时事无关,诸说必欲捃撰附会者,则在所不取。

知人论世,厥资《年谱》,王雪山、吴斗南两家,皆有论撰,然皆未尝细考出处之年。又误以上京为京都,故于"六载去还归",隔阂难通。又不知其时镇京口者为刘牢之,徒有仕桓、仕裕,疑团缪轕。今以晋、宋二书,参互考定,疏通证明,自不烦言而解。

《五孝传》《四八目》,本系假托,可以存而不论。今于卷首恭载《四库全书提要》,俾承学之士,不致以赝为真。其《四八目》与正史间有同异,仍为注明者,以究系六朝人之书,为后世类书之祖,足资考证也。

昭明本卷首有传,即其所自为先生传也。今诸本皆载昭明传。然昭明实本沈约《宋书》。《晋书》《南史》,亦皆踵《宋书》而作。故今备录三史,其考正乖误,则具《年谱》。《莲社高贤传》虽小说,然所传已旧,故旁及焉。何孟春、毛晋于史传之外,又杂采坠闻轶事,以为附录。盖凡先生钓游觞咏之处,无不动人流连慨慕者。今续得若干条,并志于后,犹何、毛之意云。

诗无达诂。古今善说诗者，无过孟子。《小弁》《凯风》《北山》《云汉》，不过片言，奢然以解。宋元以来，诗话兴而诗道晦，连篇累幅，强聒不休。其实旨趣无关，徒费纸墨而已。陶集自李公焕录诸家总论于前，嗣是何孟春、毛晋、吴瞻泰，增续益多。然遽加刊削，亦嫌专辄，故于卷末汇集一编，未能免俗，聊复效颦焉尔。

道光岁次己亥春月，安化陶澍识。

卷首《四库全书总目》"陶集诸本序录提要"

《陶渊明集》八卷，晋陶潜撰。按北齐阳休之《序录》，潜集行世凡三本。一本八卷，无序。一本六卷，有序目，而编比颠乱，兼复阙少。一本为萧统所撰，亦八卷，而少《五孝传》及《四八目》。《四八目》即《圣贤群辅录》也。休之参合三本，定为十卷，已非昭明之旧。又宋庠《私记》称《隋·经籍志》潜集九卷，又云梁有五卷，录一卷。《唐志》作五卷。庠时所行，一为萧统八卷本，以文列诗前。一为阳休之十卷本。其他又数十本，终不知何者为是。晚乃得江左旧本，次第最若伦贯。今世所行，即庠称江左本也。然昭明太子去潜世近，已不见《五孝传》《四八目》，不以入集。阳休之何由续得？且《五孝传》及《四八目》所引尚书自相矛盾，决不出于一手。当必依托之文，休之误信而增之。以后诸本，虽卷帙多少，次第先后，各有不同。其窜入伪作，则同一辙，实自休之所编始。庠《私记》但疑《八儒》《三墨》二条之误，亦考之不审矣。今《四八目》已经睿鉴指示，灼知其赝，别著录于子部类书而详辨之。其《五孝传》文义庸浅，决非潜作。既与《四八目》一时同出，其赝亦不待言，今并删除。惟编潜诗文仍从昭明太子为八卷。虽梁时旧本，今不可考，而黜伪存真，庶几犹为近古焉。

《圣贤群辅录》二卷，旧附载陶潜集中。唐、宋以来相沿引用，承讹踵谬，莫悟其非。迩以编录遗书，始蒙睿鉴高深，断为伪托。臣等仰承圣训，详悉推求，乃知今本潜集为北齐仆射阳休之编。休之《序录》称其集先有两本。一本六卷，排比颠乱，兼复阙少。萧统所撰八卷，又少《五孝传》及《四八目》。今录统所阙并序目等合为十卷。是《五孝传》及《四八目》实休之所增，萧统旧本无是也。统序称爱其文，故加搜校，则八卷以外不应更有佚篇。其为晚出伪书，已无疑义。且集中《与子俨等疏》称子夏为孔子四友,而此录四友乃为颜回、子贡、子路、子张。如《五孝传》引"孝乎,惟孝友于兄弟"之文,句读尚从包咸,知未见《古文尚书》。而此录四岳一条,乃引孔安国传。其出两手,尤自显然。至书以"圣贤群辅"为名,而鲁三桓、郑七穆、晋六卿、魏四友以及仕莽之唐林、唐遵、叛晋之王敦,并列简编。名实相迕,理乖风教,亦决非潜之所为。昔宋庠校正斯集,仅知《三墨》《八儒》二条为后人所窜入,而全书之赝,竟不明。潜之受诬,已逾千载。今逢右文圣世,得以辨别而表章之。使白璧无瑕,流光奕叶,是亦潜之至幸矣。

注 例

一、重视异文校勘

陶澍本汇聚多本进行参校,标出异文。一般陶集之校勘重宋本,但是陶澍注本不弃明清注本。从以下所举各例中,可以看出,注文参考了多种陶集版本,甚至以明清版本居多,有焦竑本、毛氏绿君亭本、何校宣和本等。其中,不能作判断者,则保留二者;能判断者,则作出断语。陶澍也会通过自己的个人判断,来理通异文。陶澍注善于运用《文选》注或者其他相关资料如《金楼子》等来对异文问题进行深度梳理。以下是从陶澍注中择选的较具代表性的注例,其中涉及对异文的判断、考订等,是陶集注中较受关注的点。

《停云》"枝条载荣",汤本作"载",各本作"再"。"竞用新好,以招余情",各本如此,焦本作"竞朋亲好,以怡余情",云:宋本一作"竞用新好",非。"怡"一作"招",非。

《时运》"宇暧微霄",焦本作"余霭微消",云:一作"宇暧微霄",非。澍按:"宇暧微霄",即《归园田居》诗"暧暧远人村,依依墟里烟"景状,若作"余霭微消",则与"山涤余霭"词意重复矣。"悠想清沂",一作"悠悠",非。澍按:"悠想"犹"悬想"。

《赠长沙公》,各本皆作"赠长沙公族祖"。杨时伟曰:"长沙公于余为族一句,祖同出大司马一句,题中'族祖'二字,乃后人误读序文'祖'字为句,因而妄赠诗题也。"何孟春、何焯亦皆以"族祖"二字为衍,今删之。又,"爱采春华",各本作"花",汤本云:花,一作"华",今从之。

《答庞参军》"邈邈西云",汤本作"藐",云:一作"邈"。"容与冲冲",从何校宣和本,各本作"容裔江中"。

《酬丁柴桑》"聆善若始",汤本、焦本作"矜善",又一本作"聆音"。

《五月旦作和戴主簿》"明两萃时物",汤本作"南窗罕萃物",此从焦本、吴本、何校宣和本。

《归园田居》其五"双鸡招近局",各本作"局",毛晋云:时本作"属"。

《乞食》"主人解余意",解,各本作"解",汤本及何校宣和本作"谐"。

《怨诗楚调遵示庞主簿邓治中》,诸本或无"遵"字。

《始作镇军参军经曲阿》,《文选》"曲阿"下有"作"字,各本无。又,"宛辔憩通衢",各本作"婉娈",此从《文选》作"宛辔"。李善注:宛,"屈"也,言屈长往之驾,息于通衢之中。通衢,谓仕路也。

《辛丑岁七月赴假还江陵夜行涂口》,各本作"涂中",此从《文选》。李善注:《江图》"自沙场县下流一百一十里至赤圻二十里至涂口"也。李公焕本:下流一百一十里作五十里。又,"遥遥至西荆",李善注:西荆州也,时京都在东,故谓荆州为西也。各本作"南",非。

《乙巳岁为建威参军》"终怀在壑舟",从何校宣和本作"壑",各本作"归",云:一作"壑"。

《庚子岁五月中从都还阻风于规林》"一欣侍温颜",各本作"颜",何校宣和本作"清"。

《读山海经》其三"落落清瑶流",何校宣和本作"洛洛清淫流",吴瞻泰本同。

《咏贫士》其二"拥褐曝南轩",《初学记》作"抱南轩"。

《杂诗》其三"日月还复周",各本作"有环周",焦本云:宋本作"还复周",非。今从之。

《读山海经》其六"逍遥芜皋上,杳然望扶木",澍按:"芜"当作"无",《东山经》:无皋之山,东望榑木。

《挽歌诗》,诸本作"拟挽歌辞",《文选》作"挽歌诗",无"拟"字,今从之。李本有"三首"字。

《闲情赋》,闲,何本"闲"作"閒",非。

《读史述九章》"候詹写志",何本作"怀沙",云:一作"候瞻",非。焦本作"候詹"。澍按:詹谓太卜郑詹尹也,今从焦本作"詹";又"介介若人",

《艺文类聚》作"芬芬"。

《桃花源记》"遑遑欲何之",各本此下有"分"字,《文选》无,今从之。

《晋故征西大将军长史孟府君传》"除吏名",李本、何本脱名字,非。

《与子俨等疏》"吾年过五十,少而穷苦,每以家弊,东西游走",沈约《宋书》作"吾年过五十,而穷苦荼毒,家贫弊,东西游走"。而无"少"字及"每以"二字。又,"虽不同生",从《宋书》作"不",焦本同诸本作"曰",非。又,"晋时操行人也",《金楼子》作"积行"。又,"每役柴水之劳",《宋书》作"无役"。

《祭程氏妹文》"特百常情",百,一作"迫",李注:《谢元传》"痛百常情",作"迫",非。

二、重视字词训诂

陶澍注受乾嘉学风的影响,对文字、音韵、训诂方面的考证,非常重视。在历代陶集注中,陶澍注对这些涉及小学的注释所作的纂集、考订工作是最为突出的,可谓独树一帜。在各条注释中,他充分吸收前人成果,同时也疏通前人注释之意,在有必要处,再加入自己的考订意见。以下是陶澍注中具有代表性的例证:

《答庞参军》"或有数斗酒",汤本云:一作"斟"。澍注:"斠""斗"同,作"斟",非。

《移居》其二"此理将不胜,无为忽去兹",李注:胜,音升,任也。澍注:将,乃晋人发语,则胜读如字为是。

《赠羊长史》"驷马无贳患",澍按:贳,贷也。无贳患,言其患不可贷也,即"四皓歌驷马,高盖其忧甚"大意。

《怨诗楚调示庞主簿邓治中》"僶俛六九年",澍按:陆机《文赋》"在有无而僶俛",李善注《毛诗》曰:"何有何无,僶俛求之",僶俛,犹勉强也。

《归园田居》其五"漉我新熟酒",澍按:《说文》:"漉,下貌,沥,浚也,一曰水下貌,沥漉也,一曰水下滴沥也。"《封禅文》:"滋液渗漉。"漉酒盖滴沥之貌。

《丙辰岁八月于下潠田舍获》"遥谢荷蓧翁,聊得从君栖",李注:蔡宽夫曰:"秦汉以前,字画未备,既多假借,而音无反切,平仄皆通用。自齐梁后,既拘于四声,又限以音韵,故士率以偶丽声病为工,文气安得不卑弱。

惟渊明、韩退之时时摆脱俗拘忌,故'栖'字与'乖'字皆取其傍韵用,盖笔力自足以胜之。"澍按:蔡氏此条论韵甚浅,四声起于沈约,渊明时尚未有,古人工拙正不在是。

《癸卯岁十二月作与从弟敬远》"荆扉昼长閟",李注:閟,必结切,闭也。澍按:《章源稿简赘笔》曰:"颜延年《赠王太常》诗'郊扉昼长闭',闭,音鳖。"此作"閟",字异义一。

《癸卯岁始春怀古田舍》"鸟弄欢新节,泠风送余善",焦、毛诸本云:一作"鸟弄新节令,风送余寒善"。澍按:《吕氏春秋·辨士篇》:"正其行,通其风,央必中央,师为泠风。"

卷一《命子》"天子畴我",澍按:畴,等也。《汉书·宣帝纪》:"大司马光功德茂盛,复其子孙,畴其爵邑。"张晏曰:"律非始封十减二,畴者,等也,不复减也。"

《庚子岁五月中从都还阻风于规林》"一欣侍温颜,再喜见友于",李注:洪驹父云:"以兄弟为友于,歇后语也。"澍按:曹子建《求通亲表》:"今之否隔,友于同忧。"以友于为兄弟,不始于靖节也。

又,"归子念前途,凯风负我心",澍按:此先生归省母孟夫人也。先生《孟府君传》云:"渊明先亲,君之第四女也。凯风寒泉之思,实钟厥心。"《汉魏方碑》:"感邢人之凯风,悼蓼莪之勤劬。"又汉明帝《赐东平王召》曰:"今松光烈皇后衣巾一箧,可时奉瞻,以慰凯风寒泉之思。"赵岐《孟子注》:"凯风,言母心不悦也,是亲之过小也。"此皆用齐、鲁、韩三家古义,无不安其室之说,先生诗亦三家义也。

《杂诗》其四"樽中酒不燥",澍按:燥,干也,与孔文举"樽中酒不空"意同。澍按:《吕氏春秋·辨土篇》:"正其行,通其风。央心中央,师为泠风。"高诱注:"泠风,和风,所以成其谷也。央,决也,心于苗中央。师,师然,肃泠风以摇长也。"又庄子《逍遥游》:"列子御风而行,泠然善也。"

《杂诗》其八"御冬足大布",何注:大,犹粗也。澍按:《左传》:"卫文公大布之衣。"

《杂诗》其五"转觉日不如",何注:如,去声。澍注:如,读去声。黄公绍《韵会》:"《左传》'不如从长',陆德明读去声。"又东方朔《七谏》:"忽容容其安之兮,超荒乎其焉如。苦众人之难信,愿离情而远举。"注曰:"举,去声,"如"与"举"叶,皆读去声之证。"

《闲情赋》"惧冒礼之为僭",李注:僭,过失也。《说文》:"愆字俗作低。"

《归去来兮辞》"园日涉以成趣",澍注:"趣""趋"同。

《祭从弟敬远》"相及龆龀",澍注:龆,"髫"之俗字。

三、精于考订

陶澍注陶集,在名物、地理、职官等多方面都有详细考订。其中较为突出者如下:

澍按:《晋书·周访传》:"陶侃微时,丁艰将葬,家中忽失牛,遇一老父谓曰:'前冈见一牛眠山污中,其地若葬,位极人臣矣。'又指一山云:'此亦其次,当世出二千石。'言讫不见。侃寻牛得之,因葬其处,以所指别山与访,访父死葬焉,果为刺史。自访以下三世为益州,四十一年如其所言云'周陶世姻,此所游或即访家墓也'。"

《与殷晋安别并序》"景仁名铁",澍按:汤本无"景仁名铁"四字。《南史·刘湛传》:"刘敬文之父诣景仁求郡,景文谢湛曰:'老父悖耄,遂就殷铁干禄。'"此景仁名铁之证也,详《年谱考异》。《年谱》义熙七年:裕辟景仁事在三月,诗题下原注云"景仁名铁",考《刘湛传》:"湛党刘敬文父成诣殷景仁求郡,敬文谢湛曰:'老父悖耄,遂就殷铁干禄。'"又《南史·范泰传》:"泰卒,议赠开府,殷景仁曰:'泰素望未重,不可。'王宏抚棺哭曰:'君生平重殷铁,今以此为报。'"刘知幾《史通·模拟篇》曰:"凡列姓名,罕兼其字。苟前后互举,则观者自知。裴子野《宋略》上书桓元,则下云敬道,后叙殷铁,则先著景仁,此必殷本名铁,后或以字行耳。"

《岁暮和张常侍》,澍按:张常侍当即本传所称乡亲张野,《莲社高贤传》:"野,字莱民,南阳人,居柴桑。与渊明有婚姻契,征拜散骑常侍,不就。"但野以义熙十四年卒,题不应云"和",详味诗意,亦以哀挽之辞,或"和"当作"悲",又野族子张诠,亦征常侍,或诠有挽野之作,而公和之耶。

《和刘柴桑》,李注:遗民,尝作柴桑令。澍按:《莲社高贤传》:"刘程之,字仲思,彭城人,汉楚王元之后,少孤,事母以孝闻,谢安、刘裕嘉其贤,相推荐之,皆力辞,裕以其不屈,乃旌其门曰遗民。"又《宋书·周续之传》:"遗民,遁迹庐山。"

《己巳岁三月谓建威参军使都经钱溪》，澍注：《宋书》曰："钱溪江岸最狭。"胡三省《通鉴注》："《新唐书·地理志》：'宣州南陵县有梅根监钱官。'《宋书》：'陈庆军至钱溪，军于梅根。'盖今之梅根港也，以有置钱监，故谓之钱溪。"是时建威将军刘敬宣，说具《年谱》。

《还旧居》"畴昔家上京"，李公焕《还旧居》诗注引《南康志》云："近城五里，地名上京，有渊明故居。"何注：或曰："上京即栗里原，公前有移家诗，居不一处也。"《朱子语录》："庐山有渊明古迹曰上原，渊明集作'京'，今土人作'荆'，江中有一磐石，石上有痕，云渊明醉卧其上，名渊明醉石。按《庐山记》：'渊明所居栗里，两山间有大石，可坐十数人，渊明尝醉眠其上，名曰醉石，上京、栗里，盖近在一处也。'"又，朱子在南康《与崔嘉彦书》云："前日出山在上京坡遇雨，斤屦沾湿。"又，吴师道《礼部诗话》："上京在栗里原，去郡一舍。"澍注：《名胜志》："南康城西七里为玉京山，亦名上京，有渊明故居，其诗曰'畴昔家上京'，即此。当湖之滨，一峰最秀，东西云山烟水数百里，浩淼萦带，皆列几席前。"据诸说则上京之为山，山有先生旧居，确凿无疑，惟《答庞参军》诗作"使上京"是京师耳。

《饮酒》其十"直至东海隅"之"东海"，何注：刘履曰："指曲阿而言，盖其地在宋为南东海郡。"澍注：《宋书·州郡志》："晋元帝初，割吴郡海虞县之北境为东海郡，立郯、朐、利城，凡其三县。"刘牢之讨孙恩济浙江，恩惧逃于海，后恩浮海，奄至京口。牢之在山阴率大众还，恩走郁洲。今海州之云台山，即郁洲，乃朐县地。先生参牢之军事，盖尝从讨恩至东海，故追述之也。

《归去来兮辞》"家叔以余贫苦"，澍按：家叔，当即《孟府君传》之叔父太常夔也，详见《年谱考异》。《年谱》云：《太平御览》引俗说曰："陶夔为王孝伯参军。三日曲水集，陶在前行坐，有一参军督护在坐。陶于坐作诗，随得三五句，后坐参军督护随写取。诗成，陶犹更思补缀，后坐写其诗者先呈，陶诗经日方呈，大怪收陶参军乃复写人诗，陶愧愕不知所以，王后知陶非滥，遂弹去写诗者。"又《魏书·司马氏传》曰："德宗复立于江陵，改年义熙，尚书陶夔迎德宗，达于板桥，大风暴起，龙舟沉没，死者十余人。"当亦即此陶夔，惟太常与尚书应是前后所历官不同耳。

《与子俨等疏》"颍川韩元长"，王应麟曰：谓韩融，韶子，见《后汉书·

韩韶传》。

四、辞章分析

《归鸟》"缯缴奚施,已倦安劳",澍注:末二句言业已倦飞知还,不劳虞人之视,超举傲睨之辞也。

《岁暮和张常侍》"阔哉秦穆谈,旅力岂未愆",澍注:《秦誓》言:"番番黄发,旅力既愆,我尚有之。"此反其语,故以秦穆公之谈为阔,言老无能为也。

《九月闲居》"日月依辰至,举俗爱其名",澍注:诗意盖言俗以重九取义长久而爱其名,其实日月自依辰至,言其有常期,此语可破惑。又,《杂诗》其十一,澍注:"遥遥从羁役"至此三章,皆羁旅行役之感也。

《和郭主簿》"衔觞念幽人,千载抚尔诀。检素不获展,厌厌竟良月",澍注:"衔觞"四句,盖谓千载幽人,无不抱此松菊之操,抚之而志节益坚,以今怀古,亦犹是也。自检平素,有怀莫展,厌厌寡绪,其谁知之乎?

《拟古》其一,吴注引刘履曰:君谓晋君,靖节见机而作,由建威参军即求为彭泽令,未几赋归。及晋、宋易代之后,终身不仕,岂在朝诸亲旧或有讽劝之者,故作此诗以寄意与。何注:此诗解者谓兰柳易衰之物,而荣茂者以喻晋室。虽弱,尚可望其有为,不图一别,既久且远,中道迷留。至于今日枯衰,而遂不可为也。诸少年即向之所谓嘉友者,当时相逢禾言心醉,其意气似可以倾人命。今日离隔,竟何所成就乎?此靖节当时无可与同心忧国者发也。而刘履以为易代之后,在朝诸亲旧或有劝其仕者。故作此寄意,岂其然哉?澍注:诗托兰柳起兴,君即指兰柳,出别之时,本不谓久,因嘉友流连,致乖始愿,虚弃景物,有负前言。"多谢诸少年",乃兰柳责望之词,言其所谓嘉友皆非老成忠厚,徒以意气相倾,迷溺之深,命且不保,何有于离别乎?直斥之曰"相知不忠厚",其亦可以翻然变计,久出知归矣。诗意借兰柳作《北山移文》以为招隐,欲以谢外诱而坚肥遁也。

《读山海经》其九"余迹寄邓林,功竟在身后",澍注:此盖笑宋武垂暮举事,急图禅代而志欲无厌,究其统绪所赇,不过一隅之荫而已。乃反言若正也。

《读山海经》其十二"鸱鴸见城邑,其国有放士。年彼怀王世,当时数来止。青邱有其鸟,自言独见尔。本为迷者生,不以喻君子",汤注:柜山有鸟,其状如鹗,其名曰鹐,见则其县多放士。注:放逐也,青邱之山,有鸟状如鸠,名曰灌灌,佩之不惑。澍注:诗意盖言屈原被放,由怀王之迷,青邱奇鸟,本为迷者而生,何但见鸥鹐不见此鸟,遂终迷不悟乎? 寄慨无穷。

《饮酒》其八"提壶挂寒柯,远望时复为",澍注:此倒句,言时复为远望也。

《癸卯岁始春怀田古舍》,澍注:"怀田古舍",古人文简语倒,当是于舍中怀古也,观诗中称颜子、丈人、先师可知。王氏以旧居为古,则于文为不辞。

《赠羊长史》"正赖古人书",陶澍引黄山谷曰:"正赖古人书""正而不能得""正宜委运去"皆当时语法,或者改作"上赖古人书""上尔不能得",甚失语法。

五、征考史事,疏通诗意

《荣木》"先师遗训,余岂云坠",澍按:《礼记》:"文王世子,天子视学,祭先师先圣。"先师之名仿此,但古之所谓先师,即瞽宗之祭,周礼大司乐掌成均之法,以治建国之学政,而合国之子弟,凡有道者,有德者,使教焉,死则以为乐祖,祭于瞽宗是也,亦谓之先贤。《记》曰"礼先贤于西学"是也。至唐始以周公为先圣,孔子为先师。又以孔子为先圣,颜渊为先师。其后遂专称孔子为先师,而别无先圣之祭,实自先师肇其端矣。本朝雍正中,议增丛祀孔子诸贤特及先生,惜时无有以先生学术入奏者,其事遂寝。然百世可俟,终必配食无疑也。

《赠长沙公》"遥遥三湘",李注:《寰宇记》:"湘潭、湘乡、湘源为三湘。"澍按:湘水发源会潇水,谓之潇湘,及至洞庭陵子口会资江,谓之资湘,又北与沅水会于湖中谓之沅湘,三湘之目当以此。若湘潭、湘乡、湘源皆县名,非水也,且建置在后,古无此称,尚有湘阴、临湘,亦不止三也。

〔按语〕

一、关于陶澍与《靖节先生集注》

陶澍(1779—1839),字子霖,一字子云,号云汀,晚年自号髯樵,湖南安化人。嘉庆七年进士,授庶吉士,历任翰林院编修、国史馆纂修、四川乡试副考官、监察御史、户部给事中、川东兵备道。道光年间,历任山西省按察使、安徽省布政使、安徽巡抚、江苏巡抚,官至两江总督,兼理两淮盐政。道光十九年病逝于官邸,晋赠太子太保,谥文毅。

陶澍多次担任科举考官。嘉庆十年起,主讲于澧阳书院达三年左右。道光八年他在嘉定建震川书院,十七年在海州建敦善书院,十八年在江宁建惜阴书舍,本文所据之《靖节先生集》集注本,即惜阴书舍所刊。嘉庆九年,他参与发起"消寒诗社",后一直参与活动。道光六年,他在吴中祭祀李白、杜甫、白居易、苏轼四大诗人。道光八年,吴淞江水利工程完工,陶澍作《吴淞江工竣开坝放水歌》,和者数百人。他先后自编《出山草》《玉堂草》《江湖草》《太史草》《皇华草》《谈瀛录》《谈瀛后录》《抚吴草》等诗集,现存诗歌一千五百余首①。

陶澍曾参与《安化陶氏族谱》的纂修。任国史馆纂修时,曾参与《嘉庆一统志》的编修。任安徽巡抚时,倡修《安徽通志》,但因为调离,没有真正参与编纂。早年使蜀期间,作《蜀輶日记》,是地方志性质的日记。任职江南时,又主持编写《洞庭湖志》。陶澍去世后之翌年,即道光二十年庚子,他的女婿周诒朴在金陵开椠陶澍之集注,成此版本。关于此本之图像、注体等诸问题,付振华《陶澍集注〈靖节先生集〉研究》对此有非常翔实之研究,是目前为止关于陶澍本之研究中最为全面的。

根据周诒朴《靖节先生集序》,《靖节先生集》刊刻于金陵,时在道光二十年。陶澍在《例言》中并未涉及成书时间,只是在最后云"道光岁次己亥春月,安化陶澍识","陶澍的父亲陶必铨对陶渊明十分喜爱,并且对其极有研究,著有《萸江诗话》,大部分为对陶集诗文的分析与品评,陶澍注释《陶渊明集》可以说是秉承了父命"②。陶澍父必铨,字士升,号萸江,私淑陶公,酷嗜其诗,名其屋曰"爱吾庐"。其《萸江诗话》中,论陶诗者殊多,陶澍引用了大量《萸江诗话》的内容,如《形赠影》,《萸江诗话》曰:"序有微意。"又曰:"事不可为,心复难任,故借酒以排之,醉则庶可忘也。凡集中

---

① 付振华:《陶澍集注〈靖节先生集〉研究》,广西大学 2012 年硕士学位论文,第 5 页。

② 魏晓娟:《陶澍〈靖节先生集〉研究》,西北大学 2010 年硕士学位论文,第 16 页。

云酒者多如此。阮籍全真,终不事晋,与先生之酒,均为合道。"《癸卯岁十二月中作与从弟敬远》,《萸江诗话》曰:"是年十一月桓元称帝,着眼年月,方知文字之外所具甚多。"《饮酒》,《萸江诗话》曰:"此二十首当是晋、宋易代之际,借饮酒以寓言,骤读之不觉,深求其意,莫不中有寄托。"《咏贫士》,《萸江诗话》曰:"三代下不为苟得者几人? 先生以此自命,真圣人之徒也。"

二、陶澍注本的优势

陶澍注本是清代中晚期陶集文献发展的集大成者。

首先,陶澍注本尽可能地保留了陶集中的作品,包括存疑之作。诗五十八题一百二十七首(包括《联句》与存疑之《归园田居其六》《问来使》《四时》,不计《桃花源诗》),文十二篇(包括《扇上画赞》和《读史述九章》),另外还有《五孝传赞》与《集圣贤群辅录》两部存疑作品。陶澍本除以上作品外,还从何孟春本《扇上画赞》注释中采入一篇《尚长禽庆赞》。这篇作品是后出之作,来自《艺文类聚》。所有存疑作品,没有贸然删去,而是附在了集中卷四之后。《尚长禽庆赞》附录于与其出处相关的卷六《扇上画赞》之后,《五孝传》和《集圣贤群辅录》则附录于全书之后,作为第八与第九、十卷。这种做法是仿效宋本将《杂诗》其十二、《联句》、《归园田居》其六、《问来使》等稍有可疑性的作品放在附录,但又比后者显得更为审慎。陶澍对六朝集中原有的作品,基本上是不主张认定为伪作的,少量明显羼杂的作品则加以著明。

其次,陶澍注本搜罗陶集资料最全。将诸本序录与诔传杂识等,列于卷首。诸本序录广集各本之序、跋,并加按语。诔传兼采颜延之《陶征士诔》、《宋书·隐逸传》、萧统《陶渊明传》、《晋书·隐逸传》、《南史·隐逸传》、《莲社高贤传》等,相关材料基本齐备。

第三,陶澍注本广校诸本,校勘范围最大。陶澍自言以十二本作校,这十二种陶集版本是:汤汉本、李公焕本、何孟春本、汲古阁旧本、焦竑本、张溥《百三名家》本、张自烈本、毛晋绿君亭本、何焯校本、黄文焕本、吴瞻泰本、蒋薰本。在陶澍时代,宋本难以得见,故而他对明清校本的依赖程度较高。这些注本也为他疏通陶集文意带来了便利。他吸收了历代陶集注释中的内容,除了汤汉注、李公焕注,明清以来的何孟春注、张自烈注、毛晋注、何焯注、黄文焕注、吴瞻泰注、蒋薰注等，还对选本中所载之陶诗注释如《文选》李善注、刘履《选诗补注》等颇为看重。付振华发现，"陶澍所使用的李公焕本有两种，一种可能是李公焕本之初刻本或者早期刻本，一种则主要是休阳程氏刻本"①。陶澍在诸本序录中，比较二本差异曰："程刻本卷端不标'笺注'二字，亦不载'庐陵后学李公焕集录'。其《总论》中，无'东坡不取微生高'一条，而多朱晦庵二条、陆象山二条、魏鹤山一条，不知程氏所见公焕本原是如此，抑从别本删增。"陶澍所描述的，正是李公焕本在明清时代被删削改变之情况。而其中程刻本作为一种广为流传的俗本，改窜之处甚繁，这是陶澍注本吸收程氏注本的风险所在。

三、关于陶澍本的评价

　　桥川时雄著录此本，评之曰："所录陶集，凡十一本：李公焕本、何孟春本、汲古阁本、焦竑本、《百三名家》本、张尔公本、毛晋绿君亭本、何焯校正本，以上诸本诗文并载。汤文清本、黄文焕《陶诗析义》本、吴瞻泰《陶诗汇注》本，以上诸本专主注解。颜氏《诔》、《宋书》、《晋书》、《南史》、《莲社高贤传》及昭明太子之《陶传》等，卷一之四诗，卷五赋辞，卷六记传赞述，卷七疏祭文，卷八《五孝传》，卷九之十《圣贤群辅录》，卷末附录诸家评论，又此本附刊《靖节先生年谱考异》上、下二卷。卷首《例言》中有云：'是集宋莒公本，今不可见。世所传者，惟汤文清、李公焕、何孟春三家最著。汤止注诗，颇为简要，李、何稍繁，然于意逆之处，俱有发明。故今所注，虽博采群贤，要以三家为本，字句同异，固由传写多讹，亦半系凭臆妄改。今参取汤文清本、李公焕本、何孟春本、焦弱侯本、汲古阁旧本、毛晋绿君亭本、何义门所校宣和本，择善而存，其义可两存，但云某本作某，去取从违，不敢辄夺，首阳易水之思，精卫刑天之咏，其惓惓于故君旧国者，情见乎辞，《述酒》一篇，汤东涧、黄文焕，十得六七，尚有廋词隐语，一经拈出，疑滞胥通，但注杜者，泥于每饭不忘君之言，致多迂曲，又为前人所讥，故凡词意本与时事无关，诸说必欲拊搿附会者，则在所不取云云。'其言如此，则此本编撰之次第可知矣。"②

---

①　付振华：《陶澍集注〈靖节先生集〉研究》，第43页。

②　桥川时雄：《陶集版本源流考》，第三十七页 a 面—b 面。

20. 道光二十一年杨霈刊《陶渊明诗集》十卷,存

〔出处〕

此本题为"陶渊明诗集",凡十卷,道光二十一年(1841)杨霈十芝堂刊,今中国社会科学院图书馆有藏。又被称为"十芝堂刊本"。

〔版本信息〕

编　次

卷首昭明太子传序、陶氏二谱、总论,卷一至四诗,卷五至十文,卷末有阳休之《序录》、宋庠《私记》及杨霈跋。

序　跋

集前有序,云:

陶集无善本,几成古今憾事。后得影宋巾箱本,较他本特加精审,兼用所藏别本,参校得失,益以《辍耕录》所载二谱,其有各本夹注"一作某"者,不敢意为去取,皆并存之,以付梓人。

〔按语〕

一、关于杨霈巾箱本的底本问题

桥川时雄认为,杨霈自谓"此本以影宋巾箱本为底,然此本除间有'某一作某'之小注外,与坊间俗本无异"[1],并没有其他可指称之别致处,认为"不似曾依据佳本也"[2]。郭绍虞《陶集考辨》云:"然按其编次,尚与旌德李氏缩刻宋本相近。观卷三引思悦《辨甲子》一文,作'思悦考',不作'尝考',即知其确见宋本。惟杨氏不免以意增窜之处,此则《跋》中所谓兼用别本考校之失。谓未依据佳本,则不尽然也。"[3]

关于杨霈本底本的问题,笔者曾撰有专论,它的底本应该是"旌德李

---

① 桥川时雄:《陶集版本源流考》,第二十九页 a 面。
② 桥川时雄:《陶集版本源流考》,第二十九页 a 面—b 面。
③ 郭绍虞:《陶集考辨》,第 310 页。

氏缩刻宋本",或者以此为底本的"独山莫本"。产生于康熙年间的旌德李
氏缩刻宋本,在道光二十年(1840)左右引起了多家陶集刻者的关注①。
它的底本应是毛氏汲古阁刻本。

二、关于杨霈本的年谱著录问题

桥川时雄批评了杨霈本的年谱著录,说"按此本卷首陶氏二谱,乃自
陶宗仪《辍耕录》摘载,有王质《栗里年谱》尚可,并入陶华年谱于陶集中,
甚无谓也"②。杨霈的这一行为,或许与明清时期在陶集中加入陶姓相关
资料的情况有关。

三、关于杨霈本的版本源流问题

又有《陶渊明诗集》凡十卷,咸丰九年(1859),以杨霈本重雕于翰选楼
者。缩小版式,刻字拉杂,错误颇多③。

21. 咸丰独山莫友芝翻刻李文韩本《陶渊明集》十卷,存

〔出处〕

此本较为常见,国家图书馆、南开大学图书馆等有藏。

〔版本信息〕

其一:四函缩刻袖珍本④。

此种陶集,半叶七行,行十五字,封面题曰"陶渊明集,甲午三月,景盦
题",扉页以篆字题曰"陶渊明集,阳子烈十卷本,咸丰辛酉嘉平皖城行营
收旌德缩刻宋本初印者,以此板后印多漫不可读,绳宜宝之,邵亭眡叟呵
冻记",后有莫友芝印鉴。其编次依次是:萧统《序》,卷一至卷十,颜延之
《诔》,萧统《传》,阳休之《序录》,宋丞相《私记》,曾纮《说》,《书靖节先生集
后》。集后有二跋,其一为莫友芝识语,其文曰:"毛斧季秘本书目注宋板

---

① 蔡丹君:《独山莫氏复刻缩宋本〈陶渊明集〉底本探疑》,《中国社会科学院研
究生院学报》2017 年第 6 期,第 113—124 页。
②③ 桥川时雄:《陶集版本源流考》,第二十九页 b 面。
④ 此处以南开大学图书馆藏为例。

《陶渊明集》云《桃花源记》中'闻之欣然规往'，今时本误作'亲'，谬甚。《五柳先生赞》注云：一本有'之妻'二字，检《列女传》，是其妻之言也。他如此类甚多，即《四八目》比时本多八十余字，按所举二条并与此本合通，本校语亦多于时本，然则此所据即毛氏宋本也。咸丰辛酉冬莫友芝识。"其二为莫友芝之侄绳孙附识语，其文曰："谨按书中宋讳缺笔，至宁宗嫌名之廓，李氏所据乃庆元以后椠本，其注称宋本作某者数处，盖指宋丞相定本也。桐城徐椒岑以见行陶集乏善本，亟醵金翻雕公同好。且属摹先征君手题书衣数语，刊之卷首，以当署检云。光绪二年六月庚子绳孙附识。"

其二：线装二册通行本①。

此种陶集，亦是半叶七行，行十五字，长、宽与栏高之数，与一册四函者没有太大区别。无目录，其编次为：萧《序》，卷一至卷十，文后分别是颜《诔》、萧《传》、阳《序》、宋丞相《私记》、曾纮《说》和《书后》。该种莫氏翻宋本的编次和内容以及两篇识语，与前述缩刻本基本一致。

〔按语〕

一、关于莫友芝与"独山莫本"

莫友芝，字子偲，自号邵亭，又号紫泉、眲叟，贵州独山人，道光十一年（1831）举人。家富藏书，有藏书室名为"影山草堂"，所藏多明清精刻、明抄、明校本②。二十世纪六十年代，日本学者大矢根文次郎先生在《陶渊明研究》第三卷中，罗列了《陶渊明集》的版本情况，名之曰《陶渊明集叙说》。这个目录十分简要，只列题名、卷数、撰者与存佚情况，虽名为"叙说"，实则有目而无叙。其中，"北宋本"一栏列"独山莫本"一种，定为"不详"③。

此种陶集，前后印行次数较多，形制有若干种。北京大学图书馆也藏有莫氏翻宋本，并非袖珍本，而是普通翻刻本，题为"咸丰旌邑李文韩刊

---

① 此处以国家图书馆藏本为例。
② 张剑：《莫友芝年谱长编》前言，第1页。
③ 大矢根文次郎：《陶渊明研究》第三卷，第434页。

本",其封面题签有"莫友芝藏"四字,大概就是此种陶集的原本面目,即咸丰翻刻本。南开大学图书馆所藏,应该是光绪影刻本,即桐城徐氏椒岑刊本。从莫绳孙的识语来看,光绪影刻本是光绪二年(1876)桐城徐椒岑以咸丰刊本重仿之,且将莫友芝所藏此本陶集的书衣上的数语刊之卷首。而且,绳孙同样断定李氏所据之底本,为宋宁宗庆元年间(1195—1201)以后的本子,但是他没有直接说,此种底本就是汲古阁旧藏十卷本,而是强调其中提到的"宋本"是指"宋庠本"。据《莫绳孙年谱》,光绪二年,绳孙在上海洋务局任职,年三十三岁,但未曾提及绳孙将此种陶集交付徐氏重刊一事①。莫友芝认为,此种陶集的底本,是"毛斧季秘本",即汲古阁旧藏十卷本《陶渊明集》。此本陶集历经毛氏汲古阁、黄氏士礼居和杨氏海源阁收藏。黄氏藏书,转归长洲汪士钟。咸丰庚申(1860)以前,汪氏藏书散失,为常熟瞿氏、聊城杨氏所获。此书约在道光乙酉至庚戌年间(1825—1850)归山东杨以增,《海源阁书目》《楹书隅录》《宋存书室宋元秘本书目》均有记载。如杨绍和在集后识语中言及其流传情况:"后与南宋桀汤东涧注《陶靖节诗》,并为吴门黄荛圃所得,颜其室曰'陶陶',而以施氏、顾氏注《东坡先生诗》之《和陶》二卷媵之。倩惕甫王先生为之记,盖皆世间绝无之秘笈也。汤注本先公于道光乙酉,获之袁江。又明年,此本及《东坡和陶》复来归斋,距荛圃之藏,已花甲一周,不知几经转徙,乃聚而之散,散而之聚。若有数存乎其间者,果天生神物,终当合耶!昔子晋藏《东坡书》《渊明集》,斧季诧为隋珠赵璧,似此岂多让哉!我子孙其永宝用之。"海源阁藏书散失后,此书和宋刻汤注本一起,被藏书家周叔弢先生收藏,周先生之后将其捐赠给了北京图书馆②。此种陶集由国家图书馆善本特藏部藏,名为"宋刻递修本《陶靖节先生集》十卷"。袁行霈先生《陶渊明集笺注》即以此为底本,充分肯定并详细介绍了它的版本价值③。

桥川时雄所看到的也是以"咸丰旌邑李文韩刊本"为底本的复刻本。

① 张剑:《莫友芝年谱长编》,第549页。
② 陈杏珍:《宋刻陶渊明集两种》,《文献》1987年第4期,第207页。
③ 袁行霈:《关于汲古阁藏〈陶渊明集〉十卷本》,《学问的气象》,新世界出版社2009年版,第222—226页。

他在《陶集版本源流考》中将"咸丰影刻本""光绪影刻本"置于"南宋各刊本纪要"一节来加以概述,将其版本来源归属为"汲古阁秘本",谓"咸丰翻刻本",即《陶渊明集》,凡十卷,咸丰十一年辛酉旌德李氏文韩刻①。另外,《陶集版本源流考》中有大量对陶集内容的引录,皆来源于莫氏翻宋本或莫氏仿刊本,每及于此,均是以小字注明于正文之内。如言及"北齐阳休之陶集序"时,即自称"据莫氏翻宋本而录";关于阳休之生平,也说是"据莫氏翻宋本而录"②。桥川时雄认为莫氏翻宋本的底本即为汲古阁旧藏十卷本。关于"毛斧季旧藏"之陶集,桥川时雄虽然表示自己并没有经眼,但也认为它作为南宋刊本并无疑问。他说:"按此本之为北宋刊本,诸家言之凿凿。金以为世间无二之佳本。余未睹此书原本,然亦认为南宋椠刊,至可珍重,无疑议者。前辈亲睹此本者,惟惊悦不已,未甚究其编次。探其源流,遽目为北宋刊,且藏之者,亦什袭珍藏,不肯示人,加以考核,则明珠拱璧,惟照耀秘笈耳。兹据其影刻本,卷一诗九首、卷二诗三十一首、卷三诗三十九首、卷四诗四十八首(内一首《联句》)、卷五赋辞三首、卷六纪传赞述十三首、卷七传赞五首、卷八疏祭文四首、卷九之十为《四八目》,'敬''桓''征''贞''真'等字仍缺末笔,又《桃花源记》作'欣然规往'之'规'字,不作'亲'字,颇得宋佳本之体裁者,校读陶集者,宜以为恰好之楫筏。"③

二、关于莫氏翻宋本的评价问题

桥川时雄对此种陶集评价极高。"互校现在陶集各本,亦自有其要领,若将陶集各本之全部,详示其文字异同,则徒费纸笔耳。就陶集各本观之,何本最可以为基本,何本只可以为补助,不可不决定其资料之价值也。余既叙陶集各本梗概,又谓在现存陶集中曾集本(今存,又有影刻影印)、旧藏汲古阁十卷本(有莫氏仿刊本)、焦竑旧藏本(有焦氏明翻本)乃为校勘上之三枢轴,说见前篇,三本之中,以何本为最可据。今难遽言,然曾集原刊本,现已详其所在,则以此为底本,亦近妥当,次为汤汉原刊四卷

① 桥川时雄:《陶集版本源流考》,第十页 a 面。
② 桥川时雄:《陶集版本源流考》,第四页 b 面。
③ 桥川时雄:《陶集版本源流考》,第九页 b 面—第十页 a 面。

本,及李公焕元翻宋十卷本,亦可补助上列三本,以资于校勘。除此五本外,亦复无一本可观者矣。"①而且,在《陶集版本源流考》中,诸多《陶渊明集》的相关引用,如阳休之的序以及阳休之的生平等,桥川时雄皆从莫氏翻宋本中择出,可见对其之重视程度。

丁福保对莫氏翻宋本亦大加赞许,将其推至很高的地位,几乎等同于宋本。他同时以曾集本和"独山莫本仿宋袖珍本"(即"独山莫氏复刻缩宋本《陶渊明集》")为底本来校陶渊明诗,可见他对莫氏翻宋本之重视。《陶渊明诗笺注自叙》曰:"家藏陶集余二十种。兹以重刻宋绍熙壬子曾集所刊大字本为主,而辅之以独山莫氏所刻仿宋袖珍本,为校订参考之用。"②

除了丁福保序外,《陶渊明诗笺注》卷首还有裴可标序,裴序则谓此书在古典、古义、别字、古韵这四个方面,颇有考证,匡正旧注亦不鲜。桥川时雄评价其说:"此本亦颇有善解,校读正确,笺陶中之佳作也。"③

总之,被认定是南宋刊本之影刻本的"独山莫本",来源于"咸丰旌邑李文韩刊本",若干年后又衍生出了"桐城徐氏椒岑光绪翻刻本"。

三、莫氏翻宋本与其他两种清刻陶集之关系

道光、咸丰年间,《陶渊明集》的刊刻出现过一个小高潮。有两种产生于这一时期的陶集,与莫氏翻宋本有着十分密切的联系,对推究莫氏翻宋本的底本来源也能起到一些参考作用。

其中之一,是温陵李氏重刻本。此本即李廷钰道光二十一年(1841)重镌本。此本亦较为常见。长十五点八厘米,宽二十七点四厘米,栏高十七点六厘米,半叶十行,行二十字,单鱼口。扉页有"道光二十一年重镌""渊明全集""温陵李廷钰题"字样,次为目录,卷第一有萧《序》、萧《传》与颜《诔》、诗四言九首,卷第二五言三十一首,卷第三五言三十九首,卷第四诗四十八首,卷第五赋辞三首,卷第六记传赞述十三首,卷第七传赞五首,卷第八疏祭文四首,卷九至十为《集圣贤群辅录》,末附阳休之《序》、宋丞相《私记》。国家图书馆所藏的这一部,书末还抄有《汲古阁珍藏秘本书

---

① 桥川时雄:《陶集版本源流考》考余二,第四十六页 a 面。
② 丁福保笺注,郭潇、施心源整理:《陶渊明诗笺注》,第 1 页。
③ 桥川时雄:《陶集版本源流考》,第三十八页 b 面。

目》,二十一叶,卷末署名"同治丁卯南海士人梁氏钞识"。集后有"秋柯草堂藏书"字样。

此本自称翻宋本,除了多出目录,减去曾纮《说》不录,以及编次有所不同以外,其中卷一至卷十的内容全与莫氏翻宋本相同,可谓一字不差。如集中《归园田居》六首,没有删除江淹拟作,《桃花源记》作"欣然规往"。桥川时雄《陶集版本源流考》对此本有著录,还将之与莫氏翻宋本加以详细比较,云:"惟此本系程乡李鸿仪所书之写刻本,卷末李氏跋云'近惟吴氏刊行前明琅琊焦氏遗本。毛氏重摹苏本,号为完善',又云'往闻有宋相莒国元献公刊定旧本,求之数十年始获,爱玩珍袭,如守璜璧,每良朋闲宴,出对欣赏',佥曰:'此宋以前旧本也,编次十卷,与阳《序》合。'卷首四言,各家每篇析作数首,此本前各连为一章,固是六朝旧体,其为元献晚获旧本无疑,元献于此集,综录校雠,参疑补阙,厥功匪细,后来诸家资为证注。尾载治平三年重刻思悦《书后》,深可疑讶。查《宋史》,元献卒于治平初年,相去至迩,何以乃云'宋朝宋丞相,一似异代人语'云云。按李氏原本,并非宋刻为据,但原文注字,全与莫氏翻本同,则所依据者同,谓之宋庠本,误也。"①所以李氏应该是集合了当时的诸种陶集,加以一定的主观编排,形成了此种陶集之形制。

李氏《重刊宋本陶集跋后》对陶集版本亦有探讨:"余少爱渊明文辞,冲淡可以涵养性真,讽诵流连,积以岁月。家藏近刻十数本,率皆诗也,而全集则自梁萧统编辑以后,日就放失。北齐阳休之叙录所称三本,《隋志》《唐志》所云八卷五卷,询之藏书家,咸未经见。近惟吴氏刊行前明琅琊焦氏遗本、毛氏重摹苏本,号为完善,此外新旧本各数十家,或传或不传,岂不以绵世十代,年逾千纪,什一之叹,自昔已然。抑以宋元以来,嗜诗者众,则文在所略,各竞新刻,则古本愈湮,良可慨然。……当时士大夫称宰辅如潞国温公,无有称文丞相,司马丞相者,不知何人伪撰,无俟深辨。其集中甲子纪年考证最为明确,近时顺德温氏汇评,全录其语,反逸其名。今仍存之,不忍尽没。至《读山海经》诗'形夭无千岁',宣和间临汉曾纮检对本经改为'刑天舞干戚',矜诩创获,由是各家遵用此本。在前故得仍

① 桥川时雄:《陶集版本源流考》,第十页 b 面。

旧,余味此诗,只咏精卫一事,谓溺水夭死,形无千岁。衔石填海,猛志固在。上下文义,何尝不贯? 金陵何义门引周益公语亦云未可凭信,则曾说在所不取。按《私记》,云《序》《传》《诔》或署卷端,或编集卷后,卷首无录,得此本伦次乃贯。兹岁久漫漶,间有脱误,爰加校正,俾复其旧,并补目录,以便检阅其中有与各家互异者,不敢妄注一字,盖余此刊志在复古,欲使昭明以来所传旧本,广播艺林,世之炫博喜新者,或加非笑,不遑恤也。梓成,用志数言于末。皇清道光二十一年二月朔温陵李廷钰谨跋。"①结合此种陶集卷一至卷十的内容来看,温陵李氏重刻本与莫氏翻宋本确实相似,极有可能是来自同一底本。但是他在这篇跋语中,其实没有交代清楚究竟如何获得了此种陶集之底本,只是提到当时的若干种翻宋本、仿宋本,认为它们离宋本"古本"的样貌已经有些遥远了。虽然提到了诸宋本,但是并没有说明自己所刻陶集与这些宋本之间的真正关联。李氏在跋语中强调自己在获得底本后,加上了目录,但并没有对内文进行任何改动和注释。另外,跋语署错了何焯的籍贯,何氏为苏州人。桥川时雄认为它"不似曾依据佳本也"②。又说:"按此本卷首陶氏二谱,乃自陶宗仪《辍耕录》摘载,有王质栗里年谱尚可,并入陶华年谱于陶集中,甚无谓也。"③可见评价并不高。郭绍虞《陶集考辨》云:"然按其编次,尚与旌德李氏缩刻宋本相近。观卷三引思悦《辨甲子》一文,作'思悦考',不作'尝考',即知其确见宋本。惟杨氏不免以意增窜之处,此则《跋》中所谓兼用别本考校之失。谓未依据佳本,则不尽然也。"④郭绍虞的意见是,杨氏本很可能与旌德李氏缩刻宋本同源,但是被杨霈改成了一个糟糕的本子。此本之后,又有咸丰九年(1859)以杨霈本重雕于翰选楼之《陶渊明诗集》十卷,该本缩小版式,刻字拉杂,错误更多。

其中之二,是杨霈巾箱本。杨霈巾箱本凡十卷,产生于莫氏翻宋本之前,道光二十一年(1841)刊印,题为"陶渊明诗集",又被称为"十芝堂刊

---

① 据北京大学古籍部所藏秋柯草堂温陵李氏本《陶渊明集》十卷本所录。
② 桥川时雄:《陶集版本源流考》,第二十九页 a 面。
③ 桥川时雄:《陶集版本源流考》,第二十九页 b 面。
④ 郭绍虞:《陶集考辨》,第 310 页。

本"。此种陶集与莫氏翻宋本可能有间接联系，比如在编次上完全与李文韩刻本一致。杨霈自谓，此本以影宋巾箱本为底本，然此本除间有"某一作某"之小注外，与坊间俗本无异，并没有其他可指称之别致处。其具体编次为：卷首萧《序》、陶氏二谱、总论，卷一至四诗，卷五至十文，卷末有阳休之《序录》、宋丞相《私记》，及杨霈所作之跋。其跋云："陶集无善本，几成古今憾事，后得影宋巾箱本，较他本特加精审，兼用所藏别本，参校得失，益以《辍耕录》所载二谱，其有各本夹注'一作某'者，不敢意为去取，皆并存之，以付梓人。"①

从这两个例子可以发现，产生于康熙年间的旌德李氏缩刻宋本，在道光二十年（1840）左右重新受到关注，引发了多家陶集刻者的兴趣。它的底本应该是毛氏汲古阁刻本。

自毛氏《汲古阁秘本书目》将此书定为北宋刊本以后，此鉴定一直为后人所认可。但是此种陶集几乎从未公开，故而莫友芝、桥川时雄、丁福保等人，皆未曾得见。目前仅能确定的一次流出，大概是在道光二十九年至三十年之间，杨敬夫在天津捆售杨氏海源阁藏书时，汲古阁旧物也随之流向人间②。而此时的诸多清刻本如何获得这一底本，就是一个未解之谜了。

四、莫氏翻宋本与宋本陶集之关系

由于莫氏翻宋本产生年代较晚，是清代中期所刻，故在如今看来，其文献价值似乎不太值得关注。但是，在周叔弢先生将陶集宋本之珍品——汲古阁旧藏十卷本《陶渊明集》捐赠给北京图书馆并正式公开之前，莫氏翻宋本作为一个相对可靠的宋本陶集替代品，对那时的陶集版本流传研究和文献校勘等，都产生过积极的影响。

关于莫氏翻宋本的具体底本，争论极多。莫友芝认为，他所获得的陶集底本是汲古阁旧藏十卷本。莫氏的说法，并非根据实物所得的判断，因为他并没有亲眼见过汲古阁旧藏十卷本陶集，而只是根据某些传闻和记

---

① 据中国社会科学院文学研究所古籍室所藏道光二十一年杨霈刊《陶渊明集》十卷本所录。

② 焦从海：《陶陶室藏宋板陶集聚散流传考》，《文献》1985年第3期，第271页。

录来进行猜测。他在《邵亭知见传本书目》中说过:"汲古阁有宋巾箱本,每半页十行,行十六字,末有治平三年思忱(当作"悦")跋。近旌德有仿刻,佳。"①由于汲古阁旧藏十卷本陶集长期处于秘藏状态,旌德仿刻者是否根据实物,难以确知。桥川时雄也认为其是来自汲古阁旧藏十卷本,但是又保守地声明自己只是猜测,没有看到原本。《陶集版本源流考》中的诸多引文,皆来自莫氏翻宋本,例如曾纮《说》全文,即引自于此。

现存宋本《陶渊明集》共有四种,即宋刻递修本《陶渊明集》十卷(即本文所指汲古阁旧藏十卷本)、宋绍熙三年(1192)曾集本《陶渊明诗》(另《杂文》一卷,即本文所指曾集本)、宋刻递修本《陶靖节先生集》四卷(残卷)、宋刻本《陶靖节先生诗注》四卷(另《补注》一卷,俗称汤汉注本)。这四种中,能够与莫氏翻宋本进行比较的,也就是汲古阁本和曾集本这两种了。以下对两种陶集与莫氏翻宋本有联系之处,进行讨论。可从以下几个方面,来观察莫氏翻宋本与诸宋本之间的区别,并由此推定其底本:

(一)编次

汲古阁旧藏十卷本,存四卷(卷一至四),二册。该本形制,每半叶十行,行十六字,白口,左右双边。版框高二十厘米,宽十四厘米。版心上端无字,中间刻"陶集"二字和卷数,下端记刻工名。该本之编次为:卷首(无目录)、卷一(诗九首)、卷二(诗十三首)、卷三(诗三十九首)、卷四(诗四十八首)、卷五(赋辞三首)、卷六(记传赞述十三首)、卷七(传赞五首、《五孝传》)、卷八(疏祭文四首)、卷九至卷十(《集圣贤群辅录》)。其中,卷三之首录思悦"甲子辨",卷十附颜《诔》(与正文连属)、萧《传》、阳《序》(次页另起)、《私记》、曾纮《说》,不录思悦《书后》。此本最后还附有南宋吴仁杰撰《年谱》一卷。所以,在编次上,独山莫本与之虽然接近,但略有区别。莫氏翻宋本中,有萧《序》在卷首,存思悦《书后》,但是未附吴仁杰《年谱》一卷。因此,如果莫氏翻宋本的影刻底本,是来自以汲古阁旧藏十卷本为底本的陶集,那么它在刊刻时也是打乱了原来的编次,并非直接影刻汲古阁旧藏十卷本。

---

① 莫友芝撰,傅增湘订补:《藏园订补邵亭知见传本书目》,中华书局 2009 年版,第 942 页。

　　曾集本即南宋绍熙三年由曾集刊行的陶集。曾集本是宋刊本中最为重要的版本之一，多见于藏书家之著录。莫友芝并不认为他所翻刻的这种缩宋本，是来自曾集本。丁福保则认为它与莫氏翻宋本同出一源。此种陶集，曾藏于瞿氏铁琴铜剑楼，后移于北京图书馆，现藏于中国国家图书馆。台湾艺文印书馆刊行了曾集本的影印本，题名为《陶渊明诗》，线装一册，分为"陶渊明诗"和"陶渊明杂文"两个部分，共六十三页。曾集本之首页，有"曾集自题"，共一页。文后有颜《诔》、萧《序》。从这个影印本上的藏书印可以看出，曾集本曾经多位收藏家之手，印鉴能辨认的有："墨林秘玩""项子京家珍藏""项墨林鉴赏章""携李项子家宝玩""项墨林父秘笈之印""墨林山人""平阳汪氏藏书印"等。项氏是明代藏书家，因此这个本子比汲古阁的收藏更早、更容易看到。

　　曾集本在编次上有两个特点：一是不分卷，无序目；二是不分章，九首四言诗（《停云一首》《时运一首》《荣木一首》《赠长沙公族祖一首》《酬丁柴桑一首》《答庞参军一首》《劝农一首》《命子一首》《归鸟一首》），无论组诗与否，皆题为一首。独山莫本的底本编次和曾集本有一个相似之处，即四言诗不分章。丁福保发现："《桃花源记》卷首四言诗，俗本每以一首分为数章，或数首者，而此则皆作一首，未分章节，较为近古。"[1]对陶集中组诗的分章问题，桥川时雄亦总结云："分章者，创于明版，如李公焕元翻宋本，题下缺'一首'二字，每首不分章，亦在章间夹以圆圈，遭变之迹，可知也。四言九首之中，五首有序，行文简略，颇得小品文之体矣。又按《酬丁柴桑一首》，前章六句，恐是不完之作，脱落二句，句意亦不通，又不类于此首后章为八句。他首四言诗，亦八句为一章之通例也。"[2]

　　之所以会存在莫氏翻宋本与曾集本有关联的看法，大概是有人认为汲古阁旧藏十卷本与曾集本有关。黄丕烈有汲古阁所藏北宋刊本，半叶十行，行十六字。桥川时雄断定，"莫、黄所记，即为曾集本"，因为从其形制上来看，"兹据其影印影刻本，每半页十行，行十六字，与莫、黄所记洽，

①　丁福保：《陶渊明诗笺注》，第4页。
②　桥川时雄：《陶集版本源流考》，第二十九页b面。

此本与诸本特异者"①。

（二）异文

《陶渊明集》版本的甄别，主要是依靠其中的异文。汲古阁旧藏十卷本，全书小字校注异文，书"宋本作某"者（这里所谓的"宋本"指宋庠本），仅有九处；而书"一本作某"及"又作某"者，则有七百五十三处。绝大多数异文是从宋庠本，不从他本。除无目录、录思悦"甲子辨"及极少数异文从他本外，基本上是宋庠本原样。它应该是以宋庠本为底本，以他本为参校本，且校语基本上保存了宋庠本全书校语原样。此种陶集为历代藏书家和研究者所称道。袁行霈先生以汲古阁旧藏十卷本为底本，以五种宋元刻本为校本，并以总集、类书、史书为参校，在《陶渊明集笺注》中注出异文七百四十余处。

曾集本全书小字校注异文，书"宋本作某"者，仅有九处；而书"一本作某"及"又作某"者，则有八百零三处。曾集本绝大多数异文是从宋庠本，不从他本。这表明，曾集本系出自宋庠本，是以宋庠本为底本，以他本为参校本的。"某一作""某子注"比之他本为多。根据丁福保比对，"此外佳处如小注之'一作某某'，书中所用之古字别体，及同音通借字，皆较他刻为多"②。莫氏翻宋本保留的异文情况，更接近于汲古阁旧藏十卷本，书"宋本作某"者，亦为九处，书"一本作某"及"又作某"者，则有七百零四处。亦有引南唐本（有《问来使》一首）、韩子苍本及宋庠本的情况。

具体来说，莫氏翻宋本中有几处重要的异文，与汲古阁旧藏十卷本、曾集本略似。首先是《桃花源记》之"欣然规往"，诸宋本作"欣然规往"，俗本作"欣然亲往"。莫友芝在识语中提及旌德李文韩本中的此处异文，认为这是判定它来自宋本的关键。汲古阁旧藏十卷本有道光二十八年（1848）汪骏昌跋："此宋板渊明集，汲古阁故物，其藏书目，谓与时本迥然不同。《桃花源记》'欣然规往'，俗本作'亲'，《五柳先生赞》注云：'有得开卷之益也。'因摘汲古书目中语，录诸简端，后之藏是集者，庶几知其所以

---

① 桥川时雄：《陶集版本源流考》，第十一页 a 面。
② 丁福保：《陶渊明诗笺注》，第 4 页。

可宝欤?"①杨绍和为此本作识语,对其中有特色之异文加以考订,其中也提到:"此北宋椠《陶渊明集》,乃毛子晋故物,《汲古阁秘本书目》云:'与世本复然不同。'如《桃花源记》'闻之欣然规往',今时本误作'亲',谬甚。"丁福保云:"'欣然规往'可证俗本作'亲往'之误。"②其次是《五柳先生传赞》注的"之妻"。汪骏昌、杨绍和都曾提及:一本有"之妻"二字,按《列女传》,是其妻之言也③。丁福保亦云:"《五柳先生传赞》,'黔娄'下注一有'之妻'二字,正与《列女传》合,而俗本无之。"④再次是莫氏翻宋本《读山海经》诗中的异文,和这两种宋本一样,也保留了"形夭无千岁"句,而没有改为"刑天舞干戚"。另外,如《拟古》诗中的"闻有田子春"句,陶集俗本皆作"春",但曾集本、莫氏翻宋本皆注云"一作泰"。

　　关于丁福保凭借莫氏翻宋本来推测"独山莫本与曾集本同源"的观点,郭绍虞是肯定的,因为二者相同之处确实颇多,"其尤重要者,王若虚《滹南遗老集》卷三十四《文辨》,称《晋书》《宋书》载渊明《归去来辞》'寓形宇内复几时'句,当以'时'字为韵。并谓'近见陶集本作"能复几时",此为可从,盖八字自是两句耳'。案今世所传宋、元以前各本陶集,惟此曾集本与莫氏仿宋袖珍本作'能复几时',故知丁氏谓'同出一源',信也。若以余所考莫氏仿宋袖珍本为自江州本出,则曾集本当亦如是,但异其编次耳⑤。而这个编次问题,郭绍虞认为并非考察版本来源的关键。

　　从细节上来说,江州本陶集被认为与莫氏翻宋本有关,是因为它们在卷三《四时》的诗注中,均引刘斯立语。关于刘斯立为何人,郭绍虞也有过考证。他先是察看了《宋诗纪事补遗》卷七十五,其中有"刘斯立,江西安福人,咸淳三年解试进士"一语,认为时间上有问题,无法对应,又阅吴曾《能改斋漫录》卷十四《刘斯立谢诸公启》条,称"刘斯立跂,莘老丞相长子,贤而能文,建中靖国间丞相追复,斯立以启谢诸公"云云,然后明白,"始知斯立乃刘跂之字,与咸淳间之刘斯立为别一人,不必以引刘语为异也"⑥。故而,郭绍虞认为,此种陶集与曾集本同源,而"叶德辉《书林清话》卷三

---

①③　据国家图书馆藏宋刻递修本《陶渊明集》所录。

②④　丁福保:《陶渊明诗笺注》,第 4 页。

⑤⑥　郭绍虞:《陶集考辨》,第 277 页。

《宋司库州军郡府县书院刻书》条，举曾集本而不举江州本，亦一时失考也"[1]。而丁福保在谈及莫氏翻宋本之底本渊源时，是将曾集本、江州本并举的[2]。

（三）避讳

在避讳方面，莫氏翻宋本中，遇"殷""敬""桓""构""慎""敦"等字，皆缺末笔。这一点与俗本采用改字来避讳的方式十分不同。例如，按宋讳，俗本会改"恒"作"常"，而此本尚作"恒"，仅缺末笔。

（四）对曾纮《说》之态度

莫友芝所翻刻的陶集，保留了曾纮《说》。曾纮《说》被视为宋本陶集的标记。其文曰："余尝评陶公诗，语造平澹而寓意深远，外若枯槁而中实敷腴，真诗人之冠冕也。平生酷爱此作，每以世无善本为恨。顷因阅《读山海经》诗，其间一篇云：'形夭无千岁，猛志固常在。'且疑上下文义不甚相贯，遂取《山海经》参校。《经》中有云：刑天，兽名也，口中好衔干戚而舞，乃知此句是'刑天舞干戚'，故与下句'猛志固常在'意旨相应。五字皆讹，盖字画相近，无足怪者。间以语友人岑穰彦休、晁咏之之道，二公抚掌惊叹，亟取所藏本是正之。因思宋宣献言'校书如拂几上尘，旋拂旋生'，岂欺我哉？亲友范元羲寄示义阳太守公所开陶集，想见好古博雅之意，辄书以遗之。宣和六年七月中元临汉曾纮书刊。"[3]

毛氏父子曾为此种陶集撰写题记，收至《汲古阁珍藏秘本书目》中，判定它为宋本之中的上品。黄丕烈《百宋一廛书录》云："盖此北宋曾氏刊本也。"[4]杨绍和《宋存书室宋元秘本书目》云："北宋本《陶渊明集》十卷。"[5]自傅增湘《藏园订补郘亭知见传本书目》开始，此本被疑为南宋本："前人号为北宋本，然其字体雕工颇与余藏《乐府诗集》相近，或是南宋初杭

---

① 郭绍虞：《陶集考辨》，第277页。

② 丁福保：《陶渊明诗笺注》，第4页。

③④ 黄丕烈：《百宋一廛书录》，《宋元明清书目题跋丛刊》清代卷，中华书局2006年版，第7册，第427页。

⑤ 杨绍和：《宋存书室宋元秘本书目》，《宋元明清书目题跋丛刊》清代卷，中华书局2006年版，第4册，第500页。

本。"①陈杏珍推断宋刻递修本为南宋本，理由主要有三。一是其中"遘"字缺笔，"不是在补版叶，而是在原刻叶上"；二是"慎"字不缺笔，故其版刻年代应在宋孝宗之前；三是根据众多南宋刻本中对刻工名字的记录推断，其刻书年代是在南宋初年。她根据其中严格的避讳，认为此种陶集是产生于高宗时期，也就是绍兴年间②。

"宣和六年七月中元临汉曾纮书刊"这个时间落款，应该是黄丕烈将之定为宋本的主要原因。黄丕烈称："余又见有影写宋本，但有杨之《序录》、宋之《私记》，而曾说不传，可知此刊之秘矣。"③这番推论后人多有怀疑。如陈杏珍说："此文落款所署'曾纮书刊'四字不好理解，纵观全文，也难以得出曾纮刻印陶集的结论。而且，将介绍刻书事宜的序文自名为曾纮《说》，这种情况实属少见。这个标题不像一般刻书时所印的新序标目，倒很像后人翻刻时所辑录的前人旧序标目。"④

那么，曾纮《说》是从何时开始进入到宋刻递修本陶集之中的呢？根据胡仔《苕溪渔隐丛话》所载，陶集附曾纮《说》极可能始于宣和王仲良刻本。而南宋乾道间林栗江州刻本和曾集本均袭用此文，此证据见吴师道《吴礼部诗话》："予家渊明集十卷，卷后有阳休之《序录》、宋丞相《私记》及曾纮《说·读山海经误句三条》，乾道中林栗守江州时所刊。"⑤故而江州本中，同样有曾纮《说》。而曾集本以附注的形式刻在《读山海经十三首》之后，没有单独题列曾纮《说》，说明刊刻者认为它是可有可无的，与原本并无必然联系。在言及此本源流时，郭绍虞《陶集考辨》"宣和王氏刊本"条曰："谓宣和有曾氏刊本者，当误。文末所谓'临汉曾纮书刊'，'刊'字盖出后人妄加，未可谓为刊本之证。曾集本录此则，在《读山海经》诗后，'书'下无'刊'字，益知所谓'书以遗之'者，盖书原本上耳，非别有刊本也。"⑥郭绍虞认为，世上本无曾纮刊本，曾纮不曾刊刻印行陶集，曾纮《说》只是附在了曾集本之后。但是，邓小军认为郭绍虞此说有误。他的

①　莫友芝撰，傅增湘订补：《藏园订补郘亭知见传本书目》，第 942 页。

②④　陈杏珍：《宋刻陶渊明集两种》，《文献》1987 年第 4 期，第 208 页。

③　黄丕烈：《百宋一廛书录》，第 427 页。

⑤　吴师道：《吴礼部诗话》，中华书局 1985 年版，第 3 页。

⑥　郭绍虞：《陶集考辨》，第 274—275 页。

观点是:第一,宣和有曾纮刊本。第二,此本曾纮《说》"刊"字赫然存在,并无确证,如何能说"刊字盖出后人妄加"? 第三,曾纮《说》实具有"刊后记"及《读山海经》"校勘记"之性质。曾集本在《读山海经》诗后录曾纮《说》,显然是以之作为该诗"校勘记";删去曾纮《说》之"刊"字,则是因为此本是曾集所刊,欲避免误会是曾纮所刊。换言之,曾集本在此处附录曾纮《说》,是取其"校勘记"之内容,不取其"刊后记"之内容,故删去其"刊"字。第四,曾纮《说》"书以遗之"中,书即书写、书信。"书以遗之",是指书"形夭无千岁"之校语给范元义。如何能据此说"非别有刊本也"?① 这番说法,还是以猜测成分居多。刘明分析了这一公案,认为"大概刻者为了冒充北宋曾纮刻本,遂在'曾纮书'后别有用心地加上'刊'字。此字出现在原刻版叶,且与上文不存在字气不贯的问题,知绍兴间初刻此本时即已刻入,目的是冒充北宋本"②。

江州本为林栗所刊,已佚。它被认为与莫氏翻宋本之底本同源,殆因其收入了曾纮《说》。《陶集考辨》曰:"案此本不见诸家著录,惟吴师道《吴礼部诗话》谓:'予家《渊明集》十卷,卷后有阳休之《序录》,宋丞相《私记》及曾纮《说·读山海经误句三条》。乾道中,林栗守江州时所刊。第三卷首有序云……愚按陈振孙伯玉亦云:'有治平三年思悦题,思悦者不知何人,今未有考。'因知此本即自思悦本出,惟曾纮《说》则为此本所增辑耳。"③关于江州本与莫氏翻宋本之底本间的联系,应该只是丁福保的猜想。

其实,从题外情理分析也不难理解郭绍虞的推论。史上没有记载过曾纮刊行过任何一种书籍,他并非一个图书收藏或刊行者。曾纮字伯容,号临汉居士,南丰人。其父曾阜,与曾巩为从兄弟。东莱吕本中将曾纮、曾思父子列入"江西诗派"。杨万里云:"伯容一世豪俊,而能文,其诗源委山谷先生……有官而终身不就列。"④陈振孙《直斋书录解题》曰:"自黄山

---

① 邓小军:《陶集宋本源流考辨》,《新宋学》第 2 辑,上海辞书出版社 2003 年版,第 211—213 页。

② 刘明:《宋本陶渊明集考论》,《九江学院学报》2016 年第 4 期,第 4 页。

③ 郭绍虞:《陶集考辨》,第 276 页。

④ 杨万里:《江西续派二曾居士诗集序》,《诚斋集》卷八十三,商务印书馆 1979 年版,第 691—692 页。

谷而下三十五家，又曾纮、曾思父子诗，详见诗集类。诗派之说，本出于吕居仁，前辈多有异论，观者当自得之。"①

总之，根据以上来推测，版本形态上最接近莫氏翻宋本的宋本是汲古阁旧藏十卷本，但是二者也并非毫无区别。也就是说，莫氏翻宋本并不是来自对汲古阁旧藏十卷本的直接影刻，而只是一般的仿刻。同时，它又与曾集本、江州本有很多相似之处。因此，它的底本或许是一种清代的宋本陶集集成本。

22. 同治九年胡凤丹刊《六朝四家全集》本《陶彭泽集》六卷，存

〔出处〕

国家图书馆、清华大学图书馆等藏。

〔版本信息〕

版　式

此本题名为"陶彭泽集"，凡六卷，胡凤丹刊。永康胡氏退补斋刻本，卷中题"退补斋藏版"，卷一题下有"永康胡凤丹月樵甫重校梓"。半叶十一行，行二十一字，单鱼尾，左右双边。

编　次

卷首萧统《序》、张溥《题辞》、萧统《传》、颜《诔》；卷一赋、辞、记、传、赞；卷二传、赞（即《五孝传》及《扇上画赞》）、疏、祭文；卷三至六诗，起《停云》，终《联句》。丛书末附《陶彭泽诗话》。

序　跋

《六朝四家全集序》

客有问于余曰："《诗》三百篇尚已，自三百篇以降，作诗者代不乏人，是编专刻六朝而不他及，何耶？"应之曰："三百篇，诗中之根柢也。若汉若

---

① 陈振孙：《直斋书录解题》，上海古籍出版社 1987 年版，第 449 页。

魏,诗中之萌蘖也。六朝之诗,则本其根柢之厚,畅其萌蘖之生,而放之为直干者也。盛而为唐、宋,流而为元、明。则又由诗中之干而发为花萼枝叶者也。陆士衡《文赋》云:'理扶质以立干。'干之不植,有萌蘖变为濯濯者矣,花萼枝叶将安傅哉?"

客曰:"子以六朝为诗中之干,诚哉是言。顾六朝之诗多矣,今断自陶靖节始,毋乃略欤?"曰:"靖节为晋代第一流人物,而其诗亦如其人,澹远冲和,卓然独有千古。夫诗中之有靖节,犹文中之有昌黎也。文必如昌黎而后可以起八代之衰,诗亦必如靖节而后可以式六朝之靡。昭明太子谓其诗'独超众类,莫之与京'。岂阿所好哉?然则继之以鲍、谢、庾,何也?曰鲍、谢、庾三家之诗,虽不及陶之质,而文则过之。老杜云:'陶谢不枝梧,风雅共推激。'又云:'清新庾开府,俊逸鲍参军。'夫以老杜诗中之圣,尚倾倒于陶、鲍、谢、庾四子,而啧啧称道弗衰,矧其后焉者乎?又况四子者,不仅以诗鸣也,即其文亦各垂不朽。若陶若谢,虽平生作诗较多,而集中文亦并载。鲍集文与诗半,庾集则诗居其三而文居其七。其间惟陶文以质胜,鲍、谢、庾之文皆以文胜,殆各与其诗从同焉。往岁丁卯,余刻《陶彭泽全集》,其本已单行矣。今附以鲍、谢、庾三家,汇为一帙,盖取其世之相近而合之也。"

谨案《四库全书》载陶集八卷,今六卷。谢集五卷,兹仍其旧。鲍集十卷,庾集笺注十卷,是刻依娄东本各厘为二卷。卷末载历朝诗话若干则,凡评四子之诗者悉采入之。又于各集各缀辨讹考异一卷。噫!士生千载下,而尚友千载以上之人,不自知其能至否也。然而规摹水波之意,则中心实藏写之矣。客既退,因次其语而弁诸首。同治九年夏六月,永康胡凤丹月樵氏序于鄂诸之紫藤仙馆。

凡例

一、是编凡遇庙讳御名圣讳之字,恪遵功令,敬谨缺笔。

二、陶诗刊于同治丁卯,次年购得《汉魏六朝一百三家集》,取其与陶诗相近者,得谢、鲍、庾三家,遂合为《六朝四家全集》。

三、《汉魏六朝一百三家集》系明时娄东张溥编刻,鲁鱼亥豕,讹舛甚多,复搜求各本,互相校订,取其理之长者是正。

四、陶集有文有诗,丁卯岁,借友人单行本抄录付梓,其文附诗之后。

今从《百三家集》中抄出谢、鲍、庾三家之集,均系先文后诗。兹将陶集中所刻之文,亦改列于诗集之前,以昭画一。

五、《四库全书》目录载陶集八卷,今六卷;谢集五卷,兹仍其旧;鲍集十卷,庾集吴兆宜笺注十卷、倪璠注十六卷,兹依娄东本抄录,各厘为二卷。复因庾集二卷篇帙太多,分为卷一上下、卷二上下,以便检查。

六、箧中所存历朝诗话若干种,凡有评论四子之诗者,悉采入之。所不知者,盖阙如也。复就四家缀以辨讹考异各一卷,曰某本作某字者,因各本以证异同也。其无书可证者,则仍其原本,曰某字一作某字。

七、采辑历朝诗话及辨讹考异各卷,装成一册,附于《四家全集》之后。

《陶彭泽诗话》

宋征士陶潜,其源出于应璩,又协左思风力。文体省静,始无长语。笃意真古,辞兴婉惬。每观其文,想其人德。世叹其质直。至如"欢言醉春酒""日暮天无云",风华清靡,岂直为田家语邪? 古今隐逸诗人之宗也。(《诗品》)

陶彭泽诗,颜、谢、潘、陆皆不及者,以其平昔所行之事,赋之于诗,无一点愧词,所以能尔。(《彦周诗话》)

世人论渊明,自永初以后不称年号,只称甲子,与思悦所谓不同。观渊明《读史九章》,其间皆有深意。其尤章章者,如《夷齐》《箕子》《鲁二儒》三篇。《夷齐》云:"天人革命,绝景穷居。""贞风美俗,爰感懦夫。"《箕子》云:"去乡之感,犹有迟迟。矧伊代谢,触物皆非。"《鲁二儒》云:"易代随时,迷变则愚。介介若人,特为贞夫。"由是观之,则渊明委身穷巷,甘黔娄之贫而不自悔者,岂非以耻事二姓而然耶!(《韵语阳秋》)

东坡拈出陶渊明谈理之诗,前后有三,一曰"采菊东篱下,悠然见南山",二曰"笑傲东轩下,聊复得此生",三曰"客养千金躯,临化消其宝",皆以为知道之言。盖摛章绘句,嘲弄风月,虽工亦何补。若睹道者,出语自然超诣,非常人能蹈其轨辙也。山谷尝跋渊明诗卷云:"血气方刚时,读此诗,如嚼枯木。及绵历世事,如决定无所用智。"又尝论云:"谢康乐、庾义城之诗,炉锤之功,不遗余力,然未能窥彭泽数仞之墙者,二子有意于俗人赞毁其工拙,渊明直寄焉。"持是以论渊明诗,亦可以见其关键也。(《韵语

阳秋》)

陶彭泽《归去来词》云："既自以心为形役，奚惆怅而独悲？"是此老悟道处。若人能用此两句，出处有余裕也。(《彦周诗话》)

东坡称陶靖节诗云："'平畴交远风，良苗亦怀新。'非古之耦耕植杖者，不能识此语之妙也。"仆居中陶，稼穑是力。秋夏之交，稍旱得雨。雨余徐步，清风猎猎，禾黍竞秀，濯尘埃而泛新绿，乃悟渊明之句善体物也。(《珊瑚钩诗话》)

东坡豪，山谷奇，二者有余，而于渊明则为不足，所以皆慕之。(《藏海诗话》)

山谷诗云："渊明千载人，东坡百世士。出处故不同，风味要相似。"有以杜工部问东坡似何人，坡云："似司马迁。"盖诗中未有如杜者，而史中未有如马者。又问荔枝似何物，"似江瑶柱"，亦其理也。(《藏海诗话》)

渊明非畏枯槁，其所以感叹时化推迁者，盖伤时之急于声利也。俗士何以识之。(《碧溪诗话》)

世人论渊明，皆以其专事肥遁，初无康济之念，能知其心者寡也。尝求其集，若云"岁月掷人去，有志不获骋"，又有云"猛志逸四海，骞翮思远翥"，"荏苒岁月颓，此心稍已去"，其自乐田亩，乃卷怀不得已耳。士之出处，未易为世俗言也。(《碧溪诗话》)

靖节"欢言酌春酒，日暮天无云"，此处畎亩而乐尧舜者也。尧舜之道，即田夫野人所共乐者，惟贤者知之耳。钟嵘但称其"风华清美"，岂直为田家语，其乐而知之，异乎众人共由者，嵘不识也。(《碧溪诗话》)

古今诗人多喜效渊明体者，如和陶诗非不多，但使渊明愧其雄丽耳。韦苏州云："霜露悴百草，而菊独妍华。物性有如此，寒暑其奈何。掇英泛浊醪，日入会田家。尽醉茅檐下，一生岂在多。"非惟语似，而意亦太似，盖意到而语随之也。(《竹坡诗话》)

士大夫学渊明作诗，往往故为平淡之语，而不知渊明制作之妙已在其中矣。如《读山海经》云："亭亭明玕照，落落清瑶流。"岂无雕琢之功？盖"明玕"谓竹，"清瑶"谓水，与所谓"红皱晒檐瓦，黄团系门衡"者，奚异。(《竹坡诗话》)

有作陶渊明诗跋尾者，言渊明《读山海经》诗有"形天无千岁，猛志固常在"之句，竟莫晓其意。后读《山海经》云："刑天，兽名也。好衔干戚而舞。"乃知五字皆错。"形天"是"刑天"，"无千岁"乃是"舞干戚"耳。如此，乃与下句相协。传书误谬如此，不可不察也。(《竹坡诗话》)

江州《陶靖节集》末载："宣和六年，临溪曾纮谓靖节《读山海经》诗，其一篇云'形天无千岁，猛志固常在'，疑上下文义不贯，遂按《山海经》有云'刑天，兽名，口衔干戚而舞'，以此句为'刑天舞干戚'，因笔画相近，五字皆讹。岑穰、晁咏之抚掌称善。"余谓纮说固善，然靖节此题十三篇，大概篇指一事。如前篇终始记夸父，则此篇恐专说精卫衔木填海，无千岁之寿，而猛志常在，化去不悔。若并指刑天，似不相续。又况末句云"徒设在昔心，良晨距可待"，何预干戚之猛耶？后见周紫芝《竹坡诗话》第一卷，复袭纮意以为己说，皆误矣。(《二老堂诗话》)

《西清诗话》载晁文元家所藏陶诗，有《问来使》一篇云："尔从山中来，早晚发天目。我屋南山下，今生几丛菊。蔷薇叶已抽，秋兰气当馥。归去来山中，山中酒应熟。"余谓此篇诚佳，然其体制气象与渊明不类，得非太白逸诗，后人谩取以入《陶集》耳。(《沧浪诗话》)

汉魏古诗，气象混沌，难以句摘。晋以还，方有佳句，如渊明"采菊东篱下，悠然见南山"，谢灵运"池塘生春草"之类。谢所以不及陶者，康乐之诗精工，渊明之诗质而自然耳。(《沧浪诗话》)

陶渊明作《桃源记》云：源中人"自言先世避秦时乱，率妻子邑人，来此绝境，不复出焉""乃不知有汉，无论魏晋"。系之以诗曰："嬴氏乱天纪，贤者避其世。黄绮之商山，伊人亦云逝。""愿言蹑轻风，高举寻吾契。"自是之后，诗人多赋《桃源行》，不过称赞仙家之乐，惟韩公云："神仙有无何渺范，桃源之说诚荒唐。世俗那知伪为真，至今传者武陵人。"亦不及渊明所以作记之意。按《宋书》本传云："潜自以曾祖晋世宰辅，耻复屈身后代，自宋高祖王业渐隆，不复肯仕。所著文章，皆题其年月。义熙以前，则书晋代年号，自永初以来，惟云甲子而已。"故五臣注《文选》用其语。又继之云："意者耻事二姓，故以异之。"此说虽经前辈所诋，然予窃意桃源之事，以避秦为言，至云"无论魏晋"，乃寓意于刘裕，托之于秦，借以为喻耳。近时胡宏仁仲一诗，屈折有奇味，大略云："靖节先生绝世人，奈何记伪不考真？先生高步窘末代，雅志不肯为秦民。故作斯文写幽意，要似寰海离风

尘。"其说得之矣。(《容斋诗话》)

陶渊明《九日闲居序》:"秋菊盈园,持醪靡由,空服九华。"东坡云:"十月三日,金英灿然,遂召客饮万家春,且服九华。"诗人谓九华,九日之华,即菊也。按《真诰》,太元玉女有"八琼、九华之丹",又云"授九华丹方,于江上炼丹",又云"李八百居栖元山,合九华丹成"。以此考之,非菊乃丹也。(《猗觉寮杂记》)

唐人有诗云:"山僧不解数甲子,一叶落知天下秋。"及观陶元亮《桃花源诗》云:"虽无纪历志,四时自成岁。"便觉唐人费力。如《桃花源记》言"尚不知有汉,无论魏晋",可见造语之简妙。盖晋人工造语,而元亮其尤也。(《唐子西文录》)

陶渊明天资既高,趣诣又远。故其诗散而庄,淡而腴,断不容作邯郸步也。(《白石诗话》)

《文选》刘琨、阮籍、潘、陆、左、郭、鲍、谢诸诗,渊明全集,此诗之宗也;老杜全集,此诗之大成也。(《诗法家数》)

吴正传先生云:汤伯纪注陶渊明《述酒》诗,定为廋辞,盖恭帝哀诗。发千古之未发,诸否之厘之,其难解处,亦不敢决,得存疑之意,愚尝有一二管见补之。

《述酒》云:"重离照南陆,鸣鸟声相闻。秋草虽未黄,融风久已分。素砾晶修渚,南岳无余云。"汤注:"司马氏出重黎之后,此言晋室南渡,国虽未末,而势之分崩久矣。至于今,则典午之气数遂尽也。素砾,未详。修渚,疑指江陵。"愚谓以"离"为"黎",则是陶公故讹其字以相乱。离,南也,午也。重离,典午再造也。止作晋南渡说自通。《书》:"我则鸣,乌不闻。"陶正用此。乌指凤凰。此谓南渡之初,一时诸贤犹盛也。砾,小石。修渚,长江指江左。晶,显也。此承首句"离""照"字言。素砾显于江渚,其微已甚,至"南岳无余云",则气数全尽矣。"豫章抗高门,重华固灵坟。"汤注:"裕始封豫章郡公。重华谓恭帝禅宋也。"愚谓亦寓裕字。恭帝封零陵王,舜冢在零陵九疑,故云尔。裕实篡弑,陶翁岂肯以禅目之。"日中翔河汾",日中,午也。裕以元熙二年六月废帝,故诗序夏徂秋,亦寓意云。愚尝读《离骚》,见屈子闵宗周之阽危,悲身命之将陨,而其赋《远游》之篇曰:"仍羽人于丹丘,留不死之旧乡。""超无为以至清,与泰初而为邻。"乃欲制形炼魄，排空御风，浮游八极，后天而终。原虽死，犹不死也。陶公此诗，愤其主弑国亡，而末言游仙修炼之适，且以天容永固、彭殇非伦赞其君，极其尊爱之至，以见乱臣贼子起倏灭于天地之间者，何足道哉！陶公胸次，冲淡和平，而忠愤激烈时发其间，得无交战之累乎？洪庆善之论屈子，有曰："屈原之忧，忧国也；其乐，乐天也。"吾于陶公亦云。

　　汤公因释《述酒》诗，遂及诸篇，直以暴其心曲，故不泛论，甚简而精。愚读之，偶有所见，附著于后。《赠长沙公族祖》云"同源分流，人易世疏。慨然寤叹，念兹厥初。礼服遂悠，岁月眇徂。感彼行路，眷然踌躇"云云，苏明允《族谱》引。一篇之意，不出此数语。《命子》诗末句："亦已焉哉。"郑康成《诫子书》末曰："若忽忘不识，亦已焉哉。"公正用此语，陆放翁《笔记》云尔。《归鸟》四章，一章"和风"，二章接"清阴"句下，三章"日夕气清"，四章"寒条"，具四时意。《归田园居》第一首："狗吠深巷中，鸡鸣桑树颠。"《古鸡鸣行》："鸡鸣高树颠，狗吠深巷中。"陶公全用其语。第二首："种豆南山下，草盛豆苗稀。"本杨恽书意。《始作镇军参军经曲阿》："被褐欣自得，屡空常晏如。"《五柳先生传》："短褐穿结，箪瓢屡空。"自何晏注《论语》，以空为虚无，意本庄子，前儒多从之。朱子以回赐屡空货殖对言，故以空匮释之。今此以"被褐"对"屡空"。又《饮酒》第十二首："颜生称为仁，荣公言有道。屡空不获年，长饥至于老。"以"屡空"对"长饥"，朱子之意，正与之合。《还旧居》诗："畴昔家上京。"案，上京在今南康郡城外十里，栗里原云郡一舍，则公尝徙于此。前者移家诗，居不一处也。《拟古》第二首："闻有田子泰，节义为士雄。"汤注："田畴字子泰，北平无终人。"案，始畴从刘虞，虞为公孙瓒所害，誓言报雠，卒不能践，而从曹操讨乌桓，节义亦不足称。陶公亦是习闻世俗所尊慕尔。第三首："仲春遘时雨，始雷发东隅。众蛰各潜骇，草木纵横舒。翩翩新来燕，双双入我庐。先巢故尚在，相将还旧居。自从分别来，门庭日荒芜。我心固匪石，君情定何如？"托言不背弃之义。《杂诗》第二首："日月掷人去，有志不获骋。"陶翁之志非它，忠愤而已。"念此还悲凄，终晓不能静"，此与《述酒篇》"流泪抱中叹，倾耳听司晨"意同。《读山海经》第一首："绕屋树扶疏。"汤注："扶疏本太玄。"愚案，燕剌王传刘向封事，皆有此语，在扬雄前。第十首"刑天舞干戚"，他本误作"形天无千岁"，曾纮伯容为辨正之。《桃花源记并诗》，洪景卢云："后人因陶公记诗,不过称赞仙家之乐,唯韩公有'渺茫宁知伪与真'云云,不及所以作记之意。窃意桃源之事,以避秦为言;至云'无论魏晋',乃寓意刘裕,托之于秦尔。"又引胡仁仲《诗大略》云:"靖节先生绝世人,奈何记伪不考真。先生高步窜末代,雅志不肯为秦民。故作斯文写幽意,要似寰海离风尘。"斯说得之。愚早岁尝题《桃源图》云:"古今所传避秦,如茹芝之老,采药之女,入海之童,往往不少,桃源事未必无,特所托渔父迷不复得路者,有似异境幻界神仙家之云。此韩公所以有是言。愚观翁慨然叔季,寤寐羲皇,异时所赋'路若经商山,为我少踌躇。多谢绮与角,精爽今何如',慕向至矣。其于桃源固所乐闻,故今诗云:'黄绮之商山,伊人亦云逝。愿言蹑轻风,高举寻吾契。'于此可以知其心,而事之有无,奚足论哉?"颇与前辈之意相发。

予家渊明集十卷,卷后有杨休之《序录》、宋丞相《私记》及曾纮《说·读山海经误句三条》,乾道中,林栗守江州时所刊。第三卷首有序云:"《文选》五臣注渊明《辛丑岁七月赴假还江陵夜行涂中》诗题云:'渊明诗,晋所作者,皆题年号,入宋所作,但题甲子而已。意者耻事二姓,故以异之。'思悦考渊明之诗,有以题甲子者,始庚子距丙辰,凡十七年间,只九首耳,皆晋安帝时所作也。中有《乙巳岁三月为建威参军使都经钱溪作》,此年秋,乃为彭泽令,在官八十余日,即解印绶,赋《归去来兮》。后一十六年庚申,晋禅宋,恭帝元熙二年也。萧得施作传曰:'自宋高祖王业渐隆,不复肯仕。'于渊明之出处,得其实矣。宁容晋未禅宋前二十载,辄耻事二姓,所作诗但题以甲子而自取异哉?矧诗中又无标晋年号者,其所记甲子,盖偶记一时之事耳,后人类而次之,亦非渊明意也。世之好事者,多尚旧说。今因详校,故书于第三卷首,以明五臣之失,且袪来者之惑。"愚按,陈振孙伯玉亦云:"有治平三年思悦题。"思悦者,不知何人,今未有考,但其所论甚当而有未尽。且《宋书》《南史》皆云自宋高祖王业渐隆,不复肯仕,所著文章,皆题其年月,义熙以前,明书晋氏年号,自永初以来,惟云甲子而已。李善注《文选》,渊明《始作镇军参军经曲阿》题下,引《宋书》云云。盖自沈约、李延寿皆然,李善亦引之,不独五臣误也。今考渊明文,惟《祭程氏妹文》书"义熙三年",《祭从弟敬远文》则云"岁在辛亥,节惟仲秋",《自祭文》则曰"岁惟丁卯,律中无射"。惟丁卯在宋元嘉四年,辛亥亦在安帝时,则所谓一时偶记者,信乎得之矣。本传:"江州刺史王弘欲识之,不能致。潜游庐山,弘令其故人庞通之赍酒具,半道栗里邀之。"集中《答庞参军》四言五言各一首,皆叙邻曲契好,明是此人。又有《怨诗示庞主簿》者,即参军邪?"半道栗里",亦可证移家之事。陈氏书录称吴仁杰斗南有年谱,张缜季长有辨证,俟见并考之。(《吴礼部诗话》)

陶诗质厚近古,愈读而愈见其妙。韦应物稍失之平易,柳子厚则过于精刻,世称"陶韦",又称"韦柳",特概言之。惟谓学陶者须自韦、柳而入,乃为正耳。(《怀麓堂诗话》)

陶诗质而实绮,癯而实腴。(《升庵诗话》)

孙器之评诗云:"陶彭泽如绛云在霄,舒卷自如。鲍明远如饥鹰独出,奇矫无前。"(《升庵诗话》)

"野人迷节候,端坐隔尘埃。忽见黄花吐,方知素节回。映崖千段发,临浦万株开。香气徒盈把,无人送酒来。"按周麟曰:"渊明古体蟠曲,入八句中,浑然天成,唐末诸人所不能也。"(《升庵诗话》)

东坡拈出陶渊明谈理之诗有三,一曰"采菊东篱下,悠然见南山",二曰"笑傲东轩下,聊复得此生",三曰"客养千金躯,临化消其宝",皆以为知道之言。予谓渊明不止于知道,而其妙语亦不止是。如云:"纵浪大化中,不喜亦不惧。应尽便须尽,无复独多虑。"如云:"望云渐高鸟,临水愧游鱼。真想初在襟,谁谓形迹拘。"如云:"不赖固穷节,百世当谁传。"如云:"朝与仁义生,夕死复何求。"如云:"及时当勉励,岁月不待人。"如云:"前途当几许,未知止泊处。古人惜分阴,念此使人惧。"观是数诗,则渊明盖真有得于道者,非常人能蹈其轨辙也。(《南濠诗话》)

陈后山曰:"陶渊明之诗,切于事情,但不文耳。"此意非也。如《归田园居》云:"暧暧远人村,依依墟里烟。狗吠深巷中,鸡鸣桑树巅。"东坡谓如大匠运斤,无斧凿痕。如《饮酒》其一云:"衰荣无定在,彼此更共之。"山谷谓类西汉文字。如《饮酒》其五云:"结庐在人境,而无车马喧。问君何能尔?心远地自偏。"王荆公谓诗人以来,无此四句。又如《桃花源记》云:"不知有汉,无论魏晋。"唐子西谓造语简妙,复曰:"晋人工造语,而渊明其尤也。"后山非无识者,其论陶诗,特见之偶偏,故异于苏、黄诸公耳。(《南濠诗话》)

陶渊明生于晋末,人品最高,诗亦独有千古,则又晋之集大成也。（《雨村诗话》）

渊明清远闲放,是其本色,而其中有一段深古朴茂不可及处。或者谓唐王、孟、韦、柳学焉,而得其性之所近,亦有见之言也。（《雨村诗话》）

沈确士云:"渊明以名臣之后,际易代之时,欲言难言,时有寄托,不独《咏荆柯》一章也。"是为确论。钟嵘《诗品》云:"其原出于应璩。"真小儿之语矣。（《雨村诗话》）

李诗本陶渊明,杜诗本庾子山。余尝持此论,而人多疑之。杜本庾,信矣。李与陶,似绝不相近。不知善读古人书,在观其神与气之间,不在区区形迹也。如"问余何事栖碧山,笑而不答心自闲。桃花流水杳然去,别有天地非人间",岂非《桃源记》拓本乎?（《雨村诗话》）

姚宽《西溪丛语》于陶诗"闻有田子春,节义为士雄"引《汉书·刘泽传》"高后时,齐人田生"云云。《楚汉春秋》:"田生名子春。"按此诗上句云"辞家夙严驾,当往至无终",无终正田畴居处。《田畴传》云"字子春",有何可疑?况《刘泽传》之田生乃齐人,其说调者张卿,乃游士说客之流,安得称节义而渊明企慕之至,形于篇什如此耶?宽字令威,宋人,出处见《叶水心集》。（《带经堂诗话》）

临川人傅平叔《永初甲子辨》云:"陶诗中凡题甲子者,十皆是晋年,最后丙辰,安帝尚在,琅琊未立,虽知裕篡代形成,何得先弃司马家年号,而豫题甲子乎? 自沈约、李延寿并为此说,颜鲁公《醉石》诗亦云:'题诗庚子岁,自谓羲皇人。'盖始以集考之,谓庚子后不复题年矣,不知陶公之出处大节岂在区区耶?《晋书·陶传》削去甲子之说,昭明《靖节传》亦无是语。一在《南史》前,一在《宋书》后,同时若此不妄附会云云。及读《宋文宪公集》,乃知此论先发于潜溪平叔,特踵其说耳。"宋《跋渊明像》云:"有谓渊明耻事二姓,在晋所作皆题年号,入宋之时惟书甲子,则惑于传记之说,而其事不得不辨。今渊明之集具在,其诗题甲子者,始于庚子而迄于丙辰,凡十有七年,皆晋安帝时所作,初不闻题隆安、元兴、义熙之号。若《九日闲居》诗有'空视时运倾',《拟古九章》有'忽值山河改'之语,虽未敢定于何年,必宋受晋禅之后所作,不知何故反不书甲子也。其说盖起于沈约,而李延寿著《南史》、五臣注《文选》皆因之。虽有识如黄庭坚、秦观、李焘、真德秀,亦踵其谬而弗之察。独萧统撰本传:'以曾祖晋世宰辅,耻复屈身后代。'朱元晦述《纲目》遂本其说,书曰《晋征士陶潜》,卒可谓得其实矣。呜呼! 渊明之节,其待书甲子而后见耶?"(《带经堂诗话》)

渊明《赠长沙公》诗序曰:"长沙公于予为族,祖同出大司马。"或以"族祖"二字连读,并于题下妄添"族祖"二字,致启疑者纷纭论辩。按渊明为士行曾孙,见《晋书》本传。侃封长沙公,卒,子夏袭爵;卒,兄瞻子宏嗣;卒,子绰之嗣;卒,子延寿嗣。宋受禅,降吴昌侯,亦具侃本传。以《年谱》考之,夏袭爵时,渊明尚未生;宏时,靖节尚少。诗中又有"在长忘同"语,意所赠者乃延寿耳。史言侃诸子多相仇害,是其家世相传,于亲亲之谊殊薄,故曰"昭穆既远,以为路人"。而长沙公犹敦族好,经过浔阳,谒祖居,故曰"于穆令族,允构斯堂""实宗之光"。当时或更加葺治,故以肯构美之。渊明之于延寿,实从父行,末路多勖勉之词,固其所也。汤文清注陶集,序亦于"族"字句,而宋刊本题下已出"族祖"二字,盖为人妄加久矣。(《拜经楼诗话》)

陶靖节诗,大率和平冲淡,无艰深难读者。惟《述酒》一篇,从来多不得其解,或疑有舛讹。至宋,韩子苍始决为哀零陵王而作,以诗不可显言,故多为廋辞隐语以乱之。汤文清汉复推究而细释之,陶公之隐衷,始晓然表白于世。其《蜡日》诗,旧亦编次《述酒》之后,而文清未注。予细读之,盖犹之乎《述酒》意也。爰为补释于左,俟考古者论定焉。"风雪送余运,无妨时已和",此感蜡为岁之终,喻典午运已告讫,而宋祚方隆。臣民已多附从,不必更滋防忌,故曰"无妨"也。"梅柳夹门植,一条有佳花",梅喻君子,柳比小人,"夹门植"谓参错。朝宁,君子不能厉冰霜之操,小人则但知趋炎附时,望风而摩。"一条有佳花",有者犹言无有乎尔。"我唱尔言得,酒中适何多",裕以毒酒命张伟鸩帝,伟自饮之而卒,又命兵进药而害之。下句言酒中之阴计何多耶。"我唱尔言得",谓裕唱其谋,而附奸党恶者众也。"未能明多少,章山有奇歌",《山海经》:"鲜山又东三十里曰章山。"《地理志》:"章山在江夏竟陵县东北。古文以为内方山。"按竟陵、零陵皆楚地,故假竟陵之山以寓意,犹《述酒》诗之用舜冢事也。渊用为桓公曾孙,昔侃镇荆楚,屡平寇难,勋在社稷。"未能明多少",谓若曹勿谓阴计之多,以时无英雄,使我祖若在,岂遂致神州陆沉乎?"有奇歌",盖欲效采薇

之意也。(《拜经楼诗话》)

诗不可无道气,稍着迹辄败人兴。右丞体具禅悦,供奉身有仙骨,靖节则近乎道矣。鸢飞鱼跃,不知于道何与。一落宋贤,便多笨伯。(《蟪斋诗话》)

〔按语〕

胡凤丹,字月樵,永康人。郭绍虞讨论说:"同治六年丁卯,胡氏先刻《陶彭泽集》,单行。翌年得《汉魏六朝百三家集》,遂复取谢、鲍、庾三家与《陶集》,合刻为《六朝四家全集》。故其原刻《陶集》,诗列文前;迨合刻《陶集》,始改从《汉魏六朝百三家集》例,先文后诗。故此本盖从《汉魏六朝百三家集》出,惟稍加校正耳。考《四库全书考证》卷九十五,有《汉魏六朝百三家集》本《陶彭泽集》校误之文,胡氏所据以改正者或即此。"①

23. 同治十二年刘履芬钞本十卷,存

〔出处〕

国家图书馆藏。

〔版本信息〕

版　式

此为钞本,半叶十一行,行二十一字,无栏格。

编　次

卷首萧统《序》、颜延之《诔》、萧统《传》,卷一诗四言九首,卷二诗五言二十五首,卷三诗五言三十九首,卷四诗五言四十八首,卷五辞赋三首,卷六记传赞述十三首,卷七传赞五首,卷八疏祭文五首,卷九至十《集圣贤群辅录》,附《陶渊明集存疑》。书末题:"牧翁夫子手授校订宋本,崇祯壬午九秋海隅陆贻典敬录,同治癸酉长夏江山刘履芬照缮。"

---

① 　郭绍虞:《陶集考辨》,第 314 页。

24. 同治十三年钟秀《陶靖节纪事诗品》四卷，存

〔出处〕

国家图书馆藏。

〔版本信息〕

版　式

此本为刻本，凡四卷，半叶九行，行二十一字，小字双行同，白口，四周双边，单鱼尾。每章前题"赣县钟秀官城编，德化蔡泽宾东孙参校，门人欧阳元熙恬昉覆审"。

编　次

首序，下分为四章：洒落（所以荡胸也）、宁静（所以澄心也）、淡泊（所以明志也）、恬雅（所以怡情也）。

序　跋

序

今人知陶诗之澹而不知陶诗之厚，知陶诗之高超而不知陶诗之真实，谓为陶公为仕宦中人，固非；谓陶公为山林中人，尤非。当桓刘窥伺晋室之时，陶公心存忧国，志切匡扶，乃半世屈身戎幕佐吏，欲一行其志而不可得，及为彭泽八十余日，而世代已易，遂不复出焉。故有咏三良、荆轲诸诗，一腔忠愤，情见乎辞，不即不离，或隐或现。若必以人事实之，则桃源、山海、饮酒、躬耕皆无聊之极思，不过借以自遣而已。又奚必指某诗为某事，某事为某时也哉？惟禅宋以前与禅宋以后，或在仕或不仕，此公一生大节目，不可不知。从此仿佛陶公之人品，庶乎可以得陶公之诗品，曰洒落，曰宁静，曰淡泊，曰恬雅，列其目为四，皆余心目中所摹拟之境，假公诗以印证耳。若谓持是，以定靖节诗品，则吾岂敢。同治甲戌仲夏竹醉日赣县钟秀。

注　例

每一篇题下，先是编者之言，而后集录了大量前人诗评，最末附有钟

秀的评论。全书注释以品评形式存在,中间夹有双行小字的注文。内容极多,兹援引数例如下:

陶靖节居一世之中,未尝劳于忧畏,役于人间,与大块而荣枯,随中和而任放,所作《形影神》三诗,本趣略见。

祁宽曰:昔人自作祭文挽诗者多矣,或寄意骈词,成于暇日。靖节绝笔二篇,盖出于属纩之际,辞情俱达,其于昼夜之道,了然如此。

秀谓靖节胸中阔达,有与天地同流气象。观其生前之顺受,临终之高态,觉矫揉造作,导引气行。托仙释之名,干造物之化,以自贼其神者,固为多事。即凡吾人之拘拘目前,摆脱不开,使天地之宽,乃如一室之小,境不必尽逆,事不必皆拂,而一入愁城,终难自克者,读《形神影》《挽歌》六诗,可以爽然释矣。

元亮先生为晋遗民,不以仕为嫌,不以隐为高雅,有无可无不可本领,即其临流赋诗,见山忘言,旨趣高旷,未尝拘于境地。

秀按"临水愧游鱼"五字,可括《庄子》"游濠梁"一段,较"子非我安知我不知鱼之乐"一句,意更靠实些。盖庄子道家,陶公乃儒者耳。

陶靖节胸次阔大,世间事能容得许多,而无交战之累,故忧国乐天,并行不悖。当桓、刘窥伺之时,不复肯仕,往往赋诗见志,平淡之中,时露激烈。晋安帝元兴间,桓玄举兵犯阙,政自己出,靖节寝迹衡门,有《连雨独饮》诗(略)。

靖节当年抱经济之器,藩辅交辟,遭时不竞,将以振复宗国为己任;回翔十载,卒屈于戎幕佐吏,用是志不获骋,而良图弗集。

程鉴曰:《荣木》诗有孔席不暇暖之意,盖其初赴建威幕时也。陶公具圣贤经济学问,岂放达饮酒人所能窥测。《读山海经》诗其十结二句,显然易代之悲,无复良辰可待,设心良苦矣。陶公一生心事,毕露于此,可想见读经本怀。

陶征士诣趣高旷,而胸有主宰,平生志在吾道,念切先师,其性定已久。故有时慨想羲皇,而非狃于羲皇;寄托仙释,而非惑于仙释。

秀按,元亮与白莲社中人朝夕聚首,虽劝驾有人,终不为所污,及观其诗,乃多涉仙释,可见人只要心有主宰,若假托之辞,何必庄、老,何必不庄、老;何必仙释,何必不仙释。放浪形骸之外,谨守规矩之中,古今来元亮一人而已。

秀按,靖节此诗(指《戊申岁六月中遇火》),当与《挽歌》三首同读,才晓得靖节一生学识精力有大过人处。其于死生祸福之际,平日看得雪亮,临时方能处之泰然,与强自排解、貌为旷达者,不翅有霄壤之隔。大凡躁者处常如变,无恶而怒,无忧而戚;静者处变如常,有恶而安,有忧而解。盖以心有主宰,故不为物所掣。此无他,分定故也。较之《贺失火书》,更为超脱矣。

沃仪仲曰:《归鸟》四诗,总见得当世无可措足,不如倦飞知还之为得也。《怀古田舍》,寄托原不在农,借此以保吾真。"聊为陇亩民",即简兮万舞之意,所谓"醉翁之意不在酒"也。《赠羊长史》诗,见四皓不肯轻出,元亮不肯终仕。后人即前人,"精爽今何如",是自许语。《有会而作》,深憾蒙袂,非愤语也;世不但无蒙袂者,并黔敖亦不可得,安得不固穷乎? 然此为世道叹,非为己之固穷叹也。读此须会言外之言。

王棠曰:《劝农》诗与《桃花源》诗"怡然有余乐,于何劳智慧",真是上古境界。《饮酒》第六首"三季多此事",此事是何事,口说不出,盖指从宋诸臣。十一言颜、荣以名为宝,客以千金为宝,总不若称心以为宝也。一称心,而守节固穷之事,处之坦然也。

汪洪度曰:当晋、宋易世之时,改节乘时者,多必任意为是非毁誉,自达人观之,无是非也,直俗中愚耳。故《饮酒》诗言:"决意从黄绮。"

秀按,疏水曲肱乐自在,富贵于我如浮云,此圣人之淡泊也。箪瓢陋巷人不堪,贤哉回也乐不改,此大贤之淡泊也。不戚戚于贫贱,不汲汲于富贵,不以躬耕为耻,不以无才为病,此高人之淡泊也。顾欲学圣贤,必先自高人下手,盖圣贤之淡泊乃乐道,高人之淡泊乃适情也。然非学得高人之适情,将终身无入圣贤乐道之期;若学得高人成,即终身不能企及圣贤,亦不失为高人。故连类于此,使学者得仿佛其为人云。

汪洪度曰:《饮酒》第一首为全篇总目,却从达观说起,可见非胸次豁达,不得轻言饮酒也。……末首"不见所问津",皆庄语;"若复不快饮",忽作醉语;"但恨多谬误",又作醒语。忽庄忽醉忽醒,语真无诠次矣,方是《饮酒》全篇总结。读者常存多谬误之心,忽逢泥烛当炳之语,方不失渊明本怀,方可与言饮酒乐趣。

秀谓知有身而不知有世者,僻隐之流也,其乐也隘;知有我而不知有物者,孤隐之流也,其乐也浅。惟陶公则全一身之乐,未尝忘一世之忧,如《饮酒》第二十是也。晋人放达,非庄即老,独元亮抗志大圣,寄慨硕儒,于天命民彝之大,世道人心之变,未尝漠然于怀。其所以快饮者,亦不得已之极思耳。沈德潜云"弥缝"二字,道尽孔子一生心事,"为事诚殷勤"五字,道尽汉儒训诂。晋人诗旷达者引征庄、老,繁缛者引征班、扬,而陶公专用《论语》,汉人以下,宋儒以前,可推圣门弟子者,渊明也。盖于异端猖狂之时,独以"六籍无一亲"为忧,而倦倦于道统之绝续,非真豪杰不能。有晋一代,知尊孔子者,元亮一人而已,此岂孤僻一流人所能望其项背者哉!后儒不知此意,反以困于酒讥之,真所谓痴人说梦者矣。

秀按,曾点与人偕乐,朱子谓其洒脱处后人不能及,以其气象大而志趣别也。陶公不得与人偕乐,而陶然自乐,其空旷处后人亦不能及,以其性情真而意境远也。要之,寄怀童冠,感念殊世,陶公意思,亦与曾点一般。偕乐者,无不可以之自乐;自乐者,无不可以之偕乐,曾点、陶公,易地则皆然。

靖节先生品格高迈,而性情则平易近人,盖无往不与人以可亲,人亦无不乐亲之者。

秀谓隐逸者流,多以绝物为高,如巢父、许由诸人,心如槁木,毫无生机,吾何取焉。又如老子知我者希,则亦视己太重,视人太轻,以为天壤间竟无一人能与己匹,是诚何心。今观靖节以上诸诗,情致缠绵,词语委婉。不侪俗,亦不绝俗;不徇人,亦不衷人。古人柳下惠而外,能介而和者,其先生乎。

25. 同治十三年莫鸣岐刊《陶渊明集》八卷,存

〔出处〕

国家图书馆藏。

〔版本信息〕

版式

此本为刻本,蓝印。凡八卷,半叶九行,行二十二字,白口,四周双边,

单鱼尾。封面题"陶渊明集",下钤"程崶堃印"。背面题"同治甲戌年季冬刊成乐山莫氏半亩园藏版"。

编 次

卷首《钦定四库全书提要》、萧统《序》、《传》、总论、总目,卷一诗四言四十四首,卷二诗五言三十一首,卷三诗五言三十七首,卷四诗五言四十八首,卷五记一首辞一首,卷六传二首述九首,卷七赋二首,卷八疏一首祭文三首,卷末为颜《诔》、阳休之《序录》、宋丞相《私记》、书后两首、题序两首、莫鸣岐跋。

序 跋

题渊明先生全集后

右《陶渊明先生全集》八卷,奉家君命付剞劂,氏阅十月,告竣复命。家君曰:"汝嗜此,盍志成书颠末。"岐顿首受教,言曰:天生岐为无用人,恒思作无用事。台阁文章,戎马勋业,非不艳美。良以学荒识陋,思有所振作而不能,使强为之,反贻画虎类犬之诮。昔马少游云,人生斯世,但得乘下泽车,御款段马使乡里,呼为善人足矣。若必妄求,徒自苦耳。岐自顾庸材,尝书此言以自勖,是岂矫俗鸣高哉!亦由性相近耳。忆自岐入大学时,塾师授以诗古文词,其中有渊明先生所著《归去来辞》《桃花源记》《五柳先生传》及《文选》诸诗,读之,爱不忍释,以其伏处田间,述闲居真乐事。味淡而永,若不经意,然实则醇乎?其醇者也。但岐所读俱选本,未见其全,偶阅汉魏丛书内载《五孝传》《群辅录》《续搜神记》,皆云先生所著,更不知其集之多寡,遍觅坊间,苦无售者,怏怏于心十余年矣。迨辛未冬中表兄刘葆初自江右归小园,共住快雪时晴,相与谈诗于古梅花下。论及先生,乃向行箧出其全集以授,曰:"此江右新刊本也。"岐读之,直觉寒香一缕,与梅同味,沁入心脾,以十年愿见而不得者,今忽偿之一旦,不其幸与!继思蜀中未见此本,其渴欲一见。如岐者,谅不乏人,盍镂板以公同志。乃请命于家君,家君曰:"渊明先生以旷代逸才,不戚戚于贫贱,不汲汲于富贵,其出处大节,凛然无亏,此圣贤品地,不得仅以高士目之也。刊其集以广流传,想亦士君子所欣赏,汝好为之,毋讹也。"岐受命校字惟谨,固其中舛错颇多。盖三吴屡经兵燹,旧简荡然,新刊者致有豕亥之淆。即思订正,奈无他本,因访于同人,得遇潘虚斋太学曰:"吾家旧有藏本,字摹苏体,大而显。"遂假归互校。始知为宋库所集,坡公手书者也,其后附《五孝传》《群辅录》而独遗《续搜神记》。伏读卷首《钦定提要》,圣明烛照,业已辨别精详,不敢妄有增入,仍照江右本所编八卷,校录付梓,原本稍有注释,微嫌挂一漏万,无益读者,悉删去,使开卷了然。无五色迷目之叹,刊成,谨志其原委如此。世有见岐之志者,于岐之服膺先生,亦可知矣。缮写是集,则犍邑戈子,安处士之功焉? 时同治十三年季冬醉司命日乐山莫鸣岐谨跋。

〔按语〕

关于莫鸣岐刊的刊刻动机

郭绍虞《陶集考辨》认为,莫鸣岐所刊陶集,受到了《四库全书》的影响:"卷末有同治十三年莫鸣岐《跋》谓'辛未冬中表兄刘葆初自江右归,出先生全集以授,曰:此江右新刊本也。继思蜀中未见此本,遂镂板以公同志'云云,案其所谓江右本不知何指,核其内容无《五孝传》《四八目》二种,颇与此后广州翰墨园本相类,疑此均受《四库书目提要》之影响而新刊者。惟《跋》谓:'江右本稍有注释,微嫌挂一漏万,无益读者,悉删去使开卷了然。'则为此本特异之处。"①

26. 同、光年间仿《汉魏百三名家集》本《陶彭泽集》六卷,存

〔出处〕

国家图书馆藏。

〔版本信息〕

版　式

此本题为"陶彭泽集",有"退补斋开雕"字样和"娄东张溥题记",当属

---

① 郭绍虞:《陶集考辨》,第310—311页。

《汉魏百三名家集》本。约刊刻于清同治、光绪年间。

四周双边,半叶十二行,行二十二字。花口,单鱼尾,尾上刻"陶集"二字,尾下卷次、页码,书口"退补斋藏板"五字,分两行。

编　次

卷首萧统《序》、张溥《陶彭泽集题记》、萧统《传》、颜延之《诔》;卷一赋、辞、记、传、赞、《读史述九章》;卷二《五孝传》、《扇上画赞》、疏、祭文;卷三至六诗,起《停云》,终《联句》。江淹拟作、《问来使》、《四时》均存,惟无《四八目》。

27. 光绪元年刻《陶渊明集》十卷,存

〔出处〕

国家图书馆藏。

〔版本信息〕

版　式

凡十卷,边栏上下为单,左右为双,半叶九行,行十五字。白口,单鱼尾,尾下刻陶集卷次和页码。封面题"宋本陶集"。扉页题"宋本陶集,光绪纪元影刊,一册"。分为《陶渊明诗》《陶渊明杂文》两部分,不分卷,无《五孝传》《四八目》,最后一篇为《自祭文》。有刻工名字:辛、余仲、胡时、昌、甫等。

编　次

扉页篆书大字二行"陶渊明集",次"渊明小像",又次为"东坡小像"。正文首刻萧统《陶渊明集序》,继之总目,诗起《停云》,终《三墨》。江淹拟作一首,《问来使》《四时》《五孝传》《四八目》均收入。末刻颜延之《靖节征士诔》、萧统《传》,附阳休之《序录》、宋庠《私记》、思悦《书靖节先生集后》、毛扆跋。

28. 光绪影刻本《陶渊明诗》一卷《杂文》一卷, 存

〔出处〕

国家图书馆藏。

〔版本信息〕

版 式

此本为曾集本之影刻本, 封面题"陶诗"。

编 次

不分卷, 由《陶渊明诗》和《陶渊明杂文》两部分组成, 诗起《停云》, 终《联句》, 《杂文》有赋、辞、记、传、疏、祭文, 后附颜《诔》、萧统《传》、曾集题、《昭文瞿氏书目跋尾》。

序 跋

曾集跋

渊明集行于世尚矣。校雠卷第, 其详见于宋宣徽《私记》。北齐杨休之《论载》。南康, 盖渊明旧游处也。栗里、上京, 东西不能二十里, 世变推移, 不复可识, 独醉石隐然荒烟草树乱流中。榛莽蓊翳, 人迹不到。向来晦翁在郡时, 始克芟夷支径, 植亭山巅, 幽人胜士, 因得相与摩莎石上, 吊古怀远, 有翛然感慨之意。求其集, 顾无有, 岂非此邦之轶事欤? 集窃不自揆, 模写诗文, 刊为一编, 去其卷第, 与夫《五孝传》以下《四八目》杂著。所为犯是不韪, 非敢有所去取, 直欲嚅哜真淳, 吟咏情性, 以自适其适, 尚无庶几乎? 所谓遣驰竞之情, 祛鄙吝之心者, 虽以是获罪世之君子, 亦不辞也。绍熙壬子立冬日, 赣川曾集题。

《昭文瞿氏书目跋尾》

陶渊明集, 宋曾集刊, 不分卷, 无序目, ……其所以"去卷第与夫《五孝传》以下《四八目》杂著", 具详自题中。虽云非敢有所去取, 实则别具鉴裁。伏读《四库全书总目》云, 《五孝传》及《四八目》所引《尚书》, 自相矛盾, 决不出于一手, 当必依托之文。今《四八目》已经睿鉴指示, 灼知其赝, 别著于录。其《五孝传》, 文义庸浅, 决非潜作, 今并删除云云。曾氏蚤见

及此,不可谓非先觉者矣。书中"殷""敬""桓""构""慎""敦"等字皆缺末笔,小注一作,比时本尤备。其称宋本者,盖即宋元宪所传江左本也。毛氏《汲古阁珍藏秘书目录》有宋本陶集,云《桃花源记》"欣然规往"不同俗本,"规"误"亲",《五柳先生传》"赞黔娄"下注"一有'之妻'二字",正与《列女传》合,是本并同与毛氏所藏。虽非一刻,要皆所谓与世本夐异者也。考明《江西通志·南康府名宦传》,曾集字致虚,章贡人,绍熙间知南康军,勤理庶务,笃信仁贤,修刘涣墓亭,割公田以奉其祀,朱子称其有尊贤尚德之心,为政知所先后其事,详见朱子《壮节亭记》及《冰玉堂记》二记,并作于绍熙三年,而是集之刻自题"绍熙壬子",即是年也。盖既葺刘公墓,又作堂于其故居,复以南康为渊明旧游处,因刊是集以补轶事。亟亟焉,表章先贤,以风世励俗。其异于俗吏之所为远矣,宜朱子亟称之也。

29. 光绪二年徐椒岑刻《陶渊明集》十卷,存

〔出处〕

国家图书馆藏。

〔版本信息〕

版 式

凡十卷,半叶七行,行十五字,小字双行同,白口,四周单边,单鱼尾。内封面镌"陶渊明集阳子烈所编十卷本,咸丰辛酉嘉平皖城行营收旌德缩刻宋本初印者。此板后印,多漫不可读,绳宜宝之。邵亭眎叟呵冻记",卷十末题"旌邑李文韩刊"。

编 次

卷首萧统《序》,卷一诗九首,卷二诗三十一首,卷三诗三十九首,后《诔》、《传》、《序录》、《私记》、曾纮《说》、莫友芝识、绳孙跋。

序 跋

莫友芝识

毛斧季《秘本书目》注宋板《渊明集》,云《桃花源记》中"闻之,欣然规

往",今时本误作"亲",谬甚。《五柳先生赞注》云:一本有"之妻"二字,检《列女传》是"其妻"之言也,他如此类甚多。即《四八目》比时本多八十余字,而通本一作云云,比时本多千余字。按所举二条并与此本合,通本校语亦多于时本,然则此所据即毛氏宋本也。咸丰辛酉冬莫友芝识。

绳孙跋

谨按,书中宋讳缺笔,至宁宗,嫌名之廓,李氏所据乃庆元以后椠本,其注称宋本作某者数处,盖指宋丞相定本也。桐城徐君椒岑以见行陶集乏善本,亟酿金翻雕公同好,且属摹先征君手题书衣数语,刊之卷首,以当署检云。光绪二年六月庚子绳孙附识。

批 注

书中有朱笔校注二十余条,除一条校语位于所校内容下外,其余校注均在所校内容之右。

一、《答庞参军一首并序》"弱毫夕所宣","夕",朱笔校:多。

二、《赠羊长史一首》"人乘见运疏","乘",朱笔校:乖。

三、《癸卯岁十二月中作与从弟敬远一首》"荆扉昼常閒","閒",朱笔校:一作"闭";"在目皓已结","结",朱笔校:一作"洁"。

四、《庚戌岁九月于西田获早稻一首》"交无异患干","交",朱笔校:庶。

五、《饮酒二十首》其十五"岁月相催逼,鬓边早已白","催逼",朱笔校:从过。"边",朱笔校:毛。

其十八"载醪祛所惑","怯",朱笔校:祛。

其二十"终日驰车走","走",朱笔校:马。

六、《拟古》其一"相知不中厚","中",朱笔校:忠。

七、《杂诗》其五"骞翮思远翥","骞",朱笔校:骞。

其六"倾家时作乐","时",朱笔校:思。

其九"惆怅念长餐","长",朱笔校:时。

八、《咏贫士》其四"好爵吾不荣,厚馈吾不酬","荣",朱笔校:萦。"馈",朱笔校:禄。

九、《咏二疏》"所营非近务","近",朱笔校:所。

十、《咏三良》"愿言同此归"，"同"，朱笔校：从。

十一、《读山海经十三首》其一"欢然酌春酒"，"然"，朱笔校：言。

其三"落落清瑶流"，"瑶"，朱笔校：淫。

其四"乃在密山阳"，"密"，朱笔校：峑。

其十"形夭无千岁"，朱笔校：刑天舞干戚。

"同物既无虑"，"无"，朱笔校：有。

其十二"鹪鹩岂足恃"，"鹩"，朱笔校：鹓。"鵃鵝见城邑"，"鵃"，朱笔校：鵃。

十二、《拟挽歌辞三首》，朱笔校："拟"字衍。

其一"今旦在鬼录"，"在"，朱笔校：成。

其二"归来良未央"，"良"，朱笔校：夜。

十三、《联句一首》"顾侣正徘徊"，"正"，朱笔校：竟。

十四、《桃花源记并诗》"具答之"，"具"，朱笔校：且。

30. 光绪五年传忠书局曹耀湘注《陶靖节先生集》八卷，存

〔出处〕

国家图书馆藏。

〔版本信息〕

版　式

光绪五年传忠书局校刊，据陶澍本节录。边栏上下为单，左右为双。半叶十行，行十九字。小字双行同，无鱼尾，书口刻"陶靖节集"。扉页篆书题"陶靖节先生集"，背页楷书题"光绪五年夏月传忠书局校刊"。

编　次

卷首萧统《序》、目录、萧统《传》，卷一诗四言（《停云》至《归鸟》），卷二至四诗五言（《形赠影》至《联句》），卷五赋（《感士不遇赋并序》《闲情赋》），卷六记辞传述（《桃花源记并诗》《归去来辞》《五柳先生传并赞》《孟府君传并赞》《读史述九章》），卷七传赞，卷八疏祭文，附录《靖节征士诔》、曹耀

湘跋。

序　跋

曹耀湘跋

安化陶文毅公澍所著《靖节先生集注》，荟萃诸家之长，纤悉毕举，考证精核，持论名通，自有陶集以来第一善本也。唯是书系文毅家藏之版，流布海内者不可多得，以为塾中读本，又微苦其繁多。耀湘不揣固陋，取坊肆流通之本校其讹脱，因即文毅公注中抄出其精要者数十则，依次增补付梓，以公同好，取便于蒙塾之课读。其中亦有为先辈论释所未及者，窃以管窥之见，拾遗补阙，不下数千言搀入焉。末学迂疏，岂敢妄有论述，然以千虑一得，出质名贤，自附于古人好问之雅，谅亦仁者所不以为罪也。先生之文词，前贤品骘已定，至其所业，自人伦日用之常，以及天道性命之奥，靡弗贯彻。倘游圣人之门，殆将伯仲于闵冉之间，好学深思之士，终身诵之可也。光绪五年己卯春正月长沙曹耀湘校毕谨记。

批　注

《九日闲居并序》序后墨笔批：十相云叙自蕴藉。"敛襟独闲谣"，墨笔眉批：与道污隆。

《归园田居》其一墨笔眉批：千古田家诗之祖。

其三墨笔眉批：起千古。

其五墨笔眉批：田家真景。

其六墨笔眉批：此江淹拟陶之作。"但愿桑麻成"，墨笔眉批：东涧云，"但愿"二字则与陶公语判然矣。

《移居二首》墨笔眉批：十相云，二诗如一诗，章法妙。

《酬刘柴桑》墨笔眉批：家人事。

《和郭主簿》其一墨笔眉批：十相云，名言醒世。

《始作镇军参军经曲阿作》墨笔眉批：十相云，"寄事外"三字妙。

《饮酒》其二十墨笔眉批：……谓陶公以庄列笔。

《杂诗》其六墨笔眉批：忽已。

《桃花源诗》墨笔眉批：新制胡仁仲诗，先生高步穷末代，雅志不肯为秦民。

〔按语〕

曹耀湘,字镜初,长沙人。著有《曾文正公年谱》等。曹记云此本根据陶澍本择善而刊,按郭绍虞《陶集考辨》云系杂采众家之注,书"多泛论,无足采也"①。

31. 光绪五年广州翰墨园刊《陶渊明集》八卷,存

〔出处〕

此本较为常见,国家图书馆、哈佛燕京图书馆等藏。

〔版本信息〕

版 式

凡八卷,另有卷首、卷末分编于卷一之前、卷八之后。线装木刻,宋体字,宣纸,色白,光绪五年刊印,为朱墨套印本。

边栏均双线,一粗一细。无界栏,半叶九行,行二十一字。花书口,单鱼尾,尾上题"陶渊明集",尾下刻卷次叶码。评注文和圈点皆套红印刷,与他本明显不同。郭绍虞《陶集考辨》云:"光绪广州翰墨园本,此为朱墨套印本。"②

扉页方框内隶书大字题"陶渊明集",左侧楷书"孙福清署检",下有孙氏印章一方。次页牌记题"光绪己卯三月广州翰墨园开雕"。

编 次

卷首《钦定四库全书提要》、萧统《序》、萧统《传》、总论,卷一至四诗,卷五记、辞,卷六传、述,卷七赋,卷八疏、祭文,卷末颜延之《诔》、阳休之《序录》、宋庠《私记》、思悦《书》、无名氏《书后》、《题序》。诗全录不删,惟《五孝传》《四八目》不录。

---

① 郭绍虞:《陶集考辨》,第 324 页。
② 郭绍虞:《陶集考辨》,第 311 页。

〔**按语**〕

一、关于翰墨园本的版本源流

郭绍虞《陶集考辨》："盖据《四库总目提要》所定删去《五孝传》《四八目》二种，以复昭明八卷之旧，似即出莫氏所谓江右本者。然于文虽黜伪存真，而于诗则《归园田居》仍录江淹拟作，他如《问来使》《四时》诸首亦均未删，似难尽符黜伪存真之旨，大抵不过据《提要》所言，删此二种，其余则不违深考耳。卷首录《四库总目提要》及昭明《序》《传》，即可知是本编删之旨。此本雕印虽在清代发现诸宋本之后，似不甚受其影响，评注所采多同李公焕本，虽视为李公焕本之朱墨套印本亦无不可。其与李本不同者，间有校注异文之语，及卷首总论，稍有增益，并易其次第耳。循其所据，似出潘璁《阮陶合集本》。《观古堂书目》有光绪己卯方功惠刊朱墨套印本，考功惠字柳桥，巴陵人，官粤时于粤城北筑碧琳琅馆，藏书甚富。方刊与此本同时同地，然则所谓翰墨园本者，殆即方刊也。此书虽以朱墨套印，而校对不精，颇多误字。卷一四言诗引刘后村语，'村'误作'山'；《停云》诗'以招余情'，'以'误作'似'；《影答形》诗'念之五情热'，'热'误作'熟'；《九日闲居》诗'世短意常多'，'短'误作'矩'。皆此本新刻之误。宣统三年上海文明书局辑印《汉魏六朝名家集》中有《陶渊明集》八卷，即据此本排印，所有误字亦沿袭未改也。"[1]

二、从翰墨园本"总论"看李公焕本的清代形态

"陶集总论"，首苏东坡，末陈绎曾，这些评论，应该是从他本综合而来的。从这些内容，可以判断李公焕本这时候仍在被篡改。

苏东坡曰：吾于诗人无所好，独好渊明诗。渊明作诗不多，然质而实绮，癯而实腴。自曹、刘、鲍、谢、李、杜诸人，皆莫及也。

东坡曰：所贵于枯淡者，谓外枯而中膏，似淡而实美，渊明、子厚之流是也。若中边皆枯，亦何足道。佛言譬如食蜜，中边皆甜，人食五味，知其甘苦，皆是能分别其中边者，百无一也。

东坡曰：孔子不取微生高，孟子不取于陵仲子，恶其不情也。渊明欲

---

[1]　郭绍虞：《陶集考辨》，第 311—312 页。

仕则仕,不以求之为嫌;欲隐则隐,不以去之为高。饥则扣门而乞食,饱则鸡黍以迎客,古人贤之,贵其真也。

黄山谷跋渊明诗卷曰:血气方刚,读此诗如嚼枯木;及绵历世事,知决定无所用智。又云:谢康乐、庾义城之诗,炉锤之功,不遗余力;然未能窥彭泽数仞之墙者,二子有意于俗人,赞毁其工拙,渊明直寄焉。持是以论渊明,亦可知其关键也。

山谷道人曰:宁律不谐,不使句弱;用字不工,不使语俗。此庾开府之所长也,然有意于为诗也。至于渊明,则所谓不烦绳削而自合者。虽然,巧于斧斤者,多疑其拙;窘于检括者,辄病其放。孔子曰:"宁武子其知可及也,其愚不可及也。"渊明之拙与放,岂可为不知者道哉!道人曰:"如我按指,海印发光。汝暂举心,尘劳先起。"说者曰:"若以法眼观,无俗不真;若以世眼观,无真不俗。渊明之诗,要当与一丘一壑者共之耳。"

山谷曰:退之于诗,本无解处,以才高而好耳。渊明不为诗,写其胸中之妙耳。无韩之才,与陶之妙,而学其诗,终乐天耳。

胡仔《苕溪渔隐丛话》曰:东坡在颍州时,因欧阳叔弼读《元载传》,叹渊明之绝识,遂作诗云:"渊明求县令,本缘食不足。束带向督邮,小屈未为辱。翻然赋归去,岂不念穷独。重以五斗米,折腰营口腹。云何元相国,万钟不满欲。胡椒铢两多,安用八百斛。以此杀其身,何翅抵鹊玉。往者不可悔,吾其反自烛。"渊明隐约栗里、柴桑之间,或饭不足也,颜延之送钱二十万,即日送酒家。与蓄积不知纪极,至藏胡椒八百斛者相去远近,岂直睢阳苏合弹与蜣螂粪丸比哉!

胡仔《苕溪渔隐》曰:钟嵘评渊明诗为古今隐逸诗人之宗。余谓陋哉!斯言岂足以尽之? 不若萧统云:"渊明文章不群,词彩精拔。跌宕昭彰,独超众类。抑扬爽朗,莫之与京。横素波而旁流,干青云而直上。语时事则指而可想,论怀抱则旷而且真。加以贞志不休,安道苦节。不以躬耕为耻,不以无财为病。自非大贤笃志与道污隆,孰能如是乎?"此言尽之矣。

陈后山曰:鲍昭之诗,华而不弱;陶渊明之诗,切于事情,但不文耳。

陈后山又曰:右丞、苏州皆学陶,正得其自在。

《杨龟山语录》曰:渊明诗所不可及者,冲澹深粹,出于自然。若曾用力学,然后知渊明诗非著力所能成也。

《朱文公语录》曰：晋、宋人物虽曰清高，然个个要官职，这边一面清谈，那边一面招权纳货。陶渊明真个是能不要，此所以高于晋、宋人物。

《朱文公语录》曰：作诗须从陶、柳门中来，乃佳。不如是，无以发萧散冲澹之趣，不免于局促尘埃，无由到古人佳处。

朱晦庵曰：陶渊明诗平淡出于自然。后人学他平淡，便相去远矣。某后生见人做得诗好，锐意要学。遂将渊明诗平仄用字，一一依他做。到一月后便解自做，不要他本子，方得作诗之法。

朱晦庵又曰：韦苏州诗直是自在，其气象近道。陶却是有力，但诗健而意闲。隐者多是带性负气之人为之。陶欲有为而不能者也，又好名。韦则自在。

葛常之《韵语阳秋》曰：陶潜、谢朓诗，皆平澹有思致，非后来诗人怵心刿目雕琢者所为也。老杜云"陶谢不枝梧，风骚共推激。紫燕自超诣，翠驳谁翦剔"是也。大抵欲造平淡，当自组丽中来，落其纷华，然后可造平淡之境，如此则陶、谢不足进矣。今之人多作拙易诗，而自以为平澹，识者未尝不绝倒也。梅圣俞和晏相诗云："因令适性情，稍欲到平澹。苦词未圆熟，刺口剧菱芡。"言到平澹处甚难也。李白云："清水出芙蓉，天然去雕饰。"平澹而到天然处，则善矣。

葛常之曰：坡老拈出陶渊明谈理之诗有三：一曰"采菊东篱下，悠然见南山"，二曰"笑傲东轩下，聊复得此生"，三曰"客养千金躯，临化消其宝"，皆以为知道之言。盖搞章绘句，嘲风弄月，虽工亦何补。若睹道者出语，自然造诣，非常人能蹈其轨辙也。

刘后村曰：士之生世，鲜不以荣辱得丧挠败其天真者。渊明一生（惟在彭泽八十余日）涉世故，余皆高枕北窗之日，无荣恶乎辱，无得恶乎丧。此其所以为绝唱而寡和也。二苏公则不然，方其得意也，为执政侍从。及其失意也，至下狱过岭，晚更忧患，是始有和陶之作。二公虽惓惓于渊明，未知渊明果恁可否。

《西清诗话》曰：渊明意趣真古，清淡之宗，诗家视渊明犹孔门视伯夷也。

蔡宽夫曰：柳子厚之贬，其忧悲憔悴之叹发于诗者，特为酸楚，卒以愤死，未为达理。白乐天似能脱屣轩冕者，然荣辱得失之际，铢铢较量，而自矜其达,每诗末未尝不著此意,是岂真能忘之者哉? 亦力胜之耳。惟渊明当忧则忧,当喜则喜,忽然忧乐两忘,则随所寓而皆适,未曾有择于其间,所谓超世遗物者。要当如是,而后可观三人之诗,以意逆志,人岂难见,以是论贤不肖之实,何可欺乎?

陆象山曰:诗自黄初而降,日以渐薄。惟彭泽一源,来自天稷,与众殊趣,而淡薄平夷,玩嗜者少。

真西山曰:渊明之作,宜自为一编,以附于三百篇、楚辞之后,为诗之根本准则。

魏鹤山曰:世之辨证陶氏者,曰前后名字之五变也,死生岁月之不同也,彭泽退休之年史与集所载之各异也。然是所当考而非其要也。其称美陶公者,曰荣利不足以易其守也,声味不足以累其真也,文辞不足以溺其志也。然是亦近之,而其所以悠然自得之趣,则未之深识也。《风》《雅》以降,诗人之辞,乐而不淫,哀而不伤。以物观物而不牵于物,吟咏情性而不累于情,孰有能如公者乎? 有谢康乐之忠而勇退过之,有阮嗣宗之达而不至于放,有元次山之漫而不著其迹,此岂小小进退所能窥其际耶! 先儒所谓经道之余,因闲观时,因静照物,因时起志,因物寓言,因志发咏,因言成诗,因咏成声,因诗成音者,陶公有焉。

休斋曰:人之为诗,要有野意。语曰"质胜文则野",盖诗非文不腴,非质不枯,能始腴而终枯,无中边之殊,意味自长。风人以来,得野意者,渊明而已。

《雪浪斋日记》曰:为诗欲词格清美,当看鲍昭、谢灵运;欲浑成而有正始以来风气,当看渊明。

杨文清公曰:按诗中言本志少,说固穷多。夫惟忍于饥寒之苦,而后能存节义之闲,西山之所以有饿夫也。世士贪荣禄,事豪侈,而高谈名义,自方于古之人,未之信也。

按祁宽曰:靖节先生以义熙元年秋为彭泽令,其冬解绶去职,时四十一岁矣。后十六年晋禅宋,又七年卒,是为宋文帝元嘉四年。《南史》及梁昭明太子《传》不载寿年,《晋书·隐逸传》及颜延之《诔》皆云"年六十三",以历推之生于晋哀帝兴宁三年乙丑岁。张缜云:先生《辛丑游斜川》诗言"开岁倏五十",若以诗为正,则先生生于壬子岁,自壬子至辛丑,为年五十,迄丁卯考终,是得年七十六。并记之。

按张缜云:梁昭明太子《传》称陶渊明字元亮,或云潜字渊明;颜延之《诔》亦云"有晋征士浔阳陶渊明"。以统及延之所书,则渊明固先生之名,非字也。先生作《孟嘉传》,称"渊明先亲,君之第四女"。嘉于先生为外大父,先生又及其先亲,义必以名自见,岂得自称字哉。统与延之所书,可信不疑。《晋史》谓潜字元亮,《南史》谓潜字渊明,皆非也。先生于义熙中祭程氏妹,亦称渊明。至元嘉中对檀道济之言,则云"潜也何敢望贤"。《年谱》云在晋名渊明,在宋名潜,元亮之字则未尝易,此言得之矣。

钟嵘《诗品》曰:宋征士陶潜,其源出于应璩,又协左思风力;文体省静,殆无长语;笃意真古,辞兴婉惬。每观其文,想其人德。世欲其质直,至如"欢言醉春酒""日暮天无云",风华清靡,岂直为田家语耶!古今隐逸诗人之宗也。(以下崇雅堂辑录)

《兰庄诗话》曰:钟嵘品陶潜诗,"文体省静,殆无长语;笃意真古,辞兴婉惬,古今隐逸诗人之宗也",可谓知言矣。而置之中品,其上品十一人,如王粲、阮籍辈,顾右于潜邪?论者谓嵘"洞悉元理,曲臻雅致,标扬极界,以示法程,自唐而上莫及也",吾独惑于处陶焉!

叶梦得《石林诗话》曰:梁钟嵘《诗品》论陶渊明以为出于应璩,此语不知其所据。应璩诗不多见,惟《文选》载其《百一诗》一篇,所谓"下流不可处,君子慎厥初"者,与陶诗了不相类。五臣注引《文章录》云:"曹爽用事,多违法度。璩作此诗,以刺在位,意若百分有补于一者。"渊明正以脱略世故、超然物外为适,顾区区在位者,何足累其心哉!且此老何曾有意欲以诗自名,而追取一人而模放之,此乃当时文士与世进取竞进而争长者所为,何期此老之浅,盖嵘之陋也。

《敖器之诗话》曰:陶彭泽诗如绛云在霄,舒卷自如。

许彦周曰:陶彭泽诗,颜、谢、潘、陆皆不及者,以其平昔所行之事,赋之于诗,无一点愧词,所以能尔。

《竹林诗评》曰:陶潜之作如清澜白鸟,长林麋鹿。虽弗婴笯络,可与其洁而隐显,未齐厌欣,犹滞直适乎。此而不能忘隘乎彼者耶!

宋黄彻《碧溪诗话》曰:渊明心乎忠爱,非谓枯槁,其所以感叹时世推迁者,盖伤时人之急于声利也,非畏乱离。其所以愁愤于干戈盗贼者,盖以王室元元为怀也。俗士何以识之?

《白石诗说》曰:渊明天资既高,趣诣又远。故其诗散而庄,澹而腴,断不容作邯郸步也。

宋严羽《沧浪诗评》曰:晋以还方有佳句,如陶渊明"采菊东篱下,悠然见南山"、谢灵运"池塘生春草"之类。谢所以不及陶者,康乐之诗精工,渊明之诗质而自然耳。

杨诚斋曰:渊明、子美、无己三人作九日诗,大概相似。子美云:"竹叶于人既无分,菊花从此不须开。"此渊明所谓"尘爵耻虚罍,寒花徒自容"也。无己云:"人事自生今日意,寒花只作去年香。"此渊明所谓"日月依辰举,俗爱其名辰"也。

元陈绎曾《诗谱》曰:陶渊明心存忠义,心处闲逸,情真景真,事真意真,几于《十九首》矣,但气差缓耳。至其工夫精密,天然无斧凿痕迹,又有出于《十九首》之表者,盛唐诸家风韵皆出此。

32. 光绪五年番禺俞秀山刻《陶渊明集》十卷,存

〔出处〕

此本较为常见,题"陶渊明集",据汲古阁刻本影印。

〔版本信息〕

版 式

半叶九行,行十五字,小字双行同,白口,双边,单鱼尾。此种陶集亦是苏写本之一种,以胡伯蓟刻本为底本。

编 次

卷首渊明小像、东坡小像、萧统《序》、总目,卷一至卷四诗,起《停云》,终《联句》。卷五赋辞三首,卷六记传赞述,卷七传赞,卷八疏祭文,卷九、卷十《集圣贤群辅录》,卷十后附颜《诔》、萧统《传》、阳休之《序录》、宋丞相《私记》、《书靖节先生集后》、毛扆识、陈澧题记。

序　跋

陈澧题记

湘潭胡伯蓟,性孤介,隐居不仕,好陶诗,又好东坡书,偶得汲古阁陶集,字体似苏者,喜而临一本以寄余。伯蓟没后,其弟桐生取以付梓,甫开雕而桐生又没。吾邑俞秀山慨然命工刻成之。秀山与伯蓟兄弟未谋面而有此雅谊,使陶集善本及伯蓟妙墨流传于世,良足尚也。光绪己卯六月番禺陈澧题记。

33. 光绪五年何氏香山本《陶渊明诗》不分卷,存

〔出处〕

国家图书馆藏。

〔版本信息〕

版　式

一册,不分卷,半叶十行,行十六字,白口,左右双边,双鱼尾。封面题"宋本陶集",扉页题"宋本陶集 光绪纪元影刊"。

编　次

"陶渊明诗"始《停云》,终《联句》;"陶渊明杂文"始《感士不遇赋》,终《自祭文》;后附颜《诔》、萧统《传》、曾集题、昭文瞿氏书目跋尾。

〔按语〕

此本为汲古阁木刻仿苏大字本,刊行于光绪五年,又称何氏香山本。何氏香山,不知何人。清代复刻曾集本之刊本绝少。

34. 光绪六年英翰刊《陶渊明全集》八卷,存

〔出处〕

国家图书馆藏。

〔版本信息〕

版 式

此本题名《陶渊明全集》,扉页题"光绪庚辰六月 陶渊明集 芝庵麟书题",凡八卷,卷首一卷,卷末一卷,用朱蓝墨三色套印,正文用墨,注评用蓝,圈点用朱,似极精审①。半叶七行,行二十字,小字双行同,白口,左右双边,单鱼尾。

编 次

卷首载《钦定四库全书提要》、昭明《序》、《传》及总论四十条,卷一至四诗,卷五记、辞,卷六传、述,卷七赋,卷八疏、祭文,卷末附有颜延之《诔》、阳休之《序录》、宋庠《私记》、思悦《书后》、绍兴十年佚名氏《跋》及张溥、李梦阳《题序》,卷首附有光绪六年王维珍题记②。

〔按语〕

关于英刊本与翰墨园本的关系

根据郭绍虞分析:"此本所据乃是光绪五年翰墨园本,分卷编次及总论附录所载全与翰墨园本同,即翰墨园本错误之处,亦多仍而不改。如卷三诗有三十九首而目载二十七首,《辛丑岁七月赴假还江陵》一首目后脱《癸卯岁始春怀古田舍》二首,卷一引刘后村语,'村'误作'山',皆与翰墨园本同,亦足见此刻之粗率无谓矣。至此本误字亦随处皆是。总论徐方泰书《苕溪渔隐丛话》,'苕'误作'若';宋严羽《沧浪诗评》'宋'误作'朱';目中《庚戌岁九月中于西田获早稻》《丙辰岁八月中于下潠田舍获》二诗,'穫'并误作'獲';卷一王仁堪书《停云》诗'竞用新好','用'误作'川';《时运》诗'童冠齐业','业'误作'集';类此之例甚多,亦未见其精审也。"③

---

①② 郭绍虞:《陶集考辨》,第 312 页。

③ 郭绍虞:《陶集考辨》,第 312—313 页。

35. 光绪六年天津王维珍翻刻《陶渊明集》八卷,存

〔出处〕

国家图书馆等藏。

〔版本信息〕

版　式

光绪六年(1880)天津王维珍据旧本翻刻,楷书,木刻线装。边栏上下为单,左右为双。半叶十行,行二十字,无界栏。花口,单鱼尾,尾上刻"陶渊明集",下为卷次、页码、书写人姓名,全书由陈宝琛、徐方泰、王仁堪等二十八位名人书写而成,与他本明显不同。全书三色套印:正文墨印,评注绿印,卷首朱印。扉页方框三格,中楷书大字"陶渊明集",右刻"光绪庚辰六月",下有"寄馨辰藏图籍"篆文朱印一方,左刻"芝庵麟书题",下有"麟书之印"和"芝庵"白黑两方篆文印。次页有陶靖节先生像,下署"会稽陈荣画"。背页题"时际晋宋,志趣孔颜。清风北牖,明月南山",下署"萼庭"。

编　次

卷首刊《钦定四库全书提要》、萧统《序》、萧统《传》、王维珍《序》,末书"光绪五年庚辰春二月天津莲西氏王维珍谨书并识"。卷一至八皆陶渊明诗文。江淹拟作一首、《问来使》均收入,不载《四八目》,卷末收各家序论。

36. 光绪九年江苏书局本《靖节先生集》十卷,存

〔出处〕

国家图书馆藏。

〔版本信息〕

版　式

扉页题"陶文毅公原本靖节先生集",内封背面镌"光绪癸未江苏书局

开雕"，四册十卷，附《年谱考异》两卷。半叶十行，行十九字，小字双行同，白口，四周双边，双鱼尾。

编　次

卷首周诒朴记、目录、例言、《钦定四库全书提要》、诸本序录、靖节先生像、张燕昌书、陶靖节先生小像、吴骞赞、陶渊明墓山图、《陶征士诔》、《宋书·隐逸传》、萧统《陶渊明传》、《晋书·隐逸传》、《南史·隐逸传》、《莲社高贤传》、附录杂识，卷一诗四言，卷二诗五言，卷三诗五言，卷四诗五言，卷五赋辞，卷六记传述赞，卷七疏祭文，卷八传赞、附圣贤群辅录序，卷九至十《集圣贤群辅录》，卷十后有《诸本评陶汇集》、《年谱考异》。

序　跋

卷八后附《圣贤群附录序》

陶靖节《圣贤群辅录》，一名《四八目》。其书每条末，皆载所见原书出处。自北齐阳休之编录后，至明何文简孟春始为之注。按靖节此录，虽系伪作，究为北齐以前人所依托，其中甄述两汉及东西晋书，皆非班、范史及唐人所撰之史也。如《三辅决录》、张璠《记》、谢承《书》之类，今全书虽佚，犹散见于群籍。以南北六朝，及唐初诸子书，并李善《文选》注、虞世南《北堂书钞》、徐氏《初学记》、欧阳氏《艺文类聚》、《太平御览》、《册府元龟》等书考之，大半符合。何注所采，仅依据正史，颇多疏漏。如韦文高为韦豹之父，录中所引文高三子，见《京兆旧事》。考《前汉书·表》及韦氏世系，文高当名浚。《京兆旧事》凡见《御览》十七条，即文高亦见《御览》，文简谓不知，岂偶未深考耶？又下卷八俊内有赵典。范书《党锢传》云："惟典名见而已。"考典，范书本有专传，又别见郭泰、皇甫规传，安得云惟以名见，自相矛盾邪？盖名见者，见于八俊也。顾亭林亦不得其解，乃谓有两赵典。是未尝考《华阳国志》及《三君八俊录》也。而文简直以典事仅见《党锢》及《群辅录》，是并未全检范书矣。岂知典事见于谢承、司马彪书及常璩《志》？书籍所载，固有不胜录乎！如此之类，均考其同异，正其得失，校何注有增。不揣固陋，谨附所见如此，以质之博雅。安化陶澍叙。

批　注

书中有墨笔眉批四条，其中三条批《乞食》诗，另一条批《癸卯岁始春怀古田舍》诗,何人所批无考。

其一:《乞食》一首"饥来驱我去,不知竟何之",眉批:贫至求食,犹不求仕也。"觞至辄倾杯",眉批:得食辄饮之,辄赋诗,何旷如也!"冥报以相贻",眉批:明今生无报期,因不事异姓故也。

其二:《癸卯岁始春怀古田舍》"先师有遗训,忧道不忧贫",墨笔眉批:语言。

37. 光绪十一年鄂渚章氏刊《陶靖节诗注》四卷,存

〔出处〕

国家图书馆藏。

〔版本信息〕

版 式

六册一函,书衣题"诗谱补亡后订一卷　陶靖节诗注四卷"。内封背面镌"光绪乙酉冬会稽章氏刊于鄂渚"。内封背面左下角钤"江左书林督造书籍"。各子目书前均有书名内封叶。半叶十行,行二十字,黑口,左右双边,单鱼尾。扉页题"陶诗汇注六卷 吴郡顾复初署检",背后题"会稽章氏用拜经楼本重校出"。

编 次

卷首吴骞跋、目录、汤汉书,卷一至四为诗,起《停云》,终《问来使》。后为补注,附录有吴礼部别集诗话、黄文献公笔记、吴骞又记。钤"长乐郑振铎西谛藏书""北海郑氏藏书印"等。此本与《诗谱补亡后订》合印。

批 注

衬页有郑文焯题:上元朱述之《开有益斋读书志》云:查客一字蔡里,晚号兔床山人,居海昌新仓里小桐溪,筑拜经楼,藏书五万卷,多善本,校勘精采,晨夕坐楼中展诵,非同志不得登。有《愚谷丛书》,其中《谢宣城集》、罗隐《谗书》、宋汤汉《陶诗注》为最佳,其自著三十五种,目录详《海昌备志》,其《小桐溪随笔》《尖阳丛笔》《尺苑》,考订经史,辨别名义,与陈莱

孝谦园、周春松蔼、周广业耕厓、朱兆熊兹泉、陈鳢仲鱼、钱馥广伯,具耽道学古,为海昌耆宿。近会稽章氏刊《式训堂丛书》,如《乾道临安志》《拜经楼藏书题跋记》并查客旧本,其述之所称最佳之三种。在《愚谷丛书》中者,今亦并入是编,亦章氏所校刻者也。年时闻杭估言此丛书及《式训堂丛书》版,章氏衰将以廉值出售,曾怂恿石埭徐氏购之。后不果,今不知流佚何许矣。识之慨然,鹤道人题记。

衬页郑文焯又题识:甲辰之冬旅沪上,见老友无棣吴中怿侍郎,几案间有书累累。偶一展玩,其旧钞古刻十数种,皆有兔床小印,洎拜经楼藏书记之印,诘所从来,则皆咸丰庚申乱后。苏乡所散佚,流落于俗估之手,展转归于海宁蒋氏。蒋固旧为苏州太守者,劫余古籍不值一钱,故得之易,失之亦易也。间有一二宋元旧椠,未暇谛采,方谓仲怿侍郎得之可以借观,旋闻蒋氏以赌彩票暴获高赏,遂并所有者悉赎归焉。惜未得以题跋记、考验其目为之怅怅。嗟夫! 百宋一廛,零落殆尽,犹未若千元十架,庶几于江南好事家,暗中摸索得,牛宏所谓经典盛衰,信有征数,不其然乎!

《诗谱补亡后订》末叶,有郑文焯题字:案陶文毅公注陶靖节集,搜合前贤、校订旧刻,至十二本之夥。而北齐阳子烈所编,宋治平三年虎丘寺僧思悦所题,不在其列。又宣和时临汉曾纮言有义阳太守公所开陶集,近无知之者。在元时则有李公焕、詹若麟二本,并有注,今皆不传。明则有万历丁亥休阳程氏仿公焕本、焦竑校宋庠本、毛子晋绿君亭本。究之宋椠最旧者,唯宣和壬寅王仲良知信阳日刻本,何义门称其字大,乃学东坡书者。其宋本有注最善者,唯汤伯纪注四卷本,其所称引多与世本不同。马端临以为渊明异代知己,即拜经楼是刻也。汤汉,鄱阳人,淳祐间充史馆校书,官至端明殿学士,谥文清。附记。

《陶靖节诗注》首页,郑文焯题识:余旧藏一本,亦诗四卷,篇末附刻《桃花源记》、《归去来辞》,并与汤文清注本合。惟《归园田居》之第六及《问来使》一首仍羼入卷中,盖旧本之编此,固相沿久已。但无一注,间有音释,《责子》诗于舒、宣、雍、端、通五人并注其名于旁,或原作如是,板格雅净,字体劲峭,别墨之佳椠也。陶文毅诸本叙录未之考见,亦足多矣。鹤道人记。在吴小城东墅。

38. 光绪十一年陈州郡斋刊《陶渊明诗》四卷,存

〔出处〕

陈州郡斋本,即丁氏重雕本,光绪十一年乙酉,丁艮善重刻乾隆本于陈州,题名为《陶渊明诗》。

〔版本信息〕

序 跋

丁艮善赞

唯有晋人,出处以道。抗怀忠义,托迹诗酒。梅书不从,莲社奚取。礼乐非古,乃勤未耨。西山采薇,南村树柳。清节相参,高风绝后。言念先师,载歌鲁叟。方之洙泗,颜原其偶。

光绪乙酉六月,刻汤注陶诗于陈州,乃据宋本摹靖节小象冠于卷首,丁艮善赞并识。

阮元《四库未收书提要》

《陶靖节诗注》四卷,宋汤汉撰。汉字伯纪,鄱阳人。淳祐间,充史馆校书官,至端明殿学士,谥文清。人品为真德秀所重,事迹具《宋史》本传。渊明诗文高妙,学者未易窥测,汉乃反复研究。如《述酒》之作,读者几不省为何语,汉能窥见其指,详加笺释,以及他篇,有宜发明者,亦并著之,清言微旨,抉出无遗。马端临《文献通考》以为渊明易代知己,其所称说,多与世本不同,如《拟古》诗"闻有田子泰",自《魏志》作"泰",今本多讹为"田子春"。惟此多与《魏志》无异,其他佳处,尤不胜指。此从宋椠本写,诚秘籍也。光绪乙酉九月海丰吴峋题于陈州郡斋。

补 注

《停云》"敛翮闲止",嵇叔夜《琴赋》:"非渊静者,不能与之闲止。"

《命子》"亦已焉哉",郑康成为书戒子末云:"若忽忘不识,亦已焉哉。"

《九日闲居》"日月依辰至,举俗爱其名",魏文帝书云:"九为阳数,而日月并应,俗嘉其名,以为宜于长久。"

《赠羊长史》"紫芝谁复采,深谷久应芜",《紫芝歌》:"莫莫高世,深谷

逶迤。奕奕紫芝,可以疗饥。唐虞世远,吾将安归? 驷马高何,其忧甚大。富贵之畏人兮,不如贫贱之肆志。"

《述酒》"南岳无余云",晋元帝即位诏曰:"遂登坛南岳,受终文祖。""日中翔河汾",河汾,亦晋地。

《归去来兮辞》"临清流而赋诗",叔夜《琴赋》:"临清流赋新诗。"

39. 光绪二十年吴县朱氏校经堂《陶靖节先生集》四卷,存

〔出处〕

国家图书馆藏。

〔版本信息〕

版　式

一册四卷,附录一卷,增补一卷。半叶十行,行二十字,黑口,左右双边,双鱼尾。扉页题"重刊拜经楼丛书七种星吾题",背后题"光绪乙酉冬会稽章氏刊于鄂渚"。丛书包括:《诗谱补亡后订》一卷、《陶靖节诗注》一卷、《谢宣城集》五卷、《谗书》五卷、《国山碑考》一卷、《桃溪客语》五卷、《阳羡名陶录》二卷。

编　次

卷首方薰摹宋何秘监画《陶靖节先生小像》、吴骞赞、《靖节先生像》、张燕昌书、陶渊明墓山图、目录、汤汉书,卷一至四为诗,起《停云》,终《问来使》。后为补注、吴骞跋、吴礼部别集诗话、黄文献公笔记、吴骞又记。

第八册卷末题"光绪十有九年岁在癸巳孟秋月孙谿朱记荣谨刊拜经楼集外诗终"。

40. 光绪湘潭胡氏刻本《陶渊明集》十卷,存

〔出处〕

国家图书馆藏。

〔版本信息〕

版 式

凡十卷,半叶九行,行十五字,白口,左右双边,单鱼尾。

书中有朱笔圈点及朱墨笔批校。墨批多为过录汤汉注及曾国藩、何焯等诸家评论,亦有少数未见出处,当是批校者自评。墨批以眉批为主,少量为旁批、夹批。《赠长沙公族祖》诗贴一便签,上有墨笔过录何焯评语。朱批多为夹批,少量眉批、尾批,以校注诗文为主,有少数评论,多为批校者自评,亦有过录曾国藩等诸家评论之语。此本部分墨批上有朱笔圈点,由此可知,墨批在先,朱批在后。

编 次

卷首渊明小像、东坡小像、萧统《序》、总目,卷一至四诗,卷五赋辞,卷六记传赞述,卷七传赞,卷八疏祭文,卷九至十《集圣贤群辅录》,卷十后附颜《诔》、萧统《传》、阳休之《序录》、宋丞相《私记》、《书靖节先生集后》、毛扆识、陈澧题记。

批 注

一、萧统《陶渊明传》"陶渊明,字符亮,或云潜字渊明",墨笔眉批:谱云:"先生在晋名渊明,字符亮,在宋则更名潜,而仍旧字。"本传当书曰:陶渊明,字符亮,入宋更名潜。

萧统《陶渊明传》"先生不知何许人也,亦不详姓字",墨笔眉批:宋王质《陶栗谱》:"渊明生于晋兴宁三年乙丑。"见《辍耕录》。兴宁,哀帝年号。

萧统《陶渊明传》"道济馈以粱肉",墨笔眉批:按,吴氏年谱,元嘉三年五月,道济为江州刺史;元嘉四年,先生卒。考其岁月,则道济往候先生、馈以粱肉之事,当在先生将卒之年,且与所云"羸疾偃卧"正相符合。今传载此事在为镇军参军之前,误矣。元嘉,刘宋文帝年号。

二、卷三原序文"《文选》五臣注陶渊明《辛丑岁七月赴假还江陵夜行涂中》诗题云:渊明诗晋所作者,皆题年号,入宋所作,但题甲子而已,只九首耳",朱笔夹批:"九首",一作"十二首"。

又墨笔眉批:今按,先生集在《晋书》年号,入宋唯题甲子之说,始于沈约《宋书》，而李延寿《南史》、李善《文选注》皆用其说，不独五臣注也。先生之微趣，后人于遗编中窥见其一端，其非臆造之说审矣。自宋僧思悦始辨其非，而王复斋从之，反以秦少游、黄鲁直为惑，后来信之者颇多。盖自宋以后，世所传之本，非隋唐以前之原本也。古人编录诗文专集，恒以岁月前后为次第，而《五柳传》云："尝著文章自娱，颇示己意。"则先生当日为文，必有手定之本，其目录编次年月，微示不忘晋室之意。沈约去先生时甚近，必得其见，其手录李崇贤精核非耳食者。惟历时既久，传写差脱，次序颠倒，目录亡佚。僧思悦不见原本，但据目所见者，刻舟求剑，以为前人误传，后人被惑耳！诵诗读书，论世知人，此等处大有开系，不可不辨。

又墨笔旁批：秦少游云："宋初受命，陶潜自以祖侃晋室宰辅，耻复屈身，投劾而归，耕于浔阳，其所著书，自义熙以前，题晋年号，永初以后，但题甲子而已。"黄鲁直亦有"甲子不数义熙前"之句。

三、《停云一首并序》"樽湛新醪"，墨笔旁批：休阳程氏本作"樽酒新湛"。李注"湛"读曰"沈"。

四、《荣木一首并序》"总角闻道，白首无成"，墨笔眉批："总角闻道，白首无成"，何义门云："斯人岂徒颓然自放者耶！"

五、《赠长沙公族孙一首并序》"于穆令族，允构斯堂。谐气冬晖，映怀珪璋。爰采春花，载惊秋霜"，墨笔夹批：按，此诗盖长沙公经过浔阳，建桓公祠堂以展亲族，故美其气之温和，怀之洁润。"春华"谓芹藻之属，秋霜既降，有怵惕之心，皆言祠成举祀也。

六、《九日闲居一首并序》"世短意怕多"，朱笔夹批：一本作"常多"。

七、《游斜川一首并序》"开岁倏五日"，朱笔夹批："五十"一本作"五日"。此疑讹，盖与序中正月五日，语意不相贯耳。

八、《示周续之祖企谢景夷三郎一首》"相去不寻常"，墨笔眉批："相去不寻常"，言不近也。见《曾文正公读书录》。

九、《怨诗楚调示庞主簿邓治中一首》"天道幽且远，鬼神茫昧然"，墨笔眉批："天道幽远，鬼神茫昧"，此语乃出之渊明，盖牢骚愤慨，固人情所难免者也。

十、《五月旦作和戴主簿一首》"肆志无窊隆"，墨笔眉批："窊隆"，高下也，马融《长留赋》："窊隆诡戾。"

十一、《连雨独饮一首》"故老赠余酒",朱笔夹批:"老",一作"人"。

诗末原评"赵泉山曰……岂狂药昏瞢之语",墨笔眉批:"瞢",酒失也,《抱朴子》:"酗瞢酒者,不可非杜仪之为酒。"

十二、《和郭主簿二首》其一"中夏贮清阴",朱笔夹批:"贮",积也。

"回飙开我襟",朱笔夹批:"开",一作"吹"。墨笔眉批:"飙",暴风也,猋同。沈约诗:"来年未相识,声论动风飙。"陈子昂诗:"盲飙忽沉怒。"韩愈诗:"雪霜忽以惨,狞飙折空衢。"《尔雅·释天》:"扶摇谓之猋,风从下上。"

"春秫作美酒",墨笔眉批:"秫",稷之黏者可以酿酒。

其二"千载抚尔诀",墨笔眉批:"诀",将长别而赠言;诀,又与死者辞曰诀。《晋书·阮籍传》:"母将终,将葬,食一蒸肫,饮二斗酒,然后临诀。"

十三、《于王抚军座送客》"冬日凄且厉",墨笔夹批:"冬",疑"秋"字之讹。

"瞻夕欲良宴",墨笔旁批:"燕",会饮也。《后汉书》:"每燕会,论难衎衎。"

"悬崖敛余辉",朱笔夹批:按《淮南子》"日至悲泉,是谓悬车",从"悬车"为是。

41. 抄本《陶潜五言诗》不分卷,存

〔出处〕

国家图书馆藏。

〔版本信息〕

版　式

一册,半叶十一行,行二十二字,不分卷,卷首题"陶潜五言诗",起《形赠影》,终《桃花源诗并记》。

批　注

封面墨笔题:陶渊明五古诗一百首。馆鄮墅朱氏时钞此,距今三十余年矣。当时钞册甚多,今皆遗失。

《答庞参军》"杨公所叹"，墨笔眉批：杨公，杨永也。

书末夹纸一页，其上录王国维《清平乐》：蕙兰同畹，着意光风转，劫后芳华仍畹晚，得似凤城初见。旧人惟有何戬，玉宸宫调曾谙，肠断杜陵诗句，落花时节江南。

42. 怀古田舍徐荣钞本《靖节先生诗》一卷，存

〔出处〕

浙江图书馆藏。

〔版本信息〕

序　跋

梁鼎芬跋

丙申九月徐荣录，乙酉四月朔四日重装于广州城北之天宫里寓斋，治下世愚侄庆垣敬校。乙丑上巳鼎芬得之广州府学东街。

此徐铁孙先生少时手录本也。先生世家铁岭，先代从龙入关，分驻粤东，隶旗籍。少孤，自力于学，文名躁海隅，会阮文达傅相制广，建学海堂，兴起文教，延为学长，人士翕然钦慕焉。既举贤书捷南宫，外任为吾浙县令。屡任剧邑，政平民悦，擢司马，晋太守，所至有绩。发寇陷皖，统浙兵往防徽宁，累战皆捷。既而贼大集，外援不至，遂力战以殉，呜呼，惜哉！

43. 侑静斋刻方熊评本《陶渊明集》六卷，存

〔出处〕

国家图书馆藏。

〔版本信息〕

版　式

六卷，一册，半叶九行，行十七字，白口，四周单边，单鱼尾。

批 注

此书封面、封底皆无。书中有朱黄笔圈点，朱笔、黄笔、墨笔批注三十余条，黄批、墨批较多，朱批仅四条。批语有眉批，有旁批，或批原诗，或批书中原评。

一、卷一前陈祚明原评"千秋以陶诗为闲适，乃不知其用意处。朱子亦仅谓《咏荆轲》一篇露出本相，自今观之，《饮酒》《拟古》《贫士》《读山海经》何非此旨，但稍隐耳，往味其声调，以为法汉人而体稍弱，然揆意所存，宛转深曲，何尝不厚语之"，墨笔眉批：何尝有意，法汉岂有弱句，可谓妄矣。

二、《时运》诗末原评"欣在春华，慨因代变。黄虞之想，旨寄西山。命意独深，非仅闲适。四古袭《三百篇》之调，终不能寄其高深，反觉无谓，此自以晋人常调行之，转觉可诵，惟嵇叔夜能此"，墨笔眉批：所谓"称心而言"，岂用晋调哉？且晋人设色，何尝有此等调？

三、《影答形一首》"止日终不别"，黄笔眉批：用《庄子》语。

四、《神释一首》题目下原评"公于禅理似达，此章笔端亦复潇洒"，墨笔眉批：真圣贤之旨，岂禅理哉！

五、《连雨独饮一首》"于今定何阅"，"阅"，朱笔校改。

六、《移居其二》"此理将不胜，无为忽去兹"，原评"不胜，犹言岂不胜也"，黄笔旁批：此理将不能胜，何可言兹而新是图乎？

七、《赠羊长史一首》，黄笔眉批：笔笔精技，抑遏掩蔽，雄律峻拔，后老杜《奉先咏怀》有其曲折，而较之则有握拳露爪之态，而无其自在矣。

八、《悲从弟仲德一首》，诗末原评"陶诗真率，体弱为嫌，是时诸家皆务矜琢。琢则远自然，然自成其古；率则近自然，然每流于弱"，墨笔眉批：以陶诗为率、为弱，可谓盲于目而盲于心，肆妄至此。

九、《庚子岁五月中从都还阻风于规林二首》其二"巽坎难与期"，黄笔眉批："巽坎"字仍当时习气。

十、《癸卯岁始春怀古田舍二首》"鸟弄欢新节，泠风送余善。寒竹被荒蹊，地为罕人远"，黄笔眉批：颇追谢灵，有意学之。

十一、《癸卯岁十二月中作与从弟敬远一首》"倾耳无希声，在目皓已洁",黄笔眉批:此老杜之所本。

十二、《丙辰岁八月中于下潠田舍获》:诗末原评"惟陶渊明、韩退之时时摆脱俗拘忌,故'栖'字与'乖'字皆取其旁韵用,盖笔力自足以胜之",黄笔眉批:古韵原如此,无关笔力。

十三、《饮酒二十首并序》其二"积善云有报,夷叔在西山。善恶苟不应,何事空立言",黄笔眉批:括得伯夷一传。

其五诗末原评"公固不蹈东海,此有真境,非言可宣,即所谓桃源者是也",黄笔旁批:批浅陋。

其九"一世皆尚同,愿君汩其泥",黄笔眉批:此渔父之志。

十四、《四时一首》诗末原评"亦当以比体求辞,春夏居秋冬",墨笔眉批:此评强为之解。

十五、《拟古九首》原评"《拟古》九首,情思婉曲,词旨缠绵,王元美之论《离骚》修词者,不能摘故也。即其句调往往邻《十九首》矣",墨笔眉批:公心何曾慕其句调。

其七"不久当如何",朱笔批:意太露。

其九"忽值山河改。柯叶自摧折,根株浮沧海。春蚕既无食,寒衣欲谁待? 本不植高原,今日复何悔",黄笔眉批:"山河改"句与上章"首阳""易水"情旨显然。不在高位,虽山河改,亦摧折浮海自隐而已。

十六、《杂诗》其二"白日沦西河,素月出东岭。遥遥万里辉,荡荡空中景",朱笔旁批:起势甚佳。"挥杯劝孤影",黄笔眉批:太白所本。

其八诗末原评"质率自不近然时代为之,'正尔不能得'此晋人质语",墨笔眉批:公之诗岂可以时代求哉!

十七、《读山海经十三首》原评"'微雨从东来,好风与之俱',此境萧萧,语高于唐而不及汉",墨笔眉批:上追三百,何云不及汉哉!

十八、《读史述九章》,《夷齐》"天人革命,绝景穷居",墨笔旁批:此自道其隐之意,由于天人革命也。

《箕子》"哀哀箕子,云胡能夷! 狡童之歌,凄矣其悲",墨笔旁批:此晋征士陶潜卒之志也。

《屈贾》"如彼稷契,孰不愿之",墨笔旁批:此其本志也,下二句不可不隐矣。

《张长公》"世路多端,皆为我异",墨笔旁批:此其总结也。"寝迹穷年,谁知斯意",墨笔旁批:恐人不知斯意,故作此。

十九、《晋故征西大将军长史孟府君传》"所以战战兢兢,若履深薄云尔",朱笔旁批:真有风流名士之举!

〔按语〕

关于方熊评本的价值

郭绍虞《陶集考辨》曰:"余所见方评本,亦无序跋,与桥川氏所见本同。恐本无序跋,非如桥川氏所云佚其序跋也。惟周知堂先生所藏本,书扉有查士标题签,此则为其他诸本所罕见者。方氏评语虽着墨不多,尚有精义,颇与方东树《昭昧詹言》、刘熙载《艺概》相近,桥川氏议其浅陋,似未尽当。又方熊生平事迹,仅见《徽州府志》卷十一之四《人物志·文苑》谓:'熊字望子,歙环山人,以诗名,著《陶诗通说》《忠义集》《侑静斋诗文集》。'其生卒时代虽难确知,然吴瞻泰《陶诗汇注》卷二《与殷晋安别》诗后引其语,则此书当在康熙以前,桥川氏谓在咸、同之间亦误也。友人朱自清君谓此书评语与陈祚明《采菽堂古诗选》所载多同,今逐一核对,良然。考陈氏《古诗选》刊于康熙丙戌,为四十五年,吴瞻泰注刊于康熙四十四年,是则方本在前。方本有查士标题字,查氏卒于康熙三十七年,是此书当为康熙初年之本,陈氏或采其说也。温汝能《陶诗汇评》,采陈氏说而不及方氏,亦失考矣。"①

44. 戴二雅评本《陶集解》,卷数不详,未见

此本未见,郭绍虞《陶集考辨》录云:"二雅字芸心,号诚斋,济宁人,诸生。《山东通志》卷一百二十六《艺文志》第十,著录其所撰《陶集解》,并录高如岱《书后》云:'戴子志气超迈,于诗文初无所规摹,独于先生之诗,有深契焉。爰为之评释,以发其蕴。余乐而玩之,弗能自已,谨书数语,以志同好。'"②

---

① 郭绍虞:《陶集考辨》,第315—316页。
② 郭绍虞:《陶集考辨》,第317页。

45. 丑石斋抄本《陶渊明集》十卷，荔裳氏藏，存

〔出处〕

北京大学图书馆藏。

〔版本信息〕

钤"丑石斋藏书"，眉批有小字"汤注校"。半叶九行。所抄之底本，应是李公焕注本，但又省去了大量内容，基本上只录陶集正文。

编　次

卷首总目、萧统《序》、《传》、《总论》。萧统《序》、宋丞相《私记》、分卷目录，分卷目录后为正文。第一册收前八卷，第二册收第九卷、第十卷、颜《诔》、萧《传》、吴仁杰《年谱》、《陶渊明集序》、《私记》，附录中有年谱、曾纮《说》、《斜川辨》。

批　注

卷一至八，多与李公焕注本同，间有手写眉批，多处注有"汤注校"字样，由此可知其底本与参校本。

一、《停云》注"八表同昏，平陆成江"二句：盖寓飙回雾塞，陵迁谷变之意。"以招余情"谓相招以事新朝也。

注"抱恨如何"，高元之曰：以《停云》名篇，乃《周书》六义，二曰赋，四曰兴之遗义。

"慨独在予"，汤东涧曰：闲咏以归，我爱其静静之为言，谓其无外慕也，亦庶乎如浴沂者之心矣。

"安此日富"以下注云：或曰"志"当作"忘"，荀子"功在不舍"，《诗》"一醉日富"，盖自疲其废学而乐饮云尔。

二、《命子一首》诗末原评"靖节之裔不见于《传》，独袁郊《甘泽谣》云：'陶岘，彭泽之后，开元中家于昆山'"，荔裳氏墨笔眉批：《珍珠船》云："陶岘，彭泽之裔，日制三舟，一舟自乘，一舟载客，一舟载酒馔。"

三、《游斜川》诗末原评"按辛丑岁靖节年三十七，诗曰'开岁倏五

十'，乃义熙十年甲寅，以诗语证之，序为误。今作'开岁倏五日'，则与序中'正月五日，语意相贯'句"，荔裳氏墨笔眉批：宋泰山王质《绍陶录·栗里年谱》："隆安五年辛丑，君年三十七。正月有《游斜川》诗，云'开岁'云云，方三十七，作五日是。"

四、《怨诗楚调示庞主簿邓治中》"夏日长抱饥，寒夜无被眠。造夕思鸡鸣，及晨愿乌迁"，荔裳氏墨笔眉识：此二句甚佳，予现有此情景，非亲历不知也。辛丑冬日，荔识。

五、《和刘柴桑一首》原注"遗民尝作柴桑令"句，荔裳氏墨笔眉批：刘程之字仲思，号遗民。

六、《饮酒》其十一"裸葬何必恶"，荔裳氏墨笔眉批：《西京杂记》："杨贵字王孙，京兆人也。生时厚自奉养，死卒裸葬于终南山。其子孙掘土凿石，深七尺而下尸，上复盖之以石，欲俭而反奢也。"

七、《拟古》其二"闻有田子春"，荔裳氏墨笔眉批：春，当作"泰"，田畴字子泰，北平无终人。吴骞云："流俗本多讹作田子春，惟汤注本作田子泰，与《魏志》符。"

八、《杂诗》其六诗末原评"其间誉望尤著，为当世推重者，号社中十八贤。刘遗民、张诠、雷次宗、宗炳、周续之、张野等预焉"，荔裳氏墨笔眉批：宗炳，南北朝南阳涅阳人，字少文，远公结白莲社十八人，炳其一也。尝图名山于室，谓之卧游，且曰："抚琴动操，欲令众山皆响。"

诗末原评"张商英有诗云'虎溪回首去'"，荔裳氏墨笔眉批：张商英字天觉，号无尽。

题 跋

张溥题记

古来咏陶之作，惟颜清臣称最相知，谓其公相子孙，北窗高卧。永初以后题诗甲子，志犹张良思报韩，龚胜耻事新也。思深哉！非清臣孰能为此言乎？吴幼清亦云，元亮《述酒》《荆轲》等作，欲为汉相、孔明而无其资。呜呼！此亦知陶者，其遇时何相似也。君臣大义，蒙难愈明，仕则为清臣，不仕则为元亮。此则华歆傅亮，攘袂劝进，三尺童子，咸羞称之，此昔人所以高杨铁崖而卑许平仲也。感于士类子长之偶傥，闲情同宗宋玉之好色。

告子似康成之诫书，自祭若右军之誓墓。孝赞、补经、传记近史，陶文雅兼众体，岂独以诗绝哉。真西山诗云：渊明之作，宜自为一编，附《三百篇》《楚辞》之后，为诗根本准则，是最得之，莫谓宋人无知，知诗者也。陶刻颇多，而学者多善焦太史所订宋本，故仍其编。娄东张溥题。

李梦阳题记

予既得渊明墓山封识之矣，又得其故居祠址田，令其裔老人琼领业焉。然其山并田德化县属，而老人琼星子民。会九江陶亨来，言本渊明裔。亨固少年粗知字义者，于是使为郡学生焉。实欲久陶墓，而陶生则曰："力能刻其祖集。"予曰："刻其集必去其注与评焉。夫青黄者，木灾也。太羹之味，岂群口所嘬哉？夫陶子知其人者，鲜矣。"刻惟诗，朱子曰："咏《荆轲》诗，渊明露出本相。知渊明者，朱子耳。"初渊明墓失也，越百余年，无寻焉。予既得其山并田，遂迁诸窃据而葬者数家，而封识之。然仍疑焉，及览渊明集有《自祭文》"不封不树"，岂其时真"不封不树"以启窃据而葬者邪？墓在面阳山，德化县楚城乡也，集去其注与评为八卷云，凡八十一板，因系之曰渊明高才豪逸人也，而复善知几，厥遭靡时，潜龙勿用，然予读其诗，有俯仰悲慨玩世肆志之心焉。呜呼，惜哉！李梦阳题。

《陶诗甲子纪年》赵翼《陔余丛考附》

自《宋书》及《南史》暨五臣《文选》注，谓陶渊明诗，自晋义熙以后，皆题甲子，后世遂仍其说。（《宋书·陶渊明传》云："自以曾祖晋世宰相，耻复屈身异代，自宋高祖功业渐隆，不复肯仕。所著文章，义熙以前，则书晋年号。永初以后，惟书甲子而已。"）王新城池北偶谈，独引传平叔辨陶诗中凡题子者十，皆是晋年，何得先弃司马家年号，而预书甲子，以为此论，发前人所未发。不知宋景濂集，已有此论，景濂跋渊明集像云："其诗中甲子，始于庚子，迄于丙辰，凡十有七年，皆晋安帝时作，初不闻题隆安义熙之号。至其《闲居》诗有"空视时运倾"，《拟古九章》有"忽值山河改"之语，必宋受禅之后，乃反不书甲子何也。此论已发自金华，又按谢枋得《碧湖杂记》，谓治平中虎丘僧思悦，编陶渊明诗，谓题甲子者，始庚子迄丙辰，凡十有七年，皆晋安帝时作，至恭帝元熙二年庚申，宋始受禅，自庚子至庚申，盖二十年，岂有宋未受禅而预题甲子之理。《曾裘父诗话》及卽仁宝《七修类稿》，亦主其说，然则此论南宋时已有之，并不自金华始也。迭山又谓刘裕自庚子得政后,晋室大权盖尽归相府,渊明自庚子后,即题甲子者,盖逆知末流,必至于此也。此说又巧为附合耳,人有效而行之者,南唐自显德五年,用中原正朔,士大夫以为耻,碑文但书甲子(见马永卿《懒真子》)。又归德人赵俊,伪齐刘豫时,欲聘不仕。凡家书文字,不用豫僭号,但书甲子。

46. 清末四色套印刻本《陶渊明全集》八卷,存

〔出处〕

国家图书馆等藏。

〔版本信息〕

版 式

此本封面题为"陶渊明全集",署名曰"景廉署检"。扉页题书名"陶渊明集",芝庵麟书题。有陶靖节先生小像,署名"会稽陈荣画"。背面题有四言诗"时际晋宋,志轹孔颜。清风北牖,明月南山"。落款"莘庭"。

半叶九行,行二十一字,小字双行同,白口,单鱼尾,四周双边。卷首为朱蓝套印,正文为朱墨套印,卷末为绿蓝套印。

编 次

首一卷,载《钦定四库全书提要》、萧统《陶渊明传》、《总论》、目录。后为卷一至卷八,无《四八目》等。卷末附有《靖节征士诔》《序录》《私记》《书后》《题序》。卷后所附《靖节征士诔》,字体为红色。大概是一个官方定本。

47. 陈焯手抄本《陶渊明集》六卷,存

〔出处〕

陈焯手抄本陶集,凡六卷,国家图书馆藏。

〔版本信息〕

版 式

抄本,二册,半叶八行,行十九字,无鱼尾,竹边栏。

编 次

前四卷诗,后二卷文。颇似曾集本。

序 跋

卷首陈焯跋

余慕陶靖节之为人,读其集爱焉。今年春从友人借得仿宋刻本,携至括苍山馆,日少暇,就灯钞之,不觉销去银烛三数十条也。然是中有深趣矣。乾隆二十六年中秋后五日,桂花雨中端居不出,偶检行箧得之,手装成册,引题于后:"颜谢非同调,千秋第一人。精深涵道味,烂漫发天真。有耻虽谐俗,无官不计贫。平生顽儒意,感动赖先民。"时余方卧病,乞假,癸丑七月望慎行。志又云,陶诗宋以前无注者,至汤东涧发明二三,而未详。元初詹若麟,居近柴桑,因遍讨古迹,考其岁月,本其事迹,以注释其诗。吴草庐为之序,比于紫阳东涧之说,惜未见考注耳。康熙甲午夏初白老人识。

48. 朱振采《陶诗笺》四卷,佚

《(光绪)江西通志》卷一百七十《艺文略》集部一,著录《陶渊明集》后附加案语云:"江西人注陶诗者,宋有汤汉《靖节诗注》四卷,元有詹天麟《陶集补注》,国朝有朱振采《陶诗笺》四卷。"[1]按,振采原名栾,字冕玉,高安人,所著尚有《经典质疑》四卷。其所笺陶诗,今未见。

49. 章炜《陶靖节诗补注》,卷数不详,佚

《(光绪)重修安徽通志》卷三百四十六《艺文志》集部[2],《(光绪)续修

---

① 《(光绪)江西通志》卷一百七十《艺文略》,清光绪七年刻本,第二页 a 面。
② 《(光绪)重修安徽通志》卷三百四十六,清光绪四年刻本,第六页 b 面。

庐州府志》卷九十一《艺文略下》①，均著录是书，言庐江章炜著，今未见其书。按，章炜字元成，号瑄香，庐江人，道光己丑进士，掌河南道监察御史。考程鸿诏《鸡泽脞录》卷一谓："庐江章炜《陶靖节集辑注》，搜采颇富，或当又可补前人之注者。"②

50. 方宗诚《陶诗真诠》一卷，存

〔出处〕

此本题名为"陶诗真诠"，一卷，方宗诚柏堂撰，收入《柏堂遗书（七种）》。今北京大学图书馆有藏。

〔版本信息〕

序 跋

文后附考一篇

曾祖侃晋大司马植之先生谓不然。大意以侃果是渊明曾祖，则《赠长沙公诗》有服之亲也，不得曰"长沙公于予为族祖"，不得曰"同源分流"，不得曰"礼服遂悠"，不得曰"昭穆既远，以为路人"。其所云"同出大司马"，盖指汉愍侯陶舍，非侃也。其《命子》诗中于愍侯之后，叙及长沙桓公，特以族中大名人自应，叙及以励子孙，不必适祖也，下云肃矣，我祖乃谓己适祖也。且《孟府君嘉传》云，娶大司马长沙桓公陶侃第十女，如侃是渊明曾祖，何得直称为陶侃？且颜延年与渊明为交友，其作诔并未叙及渊明为侃曾孙，则昭明之传，恐同出桓公。渊明果为桓公曾孙，则渊明之祖，当为桓公之子，长沙公亦当为桓公之子，是与渊明之祖为同父昆弟，至亲无文，何得诗中曰"于穆令族"，又曰"实为宗光"？渊明真率人，何以客气如此，大意如此？有《陶诗附考》一卷，他日当刻《昭昧詹言》之后。《昭昧詹言》者，植之先生论诗之精言也，其论陶诗甚多。凡读陶诗者，不可不取而习之。

① 《(光绪)续修庐州府志》卷九十一，清光绪十一年刊本，第二页a面。
② 郭绍虞:《陶集考辨》，第324页。

批　注

生平于《三百篇》后，最喜讽咏陶诗。陶公实志在圣贤，非诗人也。其《时运》诗有曰："延目中流，悠悠清沂。童冠齐业，闲咏以归。我爱其静，寤寐交挥。但恨殊世，邈不可追。"其《荣木》诗有曰："贞脆由人，祸福无门。匪道曷依，匪善奚敦。嗟予小子，禀兹固陋。徂年既流，业不增旧。志彼不舍，安此日富？我之怀矣，怛焉内疚。先师遗训，予岂之坠？四十无闻，斯不足畏。脂我名车，策我名骥。千里虽遥，孰敢不至？"是何黾皇也。或谓陶公志在田园，亦非也。其《劝农》诗曰："孔耽道德，樊须是鄙。董乐琴书，田园弗履。若能超然，投迹高轨。敢不敛衽，敬赞德美。"是岂隐逸人邪？其《命子》诗有曰："温恭朝夕，念兹在兹。尚想孔伋，庶其企而。"是又以希圣希贤命其子矣。

陶公以酒名，或以酒人目之，亦非也。玩《影答形》诗有曰："立善有遗爱，胡可不自竭。酒云能消忧，方此讵不劣。"足知其志不在酒矣。

陶公《神释诗》有曰："老少同一死，贤愚无复数。日醉或能忘，将非促龄具。立善常所欣，谁当为汝誉。甚念伤吾生，正宜委运去。纵浪大化中，不喜亦不惧。应尽便须尽，无复独多虑。"似将酒与善一举扫净，非也。上篇《影答形》曰："立善有遗爱，胡为不自竭？"是惧身死名尽，不如立善以留遗爱。虽竭力为善，欲留名，私也，非天理也。《神释》所云："立善常所欣，谁当为汝誉？"破除留名之私，非谓不必立善也。"纵浪大化中，不喜亦不惧。应尽便须尽，无复独多虑"，是谓顺天理而行，与孟子"顺受其正""修身以俟"同旨。

《形影神》首章"我无腾化术，必尔不复疑。愿君取吾言，得酒莫苟辞"四句，虽不贪生，尚未能忘生死。二章"身没名亦尽，念之五情热。立善有遗爱，胡可不自竭"四句，虽进一解，尚未能忘名。三章"甚念伤吾生"以下，合素位而行，不愿乎外，夭寿不贰，无人不自得，乐天安命之旨矣。

《归园田居》，考《渊明传》云："亲老家贫，起为州祭酒。不堪吏职，少日自解。"此诗似是此时作。第二首收句"常恐霜霰至，零落同草莽"，韵味深长。第三首"衣沾不足惜，但使愿无违"一句，即孔子"从吾所好"之意，而咏叹含蓄，意味不尽。第六首"开径望三益"句，欠自然之趣，似非渊明所作。

《问来使》，唐人绝句"客自故乡来"，从此出。

《游斜川》"气和"八句，炼字自然，写景如画。收四句"中觞纵遥情，忘彼千载忧。且极今朝乐，明日非所求"，全是素位而行、不愿乎外之意，不可误会为旷达已也。

《示周掾祖谢》"马队"二句，语涵讽刺，读传可知。

《乞食》"扣门"句，极善形容。收四句非旷达人语，正渊明之所以为贤也。

《诸人共游周家墓柏下》末二句"未知明日事，余襟良已殚"，得素位而行，不愿乎外之旨。

《怨诗楚调示庞主簿邓治中》"寒夜无被眠"句，韩退之"冬暖而儿号寒"语效此。

《答庞参军》"谈谐无俗调，所说圣人篇"，渊明志在圣人，故每结"想在黄唐""羲农先师"，六经此其本领，与他放达者不同。

《五月旦作和戴主簿》"既来孰不去？人理固有终。居常待其尽，曲肱岂伤冲"四句，得孟子"夭寿不贰""修身以俟之"之意。"迁化或夷险，肆志无窊隆。即事如已高，何必升华嵩"四句，得□□庸"无入而不自得"之意。

《连雨独饮》"运生"八句，得知命乐天之旨趣，彼年长生者，可发一笑。"天岂去此哉，任真无所先。云鹤有奇翼，八表须史还"四句，得"陟降厥士，日监在兹"之意。收二句"形骸久已化，心在复何言"，得"克己复礼，欲净理存"之意，与老庄之学不同。

《移居》第一首，"素心"即淡泊宁静之意。第二首"此理将不胜，无为忽去兹"二句，有大舜若将终身之趣。收二句"衣食当须纪，力耕不吾欺"，尽人事人理，与旷达不同。

《和刘柴桑》"耕织称其用，过此奚所须。去去百年外，身名同翳如"，得"君子居易以俟命"之义。素位而行，不愿乎外利念名，念扫除净尽，岂可以旷达目之。

《和郭主簿》，首篇"营己良有极，过足非所钦"，又云此事。"此事真复乐，聊用忘华簪。遥遥望白云，怀古一何深"，真君子坦荡荡之襟怀也。

《于王抚军座送客》"情随物化遗"句，胸中何等活泼，所谓"知者动，知者乐”也。

《与殷晋安别》，收四句情致缠绵。

《赠羊长史》，陶公学问与老庄不同，老庄废体、废仁义、废读书，陶公言“体服”，言“朝与仁义生”，言“游好在六经”“上赖古人书”“诗书敦宿好”，确是圣贤之学。此诗是说羊长史不当往，而不可明言，托商山以见意，故曰“言尽意不舒”。

《始作镇军参军经曲阿》“被褐欣自得，屡空常晏如”，胸次近于颜子。“真想初在襟，谁谓形在拘”与“形骸久已化，心在复何言”同旨，渊明盖用心学者也。

《庚子岁五月中从都还阻风于规林》，观渊明此诗及《孟府君传》，所用“凯风”皆指母言，可知古训《凯风》，非母不安其室之诗也。如《凯风》为母不安其室而作，渊明岂敢引用以况己之母哉！

《辛丑七月赴假还江陵夜行涂中》“诗书敦凤好，园林无俗情”“养真衡茅下，庶以善自名”，渊明念念不忘诗书，不忘善，与庄、列之学不同。

《癸卯岁始春怀古田舍》，第一首收句“即理愧通识，所保讵乃浅”，翻用故实，乃平易有味。下首亦然。第二首“虽未量岁功，即事多所欣”二句，有先难后获、先事后得之意，有正其谊不谋其利、明其道不计其功之意。收二句“长吟掩柴门，聊为陇亩民”，有终身欣然、乐而忘天下之禊期。

《癸卯岁十二月中作与从弟敬远》起四句“寝迹衡门下，邈与世相绝。顾盼莫谁知，荆扉昼常闭”，有遁世不见知而不悔不闷之意。“历览千载书，时时见遗烈。高操非所攀，深得固穷节”四句，得《诗》“我思古人，实获我心”之旨。

《乙巳岁三月为建威参军使都经钱溪》“一形似有制，素襟不可易”二句，与“真想初在襟”二句、“形骸久已化”二句，皆通道之言。

《还旧居》“拨置且莫念，一觞聊可谈”二句，非放旷之词，正是用力克己去私之意，凡为此类之词，皆当作如是，观与《出自北门》诗意同。

《戊申岁六月中遇火》“形迹凭化往，灵府长独闲”，得“所过者化，所存者神”之意。“真刚自有质，玉石乃非坚”，有不流不倚、不磷不缁之概。

《己酉岁九月九日》“拨置且莫念，一觞聊可挥”“既已不遇兹，且遂灌我园”“何以和我情，浊酒且自陶”“千载非所知，聊以永今朝”“天命苟如此,且尽杯中物",可知渊明非无心于世者也。只是素位而行,无入而不自得耳。

《庚戌岁九月中于西田获早稻》,陶公高于老庄,在不废人事人理,不离人情。只是志趣高远,能超然于境遇形骸之上耳。

《饮酒》第二首"不赖固穷节,百世当谁传",言夷叔、荣叟所以传百世者,以有固穷节耳,非谓夷叔等欲传而后固穷也。惧后人误会,故第三篇"复将名驳去"、第九首"深感父老言,禀气寡所谐。纡辔诚可学,违己讵非迷",即孔子"从吾所好之意"。第二十首"羲农去我久,举世少复真。汲汲鲁中叟,弥缝使其淳"四句乃渊明《饮酒》之旨,"真"对"伪"言,"淳"对"薄"言也。饮酒欲反真还淳也,故曰"寄言酬中客,日没独当炳",又曰"若复不快饮,空负头上巾",又曰"但恨在世时,饮酒不得足",皆托饮酒以反真还淳,忘怀名利,以了死生。希羲农、唐虞、孔子、夷叔、颜回、曾点为志,量与刘伯伦之放旷不同。晋人不亲六经,老庄之流害之也。陶公不然,实淳儒也。"汲汲鲁中叟,弥缝使其淳",尤真知孔子之心者,收四句余味不尽。

《责子》收二句与前"尔之不才,亦已焉哉",皆本《诗》"出自北门"语意。

《拟古》第二首"生有高世名,既没传无穷。不学狂驰子,直在百年中",此本孔子"疾没世而名不称"之意。第四首,收二句有韵味,令人涵咏不尽。第五首,收二句"愿留就君住,从今至岁寒",此乐得圣人以为依归之意。第七首,收二句"岂无一时好,不久当如何",味有余不尽。第九首,收一句"本不植高原,今日复何悔",神韵悠长,令人警醒。

《杂诗》第一首"盛年不重来"四句,语意精警,令人发深省。第二首"欲言无予知"二句,李白诗"举杯邀明月,对影成三人"本此。第三首,起二句语意如当头一棒。第五首"猛志逸四海,骞翮思远翥",观此二句,渊明并无志于天下也。特生当天下无道之时,不得不隐耳。"古人惜寸阴,念此使人惧",读此二句,渊明岂徒旷达人哉!

《咏贫士》,第三首"岂忘袭轻裘,苟得非所钦",即孔子"不义而富且贵,于我如浮云"之意。第四首合于孔子"朝闻道,夕死可矣"之旨。□字兼真,知力行而后有此候也,然后世佛学往往以顿悟心解,为闻道失之远矣。陶公则云"朝与仁义生,夕死复何求",洵真知实践之诣,可以发孔子语气之所未备，岂徒诗人已哉！第五、六两首"所体非饥寒，所乐非穷通""道胜无戚颜"，非有道人不能有此胸襟，亦不能有此语。第二首"何以慰我怀，赖古多此贤"与第七首"谁云固穷难，邈哉此前修"二句，皆孔子"好古敏求"、孟子"尚友古人"之意。

《咏三良》，翻用故实。

《咏二疏》《咏三良》《咏荆轲》，观此三诗，渊明之忠义慷慨，直欲追踪古人，特生无道之世，又无知己用之耳，故常曰"君子死知己"，又曰"知音苟不存，已矣何所悲"，但以渊明为隐逸人、旷达人，失之远矣。渊明盖志希圣贤，学期用世，而遭时不偶，遂以乐天安命，终其世耳。

《读山海经》第八首"不死复不老，万岁如平常"二句，真大彻大悟，使秦皇汉武读之，真可破其愚也。第十一首，庄子言"为善无近名，然则惧近名，则不敢为善矣；为恶无近刑，然则不近刑，则可为恶矣"。异端之言，非圣道也。陶公则云"立善有遗爱""立善常所欣"，庶以善自名，求名而亦不辞名，惟孳孳为善而已。又曰"明明上天鉴，为恶不可履"，与庄子之言迥异。吾故曰圣人之徒，非老庄之学也。

《拟挽歌辞》，《易》曰"原始反终"，故知死生之说，陶公曰"有生必有死，早终非命促。死去何所道，托体同山阿"，惟在生为善一事，是为本分职业，不可不惜寸阴而为之，陶公真有道之士哉。

《感士不遇赋》"原百行之攸贵，莫为善之可娱。奉上天之成命，师圣人之遗书。发忠孝于君亲，生信义于乡闾。推诚心而获显，不矫然而祈誉"，句句皆圣贤之学。

《归去来辞》"既自以心为形役，奚惆怅而独悲"，即孟子"从其小体"之意；"寓形宇内复几时，曷不委心任去留"，即"从其大体"之意；"聊乘化以归尽，乐夫天命复奚疑"，即"君子居易以候命，无人而不自得"之意。

《桃花源记》"乃不知有汉，无论魏晋"二语，虽属桃花源人语，而渊明胸次之高，亦即寄托于此也，读者宜善会之。

《五柳先生传》，渊明诗曰"区区诸老翁，为事诚殷勤"，盖深嘉汉儒之抱残守缺，及章句训诂之有功于六经也。然又曰"好读书，不求甚解"，又嫌汉儒章句训诂之多，穿凿附会，失孔子之旨也，是真持平之论，真得读经之法。

《扇上画赞》,盖渊明所向往之人。

《读史述九章》,益□□史之意,以备法戒者也。

《五孝传赞》,大抵□□古人之孝,以示诸子者耳,非著述也。观《与子俨等疏》,勉其兄弟友爱,引古人以示之准,可悟此传为命子之作,特著以示世者也。若以为述以示后世,则不该不备,嫌于陋矣。

《与子俨等疏》"开卷有得"二句,与古为徒也;"见树木交阴,时鸟变声,亦复欢然有喜",与天为徒也;"自谓是羲皇上人",渊明平生自期待者如此。统观渊明性情,大约狂狷之间,而其笃信好学,守死善道,危邦不入,乱邦不居,天下无道则隐,直是圣贤之学,特以饮酒躬耕,自晦其道,盖所谓箕子之明夷也。岂可以诗人目之!

《祭程氏妹文》,老庄以无情为主,渊明则明物察伦,尽伦尽物,伦尽其情,物尽其理,非老庄之学也。

《集圣贤群辅录》,此卷前人有文辨之,以为非渊明作。予谓此或渊明偶以书籍所载、故老所传集录之,以示诸子,识故实,广见闻,非著述也。《八儒》《三墨》,大抵亦记故事,以示诸子,后人辑之以附集后耳,谓为著述,则浅之乎视渊明矣,谓非渊明书,亦似不然。

陆象山称:"渊明知道。"陆梓亭称:"渊明可以从祀,配于文庙。"予亦深以为然。

昭明太子撰《陶靖节征士传》"曾祖侃,晋大司马"句,植之先生,谓为不然。大意以侃果是渊明曾祖,则《赠长沙公》诗有服之亲也,不得曰"长沙公于予为族祖",不得曰"同源分流,人易世疏",不得曰"礼服遂悠",不得曰"昭穆既远,已为路人"。其所云"同出大司马",盖指汉愍侯陶舍,非侃也。其《命子》诗中,于愍侯之后,叙及长沙桓公,特以族中大名人自应,叙及以励子孙,不必适祖也。下云"素矣我祖",乃谓己适祖也。且《孟府君嘉传》云"娶大司马长沙桓公陶侃第十女",如侃是渊明曾祖,何得直称为陶侃? 且颜延年与渊明为交友,其作诔并未叙及渊明为侃曾孙,则昭明之传,恐因"同出大司马"一语而误,不知果同出桓公。渊明果为桓公曾孙,则渊明之祖当为桓公之子,长沙公亦当为桓公之子,是与渊明之祖为同父昆弟,至亲无文,何得诗中曰"于穆令族",又曰"实为宗光"? 渊明真率人,何以客气如此,大意如此? 有《陶诗附考》一卷,他日当刻《昭昧詹言》之后。《昭味詹言》者,植之先生论诗之精言也,其论陶诗甚多。凡读陶诗者,不可不取而习之。

光绪五年春,予由枣强至保定谒大府请假归休,途中读陶诗数过。六年春正月二十二日赴省复,然时在车中,未能加墨。六年冬,归皖。七年春,将自皖归桐祭墓。适高氏长姊病,年七十有六矣,乃至姊家居旬余,侍汤药,再取陶集诵之,以展暇思,因加墨以识心之所得。时天大雪,居土室中,寒冷异常,而往复陶公此集,真如嚼冰雪也。二月初八日柏堂居士方宗诚识示子孙。

51. 陈诗《陶靖节集辑注》十卷,不详

陈诗,字观民,号愚谷,蕲州人,乾隆戊戌进士,授工部主事,以母老乞养归,主江汉书院,从事著述。此书未见,《(光绪)黄州府志》卷三十五《艺文志》著录:"《陶靖节集辑注》十卷,蕲州陈诗撰。"①

52. 蒋芳洲《陶诗注》,卷数不详

《(光绪)武进阳湖县志》卷二十八《艺文志》集部:"《陶诗注》,员外武进蒋芳洲撰,存钞本。"②

---

① 《(光绪)黄州府志》卷三十五,清光绪十年刊本,第五十六页 b 面。
② 《(光绪)武进阳湖县志》卷二十八,清光绪五年刻本,第四十六页 b 面。

第七编　近代(民国)本

1. 刘光蒉《陶渊明闲情赋注》一卷,存

〔出处〕

国家图书馆藏。

〔版本信息〕

版　式

该本题为"陶渊明闲情赋注",落款为"南海康有为",有"岁次庚申刊于苏州""烟霞草堂遗书十四,咸阳刘光蒉古愚""思过斋锓版"等字样。

刻本,半叶十行,行二十字,左右双边,单鱼尾。该注本为"烟霞草堂遗书"之一种。封面题签"烟霞草堂遗书 壬戌七月沈卫署端 康有为署",后题"岁次己未刊于江苏辛酉嘉平告竣",次页为古愚先生遗像。

序　跋

刘光蒉弟子王典章序

茫茫宙合,孰橐孰籥。天哀我民,是诞先觉。明季硕儒曰,颜习斋通天地人,继往开来。筚路初启,明而未恢。发挥光大,集于吾师。士兵商工曰学、曰政治,诸一炉外王内圣,竢百世而不惑,乃尽性以至命,亿兆痛痒,萃之一身,肃乎凛秋,盎然熙春。乌乎! 先生往矣,其精神毅力乃与长宙大宇相弥,纶展遗像而肃拜,庶薪尽而火存。弟子王典章。

《烟霞草堂遗书序》

世衰道,道衰世,世与道交衰矣。学术之支离久矣。虽有聪明卓越之才,皆如耳目鼻口,谨明一义。其有明于大体,达于末度,本于经训,深于

史学,贯串诸子而善用之。妙解词章,理其性情而谢其华藻,经纬而条贯之,博大哉。古之文儒君子也,则刘先生古愚是也。吾与古愚先生虽未捧手,而神交至深。古愚先生既遣其弟子来游,吾又与其高弟李孟符、郎中王幼农道尹过从至密,得熟闻先生之学。先生往矣,遗书数十,幼农道尹勤勤于师门,既手辑而躬校之。幼农为廉吏,自奉至约,节衣缩食,家人觳觫,而刻其师之遗著数十种,不忘其师如此,其忠且敬也。遗书刻成,命康有为序之。吾敬幼农之忠勤,益见古愚先生盛德大道也。庚申人日康有为。

王典章附识

先师刘古愚先生讲学于吾秦有年,课弟子批答点窜,凡数十百种,稿不自存。厥后同门分散,湮佚实多,世变既殷遗篇,坠绪益难。捃摭典章,刻烟霞草堂集既成,又托同门张扶万在籍搜罗,仅得右十七种草本见寄,展转钞写,颇多舛讹,于是乞传隐君校《管子小匡篇节评》《荀子议兵篇节评》,莫君楚生校《史记·货殖列传注》《太史公自序注》,扶万校《前汉书·食货志注》《前汉书·艺文志注》,沈君紫霓校《古诗十九首注》《陶渊明闲情赋注》,陈伯澜同门校《改设学堂私议》,而周君良臣门人彭诵芬则勘校全书至于再三,可谓勤矣。然校书自古不易,能否免于漏略,犹不敢知,尚待读此书者之讨析补苴也。校既编比,而属朱君仲衡录正之亟亟,以付剞劂。夫政学之分久矣,秦汉以后,英君察相,主持国是,各因时变所趋,苟且补救。隋唐之科试,宋明之经义,言政言学,斠若鸿沟,故其盛不百年而即衰。清季变法,比附西政,民国仍之,而效未睹,盖学术政治必有根本,根本不立,则枝荣叶敷皆涂饰耳目之具,不崇朝而枯竭矣。先生深观时变,早作夜思,知政学非合于一,必不能挽二千年之沉痼而制胜于东垂。兹编所列立政学记两臆解,学堂、团练各私议是也。余皆因文见道,怀抱独抒身世之感,悉寓于中,藏之名山,未若公之当世。此外,尚有曩日已刻之《修齐直指》《评五方元音》,未刻之《诗大旨》《书微意》《考工记》《评史记儒林传注》《读陶渊明集评》《读通鉴评》《方舆纪要序评》《国债罪言》各种,皆昔年侍函丈时所亲见,今竟不可得矣。典章无似,愿廑力微,惟翼同门,广求遗草,惠然相示,典章虽老,当谋所以,寿先生文于千古,且志吾拳拳之私于不忘也。庚申春弟子王典章附识。

批 注

"表倾城之艳色"：生质。

"鸣佩玉以比洁"：慕古之有德者以自修,一篇主意在此句。

"淡柔情于俗内"：无俗情。

"负雅志于高云"：无俗情,自然所志极高。

"感人生之长勤"：当世无人者不可待。

"襃朱帏而正坐"：只堪自赏。

"送纤指之余好"：飘然独立,风流自赏。

"曲调将半"：以瑟寄情。

"愿接膝以交言"：曲中如有所遇,如孔子学琴而见文王,渊明其屈贾之流乎?

"欲自往以结誓"：神已相契,惟难对语。

"待凤鸟以致辞"：即离骚所谓媒。

"意惶惑而靡宁"：下文十愿字。

"魂须臾而九迁"：下文十悲字。

"愿在衣而为领"：以衣喻人之道,领即道之纲领。

"悲罗襟之宵离"：时异。

"束窈窕之纤身"：不下带而道存,指身之道言。

"刷玄鬓于颊肩"：发肩以道之仪,文言礼以时改易。

"或取毁于华妆"：有黜文尚质之意。

"安弱体于三秋"：道在修身,行其心之所安,时时检点,终身皆在尤悔中。

"附素足以周旋"：期行之于世,遇合难知,不能必行。

"常依形而西东"：求道于显,不显之时,何以为道?

"愿在夜而为烛"：求道于隐。

"愿在竹而为扇"：琴扇二条,道于风声。

"悲白露之晨零"：天运变。

"悲乐极以哀来"：人心变。

"拥劳情而罔诉"：虚愿难偿。

"栖木兰之遗露":学其嘉言。

"翳青松之余阴":学其善行。

"傥行行之有觌":求之实行,较虚愿必有所得。

"竟寂寞而无见":然终不敢自信。

"敛轻裾以复路":求之言行,又不若以心相。

"兽索偶":喻道求之空寂,则有悟索之行迹,则不获。

"譬缘崖而无攀":恰在中流,循言行而不得其心,其学未为贯通,此其时无可致力,故冀幸于梦寐之间,所谓念兹在兹,从容涵养,以俟其悟也。

"恫恫不寐":将有所见矣。

"鸡敛翅而未鸣":即鸡鸣思君子意。

"始妙密以闲和":喻得道气象。

"托行云以送怀":俱寂之时乃豁然大悟,所谓真吾也。

"行云逝而无语":所谓活泼泼地得意忘言也。

"时奄冉而就过":即委心去留。

"徒勤思以自悲":悟后语。

"终阻山而带河":道不可强求。

"寄弱志于归波":即"逝者如斯夫"意。

"诵《邵南》之余歌":不思遇时以待文王之兴,故诵《邵南》也。

尾注云:靖节以委心任运,认作圣人之时,是有时不必中也,"时中"二字拆不开。八荒之内,必有与我同心起而定南北之乱者,所谓百世以俟圣人而不惑也,归结于存诚,而以遥情憩于八遐,此是何等心思。憩,息也。遥情息则闲矣,谓为闲暇之闲,或为防闲之闲,均无不可。息仍存诚,所谓一息尚存,此志不容少懈也。

此篇乃渊明悟道之言,较《归去来词》《桃花源记》《五柳先生传》尤精粹,昭明取《五柳先生传》,訾此为假,何也?读书不可泥于句下,所谓诗无达诂是也。苟执词以求之,十五《国风》之词,可存者仅矣。太史公谓《国风》好色而不淫,以目《离骚》,渊明此篇亦即其意。身处乱世,甘于贫贱,宗国之覆,既不忍见,而又无如之,何故托为闲情,其所赋之词,以为自悲身世,以思圣帝明王也,亦无不可。诸生读诗,多不解此比兴义,偶读渊明集,见昭明亦訾《闲情赋》,故为解示之解,多求道语,为学者易知也。若必执我说为此赋定解,则又死于句下矣。

2. 顾皞评注《陶集发微》十卷,存

〔出处〕

国家图书馆藏。

〔版本信息〕

版　式

此书题名为"陶集发微",十卷,附卷首卷尾。民国七年(1918)上海沅记书庄石印,摹仿苏写本,苏本无注,此本增录各家之注,石城顾皞集说编订。边栏四周双线,乌丝界栏,半叶十二行,行十二字。花口,单鱼尾,上有书名,下为卷次、页码。

扉页方框中行楷大字"陶集发微",右"书写原本精采诸家注说",左下"铁城官书端",次页题"民国七年岁在著雍敦牂小春月之中浣上海沅记书庄石印"小字三行。继"浦滩奴奴石城一匏顾皞漫书说",记有"沅庄主人徐君幼梅,旧相识也,属以各本参考,即以各家之注编入仿苏写本,择其精要,删其繁复"等语。

上海文瑞楼版《陶集发微》题名为"陶渊明集笺注",该书北京大学图书馆有藏,较为常见。此藏本封面有"上海棋盘街文瑞楼印行"字样,旁有笔迹:"此书又名《陶集发微》,异名同实也。彭庆生记。"扉页题:"仿苏写本,陶渊明集笺注,君宜署。"

编　次

卷首为例言,陶、苏小像,诸本序录,诸本编次,原编序目。

"诸本编次"包括:正文十卷,卷一四言诗,卷二至四五言诗,卷五赋辞,卷六记、传、述、赞,卷七疏、祭文,卷八《五孝传》,卷九、卷十《集圣贤群辅录》。

"诸本序录"包括:萧统《序》、阳休之《序录》、宋丞相《私记》,又录有晁公武《郡斋读书志》关于陶集之内容、思悦《书后》、《文献通考·经籍考》序

录《陶靖节集》部分、无名氏《集后记》、陈振孙《直斋书录解题》、吴澄詹若麟《渊明集补注》。

按，该本编次分明，桥川时雄对此书有著录，尤为称赞其编次之整齐："《陶集发微》，凡十卷，顾皜别号浦滩奴奴撰。民国七年，石印发行，采集各本注评，又加自评，卷首有诸本序录、诸本编次、原编序目等，卷末附有传、诔、序录、题跋及杂录，此本较他本编次整齐，惟石印举制之故，人未珍重耳。"①

序　跋

顾皜序

陶集诸本所见不一，毛氏仿苏写本善矣，而注无一语。陶文毅本集诸家注备矣，而博采稍繁。丁巳春日重于沪上一枝多暇值。沅记书庄主人徐君幼梅，旧相识也，属以各本参考，即以各家之注编入仿苏写本，择其精要，删其繁复，爬罗抉别，句释章疏，几竭昕宵三月之力，而全功始竟，微奥毕宣。既卒业，复于主人将以旧藏琴川毛氏坡书摹写原本。写注之付而昏冥之逃也，榛苓之慕而屈宋之芳也。百世之下，昭然若揭，立懦廉顽，先生之志，将于是乎，无微之不发也。因题曰《陶集发微》，而述其缘起如此。丁巳初夏，浦滩奴奴石城一匏顾皜漫书。

《例言》

诸本标题，或题"陶渊明"，或题"陶潜"，《隋志》作"陶潜集"，《唐志》作"陶泉明集"，唐主名渊，以泉易渊，唐人避唐讳也。赵宋以来，题"陶渊明集"，何孟春恶其斥贤者名也，从马端临《经籍考》，称"靖节集"。是编精择群言，主发微旨，题曰《陶集发微》，不更系以名讳，犹之杜诗韩文一言杜韩，无不知为工部、为文公也。

采取各注本，必依据各本，不参己私；必一一标明，不敢掠美。间有管蠡所及，亦必系以某按几云。李注者，李公焕本；何注者，何孟春本；汤注者，南宋汤文清公汉注，其本不可得，仅敢见于李、何二本；吴注者，吴瞻泰本；陶注者，陶云汀文毅本。诸本而外，吴骞拜经楼重雕汤注本、宋槧本，

---

① 桥川时雄：《陶集版本源流考》，第三十八页 a 面—b 面。

有李、何二本所未备者,亦并采之。又吴瞻泰曰:元刘坦之履《选诗补注》笺陶至数十首,虽非专本,亦可观刘书,今虽未见几,何注所引皆是也。汤注中有引宋本者,吴骞曰"盖指宋元献刊定之本"。诸家注本有洞坦一方者,单辞必录;有相互发明者,越幅不嫌。集中《述酒》一篇,自汤东涧、黄文焕十得六七。外上有庾辞隐语,又经陶云汀一一拈出,疑滞胥通,悉可宝贵。若夫词意本与时事无关,而注杜者泥于每饭不忘君之言,必欲拊搏附会,则在所必删。

萧统正集原止七卷,又录一卷,共为八卷。其《五孝传》《四八目》则休之所增,陶云汀谓当以别于正集,次为三卷,合成十卷,是阳本也。诸本多以《五孝传》编于记传之后、疏祭文前。既违萧编,亦乖阳录。毛氏仿苏写本亦然。今从陶本订正,庶几昭明旧第犹可想见,而于阳本编增亦从可识矣,余则一仍原编之旧。诸本序录,胥关本集。编次不同,亦资考订。其有见前见后,或见是本原编、卷首卷尾者,但于目下注明,不复载端临序录,具见《文献通考》,第摘要节录。至于《四库提要》,仅于《五孝传》《四八目》辨其真赝,余具官样文章,语多避忌。盖在当时,不得不尔。陶文毅本载诸卷首,犹斯意也。故于序录,仅列其目,欲窥全豹,原书具在。昭明本传即本沈约《宋书》。《晋书》《南史》,亦皆踵《宋书》而作。陶文毅本,卷首别为诔传,附以杂识,于萧传外备录三史本传,足资参考,未见繁重。兹仍原编之末,但载昭明一传,余则具见正史,博览之士,自可检阅。

知人论世,年谱尚已。陶文毅本别著《年谱考异》二卷,刊附集后,参考异同,疏证明确。上京、京都,出处了然;仕桓、仕裕,疑义冰释,已有定本,非付阙如也。觞咏所经,钓游之处,昔贤一丘一壑,百世而下,弥足动人高山仰止之思。何孟春、毛晋并于史传之外,又杂采坠闻轶事,以为附录,足以相发。陶文毅本又增附焉。兼及祠墓,兹编卷末,亦就各本,采附一二,而先之以《莲社高贤传》。云汀谓虽小说,然所传已旧,故附史传之后,兹以类相从尔。诗无达诂,孟子说之,不过片言,然以解。陶文毅曰:是真善说诗者,宋元以来诗话兴而诗道晦,累牍连篇,实无关于旨趣。陶集自李公焕录诸家总论于前,何、毛、吴本嗣增于后。文毅自谓效颦,汇集一编,附诸卷末。兹亦采附若干条,要皆取与注说相发,而与本旨有关者。字句同异,参校各本,择善而从。其有义可两存者,亦如陶本例,但注"某本作某"云。浦滩奴奴识。

注 例

一、讨论了陶集中最受关注的一些问题

（一）关于"甲子说"的注释

"思悦考渊明诗,有题甲子者,始庚子,距丙辰,凡十七年间,只九首耳"。陶注:李本十一首,皆晋安帝时所作也。"中有《乙巳岁三月为建威参军使都经钱溪作》,此年秋,乃为彭泽令"。陶注:李本但言"渊明以乙巳秋为彭泽令",无"中有"以下云云。"在官八十余日,即解印绶,赋《归去来兮辞》。后一十六年庚申,晋禅宋,恭帝元熙二年也。宁容晋未禅宋前二十年,辄耻事二姓,所作诗但题甲子,而自取异哉? 矧诗中又无有标晋年号者,首所题甲子,盖偶记一时之事耳。后人类而次之,亦非渊明之意。世之好事者多尚旧说"。陶注:李本无"世之"至"旧说"九字,而直接《复斋漫录》秦少游云云,将思悦与《复斋》言并为一条,后人莫辨为谁语。今故书于三卷之首,以明五臣之失,且祛来者之惑焉。

《复斋漫录》曰:思悦云"秦少游尝言:'宋初受命,陶公自以曾祖侃晋世宰辅,耻复屈身,投劾而归'"。其所著书,自义熙以前题晋年号,永初以后,但题甲子。黄鲁直诗亦有"甲子不数义熙前"句,然则少游、鲁直且尚惑于五臣之说,他可知已。

曾季狸曰:渊明诗自宋义熙以后皆题甲子。此说始于五臣注《文选》云尔,后世遂仍其说。治平中,有虎丘寺僧思悦者,独辨其不然,谓"岂有宋未受禅,耻事二姓哉"? 思悦之言,信而有征矣。

谢枋得曰:五臣注云云,独僧思悦论陶不然。曾裘父艇斋亦信其说者。以余考之,刘裕平桓玄,改元"义熙",自此大权尽归于裕。渊明赋《归去来辞》,义熙元年也。至恭帝元熙二年禅宋,帝曰:"桓氏之时,晋已无天下,重为刘公所延将二十载。今日之事,本所甘心。"详味斯言,则刘氏自义熙庚子得政,至庚申革命,凡二十年。渊明自庚子后题甲子者,盖逆知其末流必至于此也。思悦、裘父殆不足以知之。

王应麟曰:《左传》引《商书》曰"沈潜刚克,高明柔克"。《洪范》言"惟有三祀",箕子不忘商也,故谓之《商书》。渊明于义熙后,但书甲子,亦箕

子之志也,"陈咸用汉腊"亦然。

吴师道曰:思悦者,不知何人,今未有考。但其所言甚当而有未尽。且《宋书》《南史》皆云:"所著文章,皆题年月。义熙以前,明书年号;永初以来,唯云甲子而已。"李善注《选》,亦引《宋书》云云,不独五臣误也。今考陶文,惟《祭程氏妹文》书"义熙三年",《祭从弟敬远》则书"岁在辛亥",《自祭》则书"岁在丁卯"。惟丁卯在宋元嘉四年,则所谓一时偶记者,信乎得之矣。

宋濂《渊明像跋》曰:有谓渊明耻事二姓,在晋所作皆题年号,入宋唯书甲子云云,其说盖起于沈约《宋书》之误。而李延寿《南史》、五臣《文选注》皆因之,虽有识如黄庭坚、秦观、李焘、真德秀,亦踵其谬而弗之察。独萧统撰本传,谓渊明以曾祖晋世宰辅,耻复屈身异代云云。朱子《通鉴纲目》遂本其说,书曰"晋征士陶潜卒",可谓得其实矣。呜呼! 渊明之靖节,其亦待书甲子而始见耶?

郎瑛曰:五臣注《文选》,以渊明诗晋题年号,宋但甲子云云。后世因仍其说,虽少游、鲁直,亦以为然也。治平中,虎丘僧思悦编陶诗,辨其不然云云,其说出而旧疑释矣。又蔡采之《碧湖杂记》云云,以为渊明逆知末流,必至革代,故所题云云。以予论之,若唐若宋,危而复安,常有之也,岂可逆料二十年后事耶?故唐韩偓之诗,亦纪甲子,后因全忠篡唐,人遂以为有渊明之志,谬矣。惜思悦尚辨未至,若曰:"二十年间,陶诗岂止十二首耶?且未革之时,逆知即题甲子,而永初、元嘉之作,如《赠长沙公》《于王抚军座中送客》,反不题甲子,何耶?"至于《述酒篇》内"豫章抗高门"四语,正指宋迫恭帝事,又何不题甲子耶?盖偶尔题之,后人偶尔类之云云。

陶云汀曰:按,晋标年号,宋唯甲子之说,自沈约著于《宋书》,而李延寿《南史》、李善《文选注》,相承无异,五臣云云,犹约说也。至宋僧思悦始创新论云云。由是王复斋、曾季貍、吴师道、宋景濂、郎仁宝诸人,起而和之。而先生之隐衷,与史氏之特笔,几为所汩,此所谓以不狂为狂也。按,北齐杨休之《序录》言,先生集先有两本行于世云云,是昭明之前先生集已行世,《五柳传》云"尝著文章自娱,颇示己志",则其集必有自定之本,可知约去先生仅十余年,必亲见先生自定之本可知。窃意自定之本,其目以编年为序,而所谓或书年号、或仅甲子者,皆见于目录中,故约作《宋书》,特为发其微趣。宋元献《私记》云云,所谓录者,目录也。是先生集必自有录一卷,而沈约云"文章皆题岁月"者,当是据录之体例为言。至唐初,其录尚在,故李善等依以作注,后乃亡之,遂凌乱失序,无从校勘耳。假令先生原集,义熙以前,亦止书甲子;永初以后,或并纪年号。休文无端造为此说,则当时人皆可取陶集核对,以斥其非。岂有历齐、梁、陈、隋俱习焉不察,李延寿反采入《南史》,李善又取为《选》注哉?休之谓昭明"编录有体,次第可寻",窃意昭明自加搜校,必作先生自定之目,一以编年为序。若如今本,孰能寻其次第?思悦等但据题上所有甲子为说,不知今集,自庚子至丙辰,十七年,诗止数首。其间壬寅、甲辰、丙午、丁未、辛亥、壬子、癸丑、甲寅、乙卯等年俱无一篇,而辛丑《游斜川》诗传不在编年之内,其非旧次,亦可见矣。余门人赵绍祖谓:"先生未必首首题年号、甲子,不过于一年所作之前题之。而《阻风》《赴假》等诗,盖偶书甲子于题首,后人删其每岁所编之甲子。而此数首,甲子以在题上,故不删。"其说近是。若宋景濂谓:"先生靖节,不待书甲子而后见,则似未审所争书不书者非甲子,乃晋宋之年号也。不书宋号,正孤臣惓惓故朝,托空文以见志者。"王厚齐谓:"与'箕称殷祀''陈用汉腊'同意,真先生旷代知己!"异说纷纷,可息喙矣。

赵绍祖说自注云:渊明未必首首题年号、甲子,不过一年所作之前题之。如《饮酒》《读山海经》使题云某年某甲子饮酒、读《山海经》,成何语耶?此数首特记一事,故书甲子于题首,而是岁所标之年号,必在前矣,后人删而去之。而此数首之甲子以在题上,故不删。此情理自然可想而知者也。赵说具陶本。

(二)关于《述酒》的注释问题

宋本云:此篇与题非本意,诸本如此,误。黄庭坚曰:《述酒》一篇,盖阙此篇,似读异书作,其中多不可解。按,晋元熙二年六月,刘裕废恭帝为零陵王,明年以毒酒一罂授张伟,使酖王,伟自饮而卒。继又令兵人逾垣进药,王不肯饮,遂掩杀之。此诗所为作,故以"述酒"名篇也。诗辞尽隐语,故观者弗省。独韩子苍以"山阳下国"一语,疑是义熙后有感而赋。予反覆详考,而后知决为零陵哀诗也。因疏其可晓者,以发此老未白之孤愤。昔苏子《读史述九章》曰"去之五百岁,吾犹见其人"也,岂虚言哉？……此篇陶注就汤、韩之说，敷畅厥旨。凡前注之牵附及未能得其解者，一一拈出，靡不精确，豁然贯通，竟其端绪，洵可宝也。故于篇后备录其说，以饷来者。

李注：黄山谷曰"此篇有其辞，而亡其义"云云。韩子苍曰：余反覆之，见"山阳归下国"句，盖用山阳公事，疑是义熙以后有所感而作，故有"流泪抱中叹，平王去旧京"之语。赵泉山曰：晋恭帝元熙二年六月十一日，宋公裕迫帝禅位，既而废为零陵王。明年九月，弑之。故靖节诗引用汉献事。今推子苍意，考其退休所作诗，类多悼国伤时感讽之语云云，其微旨端有在矣。类之《风》《雅》无愧，诔称靖节"道必怀邦"。刘良注："怀邦者不忘于国。"故无为子曰：诗家视渊明，犹孔门视伯夷也。

陶云汀曰：按，《述酒》诗自韩子苍、汤东涧发其端，而词意未悉，至以芈胜为梁孝王羊胜事，以"卜生善斯牧"为魏文侯事卜子夏，皆牵附无义。不如黄文焕注为善。至"平王去旧京"以下，则注家无一得其意者。盖自篇首"重离照南陆"至"重华固灵坟"，此述晋南渡后偏安江左，浸以式微，至零陵王而王气遂尽，篡弑以成，叙述明显。"流泪抱中叹"以下，乃再三反复以痛之。"神州嘉粟""西灵我驯"，此用《穆天子传》西王母诸国献禾献刍诸事，谓西晋全盛时，五胡未乱，四夷宾服也，今不见矣。次则芈胜乱楚，而沈诸梁董师复之，谓东晋初有王敦、苏峻之乱，即有陶侃、温峤之功，国犹有人也，今亦不可见矣。又下则"山阳禅魏"，犹获令终，不事急急篡除，而今亦不可复见焉。至以万乘求为匹夫不得，牧人所以不愿为君也。"平王去旧京"以下，谓晋自迁江左，而中原没于鲜卑。刘裕平姚泓，修复晋五陵，置守卫，国耻甫雪，而篡弑已成也。薰，獯鬻。《史记·五帝纪》作"荤粥"，《周本纪》作"熏育"。"薰""荤""獯"并通。峡，盖郏鄏，成王定鼎于郏鄏，今洛阳。"峡""颊"通也。晋五陵在洛阳，不敢显言五陵，故曰双陵。盖亦以崤之二陵乱其词，其实若除宣、景、文三王不数，则武、惠二帝正双陵耳。三趾乃曹魏受禅之祥。左太冲《魏都赋》"莫黑匪乌，三趾而来仪"。注：延康元年，三趾乌见于郡国。裕受禅时，太史令亦陈符瑞天文数十事也。"王子爱清吹"以下，则以子晋弃位学仙，愿世勿生天王家之叹也。"朱公练九齿"二语，乃遭乱世而思暇举之心也。"天容自永固"，谓天老容成，与下彭殇为封，言富贵不如长生，即《楚辞》思远游之旨也。赵引无为子语,见蔡宽夫《西清诗话》。

按,关于《述酒》,历代皆有讨论,顾氏征引宏富,以陶澍之注为基础,进行深入辨析。他认为,前人虽然所论甚繁,但是并没有将所有的"庾词隐语"挖掘出来,而陶澍能够以史证诗,并加以训诂之法,从微细处确定词意,这也是他在例言中认为有所得之处。

(三)关于《问来使》之讨论

《容斋随笔》:《问来使》诗,诸本皆不载,惟晁文元家本有之。天目疑非陶居处云云。王摩诘诗:"君从故乡来,应知故乡事。来日绮窗前,寒梅着花未?"杜公《送韦郎》云:"为问南溪竹,抽梢合过墙。"王介甫云:"道人北山来,问松栽东冈。举手指屋脊,云今如许长。"古今诗人怀咏故乡,恒以松竹梅菊为比兴,诸子句皆是也。

蔡絛《西清诗话》曰:《陶集》屡经诸儒手校,然有《问来使》一首,世盖未见,独南唐与晁文元家二本有之。李白《寻阳感秋诗》:"陶令归去来,山中酒应熟。"其取诸此云。

严羽《沧浪诗话》:此篇体制气象与陶不类,得非太白逸诗,后人漫取入《陶集》耳。

郎瑛曰:此篇乃苏子美所作。

(四)关于《饮酒》"悠然见南山"

东坡曰:采菊之次,偶然见山。初不用意,而景与意会,故可喜也。今皆作"望南山"。杜子美云"白鸥没浩荡,万里谁能驯",盖泯灭于烟波间耳。而宋敏求谓余云,鸥不能没,改作"波"字。二诗改此二字,觉一篇神气索然也。

胡仔《苕溪渔隐丛话》:《鸡肋集》曰,诗以一字论工拙。记在广陵日,见东坡云"陶公意不在诗,诗以寄其意耳"云云。"见南山"者,本是采菊,无意望山,适举首见之,故悠然忘情,趣闲而累远,未可于文字精粗间求之。李注:王荆公曰,渊明诗有奇绝不可及之语,如"结庐在人境"四句,由诗人以来无此句。敬斋云:前辈有佳句,初未之知,如渊明"悠然见南山",后人寻绎出来始见其工。老杜佳句最多,尤不自知也。

蔡宽夫曰:俗本多以"见"为"望"字,若尔,便有褰裳濡足之态矣。一字之误,害理如此。

（五）关于《九日闲居》序中菊、丹的问题

朱翌曰：东坡云"十月三日，金英粲然，遂召客饮万家春，且服九华"，诗人谓九华，九日之华，即菊也。按《真诰》：太元玉女有八琼、九华之丹。又，李八百居栖元山，合九华丹成。以此考之，非菊乃丹也。陶注：虽亦丹名，陶、苏所服，恐非丹也，仍解作菊为是。

（六）关于《游斜川》"开岁倏五十"

"开岁倏五十"，汤本云："日"一作"十"。李注：按辛丑岁靖节年三十七，至五十，乃义熙十年甲寅。诗曰"开岁倏五十"，证之序，"十"字实误。今作"五日"，则与序中"正月五日"语意正相贯。

（七）关于《与子俨等疏》"吾年过五十，少而穷苦。每以家弊，东西游走"

李注：赵泉山曰"五十"当作"三十"。靖节从乙未十一年间，自浔阳至建业再返，又至江陵再返，故云"东西游走"。及四十一岁，序其倦游，于《归去来》云"心惮远役"，四十八岁《答庞参军》诗云"我实幽居士，无复东西缘"，若年过五十，时投闲十年矣，尚何游宦之有？

陶注：按序云"少而穷苦"乃追述之辞，岂谓"东西游走"在五十年后哉？即依《宋书》无"少"字，非追述游走不定，解作游宦。先生虽赋归，而与王抚军、殷晋安往来酬答，亦无妨以"东西游走"为言也。赵说似滞，"五十"不必改"三十"也。

（八）关于庞参军、庞主簿

何孟春注：吴正传《诗话》曰："本传，江州刺史王宏欲识潜，不能致。潜游庐山，宏令其旧人庞通之赍酒具，半道栗里邀之。此庞参军四言及后五言，皆叙邻曲契好，明是此人。又有《怨诗示庞主簿》者，岂即庞参军耶？半道栗里，亦可证移家之事。"

陶注：参军、主簿，皆公府所辟属掾，不相兼官。先生诗有庞主簿、有庞参军，"主簿"下注云"庞遵"，与《宋书·裴松之传》"元嘉三年，分遣大使巡行天下。司徒主簿庞遵使南兖州"，合参军则佚其名，当别是一庞也。先生答参军诗，并非素识，因结邻始通殷勤，冬春仅再交，故曰"相知何必旧，倾盖定前言"。其答诗亦因参军将使江陵，先有赠别之作，不可无酬，故曰："辄依周孔生复之义，且为别后相思之资。"若于主簿，则为"怨诗楚调"示之，历叙生平艰苦，至以钟期相望，非同心莫逆，肯交浅言深若是乎？近时金谿王谟撰《豫章十代文献略》，以庞通之即庞遵为主簿者，而参军又是一人，其说良然。参军为卫军使江陵，又从江陵使上都，其时卫军将军王宏，宜都王义恭镇江陵。参军之使，盖阴谋废立之事。先生赠诗曰："敬兹良辰，以保尔躬。"岂有窥见其隐者欤？

（九）关于《四八目》之末《八儒》《三墨》的真伪问题

何孟春曰：按《四八目》例，每一事已，陶即具疏所闻，或经传所出，以结前意。此二条既无后说，益知赘附之妄。

蝻按，《五孝传》及《四八目》原系休之录统所阙，其为搜字丛残，未尽完备，可想而知。此二条章法体制与《四八目》本不相类，而笔致闲适，雅与陶近，绝非魏晋以下人手笔。阳本网罗放失，条文散见，古籍不完，悉可宝贵，故以附诸《四八目》后，正未可援《四八目》例，断其为后人妄赘也。

二、疏通文意，揭示诗之主旨

《蜡日》，吴骞《拜经楼诗话》曰：此篇与《述酒》同意。首二句喻晋运已讫，而宋祚方隆，臣民已多附从，不必更滋妨忌，故曰"无妨"也。梅喻君子，柳喻小人。"夹门植"谓参错朝宁，君子不能厉冰霜之操，小人则但知趋炎附时也。"有佳花"，犹言无有乎尔。"酒中适何多"，裕以毒酒酖帝，言酒中之阴计何多也。"我唱尔言"，谓裕倡其谋，而附奸党者众也。渊明为桓公曾孙，昔侃镇荆楚，屡平寇难，勋在社稷。"未能明多少"，谓若曹勿谓阴计之多，以时无英雄耳，使我祖若在，岂遂致神州陆沉乎！《山海经》："鲜山又东三十里，曰章山。"《地理志》："章山在江夏竟陵县东北，古文以为内方山。"竟陵、零陵皆楚地，故假以寓意，犹《述酒》诗之用舜冢事也。"有奇歌"，盖隐寓《采薇》之意。

陶注：此诗不知所谓，不敢强解。吴说迂晦，恐未必然。

蝻按，如吴说，则"未能明多少"句，即《采薇》歌以暴易暴之意。吴说，此句若曹云云，未得其旨，且甚稚气。云汀以为迂晦，未必然也。

三、在训诂方面颇有见解

《于王抚军座送客》"晨鸟暮来还"，晨鸟莫，陶本作"暮"。蝻按：《说文》："莫，莫故切，同暮。"《易·夬卦》："莫夜有戎。"

《赠羊长史》"多谢绮与甪"，蝻按："甪"古音"禄"。李济翁《资眼录》

云:"汉四皓,其一号甪里先生,今多以'觉'音呼之,误也。至于读'甪'为'觉',而'甪里'之音'禄'者,辄改写为'角',则又与误读为'觉'者,同一谬也。"

《咏贫士》其二"凄厉岁云暮,拥褐曝前轩"之"拥褐",焦本云:拥,一作"短",非。皛按:"短"或是"裋"之误。裋褐,敝衣襦也。《汉书·贡禹传》:"糠豆不赡,裋褐不完。"

〔按语〕

关于《陶集发微》的主要价值

（一）突出的资料集成意识

顾皛《陶集发微》,涉及了多种陶集版本,"自李公焕以下凡十余本",事实上大约是十三种,在前人注释的基础上,进行辨证总结,因此有集成之意。卷末又出以"诸本评汇""莲社高贤传""附录杂识"等目,其中,"诸本评汇"排比罗列了三十五条评陶资料,"附录杂识"辑录了十七条和陶渊明有关的山川名胜与逸闻轶事。这些也为深入了解陶渊明提供了重要文献,体现出它对陶澍集注的继承。

（二）"注上之注"的凝练注解

顾注大量参考了前人注释,但又善于将之进行提炼精简,使得行文凝练。陶集之注,历代叠累,顾注在以陶澍本为底本、参照的基础上,大量参考了何焯注及其批校等,同时也兼顾了蒋薰本中的若干条目等。虽然在注释方面广征博引,但是行文极为简练,往往一语中的。

（三）乾嘉学术的深刻烙印

作为民国时期的陶集,《陶集发微》以当时容易获得,又接近宋本的苏写本为蓝本,汇总诸说,自成风格,是民国时期值得关注但受关注又较少的一部陶集注释。顾皛治学谨严,《陶集发微》亦不乏乾嘉之学的烙印,因而材料可信,考辨严谨。他在序中说:"集中《述酒》一篇,自汤东涧、黄文焕十得六七外,尚有廋词隐语,又经陶云汀一一拈出,疑滞胥通,悉可宝贵。"这些都反映了他在材料整理方面的深入。而在陶集训诂方面,也是继踵陶澍之功,又有颇多新的创获。总之,整体的注释风格,非常简练清晰,避免繁冗,并在此基础上大胆判断,反映了顾皛的深厚学术识见。这是过去研究陶渊明时相对被忽略的一部注释，其中还有很多可堪了解、利用之处。

3. 丁福保《陶渊明诗笺注》四卷，存

〔出处〕

《陶渊明诗笺注》，凡四卷，丁福保编，民国十六年（1927）上海医学书局排印发行。上海图书馆藏。

〔版本信息〕

序　跋

裘廷梁《叙陶渊明诗笺注》

丁子仲祐示余近著《陶渊明诗笺注》四卷，录旧增新，务便初学，优点所在，可得而言。一曰古典。例如御史台，内掌秘书，外督刺史，汉晋之世，省称"二台"，此在当时视为常语，耳熟能详；年代既遥，罕复挂齿，"二台"何物，知者绝希。况在他日，方将以有涯之生，逐无涯之知，宁有余晷及兹琐屑乎？一曰古义。人世沧桑，文字不免，往往形体尚在，厥义已湮，例如《孟子》，去古未远，"泄泄"二字，闻者已索解无从，易以今语，乃能通晓。一曰别字。曩慑功令，相戒毋犯，不悟别字为六书之一，仓卒下笔，记忆不真，凡属同音，得相假借。此义既明，古书荆棘，迎刃解矣。一曰古韵。陈氏季立，卓为先河，继以顾、江诸儒，考古审音，宏博精密，音学大昌。古代韵文，讽诵良便，爱陶诗者，盖亦宜稍知古韵焉。以上四端皆此书特色，故表而出之。至其匡正旧注，展卷可知，无俟缕述。民国十六年八月十四日无锡裘可桴。

丁福保《陶渊明诗笺注自叙》

余于古今诗集，最嗜陶渊明诗。公余之暇，辄取以讽咏，甚自得也。今夏《说文解字诂林》已将脱稿，乃复笺注陶诗，以消永画。家藏陶集余二十种。兹以重刻宋绍熙壬子曾集所刊大字本为主，而辅之以独山莫氏所刻仿宋袖珍本，为校订参考之用。此二本似同出一源。书中遇"殷""敬"

"桓""构""慎""敦"等字，皆缺末笔，其祖本稿为南宋刻无疑也。书中优点约有六端，试略述之。《读山海经》诗第十首，俗本皆从曾纮说改"形天无千岁"为"刑天舞干戚"，此本不然。其善一也；又第十一首"巨猾肆威暴"，"猾"下尚有"一作危"三字，因此推知"巨猾"乃"臣危"二字之误（《山海经·海内西经》，贰负之臣曰"危"，危与贰负杀窫窳，帝乃梏之疏属之山，桎其右足，反缚两手与发，击之山上木）。其善二也；《桃花源记》"欣然规往"（规，谋也。见《后汉书·赵憙传》注），可证俗本作"亲往"之误，其善三也；《九日闲居》诗，俗本皆作"世短意常多"。按宋讳"恒"，故改"恒"作"常"。而此本尚作"恒"，仅缺末笔。其善四也；《五柳先生传赞》，"黔娄"下注"一有'之妻'二字"，正与《列女传》合，而俗本无之，其善五也；卷首四言诗，俗本每以一首为数章或数首者，而此本皆作一首，未分章节，较为近古，其善六也；此外佳处，如小注之"一作某某"，书中所用之古字别体及同音通借等字，皆较他刻为多。如欲一一举之，不能尽也。至于陶诗之天真绝俗，栖托颇高，不待安排，自然合度。而《山经》《穆传》，故作廋辞；《易水》《首阳》，心存故国。昔人论文甚详，毋烦辞费。笺注体要，别具例言，不复赘述。中华民国之十六年八月无锡丁福保识。

〔按语〕

丁福保关于莫氏翻宋本的讨论

关于丁福保凭借莫氏翻宋本来推测"独山莫本与曾集本同源"的观点，郭绍虞是以肯定为主的，因为二者相同之处确实颇多，"其尤为重要者，王若虚《滹南遗老集》卷三十四《文辨》，称《晋书》《宋书》载渊明《归去来辞》'寓形宇内复几时'句，当以'时'字为韵。并谓'近见陶集本作"能复几时"，此为可从，盖八字自是两句耳'。案今世所传宋、元以前各本陶集，惟此曾集本与莫氏仿宋袖珍本作'能复几时'，故知丁氏谓'同出一源'，信也。若以余所考莫氏仿宋袖珍本为自江州本出，则曾集本当亦如是，但异其编次耳。"[1]而其编次问题，郭绍虞认为并非考察版本来源之关键因素。

从细节上来说，江州本陶集，被认为与莫氏翻宋本有关，是因为它们

---

① 郭绍虞：《陶集考辨》，第277页。

在卷三《四时》的诗注中，均引刘斯立语。关于刘斯立为何人，郭绍虞也有过考证。他先是察看了《宋诗纪事补遗》卷七十五"刘斯立，江西安福人，咸淳三年解试进士"一语，认为时间上有问题，无法对应。又阅吴曾《能改斋漫录》卷十四《刘斯立谢诸公启》条，其称"刘斯立跂，莘老丞相长子，贤而能文，建中靖国间丞相追复，斯立以咎谢诸公"云云，"始知斯立乃刘跂之字，与咸淳间之刘斯立为别一人，不必以引刘语为异也。"故而，郭绍虞先生认为，此种陶集与曾集本同源，而"叶德辉《书林清话》卷三《宋司库州军郡府县书院刻书》条，举曾集本而不举江州本，亦一时失考也"①。丁福保在谈及莫氏翻宋本之底本渊源时，则是将曾集本、江州本并举的。

丁福保对莫氏翻宋本大加赞许，将其推至很高的地位，几乎等同于宋本。他同时以曾集本和"独山莫本仿宋袖珍本"为底本来校陶渊明诗，可见他对莫氏翻刻本之重视。

4. 章炳麟手批广州翰墨园本十卷，存

〔出处〕

南京图书馆藏。

〔版本信息〕

版　式

所批陶集为清光绪五年广州翰墨园朱、墨二色套印本，半叶九行，行二十一字，小字双行同。二册八卷，首、末各一卷。卷一、卷四之卷端下钤"章炳麟印"，卷首《总论》十七叶夹批未署"章炳麟识"，其批注字体为章氏古朴挺拔的狭长形行书。章氏生平藏书甚多，读书细致，喜作批注。此书批注二十三条，增补注释一条，校刊印刷错误七处。

批　注

一、关于陶渊明家世的考证

渊明出自士行，旬无异辞。独阎咏以为"大司马"当作"右司马"，乃指

---

① 　郭绍虞：《陶集考辨》，第 277 页。

陶舍。钱晓征辩之曰:右司马乃军中小将,不过中涓、舍人之比,后封开封侯。若指舍为祖,当云开封侯,必不言右司马也。其言"昭穆既远,以为路人"者,则以士行薨后,兄弟不协,故为此言耳。余按晓征之说辩矣。然以长沙公为族祖,即指绰之,渊明当已为士行来孙,恐旧传谓侃为曾祖有微误耳。寻士行卒于咸和七年,年七十六,则生时在吴孙登之末。吴亡,士行已二十余岁矣。渊明当晋亡时年几六十,其生去士行之卒亦几三十年。考其行辈,与谢灵运相次而略长。灵运为车骑之孙,于太傅则曾孙行也。太傅视桓宣武,谥"宣武"又为后进,宣武之父桓彝死苏峻难,与士行同时,而齿历为少。以是推校渊明,上去士行可得五世,其与绰之已在袒免,故诗言"礼服遂悠"、序言"昭穆既远"也。兄弟不协之说未谛。

二、关于陶渊明享年五十六岁的考证

卷一《赠长沙公族祖四首》眉批:又案,颜特进《陶征士诔》云:"年在中身,疢维痁疾。视死如归,临凶若吉。药剂弗尝,祷祀非恤。傫幽告终,怀和长毕。"则靖节卒时不过五十余耳。旧传云六十三,恐误。再案:靖节《祭从弟敬远文》云:"相及龀齿,并罹偏咎。"又云:"念畴昔日,同居之欢。"则靖节与敬远年齿相逮,少同嬉戏也。《祭敬远文》在辛亥,《自祭文》在丁卯,首尾十有七年,而《祭敬远文》云:"年甫过立,奄与世辞。"自此下去十七年,则靖节卒时不过五十余也。若六十三岁而殁,则祭敬远时已四十七,敬远年甫逾立而靖节已四十七,相较十有余岁,不得云相及龀齿矣。

卷八《与子俨等疏》眉批:"年过五十",记当时之年也;"少而穷苦",追述往时也。以此见靖节殁时不过五十有奇耳。或以"年过五十"与下属读,改五为三,此乃纰缪。年过三十,不为少矣,复云"少而穷苦"邪?若以年过三十为少,"少"字又复沓也。

三、关于"闲居三十载"的解释

卷三《辛丑岁七月赴假还江陵夜行涂中》眉批:此言"闲居三十载",值辛丑岁,则《游斜川》诗所谓"开岁倏五十"者,当题"辛酉",误作"辛丑"也。

卷八《自祭文》眉批:辛丑三十,丁卯则五十六也。

卷二《游斜川》眉批:此言"吾生行归休",则作"五十"者是也。所题"辛丑"当是字误,应作"辛酉"乃合。

卷二《归园田居》眉批:案靖节出仕未有三十年之久,此云"一去三十年"者,谓年已三十,方有回车之志耳,则辞官不过三十也。乙巳去职,以辛丑三十计之,此时年三十四,《饮酒》诗第十九首云:"是时向立年,志意多所耻。遂尽介然分,终死归田里。"亦可参考。

四、正文批注

陶集卷三《饮酒》其五眉批:靖节高隐之士,固不乐为宋臣,亦非眷念晋室,乃云"畎亩不忘君",荒矣。

卷三《庚戌岁九月中于西田获早稻》眉批:沮溺、荷蓧皆靖节所深契,则仕隐不为易代也。愚者见谈黄、绮,便以避秦相傅,从道子、国宝游,有愈于宋公耶?

卷一《劝农六首》其六眉批:最后一首乃有深旨。盖人不事生产,鲜有不营营干禄者。鄙农圃,弃田园,其名自美,诚能"投迹高轨"否耶? 荷蓧言:"四体不勤,五谷不分,孰为夫子?"栖栖为佞之士睹此,可以愧矣。

卷二《示周续之祖企谢景夷三郎》眉批:读此诗见靖节之志,盖非独淡于荣位,亦不欲养徒取名也。周生讲礼,远公结社,皆不欲往者,《老子》所谓"不上贤,使民不争"。

卷三《始作镇军参军经曲阿》眉批:此类皆形外之言。靖节本淡于利禄,非专为不仕二姓也。四皓不就汉高之聘,非忠于秦;子陵不食光武之禄,非忠于莽。但靖节勋裔,适可为是言耳。

卷二《岁暮和张常侍》眉批:此说("陶公不事异代之节,与子房五世相韩之义同"之论)亦不合。幼安、渊明之流,所以不效子房者,力固未能,志亦不合。陶公于晋虽称世族,然贵盛者,惟长沙一人耳,较之三谢,则相去远矣。必以五世相韩为比,此乃王、谢之辞,非陶氏之辞也。晋时世族仍贵北士,南士如陆玩、陶侃,虽位至三公,而子孙不显。

卷四《拟古》其九"种桑长江边"眉批:枝条始茂,山川忽改,此谓宋武革命,固有征矣。末言"本不植高原,今日复何悔",则以己为南士,非王谢世贵之流,朝姓存亡,于己无与也。

五、《总论》夹批

靖节以长沙裔孙,系心典午,固其情也,而说者乃以荆轲之咏、刑天之篇,谓其志在兴复,是亦妄论。晋末禄祚已去,桓氏盗窃,重为宋武所延。又其西定长安,东歼胡孽。中原京洛,亦已重睹汉官,有功蒸民,固桓、文所不能上。人心所归，天位焉往，虽篡窃之名，不能尽掩，固非狐媚以得之也。必欲效荆卿堪以匕首，此则拂乎物情矣。大抵情性所至，平易者不能无抗慨，彼但咏荆轲山经而已，于晋宋之事何与焉？

卷四《咏荆轲》眉批：夷、齐不仕周，非为殷也；管宁、胡昭不仕魏，非为汉也。靖节旧勋之裔，所志或与夷、齐、胡、管有殊，亦略同徐野民所为而已。《荆轲》一首自为怀古，情之所随，语自壮激，必非欲以宋武比秦皇也。或云：自王镇恶死后，长安复为赫连所陷，靖节之志，安知不在是耶？

卷四《读山海经》其十"精卫衔微木"眉批：形骸虽朽，志无尽时，虽躬居高位者，亦往往有所感发，而况其余。魏武诗云："骥老伏枥，志在千里。烈士莫年，壮心不已。"王敦读之，至于击碎唾壶，然谓此为魏武自道，岂理也哉？今人以靖节不仕二姓，遂欲种种牵合，失其实矣。

此诗见意在"感子漂母惠，愧我非韩才"，盖欲却檀道济之馈而作也。若云诚乞食者，则二语非其分际矣。且漂母之惠，本由中发，非因淮阴乞食而来也。

六、《总论》眉批

自三百篇以降，至于晋末，诗辞虽有高下，其主于言情一也。颜、谢始事雕绘，故论诗变当自宋始，不当云黄初而降，日以渐薄。

阮籍诗实在陶上，此世之公论也。钟嵘之失在其比叙曹氏父子之不伦耳。

渊明虽不欲以诗名，然操管和声，岂无所本，谓本于应璩、左思者，应取其平淡古朴，左取其高亮清雄。宋人好为大言，妄相纠驳，何哉？

5. 郑文焯手批《陶渊明全集》四卷，存

〔出处〕

上海图书馆藏。

〔版本信息〕

凡四卷，白鹿斋刻本。半叶七行，行十七字。每面细格内有"汉蔡中郎竹册"六字，在《桃花源记》一文旁有"白鹿斋摹古"五字。全书之首尾钤

有郑氏印鉴多枚,如"叔问""鹤公""高密""郑读""老芝""樵风""南柔""天放翁""鹤道人""叔问眼学""樵风逸民""叔问校定"等。

题　跋

全书首尾空白处有郑氏题跋甚多,所署时间从光绪丙午(1906)到民国六年(1917);其可注意者有二:一是进入民国以后,郑氏模仿陶渊明"但题甲子"的用意,依然署晚清的年号,如民国五年署"宣统柔兆执徐之岁",民国六年署"宣统九年",以此表露不事新朝之态度;二是赞扬陶渊明"以酒自晦","易代之后,独葆贞吉"的人格精神。辛亥革命之年,郑氏适值五十六岁,与当年身处易代之际的陶彭泽同庚,故有郑深有"旧国之感"与"异代同悲"之叹。郑氏认为陶诗自《饮酒》篇以下,不题甲子,可以断定为晋宋易代后所作,其近三千字的批语主要针对这类诗篇而作。通观之,郑批或着意于陶诗意蕴的阐发,或借陶诗浇自己胸中之垒块,对我们理解陶渊明其人其诗颇有参考价值。此前,郑氏曾批点陶澍之《靖节先生集》,其批语由日本汉学家桥川时雄辑为《陶集郑批录》一书①。

附　桥川时雄《陶集郑批录》自序

余夙有爱陶之癖,诵其吟章,慕其风徽者,匪伊朝夕矣。庚申之秋,游观其故里,田畴芜秽,风月依然。抚醉石以狂歌,攀首阳而起肃。百年浮生,亦复未易多得也。夫既私淑之矣,靡所发明,更谁知其梗概哉!乃慨然搦管,搏志著述,以发其幽光,广其徽响,字斟句酌,浅唱低吟。《陶集》注版,四十余本,凡所闻见,固不搜罗。有大鹤山人手批《陶集》,前年偶得于厂肆者,其文字不多,比之笺注诸本,颇为精核。予之西来,大鹤已归道山。辗转迁延,卒归予手,岂非天乎!予既辑其传,释其诗,凡若干卷,间插图画,以雅观瞻,乃遭震火,付之焚如。追忆增修,俟诸来日。唯大鹤手批,乃宇内之拱璧,亦靖节之功臣。用特略加补校,排印成册,以示同好,噫嘻,缅维高士,流览遗文,钦迟瞻企,曷其有极!丁卯秋八月,醉轩潜夫敬志于燕都采菊诗屋中。桥川时雄《陶集郑批录》铅印本,丁卯岁九月文字同盟社排印,存。

---

①　周兴陆:《上海图书馆藏郑文焯手批〈陶渊明全集〉叙录》,《文学遗产》2005年第4期。

郑文焯题记

故人北平陈翰林嵩伶,校书于苏州官书局,从白门旧家藏弆陶文毅集注靖节先生集善本,(时案:陶澍字子霖、云汀,湖南安化人。其《靖节先生集》十卷,《年谱考异》二卷,公于从政之暇所著。道光乙亥,公卒,赐谥文毅。翌年秋,因婿周诒朴开椠于金陵。原版已毁,光绪癸未陈氏重刊。)重雕以传世,其斠定诸本异同,析中一是,有裨后学。若评注之繁,间多词费,读者当知所以裁之。(时案:文毅雄才当国,未必为慈琳之杰。故其《陶诗集注》网罗诸家,顾过于繁琐且少所自解,大鹤此语当矣。)余近获一旧刻大字本四卷,所编惟诗,而以《桃花源记》《归去来辞》附于卷末,有白鹿斋印记,其格似出元明旧椠,宽绰容与,颇便老眼。诵陶诗宜以神会其高澹处,不烦言而解已,鹤道人记。

卷首《陶集诸本序录》一页:

辛亥后,绝景穷居(陶句)无日不以陶诗自随。遂得其意趣,偶有感触,辄题数行于简端,聊以寄慨云尔。八表同昏(陶句),人间何世,悲夫!(时案:大鹤手批记年前云"癸未光绪九年"也。又云"壬子民国元年即辛亥次年"也。后云"戊申光绪三十四年"也。当知大鹤抚阅此本已经三十余年。初意在考核诗句,辛亥以后借以寄慨,手批非一时之慰自遣者,无日不以陶诗自随,并非虚语。)

卷首《陶集诸本序录》四页,僧思悦《集后》:

《曾季霾诗话》云,思悦虎丘寺僧,治平仲编陶诗,此本正署治平三年五月,亦佳证也。上虞罗氏面城精舍集跋。(时案:梁昭明太子、北齐阳子烈两种陶集久已佚亡,绝无传本,而因今之八卷本、十卷本,兼考诸其序词,可以窥见两本之概观矣。罗叔言《面城精舍杂文甲编》载有宋僧思悦编陶渊明集跋一文,中云:北齐阳子烈所编十卷本,苦购不能得。壬午冬获桐城徐氏重刻宋巾箱本,亦分为十卷,卷首莫征君友芝署云阳子烈编集,后首列阳子烈《序次》、宋丞相《私记》,次曾纮《说》,次思悦《书后》。详采思悦跋云,愚尝采拾众本,以事雠校,重条理,编次为十一卷,是此本为思悦编,非子烈旧本,因卷数实与子烈本合,故谓为因此窥见子烈本之概观,则当矣。若谓为子烈本,则不妥矣。此本卷首有昭明太子《序》、颜延之《陶诔》、昭明太子《陶传》、子烈《序录》、宋庠《私记》、曾纮《说》、思悦《书后》，杂入卷末，殊属不正。子烈《序录》云，今录统"昭明"所阙并序目，合为一帙十卷，况亦引《文选》五臣注、黄庭坚语，间有"宋本作某"之字样，尝采拾众本，以事雠校，诗赋传记，赞述杂文，凡一百五十有一首，徐氏刊本卷首记有篇数，凡一百五十四首，与思悦后所云多三首，且末卷杂入各文，体裁缺妥。曾纮《说》系宣和年中作，而在治平三年所作，思悦《书后》之前，与《书后》、阳仆射《序录》、宋丞相《私记》存于正集外，以见前后记录制不同不相符已，岂以卷末所载思悦《书后》年月与《季霆诗话》相合之故，视为思悦本之证哉？思悦本久已佚亡，现世绝无观此旧本者，罗说误也。）

　　卷首《诸本序录》五页：

　　在晋曰渊明，至宋则名潜，此意甚显。若深明，必唐人避渊讳而改其字也，亦犹《唐志》作"泉明集"之例。（时案：陶公在晋曰渊明，至宋改名潜，此说创于吴仁杰《陶靖节先生年谱》，吴氏创意亦本叶石林，文毅《靖节年谱考异》亦同吴《谱》。愚谓陶公名潜，一名渊明，字元亮，易代更名，寄意明显，而亦不可卒信也。盖此说创于宋时，吴叶二氏、昭明太子《陶传》、颜延之《陶诔》不记也。《宋书》《晋书》及《南史》亦不录也。陶公忠节，岂以更名为重哉！渊明之为名，文毅证据详核，今不再提也。《宋书·陶传》云"潜字渊明"，昭明太子《陶传》云"或云潜字渊明"，《南史·陶传》云"潜字渊明"，《莲社高贤传》云"潜字渊明"，均误传也，而《宋书·陶传》云"或云渊明及潜为名，元亮为字，具属正传"。"潜""渊明"之为名，不惟与上列史传相合征之，《逸史》《北堂书钞》引臧荣绪《晋书》曰"陶潜又单曰潜"。《书钞》引何法盛《晋中兴言》曰"陶潜"，又《文选》注引《晋中兴言》曰"渊明"。《艺文类聚》引孙盛《晋阳秋》曰"陶潜"，与史书不以字呼之例相符，"潜""渊明"并为名，则"元亮"之为字，亦甚确也。晋宋易代之际，未睹一人更名以表忠节者，惟在陶公有此传说。如此忠节，晋宋诸史不传，知好最笃之颜氏作《诔》不叙及也，敬仰最深之昭明太子作《传》不记录也，而至后宋有此臆说。弃臣遗老，感慨激昂，抗言雷同，纷纷传送，人竟不疑也。愿与海内巨眼者，开千古蒙蔽，以为陶公忠臣矣。大鹤问学精密，校核不及，诚可憾也。又案，陶渊明为"深明"见《南史·陶传》，"深"乃"渊"之形讹，《宋书》可证。"泉明"，见《旧唐志·经籍志》，盖避唐高祖李渊耳，犹"杨渊"之谓"杨泉"也。）

卷首"诔传杂识"二页,颜延之《陶征士诔》"名田谥高"句:

"田"为"由"之讹。(时案:此系虎帝鲁鱼之误,惟见文毅陶集,其他陶集及各本《文选》皆不误)

卷首"诔传杂识"九页,《南史·陶传》:

"道济谓曰:夫闲者处世,天下无道则隐,有道则至。今子升文明之世,奈何自苦如此? 对曰:潜也,何敢望贤,志不及也",上栏记云:文明之世,未知所谓,在靖节先生视之,直狂驰耳。(时案:此为郑公推衍檀语陶意而言,若果文明之世,则陶公不自苦矣,故云然。)

卷首"诔传杂识"十页,《南史·陶传》:

潜不解音声,而畜素琴一张。每有酒,适辄抚弄,以寄其意。贵贱造之者,有酒辄设琴以寄其意,《晋书》所谓"一醉则大适",未若此《传》之简澹能肖其人。(时案:《南史》原文"每有酒,适辄抚弄",故郑公所解云。)

卷首"诔传杂识"十页,《南史·陶传》:

"自宋武帝王业渐隆,不复肯仕。所著文章,皆题其年月,义熙以前,明书晋氏年号。自永初以来,唯云甲子而已",上栏记云:《传》未尝言诗,盖云凡所为文章尔。今其诗独传,故议者辄据此语,以见其高节,实则诗中亦未曾及晋年号也。(时案:陶公在义熙以前记晋年号,后记甲子亦大节所系也,后人惟据所存之陶集设说,未是,后当详叙之。)

卷首"诔传杂识"十页,《莲社高贤传》:

续之后应道济苦请,乃讲礼于城北,校近马队,先生诗中云"马队非讲肆",盖讥之也。惟刘遗民遂为隐良,诗亦屡及之。(时案:昭明太子《陶传》云:周续之入庐山事释慧远,刘遗民亦遁迹匡山,渊明又不应征命,谓之浔阳三隐。后刺史檀绍苦请续之出州,与学士祖企、谢景夷三人其在城北讲礼,加以讲校,所住公廨近于马队,是故渊明示其诗云:"周生述孔业,祖谢响然臻。马队非讲肆,校书亦已勤。"郑公谓"檀道济",乃檀绍之误。)

卷首"诔传杂识"十二页:

入社胡为攒眉而去之,惟恐不疾,盖此社必有异征。或入社者众,匪尽高流。故先生辟之若浼,其初实为酒所饴尔。比年江南亦有禅学会之设,流品杂厕,要有主之见者,见招辄谢绝,恐尚无远公议论发人深省。(时案:《莲社高贤传》云,时远法师与诸贤结莲社,以书招渊明,渊明曰:

"若许饮，则往。"许之，遂造焉，忽攒眉而去。此事又见《庐阜杂记》。又杜诗云，陶渊明闻远公议论，谓人曰："令人颇发深省。"慧远寄迹匡庐三十余载，影不出山，颇守清戒，实为法界大师，其与陶公交际何如，晋宋诸史不录，曾无一见。莲社名辞，诸书典据记载复杂，逸闻甚多，未详孰为真传，如虎溪三笑，正属谬传，其他陶公社中传闻不足尽信，仅可知当时风尚之一斑耳。惟两巨公同时寄迹匡庐，地分南北，一则发扬法光，一则澹薄明志，虽曰或未会晤而周旋其间。

卷首"诔传杂识"十四页：

诵鲁公诗，乃悟东涧所谓"陶公不事异代之节，与子房五世相韩之义同"，其发明作者微旨，诚原于此时。而靖节之苦节，岂徒以石隐鸣高者，在唐贤已讥其微已。（时案：鲁公诗，见陈令举《庐山记》，而不得其全篇，有"张良思报韩"句，陶公不事异代云云，见汤汉《陶诗注序》。）

卷二之十四页，《答庞参军诗序》：

曲礼，礼尚往来，作"孔"非，"禮"字省体作"礼"，盖以形讹为"孔"，所谓"礼往而不复"也。（时案："礼"字，陶集各本作"孔"，文毅陶集从何焯校定宣和本作"礼"，极是。愚观北京京师图书馆所藏宋本东坡和陶诗，亦作"礼"。）

卷三之四页：

昔贤诗题元号者亦寡，此不关故国之感，陶集纪年月书甲子，固诗人恒例隐示编年之义，自后人以分类四言五言为卷次，而旧编或失之零乱，今可考见者，惟此十七年尔。其诗不书甲子者，所以限于易代之年也。愚说列后。

卷三《丙辰岁八月中于下潠田舍获诗》：

丙辰为晋义熙十二年，越四年庚申，而恭帝禅代。渊明诗中所纪甲子，止于丙辰，自《饮酒》廿章，迄于《挽歌》，并不复纪年，其意可知。且《饮酒》次篇，以夷叔西山，高节隐慨。夫呵壁问，天其自托于逸民，盖足以见其志已。是集中，可断自《饮酒》篇，以下为易代后所作。信而有证，前人但以其不题宋号，惓惓故朝，听讼纷纷，旋□□□并无当于表征之义例也。持此旨以论其诗，会心人当不在远，光绪戊申之年除夕记。（时案：陶公所著文章，义熙以前用晋号，后用甲子，此传轫于《宋书·陶潜传》，《南史》亦载之。《晋书》及昭明太子《陶传》，均欠其传。《文选》五臣注引《宋书》，以传其事，宋僧思悦，据陶集谓，陶公题诗用甲子者，仅隆安四年甲子至义熙十二年丙辰，共十七年间耳。自是而后，此论赞否相半，未见其定论，今兹不一一列叙之。清赵铭祖有《陶诗书甲子》一篇，以谓沈约编《宋书》时，必当见陶集者，开卷即发明其意为言，集中之年号甲子，后人传写删去，而仅有删之不尽者。陶文毅竟以门人赵氏说，更加考据，谓陶公已有自定本。沈约去陶公仅十余年，必亲见陶公自定本，特发明其旨，以示诸世耳。又谓《隋书·经籍志》"陶潜集九卷"，言《宋书》所记，文毅所叙，颇足信据也。又案郑公谓自《饮酒》篇以下为易代后所作，此说未必尽然。陶集诗卷后方，载有《咏荆轲》一篇，英气满纸，与他作异，盖少壮慷慨之作也。陶公作诗，自有发达阶段，未初有幽远深浚之作，知此理者，始可语陶诗矣。）

卷三《饮酒》其二：

吴斗南编陶公年谱，以为《读史述》之作，当元熙禅代之际，故有天人革命，绝景穷居之叹，东坡谓其《读史九章》，夷齐、箕子，盖有感而作云云。谛采此章发端，亦以夷叔自况，其耻事二姓之义，尤章章者，是可征《饮酒》篇当与《读史》诗同为晋禅后所作，王雪山所谓元高风，发于晋宋去就之际，千载后犹识其志也。

卷三《饮酒》其十六"晨鸡不肯鸣"：

少陵《客夜》诗有"秋天不肯明"，意本此。○又本集《杂诗》"日月不肯迟"，此六朝常语。

卷三《责子诗》：

《诗》云："我躬不阅，皇恤我后。"靖节《责子》诗，所以有天运如此之叹也。

卷三《蜡日》诗：

《左传》："虞不腊矣。"仅始改腊，古有饮腊之风。《玉烛瑶典》云："天子以其行之感，而祖以其终也。"《晋起居注》："安帝隆安四年十二月辛丑，腊祠作乐。"此诗盖伤时发之，而有去故之悲，托诸诗歌，以送余运尔。○兔床谓是诗作于元熙禅代之年，将毋陈咸用汉腊意邪？考魏晋之间，俗有贺蜡，绎此诗发端二句，诚有感于岁终运促，而时人转托于阳和以向荣荣，柳争春，亦伤时讽世之深致耳。○兰成《哀江南赋》云："月穷于纪岁，将复始逼迫危虑端。"忧暮,齿其意。盖纪梁亡于太清二年戊辰十月,犹庾季等不忘于哀郢之岁也。渊明此章,首言晋之余运将终结,以章山之歌,比之采薇,闵故国之不腊,譬新运于佳花。去故之悲,四时送代,可以伤心天人之际已。旧注意近傅会,三复而得其微旨,附记以俟宏达正之。(时案:陶公《蜡日》一首,亦不可解文字,而诸家设说,摸索其意而未得者,不知当时风尚之故也。大鹤之解,竟发其幽光,启其微意,其所谓《晋起居注》,见《太平御览》卷三十三。《御览》又云:"裴秀《大蜡》诗曰:有肉如丘,有酒如渊,有货如山。"《世说新语·德行篇》云:"王朗每以识度推华歆,歆蜡日尝集子侄燕敛,王亦学之。"干宝《搜神记》云:"酿冬酒以供腊祀也。"据此视之,六朝蜡日饮酒,其俗仪概可知也。陶公蜡日饮酒寄慨,即有此篇也。)

卷四《拟古》其一:

《拟古》篇极踔厉激昂之致。钟中伟乃目隐者之宗,此岂高语绝世者所可同日语哉。○靖节诗,造句愈古澹,亦愈沉郁。盖自义熙后惟有浩然弥衮。天地与立以言乎,不得不言耳。(时案:钟中伟语见《诗品》,大鹤后又斥之。)

卷四《拟古》其八"饥食首阳薇,渴饮易水流":

"饥""渴"二句,可以见其志。

又此首末句:

《一统志》:"昔有一大桑,流此洲中,故洲名桑落,地名柴桑。晋陶潜居柴桑子山。"○树犹如此。(时案:《拟古》末首汤东涧、黄文焕两注,略得其意,而未知其所本。何燕泉以为用鬼谷先生书意,大鹤引《一统志》,以证其事,均非。傅咸《桑树赋》见《艺文类聚》,其序云:"世祖昔为中垒将军,于直庐种桑株,迄今三十余年,其茂盛不衰。皇太子入朝,以此庐为便坐。"陆机《桑赋》见《艺文类聚》及《太平御览》。潘尼《桑树赋》,盖溯想皇晋建国之初兆,而俯仰古今,而发桑田碧海之叹耳。)

卷四《杂诗》其四:

此盖深慨夫当世之攘名利,同室操戈,所谓狂驰百年中者,至亲旧子孙不相保,岂知富贵有时而尽,荣乐止乎其身,甚可悲也。○晋安帝记虚尊假号,异术同亡,盖言袭禅代之美名,阴召篡弑之实。既亡也,勿诸可谓深诚。

卷四《杂诗》其五：

此心稍去，而志靡它。感叹岁月，履运增嘘。曩诵此篇，但觉其音之哀。语语痛切，今反复寻绎，乃叹此事，已亲更之。触目增泫，诚不知涕之何从也。《苕之华》有云："知我如此，不如无生。"此诗去去欲速之义也。〇《晋书》论典午革命之际，犹高秋涸候，理之自然，观其摇落，人有位，人流涟者也。是诗发端数语，同一凄致，天意人事，可以悲已。〇考义熙易代之时，先生年已五十有六，奈何五十年，忽已亲此事，此何事耶？诗中一则曰"去去欲速"，再曰"去之何之"，诚所谓求死不得也。

卷四《咏贫士》末首：

此文通拟作，当据《文选》，正是不当以此附会。子仓六首之末，观文通《拟上人怨别》，今后仿效渊明《田园》，昔贤效体之作，盖有当时闻其风而慕之者，况先佚邪？是篇惟得澹远之致，骨气不高，志趣使然。（时案：此首已见《文选》，题为"江淹《杂体诗》"，陶征君《田居》，其非陶作，前人论之凿凿。所待考者，未详何时何人混入耳。《文选》李注，于此一首，七引陶句，亦可以知此首尾杂缀陶句之拟作也。后代效陶之作，纷出叠来，此为其先唱者欤。）

卷四末《问来使》诗：

句固雅朴，然气均终沦平钝。无靖节奇清逸志。永嘉以来，清虚在俗，如此篇咸优为之。〇此亦非太白作。蔡絛据所见南唐及晁本有之，则汤文清注，疑为晚唐人诗，非亡谓也。至郎氏直目为苏子美所作，岂别有所见邪？世士以陶公寄情菊酒，又是诗有"归去来"一语，率尔附入陶集，诚不知天目既非其故居，而渊明欲归则归，亦无用其问来使耳。

卷五《归去来兮辞序》"缾无储粟"：

此用《诗》"缾之罄矣"语意，坡公乃方之俗生，不亦慎乎？（时案：毛诗《蓼莪》云："缾之罄矣，惟罍之耻。"传云"缾小而罍大"，"缾""瓶""缾"皆同，《方言》"缶其小者，谓之瓶"，《广韵》"缾，酒器"，《北堂书钞》引陈留《耆旧传》"有瓮缾无储"，具状贫苦耳。）

卷五《归去来兮辞序》"质性自然，非矫励所得饥冻。饥冻虽切，违己交病"：

四语恰孚鄙人心理，生平勉焉。今老已，渐能自然，但恨无南山可嘉遁耳。

卷五《归去来兮辞》篇末：

志士苦节，宁乞食于路人，不肯折腰于俗吏，正是大异人处。此意岂右丞所知。（时案：王维与魏晋居士书中，间有讥陶公惭一见督邮，而不惭乞食路上。郑公斥之也。顾亭林尝为文，讥评王维文辞以欺人，见《日知录》，有以夫。）

卷六《桃花源记》：

桃源名县，即传会其地。当地武陵渔人，且忘向路，太守亦求之不得，岂后世偏能举山泽所在而著之笔乘，无是理也。余以为其地其人其事，尽足令人起高隐之思，可以传已。〇又有咸丰初，有余旧仆尝登华山绝顶，归迷其山中，风土及男女衣着，田舍鸡豚，宛如云中仙居，与桃源无异。其巅绝险，人迹罕至，莫然来者，皆疑登仙不思拇郭。近闻天台、雁荡间，亦时有此异，竟不必神仙始得践其地也。何独于桃源而疑之。且陶公是记，得之武陵渔者，奚以辨为。（时案：《桃花源记》一篇，诸家之解，或以神仙说，或以实事实处说，未见一定也。考六朝时，士君子颇有喜异闻之风，桃花源亦是当时喧传之异闻，而陶公聆此，乃为记录之，取其合自家隐逸之理想，故谓寓意亦可。注者以为托避秦以叙避宋之意，是也。谓为实事亦可，盖桃源地志所载，而刘子骥亦有其人，吴大澂著《游桃源洞记》，王先谦寻作其书后，详征诸史传，若有所得，苟以神仙说之，误甚。）

卷六《桃花源诗》"赞奇踪隐五百"：

此盖隐寓，五百年王者兴之慨，何事苦算岁纪，以辨太元、太康元号耶？（时案：桃花源事，已在记道尽，赞诗一篇，愚说断非陶公之作，今姑不叙论之。）

卷七《与子俨等疏》：

此当与夫康成公《诫子》文参观，敬诵数过，赋性高文，可以传老。李公焕谓为临终戒子遗训，未免迂缪耳。〇又有"大分有限"，即承上文"渐就衰损"句意，非谓疾之大渐，沾沾虑及身后也。《宋书·隐逸传》所云："与子书，以言其志，并为训戒。"斯语得之。（时案：《与子俨等疏》一篇，目为陶公遗训，不始于元李公焕，唐人已有此说，《太平御览》卷五百九十三，引为陶渊明遗戒,然细味文义,即知其非,仍以大鹤说为是。)

　　卷七《祭从弟敬远文》"庭树如故,斋宇阒然。孰云敬远,何时复还":

　　伤心之极矣。

　　卷七《自祭文》:

　　考元嘉四年确为丁卯,《宋》《晋》《南史》各传并云公卒于是年。顾未记九月。后人因此文有"律中无射",其《拟挽歌》又有"严霜九月中"句,遂谓卒于杪秋。

　　《自祭文》题下李公焕注云"此文乃靖节之绝笔也":

　　李注极迂滞,晋人固多旷息,如庾晞、桓伊辈,且好为挽歌。山松每出游,辄令左右作挽歌,不必靖节《自祭文》出于旷息。○曾端伯云:秦少游将亡,效陶渊明自作哀挽。是知以《自祭文》为先生绝笔者有旧已,贤者知死之生,知亡之存,固不须乖绝之言以自明也。(时案:陶公《挽歌诗》及《自祭文》,洵当时风尚而作耳。诗有"严霜九月中"句,与文中"律中无射"相符,又文中"丁卯",与公卒年相合,是以谓之靖节绝笔。又谓公卒于九月,近泥,陶公本性,嫌无病呻吟而作,莫不有物,乃是感觉身体之衰微,如西山残日,秋圃荒枝,借挽歌自祭之文以叙其人生观。偶尔此事属公之卒年耳,公之遗占,见颜氏《诔》,大鹤颇得其原意。)

　　卷末《诸本评陶汇集》十二页:

　　中伟诚陋人,所著《诗品》,惟取其文藻而已,其月旦固未尽惬当也。(时案:钟中伟《诗品》则文辞颇多严正之论,惟评陶一条是否妥当,尚俟后考。)

　　《诸本评陶汇集》十四页引都穆诗语云"陈后山曰,陶渊明之诗,切于事情,但不文耳":

　　后山学山谷,且不能到焉,可与语陶诗,此无足辨者,东坡晚岁,始和陶,其庶几知道欤。

　　《靖节先生年谱考异》下卷"元熙二年":

　　《晋书》始元帝以丁丑岁称晋王,置宗庙,使郭璞筮之云,享年二百,自丁丑至禅代之岁,年在庚申,为一百四岁。照丁丑始系西晋,庚申终入宋年,所余唯一百有二岁耳。璞盖以百二之期促,故宛而倒为二百也。(时案:郭氏筮祚一事,见《太平御览》引何法盛《晋中兴言》。)

恭帝元熙二年，夏六月，刘裕至于京师，传承裕之密旨，讽帝禅位，草诏请帝元熙书之。帝欣然谓左右曰："晋氏久已失之，今复何恨，乃书赤纸为诏。"甲子岁逊于琅邪。刘裕以帝为零陵王，居于秣陵，行晋正朔。车旗服色，一依其旧，有其文而不备其礼。（时案：恭帝云云，见《晋书·恭帝纪》云。）

《靖节年谱考异》下卷末有一跋云：

余居恒慕晋人风致，其高节美行，又独以靖节先生自况，尝论其读史感述之首章曰："天人革命，绝景穷居。采薇高歌，慨想黄虞。"其时当宋武改元、永初受禅之年，而先生行年五十有六已。自后有作，但题甲子，不著元号，旧国之感，异代同悲，患难余生，年纪亦合。昔以风致自况者，今不幸而身世更共之，恨无刘遗民辈相从于仓烟穷漠中，琴酒流连，以送余齿。一醉不知人间何世，吁可哀也已。辛亥不尽十日，樵风真逸记在吴小城东墅。（时案：宣统让政诏颁，大鹤怆怀世变，自比靖节五十六岁所遭，满腔孤愤，一托于词。《茗之华》三章，闵时而作，有《小雅》怨悱之音，大鹤竟因取斯义，以名词集之终篇曰《茗雅集》，其志可哀也。国变后，儒生不为世重，生计大窘，乃出其余技，鬻画行医，聊以赡家，亦陶公所谓"倾身营一饱"者也。大鹤于民国七年戊午二月捐馆，年六十三，余主编之文字同盟志第十二号，特辑郑大鹤专详论列，纂布于世矣。）

末附郑文焯《腊日》诗一首：

老梅迎腊逗晴妍，雪后山窗偃暴便。

莫笑年来拙生事，举家食粥傥能仙。

第八编　日本抄刻陶集

1. 菊池耕斋本《陶渊明集》十卷，存

〔出处〕

日本京都大学人文科学研究所图书馆等藏。

〔版本信息〕

版　式

菊池之宽文本，半叶九行，行十八字。四周双边，无界栏，白口，上下双鱼尾。版心刻"陶集"。

编　次

书前有明人耿定向所作《题刻靖节集》以及万历庚辰年（1580）蔡汝贤之跋，后有梁昭明太子萧统所作《陶渊明集序》《陶渊明传》。卷一诗四言，卷二至四诗五言，卷五杂文，卷六赋，卷七传赞，卷八疏祭文，卷九至十《集圣贤群辅录》。卷一前有"总论"，录苏轼、黄庭坚、胡仔《苕溪渔隐丛话》、陈师道、杨时、朱熹、葛立方《韵语阳秋》、刘克庄、蔡絛《西清诗话》、《蔡宽夫诗话》、陆九渊、真德秀、魏了翁、休斋、《雪浪斋日记》、杨文清、祁宽、张缤诸家之评论。卷末有附录，附有颜延之《陶征士诔》、阳休之《序录》、宋庠《私记》、思悦《书靖节先生集后》，以及曾集绍熙三年（1192）序。菊池本萧统《陶渊明集序》前有一花边牌记云"天启纪元二年浙江杨氏重梓"。该牌记带花边，其造型在宽文年间所刻诸本中不多见。

序　跋

菊池耕斋跋

吟野水孤舟之句，而知菜公相业；读掉臂天门之诗，而晃晋公不忠。何也？诗，心声也。感于心而形于声，于是乎核则在中之诚，不可得而掩也。渊明高蹈远举，绝情外慕。是故发于诗者，枯淡冲静，无一点尘俗气象。若深山幽谷之道人，芰衣荷裳，不施袨服，而不觉使人肃敬。读其诗想见其人，则千载之下，犹知其为不萦好爵、安道苦节之士也。或疑言酒多者，所谓所寓，与毕卓、刘伶辈同，所得与二子异。人亦殊，不能知之也。岂累渊明者也哉？且其墙数仞，虽以诗名，世知谢康乐、庾义城之徒未能窥，而况其下者乎？西山有曰："渊明之作，宜自为一编，以附于《三百篇》《楚辞》之后，为诗之根本准则。"审其如此，则此编当与《三百篇》《楚辞》俱刻行之海内，而学者亦不可不与《三百篇》《楚辞》俱习读之也。节初在筑州时，好读此集，旁作训诂，岂特寓惠州和陶之怀而已，将以效金陵使诗之鞶。今岁冬仲适书林某欲请付梓，四喜西山之遗意，复行于今，而予所好，与众同之，竟出授之，并赘简末，云时丙申下元日也。耕斋菊池东匀谨跋。

〔按语〕

一、关于日本传播《陶渊明集》的整体情况

《陶渊明集》大约在奈良时期传入日本。平安时代开始，日本人就深爱陶渊明之诗文。《怀风藻》收录了部分陶诗。嵯峨天皇作诗《九日习菊花篇》，以杂言形式模拟《九日闲居》。平安时代编集的《本朝文粹》所收纪齐名的《落叶赋》、大江朝纲的《男女婚姻赋》等篇目中都出现了对陶集典故的引用或者化用。五山文学中也颇能见到陶渊明之身影。江户时代，藤原惺窝、广濑淡窗等批评家对陶诗极为称扬。明治以后，大量文学家仍然热衷浸淫于陶集，以夏目漱石为最。日本文学所受陶渊明之影响是极深的。

二、关于菊池本的刊刻

菊池本，即菊池耕斋（1618—1683）训点本《陶渊明集》，十卷。其初刻本，是宽文四年（1664）武村三郎兵卫刊本。从其牌记可知，它是以蔡汝贤刊《陶渊明集》十卷本之天启二年本翻刻的①。蔡汝贤刊本，为万历七年

---

① 卞东波：《日韩所刊珍本〈陶渊明集〉丛考》，《铜仁学院学报》2017年第1期，第22—23页。

(1579)刊刻,凡十卷。有耿定向《序》、蔡汝贤《跋》。蔡汝贤字用卿,青浦人。隆庆二年(1568)进士,官至南京兵部右侍郎,所著有《陈垣疏草》《披云汇集》①。桥川时雄云:"《陶渊明集》凡十卷,菊池纯仿刻蔡汝贤本,蔡本未详所据,颇近乎李公焕本。"②郭绍虞云:"然按其编次,亦为李公焕本之后身。"又认为此本与休阳程氏本、潘璁本存在密切关系③。菊池本中,曾集原序后的落款"绍熙壬子立冬日赣川曾集题"却被刊落了,改为"万历丁亥休阳程氏梓"。"万历丁亥"即万历十五年(1587)。可见天启本的底本是明万历年间休阳程氏刻本。郭绍虞《陶集考辨》又云:"此本大体固同李公焕本,然有以意率改之处……于是杨时伟本、杨鹤本、潘璁本等均从之。"④卞东波比对诸本以后认为,程本基本与元代李公焕本相同,只是李公焕本的"总论"部分,以理学家朱熹、杨时、真德秀语录开头,而程本则以苏轼、黄庭坚评语起始,可能是为了迎合市场的需要而做的改动⑤。因此,可进一步确定,和刻本翻刻的底本天启二年本,是浙江杨氏据程氏本的重刊本。天启二年的杨氏刻本,从未见于中国现存各种书目之著录,在中国可能已经失传,而宽文本保存了天启本之原貌。菊池耕斋是江户时代的儒者与医师,为此种陶集标注了训点。当时日本标注汉籍之训点的工作,常由医生完成。

三、关于菊池本的流传、翻刻情况

菊池本在日本复刻最多,流行最广。如明历三年(1657)武村市兵卫刻本、宝历十一年(1761)平安书肆野田藤八翻刻本,亦为常见。此外还有文化七年(1810)江户鸭伊兵卫、京都上林善辅,文政十三年(1830)京都书肆神先宗八等人的印本。菊池之宽文本的诸种翻刻本,版式几乎都完全一样,但其中也有少部分翻刻本有一定改动。如宝历本,书前亦有梁昭明太子萧统所作的《陶渊明集序》《陶渊明传》,不同之处在于,耿定向的《题刻靖节集》以及蔡汝贤的跋文在卷末,而非卷首。书末亦有菊池耕斋所作

①③ 郭绍虞:《陶集考辨》,第293页。
② 桥川时雄:《陶集版本源流考》,第二十七页a面。
④ 郭绍虞:《陶集考辨》,第294页。
⑤ 卞东波:《日韩所刊珍本〈陶渊明集〉丛考》,第23页。

跋文。

　　菊池本与阿部本之间关系密切。阿部本，又称《校正陶靖节集》，凡十卷。阿部本的内容编次与菊池本十分相似，仅在版式上，对菊池本略作调整，半叶八行，行二十字。桥川氏著录曰："明治年间，阿部氏尺璧馆刊（此本每页口上记'校正陶渊明集'，口下记'阿部氏藏版书'，签云'陶靖节集尺璧馆梓'），卷首有昭明太子《序》、耿定向题词（作《题靖节集》）、总论、昭明太子《陶传》及目录等，卷末附有颜氏《陶诔》、阳休之、宋庠及蔡汝贤序跋，此本即重雕蔡汝贤本者，刻版精雅，框上有棚。"[1]因此，阿部本实际上也是菊池本系统的一个分支。它是否能够被独立称为一个版本，其实是可待商榷的。

　　日本《石井积翠轩文库善本书目》称，该文库即藏有宋本《陶渊明集笺注》，见过书目中的版本叙录后可知，这部十卷本《陶渊明集笺注》，应是李公焕本，并非宋本[2]。其中所收卷首图片，以及诗四言题下收刘后村评语，都是李公焕本的典型特征。孙猛《日本国见在书目详考》对此未加分辨，认为此乃宋本陶集[3]，非也。即便如此，从版本角度而言，李公焕本也是优于明刻本的，然而它在日本并没有获得翻刻。而菊池本的流行，则几乎贯穿了整个日本江户时代。

四、日本翻刻陶集多以蔡汝贤本为底本之缘由

　　在日本对陶集的翻刻过程中，为何宋元刻本的陶集没有成为最流行的底本呢？其中原因应该很多。联系江户时代的理学趣尚，以蔡汝贤本为底本的菊池本的流行，与该集中录有耿定向之序或有关系。耿定向（1524—1597），字在伦，号楚侗，人称天台先生。明湖广黄安（今湖北红安）人。嘉靖三十五年（1556）进士，官历行人、御史、学政、大理寺右丞、右副都御史、户部尚书。耿定向也是晚明时期阳明后学的代表人物之一。日本江户时代同样是理学的时代，程朱以后之理学颇受研究和关注。而

---

　　①　桥川时雄：《陶集版本源流考》，第二十七页 a 面。

　　②　川濑一马编：《石井积翠轩文库善本书目》，石井光雄积翠轩文库 1942 年版，第 246 页。又图录作"宋版"（卷首），称《笺注陶渊明集》，第 386 页。

　　③　孙猛：《日本国见在书目录详考》，上海古籍出版社 2015 年版，第 1829 页。

此序影响之深,及于大正二年(1913)所刊之近藤本。

耿定向将陶潜与修身养道联系起来,曰:"靖节集世传尚从来矣,挨藻者,摹其辞;励操者,高其节。故人人好也。乃若倏倏乎委运任真,蝉蜕埃溢之外,而栖神澹漠之乡,斯其含德之至……夫冲澹恬漠,是天之宅而道之腴也。元亮哜之,故其文传,其风远,道古者于心不于迹。吾侪所遭,与元亮异,奚必啖其余糟,践其陈轨哉。"联系此序来看菊池耕斋所作之跋,能发现二者在理解陶渊明之人格方面有着共同的倾向。此跋亦是从陶潜为人出发,评价陶诗"枯淡冲静,无一点尘俗气象。若深山幽谷之道人,芰衣荷裳,不施袨服,而不觉使人肃敬",与耿氏所言之"委运任真""深于道"相近。后文更引用理学家真德秀的话,将陶诗与《诗经》《楚辞》并列,称之为"诗之根本准则",认为它是诗歌创作的指南与模板。这是对一个诗人及其诗学旨趣的最高评价。

2. 松崎慊堂《缩临治平本陶渊明集》八卷,存

〔出处〕

日本京都大学人文科学研究所图书馆藏。

〔版本信息〕

版　式

《缩临治平本陶渊明集》,八卷,半叶九行,行十五字。四周单边,无界栏,细黑口,双鱼尾。板心刻"陶集",下记叶码。后附三谢诗。

编　次

第一册扉页有"渊明小像"一幅,次页题"缩临治平本陶渊明集附三谢诗",有题记"羽泽石经山房刻梓"。第二册扉页有"东坡小像"一幅。此书共八卷,编次为:卷一诗四言,卷二至卷四诗五言,卷五辞赋,卷六记传赞述,卷七传赞,卷八疏祭文,未收《集圣贤群辅录》二卷。目录前有江户儒学家林衡(即林述斋)(1768—1841)题辞,交代了刻书之由:"我门之老明复,隐居思道,老而弥笃,既订定六艺经本,以贻后生,又以孔子'兴于诗'

之旨,采陶谢之佳本继之。"

〔按语〕

一、关于松崎慊堂

松崎慊堂(1771—1844),名复,字明复,号慊堂。是日本十分著名的儒学家①。

松崎本,全名《缩临治平本陶渊明集》八卷。在日本,松崎本也被称为"菱湖缩临巾箱本",例如本田成之《陶渊明集讲义》凡例中便是如此称呼②,漆山又四郎《陶渊明诗解》则称之为"卷弘斋や小岛成斋の版下"等③。卷菱湖(1777—1843)即卷大任,是江户时代著名书道家。羽泽山房所出之书,很多是卷氏先行写下,再交付版刻。

松崎本人对陶诗颇为钟情,其《慊堂全集》中收录有《题和陶公饮酒诗摘录二首后》,曰:"余作和陶公《饮酒》诗二十首,既廿二年矣。余既忘之,佐君仲则犹能记之矣。"其中主要是怀念故友,而所署时间为"天保乙未十二月廿日"④。也就是说,松崎氏校订陶集的时间,很可能早于天保时期,即相当于道光年间。道光年间,曾出现了一批与莫氏翻宋本同底本的清代刻本,如李廷钰道光二十年重镌本、杨需巾箱本等,掀起过清代陶集刊印的小高潮。

二、关于松崎本之底本

关于此本之底本,松崎氏自陈是根据汲古阁所藏苏写本缩刻的。桥川时雄曾对苏写宋本说持怀疑态度。他认为这个所谓的苏写本,都是依据毛扆跋所云来确定的,但毛扆跋"颇无条理",存在"尽信书"之弊。所以他的结论是,苏写本是遵照苏轼写《和陶诗》这样的故事,摹仿其字迹而为

---

①　刘玉才:《松崎慊堂与〈缩刻唐石经〉刍议》,《岭南学报》2015 年 Z1 期,第 248 页。

②　本田成之:《陶渊明集讲义》,东京隆文馆 1922 年版,第 1 页。

③　幸田露伴校阅,漆山又四郎译注:《陶渊明集译注》,岩波书店 1928 年版,第 4 页。

④　松崎慊堂:《慊堂全集》,东京崇文院 1926 年版,第二十三册。

之,大概是一种元版①。关于苏写本,确实有很多疑问,但不可否认的是,当时很多人认为这是宋本无疑,松崎本即是如此。经过对比松崎本和苏写本的异文,能够发现一些不一致处。例如,松崎本忽略了所有苏写本因避讳而导致的缺笔,如《劝农》中"敬叹厥美"中的"敬"字,苏写本缺笔,而松崎本不缺,他皆类此。松崎本保留了苏写本所有的"宋本作某"和"一作某",甚至一些阙字处,都与苏写本相同,如《归田园居六首》中,"归鸟恋"一作□;"种苗在东皋"一首末句下注云:"或云此篇非渊明所作";《问来使》题下注云:"南唐本有此一首"。但是,其中也有一些因为笔误导致的不同,比如卷二《形赠影》其一,"无改时"一作"无故时",而苏写本作"如故时"。卞东波说:"和刻本卷八后除附录北齐阳休之《序录》、宋庠《私记》、思悦《书陶集后》外,还有无名氏绍兴十年所作的序文,这是绍兴十年苏体大字本的版式。无名氏序文后有清毛扆(1640—1713)的识语,则和刻本的底本应是汲古阁所藏的十卷本,但又删除了《四八目》及《集圣贤群辅录》,定非宋治平三年思悦本的翻刻本。不过,和刻本保存了宋本的原貌,其称宋庠所作的《私记》为'本朝宋丞相私记',他本皆称'本朝'为'宋朝',显出于宋人口气。"②卞东波所说的"汲古阁所藏的十卷本"就是苏写大字本,这个说法是正确的。桥川时雄认为松崎本的底本是莫氏翻宋本③,但莫氏翻宋本产生于咸丰十一年(1861),时间上晚于松崎本,该说应不成立。

三、关于松崎本的合刻形式

松崎本采用了陶谢合刻的形式。陶谢合刻,是明清以来的潮流。其中,毛氏绿君亭屈陶合刊本开明代合刻之风气,"此风既启,于是阮陶、陶李、陶韦、陶谢、曹陶谢诸种合刻之本,遂纷纷矣"④。不过,松崎本所收之《三谢诗》,乃是其依据诸本校订,面目力求接近宋本,其价值远高于以上两种合刻陶谢诗集。其《题三谢诗后》云:

---

① 桥川时雄:《陶集版本源流考》,第十八页 b 面—第十九页 a 面。
② 卞东波:《日韩所刊珍本〈陶渊明集〉丛考》,第 24 页。
③ 桥川时雄:《陶集版本源流考》,第二十一页 a 面。
④ 郭绍虞:《陶集考辨》,第 297 页。

唐宋诗人每云陶谢,又云三谢,世疑三谢之为谁,久矣。物色半世,得之唐庚语录,如简首所举顾文选,难得佳本。李善注,莫旧于宋尤袤所刻,六家注以崇宁蜀本为最。元陈仁子茶陵本次之。因就尤本,照数录出为一卷。校以蜀本、陈本,力追宋本面目。此所以附治平本陶集之后也。①

四、关于松崎本之《松崎氏题〈陶渊明集〉后》

松崎本最重要的是所附《松崎氏题〈陶渊明集〉后》,这是日刊陶集所附的篇幅最长的考订文字。桥川时雄评之曰:"松崎氏识语一文,于此本写刻之原委及陶集源流,俱有所详述。虽一己之见,而于校雠考据文字中,实亦难得者也。"②文长不录,简言之,这篇识语,共涉及五个陶集相关的文献问题:其一是交代了自身之底本,反映了对陶集版本源流的认识。松崎氏提到了思悦本,郭绍虞《陶集考辨》认为:"今所传南宋刊本皆自思悦本出,不尽同于宋(庠)本。"③此言似误,今存陶集宋代诸刻本,大多数是出自宋庠本,思悦本已无存者。松崎氏所说"近世汲古阁所模雕南宋绍兴本,系其重刻,又传为东坡先生板书,文字俊朗,尤可喜",这是指毛晋所刻苏写本陶集。所以,他认为自己所缩刻的是汲古阁仿刻之苏写本,并认为此本来源于思悦本。其二交代了删除《四八目》,却保留《五孝传》之缘由,认为前者并非集部之文,置于子部是更合适的选择,而后者则因为陶氏是"忠臣孝子",对于理解陶渊明思想有益,所以不忍删除之。其三是讨论了陶氏世系。其四是探讨了陶公作《游斜川》时的年岁问题,认为此年陶渊明乃五十七岁,故云"开岁倏五十"。认为此处异文"开岁倏五日"与题目重复不当,不可信。但在陶公年谱研究中,选择"五十"的有数家,其余多从"五日"说④。其五是讨论了《归去来兮辞》中的一处异文,说"曾集本中,'春'下有'及'字"。可见松崎氏知道曾集本的特点,虽然他可能未

---

① 录自松崎慊堂天保十一年所刻《陶渊明集》八卷本,京都大学人文科学研究所图书馆藏。

② 桥川时雄:《陶集版本源流考》,第二十六页 a 面。

③ 郭绍虞:《陶集考辨》,第 269 页。

④ 如梁启超从"五十",见《陶渊明》,上海商务印书馆 1923 年版;邓安生取"五日"说,见《陶渊明年谱》,天津古籍出版社 1991 年版;袁行霈从"五十"说,见《陶渊明享年考辨》,《文学遗产》1996 年第 1 期。

必目睹过曾集本。

3. 赖山阳抄注《陶诗钞》一卷,存

〔出处〕

日本京都大学人文科学研究所图书馆等藏。

〔版本信息〕

版　式

《陶诗钞》,又名《彭泽诗钞》,共一卷。半叶七行,行十八字。四周双边,无界栏,白口,上下双鱼尾。扉页共有三列字,中间为大字隶书"陶诗钞"三字,其右上为"山阳赖先生选评",左下为"平安山田氏藏板"。

第二页有山田钝所作之序,序后钤"山田钝印""字曰子静"。序后一页,粘有《陶诗钞》正误一页,共六行,题为《陶诗钞正误》。然后为《陶诗钞》正文,第一页右侧书"彭泽诗钞"。共选陶诗三十五首,栏内为诗,栏上有注、评,为典型的和刻本版式。

编　次

其编次与他本陶集诗歌排序不同。第一首《游斜川并序》,以下依次为:《答庞参军》《五月旦作和戴主簿》《九日闲居并序》《和刘柴桑》《酬刘柴桑》《和郭主簿二首》《赠羊长史并序》《癸卯岁十二月中作与从弟敬远》《始作镇军参军经曲阿作》《辛丑岁七月赴假还江陵夜行涂中作》《桃花源诗并记》《归田园居五首》《与殷晋安别并序》《乞食》《诸人共游周家墓柏下》《移居二首》《庚戌岁九月中于西田获早稻》《饮酒二十首》(录十首,无序),最后一首为《读山海经》。

正文后尾页,书其刊刻发行之时间、人名,记为:"明治三十四年九月五日印刷 同九月十日发行""选评者 故人 赖久太郎""京都市上京区御池东洞院仲保利町八番户平民当时上长者町通室町西入元土御门町三番户校订兼发行者 山田钝""京都市下京区寺時通六角南江入式部町十一番户平民 印刷兼发卖所 山田茂助"。

　　《陶诗钞》之外观所呈现的信息,首先反映了《陶诗钞》面世过程中所涉的人物:选评者本人"赖山阳"、誊写者"节庵宫原"、参与者"库山赖"、校订兼刊写者"山田钝"。通过了解这几个人物,可大概得知《陶诗钞》的产生背景。

序　跋

山田钝序

　　山阳赖先生曾就沈归愚《古诗源》选评陶诗。节庵宫原翁时在赖垫,誊写之后授诸余,余以为帐秘。顷者,先生嗣孙库山赖君怂恿公世因照之本秉及《古诗源》,方校其异同,以付剞劂。夫先生高节与彭泽类,故嗜其诗,评之尤精严,使归愚瞠若乎后。呜呼! 若先生可谓彭泽真知己矣。明治三十四年六月后学平安山田钝子静识于古砚堂之北窗。①

〔按语〕

一、关于赖山阳以及《陶诗钞》的诞生与流传

　　赖山阳(1780—1832)选评之《陶诗钞》一卷,经其门生宫原龙誊写后,为京都收藏家山田钝获得,并在明治三十四年(1901)开版,刊刻发行。这是一部陶诗选评集,同样反映了日本对陶集的文献接受。然而,桥川时雄没有提到这个选本,大矢根文次郎虽然曾提及过这个选本之名称,并以之作为陶集版本之条目,却注曰"未见"。京都大学人文科学研究所图书馆藏有《陶诗钞》原书,上有"雨山草堂"钤印,正是日本藏书家长尾甲(号雨山)旧藏。

　　赖山阳,本名赖襄,字子成,是江户后期著名的汉诗人、史学家,一生著述丰富,代表作是《日本外史》。在京都期间,他开设了私塾,即山田钝序中所说的"赖垫"。这个地方,应该就是赖山阳故居的书斋,即"山紫水明处"。《陶诗钞》应该完成于他中年以后在京都活动的时期。

　　天保三年(1832),赖山阳病殁。赖山阳所著的多种诗钞,皆在其身后出版。如以王渔洋《古今二十五家诗》为基础所选的《浙西六家诗钞》,其

---

　　①　全文中赖山阳《陶诗抄》之内容,皆录自赖山阳《陶诗钞》,京都大学文学部图书馆藏。

体裁与《陶诗钞》十分相近,在嘉永二年(1849)开版问世的①。嘉永五年,《韩苏诗钞》开版,斋藤永策作序称,该书是其伯父履侯(石城)在赖山阳私塾游学时所写②。《谢诗拾遗》是在明治十二年(1879)由大阪龙章堂开版③。而《陶诗钞》的刊刻发行,紧随《节庵遗稿》之后。后者是在七月二十日发行,而前者是在九月十日发行④。所以,基本可以判断,赖山阳的多种诗钞,都是依赖弟子之写抄而获得留存。

宫原龙(1806—1885),字士渊,号节庵,曾在赖山阳门下。赖山阳在私塾中,常教弟子作诗。例如他在文政八年(1825)十一月,曾经让弟子竹下、节庵二人,分咏三国人物,而自己亦自拟曹操、司马懿、周瑜、荀彧四首。此四首诗后为《山阳诗钞》载入文政八年之《咏史十二首》。这一年也是赖山阳成立"真社",联系京都同人交游唱和之年。从赖山阳的送葬仪式图表可见,宫原龙在赖氏弟子中排第四位,地位重要⑤。宫原节庵逝世于明治十八年,山田钝获得宫原氏所藏之遗稿,大约亦在此时。但是,他对这部分遗稿,并没有马上刊刻,对其中的《陶诗钞》更是视为秘藏,即序中所谓的"帐秘"。

山田钝(1844—1913),号永年,是京都著名的藏书家、富商,撰有歌咏所藏书画之《过眼余唱》(明治二十四年刊)等⑥。他还收藏过抄卷形式的孤本空海《文笔眼心钞》,并将之刊行为《文笔眼心钞释文》。刊刻《陶诗钞》,是赖山阳之孙赖库山(1860—1929)的建议。

二、关于《陶诗钞》的底本问题

《陶诗钞》的内容,是根据沈德潜《古诗源》中所录陶诗而抄的。山田钝的序文即交代了赖山阳对沈德潜《古诗源》之服膺。而且,赖山阳在增评《唐宋八家文读本》时,也是以沈德潜选本作为基础的。曹虹曾深入讨

---

① 赖山阳著,木崎爱吉、赖成一共编:《赖山阳全书》,京都赖山阳先生遗迹显彰会1931年版,第445页。

② 赖山阳著,木崎爱吉、赖成一共编:《赖山阳全书》,第726页。

③ 赖山阳著,木崎爱吉、赖成一共编:《赖山阳全书》,第815页。

④ 赖山阳著,木崎爱吉、赖成一共编:《赖山阳全书》,第875页。

⑤ 赖山阳著,木崎爱吉、赖成一共编:《赖山阳全书》,第564页。

⑥ 山田钝:《过眼余唱》,谷村文库1881年版,第1页。

论了赖山阳借此展开的与沈德潜之间的诗学对话。她认为："沈选的笃实学风与承载的清人反省明七子拟古之失的文坛路径,对赖氏思考本邦文坛脉动的走向形成触动。赖氏对于沈选受道学束缚之处往往多有廓清,快人心目,这与他倾心于文学上的'化腐出新',加上其史学训练对'自实起意'的注重与偏好等,不无关系。"①在读陶诗方面,赖山阳也极大地借鉴了沈德潜之诗学观念。《陶诗钞》多录沈氏评语,并加以判断点评。如第一首《游斜川并序》栏上即录曰:"沈(德潜)云:世短意常多,即所云'生年不满百,常怀千岁忧'。炼得更简,更道。后人得古人片言,便衍作数语。"

三、关于赖山阳的批注

虽然在编次上追随《古诗源》的倾向十分明显,但赖山阳对陶诗仍有不少独见。例如,在所有选出的诗歌中,完全没有四言诗。这一方面大概是因为日本汉诗创作的主要方向是五言、七言。田园诗和归田诗被视为是陶渊明最具有代表性的诗作,而《形影神》《挽歌辞》等与归田之事相关性相对弱一些的作品,则被删除了。赖山阳有意选择陶渊明的中年之作,他说:"彭泽诗,取而可选者,多在去彭泽后。如此等数篇,盖属中年前作。"他对陶渊明之年谱应该十分熟悉,在评语中也有判断其创作年岁之语,如《辛丑岁七月赴假还江陵夜行涂中作》栏上注曰"按是时渊明年三十七,中间除癸巳为列祭酒,乙未距庚子,参镇军事,三十载家居矣"。这说明,至日本江户后期,已经有一部分人对陶渊明的生平颇有了解和研究。

还有一点与沈德潜十分不同的是,赖山阳对诗序有所排斥,有多首诗的序是弃之不录的。他在第一首《游斜川并序》上即曰:"此等叙为蛇足,韩柳以后所无。虽豪杰,未免为时代所局束也。"这一首尚且保留了序,而之后的《饮酒》《与殷晋安别》等皆不录,曰:"一本题下有序。此等不必选可。"但即便删除了序,也会注明是自己删除了,如"本集题下有序。如弟二用典故,是陶诗所罕有也。盖亦系中年前作"。这些情况可能是因为赖山阳更为关注诗本身,要从诗歌中吸收诗法,对于文字铺陈略多的序,便不甚在意。

---

① 曹虹:《文章学的对话———沈德潜〈唐宋八家文读本〉与日本赖山阳"增评"本对读札记》,《文艺理论研究》2013 年第 4 期,第 97 页。

  《陶诗钞》还反映了赖山阳对陶集版本诸问题的思考,包括陶集伪作、异文等。如前文提及《归园田居五首》,他有自己的判断。另外,在一些地方若有其他版本可供参考的,他也会加以补定,如"本集题下,有左军羊长史衔使秦川,(中关)作此'与之'十三字"。赖山阳具有陶集版本意识,殆因在他生活的时期,陶集刊刻之风已经十分盛行,赖山阳应该能够看到诸多从中国传入或者在日本翻刻的陶集。另外,也有属于笔误的异文,如《古诗源》中从宋本底本,而《陶诗钞》竟将"欣然规往"作"欣然欲往",断句与"规"字两误。

  《陶诗钞》中赖氏注评,是栏上评语和文中夹注两种形式并行。栏上评语,大多是关于陶诗之总论。文中夹注,主要是对某句、某对仗进行评价。经整理,《陶诗钞》中的注、评可以分为四类,即:总论类、句评类、释义类、诗法类。此外,赖山阳还重在文中夹注,特意评注陶渊明诗文中的佳句。这些句评,不但能够反映赖山阳的诗歌艺术旨趣,也充分展现了他的学识。而且,这些文中夹注所反映的诗歌思想,与他的陶诗总论是完全一致的,即"尊魏晋、论晋宋、析陶杜、讲诗法"。

  赖山阳说:"彭泽诗,虽承汉魏骨法,至夫叙实情,有从容远深之妙,则前后无匹矣。后来杜诗往往有学如得者。岂杜陶情怀相似乎?""汉魏骨法"的提出,是江户后期汉诗创作的新变。赖山阳所处的江户中后期文坛,对以获生徂徕(1666—1728)为代表的热衷于模仿明七子的"古文辞派"加以反省,赖山阳也集矢于王、李等明七子的模拟秦汉之病①。江户后期"古文辞派"的文章观,是当时赖山阳等人所希望摆脱的。江户时期,是日本接受中国名诗、名文的高峰时期。《陶诗钞》属于赖氏的晚年之作,此时他已是富有盛名的汉诗诗人。他年轻时受到当时诗坛的影响,也曾以明代前后七子为取法对象。此后,赖山阳的看法不断改变,极力反对性灵说。而此时追溯陶诗诗法,反映了他在晚年诗学理念的进一步丰富,以及对江户后期重建汉诗诗坛诗风的寄意。

  赖山阳也重视陶、杜诗学之关系:"是汉魏歌谣,晋宋间得之者,独有

---

  ① 曹虹:《文章学的对话———沈德潜〈唐宋八家文读本〉与日本赖山阳"增评"本对读札记》,第98页。

陶公。后来杜诗《无家别》《石壕吏》之类，亦是此种风韵。"在这里，赖山阳提到的"风韵"二字，明显展现了清代以后"神韵说"所遗留的诗学痕迹。在陶杜关系的理解和评价方面，赖山阳深受沈德潜之影响。他认为，能够吸收陶诗妙处的，仅有杜甫一人，储光羲、王维等人皆有隔膜，终未学到陶诗之厚朴，他说："沈（德潜）云：储、王极力拟之，然终似征隔，厚处、朴处不能到也。能学到者，乃少陵一人耳。"所以，在整部《陶诗钞》中常见赖山阳举例杜诗。如《癸卯岁十二月中作与从弟敬远》"平津"后文夹注："著语温柔敦厚，老杜亦学得。"这继承了清代诗学中对陶诗"厚""朴"之体认，而这也展现了其反对性灵说的立场。

　　赖山阳亦将陶渊明放在整个晋宋诗坛加以比较，以陶诗之厚朴为尚。如注《乞食》时云："此等诗，虽他人亦或能之。收陶诗，何必取之。似平平，而有多少味。"又云："古朴而其中丰腴，是陶公诗。"又云："陶者，每托于田野耕稼事，以肖其面貌，焉能得其神情哉。陶自是将种有气力人，使其拥旄执节，则其诗不必山林一体，唯顾所遭，如何而已。"赖山阳认为陶渊明在六朝独树一帜，云："陶诗于六朝金粉外，别开面目，以其人非六朝人，故其诗亦超卓如此，后人学。"其中"金粉"，大概是指当时贵族堆砌之诗。赖山阳常常自觉或不自觉地将陶诗放在晋宋之际加以考察。如《游斜川并序》"开岁倏五日"文夹注曰："起手是陶句，晋宋所罕见。""弱湍驰文鲂，闲谷矫鸣鸥"旁，夹以小字，注云："二语晋宋口吻，是俗眼所即曾城也，趋韵而然尔。""晋宋"这个概念，应该同样来自沈德潜。沈德潜极力倡导晋宋转关之说，曾在《说诗晬语》中说："诗至于宋，性情渐隐，声色大开，诗运一转关也。"①此语广受征引。赖山阳说六朝诗时多称晋宋，大概也是从此处得来。

　　赖山阳认为陶渊明所开者，是"古调"。"古调"一词，在其注语中经常出现，他将陶诗视为学习古诗之门径："自上至此数首，起结并妙。是五古神诀，学古诗者，不可不悟入焉。"《归园田居》其二之"常恐霜霰至，零落同草莽"，旁文夹注："似有寓意，而必说所指便浅薄，是古调之妙处。"赖山阳视陶渊明诗为古诗，在评语中多呼之为"古人"。因此，对于魏晋之诗，赖

---

① 　沈德潜：《说诗晬语》，人民文学出版社 1979 年版，第 203 页。

山阳别有看法。如注《游斜川并序》云：“起处既言相知何必旧,而又言人惟旧,是竟为病,后人不可效,古人则不拘耳。”

赖山阳还认识到陶诗之根底在六经。如注《移居二首》之结句“衣食当须纪,力耕不吾欺”云：“所愿如此,可以见安分之意。陶诗之补六经,可于是等见焉。”陶渊明与“六经”之关系,自明清以来诸家评点中所见甚多,但这里说的“补六经”,其实是指其农事之功。

赖山阳在探索渊明诗法时,皆从写作的角度入手,如陶诗中的一些谋篇、对偶、语调和意象等。例如,关于陶诗如何起篇,在《辛丑岁七月赴假还江陵夜行涂口》篇之首句“闲居三十载”旁注：“起法与上篇同一格。”在《和郭主簿》其一“此事真复乐,聊用忘华簪”旁注云：“一结,振起全势”“结似不振,却是古调。”在《归园田居》其一“久在樊笼里,复得返自然”旁评曰：“意归起手,然不免筋骨暴露。”“后遂无问津者”句夹注：“文势未收,自不可无诗。”可见其非常关注诗文之起与结。同时,他也关注诗文上下间的语言之呼应问题。如在《桃花源记》“晋太元中”旁文夹注：“晋时着‘晋’字,似失体,然是为下‘无论魏晋’伏案。”晋宋之诗,并没有到达对偶流畅之地步,但是赖山阳对此颇有发掘。如关于陶诗中的“的对”与“不的对”：“‘时时’与‘荒途’不的对,却是有生色,是陶诗之所以超绝诸家。‘谷风’‘春醪’,自然的对。”“‘慨然’不的对‘栏庭’,便有生色,且为之的对,与‘新葵’‘嘉穟’,语调雷同,此亦不可不避也。”“‘倾耳’‘在目’,为对下三字便不对,是曰‘诗品’。”《辛丑岁七月赴假还江陵夜行涂口》“诗书敦宿好”旁文夹注：“使凡笔,‘敦’必作‘有’,以为的对。”《桃花源记》之“欲穷其林,林尽水源”旁文夹注：“顶针便流动。”《始作镇军参军经曲阿作》“眇眇孤舟逝,绵绵归思纡”旁文夹注曰：“三字不的对,便成情景错综。”总之,《陶诗钞》作为一种陶集选本,具有丰富的诗学价值,反映了江户末期诗坛的诗学识见。

4. 近藤元粹评订本《陶靖节诗》八卷,青木嵩山堂梓,存

〔出处〕

近藤本,即日本近藤元粹纯叔评订本,青木嵩山堂梓。国家图书馆、

清华大学图书馆、日本京都大学人文科学研究所图书馆等藏,有明治四十年青木嵩山堂铅印本、大正二年青木嵩山堂铅印本等。

〔版本信息〕

版　式

此本为巾箱本,题名为"陶靖节集",共八卷,是依据《四库全书》本所定。半叶十行,行十二字,单黑鱼尾,左右双边。

编　次

卷首近藤氏《绪言》、《钦定四库全书提要》、耿定向《题刻靖节集》、《陶渊明集序》(近藤氏有所校订)、《陶渊明传》、《陶渊明集总论》、目录,卷一四言诗,卷二至卷四五言诗,卷五杂文,卷七传赞,卷八疏祭文,卷末有颜延之《靖节征士诔》、阳休之《序录》、宋丞相《私记》、思悦《书靖节先生集后》、蔡汝贤《陶彭泽题跋》、张溥《题陶彭泽集》、李梦阳题。

序　跋

近藤元粹序

晋陶渊明集,传于世久矣。或以为五卷,或以为六卷,或以为八卷,为十卷,诸家聚讼不决。而《四库全书》定为八卷,后人多从焉。前贤慊堂松崎氏刻本题后云:原本十卷,第九、第十为《集圣贤群辅录》,所谓《四八目》也。昭明太子本所不载。纵是陶公所辑,亦非集部。杨休之收之,非也。近世所定《四库全书》,以为依托,黜之子部类书内,是也。故今亦删之。如其《孝传赞》,与《扇上画赞》《读史九章》俱是一类。虽昭明本失载,亦当入集部,而《全书》同《群辅录》删去,非也。陶公既是忠臣孝子,与所录五孝之人,亦皆有意思。讽读之际,油然可兴学者孝思。纵是依托,亦所不忍删,故存之。慊堂所论如此,今平心读之,《群辅录》之为赝书,不容疑。不独其体可入于子部也,《五孝传赞》则虽非无稍可观,《全书》以为非陶笔,亦似可信。而余之刻此书,《群辅录》则从删去之例。《五孝传赞》则存之。盖亦以其益于学者也。篇中既不删窜入江淹之诗,则不必删赝作,而益于学者之文也。而余所据之本,则系于宽文四年翻刻明天启二年杨氏刻本者。第五卷以下编次,多与诸本异。因谓读陶集者,要在领其诗文之妙而已,如编次前后,则不问而可也。至于字句之异同,则其意义之所关甚大。故参考诸本,一一录之,栏外批评,则多系于鄙见。其有前人之批评者,错综记之,以便于检阅。僭越之罪,固所甘受也。原本所插入前人评论,亦往往增补之。而其卷数,则亦从《全书》八卷之例云。今书刻告成,乃弁一言于卷首。明治二十七年三月一日。南州外史近藤元粹撰。

耿定向《题刻靖节集》

靖节集世传尚从来矣,掞藻者摹其辞,励操者高其节。故人人好也。乃若倏倏乎委运任真,蝉蜕埃溢之外,而栖神澹漠之乡,斯其含德之至。非深于道者,未易契其底也。廉访龙阳蔡汝贤氏,冲襟洁履,雅有元亮之致,刻是集也。所谓缅怀千载,托契孤游者,非耶?夫冲澹恬漠,是天之宅而道之腴也。元亮唶之,故其文传,其风远,道古者于心不于迹。吾侪所遭,与元亮异,奚必啖其余糟,践其陈轨哉。第得其致,而中食之,将风猷自树,声施自弘广矣。是廉访刻集意也。吁!廉访腾仕,而笃意斯集也,心其远乎,楚黄天台山人耿定向言。

眉　批

明治四十年青木嵩山堂铅印本

卷首近藤元粹所撰绪言"则虽非无稍可观",眉批:不通一至于此。

"窜入江淹之诗",眉批:读此等文字,当作大小括号才可句读。

"则系于宽文四年翻刻明天启二年杨氏刻本者",眉批:辞不达意。

"因谓读陶集者,要在领其诗文之妙而已。如编次前后,则不问而可也",郁华墨笔眉批:阅其评,云"当而而不而,不当而而而,而今而后,已而已而",可赠先生。

"僭越之罪,固所甘受也",郁华墨笔眉批:当招供"越"字,若补"妄"尤切。

原刻"《兰庄诗话》曰:钟嵘品陶潜诗,文体省静,殆无长语,笃意真古,辞兴婉惬,古今隐逸诗人之宗也。可谓知言矣,而置之中品,其上品十一人,如王粲、阮籍辈,顾右于潜耶?论者称嵘洞悉元理,曲臻雅致,标扬极界,以示法程,自唐以上莫及也。吾独惑于处陶焉",近藤元粹原评:"钟嵘鼠辈,固不通于诗理,以陶处王、阮辈之下,不足怪也。"眉批:钟嵘若是鼠辈,足下便是微虫。

原刻"宋严羽《沧浪诗评》曰:晋以还,方有佳句,如陶渊明'采菊东篱下,悠然见南山',谢灵运'池塘生春草'之句,谢所以不及陶者,康乐之诗精工,渊明之诗质而自然耳",近藤元粹原评:"谢诗古今恶诗耳,后人以为佳句,盖吠声之类耳。"眉批:恐足下集中便无此恶诗。

卷末刻录颜延之《靖节征士诔》,近藤元粹原评:"呶呶冗长,是呓语焉耳。"眉批:已见先生陶诗序矣,较此却短。以颜《诔》为呓语,而以自家眉批为非呓语耶?

《荣木一首并序》"安此日富",近藤元粹原评"可谓学者顶针",旁批:顶针是何物?

大正二年青木嵩山堂铅印本

《时运一首并序》"称心而言,人亦易足","称心而言,人亦"有墨笔划痕,墨笔旁批:人亦有言,称心。"悠悠清沂",墨笔旁批:想。

《赠长沙公族祖》题目、序"长沙公于余为族祖","祖"划去,墨笔旁批:孙。"爱采春花","花",墨笔旁批:华。

《酬丁柴桑一首》"屡有良由","由",墨笔旁批:游。

《乞食一首》"衔戢知何谢","知"划去,墨笔旁批:如。

《饮酒》其十九"终死归田里","终死",墨笔眉批:一作"拂衣",是。

〔按语〕

此种陶集分天、地、玄、黄四本。近藤本吸纳了松崎本的一些观点,黜《群辅录》不收,却留下了阳休之收入的《五孝传赞》。松崎慊堂识语云:"昭明太子本所不载,纵是陶公所辑亦非集部,阳休之收之,非也。明人毛晋取入于《津逮秘书》,而近世所定《四库全书》,以为依托,黜之子部类书内,是也。故今亦删之。"①认为此录应是陶渊明所作,但并非集部之书。近藤论及此,同样仅言及体例分殊,并不论其真伪问题,而且视之为类书。这一观点,或许受到陶澍启发。《四八目》归属类书的观点,首先来自

---

①　录自松崎慊堂天保十一年所刻《陶渊明集》,京都大学人文科学研究所图书馆藏。

陶澍。

序后录有《钦定四库全书提要》，上有近藤眉批，对四库本陶集尤有批判，云："以《群辅录》入类书中，则可从曰'黜伪存真'，而集中《归园田》诗第六首是江淹诗无疑，而犹存之，《四时》诗亦有为顾长康之作者，然则安'黜伪存真'之有？"

近藤所校订者，多与毛本参校。如《桃花源记》渔人姓黄，名道真；作"欣然亲往"而非"欣然规往"。《归园田居》六首中，保留了第六首"种苗在东皋"，眉批云："载今《文选》江淹《拟古三十首》有是首，为后人窜入可知。"又云："坡翁以此为陶诗，至于特举'日暮'以下四句赞扬之，可怪。"

后　记

　　此次出版的《〈陶渊明集〉版本汇考》,是基于我的博士后出站报告《〈陶渊明集〉文献研究集成》和十年来的《陶渊明集》文献研究工作而写成的。成书时间如此漫长,心中着实惭愧。趁着这次出书,我也终于有机会道出心底的那声感谢。感谢国家古籍整理出版专项资金的支持,感谢凤凰出版社的大力帮助,感谢一路关心、支持我的师友,尤其是我的博士后合作导师、中国社会科学院学部委员刘跃进研究员。

　　"请问你是研究陶渊明的吗?"

　　"不,不是的,我暂时还没有研究陶渊明,我在研究的是《陶渊明集》,这是一种书籍。"

　　"那就是陶渊明的书,不是么?"

　　"不是的,《陶渊明集》不完全属于陶渊明,它还属于很多人。"

　　这是过去十余年中,我遇到的常见问题和我常常用于回答的答案。这看似平凡的一句话,背后却是一个理性的研究结论:《陶渊明集》是一种书,陶渊明是陶渊明,它们之间是一种"至亲至疏"的关系。获得这句看似平凡的结论,并且有底气说出来,我用了十年时间。当我交上初稿,心中感慨万分,很想告诉大家,我能笃定地回答"在研究《陶渊明集》"的底气,是从何而来的。

　　坚定地以集部文献为中心,静下心来纯粹地研究一本书,这是我的老师刘跃进研究员为我悉心规划的研究道路。老师多次说过:"丹君,我希望你做点文献研究,磨磨性子。"我一开始也不知道"磨性子"究竟何意,等真正进入《陶渊明集》的研究中,我才知道"磨性子"的意义,是指要将学术与人生放到一起来考量，它既是老师对我学术成绩的殷殷期盼，更是老师对我生命质地能够不断去浊还清的深深期许。

师恩如海，一篇后记难尽其意。我想把老师教我的方法告诉世人，以期与在书山学海攀涉的同道中人拥有一些共鸣。同时，也将我因为这项工作获得的个人成长，真诚地分享出来，与大家交流。

一、成书过程

2013 年的夏天，我坐地铁从北京大学东门站出发，到建国门站出站，就来到了长安街旁的建国门内大街 5 号——中国社会科学院文学研究所，从此在这里度过了充实的博士后时光。

我的老师刘跃进研究员是汉魏六朝文学专家，他对文学所古籍室所藏的诸种《陶渊明集》总是念念不忘。所以，在他主持《汉魏六朝集部文献集成》这一国家社科基金重大课题时，就希望我能去试试《陶渊明集》相关的研究。

老师一直践行着一种理念，研究文学，就要研究经典。因为经典的传承背后，不仅仅是中华文脉的演进过程，也是中华文化传统内核、筋骨的生成过程。经典相关的研究虽然有创新的难度，但是，经典的研究所具有的学术意义是非凡的。汉魏六朝时代是一个集部文献勃兴的时代，《文选》《玉台新咏》等总集已足以显现出这个时代文学事业的辉煌，而重要别集也在此时形成。这是一个经典纷出的时代。《陶渊明集》是影响中国至为深远的一部别集，它的传播过程与意义，还有待进一步以足够清晰的方式来呈现。

但是，要做好这项工作谈何容易。这项工作，完全是建立在了我个人能力最不足的地方。我本科的时候，文学院没有开设文献课程。整个硕博研究生阶段，我虽然"应付"了不少文献学课程，但是，也没有进行过严格的文献训练。对于集部文献学这样系统的知识板块，我可以说是一无所知。其次，在《陶渊明集》研究领域有太多前辈建立的研究巅峰。郭绍虞先生、袁行霈先生，更是取得了陶学研究方面的卓越成就。继踵前人，守正创新，是很不容易的。至今，我仍然对老师提议让我做陶集的那个场景记忆犹新。我当时以"非静止画面"静止了一会儿。"我行吗?""我能做到吗?"无数个自我怀疑的问题,在心中扑腾又落下。然而,作为学了很多年古代文学专业的学生,我深知这个选题的分量,也非常希望能进行一次挑战。于是,从那一天开始,我就在心中正式启动了我的《陶渊明集》研究。

老师当时行政职务在身,工作极为繁忙,每天都有很多人去找他,要开很多的会。但是,只要在所里偶遇到我,就会问起我的学习。当时,我的办公室设在文献室。有一天,老师就来文献室站着给我上了一堂课。他从姜亮夫先生的《楚辞书目五种》,讲到了文学所图书馆中《陶渊明集》的来历,也给我详细讲述了做好学术史整理工作的详细研究步骤。老师希望我能提交一份比较简单的陶集文献研究报告。当时,我们室的一位老师羡慕地笑着说:"老师竟然亲自到你跟前给你上课。"老师的期待,让我充满信心。我回去整理了几天,如实汇报给老师,他很高兴,而我也获得了自己进入陶集研究领域的第一份纲目。

2013年冬天到2014年上半年,我主要在做陶集文献研究的综述工作。我搜集到了1920年代至今的全部论文论著,在形成了大概10万字左右的初步的资料长编后,我终于觉得有些把握了。这部分内容,现在也并没有整理发表,甚至也并不会悉数引用到我的著作中。但是,它是我研究陶集的非常重要的前提。这项工作完成后,老师又指引我进入"亲见其书"的版本摸索过程中。

从2014年开始,我就一直在与各种陶集版本实物打交道,四处访书。有时候一次性没有注意到的问题,还要第二次、第三次到图书馆查看。版本工作,要付出大量的体力劳动,东奔西走。一开始,无知的我也犯嘀咕:"这样的工作,有含金量吗? 不是人人可以做到的吗?"其实,只有真正做过之后才发现,这世上最难的,不是任务本身,而是坚持。

在若干年间,我去过很多图书馆。北京大学古籍部的老师认识我,给了我很多便利。老师还多次提到,社科院的图书馆古籍室,就有多种陶集版本,让我留意,我也一一去查找、翻看、做笔记。我曾两次访日,是我的博士生导师、北京大学中文系傅刚教授帮我联系的。2017年去了京都大学人文科学研究所,永田知之教授给我提供了非常好的研究环境,让我能将京大全部陶集阅读完毕。2019 年又去了东京大学,在陈捷教授的帮助下,对这里相关的文献资料进行了深度了解。傅老师也把自己珍藏的几种陶集长期借我阅读。2019 年,我还在浙江图书馆中翻找几种版本,记下上面重要的信息。当时西湖很美,柳丝湖船三月天,但是我没有时间游览。其间最有趣的经历是发生在 2014 年,当时我女儿快要降生。我的产科建档,是故意建在了北京大学第一医院妇女儿童医院。这个医院距离我家将近 30 公里,在这里建档,只是因为隔壁不远的地方就是国家图书馆。每次因为产检,好不容易出来一趟,我就顺便去隔壁文津路的国家图书馆古籍部。当我颤巍巍进入古籍部二楼的阅览室的时候,国图的老师们总是不免多看我两眼,有时候我们会相视一笑。直到 2017 年,我还麻烦过我的郑广薰师兄,让他帮我在他所工作的韩国高丽大学查证一处这里的图书馆收藏的陶集版本上的资料。

多年来,我做的都是极为机械的工作,抄录、品读、做叙录,像一个缝衣的工匠在一针一针地刺绣,通过梳理、汇聚这些碎片知识,将整个陶集版本的图景绘制出来。这项工作并不算艰巨,但它真的是很笨的活,是很"磨人"的。那个时候,没有认字软件,我的书法知识又很匮乏,抄录序跋的时候,有很多草书的字不认识。又有很多漫漶的地方看不清。有时候,一两个小时就耗费在输入一小段批注上,效率低得惊人。我这个急性子,常常陷入崩溃。但是,老师一遍遍给我信心。每次我和他汇报蜗牛一般的进度时,他总说没有白花的力气,这就是一步一个脚印。日复一日的工作中,我才能逐渐明白,到底什么是"磨性子"。它既是让工作方法、工作效率得以改进、提升,也是让自己的内心,不再急于求成,也不必老想着过去做过什么研究,想吃点老本,而是要有充分的耐心。所以,从事陶集工作对我来说,逐渐具有了一种修心养性的意义。

在刘跃进老师这里,我学到了另外一种治学思维,那就是从他者角度出发,不妨以"有用""利他"的角度来做出学术成果。在我博士后工作期间,老师和徐华老师主编的《文选旧注辑存》也正处于收尾阶段,我有幸旁听过几次相关工作会议。老师不止一次强调这项工作的"元元本本"的意义。的确,有些研究成果,可以具有强烈的个人气质;而有些研究,注定只会成为学科研究的基础工作,它默默无闻,给他人提供些许便利。老师选择让我们去做后一种研究,是让我们在气盛之时,沉下心来,破除妄念,去完成一种"无我"的"利他"之事。文献工作者,需要一点点地把图书馆中那些沉睡的版本上的信息,收集起来,就像是园丁,要将清晨叶面上的露珠收集成一大缸水。读者可以从文献工作者整理的内容中,浏览到这些信息,能够省去很多时间,让研究更为高效,从而更方便我们去达成共识,拥抱新知。我也尽我的全部所能完成了版本信息归纳的这个过程。"完成",这两个字对我而言就已经是千钧重,而它又是那么地有意义。老师引领我做这样的研究,其实也给了我自己一次观照自身内在的机会。

老师重视文献,但又并不是唯文献论者。他非常重视在这些基础工作之上所必须要拥有的理论视野。老师先后担任过文学所的党委书记、所长,又是学部委员。因此,他常常要去了解与文学相关的各个学科,关注各学科的发展。老师平时有三支笔:学术笔墨、文学笔墨、理论笔墨。我们常常能读到老师所写的一些学科理论文章,我深受这一理论视野的影响,逐渐深切地认识到,文学学科的内部是有一种共同的理论追求的。这一理论追求,围绕着文学的责任与使命而展开,并不断对文学研究本身提出深刻的省思。因此,一方面,老师指引我以文学理论的方法和工具来面对《陶渊明集》文献、文本的构成,让我以发散的思维进入到《陶渊明集》关联的复杂文化世界。从六朝到唐代,再到宋元明清,乃至民国近代。每个时代的《陶渊明集》,其文献诞生与流传之时,必定与这些时代紧密相关,其书籍秩序、编次构成、文本呈现,都有着时代影响下的特有旨趣。

而另一方面,老师也很在意一件事:学术研究应该要真正对当下产生启发。他提倡要在历史的总体观照下,审慎看待我们的研究对象。中华文化传统绵延不绝,像《陶渊明集》这样的六朝旧集,如果能得到深透的研究,必定能够呈现出这一文脉演进的清晰痕迹。在故纸堆中翻找的,并不是故纸堆本身的信息而已,更是要去为当下找到文化遗产的碎片,从中窥见其对当下时代的烛照。所以,从事陶集版本整理工作,也需要直面许多与历史时代有关的话题。一部文人别集,在历史上重大的转关时刻,竟然成为这个时代人们的思想载体,这是文学创造的奇迹。在当下,文学和文学研究也需要去承担、呼应当下的责任与使命,这样才能发挥它真正的价值。

在这些治学观念的影响下，我决定将本次研究的撰著体例，确定为《〈陶渊明集〉版本汇考》。最开始的时候，我只想做一份《〈陶渊明集〉版本叙录》，那样的话，任务不算很重，只需要见到版本，就可以写了。"叙录"是一种特定的文献体例，人们对它的期待，就是要呈现文献本身的内容。我反复揣摩了各种陶集，如果我写"叙录"，那么一则则的文字信息，会大同小异，有一些值得阐发的问题，是来不及呈现的。尤其是批注、注例这些关键的问题，更是无法讨论。而且，历代陶集版本研究给我们留下了如此丰富的思考空间。因此，不如把版本信息与前人研究——铺陈，留给读者取用。在需要加上按语的地方，我才会加上一些按语。我原本是一个话超级多的人，我的文章总是写得很长。于是，采用这样的体例，也是在"磨性子"。我需要克制自己，少发挥，而是尽量呈现出版本与版本研究的信息，让读者能看到更清晰的有用信息。在这次与"体例"周旋的过程中，我获得了"慢"和"克制"的能力。

2019 年，这项工作有幸获得国家古籍整理出版资助。这之后，我就在凤凰出版社老师们的帮助下，推动它的成书和出版。这期间，林日波老师和蒋李楠老师付出了巨大的劳动。命运将我安排在一个极富热忱的学术共同体中，给了我很大的支持，是支撑我一直坚持下去的主要原因。非常感谢所有图书馆的老师们的热忱服务，非常感谢所有关心我陶集研究的老师们，非常感谢这十年来我发表陶集论文时帮我仔细核定稿件并使之得到顺利发表的期刊编审老师们。这份感谢的名单，如果要写下来会很长很长。

2024 年夏，我指导硕士生贾鸣完成了学位论文，题目是《〈庾信集〉研究》。我们也采取了类似的综合性的方法，将集部文献放到动态的文学史进程中去考察。从版本观察，再到文学史新问题的发现，我们找到了一种文学研究能够扎根落地，同时又能完成理论提升的方法。贾鸣学习很用功，写作方面也很投入，硕士毕业后到南京师范大学泰州学院担任教职，后来也帮助我一起完成对本书的核定校雠工作，非常感谢她。

总之，《〈陶渊明集〉版本汇考》是一本只有笨功夫的书。在这个飞速发展的时代，它像是一件"违和"的纯手工工艺品。在这个时代，我们本可以都去追新，但是，仍然需要守护好常识，守护好经典，明晰一切经典的来时路,知道它们是怎么穿越历史风烟、经由一代代人传递到我们手中的。如今,我非常庆幸,能得到老师的指引,在文献天地里有一片可以扎根的土壤。转蓬随风吹散,它在风中经受种种流浪的考验,而它最终能寻觅到属于自己的一块土壤,扎下根来。扎根、踏实,这些词语的背后,是一种内在研究动能的生生不息。

二、深深感谢

回首岁月,能够成为老师的学生,是我人生中莫大的幸运。老师对我的影响,远不止治学方面,更包括了为人处世的各个方面。

进入文学所后,我被分到文献室,那里有文献室四位研究人员的办公桌。我本可以趁着他们不来的时候,借着坐坐就可以了。结果老师发现我没有固定的桌子,竟马上要去给我张罗,因为他觉得这件事绝不可以凑合。老师真的很在意自己的学生是否能安心读书。于是,他马上亲自去和办公室的老师商量。在当天,就搬来了一张桌子。后来,他又帮我找到了两个旧的柜子,给我放书用。这件事,我永远难以忘怀。

老师对我们这些学生,非常慈爱、和蔼。老师在北京长大,一口北京话,讲话总是幽默又温暖。他从来没有批评过我,对我总是有很多鼓励。来自老师的源源不断的正反馈,是我可以保持向上的生命姿态的根本原因。

参加工作以后,有一年,有个学期上着3门课,我还抽时间写了4篇论文。当我把草稿一股脑发给老师,老师并没有表扬我,而是说:"辛苦了,身体第一。"短短7个字,让我当时不禁就鼻酸。因为只有自己的老师,会理解我们走在学术之路上的艰辛。而且,老师更期待我们能把路走稳、走远。他有着一种面向未来的宏大生命视野。他对我说,学术工作,要"八十岁见分晓"。这种积极有为之心,沉潜学术之心,是我从老师那里获得的最大支持和力量。师弟们告诉我,他们去帮老师搬办公室、腾书架的时候,老师会想着我们需要什么书,他会念叨说:"这本书给丹君","这个资料给丹君,她有用"。过了一段时间,我果然收到了老师给我精心准备的一大箱子书。那种被期待着、被关心着的感受,直击心灵,至今都难以忘怀。后来,我也做了老师,我也会用老师这样温以待人的方式去对待学生们。

老师说,一个人要有思想,必定是要经历苦厄的。面对人生挫折和变化,他总是鼓励我们走进更为通达的世界。我们生活里总会有小挫折,老师每次都会帮我们开解。而他自己面对世事时,更是以一种超越的心态,去面对所有的事。有一年,有一位老同志到他的办公室反映问题。这位同志很焦急,希望能迅速处理一个陈年老问题,一口气就说了好几个小时,老师就一直在耐心倾听。可是,那天他身体不是很舒服,中途竟然产生了严重的眩晕。后来,院里医务室的大夫来了,用担架将老师送到医院。当时我们很着急,还好后来,老师输完液又留观了大半天后,平安无事。这件事,老师说起来,也就是笑笑而已。多年后,他甚至早就不记得这件事。这大概是因为,在学术工作之外,处理充满纠葛的事务,就是他过去多年里的普通日常。我跟随老师学习十几年,从来没有听他抱怨过什么。他处理各种矛盾,总是奉行“和合”原则,总是想着去团结,想着能生成更多的益处。我觉得,是因为他理解世间疾苦,对于他人的痛苦,有慈悲之心。

老师是非常忙的,但是,我们从来没有听他提过自己忙。他非常珍惜时间,也善于利用碎片化时间,把“忙”变成充实和高效。记忆中,只要他在办公室,他办公室的电脑就是一直开着的,上面永远会开着几个 word 文档,那是他正在修改的文章。有时候,我去找老师签字或者办事,总会看到他正在聚精会神地写东西。他的办公室总是人来人往的,办事谈话的人络绎不绝,但是只要能有那么几分钟,没有人来找,老师就在自己的桌前埋头阅读和写作。这种饱满的工作状态和积极乐观的学问精神,是我从老师那里感受到的一种生命力。老师还保持着对学术新动向的关切,比如他非常关心理论界的新著,还会非常关心现在又有哪些新引进的理论著作出版了。有段时间他很忙碌,就嘱咐我去搜集、购买,寄到文学所,老师看过之后又寄还给我,物归原主。这种对学术本身的孜孜以求,常常感染着我们学生,也给了我们非常清晰的方法和路径。

这些年,老师陆续在整理前辈学人的故事,执笔写下《从师记》。这是一项具有抢救性意义的工作。有一次,我专门去请教老师关于余冠英先生的生前事迹。老师非常耐心,花了很多时间,为我讲述了余冠英先生的工作情况以及他所具有的时代意义。当时我是非常震撼的,因为那些分析,大概只有经历过那个时代现场的人,方才知晓,我们后辈完全是一无所知的。这些宝贵的在场者的记忆,一旦模糊不清,那就是学术界的损失。那些质朴良善的学者和他们的动人的学问探索故事,不应在无情的时光流逝中消泯。那些坚定的学问精神,应该被纪念,应该被永远留存在学术的记忆库中。同时,这件事也在推动我不断去思考时代与个人的关系,希望能够像老师那样,具有更大的胸次怀抱,而不是只生活在自己狭小的世界里。

往事种种,难以遍及。老师的言传身教,老师对我的支持和鼓励,我是说不完的。但是,还有件事是特别需要说的。2017 年,我在老师的指引下,参与了余冠英先生著作集《诗的传统与兴味》的编纂,并写下了一篇论文《从国民语文教育到文学经典普及》,发表在了《清华大学学报》。朱自清、闻一多、余冠英等先生在战火年月存续、传播经典,让我无比感动。后来,在 2020 年上半年,我给在家中学习的大一学生开设了线上经典读书会。学生很爱听我讲《诗经》,让我把给他们的讲解,录屏发到互联网平台。我坚持了下来,久而久之,就变成了一个文学普及的实践者。2024年 4 月,在中宣部推荐下,我小小的个人账号,获得了"大众喜爱的阅读新媒体号"的称号。我这时候方才知道,我所参与的,是一项叫作"全民阅读"的大事。

学术传承是生生不息的,文化发展也是生生不息的。我这本小书,在这个学术名著涌现的时代,如细粒,如微尘,并不重要。但是,对于我个人而言,是一段求学时光的总结,是我人生路上的重要纪念。因为,这是我的老师给我的最珍贵的教育,是我所在的学术共同体给我的集体托举。

接下来,过去我对《陶渊明集》进行的其他一些深度研究,应该会续写、编纂成书;同时,也会针对集部文献研究的理论问题进行深入探讨。《陶渊明集》就像一亩不大的丘田,但是其中藏着中国古代人文精神的宇宙。我会在这片土壤之上,继续认真耕耘,不忘初心。

最后，要着重强调的是，我能力非常有限，这项工作一定还有大量疏漏，欢迎学界同仁多多批评指正，来日一定会对内容再作增补修订。

蔡丹君

2024 年 11 月 30 日